LES CHEMINS DE MAISON HAUTE

BRENDA JAGGER

LES CHEMINS DE MAISON HAUTE

Traduit de l'anglais
par Michel Ganstel

ARCHIPOCHE

Ce livre a été publié sous le titre original
Clouded Hills
par Macdonald Futura Publishers, Londres.

Notre catalogue est consultable à l'adresse suivante :
www.archipoche.com

Éditions Archipoche,
34, rue des Bourdonnais
75001 Paris.

ISBN 978-2-35287-801-8

1

Samson Barforth, mon grand-père, s'était fait bâtir une maison sur la colline qui domine Lawcroft Fold, de sorte que les soirs d'été, en compagnie de celle qui n'était ni ma grand-mère ni exactement la gouvernante qu'elle prétendait être, il pût contempler à ses pieds la vallée qu'il avait faite sienne. Et, bien que, sans doute, nul Anglais n'ait jamais été plus patriote, il admettait volontiers devoir à Napoléon une bonne partie de sa fortune.

Il avait, certes, célébré comme il convenait la victoire du duc de Wellington à Waterloo, mais les longues guerres avec la France, pour lesquelles il avait continuellement fallu fournir des hommes et les uniformes en bon drap du Yorkshire destinés à les vêtir, avaient largement contribué à asseoir la prospérité des filatures Barforth.

— Ils ne sont bons à rien, en temps de paix, ces généraux, l'avais-je entendu grommeler à cette femme qui n'était pas ma grand-mère, cette scandaleuse Mme Stevens, deux fois moins âgée que lui et bien trop jolie pour passer inaperçue. Pourquoi un homme aurait-il des lumières sur tout, sous prétexte d'avoir jadis gagné une bataille ? Pouvez-vous me le dire ? Non, bien entendu. Eh bien, moi, ma chère, je vous déclare, parce que je le sais, qu'une nouvelle hausse du prix du pain provoquera la famine dans les villes, et l'expérience enseigne que, si le peuple est affamé, les troubles ne sont jamais longs à suivre.

Et parce que mon grand-père avait toujours raison, comme on l'admettait volontiers dans tout Lawcroft Fold, la faim – celle des autres – sévit durant toute mon enfance douillette, avec ses attroupements de manifestants venant régulièrement dans la cour de notre filature réclamer à grands cris l'augmentation de leurs salaires, tandis que le prix de la miche de pain ne cessait de monter et que les propriétaires terriens – encouragés, affirmait mon grand-père, par le duc de Wellington et sa clique d'aristocrates – s'opposaient obstinément à l'importation du blé étranger, dont le bas prix aurait permis de résoudre le problème.

Pourtant, tandis que je jouais paisiblement dans le jardin de mon grand-père pendant les chauds étés de mon enfance comme pendant les hivers craquelants de givre dont les fourrures me protégeaient, rien n'était en mesure de me troubler, pas même la pensée de ces anciens soldats au regard dur qui erraient, faméliques, sur nos collines : que pouvait une poignée de guerriers désarmés, comment le duc de Wellington lui-même pouvait-il espérer l'emporter sur un Samson Barforth ?

Dans sa jeunesse, mon grand-père avait été négociant et, suivi de sa caravane de chevaux de bât, il voyageait jusque dans le Lincolnshire à l'époque de la tonte. Il sélectionnait avec soin la laine de la qualité qu'il fallait pour le *worsted*, il marchandait impitoyablement, puis il rentrait, par les montagnes désertes de la chaîne Pennine, pour répartir ses acquisitions. Il allait d'abord voir les cardeurs, qui transformaient les longues fibres en ces pelotes crémeuses dont sortirait le fil de laine ; puis il se rendait chez les fileuses et les tisserands qui, chacun dans sa chaumière, les femmes à leur rouet, les hommes devant leur métier, travaillaient pour leur propre compte. Mais, en commerçant avisé, il a dû, j'imagine, vite comprendre que, plutôt que transporter la laine en prélevant sa commission, il avait tout intérêt à en rester propriétaire pendant le processus de sa transformation et s'assurer, moyennant un salaire, les services des moins entreprenants des artisans avec qui il traitait.

C'était là, sans aucun doute, une vie dure dont le plus clair se passait à cheval car, en ces temps-là, il ne fallait pas moins de quatre fileuses pour alimenter un seul tisserand, et les villages, loin d'être commodément rapprochés les uns des autres, étaient disséminés dans une campagne hostile et désolée où les pistes caillouteuses, qui se perdaient tout à coup dans les affleurements rocheux, serpentaient au milieu d'étendues de landes toutes pareilles à l'œil puis se lançaient à l'assaut de collines abruptes et anonymes où le voyageur égaré pouvait, des jours durant, errer à l'aventure, et où un blessé risquait de n'être jamais retrouvé. C'était aussi une vie de solitude, pour lui comme pour ma grand-mère, qui ne pouvait l'accompagner dans ses rudes pérégrinations, tout en sachant parfaitement que beaucoup de jeunes villageoises étaient belles et délurées, et que les voyageurs esseulés n'ont pas la réputation de savoir résister aux tentations. Aussi est-ce en partie par égard pour elle qu'il s'est vraisemblablement arrêté un beau jour à cet endroit connu sous le nom de Lawcroft Fold et qu'il y a considéré ce qu'il saurait tirer du vieux moulin à blé et du rapide ruisseau qui l'avait fait tourner, et dont les eaux rafraîchissaient le fond de la vallée.

Aussi, posant là ses ballots et donnant enfin à ses chevaux un repos bien gagné, il fit l'acquisition du tout : le moulin, la maison d'habitation, la terre qui les entourait, sans oublier les droits d'utilisation de la rivière que cette possession entraînait ; il balaya la poussière que le meunier, dans ses années de vaches maigres, avait laissé s'accumuler. Puis il se métamorphosa pour devenir cet employeur d'une espèce encore inconnue, celui qui exige de ses travailleurs qu'ils viennent chez lui – et non plus lui chez eux – à une heure déterminée et qu'ils y restent, jusqu'à ce qu'il leur accorde la permission d'en partir.

Les collines qui enserraient Lawcroft Fold – monticules pelés d'une terre brunie, gorgée d'eau en hiver et fouettée par le vent en toute saison – grouillaient encore, en ces années-là, d'une race d'hommes attachés à leur indépendance, d'hommes qui vivaient durement, sinon très vieux, mais comme ils l'entendaient et sans la moindre disposition à se plier au changement. Ils possédaient leurs métiers à main et leurs rouets, ils avaient chaque semaine une pièce d'étoffe à tisser quand et comme cela leur plaisait et, tous les vendredis, ils l'emportaient à la Halle au Drap de Cullingford pour l'offrir aux chalands. Ils vivaient chacun sur un lopin de terre, avec juste de quoi nourrir un cochon et une vache et faire pousser ce qui voulait bien prendre racine sur ce sol pauvre, soumis à l'impitoyable climat nordique. Aux yeux de tels hommes, qui jamais ne s'étaient abaissés à accepter un salaire ni surtout d'ordres de quiconque, mon grand-père était un intrus. Cependant, économes de leurs émotions comme de tout le reste, ils ne commencèrent vraiment à le haïr que lorsqu'il se mit à faire venir dans sa vallée, en grand secret et non sans risques, ces nouvelles machines capables de filer jusqu'à quatre-vingts fils à la fois et qui annonçaient la mort inéluctable du rouet.

Pour l'installation de ses monstres mécaniques, mon grand-père s'était assuré la protection de la troupe tandis que des hommes, le marteau à la main, rôdaient derrière les grilles, bien décidés à mettre en pièces les instruments diaboliques qui allaient priver leurs femmes, les fileuses, de leur travail. Ils étaient nombreux, parmi ces révoltés, à voir en ces inventions une menace moins pour leurs revenus que pour leur vie de famille, car une femme enchaînée toute la journée à son rouet, chez elle et entourée de ses enfants, ne trouve ni le temps ni l'occasion de s'écarter du droit chemin ; alors qu'en la laissant dans l'oisiveté, ou en l'envoyant chez un Samson Barforth qui lui mettrait de l'argent dans les mains, on s'expose à ne jamais plus connaître la paix de l'esprit.

Tout le monde, en effet, avait entendu parler de ces troupeaux de femmes employées dans les mines de charbon, créatures musclées, mal embouchées et querelleuses sur qui personne n'avait plus d'autorité et qui, à demi nues, une chandelle dans la bouche, une chaîne aux chevilles et un chariot de charbon en remorque, rampaient dans les galeries avec des individus qui n'étaient pas leur mari ; aucun homme de la vallée de la Law n'aurait voulu pour sa femme de telles indignités – ni de telles tentations.

Un soir qu'il traversait à cheval la lande de Cullingford, Samson Barforth se fit lapider. Il retrouvait souvent ses vitres brisées à coups de pierre. Les hobereaux des environs le tenaient à l'écart, vexés qu'il se serve de l'eau de la rivière pour faire tourner ses machines au détriment des fontaines de leurs parcs ; les bourgeois de Cullingford, la ville voisine, l'évitaient eux aussi, assez veules et timorés pour se conformer servilement aux moindres caprices de la noblesse. Mais mon grand-père, en Barforth qu'il était, se sentait suffisamment sûr de son bon droit pour mépriser toutes les attaques, verbales et physiques, tant qu'il voyait un profit à réaliser.

« Le bon sens finira par l'emporter, pouvais-je l'imaginer dire à ma grand-mère, avant que Mme Stevens ne paraisse dans sa vie. Ils ne peuvent pas faire reculer le progrès, et ils ne me feront pas davantage battre en retraite. » De fait, les événements semblèrent d'abord conformes à ses prédictions car les tisserands, émerveillés par l'abondance du fil qui sortait de sa fabrique pour alimenter leurs métiers, furent lents à se rendre compte de l'expansion que mon grand-père donnait à ses affaires, et de ce que ses excédents de fil lui servaient à tisser ses propres pièces de drap, si bien qu'il était désormais en mesure de se proclamer non plus seulement filateur, mais fabricant à part entière de tissus de *worsted*. Aussi, quand on comprit que son drap était d'aussi bonne qualité que celui des autres, qu'il en produisait davantage et le livrait plus régulièrement, s'attachant ainsi les faveurs de la meilleure clientèle, il était déjà trop tard pour réagir.

Le vieux moulin à blé avait grandi et donné naissance à d'autres constructions, plus solides et mieux adaptées. Pour ma grand-mère, il avait fait bâtir une robuste maison de pierre, gros cube d'allure sévère avec une porte au beau milieu, deux fenêtres de chaque côté, deux autres à l'étage, et une grande cuisine dallée où la maîtresse des lieux faisait cuire son pain, rôtir ses poulets, fondre son savon et ses chandelles sans cesser de harceler ses servantes, et où mon grand-père venait faire ses comptes et savourer le plaisir de se savoir chaque jour un peu plus riche.

La main-d'œuvre, bien entendu, était toujours rare, car aucun homme digne de ce nom dans la vallée de la Law n'aurait voulu de son plein gré se soumettre à la prison d'un travail d'usine ; c'est pourquoi mon grand-père, qui voyait toujours loin, se mit à édifier tout autour de la fabrique des rangées de maisonnettes, sortes de boîtes toutes identiques à deux compartiments, où il entassa les ouvriers agricoles qui, chassés en masse des pays de culture du midi par l'abolition de leur droit de vaine pâture, refluaient vers le nord en quête de pain, et les Irlandais, perpétuels affamés toujours prêts à faire n'importe quel travail pour n'importe quel salaire. Et si, par extraordinaire, cela ne suffisait pas, on pouvait toujours conclure un marché avec un curé de paroisse qui, trop heureux de vider son dépôt de mendicité, expédiait par pleines charretées, et parfois à trois cents kilomètres à la ronde, des lots d'orphelins ou d'enfants abandonnés, misérables petits êtres le plus souvent trop jeunes pour se rappeler leurs parents ou même leur nom, liés dorénavant à leur employeur, qu'ils soient garçons ou filles, par un contrat d'apprentissage d'une durée de quatorze ans, au bout desquels mon grand-père leur offrirait un bon costume ou une robe décente et, s'ils s'étaient montrés méritants, un emploi de travailleur libre dans sa florissante entreprise.

Pour eux, on avait construit un long dortoir bas dans la cour même de l'usine ; et quand le Parlement, à l'instigation de Robert Peel, lui-même fils d'un imprimeur sur calicot, avait adopté une loi stipulant que ces enfants devaient apprendre à lire, à compter et avoir des rudiments de religion, et qu'il fallait loger séparément les garçons et les filles, sans en mettre plus de deux par lit, mon grand-père obéit à la loi – ce que beaucoup d'autres ne firent pas – en divisant le dortoir en deux et en faisant bâtir une école pour laquelle il engagea un maître, à qui il fit obligation – étant lui-même de confession méthodiste, si l'on peut dans son cas parler de confession tant il répugnait à reconnaître ses torts – de mener toutes les semaines ses élèves à l'église anglicane, distante de huit kilomètres, comme la loi le requérait.

Ma grand-mère, une géante à mes yeux d'enfant qui s'étonnaient toujours du contraste entre son visage sévère, creusé de rides, et ses coiffes délicates ornées de dentelles et de rubans de satin, remplissait strictement ses devoirs envers ces orphelins – car elle appréciait sans doute la manière dont ils contribuaient à l'accroissement de sa prospérité – et veillait à ce qu'ils aient deux fois par jour abondance de porridge bien chaud, nourriture saine, sinon reconstituante, en ces temps d'expansion continue où l'on exigeait presque quotidiennement qu'ils travaillent de cinq heures du matin à huit heures du soir. Et, comme le bleu était sa couleur préférée, elle les habillait tous pareils pour aller le dimanche à l'église : robe bleu foncé pour les filles, veste et pantalon de velours côtelé de même teinte pour les garçons, sans oublier le *magister* qui, lui aussi, avait eu droit à un manteau de bon drap bleu. Tous ces beaux effets devaient d'ailleurs être ôtés au retour du service divin car il était souvent commode, le dimanche, de procéder au nettoyage des machines.

Il y avait, naturellement, des maîtres moins attentionnés, et il courait dans la vallée des histoires où il était question de corrections et de coups de fouet, d'enfants atrocement mutilés par des machines ou des contremaîtres vindicatifs ; de patrons qui, à la moindre menace de faillite, entraînaient leurs apprentis vers quelque lande déserte pour les abandonner là, comme une portée de chiots inutiles, et qu'ils se débrouillent pour survivre ! Ma grand-mère était indignée au récit de tels méfaits, et, mon grand-père, simplement méprisant :

— C'est avoir un bien piètre sens des affaires, l'ai-je une fois entendu déclarer. Le premier imbécile venu devrait comprendre que, si on les traite bien, ils travaillent.

Quand ma grand-mère mourut – folle de rage car elle n'était pas prête, clamait-elle, et ne supportait pas d'être contrariée –, la relève avait été prise par la belle Mme Stevens aux yeux de biche, qui prévenait le docteur quand un enfant était blessé ou tombait malade, et veillait à ce que le contremaître chargé de « la marmaille » soit un homme de principes chrétiens et d'un naturel point trop rude. Mais déjà le temps des apprentis-enfants perdus touchait à sa fin car maintenant la machine à vapeur était assez domestiquée pour supplanter la roue à aubes, ce qui supprimait l'obligation d'installer les fabriques près des cours d'eau, et par ailleurs une nouvelle famine en Irlande avait jeté sur nos rivages une vague toute fraîche de travailleurs d'autant plus énergiques qu'ils avaient le ventre creux. Cullingford perdait à vue d'œil son charme campagnard sous les assauts désordonnés d'une croissance qui faisait pousser des maisons toutes neuves et déjà sordides, dans des rues à peine tracées, à la rencontre d'une ceinture toujours plus large de fabriques dont les hautes cheminées, en crachant leur épaisse fumée noire, attestaient l'opulence ; aussi puisions-nous désormais dans d'intarissables réserves d'enfants qui remplissaient nos ateliers sans qu'il nous en coûtât rien ; lesquels, de surcroît, étaient maintenus alertes et diligents par la rude poigne de leurs propres mères. Le ministère des dames Barforth n'était donc plus nécessaire et, quand bien même cette nouvelle race d'enfants-ouvriers nous parût plus pâle et plus malingre que celle qui l'avait précédée, et que nous avions nous-mêmes logée et nourrie – car il n'y avait désormais plus de loi du Parlement pouvant contraindre les mères à ne coucher que deux enfants par lit ou à leur inculquer une éducation chrétienne –, leur troupe était notablement plus abondante et le travail, en fin de compte, se faisait tout aussi bien.

Dorénavant, Mme Stevens pouvait se consacrer entièrement à ses conserves et à ses confitures, ma mère à sa broderie ; quant à moi, dont les seize ans faisaient reculer Waterloo dans l'histoire ancienne, j'étais bien trop installée dans ma sécurité et la certitude de la toute-puissance des Barforth et de leur bon droit pour beaucoup me soucier du retour des soldats qui campaient dans la cour de notre filature, sans autre occupation apparente que rire, bayer aux corneilles et lancer des œillades aux servantes, mais qui en réalité étaient là pour intervenir, au premier signe de mon grand-père, afin de protéger la mise en place de nouvelles machines, de ces métiers mécaniques qui s'apprêtaient à chasser le dernier tisserand de la chaumière où il menait encore la vie d'un homme libre, ou à le réduire à la famine.

Pour mon grand-père et ses semblables, cela constituait un progrès logique, inévitable. Du moment que nous possédions des machines à filer, il s'ensuivait nécessairement que nous devions avoir des machines à tisser, capables de suivre le rythme des précédentes et d'absorber l'énorme quantité de fil qu'elles produisaient. Mais les tisserands, qui, avec leurs métiers à main, se devinaient déjà perdants dans leur lutte inégale contre les grosses fabriques, qui voyaient leurs revenus réduits de plus de moitié et qui, pire encore, sentaient leur échapper une liberté plus précieuse que la vie, ces tisserands-là n'avaient aucune raison d'accepter sans broncher les conséquences d'une telle logique. Et comme, par-dessus le marché, les propriétaires agricoles venaient une nouvelle fois d'augmenter le prix du blé, et que l'on faisait état de rumeurs selon lesquelles des groupes de jeunes tisserands allaient nuitamment s'entraîner sur la lande au maniement des armes à feu – et bénéficiaient, sans nul doute, des instructions que leur prodiguaient ces anciens combattants de Waterloo, toujours sans le sou et toujours indisciplinables –, il fallait bien s'attendre à des troubles, d'autant plus prévisibles que tout le monde s'y préparait.

Je savais mon père disposé à retarder l'installation des nouveaux métiers car, né à l'abri de la pauvreté subie par mon grand-père, il était moins que lui enclin à aborder de front les obstacles ou à poursuivre ses objectifs à tout prix. Mais bien qu'il fût théoriquement devenu seul responsable de la fabrique, l'autorité et les ambitions de mon grand-père ne s'étaient pas atténuées pour autant ; aussi, quand ce dernier était descendu de Maison Haute pour décréter : « Convoquons la troupe et faisons venir les machines », mon père avait préféré ne pas désobéir.

Ils avaient bien des choses en commun : l'imposante carrure de leur jeunesse transformée en lourdeur de l'âge mûr, la vigueur, les appétits robustes ; mais, chez mon père, simple copie du modèle original, ceux-ci étaient un peu moins exigeants, un peu plus faciles à rassasier. Aussi savions-nous que c'était mon frère Edwin – plus grand, plus fort, plus débordant de vitalité, à vingt-quatre ans, que ne l'avaient jamais été les deux autres – qui occupait la première place dans le cœur de mon grand-père.

Il l'appelait « le Garçon », d'un ton bien différent de celui dont il usait pour me désigner comme « la Fille » ; et c'est Edwin qui avait été chercher les soldats et les ingénieurs et qui avait passé de longues heures dans les ateliers à décider, avec mon grand-père, où il fallait implanter les nouveaux métiers.

— Le Garçon sait de quoi il parle, avait dit mon grand-père à Mme Stevens, qui s'était empressée de répandre le propos.

Quand Edwin avait déclaré, en conclusion de son étude, qu'il ne fallait rien moins que bâtir une nouvelle usine, temple de pierre érigé au Progrès et au Profit, nous n'avons donc pas été surpris de voir mon grand-père en rire d'aise.

— Mieux vaut raser cette vieille ruine avant que les métiers ne la fassent crouler, avait dit mon frère. Finis les replâtrages et les bricolages. Si nous voulons faire le travail, autant le faire comme il faut.

Et, tandis qu'il se laissait aller à décrire ses visions de bâtiments de quatre, de six étages, pouvant accommoder non plus la douzaine de machines prévues mais plusieurs centaines, je voyais mon grand-père prendre des couleurs, mon père perdre les siennes ; et je me suis souvenue que c'était lui, et jamais Edwin, qui se retrouvait encerclé de tisserands hostiles, le poing brandi ; toujours lui, mon père, à faire face à l'hystérie des femmes, lui seul qu'on bousculait, qu'on menaçait, à qui on demandait avec malveillance s'il ne s'arrêterait qu'en voyant les collines peuplées de squelettes.

— Traite-les par le mépris, disait mon grand-père.

— Dispersez-les à coups de cravache, renchérissait mon frère.

Mais mon père était incapable de suivre de tels conseils et, par moments, je l'aurais consolé – si j'avais osé.

— Il faut comprendre le point de vue de ces gens-là, l'avais-je entendu dire à ma mère en baissant la voix comme si, de Maison Haute, son père avait pu l'entendre.

Mais, contrairement à Mme Stevens, qui buvait les moindres paroles de mon grand-père, ma mère écoutait rarement ce qu'on lui disait, et prêtait encore moins souvent l'oreille à son mari.

— Enfin, Isabella, rien ne vous touche donc jamais ? lui disait-il parfois d'un ton de reproche.

— Mais si, mon ami, mais si, murmurait-elle avec un sourire absent avant de se replonger dans sa broderie.

La beauté de ma mère, la perfection éclatante de sa chevelure noire et lisse, de son visage à l'ovale irréprochable et de ses yeux de velours gris étaient tout ce que je savais d'elle, ou presque, et je n'avais jamais eu l'occasion d'en apprendre davantage. Elle était pour moi le parfum de lavande où avait baigné mon enfance, une présence distraite plutôt que distante, car la hauteur est un sentiment froid, une attitude concrète dont ma mère était incapable, tant elle était insaisissable ; c'était une femme qui ne donnait pas d'ordres, n'exprimait pas d'exigences, répondait invariablement : « Oui, mon ami », « Certainement, ma chère » mais qui savait, en dépit de tout, rester aussi secrète, indépendante et élégante qu'un chat.

Peu après leur mariage, mon père avait fait faire d'elle un portrait qui la montrait dans une de ces robes étroites du style antique à la mode de l'époque, avec un ruban de fils d'argent pour retenir ses boucles cascadantes, un fin châle sombre posé sur ses épaules nues ; elle avait les yeux mi-clos et laissait filtrer un regard langoureux par-dessus un sourire plein de promesses que, par la suite, sa nature ne lui avait pas permis de tenir. Encore enfant, je contemplais ce portrait en me disant que j'avais pour mère l'être le plus merveilleux au monde, et je ne comprenais pas pourquoi mon père semblait ne pas l'aimer autant qu'il l'aurait pu et pourquoi mon grand-père, pour sa part, paraissait ne pas l'aimer du tout.

Peu d'enfants comprennent pourquoi leurs parents se sont mariés, mais je savais – étant une fille à qui on ne prêtait donc pas attention, je surprenais beaucoup de choses et en présumais bien davantage – que ce mariage avait sans doute été l'unique occasion pour mon père de défier la volonté de mon grand-père. Non que ma mère ait été, si peu que ce fût, jugée inacceptable, car Mlle Isabella Baxter, fille d'un maître coutelier de Sheffield, avait une dot et un rang social plus qu'honorables et propres à attirer bien des prétendants. Cette désapprobation venait simplement de ce que les épouses Barforth se recrutaient de préférence chez des femmes d'allure simple, d'esprit raisonnable, des femmes sachant se rendre utiles au lieu de se faire belles, qui connaissaient leur place et savaient s'y tenir, des femmes sans éclat mais sans risques, aux deux pieds solidement plantés par terre, et mon grand-père avait protesté avec véhémence et mis son fils en garde contre une Isabella Baxter qui n'avait rien de ce qu'il fallait pour qu'un homme, avec elle, se sentît en sécurité. Car il avait été prompt, semble-t-il, à remarquer le sourire langoureux, la taille souple et la silhouette penchée propres à détourner un homme de son devoir, à l'inciter au gaspillage de temps et de forces normalement consacrés au travail et aux affaires – seuls buts louables dans la vie d'un jeune homme – et non pas aux plaisirs, qui ne pouvaient venir qu'en dernier lieu. Proprement ensorcelé, mon père s'était cependant obstiné, et ma mère elle-même, pour la première et sans doute la dernière fois de sa vie, avait refusé de céder en déclarant ne vouloir pour époux nul autre que mon père, ce qui s'était terminé à l'église, où ils s'étaient finalement mariés dans un nuage de tulle et de dentelles, au grand scandale de toute la vallée de la Law.

Et, malgré tout cela, ils ne furent point heureux. Peut-être parce que le coup de tête romantique de mon père n'avait pas résisté au temps. Peut-être parce que ma mère avait été déçue dans des espoirs placés trop haut. Peut-être aussi parce qu'il espérait secrètement la voir métamorphosée, au cours de leur nuit de noces, par quelque mystérieuse alchimie la rendant semblable à toutes ces épouses prosaïques et raisonnables dont les Barforth avaient besoin, sans pour autant perdre l'essentiel de son charme complexe ; et c'est peut-être l'expression de sa déception à lui qui avait provoqué son retrait à elle, qui l'avait plus ou moins consciemment poussée à devenir de moins en moins une Barforth alors même qu'il en accentuait en lui-même, comme à plaisir, les traits de caractère. Et, bien que mon père n'eût jamais prononcé un mot désobligeant à l'égard de sa femme, se contentant de s'enfoncer chaque année un peu plus dans sa morosité, mon grand-père ne se privait pas de proclamer à qui voulait l'entendre – Mme Stevens jouant toujours aussi fidèlement le rôle d'auditoire privilégié – que le joli minois de sa bru et son habileté aux travaux d'aiguille n'étaient que de bien maigres compensations en regard de ses manières évaporées et de sa lamentable incapacité à élever sa progéniture.

Mon frère Edwin, il est vrai, avait fait dans le monde une entrée fracassante digne de Hercule enfant, et moi, en dépit de l'infériorité de mon sexe, je n'avais rien non plus d'une mauviette ; mais il y avait eu, entre et après nous, une demi-douzaine de petits Barforth chétifs qui n'avaient su vivre que quelques mois ; aussi, comme il était inconcevable d'attribuer à lui-même une si scandaleuse faiblesse de constitution, mon grand-père était-il fermement persuadé que cela ne pouvait provenir que de ma mère.

J'allais assez souvent fleurir la rangée de ces petites tombes Barforth ; il y avait là mes frères Samson et William, mes sœurs Isabella et Emma, Sophia aussi, et une petite ombre nommée Lucy que je me rappelais vaguement car c'était à cause d'elle que mon grand-père avait juré et tempêté en apprenant que sa naissance allait être la dernière.

— Alors, c'est fini ? s'était-il écrié. Elle n'est pas capable de faire mieux que cela ? Deux sur huit, et plus rien après ! Pour ce qu'elle t'a coûté, mon garçon, ce n'est pas ce que j'appelle un investissement rentable, je te prie de me croire !... Enfin, il faut savoir se contenter de ce qu'on a et faire pour le mieux. Nous avons au moins le Garçon et, avec lui, l'avenir est assuré. Quant à la Fille, on arrivera peut-être à en tirer quelque chose et, quand elle sera en âge, elle pourra faire entrer quelqu'un de convenable dans la famille, un garçon capable de seconder Edwin quand nous ne serons plus là. Et puis, qui sait, William... Si ton Isabella est vraiment aussi – comment dirais-je ? – aussi fragile qu'on le prétend, s'il lui arrivait... tu pourrais te choisir une nouvelle femme solide, la prochaine fois, une de notre espèce, qui puisse renforcer la race. Car il ne faut pas oublier l'usine. Plus que jamais, nous aurons besoin d'aide, et les enfants sont là pour ça.

Il n'y avait pas d'hostilité ouverte entre ma mère et mon grand-père car, tandis qu'elle ne se querellait jamais avec personne, il s'exprimait toujours avec tant de brusquerie qu'il paraissait le plus souvent enragé contre la terre entière et pas contre elle en particulier. Mais la manière qu'elle avait de sourire, avec une douceur distraite, faisait immanquablement saillir les veines noueuses sur les tempes de son beau-père, et sa façon de parler – très douce, à voix très basse et, le plus souvent, pour ne dire que des choses insignifiantes – avait pour résultat d'amener le rouge de la fureur contenue sur les joues de mon grand-père, d'autant plus irrité que mon père se refusait à le suivre en haïssant sa femme.

— Tout cela est bien décourageant, mon pauvre garçon, lui disait-il parfois d'un ton faussement compatissant où transparaissait une ruse un peu trop visible. Tu ferais sagement de nous la confier pour laisser Mme Stevens la remettre sur le droit chemin, car je la trouve bien trop sage, ta Virginie. Le Garçon, lui, c'est un livre ouvert, mais j'ai peur que ta petite n'ait tendance à se replier sur elle-même et ne devienne ingouvernable, comme sa mère. Reprends-la en main pendant qu'il est encore temps, William, car nous ne pouvons plus courir de risques de ce côté-là.

— Elle n'est pas si mal élevée, répondait mon père sans tout à fait prendre ma défense, sans tout à fait non plus dissimuler son regret de ne pas avoir d'épouse plus comme il faut ; et je comprenais aussi que, étant fille de ma mère, j'étais moi aussi devenue suspecte ; si je voulais être pleinement admise dans le clan Barforth, je serais obligée – contrairement à mon frère – d'apporter la preuve que j'en étais digne.

Pour mes seize ans, on m'offrit des boucles d'oreilles en or, un éventail à monture d'ivoire, des gants de chevreau blanc, un chiot de la chienne bâtarde à poil jaune qui appartenait à mon frère, un rang de corail et un peigne d'écaille pour tenir mon chignon ; et ce fut ce soir-là, pendant que j'admirais mes présents et qu'Edwin m'instruisait sur la manière de nourrir mon petit chien, que mon frère déclara tout de go et sur un ton de défi qu'il était grand temps pour lui de prendre femme.

— Bien sûr, mon enfant, c'est tout naturel, dit ma mère.

En digne petit-fils de son grand-père, Edwin rougit de colère, piqué au vif de la façon détournée mais parfaitement transparente dont ma mère venait de faire allusion aux dangers qu'il représentait, ces derniers temps, pour les servantes, les ouvrières et, plus encore, pour la fille du fermier de Farncliffe Crags qui, l'hiver précédent, avait accouché de son rejeton illégitime.

— Tu as donc fixé ton choix, si je comprends bien ? demanda mon père, en rougissant lui aussi, car Edwin venait de passer la journée à Maison Haute pour parler, semblait-il, de machines et de noces avec son grand-père et non avec son propre père, sautant ainsi une génération comme il avait trop volontiers tendance à le faire. Devant cette nouvelle atteinte à son autorité, mon père sentait son amertume échapper au contrôle qu'il s'imposait d'ordinaire.

— Tu ne devrais pas traiter cette question à la légère, reprit-il. Tel que tu es, il te faut une femme sensée, économe, qui ait les pieds sur terre, une femme qui ait les mêmes ambitions que toi et en comprenne le pourquoi et le comment, bref une femme de ton espèce, Edwin. L'amour, c'est bien beau, mais cela ne fait guère d'usage, et les lunes de miel ne sont pas éternelles.

Ma mère, qui n'était jamais censée entendre les choses désagréables et qui, d'ailleurs, affectait de ne pas s'être sentie insultée par cette tirade – dont j'avais pourtant souffert à sa place –, releva alors d'un geste élégant sa jolie tête penchée sur son ouvrage, et déclara d'un ton léger :

— Il compte épouser sa cousine Hannah Barforth, si je ne m'abuse ? C'est bien ce qu'il a résolu avec son grand-père, ou ce que son grand-père a décidé pour lui depuis longtemps déjà, n'est-ce pas ?

— Cela vous déplairait-il, maman ? demanda mon frère d'un ton plus froid, plus insensible que ne l'avait jamais été celui de mon père, et qui exprimait un mépris total pour l'opinion des femmes, y compris celle de sa cousine Hannah. C'est alors que, enhardie sans doute par le peigne qui, en maintenant mon chignon tout neuf, faisait de moi une femme et non plus une fillette, je me suis sentie prodigieusement agacée par l'insupportable suffisance dont Edwin faisait preuve en tenant pour acquis que Hannah non seulement acceptait ce mariage mais, bien plus, le considérait comme un grand honneur.

— Il me semble, dis-je avec raideur, il me semble qu'avant de nous demander si cela nous plaît, nous ferions bien de savoir si tu le lui as demandé à elle. Il est fort possible qu'elle ne soit pas aussi enthousiaste que tu l'imagines.

Je n'oublierai jamais la réaction d'Edwin, debout dans les rayons du soleil couchant qui brunissait sa peau hâlée et lui noircissait le regard, et dont toute la personne exsudait la certitude de savoir prendre l'avenir à la gorge pour lui extorquer de force tout ce que la vie aurait l'audace insensée de vouloir lui refuser :

— Elle en sera ravie, me dit-il avec un rire dédaigneux. Il ne peut y avoir aucun doute sur ce point, sinon je ne me donnerais même pas la peine de lui en parler. Aucune femme, d'ailleurs, ne peut encore se vanter d'avoir repoussé mes avances. Je lui ferai donc ma demande dès demain, après que les nouveaux métiers auront été livrés, et tu peux déjà te préparer à danser à mes noces, Virginie, si tu te crois capable de te coiffer convenablement d'ici là – et d'attraper un mari par la même occasion, pourquoi pas ?

Parce que je savais Edwin aussi irrésistible et indestructible que mon grand-père, et que j'étais à un âge où le seul mot de mariage fait rêver, je n'eus pas de mal à le croire sur parole et à mettre mon rire à l'unisson du sien.

2

Les métiers arrivèrent pendant la nuit sur une longue file de chariots lents et lourds escortés de soldats avec, à leur tête, mon frère Edwin qui menait sa petite armée aussi bravement que le Duc de Fer[1] en personne. Le lendemain matin, la foule grondante qui avait envahi la cour de l'usine s'écarta en maugréant, mais intimidée quand même, devant mon grand-père descendu à cheval de Maison Haute pour se rendre compte par lui-même si ses hommes de confiance, et les représentants de cette race étrange et nouvelle qu'on appelait des ingénieurs, faisaient bien ce qu'il fallait pour installer les machines.

— Elles produiront à la fin du mois prochain, déclara-t-il d'un ton sans réplique avant de remonter à cheval, tout en jetant autour de lui des regards irrités pour réduire au silence quiconque aurait fait mine de discuter – mais dans l'espoir inavoué qu'il se serait trouvé un inconscient pour l'oser. Ce même après-midi, ma cousine Hannah vint nous rendre visite, sachant certainement déjà ce qu'Edwin avait l'intention de lui dire et la réponse qu'elle était toute prête à lui donner.

Elle était grande, ma cousine Hannah, imposante et volontaire, Barforth jusqu'au bout des ongles, intelligente, sûre d'elle et douée d'une beauté remarquable, sans mièvrerie ; et si, à vingt-trois ans, elle n'était toujours pas mariée,

1. Surnom de Wellington.

ce n'était que parce qu'elle avait depuis longtemps pris la décision d'épouser mon frère, qui ne demandait d'ailleurs pas mieux malgré l'opposition de mon grand-père.

Celui-ci avait rêvé pour Edwin d'une épouse exceptionnelle, en qui se seraient combinés le solide bon sens de ma grand-mère et la séduction subtile de Mme Stevens ; d'une jeune fille richement dotée, bien sûr, mais aussi pourvue d'espérances – fille unique, par exemple, de quelque industriel et seule héritière d'une affaire prospère dont Edwin aurait alors arrondi sa fortune. Aussi, et bien qu'on dût lui reconnaître un physique et un comportement irréprochables, Hannah n'était pas moins la parente pauvre, issue d'une branche qui n'était pas sans tares et dont la dot, si même il devait y en avoir une, ne pourrait qu'être insignifiante. Mais Edwin pouvait se montrer têtu quand il le voulait, et mon grand-père avait hâte de voir fonder une nouvelle génération dont Hannah, tout bien pesé, serait capable d'assumer gaiement, sainement et raisonnablement la maternité. C'est pourquoi en la voyant entrer chez nous, en ce beau début d'après-midi de mai, avec son port de reine que sa robe vert passé aux volants trop étroits ne parvenait pas à déprécier, je ne doutais pas un seul instant qu'elle deviendrait bientôt ma sœur.

Notre parenté n'était pas, à proprement parler, aussi proche qu'il y paraissait, car Hannah était fille d'un cousin de mon père, un de ces grands Barforth aux yeux noirs qui, naguère encore, jouissait d'une certaine aisance grâce à sa filature de Low Cross, non loin d'ici. Mais mon oncle Tom Barforth, qui aurait pu se contenter d'une vie confortable, avait voulu voir beaucoup plus grand et, magnificence oblige, entretenait à Leeds une maîtresse auprès de laquelle il passait des moments dérobés à ses affaires qui, comme bien l'on pense, s'en ressentirent et finirent par péricliter. Ma tante Hattie, sa femme, avait été jolie et, disait-on, d'un naturel plaisant dans sa jeunesse ; mais les économies sordides auxquelles elle était contrainte pour compenser les extravagances de son mari, l'obligation où elle était d'user ses jupons jusqu'à ce qu'ils tombent en charpie tandis qu'il fréquentait aussi assidûment son tailleur à la mode, tout cela avait brisé ses derniers ressorts et aigri son caractère. Au bord de la ruine la plus extrême, avais-je entendu dire, ils n'avaient l'un et l'autre rien fait pour résister à la fièvre maligne qui les avait emportés trois ans auparavant, laissant Hannah, son frère et sa sœur se débattre comme ils pouvaient contre l'adversité.

— Pauvres agneaux, avait gémi Mme Stevens en revenant, les yeux humides, de l'enterrement de tante Hattie, que vont-ils devenir, maintenant ?

La situation était, en effet, jugée désespérée au point que le frère de Hannah, mon cousin Joel, n'avait apparemment d'autre planche de salut que de vendre tout, de sauver ce qui pouvait encore l'être et de chercher un emploi. Mon père, je crois, lui avait même proposé de le prendre à Lawcroft bien que mon grand-père, qui n'aimait pas Joel, eût grommelé – très vraisemblablement de manière que son petit-neveu l'entendît bien – que l'Australie n'était pas encore assez loin pour son goût. Mais mon cousin Joel, en vrai Barforth que son père n'avait pas été, avait préféré ôter sa redingote bien coupée, retrousser les manches de sa fine chemise de batiste et démontrer aux bonnes gens de la vallée de la Law qu'ils se méprenaient sur son compte. Depuis, si la filature de Low Cross était encore loin de l'opulence, les dettes étaient payées et, dans la rue, on n'évitait plus Joel pour ne pas lui faire crédit, tandis que Hannah, sans doute plus douée que sa mère pour les soins du ménage, réussissait à entretenir un bon feu dans leur cheminée et à garnir leur table de nourritures simples mais saines ; Elinor, la plus jeune, se révélait aussi bien tournée et d'aussi bonne éducation que n'importe quelle jeune fille de son rang.

— Ces jeunes gens sont admirables, faisait fréquemment observer Mme Stevens en pensant probablement au seul Joel, capable de charmer qui il voulait quand cela lui convenait. Vous devriez prendre exemple sur eux, Virginie.

Pourtant, en dépit du courage et de la ténacité dont ils faisaient preuve et qui forçaient en effet l'admiration, il émanait des deux aînés une dureté, un ressentiment de leur propre pauvreté et une sorte de mépris envers ceux d'entre nous – y compris Edwin et moi-même – qui n'avaient jamais subi de temps difficiles, qui me mettaient mal à l'aise.

Ma mère, si elle y avait pensé, aurait pu ce jour-là envoyer sa voiture chercher ses neveux et nièces, car elle pouvait se douter que Joel aurait envie de voir les nouvelles machines, et elle était parfaitement au courant de ce qu'Edwin souhaitait dire à Hannah ; mais la manière dont ma mère organisait les choses était parfois aussi vaporeuse que son sourire – et les sentiments qu'elle portait à Hannah sans doute moins indifférents que ce qu'elle en laissait deviner – si bien que, lorsqu'elle vit les deux sœurs, Hannah et Elinor, franchir la grille donnant sur la cour de l'usine et s'approcher de notre porte, elle les considéra un moment d'un air parfaitement ébahi, comme si elle n'arrivait pas à se rappeler qui elles étaient.

— Ah ! mais oui, bien sûr ! leur dit-elle enfin. Comme c'est gentil d'être venues, que je suis contente de vous voir.

Sans rien perdre de sa douceur distraite, elle venait ainsi de ravaler Hannah – déjà rose de bonheur à l'idée de se voir bientôt maîtresse de cette maison – au rang de simple relation mondaine qui commettait un impair en arrivant sans se faire annoncer.

Heureusement, mon frère Edwin – qui avait été toute la journée sur des charbons ardents avec ses chères machines, et bouillait d'impatience de pouvoir enfin entendre Hannah lui dire combien il avait été brave et clairvoyant – fit son entrée au salon à ce moment-là et, de sa voix vibrante, dissipa les ondes de froideur émises par ma mère ; puis, saisissant la main de Hannah dans les siennes, il lui déclara :

— Les métiers sont arrivés – phrase que nous avons tous correctement interprétée par : « Et maintenant, voulez-vous enfin devenir ma femme ? »

— Oui ! répondit Hannah. Les métiers sont enfin arrivés. Je savais, Edwin, que vous y parviendriez sans peine, du moment que vous aviez décidé de réussir et que vous l'aviez fait savoir. Bravo, oh bravo ! Edwin ! Joel est allé à l'usine pour voir comment s'y prenaient les ingénieurs, et je me demandais... Pourrais-je, croyez-vous, aller moi aussi y jeter un coup d'œil ?

— Je ne suis précisément venu que pour vous chercher, dit-il en rayonnant de plaisir devant l'intérêt que manifestait Hannah et les compliments qu'elle lui prodiguait. Allons-y d'ailleurs sans plus tarder, car je voudrais vous parler en chemin. Ensuite, si cela vous convient, mère, nous devons tous nous retrouver à trois heures à Maison Haute pour boire quelque chose, peut-être aussi pour manger un morceau si Mme Stevens n'a pas perdu ses bonnes habitudes, ce qui m'étonnerait. J'espère que cela ne vous dérange pas, mère, et que vous n'aviez rien prévu pour le dîner, rien qui puisse se gâter, du moins ?

— Mais non, mon cher enfant, mais non, répondit-elle comme si la notion même de dîner, que nous prenions invariablement à quatre heures, ne lui avait même pas effleuré l'esprit. Qu'aurais-je donc qui puisse se gâter ?

Edwin ne releva pas cette perfidie, car rien au monde ne pouvait ternir son grand jour ; il saisit Hannah par le bras d'une poigne possessive – heureux, sans doute, de la sentir si ferme, si concrète sous sa main – avant de l'entraîner à sa suite avec un bref signe de tête et un demi-sourire en direction de ma mère.

Un peu plus tard, je suis montée à Maison Haute en compagnie de ma cousine Elinor, une jeune fille de mon âge qui, contrairement à la sérieuse et positive Hannah, n'avait pour le moment d'autres intérêts dans la vie que rubans et colifichets, sans oublier la contemplation prolongée de sa propre image, ravissante et fragile comme celle d'une poupée de biscuit, qu'elle ne tenait manifestement pas des Barforth.

Hannah, Joel, Edwin et mon père avaient tous quelque chose de mon grand-père : c'étaient des Barforth, grands et larges de taille, sombres de teint, avec le nez aquilin et le menton carré, impérieux, de l'aïeul ; et j'avais moi-même, bien que l'ovale de mon visage et la finesse de mes traits me fussent venus de ma mère, hérité les yeux noirs et la lourde chevelure chocolat qui distinguent notre clan. Mais Elinor, elle, avait la fraîcheur et, semblait-il, le parfum d'un bouton de rose, comme sans doute ma tante Hattie dans sa jeunesse ; elle était gracieuse jusqu'au miracle, futile jusqu'à l'insupportable et s'enorgueillissait de cheveux d'une extrême finesse au blond pâle presque argenté, d'yeux à la teinte nuageuse oscillant entre le bleu et le vert, et surtout, dès quinze ans, d'une silhouette élancée dont l'élégance parfaite se remarquait en dépit de ses piètres atours.

Ma cousine Hannah possédait en tout et pour tout une bonne robe pour l'été, une autre pour l'hiver et une capote à brides qu'elle portait en toute saison, car elle n'avait pas besoin d'autre ornement que le sentiment d'être une Barforth ; tandis qu'Elinor, grâce à son habileté à l'aiguille et à la mendicité qu'elle pratiquait sans vergogne auprès de ses parentes et relations fortunées, semblait toujours sortie des mains d'une couturière de grande ville au fait de la dernière mode. Je voyais ainsi des volants de mousseline apparaître à l'ourlet d'une de mes vieilles robes ; un bonnet de satin, oublié au fond d'un de mes placards, revenait fièrement orné d'une plume d'autruche sauvée d'une toque mise au rebut par ma mère ; ou bien l'on apprenait, dans des chuchotements pleins de mystère, qu'une fringante capeline de paille couronnée de fleurs printanières et de rubans noués artistement n'était autre qu'un triste couvre-chef dont Mme Stevens n'avait décidément pas pu tirer parti. Elinor excellait à se tailler un coquin petit spencer dans quelque vieille cape de soirée dérobée au grenier de mon grand-père, à se confectionner du même coup une ceinture et un réticule dans la doublure, tandis que sa quête d'éventails, de gants et autres brimborions coûteux se poursuivait sans trêve et de manière si éhontée – comme le ferait un chien affamé qui, sous aucun prétexte, ne lâche le bout de viande chapardé à l'office – qu'elle revenait rarement les mains vides de ses expéditions.

Aujourd'hui, pourtant, et malgré les commentaires flatteurs que méritait sa robe de mousseline rose, elle paraissait oublieuse de sa mise, et les compliments que je venais de lui prodiguer pour la parure de roses dont elle avait rehaussé son chignon et sa taille n'étaient pas parvenus à la distraire de ses préoccupations.

— Elles viennent du jardin du pasteur, me répondit-elle d'un air absent devant mon insistance.

— Veux-tu dire que tu les y as prises ?

— Oui, bien entendu. Et pourquoi pas ? Hannah m'avait forcée à aller le voir, ce dont je n'avais aucune envie, et quand j'ai traversé le jardin en m'en allant, je les ai vues, les premières roses de la saison, d'une teinte qu'on aurait dite faite exprès pour cette robe. Il ne s'en apercevra pas, j'en suis sûre.

— Mais qu'as-tu bien pu dire à Hannah ?

— Pour ces roses ? Que le pasteur est un bon chrétien, ce qui est parfaitement exact, et qu'il m'en a fait cadeau, ce qui serait la moindre des choses s'il pratiquait vraiment la charité chrétienne.

Cet étalage de sa cautèle et de l'astuce qu'elle déployait pour jouer les écervelées afin d'égarer l'honnêteté scrupuleuse de sa sœur ne parvint cependant pas à la dérider et, tandis que nous gravissions lentement le sentier caillouteux menant à Maison Haute, Elinor me saisit soudain la main et me dit d'un ton pressant :

— Plus vite, Virginie, dépêchons-nous !

— Pourquoi ? Nous ne sommes pas en retard.

— Non, du moins je ne le pense pas, car tu sais que je n'ai aucune notion de l'heure et que c'est toujours Hannah qui me rappelle à l'ordre. Mais pressons-nous quand même, Virginie, viens…

Elle jeta nerveusement un regard vers l'usine, qui s'amenuisait au-dessous de nous dans la vallée, et reprit en baissant la voix :

— Quand nous sommes venus, il y avait des hommes sur la route et j'ai bien cru qu'ils allaient nous barrer le passage. Hannah n'était pas rassurée non plus, ce qui ne l'empêchait pas de me répéter : « Ne dis pas de sottises, Elinor, et continue d'avancer », et j'étais bien obligée d'obtempérer pour ne pas m'éloigner de Joel. Mais il ne s'agissait pas de sottises, crois-moi, car ces individus nous entouraient et tournaient autour de nous de manière effrayante, si bien que Hannah elle-même avait peur, même si elle affirmait le contraire. Joel a fini par leur dire de s'écarter, ce que certains ont fait moins vite que d'autres, et nous sommes passés. Mais, si tu les avais entendus, Virginie, si tu avais vu leurs expressions grimaçantes, et leur misère, leurs haillons – je me suis retournée pour les regarder, malgré la défense de Joel –, et leur nombre ! Il y en avait partout sur les collines, des petits groupes de cinq ou six égaillés sur les pentes et qui regardaient l'usine comme s'ils la haïssaient. Ils étaient immobiles, le regard fixe, comme les arbres l'ont quelquefois, ce qui fait dire à Hannah que je suis idiote parce que les arbres n'ont pas d'yeux. Ce sont les nouveaux métiers qu'ils haïssent si fort, n'est-ce pas ? Joel a dit qu'ils étaient fous de s'imaginer pouvoir se mettre en travers du progrès. Je ne sais pas trop ce que le mot « progrès » veut dire, mais, si cela signifie que ces hommes vont être privés de leur travail, de leur maison, et qu'ils vont être obligés de vivre de la charité publique, je comprends qu'ils n'aiment pas le progrès. Mais je comprends aussi ce que disait Joel en les traitant de fous, parce que je meurs de peur en pensant à eux. Oh ! je t'en prie, Virginie, demande à ta mère de nous faire raccompagner chez nous en voiture, car elle n'y pensera pas d'elle-même, et Hannah ne voudra pas le lui demander ! Tu me promets de lui en parler avant qu'il ne fasse noir, n'est-ce pas, Virginie ?

— Naturellement, voyons, je lui en parlerai.

Je n'étais pas le moins du monde alarmée par le récit d'Elinor, car je la savais capable de raconter n'importe quoi pour faire une promenade en voiture, et ses terreurs, le plus souvent, n'étaient qu'un moyen de se faire remarquer.

— D'ailleurs, repris-je avec insouciance, si les chevaux ne sont pas là ou si ma mère ne veut pas qu'ils sortent de nouveau ce soir, tu pourras passer la nuit avec moi.

Mais la perspective de coucher à Lawcroft Fold, dans l'enceinte même de l'usine assiégée par la troupe inquiétante de ces individus à figures d'arbres, n'était pas du tout du goût d'Elinor, et quand je sentis sa main tremblante me serrer le bras et réussir presque à me communiquer sa frayeur, je ne pus me retenir de réagir sèchement :

— Je t'en prie, cesse de faire tant d'histoires. Es-tu sotte, par moments, ma pauvre Elinor ! Des arbres… Ce sont tout simplement des tisserands qui viennent grogner au sujet des métiers, et que veux-tu qu'ils fassent de plus que pousser quelques cris ? Edwin et Joel sont ici, et les soldats à l'usine. Et il y a grand-père. Crois-tu qu'il laisserait quelqu'un lever le doigt sur nous ?

Il nous attendait dans le jardin de Maison Haute, aussi noueux que les arbres alentour, et contemplait de son banc l'étendue de son empire : son usine, sa cheminée, son école, sa chapelle, les tentacules grisâtres de Cullingford qui s'en rapprochaient chaque jour davantage, la maison qu'il avait bâtie pour sa femme, Maison Haute qu'il avait érigée pour lui-même et les plaisirs terrestres de ses vieux jours, les fumées grises de la prospérité qui s'élevaient sur la ville et qui, ce jour-là, étaient chassées vers l'est, si bien qu'un coin de ciel bleu luisait au-dessus de lui et qu'un rayon de soleil faisait une timide apparition.

— Tu es donc venue me voir, Virginie. C'est bien, c'est bien. Et où est ta mère ?

Debout derrière lui, mon père me posait du regard la même question.

Edwin était déjà là, ainsi que mon cousin Joel ; ils avaient beau se ressembler, j'avais toujours trouvé mon frère d'un abord plus plaisant, moins abrupt, et je savais que, malgré ses grandes démonstrations d'amitié, Joel détestait Edwin et le considérait comme un prétentieux imbécile dont il comptait soutirer le maximum d'avantages dès qu'ils seraient beaux-frères.

Joel Barforth, qui avait vingt-huit ans cette année-là, était un peu moins massif, un peu plus sombre de teint que ne l'était Edwin ; il avait derrière lui une jeunesse orageuse, adonnée aux cartes et à la boxe à poings nus, aux vins fins et aux liqueurs françaises plutôt qu'à la bonne bière du pays, et – bien qu'il eût, à la mort de son père, endossé ses responsabilités dans la meilleure tradition Barforth – la vallée de la Law n'avait toujours pas abandonné sa réserve à son égard. Dans une région où la valeur d'un homme se mesurait souvent à la quantité de cambouis sur ses mains et de crasse incrustée sous ses ongles, mon cousin Joel était toujours scrupuleusement manucuré ; s'il avait eu une enfance presque misérable, obligé comme sa mère de subir le contrecoup des extravagances de son père, il n'affichait plus désormais que des vêtements impeccablement taillés et repassés, des bottes étincelantes et des cravates à l'architecture si élaborée qu'on se demandait où il prenait le temps de les nouer ainsi. Je le croyais rusé, dur, ambitieux et capable de fourberie, plus Barforth encore que les autres et ressemblant davantage à mon grand-père que son propre petit-fils Edwin ; mon grand-père n'aimait pourtant pas Joel, à qui il avait refusé son aide quand celui-ci en aurait eu le plus pressant besoin et qu'il aurait pu la lui accorder sans se gêner, et, encore maintenant que Joel avait administré la preuve d'être capable de surmonter victorieusement les aléas de l'existence, mon grand-père continuait de le traiter avec dédain, lui déniant toute occasion de briller quand Edwin était présent.

Nul ne pouvait accuser mon frère de perdre son temps à sa toilette car, en ce jour de ses fiançailles, alors qu'il avait le choix entre des douzaines de costumes, il n'avait visiblement fait qu'endosser les premières hardes tombées sous sa main, en l'occurrence une jaquette bleu paon qui jurait avec un gilet jaune, et une cravate à carreaux indigne d'un garde-chasse ; cet accoutrement n'en faisait que mieux ressortir la perfection de la tenue de Joel, dont la jaquette prune, le pantalon gris tourterelle, la chemise immaculée à plastron ruché et la somptueuse cravate accusaient l'immensité du fossé qui séparait les deux garçons. Si ces détails vestimentaires étaient insuffisants, à mes yeux, pour me faire aimer Joel, ils me permettaient cependant de comprendre pourquoi mon cousin exécrait tellement mon frère.

Edwin, sans efforts ni mérite de sa part, allait hériter de Lawcroft Fold, tandis que Joel, au prix de sacrifices incessants, serait bien chanceux de s'accrocher à ses ateliers de Low Cross, sortes de ruines ouvertes à tous les vents. Edwin n'avait eu qu'à exprimer un souhait pour que, dans l'heure, mon grand-père commandât les machines, fît venir des soldats pour les garder et bâtît une usine toute neuve pour les installer, pendant que Joel restait seul à remâcher le goût amer de ses ambitions inassouvies. À vingt-quatre ans, Edwin allait épouser la jeune fille de son choix, alors que Joel, de quatre ans son aîné, en était encore à courtiser sans grand espoir une demoiselle Rosamonde Boulton qui lui avait certes promis d'attendre mais dont la patience ne pouvait, raisonnablement, être éternelle.

En me voyant, Joel ne m'accorda qu'un signe de tête distrait et plein de froideur, car je ne tenais aucune place dans ses projets d'avenir. Il avait au contraire tout intérêt, je le savais, à marier sa sœur Hannah à mon frère, et sa sœur Elinor au premier qui voudrait bien d'elle et gagnerait quelques centaines de livres par an, ce qui aurait le double avantage de le soulager de dépenses aussi pesantes que ses responsabilités et de lui faire faire un pas en direction de son propre mariage avec la séduisante Mlle Boulton. Je ne pouvais lui être d'aucune utilité dans tous ces calculs et c'est pourquoi, après avoir décoché à Elinor un regard lui rappelant clairement son devoir de bien se tenir, il nous tourna le dos pour reprendre sa conversation avec mon grand-père. Je ne fus pas longue à ressentir que, sous sa déférence affectée, Joel bouillait d'une rage exacerbée par les pointes malveillantes dont le criblait mon grand-père, et auxquelles il ripostait d'ailleurs du tac au tac.

Gracieusement posée sur un plateau de verdure créé à grands frais au flanc d'une colline aride, embaumée par les massifs de roses et de lavande, d'œillets et de plantes exotiques dont on l'avait entourée, Maison Haute ne m'avait cependant jamais beaucoup plu. Nul, sans doute, ne pouvait nier son élégance et son confort, il fallait bien s'extasier à la vue de ses vastes pièces hautes de plafond où se mêlaient les blancs, les bleus et les ors des moulures, et où un ameublement fragile et clair, que Mme Stevens croyait être français, composait un décor que je jugeais trop frivole pour un homme comme mon grand-père. Mais Mme Stevens, experte en l'art de plaire et qui ne pratiquait ses sortilèges qu'au bénéfice des messieurs, ne se souciait guère de l'opinion des femmes, et encore moins de celle des jeunes filles ; aussi, tandis que mon frère, et même mon père, venaient volontiers se faire dorloter et flatter tout en savourant ses excellents vins chauds, elle avait une manière subtile et efficace de me faire sentir que j'étais de trop, si bien que je n'étais jamais fâchée de prendre congé.

Mais Hannah, l'élue du jour et qui, le moment venu, deviendrait maîtresse de Lawcroft comme ma mère ne s'était guère souciée de l'être, Hannah, donc, ne pouvait pas être traitée comme une quantité négligeable – sûrement pas, en tout cas, par Mme Stevens, trop consciente de ce que mon grand-père n'était pas immortel et qu'elle devrait, après sa disparition, s'inquiéter de sa propre subsistance ; aussi n'ai-je pas été étonnée de les voir toutes deux plongées dans une conversation chuchotée, Hannah toujours raide et droite et encore un peu mal à son aise, Mme Stevens papillonnante et froufroutante comme une brise de printemps ; je devinais sans mal qu'il était question de baisers dérobés, de carillons de noces, peut-être même de la recette d'une crème pâtissière si spéciale que le secret ne pouvait en être révélé qu'en une telle occasion.

Mme Stevens était fluette et si souple qu'on l'aurait crue désossée, une femme-arabesque qui ne se déplaçait que dans un halo d'essence de roses et le tintement d'un rire complaisant, une prodigieuse maîtresse de maison aux étagères toujours regorgeantes de tentations, tourtes savoureuses, conserves à mettre l'eau à la bouche, gâteaux et biscuits à damner un saint, tandis que des guirlandes de jambons et de saucisses, plus appétissants les uns que les autres, garnissaient le plafond de la cuisine où venait, en saison, s'amonceler le gibier braconné dans la lande. Ses pains d'épices étaient réputés, ses confitures et gelées miraculeuses, ses bouquets de fleurs séchées inimitables et son sourire extrêmement caressant ; pourtant, je ne l'aimais pas, ma mère ne l'appréciait pas davantage et je me sentis grandement soulagée de voir ma cousine Hannah esquisser un léger mouvement de recul, comme si le parfum de son interlocutrice lui paraissait trop entêtant et ses manières trop charmeuses pour son âge et sa position.

Mais il en fallait davantage pour rebuter une séductrice aussi aguerrie que Mme Stevens, assurée qu'elle était d'être sollicitée le jour prochain où Hannah, forcée de cohabiter avec ma mère, aurait besoin d'une alliée sûre ; elle serra donc affectueusement le bras de ma cousine et se leva pour glisser vers moi, la mine si ostensiblement chargée de mystère que tout le monde se retourna pour écouter.

— Il est trois heures largement passées, ma chère Virginie, murmura-t-elle en sachant que ses chuchotements portaient loin. Votre maman compte-t-elle nous faire l'honneur de venir, ou aurait-elle déjà oublié ?

— Je me demandais justement la même chose, grommela Edwin. Je ne serais pas surpris qu'elle soit encore au jardin en train de parler aux fleurs ou de regarder pousser les brins d'herbe. Eh bien, j'ai quelque chose à annoncer, moi, et je ne vois pas ce qui m'empêcherait de…

— Attends que ta mère soit ici, l'interrompit mon père.

Edwin ne le regarda même pas et se tourna vers son grand-père pour quêter une approbation dans ses yeux. Aussi, voyant la peine qui contractait les traits de mon père, je me suis hâtée de dire :

— Elle va sûrement arriver d'un instant à l'autre, elle m'a dit qu'elle venait.

— Et elle n'a sûrement rien eu de plus pressé que de l'oublier, à moins qu'elle n'ait jamais eu l'intention de se déranger, ce qui lui ressemblerait davantage. Elle est pourtant parfaitement au courant de ce que je voulais dire aujourd'hui, et je n'arrive pas à m'expliquer pourquoi elle refuse de faire le moindre effort pour l'accepter. Elle va encore nous faire un sourire, dire : « C'est très bien, mes enfants », et je vous assure que c'en est trop, qu'il y a des moments où…

— Edwin ! coupa mon père d'un ton de menace contenue. Je t'ai déjà dit d'attendre, et j'espère que tu auras au moins la politesse d'obéir et de surveiller tes paroles.

— Mon Dieu, mon Dieu… dit Hannah dans un murmure.

Elle vint s'interposer entre les deux hommes, furieuse contre ma mère qui retardait Edwin en un tel moment, en colère contre mon père qui prenait le parti de sa femme plutôt que celui de son fils, mais s'efforçant malgré tout de se montrer apaisante. Son intervention ne servit toutefois à rien car, au même instant, mon grand-père se leva pesamment pour se dresser dans toute sa majesté :

— Parle, mon garçon ! déclara-t-il comme si mon père n'existait pas. Il est en effet trois heures passées, et Mme Stevens a mis sur la table des bonnes choses que nous n'avons pas le droit de laisser perdre. Dis ce que tu avais à dire.

Comme au travers des fragments colorés d'un vitrail, je vis alors par bribes l'expression de peine humiliée de mon père, celle de satisfaction triomphante de mon frère, bouffi d'orgueil de se voir une nouvelle fois encouragé à agir à sa guise, la flambée d'hostilité qui dressait le père contre le fils, sans oublier l'éclair d'ironie froide qui s'était allumé dans les yeux de mon cousin Joel au triste spectacle de la désunion dans les rangs de la famille.

Edwin tendit alors sa main hâlée aux gros doigts puissants pour s'emparer de sa promise avec un enthousiasme si possessif que nous en fûmes touchés – et qu'il fit probablement très mal à Hannah.

— Ce que j'ai à dire n'est guère un secret. Il est grand temps que je me marie, et je ne veux pas d'autre épouse que Hannah. On m'a recommandé de choisir une femme sensée, avec qui j'aurais une complète communauté de vues et d'intérêts, et je n'en connais pas de plus sensée qu'elle. Ce n'est pas Hannah qui me ferait lanterner ou se plairait à me laisser dans l'incertitude, non : avec elle, je sais où je vais et à quoi m'attendre. Voilà ce que j'avais à vous dire. Depuis longtemps, nous savions l'un et l'autre que nous en arriverions là et c'est pourquoi nous avons décidé, tout à l'heure, de prendre enfin une décision commune. Hannah sera ma femme quand elle le voudra, et le plus tôt sera le mieux. Et si cela déplaisait à quelqu'un, eh bien, tant pis !

— Oh ! Edwin ! soupira Mme Stevens, quelle touchante histoire d'amour ! Pour vous aussi, Hannah, tout cela est bien émouvant, et nous vous souhaitons tous beaucoup de bonheur.

Comme si nous n'attendions que ce signal, les fiancés furent aussitôt pris sous un déferlement de félicitations, d'embrassades et de bourrades affectueuses qu'Edwin acceptait en se rengorgeant, tel un gros paon un peu gêné de si bien faire la roue, tandis que Hannah, sans rien perdre de sa dignité, lui exprimait par chacun de ses regards, chaque geste de ses mains aussi carrées et compétentes qu'elle-même, l'assurance de toujours être ce dont il rêvait, laborieuse gardienne de son foyer, complaisante compagne de sa couche, mère comblée de la douzaine de solides gaillards qu'il lui plairait de lui donner, sans jamais rien d'instable ou de déconcertant, rien qui l'entrave ni, surtout, lui rappelle si peu que ce soit sa mère. Puis, les embrassades finies, nous sommes passés dans la grande salle à manger, domaine de Mme Stevens, pour nous y gaver de ses tourtes, de son pain frais sorti du four, de ses entremets délicats et des vins fins de mon grand-père.

Celui-ci trônait à la tête de sa table de fête, mangeait peu mais dévorait des yeux, avec un air sentimental et satisfait, sa chère Mme Stevens en train d'exécuter autour de la table la subtile chorégraphie de son petit ballet domestique, se faisant persuasive auprès des hommes pour qu'ils reprennent de ceci ou goûtent à cela, mais laissant les femmes se débrouiller comme elles le pouvaient, sans même prétendre se soucier de savoir si elles étaient ou non servies. Les fiancés étaient assis côte à côte, raides et guindés dans leur bonheur officiel, et le sourire distant de Hannah était démenti par la flamme qui brûlait dans son regard, par sa main qui étreignait celle d'Edwin sous les plis d'une des serviettes brodées de Mme Stevens. Quant à mon père, qui avait d'abord bavardé distraitement avec Joel, il était retombé dans le silence pour finalement aller s'abriter dans l'embrasure d'une fenêtre, d'où il observait sombrement le chemin que ma mère emprunterait si elle se décidait à venir ; et, quand Mme Stevens alla le supplier de se rasseoir à table et tenta de l'amadouer en lui offrant une cuisse de poulet et des paroles compatissantes, le geste agacé qu'il eut pour l'écarter ne m'échappa pas davantage que le furieux froncement de sourcils de mon grand-père.

Ce dernier détourna son regard de mon père, comme s'il le rayait du monde, pour se poser avec fierté sur Edwin :

— Buvons à l'avenir ! dit-il d'une voix forte. Oui, à Edwin et Hannah, au futur. Débouchons le champagne, madame Stevens, car nous avons aujourd'hui plus d'un toast à porter. Puisque nous sommes tous assemblés, tous ceux, du moins, qui ont choisi de se joindre à nous, je veux vous dire ceci. Les métiers produiront dès la fin du mois prochain. D'autres seront bientôt livrés, et il y en a encore en commande, si bien que la nouvelle usine ne sera pas superflue. Sache-le, Edwin, j'ai vu mes entrepreneurs hier encore et, quand ce sera fini, mon garçon, quand le bâtiment dressera ses six étages, nous les bourrerons de toutes les machines, de tous les appareils, de tous les systèmes que ces ingénieurs auront inventés, tant que cela nous rapportera de l'argent. Hein, qu'en dis-tu, mon garçon ? La puissance, l'argent, ou le progrès, si tu préfères l'appeler ainsi, voilà ce qui compte. Et tout est pour toi, Edwin, pour toi et pour Hannah. Un jour, tout cela t'appartiendra.

Edwin poussa un murmure indistinct. Les yeux en feu, il serrait à le broyer le poignet de Hannah qui, derrière un sourire crispé, supportait héroïquement la douleur que son futur époux lui infligeait sans même s'en rendre compte.

— À l'avenir, oui, à l'avenir ! dit Mme Stevens dans un souffle d'extase.

Ses yeux, pour un instant, se posèrent sur mon cousin Joel avec une lueur où se lisaient l'envie et le regret, comme si elle se remémorait les rumeurs qui couraient sur sa jeunesse folle et s'imaginait ce qui aurait pu advenir si elle avait été plus jeune et Joel plus riche, pensant que celui-ci, qui ne pouvait se permettre de laisser passer l'occasion la plus ténue de faire progresser ses affaires, levait imperceptiblement son verre à son intention et lui décochait un regard caressant – alors que son cerveau, j'en étais sûre, calculait et échafaudait avec précision ce qu'il ferait s'il était à la place d'Edwin, pour en arriver vraisemblablement à la conclusion qu'il le ferait infiniment mieux que lui en tout état de cause.

— À l'avenir, dit alors mon père d'une voix lasse et sans timbre.

J'aurais été le rejoindre à ce moment-là si Elinor, dépitée de voir qu'il n'était question que de l'avenir de sa sœur et non du sien, ne s'était soudain penchée vers moi pour me chuchoter à l'oreille :

— Si c'est tout ce dont il est capable, ton frère, je n'envie pas Hannah. Belle déclaration d'amour ! Pour moi, je compte bien que ce sera autrement plus sentimental, surtout la première fois.

— Et qui va donc t'épouser ?

— Oh ! je ne suis pas en peine ! Ce sera quelqu'un d'exceptionnel, et il y en aura d'autres, énormément d'autres, qui seront désespérés de n'avoir pas réussi.

— C'est vrai, tu as déjà des soupirants par centaines !

Mon ton insouciant dissimulait mon chagrin, car je savais très bien qu'Elinor en aurait moins encore que Hannah, si peu qu'elle n'en trouverait sans doute pas même un pour l'épouser. Mais, bien que ma cousine sût aussi bien que moi que le mariage est essentiellement fait de combinaisons d'intérêts, d'hectares de terre ou même de l'état des rapports entre les familles à un moment donné, elle avait une foi assez inébranlable dans la puissance de son charme pour mépriser ces considérations terre à terre.

— Je me marierai bien plus vite qu'on ne le croit ! répondit-elle avec désinvolture. Et je sais déjà exactement comment cela se passera. Le matin de mes noces, j'aurai du champagne et des fraises, pour donner le ton, et après cela je passerai mes journées comme il me plaira et je mènerai une vie de rêve. Crois-moi, Virginie, c'est ainsi que seront les choses car c'est ainsi que j'en ai décidé. Mais amusons-nous donc en attendant et demandons à Mme Stevens qu'elle nous redonne du champagne.

Mon père, à ce moment-là, me fit signe du regard, les sourcils froncés comme s'il était mécontent de moi et, plutôt que d'emboîter le pas à Elinor, je suis allée le rejoindre dans son embrasure tout en regardant par la fenêtre dans l'espoir de voir ma mère, dont je me doutais pourtant qu'elle n'apparaîtrait pas.

— Qu'est-ce que c'est que cette histoire ? me chuchota-t-il à l'oreille. Pourquoi n'est-elle pas venue avec toi ? Je t'avais pourtant bien dit de l'accompagner jusqu'ici à trois heures.

Il s'était déjà rendu compte de l'injustice qu'il commettait en me reprochant quelque chose qu'il n'avait jamais pu lui-même accomplir, c'est-à-dire de contraindre ma mère à faire ce qui lui déplaisait ; aussi, fronçant de nouveau les sourcils, il me tapota affectueusement le bras, sans doute pour exprimer aussi le regret qu'il éprouvait de ne pas pouvoir m'aimer, à cause d'elle et de notre ressemblance.

— Elle ne va sûrement pas tarder... ai-je hasardé.

Ma commisération ne fit que l'irriter davantage, et je m'empressais d'ajouter :

— Au fait, père, Elinor voudrait bien rentrer en voiture. Puis-je lui dire que vous êtes d'accord ?

— Bah ! pourquoi pas ? Fais ce que tu veux, répondit-il avec indifférence.

C'est alors que Hannah, dont l'ouïe était aussi fine que le regard perçant et la langue acérée, fondit sur nous, rouge d'indignation que l'on pût faire sortir des chevaux de l'écurie ou, simplement, lever le petit doigt pour lui être agréable.

— C'est absolument inutile ! dit-elle d'un ton que son orgueil blessé rendait presque insultant. Ma sœur est une enfant gâtée à qui je dois continuellement rappeler le sens des convenances. Si elle a mal aux pieds, tant pis pour elle, cela lui fera du bien de prendre de l'exercice.

Elinor, parfois plus brave qu'on ne l'en croyait capable et toujours plus astucieuse qu'elle n'en donnait l'impression, ne voulut pas s'avouer vaincue ; elle tourna son joli visage de poupée chiffonné en une bouleversante grimace de détresse, les yeux embrumés de larmes, vers mon grand-père, en une supplication muette, et murmura d'une voix mourante :

— Il ne s'agit pas de cela, Hannah. Tu sais très bien que… j'ai peur.

À ce mot, les mâles Barforth se dressèrent de toute leur taille sur leurs grands pieds, solidement plantés par terre, et s'écrièrent à l'unisson :

— Peur ? Pourquoi ? Comment cela ?

Le récit qu'Elinor fit tomber, en phrases entrecoupées de soupirs, de ses lèvres tremblantes fut salué d'un concert d'invectives et de protestations indignées.

— Si quelqu'un osait vous faire du mal, commença Edwin d'un ton redoutable.

Joel lui coupait déjà la parole pour déclarer, d'une voix non moins menaçante :

— Personne ne lui a rien fait. Je suis parfaitement capable de veiller sur mes sœurs, ce me semble !

Mme Stevens vint alors se couler entre eux :

— Quelle histoire, mes pauvres colombes ! Mais vous n'avez rien à craindre, M. Barforth vient de vous le dire, et vous pouvez le croire mieux que personne, car il a traversé des moments plus terribles encore. Soyez tranquilles, personne ne vous fera rien.

— Et moi, je ne serai tranquille que d'ici un mois, quand les métiers tourneront, s'ils fonctionnent jamais, intervint soudain mon père à la stupeur générale. Ce qu'a raconté cette petite est malheureusement exact. Il y a des centaines d'hommes sur les collines, je les ai vus, moi aussi, et j'ai même parlé à certains d'entre eux. Tant pis si je vous choque, mais je vous dis que je les plains ! Un mouton se laisse peut-être traîner à l'abattoir, mais un homme… Si j'étais à leur place, je préférerais me battre plutôt que condamner mes enfants à mourir de faim, ou à travailler pour quelqu'un comme moi. Et il n'y en a pas un d'entre nous qui ne réagirait de même, dans de telles conditions.

— Grands dieux ! s'exclama Mme Stevens.

Sa mine bouleversée cachait mal sa délectation de voir mon père consommer lui-même sa propre disgrâce, car, s'il avait infiniment plus de charme et moins de rudesse que mon grand-père, il avait le même âge qu'elle et, je l'avais appris par hasard, elle lui avait une fois offert ses faveurs, qu'il avait repoussées. Elle dut cependant être déçue quand, au lieu de l'explosion de colère qu'elle espérait, mon grand-père préféra manifester son déplaisir d'une manière indirecte encore plus venimeuse. Se redressant lourdement, il agrippa d'une main l'épaule d'Edwin, de l'autre celle de Joel, et s'appuya sur eux en les serrant de ses doigts déformés comme un arbre s'accroche à ses racines :

— Allons donc faire un tour, jeunes gens. Nous aurons peut-être l'occasion de rencontrer de ces individus qui se permettent de pénétrer sur mes terres et de leur rappeler qu'ils ne m'ont pas demandé la permission. Et toi, William, si tu n'as pas l'estomac qu'il faut pour nous accompagner, bien que tu sois mon fils, va donc chez toi retrouver ta femme, si tu peux la dénicher quelque part.

C'est à ce moment précis que ma mère se matérialisa, forme gracieuse à peine plus consistante qu'une ombre dans le cadre de la porte, mais irradiant un je-ne-sais-quoi qui, d'un coup, ravala la superbe de Samson Barforth à de la malveillance mesquine, les minauderies charmeuses de Mme Stevens à des simagrées de courtisane, et mon frère, Joel et Hannah au rang de blancs-becs dont la cupidité a fait perdre jusqu'au souvenir des bonnes manières.

— Isabella ! s'écria mon père.

Il voulait sans doute terminer par : «Où diable étiez-vous ?», mais laissa échapper :

— Il ne vous est rien arrivé, au moins ?

— Mais non, mon ami, mais non. Que voulez-vous qu'il m'arrive ? Ah ! ma chère madame Stevens, quelle table ravissante vous avez dressée là ! Je vois que vous avez fait votre délicieuse tarte au citron et votre fameuse crème pâtissière dont tout le monde chante les louanges, méritées j'en suis sûre. Mais non, vraiment, je mange si peu, vous savez, un doigt de vin et un de ces merveilleux macarons me suffiront amplement, merci. Je faisais de la couture et je n'ai pas vu le temps passer, vous savez sûrement ce que c'est, vous êtes toujours vous-même si affairée, n'est-ce pas ? Et cet homme m'a retardée – mais où ai-je la tête, je ne vous en ai encore rien dit. J'étais donc sur le point de partir quand un homme a traversé le jardin, une sorte de rustre, à vrai dire, et m'a hélée quand j'ouvrais la porte. Il m'a dit s'appeler Ira Agbrigg, et je n'ai aucune raison d'en douter car il me l'a bien répété vingt fois, ce qui m'a amené à penser qu'il espère une récompense ou quelque chose de ce genre. Où en étais-je ? Ah oui ! Il m'a prié de vous dire qu'il n'y a plus personne sur les collines et dans les bois – je me demande bien, d'ailleurs, ce que tous ces gens y auraient fait – mais que tout le monde était, paraît-il, rassemblé à Cullingford Green. Ils seraient trois cents, un meeting de protestation, m'a dit cet individu, tous fort excités et prêts à prendre des mesures qu'ils qualifient de désespérées. Il a dit trois cents, cela ne veut peut-être dire que deux cents, car il était si agité qu'il s'est peut-être trompé dans ses comptes. Malgré tout, cela mérite réflexion, car il n'y a toujours pas plus d'une douzaine de soldats dans la cour. Enfin... Espérons au moins qu'il pleuvra.

— Qu'il pleuvra ? demanda mon père avec effarement.

— Qu'il pleuvra ? gronda mon grand-père.

Le voyant congestionné par la fureur et au bord de l'apoplexie, Hannah se hâta de remplir son nouveau rôle de médiatrice et se planta devant ma mère pour faire écran :

— Pourquoi souhaiter la pluie, tante Isabella ?

— Pour éteindre les torches, mon enfant, répondit-elle avec douceur et patience. Car si ces gens ont des torches, comme l'affirme ce M. Ira Agbrigg, il est permis d'imaginer qu'ils comptent s'en servir pour mettre le feu à l'usine – ce qui serait épouvantable, bien entendu, et insensé de leur part, mais assez facile à exécuter, je crois, du fait que la laine vierge est grasse et s'enflamme aisément. Mais qu'avez-vous, je vous vois pâlir, madame Stevens, et toi aussi, Hannah ? Quand je suis arrivée, il y a quelques minutes, il me semblait pourtant vous avoir entendus vous rassurer les uns les autres en disant qu'il n'y avait rien à craindre, ou si peu que mon mari pouvait aussi bien rentrer chez lui retrouver sa femme, s'il parvenait à l'y dénicher – ce qui aurait été parfaitement impossible, puisque je suis ici.

Pas plus que les autres, je n'avais pu discerner si ma mère avait parlé avec candeur ou ironie, ni si elle avait voulu prendre le parti de mon père ou l'accabler. Mais j'avais compris autre chose, qui allait changer le cours de ma vie entière : j'avais cru ma mère faible, sans défense devant l'animosité des Barforth, et je ne concevais la force que telle qu'ils la pratiquaient, à coups d'éclats de voix, de poings fermés et de regards noirs. Or, je découvrais maintenant qu'il existait une autre sorte de force, tout aussi redoutable : car ma mère, à sa manière tranquille, désinvolte et presque nonchalante, venait de les désarçonner tous et de leur infliger une cuisante défaite.

3

Mon grand-père, cela va sans dire, fut le premier à reprendre ses esprits. La mine soudain pleine d'entrain, le regard avivé par un éclair de satisfaction, il était d'autant plus prompt à se réjouir de l'affrontement à venir qu'il était, comme toujours, sûr de l'emporter.

— Revoici donc ces satanés luddistes ! s'écria-t-il. Je croyais pourtant que nous étions débarrassés de cette vermine-là depuis longtemps. Quand était-ce, déjà ? Voyons, ce devait être vers 1812 – tu étais encore toute petite, à l'époque, Virginie – quand nous recevions des lettres de menaces signées d'un prétendu « général Ludd », qui promettait de nous massacrer si nous ne nous défaisions pas de nos machines diaboliques. Quelle engeance, ces luddistes, avec leurs serments et leurs cérémonies enfantines, et leurs marteaux… Ils se juraient une fraternité éternelle, et proclamaient qu'ils subiraient les flammes de l'enfer plutôt que de trahir. À la fin, il a suffi d'un peu d'argent pour les mettre en déroute !

Il devait y avoir plusieurs centaines, voire plusieurs milliers de gens, dans le pays, qui les connaissaient, les abritaient, les nourrissaient sans jamais les avoir livrés, j'en conviens. Mais nous n'avions pas besoin de beaucoup de traîtres, un seul nous suffisait, un peu plus cupide que les autres. Et quand nous avons offert une récompense de deux mille livres pour l'arrestation des principaux meneurs, cela n'a pas traîné, vous pouvez me croire. Ils ont été cravatés et expédiés à York pour être pendus, et, pour les autres qui n'avaient plus qu'à rentrer chez eux la tête basse, ce fut le signal de la débandade. S'il y a encore des gens, dans la vallée de la Law, qui se souviennent de cette époque, ils n'ont pas oublié la misère des femmes et des enfants de ces vauriens, ils n'ont pas oublié qu'ils n'ont rien pu faire pour arrêter les machines et que cela ne valait pas la peine de risquer sa vie. Quant aux énergumènes d'aujourd'hui, ce ne sont pas même de vrais luddistes. Je parierais qu'ils n'ont jamais prêté serment de fraternité, comme leurs aînés. Ce ne sont que de vulgaires émeutiers, des fauteurs de troubles sans chef ni discipline qui tourneront casaque au premier signe de fermeté. Allons à leur rencontre, descendons tous à l'usine, et nous réglerons définitivement la question.

Mme Stevens, pour une fois, osa ne pas se plier aux ordres de mon grand-père et se précipita vers Elinor, qui subit cet assaut inattendu avec ébahissement.

— Il faut que je mette cette malheureuse enfant au lit ! s'écria-t-elle. Vous ne voyez donc pas qu'elle est sur le point de s'évanouir ?

Mais Elinor n'avait nullement l'intention de s'évanouir et voulut protester. Mme Stevens la fit taire :

— Pauvre petite ! s'écria-t-elle avec agitation. Voyez, elle délire et ses jambes flageolent ! Mais allez, vous autres, faites votre devoir, et je m'occuperai d'elle. Si jeune, si sensible, il ne faut surtout pas l'exposer à des scènes de violence, cela pourrait la marquer à jamais, et je prie le Seigneur que ses affreuses rencontres de tantôt ne l'aient pas déjà gravement impressionnée. Soyez tranquilles, je prendrai bien soin d'elle.

Ayant ainsi clairement fait comprendre que, tenue par son rôle miséricordieux de garde-malade, il ne fallait plus compter sur elle, Mme Stevens disparut promptement en poussant devant elle une Elinor ahurie et qui n'en pouvait mais.

Nous sommes alors partis en procession, et nos rangs, d'abord serrés, s'étirèrent vite pour se scinder en plusieurs groupes : en tête, ma mère paraissait glisser sans effort, oublieuse de périls qui ne semblaient pas la concerner, suivie de mon père, plus lourd dans ses pas, plus empêtré dans ses pensées et qui, comme toujours, était incapable de soutenir le train qu'elle avait adopté. Hannah venait ensuite, droite, calme, refusant de se hâter et avançant d'une allure mesurée et digne, censée impressionner quiconque l'observerait et la verrait ainsi se préparer à son nouveau rôle, celui de soutien pour mon frère et d'inspiratrice de nobles sentiments en un moment de crise.

Edwin, pour sa part, se contenait moins bien. Son premier instinct avait été de se précipiter en avant-garde afin de boucler les grilles – *ses* grilles qui entouraient *son* usine et *ses* machines – et de faire, au besoin, un rempart de son corps ; mais mon grand-père, qui marchait désormais avec peine et venait de repousser dédaigneusement l'offre d'assistance que lui faisait mon père – « Va plutôt surveiller ta femme, William, sinon tu risques encore de la voir disparaître » – avait impérieusement tendu un bras à Edwin et l'autre à mon cousin Joel.

— Ces garçons-là me soutiendront bien jusqu'au bout, avait-il dit en s'appuyant lourdement, me semblait-il, sur le seul Joel et en prenant un malin plaisir à froisser sa manche, car il n'avait jamais pu souffrir celui qu'il appelait « le dandy », et il savait, en outre, que Joel aurait bien du mal à remplacer son élégant habit s'il venait à être endommagé.

— Tu vas avoir fort à faire, aujourd'hui, à surveiller ta belle jaquette, mon garçon, avait-il dit à Joel peu après, en soulignant son propos d'un malveillant ricanement de vieillard. Je serais bien surpris qu'elle n'ait pas attrapé quelques belles taches, à la tombée de la nuit, et que tu ne te retrouves avec de la crasse sous les ongles, monsieur le filateur, si ces individus nous mettent le feu aux ateliers comme ils en ont l'intention. Et toi, Virginie, que fais-tu donc là à musarder et à tout regarder sans rien dire, comme ta mère ? Viens donc plutôt me donner le bras et libérer ton frère. Il ne te traverse pas l'esprit que ce gaillard-là est de ma trempe et n'a qu'une hâte, celle de se jeter dans la bataille ?

Et c'est ainsi, soufflant, ahanant, trépignant d'impatience et faisant de son mieux pour attiser sa rage – contre moi, à cause de ma jeunesse et de l'infériorité de mon sexe, contre Joel, dont il haïssait l'intelligence, qui constituait une menace permanente pour Edwin, contre mon père, qui lui avait obéi en courant rejoindre sa femme, contre son propre corps, enfin, dont la décrépitude le trahissait, lui que son esprit toujours énergique poussait à courir empoigner les émeutiers à la gorge –, c'est ainsi, donc, que mon grand-père planta ses doigts crochus dans la chair de mon bras et entreprit la lente marche qui le ramenait chez lui.

Car la maison de l'usine, j'en suis sûre, était restée son vrai foyer, celui qu'il avait bâti, travailleur encore infatigable, pour une femme sans prétentions, ma grand-mère, qui se contentait de sa cuisine dallée – à portée des odeurs et des vibrations de ses chères machines – et d'un petit salon carré, après avoir abandonné à son seigneur et maître l'usage de l'autre pièce d'apparat pour y serrer son or, y tenir ses livres et, à l'occasion, y entasser des ballots de laine brute qui empestaient le suint. La laine, on en mettait d'ailleurs partout, du temps de ma grand-mère : à l'étage, dans la chambre, au grenier, dans tous les coins libres. Et, bien que ma grand-mère fût morte depuis longtemps, et que mon grand-père eût été fort content, depuis, de se prélasser dans les délices conjuguées de Maison Haute et de Mme Stevens, il ne venait jamais ici sans chercher instinctivement des yeux son épouse disparue et éprouvait, chaque fois, le même déplaisir en trouvant ma mère à sa place.

— Voyons voir, dit-il en ouvrant la porte d'un coup d'épaule. Où est-il, cet Ira Agbrigg ? Vous ne l'avez pas escamoté, au moins, Isabella ?

Mais ledit Ira Agbrigg attendait patiemment, sa casquette à la main ; c'était un petit homme d'environ trente ans, à l'allure chétive et au teint blafard, le regard fuyant, l'allure miséreuse, dont le comportement timide dénotait cependant un curieux mélange de terreur et d'audace à la vue de mon grand-père et de mon frère qui, en l'écrasant de leur masse, exigeaient du regard qu'il leur révèle tout ce qu'il savait, et exprimaient, par leur physionomie, qu'ils étaient prêts à le payer – mais le minimum –, sans pour autant éprouver la moindre estime pour le traître qu'il était.

— Allons, déballe-nous ton histoire, ordonna mon grand-père.

L'interpellé s'exécuta en évoquant d'abord les récriminations grandissantes des tisserands indépendants, leur crainte devenue panique puis désespoir, leurs velléités de protestation qui, sans personne à leur tête, seraient restées sans effet.

— Ils ont donc un meneur ? s'écria mon grand-père avec un regain d'intérêt.

Cet homme providentiel était un certain Jabez Gott, jeune homme originaire de la vallée de la Law, dont il avait été « absent » – en prison, pouvait-on croire – pour avoir contrevenu, sans doute, aux lois sur les « cris séditieux » prohibant les rassemblements politiques. On savait que son père avait été déporté en Australie pour insubordination, que son frère était tombé sous le sabre d'un hussard anglais lors des émeutes de Manchester, où il s'était rendu pour exiger le droit de vote ; on disait aussi qu'il avait vécu un certain temps dans le Lancashire, où les machines étaient plus fortement implantées que dans nos parages, et qu'il avait donc connu de près la misère qui en résultait. À vingt-deux ans, Jabez Gott était un homme marqué par les malheurs, qui avait perdu sa jeune femme de dix-huit ans, morte en couches pour cause de malnutrition, et qui clamait à tous les échos qu'il n'avait plus rien à perdre. Tel était l'individu qui, entouré d'une poignée de misérables aussi résolus que lui, avait fini par convaincre les esprits les plus pondérés de la vallée de la Law qu'ils n'auraient bientôt plus rien à perdre, eux non plus, s'ils laissaient les choses suivre leur cours, et qui avait réussi à prendre en main leurs peurs informulées pour les modeler, les tremper et en faire une arme redoutable.

— Jabez Gott, répéta mon grand-père. Jamais entendu parler de lui… Mais j'en prends note, il est toujours bon de savoir à qui on a affaire.

Là-dessus, il entraîna Edwin, mon père et Ira Agbrigg dans la cuisine où, assis sur la seule chaise rescapée du temps de ma grand-mère, il se mit à échafauder avec eux ses plans de bataille.

J'avais déjà pris ma place habituelle, près de l'âtre, car je savais qu'on n'aurait pas besoin de moi. Hannah vint s'asseoir à côté, plus raide que jamais et plus blessée qu'étonnée que personne ne lui eût encore demandé de se rendre utile. Joel, bien évidemment exclu du conseil de guerre, était accoudé à la cheminée et tapotait du pied le garde-feu. Ma mère avait tranquillement repris sa broderie et, pour un très long moment, nous nous contentâmes d'écouter les éclats de la voix rauque de mon grand-père, qui nous parvenaient de la pièce voisine ponctués des exclamations excitées d'Edwin et des murmures mesurés de mon père, tandis qu'ils faisaient réciter des noms à Ira Agbrigg, dont nous n'entendions pas du tout la voix.

— Ce pauvre M. Agbrigg ! dit enfin ma mère en levant les yeux de son ouvrage. Vous comprenez, je pense, qu'il est en train de trahir ses amis et qu'il en a grand honte, bien qu'il doive avoir de bonnes raisons de le faire, j'en suis sûre. Il croit sans doute empêcher une effusion de sang, c'est pourquoi nous devons souhaiter que votre grand-père ne l'oubliera pas. J'y pense, mon cher Joel, nous ne savons pas comment les choses vont tourner d'ici ce soir et vous préféreriez peut-être vous changer. Edwin a sûrement quelque chose qui vous ira et sera mieux approprié à la situation. Si vous voulez, n'hésitez pas à ôter votre jaquette, je vous en apporterai une autre.

Toujours méfiante en ce qui concernait ma mère et, plus encore, piquée au vif devant la moindre allusion à sa pauvreté, Hannah s'écria avec indignation :

— Tante Isabella. Comment pouvez-vous imaginer que Joel ait le cœur de se préoccuper de sa mise un jour comme aujourd'hui ?

Joel devina peut-être les larmes de rage qui brûlaient les paupières de sa sœur et voulut lui éviter l'humiliation de les laisser couler. Aussi, s'arrachant à sa contemplation de la cheminée, il fit à ma mère un sourire fort charmeur en apparence, mais parfaitement factice :

— Je ne vois pas pourquoi je ne devrais pas m'en préoccuper, dit-il d'un ton calme et froid, et je vous suis très reconnaissant d'y avoir pensé, tante Isabella. Je crois néanmoins que je vais décliner votre offre, car l'un de nous devra sans doute aller chercher un magistrat, comme le grand-père d'Edwin nous l'annoncera probablement dans un instant ; si c'est moi et que je doive traverser Cullingford, ou même pousser jusqu'à Patterswick pour prévenir le châtelain[1], je me sentirais plus à l'aise avec mon costume, car Edwin et moi n'avons pas les mêmes goûts dans ce domaine.

Ma mère inclina la tête et murmura :

— Comme il vous plaira, mon cher Joel, en dissimulant mal son sourire amusé.

Je n'avais jamais encore considéré la présence de mon grand-père comme un réconfort, mais je me sentis cependant soulagée – tandis que je voyais Hannah se hérisser – quand il ouvrit la porte à la volée pour remplir la pièce de sa présence impérieuse.

1. En Angleterre, à cette époque, les tenants de droits seigneuriaux avaient, comme dans la France d'Ancien Régime, un droit de basse justice sur leur fief et jouissaient parfois du rang de magistrat. (*N.d.T.*)

— Cela recommence comme la dernière fois ! annonça-t-il en grondant. D'après cet individu, ils seraient trois cents dans la pâture communale, dont plus de la moitié a l'air décidé à venir s'expliquer avec moi. Voici donc ce que nous allons faire. William, tu vas rester ici garder les femmes. Quant aux garçons, l'un d'eux va venir avec moi dans la cour de l'usine s'assurer que ces vauriens d'habits rouges font le nécessaire pour gagner leurs six pence par jour, et l'autre ira quérir un magistrat. Edwin, que préfères-tu ?

— Je reste, c'est ma place ! dit-il rapidement.

Il hésita soudain et fronça les sourcils, car il venait de se rendre compte qu'il y avait aussi de la gloire à récolter en chevauchant seul à travers des collines peu sûres, à se jeter sans secours à la rencontre du danger, plutôt que de l'attendre tranquillement chez soi, à l'abri d'une rangée de soldats en armes. Ne pouvant être partout à la fois, Edwin ne savait plus quel parti prendre, et son trouble était évident.

— Faut-il que je reste ? se demanda-t-il à haute voix.

Toujours nonchalamment accoudé à la cheminée, Joel répondit à sa place :

— Naturellement, voyons. Reste et passe tes troupes en revue, c'est ce que tu peux faire de mieux, Edwin, et laisse-moi me charger du reste.

— Que veux-tu dire, exactement ?

— Ce qu'il te plaira de comprendre.

— Alors, c'est sûrement quelque chose d'ignoble ! dit Edwin en ricanant.

À ces mots, Hannah poussa un cri horrifié et se dressa à demi, attirant l'attention d'Edwin qui se tourna vers elle – c'était, après tout, le jour de ses fiançailles, et Joel était son frère – pour lui déclarer, d'un ton qui n'avait rien de contrit :

— Désolé, Hannah, je ne voulais pas vous faire de peine et je sais que vous n'avez pas eu une vie facile. Mais ce n'est pas ma faute si j'ai été avantagé. Je n'ai aucune raison d'avoir honte parce que je suis riche et que je suis destiné à le devenir davantage, et je n'ai d'ailleurs jamais eu honte de rien dans ma vie. Car, même si j'étais pauvre comme un rat d'église, je me garderais bien de jalouser les autres. Et si j'étais un envieux, j'aurais au moins la décence de ne pas le montrer !

— Un envieux ? dit Joel.

Il avait quitté sa pose nonchalante et se dressait devant Edwin, aussi raide et tendu que sa sœur, les lèvres contractées par une colère qu'il ne cherchait pas à contenir.

— Un envieux ? redit-il. Oserais-tu me le répéter, mon cousin ?

— Volontiers, mon cousin. Regarde-moi en face, et dis-moi si tu n'as pas envie que ces machines, là-bas, t'appartiennent ?

— Je te regarde en face, cousin, et je te dis qu'il vaudrait sans doute mieux que ce soit le cas.

Alors, au moment où chacun faisait un pas vers l'autre pour s'affronter au beau milieu du salon de ma mère, mon grand-père abattit son bras comme une barre de fer pour les séparer :

— Ce que tu viens de dire ne me surprend pas de ta part, Joel, lui dit-il d'une voix contenue. Pour le moment, je préfère prétendre n'avoir rien entendu. Si tu es en colère, tant mieux, car tu vas avoir amplement l'occasion de décharger ta bile d'ici ce soir. Et maintenant, va à l'écurie te faire seller un cheval. Toi, Edwin, suis-moi.

Le ciel s'était couvert, l'après-midi tirait à sa fin et, tandis que ma mère se replongeait dans sa broderie et que Hannah, les yeux baissés et les mains jointes, tentait de maîtriser les émotions contradictoires qui l'agitaient, je suis allée m'asseoir à la fenêtre, le regard attiré malgré moi par le spectacle de la cour. À l'exception des soldats, qui y campaient toujours dans leur oisiveté habituelle, tout avait son allure quotidienne : allées et venues des chariots lourdement chargés de balles de laine brute dont, çà et là, un coin défait laissait échapper des brins floconneux comme ceux d'une fleur de pissenlit ; file de charrettes où s'empilaient des rouleaux de drap franchissant la grille pour s'engager sur la route cahoteuse menant à Leeds, ou prenant la direction du canal où des péniches emporteraient nos marchandises vers Liverpool et les pays au-delà des mers.

Bientôt, les ateliers allaient se vider, la cour retentir du claquement des galoches sur les pavés, s'animer des longues théories d'ouvrières coiffées d'un châle, dont l'uniformité serait rompue par les groupes d'hommes en casquette de drap, cavalièrement posée de guingois sur les boucles drues si fréquentes dans notre région ; il ne resterait plus alors, en compagnie des soldats, que les ingénieurs et les conducteurs des machines, intéressés au premier chef à assurer leur sauvegarde. Comment deviner lesquels de nos ouvriers rentreraient paisiblement chez eux, et combien prendraient le chemin de Cullingford Green pour rejoindre des amis, des frères ou des cousins qui les y attendaient, la torche déjà à la main ? Comment pouvions-nous être assurés que les soldats eux-mêmes, qui avaient certainement noué des liens d'amitié – voire des aventures amoureuses – dans les rangs de nos tisserands, prendraient de gaieté de cœur le risque de se battre pour nous ? Tandis que je voyais les ombres s'allonger et s'épaissir, je me suis forcée à me demander si j'étais brave, sans pouvoir trouver en moi la réponse.

Jusqu'à maintenant, ma vie avait été aussi terne, aussi neutre que les longs écheveaux de laine prête à être filée, lisse comme elle, incolore, moelleuse ; et, s'il m'était arrivé de découvrir en moi des fils enchevêtrés, si l'autorité despotique de mon grand-père m'avait souvent fait cabrer, si j'avais eu des doutes fréquents sur le bon droit de mon frère à croire qu'il avait toujours raison, si j'avais profondément désiré que mon père m'aimât et que ma mère aimât mon père, rien de tout cela n'avait été insoutenable. Par moments, je m'étais sentie en porte à faux, mal accordée à moi-même, comme incongrue à l'ombre de ma mère dont je n'avais pas même hérité l'habileté pour les travaux d'aiguille ; mais la chaise où je m'asseyais était confortable et le feu bien chaud. Je vivais dans un cocon de sécurité. Dans un monde de douceur.

Maintenant, dans le crépuscule de printemps qui m'enveloppait, je voyais se dessiner les contours d'un monde infiniment plus rude et qui m'était inconnu, un monde où la femme d'un Jabez Gott, une fille à peine moins jeune que moi, était morte de faim en donnant le jour à son enfant ; un monde où le frère du même Jabez Gott avait été massacré sur un champ de foire de Manchester parce que des soldats, tout pareils à ceux que je voyais plaisanter dans notre cour, avaient chargé sabre au clair une foule désarmée qui ne réclamait rien d'autre qu'une réforme parlementaire, et laissé derrière eux plus de cent hommes, femmes et enfants abreuver la terre de leur sang. Que ressentirais-je, ce soir, si le frère de Jabez Gott mourait de nouveau sous mes yeux, à quelques pas de nos fenêtres, et tachait de son sang les pavés de Lawcroft Fold ? Que devrais-je ressentir, qu'étais-je censée éprouver ?

Mon grand-père, je n'en doutais pas, s'en réjouirait et déclarerait que ces individus ne méritaient pas mieux. Ma mère ferait sans doute quelque réflexion pertinente dite d'un ton léger avant de s'absorber dans sa broderie. Hannah dirait : « Bravo, Edwin ! » Mme Stevens nous réconforterait en passant des gâteaux et du vin vieux. Et moi, en jeune fille bien élevée, je grignoterais les pâtisseries, je ne répondrais que si on me parlait et pour ne dire que ce qu'on attendait de moi, non pas parce que j'aurais peur des autres, mais parce qu'être ou se montrer différent, chez un Samson Barforth, reviendrait à se condamner à être seul. Et malgré tout, je n'arrivais pas à me défaire de l'impression que je voyais des yeux se profiler quelque part devant les miens, de grands yeux éteints, tristes, enfoncés dans un visage émacié qui pouvait être celui de la femme de Jabez

Gott comme de n'importe laquelle des douzaines de filles que j'avais vues errer sur les collines, un enfant accroché à leur dos, et qui venaient de nulle part pour aller nulle part, car nulle part on ne voulait d'elles. Alors, me fondant en esprit dans leurs pitoyables silhouettes, je sentis les cailloux rouler sous mes pieds nus, les bras d'un enfant me serrer le cou à m'étrangler – d'un enfant conçu et porté par un être encore dans l'enfance, comme je l'étais moi-même –, et je me mis à frissonner.

— As-tu peur ? me dit mon père, soudain à mes côtés.

J'ai hoché la tête sans répondre et il m'a furtivement touché le bras, presque timidement, car il ne m'avait jusqu'alors que trop rarement manifesté de l'affection, et cela devait le gêner de le faire maintenant.

— N'aie pas peur, reprit-il, ils ne veulent pas te faire du mal. Ce ne sont pas des sauvages, tu sais, mais des hommes qui voient survenir la fin d'un monde, le leur, et ne peuvent rien faire sinon se dresser une dernière fois pour une protestation inutile. Quand c'est tout ce qui leur reste, comment le leur reprocher ? Jabez Gott croit peut-être tout remettre d'aplomb en faisant brûler Lawcroft Fold, mais ceux qui le suivent savent bien, pour les moins exaltés d'entre eux, que c'est inutile et que ce n'est pas si simple. Ils savent que nous relèverons les ruines – il y a toujours quelqu'un, il faut toujours quelqu'un pour reconstruire – et que, s'ils suivent un Jabez Gott, c'est pour faire entendre une dernière fois leur voix, car ces hommes sont trop fiers pour disparaître sans pousser au moins un dernier cri, même s'ils savent que le combat est fini et qu'ils l'ont perdu. Avant que les usines n'apparaissent, Virginie, pas un seul de ces tisserands ne gagnait moins de trente shillings par semaine, alors que maintenant certains doivent se contenter de quatre shillings, à peine de quoi survivre, mais assez pour s'obstiner, s'accrocher et exécuter les quelques travaux que nous voulons bien encore leur sous-traiter, et le faire chez eux, comprends-tu ? Quand j'étais jeune, vois-tu, ils mangeaient de la viande et du pain blanc, ils avaient de quoi s'offrir de temps en temps une bouteille de rhum, mais maintenant ils n'ont plus que du porridge et des pommes de terre, et quand même cela vient à manquer ils doivent se rabattre sur de la soupe d'orties, oui, d'orties, dont ils te diraient que c'est bon si tu avais l'audace d'aller leur demander ce qu'ils en pensent. Pauvres diables... Leur drame, Virginie, c'est de se trouver pris au mauvais endroit et au mauvais moment, c'est d'être nés pour voir s'écrouler leurs traditions et disparaître leur mode de vie, quand les événements vont trop vite pour ne pas les balayer. Ton frère et ton cousin Joel disent que, d'ici cinq ans, il ne restera plus un seul métier à main dans toute la vallée de la Law. Ils sont jeunes, impatients, et j'aurais tendance à dire que cela va prendre un peu plus longtemps, mais pas beaucoup plus. Ces hommes sont tenaces, durs à la peine, et tous les filateurs ne sont pas leurs ennemis. Ainsi, le vieux Ben Hobhouse, de Nethercoats, qui n'aime pas les métiers mécaniques, emploie toujours des tisserands à main. Mais le vieux Ben ne vivra pas toujours, et son fils a déjà d'aussi grands projets que le mien, qu'il s'empressera de réaliser quand son tour viendra. C'est comme cela que tous ces gens finiront par être réduits au chômage, certains à la famine. Et les plus intraitables en arriveront à faire brûler leurs métiers dans leur cheminée, un beau soir d'hiver.

— Mais, si nous nous agrandissons, père, comme Edwin passe son temps à le dire, pourquoi ne travailleraient-ils pas pour nous, à l'usine ?

Il ne me regardait plus et contemplait, par-delà les toits de l'usine, les collines dénudées à l'horizon.

— Crois-tu ? dit-il. Je n'en suis pas si sûr. Quand ton frère aura finalement cette nouvelle usine dont il rêve, il l'entourera d'un grand mur de pierre, la fermera avec une grille, et quand on a été toute sa vie un homme fier et libre, on ne peut pas supporter d'entendre tous les matins le bruit de cette grille qui se referme derrière soi. Un paysan s'y habituerait peut-être, qui a passé sa vie à tirer son bonnet pour saluer le châtelain ou le curé. Mais un de ces gaillards, né dans ses collines et élevé dans sa chaumière sans jamais avoir eu de maître, n'acceptera pas si facilement l'idée d'avoir à se découvrir chaque fois qu'il croisera dans la cour ton grand-père, ton frère ou moi. Je doute d'ailleurs qu'il s'y résigne jamais, et il finira par s'aigrir et se révolter. Non, vois-tu, ces hommes préféreront continuer à prendre les petits travaux que nous voudrons bien leur laisser, afin de travailler chez eux, plutôt que de venir s'enfermer dans une usine. Et même s'ils venaient nous demander un emploi, je ne crois pas que nous en voudrions.

— Mais que peuvent-ils faire, alors ?

— Je n'en sais rien, vois-tu, et cela me hante. Nous voyons toute une génération perdue, gâchée. Les plus vieux vont mourir, d'autres iront peut-être chercher du travail ailleurs, mais la grande masse va rester, s'entêter, se battre pour gratter quelques sous et demeurer dans les chaumières. Quand ils n'auront plus rien, ils mangeront des orties, ils vieilliront, amers, désabusés, jusqu'à ce que leurs enfants soient en âge de gagner leur vie. C'est la nouvelle génération qui viendra chez nous, pas la précédente. Et encore, j'en arrive à me le demander. Je ne sais plus… Cet après-midi, à l'usine, ton cousin Joel a manipulé un des nouveaux métiers et s'est demandé s'il fallait vraiment un homme pour le faire fonctionner. Il semblait croire qu'une femme aurait assez de force pour cela et, comme tu le sais, on n'a encore jamais vu les femmes brandir des marteaux ou des torches, ni discuter leur salaire comme des hommes, surtout si elles ont des enfants à nourrir. Nous finirons donc par ne plus faire travailler que des femmes, au nom du progrès, et, s'il nous faut des hommes, il y a gros à parier que ce seront plutôt de ces Irlandais qui grouillent désormais à Cullingford, et qui travaillent comme quatre pour des salaires qu'on n'accepterait pas ici.

— Alors, père, les tisserands ont raison ?

Il fit un geste où s'exprimaient à la fois la colère et le regret.

— Non, bien sûr que non. On ne peut pas, on ne doit pas arrêter le progrès et, en cela du moins, je suis d'accord avec mon père et mon fils. Mais, si les tisserands n'ont pas le droit de nous interdire nos machines, nous ne devrions pas non plus leur arracher leur gagne-pain. Il faudrait au contraire chercher à nous rapprocher, à comprendre que nous sommes de la même espèce, eux et nous, et non des étrangers qui se montrent les dents comme des hordes de loups se disputent une proie. D'un côté comme de l'autre, Virginie, nous semons la haine, une haine qui n'est pas près de s'éteindre, car Jabez Gott et ton grand-père ont aussi tort l'un que l'autre…

Il s'arrêta soudain, surpris d'en avoir tant dit et l'air stupéfait, surtout, d'avoir ainsi vidé son cœur devant sa fille. Plus embarrassé que jamais, il me tapota le bras et s'éloigna sans rien ajouter.

Mon grand-père resta longtemps dans la cour, qu'il arpentait devant le front de ses troupes en donnant à l'officier des instructions sur la meilleure manière de commander les hommes – tout comme il déversait souvent ses conseils au curé sur les affaires de sa paroisse ou au banquier sur celles de sa banque ; et même si, en sa présence, les soldats avaient redressé les épaules et boutonné leur tunique, ils n'en formaient pas moins une troupe disparate et mal tenue qui, forte de douze recrues, n'inspirait guère confiance.

— On ne peut pas trop exiger d'eux, dit ma mère en saluant aimablement l'officier qui la regardait par la fenêtre. Ce n'est d'ailleurs pas étonnant quand on sait pourquoi ils s'engagent : une maigre solde, des rations plus minces encore, le fouet en public quand ils se conduisent mal. Je me demande même si on se donne la peine de les ramasser quand ils tombent sur le champ de bataille.

En voyant, sur le visage de Hannah, l'expression de dédain et de gêne que cette tirade avait provoquée, je me suis demandé comment ma mère et elle feraient pour vivre sous le même toit, comment aussi je m'arrangerais pour vivre entre elles, si bien que l'arrivée de Joel et du magistrat de service créa une bienheureuse diversion.

Le représentant de la Couronne était le chevalier Dalby de Patterswick, homme aux terres seigneuriales et au tempérament aristocratique, qui tenait pour article de foi l'inébranlable autorité de l'Église anglicane – en ce qui concernait, du moins, ses fermiers –, soutenait avec ardeur la légitimité des lois sur le blé qui provoquaient la famine dans les villes, et n'avait jamais mis en doute le dogme selon lequel Dieu avait, dès la naissance, mis chaque homme à la place où Il désirait le voir et que c'était péché, par conséquent, que de vouloir en changer. Tenant de l'ordre et respectueux des lois, aussi disposé à voir pendre un enfant pour avoir volé un shilling qu'un homme pour avoir égorgé son prochain, il n'avait toutefois pas de sympathie pour les industriels parvenus qui, leurs douteuses fortunes faites, se mettaient en tête de vouloir rendre la justice ou faire entendre leur voix à la Chambre des communes, privilèges réservés – de par les lois du royaume et le droit divin – aux seuls gentilshommes pourvus de fiefs et de plusieurs quartiers de noblesse.

— Alors, mon ami, aurions-nous des ennuis ? dit-il à mon grand-père.

Son ton indiquait assez le peu de différence qu'il faisait entre un Samson Barforth, propriétaire des machines, et un Jabez Gott, qui cherchait à les détruire. Il daigna cependant accepter un verre de vin et une tranche du gâteau que Mme Stevens avait, en toute hâte, fait descendre de Maison Haute – convaincue sans doute que ma mère n'avait rien dans ses placards –, et y prit un plaisir infiniment moins évident qu'au spectacle de ma mère, avec sa robe de tulle vert pâle et le châle qui glissait gracieusement sur ses épaules nues.

— Ne nous sommes-nous pas déjà rencontrés, chère madame ? dit-il en braquant son lorgnon.

Il ne se gênait pas plus pour détailler ses charmes que si elle avait été la laitière, et quand mon père et mon grand-père, pour diverses raisons, se mêlèrent à la conversation, il leur répondit sans cesser de la contempler avec une admiration visible.

Outrée par les libertés que prenait le noble sire, Hannah intervint alors pour faire entendre la voix de la vertu :

— Tante Isabella, pourriez-vous venir un instant à la cuisine ?

— Pourquoi, ma chère Hannah ? Qu'ai-je donc à y faire ?

Sous le regard amusé et surpris des yeux de velours gris, Hannah fut obligée de battre en retraite.

— Elle aurait au moins pu quitter la pièce, ne serait-ce que pour son mari, l'entendis-je peu après murmurer à Joel.

Mais mon cousin, qui venait de parcourir les collines à bride abattue, avait autre chose en tête qu'un innocent badinage entre personnes d'âge canonique et, s'avançant résolument, fit savoir qu'à son avis il aurait été bon de faire venir en renfort un détachement de la milice rurale ainsi que quelques robustes *constables*.

— N'aurions-nous donc pas fait le nécessaire ? dit mon grand-père d'un ton à la douceur trompeuse. Tu en aurais sans doute fait davantage, si l'usine t'avait appartenu, n'est-ce pas ?

Les hostilités auraient repris sur-le-champ entre Joel et mon frère si le chevalier Dalby, par un bâillement sonore, n'avait signifié l'absence totale d'intérêt qu'il portait aux chamailleries, aux valeurs et aux opinions des classes inférieures.

— Des moutons de Panurge, voilà le vrai problème ! laissa-t-il tomber dans un silence stupéfait. Des moutons de

Panurge, vous dis-je. Ce n'est pas à vos machines qu'ils en ont, Barforth, et ils n'y auraient même pas songé si quelque maudit Jacobin n'était venu leur mettre l'idée en tête. C'est en France, vous le savez, qu'on forme ces révolutionnaires de métier, tous des catholiques ou des athées au point que je me demande lesquels sont les pires. Voilà où vont les mécontents, en France, où ils avalent leur soûl de liberté et d'égalité avant de revenir contaminer le pays. Non, croyez-moi, ce ne sont pas vos machines qui les intéressent, ils s'en moquent même comme d'une guigne. Ce qu'ils veulent réduire en miettes, c'est le gouvernement des lois – le roi et la constitution. Voilà leurs véritables objectifs. Et c'est cela qui est inadmissible, Barforth. Chaque homme occupe la place qui lui revient – je connais la mienne comme j'espère que vous connaissez la vôtre –, et on ne peut rien faire contre cela. Alors, si vous m'en croyez, débusquez les meneurs, et renvoyez les moutons chez eux.

Le plus grand compliment que je puisse sans doute faire de la force de caractère de mon grand-père est qu'il accepta les avis du docte gentilhomme dans un silence qui, tout chargé qu'il ait été de malveillance et d'exaspération, n'en était pas moins absolu.

Nous étions donc prêts à affronter les démons de la révolution, du moins le répétions-nous à l'envi, quand il fallut bien se rendre à l'évidence que le calme régnait au-dehors : dans l'obscurité et la fraîcheur qui tombaient, la soirée s'annonçait si ordinaire, si semblable à la veille que les images d'émeute, d'incendie et de sang qui nous avaient tant agités devenaient dérisoires, presque ridicules. Les soldats attendaient toujours dans la cour ; les ingénieurs, les conducteurs de machines et ceux de nos ouvriers qui avaient choisi de rester – et parmi eux Ira Agbrigg – patientaient eux aussi, mal à l'aise pour la plupart, apeurés pour certains, mais tous réconfortés par les chopes de bière que leur faisait libéralement distribuer Mme Stevens qui, pour sa part, refusait encore de s'aventurer jusqu'ici.

Et c'est alors que nous renoncions à les voir arriver, quand l'énervement et l'inquiétude des longues heures d'attente commençaient à se dissiper, qu'ils furent soudain là, sans l'accompagnement de violence, de clameurs haineuses et de torches embrasées auxquelles nous nous attendions, mais plus simplement sous l'aspect d'une sombre masse d'hommes silencieux qui se matérialisait devant nous comme si elle avait toujours été présente. Tout me paraissait si obscur, cotonneux et irréel comme un rêve, qu'il me fallut un long moment pour percevoir le bruit du verre brisé sur les pavés, le crépitement d'une salve de mousqueterie, et comprendre enfin qu'ils lapidaient l'usine et que les soldats avaient tiré – en l'air, je l'espérais – leurs coups de semonce.

Je ne savais plus si j'avais peur. La journée avait été si longue et je me sentais si lasse que je ne voulais plus qu'en voir vite la fin. Ma mère, Hannah et moi avons suivi les messieurs jusqu'à la grille du jardin, limite que nous ne devions pas franchir, et avons regardé et écouté en croyant assister à quelque spectacle, tant ce qui se déroulait devant nous semblait loin de la réalité et me parvenait déformé par la fatigue.

Je reconnus les aboiements rauques de mon grand-père, suivis d'une vague réponse inarticulée ; il y eut, je crois, du flottement dans les rangs des assaillants, comme si ceux qui avaient suivi le mouvement à contrecœur en profitaient pour amorcer une retraite tandis que d'autres, plus résolus, voulaient les en empêcher. Des moutons de Panurge, avait dit le chevalier Dalby de ces hommes qui, en temps normal, donnaient la préférence à la vérité sur l'erreur, au bien sur le mal et qui, face au danger et comprenant qu'ils avaient été trop loin, trouvaient plus sage de se retirer. On ne pouvait cependant pas se méprendre sur le caractère de ceux qui se tenaient aux premiers rangs, au coude-à-coude de leur fraternité, maigres, l'allure de loups affamés sous la lune. En les voyant, pâles et les yeux luisants, j'eus l'intuition que, s'ils étaient peu nombreux – guère plus d'une dizaine –, leur conviction était assez puissante pour être irrésistible. Si l'un d'eux – à la fois frêle et indomptable, pitoyable mais effrayant – était venu me glisser à l'oreille des paroles de révolte contre l'injustice et l'exploitation et si j'avais, moi aussi, été pauvre et désorientée, alors je serais peut-être avec eux, en ce moment, mes réticences vaincues par leur persuasion, ma peur par leur courage.

C'est à ce moment-là que je vis un homme – ce ne pouvait être que Jabez Gott – se détacher de la foule, encore jeune d'allure, maigre et les épaules étroites sous un costume de gros velours sombre, avec une touffe de cheveux roux et des mains tout en veines et en jointures noueuses ; il se mit à gesticuler d'une manière qui trahissait des nerfs tendus à se rompre, des émotions exacerbées qui le faisaient échapper à son propre contrôle comme un cheval affolé terrorise son cavalier. J'eus beau tendre l'oreille, je ne pus saisir un mot de la harangue qu'il adressait aux derniers rangs pour les supplier, sans doute, de ne pas trahir les serments solennels qui les liaient à lui. J'aurais pourtant voulu entendre son plaidoyer passionné, non pour y trouver les pensées profondes et les paroles sensées auxquelles je ne m'attendais pas, mais parce que l'énergie brûlante et implacable qui se dégageait de lui me rappelait mon grand-père, tel qu'il aurait été si le destin l'avait laissé dans la pauvreté. Car ils se ressemblaient – le jeune homme maigre et ardent, le vieillard alourdi par l'âge et l'égoïsme – dans leur besoin d'imprimer leur marque sur le monde, d'agiter de l'air et des esprits partout où ils passaient, et il me semblait qu'ils auraient pu – qu'ils auraient dû – se comprendre.

Mais le chevalier Dalby n'était pas venu pour écouter des harangues et n'avait nul besoin qu'on lui expliquât ce qu'il avait à faire. Il s'avança donc hardiment vers les manifestants, se redressa de toute sa taille – qui n'était guère considérable – et dit d'une voix tonnante :

— Silence, je vais faire une proclamation !

Il était le seigneur – ce qui, jusque dans la vallée de la Law, voulait encore dire quelque chose – et le brouhaha s'éteignit dans des raclements de pieds, tandis qu'on vit même quelques têtes se découvrir avec respect.

— Je pense que vous savez tous qui je suis et ce que je suis venu faire, reprit-il en gardant les yeux fixés sur la cheminée de l'usine. Je ne sais pas exactement pourquoi vous êtes venus, et je crois même que beaucoup d'entre vous ne le savent pas davantage. Mais la loi, j'en ai peur, n'autorise pas ce genre de réunions et, comme je représente ici la Loi, je vous prie de ne pas en douter – il est donc de mon devoir de magistrat dûment habilité à cet effet de vous inviter à rentrer chez vous, comme je souhaite moi-même le faire. Je vais donc, mes bons amis, vous donner lecture de la loi sur les attroupements séditieux et je vous engage à y prêter attention car, une fois qu'elle aura été lue et entendue par vous, ceux qui n'y obéiraient pas à la lettre seront appréhendés et accusés de rébellion criminelle, passible comme vous le savez de la peine de mort. Et si, par extraordinaire, vous n'étiez pas pendus – je ne vois d'ailleurs aucune raison qu'il n'en soit pas ainsi –, vous seriez à tout le moins déportés en Australie, ce qui revient au même, si j'ose dire.

Il prit alors une profonde inspiration et entreprit de réciter, sur un ton volontairement monocorde, les mots dont le poids et les implications avaient presque toujours suffi à briser la pugnacité de foules autrement redoutables que celle-ci :

— Notre souverain le roi donne commandement à toutes personnes ici assemblées de se disperser sur-le-champ et de regagner paisiblement leurs foyers ou leurs légitimes occupations, sous peine des sanctions prévues par la loi édictée en la première année du règne de notre roi George, aux fins de prévenir les tumultes et attroupements séditieux. Vive le roi !

J'ai cru, nous avons tous cru, que cela suffirait, en effet, car avant même qu'il ait fini de parler, des hommes commençaient à s'esquiver dans l'ombre, peu nombreux tout d'abord, mais assez pour décourager ceux qui auraient voulu se battre jusqu'au bout et voyaient vaciller leur désespoir et leur haine ; et bien que je ne pusse entendre ce qu'ils se murmuraient l'un l'autre, l'on pouvait sans effort imaginer leurs propos : « À quoi bon se retrouver pendus ? » ou : « Qui va nourrir les enfants si on nous expédie en Australie ? » ou encore : « Nous sacrifier, devenir des martyrs ? Combien de temps s'en souviendra-t-on ? » Pour ceux-là, tous ceux-là, c'était fini.

Mais l'homme à la touffe de cheveux roux – était-ce bien Jabez Gott ? – et la demi-douzaine de compagnons qui l'entouraient avaient dépassé la crainte du gibet, et je me sentis le cœur brisé en les voyant s'évertuer à rallier les fuyards : pour ceux-ci, qui partaient abattus et la tête basse, et les autres, dont les efforts hystériques étaient voués à l'échec ; pour mon père, immobile, livide et bouleversé par le spectacle ; pour mon frère, stupéfait de ressentir une émotion qu'il ne s'attendait pas à éprouver si profondément ; et pour moi-même, enfin, qui me trouvais entre eux, dans une sorte de désert de solitude, incapable de décider à quel camp j'appartenais.

Soudain, j'entendis Jabez Gott hurler :

— Des mesures désespérées ! Rappelez-vous ce que nous avons juré, ce que nous avons promis ! Lâches ! C'est toujours pareil, toujours... Je ne suis pas le premier à me retourner pour découvrir que je suis seul, abandonné ! Mais vous ne m'oublierez pas, personne ne m'oubliera, car je compte bien laisser un souvenir, une trace de mon passage ! Je n'ai pas été aussi loin, je n'ai pas fait tant de sacrifices pour m'en aller les mains vides !

Malgré tout, c'était bien la fin. Il ne restait plus, autour de lui, qu'une poignée de fidèles qui ne voulaient pas le laisser seul mais l'emmener avec eux, plutôt que de rester pour rien, et nous pensions les voir se retirer d'un instant à l'autre. Les soldats relâchaient déjà leur attention, les ingénieurs s'éclipsaient discrètement vers les ateliers pour se remonter le moral avec la bière de Mme Stevens, le chevalier Dalby et les messieurs Barforth reprenaient le chemin de la maison, au petit pas de promenade, en se congratulant mutuellement sur l'heureuse issue des événements. Et ce sont peut-être les éclats du rire satisfait du noble magistrat qui pénétrèrent à ce moment-là dans l'esprit surchauffé de Jabez Gott et firent basculer sa raison.

Les promeneurs étaient presque à la grille du jardin.

— Bravo, oh bravo, Edwin ! s'exclama Hannah avec ferveur.

M. Dalby lui répondit en posant un regard gourmand sur ma mère :

— Bah ! rien de bien extraordinaire, ma chère petite. Il suffit de savoir leur parler, cela marche toujours.

Alors, tandis qu'ils se regardaient, s'admiraient, se souriaient, je fus sans doute la seule à voir Jabez Gott s'arracher à ses compagnons qui voulaient le retenir ; la seule à remarquer son regard inexpressif, comme mort, les larmes qui lui trempaient les joues, sa bouche aux lèvres minces tordues par le besoin impérieux, irraisonné de détruire.

J'en étais à la fois épouvantée et hypnotisée, au point que mon cri d'alarme vint trop tard. Il se ruait déjà sur les hommes, les bousculait avec une force décuplée par sa folie :

— Cochons de Barforth ! cria-t-il. Porcs, assassins, bourreaux des innocents ! J'avais promis des mesures désespérées, je les prendrai ! Vous ne m'oublierez plus, jamais !

Il hurlait, maintenant, avec l'hystérie du martyr dont il voulait jouer le rôle. Trépignant, gesticulant, il saisit un pistolet sous sa veste et, en se trompant encore une fois d'ennemi, écarta mon grand-père d'une bourrade et fit feu à bout portant sur mon père.

4

Cet instant, je l'ai vu se reproduire interminablement tout au long de cette nuit, tout au long des mois, des années qui ont suivi ; les images estompées parfois jusqu'à perdre leur pouvoir d'obsession surgissaient soudain, alors même que je croyais m'en être libérée, insinuant leurs tentacules au plus profond de mon âme.

J'ai vu éclater la poitrine de mon père et sa vie lui échapper avec son sang. J'ai vu Jabez Gott, sans un geste pour fuir, déchirer sa chemise et dénuder sa poitrine décharnée pour l'offrir, croyait-il, au couteau de l'expiation. J'ai vu les soldats se ruer sur lui et faire gicler son sang. J'ai vu ses compagnons, qui couraient çà et là comme des lièvres apeurés, poursuivis par mon cousin Joel et des soldats au milieu des vociférations et du cliquetis des armes, pendant que le feu roulant des fusils enflait à mes oreilles. J'ai vu mon frère Edwin prostré, la tête entre les mains, et Hannah tendre les bras vers lui sans pouvoir faire un pas, paralysée par l'horreur. J'ai vu le chevalier Dalby, son élégant habit éclaboussé de sang, se porter au côté de ma mère, et j'ai entendu son exclamation de détresse quand, avec un long soupir, elle perdit connaissance et se laissa couler à terre comme une poupée de son.

Après cela, je ne garde plus de la nuit que des souvenirs fragmentaires : je revois les soldats porter mon père à la maison avec des précautions exagérées, car ils le savaient déjà mort ; ma mère, après leur avoir dit de le déposer sur son lit, s'assied à côté de lui et ferme les rideaux du baldaquin pour rester seule avec son mari assassiné, jusqu'à ce que le docteur vienne confirmer ce que nous savions tous et l'aider à faire la toilette du défunt et à le rendre présentable. Je me rappelle aussi mon grand-père, qui trépignait en poussant des cris de fureur, en proie à une rage inspirée en partie par la douleur de perdre son seul fils, en partie par la honte de s'être querellé avec lui sans plus aucun espoir de réconciliation.

— Il faut les attraper tous, jusqu'au dernier ! répétait-il sans trêve. Qu'on les pende ! Et ceux qui les abriteront seront aussi coupables qu'eux – n'est-ce pas la loi, chevalier ? Ils étaient douze, avec ce fou, douze hommes, je les ai vus. Et je veux les voir pendre tous les douze ! Je les pendrai de mes propres mains, si c'est la dernière chose que je fasse dans ma vie !

Je revois aussi Hannah, décidée comme toujours à se rendre utile mais empêtrée dans sa gaucherie, tout à la fois désireuse de prodiguer des consolations mais incapable de dissimuler sa réprobation devant les rideaux hermétiquement clos, et convaincue qu'il y avait quelque chose de malsain, chez ma mère, à vouloir s'enfermer ainsi avec un mort, même si ce dernier était son mari.

Je garde aussi le souvenir d'Edwin, tout embarrassé de lui-même et ne sachant trop que faire, prêt à assumer les responsabilités du maître de maison et du chef de famille qu'il était si brutalement devenu, mais surpris et, je crois, désemparé par ses propres larmes.

Je me souviens, enfin, de moi-même, errant de pièce en pièce comme une ombre, froide et détachée, assourdie par le grondement de tempête qui m'emplissait la tête et m'empêchait d'entendre ce qu'on me disait. Et j'avais beau me répéter : « Ton père est mort », ces mots me semblaient dénués de sens comme des cailloux qui s'entrechoqueraient dans le vide de mon esprit ; si bien que, au matin, après avoir succombé brièvement au sommeil et m'être réveillée dans mon lit avec mon petit chien, je n'aurais pas été surprise de voir mon père traverser la cour de l'usine pour venir déjeuner.

En bas, dans la lumière froide et indécise du petit jour, rien ne paraissait changé. J'ai trouvé dans la cuisine les mêmes ustensiles de cuivre luisant, le même fourneau noir et capricieux, notre servante Marthe-Ellen, qui s'affairait, les joues rouges et le souffle court, à cuire le pain du jour. Il y avait, comme toujours, le même chat noir dédaigneux, la même chatte tigrée indolente, la chienne jaune de mon frère qui se levait, les pattes raides, de devant le foyer, mon chiot qui gambadait et jappait, et Marthe-Ellen qui me hélait par-dessus son épaule pour me prier, indignée, de « mettre dehors ce petit diable ».

Les choses, les êtres étaient les mêmes. Tout était pareil. Sauf que j'étais insensibilisée par les larmes que je semblais ne pas pouvoir verser ; sauf que j'avais froid sans parvenir à me réchauffer, et que les vagues de la mer roulaient toujours dans ma tête et me ballottaient à l'écart d'une réalité que j'étais incapable de regarder en face.

« Ton père est mort », me suis-je dit à nouveau, et la lumière du jour m'a soudain agressée avec brutalité, meurtrissant mes yeux d'un éclat insoutenable.

Une fois, il y a longtemps, mon père m'avait donné un chaton qu'il avait ramené de l'usine dans sa poche ; il avait éclaté de rire devant ma joie de le trouver dans sa cachette, ravi sans doute d'avoir enfin su me faire sortir de la coquille de silence où je m'enfermais. Je revois la scène, la petite figure triangulaire aux grands yeux, la petite boule de fourrure zébrée dans les grandes mains Barforth de mon père vers qui je tournais, pleine d'espoir, un regard où j'essayais d'exprimer le désir qu'il m'embrasse, celui de me blottir contre lui, et pourtant incapable de le lui dire, apeurée peut-être d'un refus. Et c'est ainsi que, au fil des années, et incertaine de son affection pour moi, j'avais de temps à autre à demi tendu une main vers lui pour la retirer aussitôt de peur qu'il refuse de la prendre. Combien de fois, en esprit, lui ai-je demandé : « Puis-je m'asseoir à côté de vous dans la voiture, papa ? » ; combien de fois mes jambes me démangeaient de courir vers lui pour le tirer par la manche et sauter sur ses genoux ? Mais je ne disais rien, je ne faisais rien, et lui, irrité par mes silences et la supplication muette de mes regards, avait choisi de se détacher de moi et de poursuivre seul son chemin dans la vie.

Ainsi s'était épaissi notre malentendu. Le jour de ma première robe de bal, alors que je sortais des mains de la couturière et que je descendais l'escalier, les yeux modestement baissés, fière de ma belle toilette de taffetas blanc ceinturée de bleu, je brûlais d'envie de lui demander : « Suis-je belle, papa ? » Mais, comme je savais qu'il me répondrait distraitement : « Bien sûr, la plus jolie fille du monde », alors que j'avais intensément besoin de lui entendre dire ce qu'il pensait vraiment, j'avais préféré me taire.

Maintenant que je n'étais plus une enfant, je comprenais enfin le besoin qu'il avait eu, pour alléger sa solitude, d'être aimé par moi, par n'importe qui ; et je n'arrivais toujours pas à faire taire en moi le tumulte qui m'assourdissait, à adoucir l'amère et inutile douleur qui me rongeait. J'avais la sensation d'être prise sous une de ces cloches de verre dont on protège les fleurs séchées, parfaitement lisse et transparente pour un regard distrait, mais dont mes émotions martelaient la paroi intérieure à coups de poing affolés que nul ne pouvait entendre ou voir. Ainsi revenaient me hanter, une à une, les peines et les souvenances qui, sitôt évoquées, allaient se renfermer dans mon cœur d'autant plus lourd qu'elles restaient inexprimées.

— Elle n'est pas si mal élevée, avait-il dit de moi à mon grand-père, et c'est bien ainsi que j'étais en tout, ni trop mal ni trop bien ; c'est pourquoi, quand les larmes vinrent enfin m'apporter leur soulagement, je fus incapable de subir la compassion importune dont Marthe-Ellen et Mme Stevens m'accablaient, et je me suis enfuie dans un recoin secret du jardin pour y pleurer tout mon soûl.

Plus tard, j'ai su retrouver une apparence de calme qui me valut même un signe de tête approbateur d'Edwin, à qui je servais le petit-déjeuner, et quand Hannah arriva de Maison Haute où elle avait passé le reste de la nuit, je fus même capable de comprendre les conseils qu'elle me prodiguait.

— Tu devrais aller près de ta mère, Virginie. C'est même ton devoir, car il n'est ni bon ni sain pour elle de rester ainsi derrière ces rideaux fermés avec… Je trouve cela plus qu'étrange, à vrai dire, et j'ai demandé à Edwin de faire venir le docteur. Mais comme il n'a pas le temps d'y aller et que les palefreniers ont peur des mauvaises rencontres, Joel va s'y rendre lui-même. En attendant, fais ton possible, Virginie : monte-lui du thé, persuade-la de descendre ou, au moins, d'aller dans une autre chambre. Quand elle ira mieux, il y a cent choses urgentes dont il faut qu'elle s'occupe. Je ne veux pas avoir l'air de me mettre en avant, mais il y a des obligations qu'on n'a pas le droit de négliger, si affligé que l'on soit. Ainsi, il faut préparer le deuil et le faire porter aux serviteurs, puisque le maître de maison est mort. Elinor et moi avons heureusement beaucoup de crêpe noir qui nous reste de la mort de nos parents. En ce qui te concerne, le mieux, je crois, le plus économique en tout cas, serait de teindre tes robes, mais je ne peux pas donner aux domestiques les ordres en conséquence sans l'autorisation de ta mère. Nous allons avoir des visites de condoléances, et il faut bien que quelqu'un les reçoive. Je ne sais vraiment pas que faire, Virginie. Tu es la fille de la maison, mais tu n'as que seize ans et tu n'es peut-être pas capable de faire face à tout cela – et les gens ne l'apprécieront sans doute pas non plus. Si, d'un autre côté, je me charge de tout, cela paraîtra présomptueux de ma part, car mes fiançailles avec Edwin sont si récentes que nous n'avons pas même encore fixé la date de notre mariage. Alors, je t'en prie, Virginie, monte voir ta mère et dis-lui que, si elle est vraiment incapable de descendre, qu'elle me fasse au moins savoir de quoi elle veut que je m'occupe.

Mais ma mère ne voulut rien me dire et quand mon grand-père et Mme Stevens vinrent à leur tour ce matin-là, elle refusa également de leur parler.

— Elle a toujours été à moitié folle, déclara mon grand-père en redescendant bruyamment l'escalier, et maintenant j'ai bien l'impression qu'elle l'est tout à fait. Eh bien, tant mieux, en fin de compte, car je ne l'ai jamais aimée, elle n'était pas digne de mon fils. Où est Edwin, où est Hannah ? Allez me les chercher, madame Stevens, je suis trop fatigué pour remuer davantage. Je vais m'asseoir dans la cuisine de ma femme et boire un verre de vin, si on en trouve encore dans cette maison depuis qu'elle est morte, la pauvre. Allez me chercher le Garçon et sa promise, que nous parlions un peu de l'avenir. Car il est désormais inutile de se tourner vers le passé, n'est-ce pas, ma bonne madame Stevens ? J'ai fait ce que j'ai pu, vous ne croyez pas ? Et que me reste-t-il maintenant, sinon le Garçon et son avenir ? C'est un bon, un brave garçon, lui au moins, et si cette fille n'a pas de dot à lui apporter, au moins elle a la tête sur les épaules, et quand elle ouvre la bouche je comprends ce qu'elle dit, elle. Allons, madame Stevens, versez-moi à boire et allez chercher mon petit-fils.

Nous n'avions plus rien à redouter. La foule anonyme s'était depuis longtemps dispersée, définitivement réduite à l'impuissance par l'horreur de ce qui s'était produit. Jabez Gott était mort, ainsi que quatre de ses compagnons, tués à coups de fusil par les soldats ; les autres furent repris un à un au cours de la journée – grâce à la coopération active d'Ira Agbrigg – et promptement expédiés à York pour, de là, aller finir aux galères ou sur quelque ponton. Et quand on fut certain qu'il n'en restait plus que deux encore en liberté, non pas des meneurs mais de simples gamins grièvement blessés et donc virtuellement hors de combat, mon grand-père put enfin se dire que sa vengeance était accomplie.

Il avait probablement aimé mon père d'une manière instinctive n'ayant rien à voir avec la raison ni même l'affection, mais nul ne pouvait douter qu'il aimât Edwin bien davantage et, affligé qu'il était de la perte de son fils, celui-ci ne lui manquerait sûrement pas, au sens concret du terme.

— La vie doit continuer ! déclara-t-il en s'éveillant soudain de sa rêverie. Elle doit continuer et se renouveler, n'est-ce pas, Edwin ? Nous célébrerons donc un mariage aussitôt que les convenances le permettront, et un baptême dès que la décence l'autorisera, puis un autre et d'autres après. Voilà ce que ton père t'aurait dit s'il était encore là, et je ne fais que parler à sa place. Dans ma vie, j'ai beaucoup gagné et beaucoup perdu, mon garçon, car j'ai eu d'autres fils que ton père, qui sont morts au berceau, et tu as toi-même au cimetière des frères qui auraient dû être aujourd'hui à tes côtés. Mais ne pensons plus à tout cela, car c'est un signe de faiblesse que de regarder en arrière, mon garçon, de faiblesse et de stupidité. Ce qui est fait est fait, et tout ce que je demande désormais est de vivre assez longtemps pour voir tes enfants grandir. Fais ce qu'il faut, mon garçon, pour qu'il y ait toujours un Barforth à faire tourner les métiers quand je n'y serai plus. C'est tout ce que je te demande. Et maintenant, madame Stevens, je vais rentrer chez moi et me mettre au lit, car je ne me sens pas à mon aise dans cette maison. Ton bras, Edwin.

On avait mis mon père dans son cercueil et il avait pris l'allure d'un étranger dans cet écrin de satin blanc et de bois verni exposé aux regards au milieu du grand salon ; et comme ma mère, muette et enveloppée de mystère, restait enfermée derrière ses rideaux et refusait d'en sortir, c'est moi qui ai dû accompagner Hannah à la cuisine pour qu'elle donne à Marthe-Ellen ses instructions sur la composition des menus et les heures des repas. Elle n'avait cependant aucun besoin de ma présence muette pour la légitimer car Marthe-Ellen, qui ne tenait pas le moins du monde à perdre sa place, fit tout pour se mettre dans les bonnes grâces de la future Mme Barforth ; et ce furent sans doute ses révérences obséquieuses, ses « Oui, Madame », « Non, Madame » pleins de respect qui firent enfin comprendre à Hannah le changement survenu dans sa propre situation.

Tant que mon père vivait, ma mère était seule maîtresse de la maison et elle le serait vraisemblablement restée pendant au moins les vingt ou trente premières années du mariage de Hannah ; c'est elle qui aurait décidé de la vie quotidienne de sa belle-fille, choisi ses domestiques et se serait mêlée de l'éducation de ses enfants. Pendant vingt ou trente ans, Hannah n'aurait rien été de plus qu'une invitée de marque chez sa belle-mère ; mais, maintenant que la triste vie désabusée de mon père avait été brutalement interrompue, sans qu'il ait pu protester contre cette dernière injustice ni que nous ayons eu le temps de l'en consoler, c'était à Edwin de prendre le rôle du maître et à sa femme d'être la suprême autorité domestique qui régenterait nos vies. Et Hannah avait beau avoir trop d'éducation et de bons sentiments pour en convenir elle-même, je comprenais sans mal qu'elle se sentait secrètement soulagée d'échapper à cette autorité que, bientôt, elle exercerait elle-même avec le plus vif plaisir.

— Resservez-vous donc, Edwin, lui dit-elle pendant notre dîner tardif. La vie continue, comme nous l'a sagement rappelé votre grand-père, et si ce flan n'est pas fameux, car on a abusé de la muscade, il est nourrissant. Nous allons d'ailleurs dès à présent améliorer tout cela.

— Je n'ai pas faim, répondit Edwin.

Il se resservit cependant, et l'éclair de joie impatiente qui s'était allumé dans ses yeux à l'idée d'améliorer « tout cela » et « dès à présent » souleva en moi une si pénible nausée que j'ai dû m'excuser en hâte et quitter la table.

La soirée fraîchissait, l'humidité pénétrante annonçait la pluie, l'usine était silencieuse et déserte en signe de respect pour les morts, et je me suis rappelé les protestations d'Edwin et de Joel quand mon grand-père avait congédié les soldats.

— Vous feriez mieux de les garder encore une nuit, avait dit Joel avec l'approbation d'Edwin. Mais mon grand-père, qui s'était querellé avec l'officier et jurait de ne plus encombrer sa cour avec ces propres à rien d'habits rouges, avait mal pris la chose et laissé éclater sa mauvaise humeur envers son propre petit-fils :

— C'est fini, avait-il grondé. Et quand je dis que c'est fini, on ne me contredit pas. Dix des meneurs sont morts ou sous les verrous, deux autres sont en train de crever de leurs blessures dans un trou, et les autres en ont par-dessus la tête de Jabez Gott et de ses semblables. Ils sont finis, écrasés vous dis-je, et je ne veux plus de ces fainéants en uniforme dont la vue ne fait que me rappeler ce qu'ils ont été incapables d'empêcher hier soir.

Edwin avait donc dû se contenter de charger Ira Agbrigg d'ouvrir les yeux et les oreilles pour nous aviser sans retard du retour éventuel de l'agitation.

Pour mon grand-père, en effet, la vie continuait. Il allait retourner trôner sur sa colline et devenir chaque jour un peu plus riche, un peu plus invivable. Mme Stevens allait reprendre ses cajoleries et ses sourires mercenaires pendant que, dans la maison de l'usine, Hannah s'emploierait à améliorer la qualité des repas d'Edwin et la blancheur de son linge, tout en consacrant ses réserves d'énergie à devenir l'épouse parfaite, la mère irréprochable des arrière-petits-enfants de Samson Barforth. Ma mère, supposais-je, allait reprendre ses travaux d'aiguille, ici ou ailleurs, et mener sa vie intérieure à sa guise, comme elle l'avait toujours fait. Et nulle part, dans tout cela, je ne voyais de place pour moi. Comment allais-je faire pour exister entre Edwin et Hannah ? Comment trouver un quelconque réconfort dans le monde irréel de ma mère ? Submergée par le doute, je sentis enfler une vague d'insoutenable nostalgie pour mon père et son affection, et je crus l'entendre s'échapper de moi comme un gémissement qui remplissait la cour déserte.

Ma peine avait pourtant changé de nature, depuis ces dernières heures. Ce matin, dans ma cachette près du mur du jardin, à l'abri des branches basses d'un vieux poirier, j'avais amèrement pleuré mon père, et lui seul : sa vie perdue, ses chances gâchées, ses années de frustration. Mais maintenant, c'était ma vie à moi qui, dans l'air froid de la nuit, me paraissait vaciller au bord d'un gouffre de solitude et d'inutilité, sans rien à quoi se raccrocher.

Personne, bien sûr, ne me voulait du mal. Edwin avait pour moi l'affection d'un frère, Hannah ferait son devoir envers moi, et mon grand-père me protégerait avec la vigilance qu'il mettait à garder ses autres possessions. Mais, seule comme je me voyais en cet instant nocturne, je ne voulais pas appartenir à mon grand-père, je ne désirais dépendre de quiconque ; je ne souhaitais au contraire que me redresser et contempler le monde en face, voir de mes propres yeux – inexpérimentés mais avides de comprendre – la vraie couleur et la texture des choses.

J'étais taciturne, il est vrai, et peu communicative, mais je n'étais ni gauche ni timide. Hannah m'avait cru incapable de recevoir les visites de condoléances à la place de ma mère, et je savais pourtant que j'aurais été parfaitement capable de tout faire sans son secours. Hannah se laissait facilement éblouir par une flatterie, un tour de phrase doucereux tandis que, comme ma mère, je savais deviner, sous le vernis de surface, des réalités et des mobiles cachés dont la découverte n'était pas toujours plaisante. Mon grand-père m'avait accusée d'être entêtée et, au souvenir des joyeux bavardages de ma cousine Elinor sur ses prétendants imaginaires, je ne pouvais que me féliciter de mon obstination, dont j'aurais grand besoin le jour prochain où Hannah, devenue la femme de mon frère, se ferait un devoir de me trouver un mari. Je savais que le mariage viendrait tôt ou tard dans ma vie, comme dans celle de toute jeune fille de mon rang ; mais je savais aussi que Hannah et moi n'avions pas les mêmes goûts en ce domaine, et que je devrais rester sur mes gardes si je ne voulais pas lui laisser prendre les rênes de mon avenir entre ses mains trop bien intentionnées.

Mon cousin Joel apparut soudain sur le pas de la porte, pour allumer le cigare que Hannah lui aurait interdit de fumer à l'intérieur et, surprise, je ne pus l'éviter. Non que j'eusse particulièrement de l'aversion pour lui : Joel était incontestablement beau et séduisant, et sa vue provoquait des émois et des fous rires nerveux chez nombre de mes amies, qui auraient défailli s'il avait jeté les yeux sur elles. Mais Joel, qui était réaliste, savait que les héritières bien éduquées n'étaient pas pour lui et ne leur accordait donc pas un regard – non plus qu'à moi, d'ailleurs. Ce soir, pourtant, le peigne d'écaille de mon chignon et ma mine rêveuse devaient me faire paraître plus âgée et assez féminine pour mériter un instant de son attention car, après un regard mi-amusé, mi-insolent qui me déplut infiniment, il descendit l'allée d'un pas nonchalant pour venir me rejoindre.

— Vous allez prendre froid, me dit-il. Ma sœur m'a d'ailleurs demandé de vous le dire, pour le cas où je vous rencontrerais. À son avis, vous êtes déjà restée trop longtemps dehors – et son avis, croyez-moi, n'est pas de ceux qu'on prend à la légère.

— Je n'en doute pas, mon cousin. Je crois, cependant, que je vais rester encore un peu.

— À votre aise. Je vous quitte pour aller à Maison Haute chercher Elinor et la ramener chez nous, car je ne vois pas l'utilité de passer une nuit de plus sous le toit d'Edwin.

La conversation aurait dû en rester là et je crois, en fait, que Joel était prêt à se retirer. Mais c'est alors que, après m'avoir dévisagée dans la pénombre, il a ajouté :

— Vous n'avez pas l'air très brillante, ma cousine. Cela vous affecte donc tant, tout ce qui s'est passé ?

— Bien entendu.

— Oui, c'est vrai, je n'y avais pas réfléchi. Dieu sait que je n'ai pas été fâché de perdre mon père, mais cela ne veut pas dire que tout le monde doive réagir de même et les choses, j'imagine, sont différentes pour une fille. Mais tout ira bien pour vous, Virginie, votre grand-père y veillera. Vous aurez une belle dot pour vous marier.

— C'est possible. Je n'y ai jamais songé.

— Non, bien sûr ! dit-il avec un bref éclat de rire et sans plus me regarder. Cela ne m'étonne pas de vous. Ceux qui pensent à l'argent sont ceux qui n'en ont pas, et il est difficile de l'oublier quand vos créanciers s'embusquent à tous les coins de rue pour vous le rappeler. Mais vous n'aurez jamais à vous soucier de ce genre de choses, ma cousine. On vous mariera richement, superbement dirais-je même, si votre grand-père est bien disposé à ce moment-là. Les partis ne vous manqueront pas, comme Bradley Hobhouse, à Nethercoats, ou Matthew Oldroyd, de Fieldhead, qui vont tous deux hériter de solides affaires, tout comme Edwin, et seraient ravis de vous prendre pour femme. Avec eux, vous seriez si bien traitée que vous ne vous apercevriez même pas d'un changement dans votre vie.

Si j'étais assez vieille pour discerner l'amertume et l'impertinence de sa tirade, et en comprendre les causes, j'étais encore trop jeune pour savoir le remettre à sa place et j'ai répondu trop vite, pour dire n'importe quoi :

— Vous vous marierez bientôt, vous aussi, je suppose.

— Parce que c'est ce que vous supposez ? Qu'en savez-vous donc, à part ce que vous raconte Elinor ?

— Il ne s'agit pourtant pas d'un secret.

— Non, ce n'est pas un secret – bien que le père de la demoiselle en question n'aime guère en entendre parler. Sachez donc, pour votre gouverne et celle d'Elinor, que je songeais effectivement épouser Mlle Boulton, car elle attend depuis trop longtemps déjà. Mais survient un problème dont je n'avais pas besoin, voyez-vous. Votre frère était prêt à se marier avec ma sœur, dès demain si elle l'avait voulu, et il y est encore tout disposé, je crois, ce qui me rendrait bien service. Seulement, connaissant Hannah et sa passion pour les convenances, elle ne voudra sûrement rien envisager avant la fin du deuil qui, pour un père, prend au moins un an, n'est-ce pas ? Et s'il faut encore que j'entretienne Hannah pendant ce temps, il me sera difficile d'en faire autant avec Mlle Boulton. Si même Hannah se casait tout de suite, il me faudrait d'ailleurs prouver mes bénéfices semestriels pour qu'Isaac Boulton veuille bien m'écouter, et j'ai beau savoir présenter mes livres à mon avantage – un truc que je tiens de mon père –, je doute que cela suffise à le convaincre. Ainsi, ma cousine, vous voyez que les événements m'affectent moi aussi.

— J'en suis navrée.

— Il n'y a pas de quoi, me dit-il avec désinvolture. Tout le monde n'a pas la chance d'Edwin, et peu d'hommes peuvent se marier à vingt-quatre ans sans quelqu'un, derrière eux, pour payer les factures. Nous sommes presque toujours obligés d'attendre au-delà de trente ans, quarante parfois, avant d'être en mesure de faire vivre une femme, et comme je n'en ai que vingt-huit vous voyez que j'ai encore du temps devant moi.

« Et Mlle Boulton, en a-t-elle ? » me suis-je demandé pendant que Joel poussait la grille et s'engageait sur le chemin de Maison Haute ; car elle m'était apparue, les deux seules fois où j'avais eu l'occasion de la voir, comme une personne d'allure inconstante et de caractère difficile, dont la délicate beauté d'églantine pouvait assez vite montrer ses épines. Mais Joel, me suis-je dit, est après tout fort capable de mener ses propres affaires sans mon aide, ni celle de personne, et je serais alors volontiers rentrée à la maison, car je commençais à sentir le froid, si je n'avais ainsi paru obéir à Hannah. Je suis donc restée dehors, et quand Hannah est venue à la fenêtre pour m'appeler, sans me voir car ma robe sombre se fondait dans l'obscurité, je me suis silencieusement glissée le long du mur vers la grille donnant sur la cour de l'usine.

Je n'avais rien à faire à cet endroit, où je n'avais non plus aucune envie de me trouver tant il était proche de celui où mon père était mort ; mais les appels impérieux de Hannah : « Virginie ! Virginie ! Reviens tout de suite ! » ne faisaient que me pousser plus loin et c'est pourquoi, ouvrant machinalement la grille, j'ai fait un ou deux pas dans la cour et eus alors la sensation à peine consciente de n'y être pas seule.

Ce que j'avais entendu n'était pourtant rien de plus qu'un bruissement confus de rat qui détale – ce qui n'avait pas de quoi surprendre, car les ateliers étaient pleins de rats, de chats à demi sauvages et même de chiens errants qui venaient y chercher refuge contre le froid –, mais j'avais eu, je ne sais pourquoi, la certitude qu'il s'agissait d'un homme. Ce n'était ni le pas lourd d'un veilleur, ni la démarche assurée d'un ingénieur venu, en dehors des heures de travail, vaquer à ses occupations légitimes ; plutôt le frémissement furtif d'une fuite comme si on cherchait à dissimuler, dans les recoins d'ombre, une présence tout à fait irrégulière et des intentions inavouables.

J'aurais alors dû me précipiter au jardin, courir vers la maison en appelant Edwin à pleine voix ; mais je m'étais immobilisée, paralysée comme l'avait été ma mère à la vue de mon père qui tombait, et mes pieds refusaient d'obéir aux ordres de mon cerveau, encore assez lucide pour vouloir reculer vers Edwin et la sécurité. Qui donc, me demandais-je confusément, voudrait être ici ce soir sinon un jeune homme au visage cireux sous ses cheveux roux, aux yeux embrasés par la haine et la vengeance ? Cet homme-là était mort, certes, mais ils étaient douze autres autour de lui, dont deux se cachaient encore dans les collines, blessés mais vivants et remplis de douleur et de rage à la pensée de leurs compagnons abattus et de leurs espoirs ruinés. À leur place, n'aurais-je pas moi aussi le désir désespéré de frapper une dernière fois, de lancer un dernier défi avant le gibet ou les galères ? L'image de mon père et de son meurtrier au visage trempé de larmes vint alors m'envelopper d'une nouvelle terreur qui me paralysa l'esprit et le corps. Un seul cri suffisait pour alerter Edwin et le lancer à la défense de son bien et de sa sœur, mais une puissance irrésistible retenait mon appel. N'y avait-il pas déjà eu assez de violence ? Voulais-je voir, à son tour, mon frère tremper ses mains dans le sang ?

Un infime sursaut de ma raison me faisait déjà réagir. J'étais prête à me glisser derrière la grille toute proche, à rentrer à la maison comme si je n'avais rien entendu – car je n'aurais rien dû entendre, si la voix de Hannah ne m'avait chassée jusque-là –, et demain, quand on se serait aperçu que quelques pièces de drap avaient été lacérées, quelques balles de laine crevées et leurs flocons jetés au vent, j'étais sûre qu'on oublierait très vite cette perte dérisoire.

Mais j'avais compté sans Hannah et son sens du devoir envers l'orpheline – de père et autant dire de mère – qui était aussi la sœur de son amoureux, et je l'entendis dire d'une voix qui portait jusqu'à moi :

— Cette enfant va attraper la mort, Edwin, il faut aller la chercher – si bien que mon frère était déjà dehors et se dirigeait en maugréant vers la cour, quand j'ai vu une flamme dans le dernier atelier.

À mes yeux, ce n'était qu'une lueur vacillante, pas plus inquiétante que le reflet d'une chandelle dans les vitres, et il a fallu le cri de fureur que poussa Edwin en me bousculant au passage pour que je comprenne qu'il s'agissait d'un incendie criminel dont le coupable devait être châtié.

— Satanée vieille bourrique ! s'écria-t-il en se référant, chose incroyable, à mon grand-père. Je lui avais pourtant dit, et Joel aussi, de ne pas renvoyer les gardes cette nuit. Mais non, il faut toujours qu'il sache tout mieux que tout le monde ! Ne reste donc pas plantée là, bon sang, va chercher Joel ! Il n'y a rien, dans cet atelier, dont je m'inquiète, mais si le feu s'étend…

J'allais obéir, quand nous avons tous deux vu en même temps la silhouette de l'homme qui fuyait, plié en deux pour échapper au rayon de lune qui le trahissait.

— Laisse-le ! ai-je crié. Occupons-nous des ateliers…

Mais Edwin ne m'écouta même pas, car le feu n'avait en effet rien encore de sérieux et, plutôt que l'embrasement vengeur voulu par l'incendiaire, restait un triste petit foyer fumeux qui promettait de s'éteindre au premier courant d'air.

Je n'ai gardé, cette fois encore, que des souvenirs fragmentaires de ce qui a suivi, des images en miettes que je me refuse toujours à reconstituer : Edwin bondissant de toute la puissance de son jeune corps, débordant de confiance en lui-même et en son avenir, assuré que ses longues jambes, ses larges épaules et ses muscles bien nourris lui feraient rattraper l'ennemi et le terrasser sans peine ; Edwin riant d'aise quand il saisit le fuyard par la nuque, comme un chat maigre, et le plaqua contre un mur, le força à tourner son visage émacié et blafard vers la lumière de la lune, de sorte que je vis moi aussi les yeux cernés, affolés, et les larmes d'un enfant de dix-neuf ans qui voyait sa courte vie toucher à sa fin.

Il n'y eut pas de pistolet, cette fois. Peut-être en avais-je gardé une telle hantise que, lorsque je vis l'inconnu se dégager de la poigne d'Edwin et faire surgir, dans sa main, la lame d'un couteau – un couteau de cuisine à l'aspect familier et presque rassurant –, cela me parut infiniment moins redoutable.

— Allons, jette cela, lui dit Edwin avec calme.

Il devait déjà se désintéresser de lui pour penser à l'incendie, supputer les risques d'extension des flammes, s'impatienter de me voir encore là au lieu d'être partie chercher Joel ; et il était si sûr de lui et de sa supériorité que la stupeur, je crois, a dû effacer sa douleur quand il reçut le premier coup.

Il y eut ensuite des appels, des bruits de pas précipités – Joel avait sans doute aperçu les flammes, et accourait à la rescousse, suivi du cocher et des palefreniers. Puis j'ai revu Edwin, à demi tourné vers moi, ses traits exprimant encore le mépris de son adversaire, qui vacillait, qui tombait en avant sous les efforts de l'épouvantail au masque cireux dont les doigts, maigres et raides comme des brindilles, lui agrippaient le cou pour le tirer, afin que son poids fasse pénétrer la pointe émoussée du couteau de cuisine à travers la soie de son gilet et dans sa chair.

Edwin, mon frère... Pourquoi ne savais-je pas que je l'aimais ? Je l'ai compris en cet instant, et je me suis ruée sur son assassin, hurlante, les griffes en avant, aveuglée par la rage au point de vouloir planter mes dents dans la gorge du monstre – que j'entendais crier : « Pardon ! Pardon ! » tandis que ses doigts s'incrustaient dans mes épaules pour me repousser. Et malgré ma folie, je sentais ce pitoyable corps trembler sous mon étreinte.

— Lâchez-moi, je vous en supplie, lâchez-moi !

Il criait toujours, me fit tomber avec lui. Et je ne le lâchais pas, je l'ai serré plus fort, à l'étouffer, je le sentais se débattre, ramper, tenter de s'échapper en haletant, en gémissant, en sanglotant – ou c'était moi, peut-être – quand enfin Joel fondit sur ma proie, le souleva d'une main pour le jeter contre le mur, le releva, le secoua et lui cogna la tête contre les pierres jusqu'à ce que le misérable pantin cesse enfin de crier.

Dans le silence brutalement retombé, je me suis traînée sur les pavés pour m'agenouiller près de mon frère ; je lui ai caressé la joue, étonnée de ce geste que je n'avais encore jamais osé, j'ai repoussé une lourde mèche de cheveux qui lui barrait le front, j'ai suivi du doigt la ligne ferme de sa mâchoire, j'ai redressé sa cravate, le col de sa veste, j'en ai chassé la poussière pour qu'il soit élégant et beau.

— Regarde, Edwin chéri, regarde. Ton usine brûle. Ouvre les yeux. N'aie pas peur, on va vite éteindre le feu. Mais il faut ouvrir les yeux, Edwin, il faut regarder...

Penchée sur lui, j'ai posé ma joue contre la sienne et ma bouche a effleuré le coin de ses lèvres.

— Il est mort, n'est-ce pas ? dit Joel en pliant le genou.

J'ai levé les yeux vers lui, j'ai vu son visage animé d'une fièvre inquiétante, celle du prédateur que je le savais être. Alors, couchée sur le corps de mon frère pour cacher la sanglante déchirure de son gilet, je me suis sentie devenir une bête fauve prête à défendre les siens, et j'ai rugi en montrant les dents :

— Non ! Il ne l'est pas encore.

5

Nous les avons enterrés côte à côte, dans le coin du cimetière où reposaient déjà mes frères et sœurs et ma grand-mère, sous de belles pierres tombales aux lettres gravées d'or sur le marbre poli, et un énorme vieux pommier dont les fleurs parsemaient la terre fraîchement remuée ; et le chevalier Dalby lui-même, homme de la Haute-Église pour qui les méthodistes ne valaient pas mieux que des jacobins, des catholiques ou le diable en personne, vint assister au service funèbre dans la petite chapelle carrée que mon grand-père s'était fait construire du temps de sa femme.

C'était un doux matin de mai, bleu et rose, avec une légère brise qui jouait dans l'herbe et un soleil tout frais dans le ciel, un temps fait pour réjouir le cœur d'un jeune homme et non briser celui d'un vieillard ; la douleur, pourtant, accablait mon grand-père au point que tous ceux qui le virent ce jour-là, racorni et tremblant, furent d'avis qu'il irait rejoindre Edwin avant peu.

On nous avait manifesté une sympathie émue, et les messages de condoléances nous étaient arrivés en masse, des nobles comme des bourgeois. Les Hobhouse de Nethercoats, nos principaux concurrents pour le tissage du *worsted*, et les Oldroyd de Fieldhead, filateurs réputés, nous avaient exprimé, avec leur profonde douleur, l'assurance que nous pouvions compter sur eux – dans les limites du raisonnable – pour surmonter cette tragédie. M. Rawnsley, le banquier, et M. Aycliffe, l'entrepreneur, avaient fait assaut de prévenances, et M. Aycliffe, qui aurait dû commencer la construction de l'usine d'Edwin, réussit même à ne pas demander à mon grand-père ce qu'il avait désormais l'intention de faire. Nous avions aussi reçu des monceaux de fleurs et de paroles de compassion émanant des plus distingués résidents de Cullingford, tels que l'aristocratique colonel Corey, de Blenheim Lane, de son cousin Me Corey-Manning, l'avocat – tous deux apparentés au noble sir Giles Flood, seigneur et châtelain de Cullingford même – ainsi que d'une kyrielle de leurs parentes, personnes de qualité ne se commettant pas d'ordinaire avec les classes usinières mais qui avaient bien voulu faire exception dans notre triste cas.

De nombreux articles nécrologiques avaient paru dans la presse de toute la région, et jusqu'à Bradford et à Leeds, célébrant mon père pour ce qu'il avait fait et mon frère pour ce qu'il promettait, et leur héroïsme à tous deux dans leur combat contre l'anarchie. C'est pourquoi, en reconnaissance de cette courageuse attitude en faveur du bien commun et des tragiques conséquences qu'elle avait entraînées pour notre famille, les industriels du voisinage s'étaient cotisés de deux mille livres à titre de participation à la remise en état des ateliers incendiés. Quant à l'assassin de mon frère, les os quasiment brisés sous les coups de Joel, il avait déjà été envoyé à York pour être pendu avec les autres, exemple qui, croyait-on, assurerait que le sabotage des machines et la destruction des usines passeraient de mode pour longtemps dans nos parages. Mais, tout en étant fière de l'entendre dire, je ne trouvais aucune consolation – comme Hannah le faisait déjà – à ce que l'on considérât mon père et mon frère comme des martyrs.

Le chemin de la chapelle était bordé, ce jour-là, de deux files de voitures drapées de noir, d'où s'était déversée une foule dense de messieurs en haut-de-forme et gants noirs, et de dames enveloppées de crêpe et de voiles de deuil que le modeste sanctuaire fut incapable de contenir. Tout le monde, ou presque, resta dehors jusqu'à la fin du service, les uns en s'efforçant de voir ce qu'ils pouvaient, les autres parce qu'ils jugeaient opportun d'être vus, d'autres simplement et sincèrement émus de la disparition du père et du fils, d'autres enfin qui pleuraient ouvertement à la pensée que, tôt ou tard, leur tour viendrait aussi. C'était une foule considérable par la taille, plus imposante encore par l'accumulation de richesses qu'elle représentait et qui dépassait, de très loin, tout ce qu'un homme né dans la médiocrité pouvait rêver amasser dans le cours de plusieurs vies. Derrière les notables, sortie des rues sordides qui enserraient maintenant la chapelle, une autre foule grossissait, un moutonnement de châles et de casquettes du dimanche – parmi lesquelles celle d'Ira Agbrigg –, venue rendre un dernier hommage à un homme, mon père, qui avait été un maître juste et respecté.

J'étais arrivée dans la première voiture avec ma mère et mon grand-père, dont je me tenais à l'écart tant j'avais du mal à supporter l'énormité de sa douleur et la rage aveugle, incontrôlée qui le secouait à la pensée que Dieu l'avait affligé d'une épreuve aussi injuste. Pourtant, il ne me regardait pas, de même qu'il n'avait pas une seconde d'attention à accorder à quiconque, et il gardait les yeux fixés sur les plumets des chevaux pour mieux contempler, au-delà, l'anéantissement de tout ce pourquoi il avait vécu. Edwin avait été son « garçon » à lui, sa joie et sa fierté et, tout comme il l'avait monopolisé dans la vie, il refusait de le partager dans la mort. Si personne, croyait-il, n'avait aimé Edwin autant que lui, nul n'avait par conséquent le droit de le pleurer avec une douleur égale à la sienne, et quand Hannah avait voulu s'insurger contre cette exorbitante exclusive, il lui avait purement et simplement ordonné de retourner chez elle, puisqu'elle n'était plus d'aucune utilité chez lui.

Sous ses flots de voiles, j'avais à peine reconnu ma mère qui, malgré l'anonymat de sa robe de veuve, avait quand même su garder une allure différente de la nôtre. On ne pouvait guère lui prêter les vertus d'un roc de fermeté ni trop compter sur elle pour se réconforter ; et pourtant, ces derniers jours, je m'étais lourdement appuyée sur son épaule et je ne l'avais pas sentie se dérober sous le poids de mon chagrin.

Elle avait étrangement réagi à la mort de mon père, mais elle avait pris soin d'Edwin, pendant l'heure insoutenable qu'il lui avait fallu pour mourir, avec une tendresse inattendue. Elle n'avait pas cherché à le consoler, car un jeune homme de vingt-quatre ans qui voyait le monde à ses pieds ne peut se résigner à une telle perte, mais elle l'avait assisté dans sa douleur, ramené vers son enfance, vers le temps où une mère sait encore tout guérir ; et quand, plus tard, Hannah, suffocante et tremblante, succomba à une crise de nerfs, titubant, se cognant aux murs, c'est ma mère qui parvint à la calmer et à la soutenir.

Pour moi, je n'avais eu besoin de personne. Mon cousin Joel m'avait portée de la cour à la cuisine pour me déposer dans le fauteuil à bascule où j'étais restée, immobile, à me débattre dans le plus effrayant silence de ma vie pour tenter de remonter à la surface à travers le flot des vagues qui, une fois de plus, me noyait l'esprit. J'ai vécu là un moment de cauchemar, où je me croyais condamnée à passer le reste de mes jours telle que j'étais, avec le sang d'Edwin sur mes mains, sur ma robe et dans mes cheveux. La tempête finit néanmoins par s'apaiser, comme elle l'avait fait l'autre fois, et ma vision redevint nette, si claire qu'elle me permit d'observer ceux qui m'entouraient avec une acuité impitoyable.

Hannah était brièvement venue tourner autour de moi, hagarde et le teint cendreux. Elle s'en sortira, ai-je pensé froidement, elle n'est pas de la race de ceux qui souffrent.

Mon grand-père avait fait une courte apparition sur le pas de la porte, haletant, tâtonnant comme un aveugle, et je lui avais dit par la pensée : « Étouffez donc, vieillard, ce n'est que justice. Car c'est votre orgueil qui l'a tué, et votre indulgence criminelle pour ses caprices et les vôtres. Et ne venez surtout pas quémander ma pitié, ne me demandez plus jamais rien. »

Mme Stevens et notre servante Marthe-Ellen étaient venues me dévisager avec des yeux rougis, toutes deux angoissées, me semblait-il, pour leur avenir, maintenant que mouraient les hommes dont leur sort dépendait. Je n'ai rien voulu leur répondre, et quand mon cousin Joel est venu à son tour, après avoir changé ses vêtements souillés et peigné ses cheveux, pour dire à Marthe-Ellen :

— Vous feriez mieux de vous occuper de cette petite, elle avait haussé les épaules en un geste d'impuissance :

— Elle ne me laisse pas plus approcher que Mme Stevens, et elle est sur les nerfs comme une chatte avec une portée de chatons malades. Mais cela lui passera, vous savez, j'en ai vu bien d'autres.

Habitué, comme Hannah, à se faire obéir, Joel insista sèchement :

— On ne va quand même pas la laisser ainsi, couverte de sang. Regardez donc dans quel état elle est, bon Dieu ! Montez un broc d'eau chaude dans sa chambre et préparez son lit, je me charge de la porter.

Dans l'état d'esprit où j'étais, je n'avais pas la moindre intention de me laisser faire ; aussi, pendant que Marthe-Ellen se conformait de mauvaise grâce aux ordres de Joel, je l'ai dévisagé et j'ai reconnu dans ses traits le mélange de ses ambitions aigries et de ses nouvelles et féroces espérances, si bien qu'il ne pouvait plus m'intimider.

— Levez-vous, Virginie. Vous ne pouvez pas rester ici dans un état pareil.

— Pourquoi pas, si cela me plaît ?

— Parce que je vous le dis, s'il vous faut une raison.

Alors, en me forçant péniblement à écarter les lèvres pour mieux articuler, j'ai riposté d'une voix sifflante :

— Dites ce que bon vous semble, mon cousin, mais je n'ai aucune raison de vous écouter. Vous n'êtes pas le maître, ici. Pas encore, en tout cas.

J'aurais souri, si j'avais pu, à son brusque mouvement de recul, comme si l'inoffensif moineau qu'il me croyait être fondait soudain sur lui avec le bec crochu d'un aigle.

Mais mon cousin Joel, aguerri par les luttes âpres et souvent sournoises qu'il avait soutenues toute sa vie, se ressaisit immédiatement et eut un bref éclat de rire :

— Passionnante hypothèse, ma chère cousine, mais le moment est mal choisi pour en parler. Vous êtes épuisée, vous avez l'esprit troublé et vous seriez mieux au lit. Il vous faut du repos, Virginie, venez.

Il m'avait alors soulevée comme une plume, en me serrant si fort que je ne pouvais pas me débattre, pour me livrer tel un colis mal ficelé à Marthe-Ellen, son broc d'eau chaude et ses draps frais, mais aussi à une interminable nuit agitée d'atroces cauchemars d'où j'ai émergé, le lendemain matin, avec l'apparence de mon calme coutumier.

Et maintenant, aujourd'hui, nous les enterrions.

Un silence respectueux s'établit à notre arrivée ; les messieurs, qui faisaient les cent pas en discutant de leurs affaires, se regroupèrent en adoptant des mines de circonstance ; les dames, qui s'interrogeaient sans doute sur ce que pourrait bien faire Hannah, à vingt-quatre ans, pour pêcher un autre mari, portèrent de fins mouchoirs de batiste à leurs yeux brillants de curiosité. Et moi, si on me l'avait permis, je serais volontiers restée dans la voiture pour me laisser engloutir par mes vagues, fermer les yeux et dormir.

Mon cousin Joel nous attendait à la portière pour nous aider à descendre, et s'il avait dû courir pour arriver ainsi à notre marchepied – il était venu dans la voiture suivante avec ses sœurs –, il avait pourtant l'air d'être là depuis longtemps, avec le calme et la dignité qui sied à la douleur. Impeccablement mis comme toujours, irréprochable dans le moindre détail de sa tenue de deuil, il leva son chapeau vers ma mère, lui prit délicatement le coude pour l'aider à descendre et lui entoura les épaules d'un bras protecteur, contre le double choc du soleil et de la curiosité publique ; puis, au lieu de me laisser me tirer toute seule d'embarras avec mes jupes et mes voiles – ce dont il était coutumier avec les petites filles sans importance –, il me prit à moi aussi la main et, sur la dernière marche, me souleva pour m'affermir, avec une sollicitude qui tira des murmures attendris chez les spectateurs.

— Pauvre agneau, dit une voix féminine. Avoir vu son père assassiné sous ses yeux, son frère massacré dans ses bras... Étonnez-vous, après cela, qu'elle puisse à peine tenir debout.

— C'est vrai, fit une voix grave et rocailleuse. Je ne voudrais pour rien au monde que cela arrive à une de mes filles. Un choc pareil lui tournerait la tête et elle risquerait de ne jamais s'en remettre.

— Celle-ci s'en remettra, vous verrez. C'est une Barforth.

C'est alors que le visage marbré et courroucé de mon grand-père fit son apparition, salué par un soupir et un recul instinctif de la foule ; s'ils étaient nombreux à être venus le voir pleurer – n'était-il pas grand temps que la chance insolente de Samson Barforth l'abandonne ? –, il était si formidable, si terrifiant dans la défaite que son seul aspect chassa la curiosité malsaine et fit tomber un silence absolu.

Il resta planté là, indéracinable, promenant ses yeux perçants de l'un à l'autre pour prendre note des absents, comme il le faisait tous les matins à l'entrée de l'usine, et leur jeter à tous le défi de se demander ce qu'il allait faire de son usine, de ses machines et de tout son argent maintenant qu'il ne restait plus, après lui, qu'une bru écervelée et une petite-fille à peine sortie de l'enfance.

Je le vis tordre la bouche en une grimace, qui était peut-être une provocation, peut-être une défense contre les larmes, et faire un pas en avant, drapé dans son désespoir et irrémédiablement seul, quand mon cousin Joel vint promptement le rejoindre :

— Prenez mon bras, mon oncle.

Un long moment, il ne se passa rien. Connaissant mon grand-père, son premier réflexe avait sans doute été de repousser dédaigneusement Joel, qu'il écrasait d'un regard soupçonneux, malveillant, étincelant de sa haine envers ce jeune homme plein de vie qui se dressait devant lui quand Edwin était mort.

Mais il avait résisté à son premier instinct, et son expression changea imperceptiblement quand il répondit enfin :

— Eh bien oui, je vais te prendre le bras, mon garçon, et je le garderai tant que cela me conviendra.

Alors, posant la main sur la manche de l'élégant habit dont il froissa vicieusement l'étoffe, comme je le lui avais déjà vu faire, il s'appuya de tout son poids sur Joel et entra dans sa chapelle pour prier.

Après la cérémonie, il y eut une sorte de buffet, car beaucoup de gens étaient venus de loin – plusieurs au-delà de la chaîne Pennine, du versant cotonnier – et avaient grand besoin des jambons, des salades et des pâtisseries de Mme Stevens pour entreprendre leur long voyage de retour. Cette dernière était là, bien entendu, pour accueillir les convives, car elle était descendue de Maison Haute dans sa robe de soie noire et sa coiffe de dentelle blanche à seule fin de houspiller Marthe-Ellen dans sa cuisine et de répandre sur nous le baume de ses sourires chaleureux et de ses soins attentifs, dont certains bénéficièrent pourtant plus que d'autres.

Hannah, qui avait traversé ces jours d'épreuve comme une statue de granit, n'était plus en faveur et restait seule dans son coin à contempler le tapis tout à son aise. Elinor, qui n'avait de toute façon jamais beaucoup compté, s'accommodait fort bien d'être délaissée ; mais il me semblait avoir pris une importance toute nouvelle aux yeux de mon cousin Joel et de Mme Stevens.

— Cette chère enfant a subi un choc effroyable, murmurait-elle inlassablement à des messieurs tout noirs qui, le visage sombre, s'efforçaient de ne pas s'empiffrer de façon trop voyante, ni de laisser surprendre par leurs vigilantes épouses les regards de convoitise qu'ils coulaient à l'affriolante Mme Stevens.

Pour ma part, je trouvais constamment ma tasse remplie de thé chaud et mon assiette débordante de tranches de pain d'épice et de biscuits au gingembre que, m'affirmait-elle, elle avait préparés exprès pour moi.

Elinor parvint à me rejoindre, toujours aussi mystérieusement ravissante dans une robe noire pourtant fort simple et très loin d'être neuve.

— Elle sent d'où vient le vent, cette chère Mme Stevens, me dit-elle malicieusement. Elle sait bien que ton grand-père n'en a plus pour longtemps et qu'il ne pourra laisser sa fortune à personne d'autre que toi. Ne m'oublie pas quand tu seras riche et que tu renouvelleras ta garde-robe, Virginie. Tu ne voudras sûrement pas, non plus, garder ces peignes en écaille quand tu pourras t'offrir de l'ivoire et des perles, n'est-ce pas ? J'ai d'ailleurs envie de me relever les cheveux dès maintenant, tu sais. Hannah m'a dit que je devrais attendre jusqu'à mon mariage, mais de la manière dont cela se présente… J'aurais encore les cheveux dans le dos à trente ans, si je l'écoutais.

La mort de mon père et de mon frère ne changeait naturellement pas grand-chose à la vie d'Elinor. Elle avait passé la nuit de l'émeute calfeutrée à Maison Haute avec Mme Stevens et n'avait donc rien vu ; maintenant, malgré ses bonnes intentions, elle commençait déjà à trouver ennuyeux le visage de bois et les lèvres pincées par lesquels sa sœur manifestait une affliction qu'elle ne partageait pas.

— Elle devrait pleurer davantage, cela lui ferait du bien, avait décrété Elinor. Mais Hannah avait précisément lutté toute sa vie contre ce que sa nature comportait d'émotivité, contre cette part de passion qui l'aurait poussée à quelque geste tragique et grandiloquent. Aussi, ligotée dans le corset de discipline qu'elle s'était elle-même imposé, Hannah restait murée dans la solitude glacée de son stoïcisme de parade sans même se douter, je crois, que, si elle n'avait pas voulu se mêler de tout – si son importun sens du devoir ne l'avait pas tracassée au point d'avoir envoyé Edwin à ma recherche –, mon frère n'aurait découvert l'incendie que plus tard, quand le malfaiteur n'aurait déjà plus été là pour le poignarder, et elle serait encore elle-même la future maîtresse de Lawcroft Fold.

Mais les conjectures de ce genre étaient stériles et, au demeurant, cruelles du fait que j'étais désormais destinée à lui prendre sa place, perspective qu'il m'était difficile d'accepter de sang-froid et qui, pour mon grand-père, était presque impossible à admettre.

— Je n'ai pas faim, madame Stevens, avait-il dit à son retour de la chapelle. Puis, tournant le dos à l'élite de Cullingford, il était allé s'isoler sur un banc du jardin et était resté là, comme une antique statue de pierre patinée par les ans, à contempler son usine en silence.

— Que faire, mon Dieu, que faire ? nous avait demandé Mme Stevens à plusieurs reprises. Il ne devrait pas rester tout seul dehors. Il va prendre froid.

Mais personne n'avait l'audace d'aller le lui dire et c'est pourquoi, un par un, ses amis et voisins, ses concurrents secrètement ravis, ses fournisseurs, ses clients, son pasteur et son médecin vinrent serrer la main de ma mère et prendre congé. Quant à M. Oldroyd le filateur, M. Aycliffe l'entrepreneur, et M. Hobhouse le fabricant de tissus qui avaient tous des fils en âge de se marier, ils s'attardèrent quelques instants pour me faire des amabilités.

— Laissez-lui donc la paix, avait dit Joel en jetant un coup d'œil par la fenêtre, les traits de nouveau durcis et toute trace de suavité compatissante gommée de son expression. Il a en tête trop de choses auxquelles il a le droit de réfléchir sans qu'on le dérange. Nous devons nous-mêmes nous retirer, tante Isabella, ajouta-t-il en se tournant vers ma mère. Vous savez où me trouver si vous avez besoin de moi, et n'hésitez pas à faire appel à mes services.

Même après le départ de la voiture de louage qui emportait Joel, mon grand-père demeura sur le banc à contempler son usine, son école, sa chapelle et les longues rangées grisâtres de ses logements ouvriers, toutes les semences d'un empire qu'il avait cru voir croître et prospérer pour transmettre son nom aux générations futures – fondations d'une immortalité qu'il ne lui restait plus qu'à vendre à l'encan et à démanteler pour le seul profit d'une gamine dont il n'avait pas voulu.

— Pourriez-vous au moins lui parler, madame Barforth, lui dire de rentrer ? avait demandé Mme Stevens à ma mère d'un ton suppliant, tant elle redoutait de hâter sa fin avant qu'elle n'ait elle-même eu le temps de jeter les bases d'une vie nouvelle ; mais ma mère n'avait pas fini de secouer la tête négativement et de prendre sa broderie qu'il surgissait sur le pas de la porte, le regard de nouveau brillant d'une saine colère, et poursuivant à haute voix la conversation qu'il avait toute la journée soutenue avec lui-même :

— C'est donc décidé ! déclara-t-il. Je ne suis pas encore abattu, ah mais non ! Ils peuvent bien croire ce qu'ils veulent, mais je ne suis pas un homme fini. J'ai eu des hauts et des bas, dans ma vie, même si je n'ai encore jamais été si bas, mais ce n'est pas la première fois que je me serais relevé. Car je me suis toujours relevé, vous m'entendez, toujours ! La vie continue, elle doit continuer, je l'ai déjà dit, je le répète et je ne changerai jamais d'avis. La vie continue. Aussi il y a une chose que nous pouvons, que nous devons faire, maintenant, et le plus tôt sera le mieux. Nous allons te marier, Virginie. Te marier. Hein, qu'est-ce que tu en dis ?

Là-dessus, il tourna les talons et s'en fut d'un pas résolu en faisant signe à Mme Stevens de le suivre.

Le lendemain matin, je me suis réveillée tard, encore somnolente, incapable de mettre de l'ordre dans mes pensées, et je me suis contentée d'aller m'étendre sur le tapis devant la cheminée de la cuisine et d'y rester, la tête vide, à écouter respirer la chienne jaune d'Edwin qui se pressait contre moi et qui, sans comprendre pourquoi Edwin ne venait plus, devait sentir sur moi, en moi, quelque chose de son maître absent.

Marthe-Ellen allait et venait, m'enjambait et se penchait au-dessus de moi sans avoir l'idée de me dire que je la gênais dans son travail. Et tandis que montaient dans la pièce les odeurs éternelles du pain qui cuisait dans le four et du bouillon qui mijotait dans sa marmite de fer, je me suis sentie dériver très loin, vers un lieu où tout effort devenait inutile, où rien ne pouvait plus changer, où il me suffirait – comme la chienne – de sentir la chaleur du foyer sur ma peau, de satisfaire les besoins élémentaires, l'abri, la nourriture et l'air qu'on respire, pour exister dans le contentement. Et j'avais beau avoir vaguement conscience qu'il fallait sortir de cette torpeur, je préférais retarder le moment du réveil où je me demanderais pourquoi ma mère avait été convoquée d'aussi bonne heure à Maison Haute et mettait si longtemps à en revenir.

J'ai dû ensuite m'assoupir, car je ne revins à une sorte de demi-réveil qu'en la sentant me taper sur l'épaule – les yeux cernés de noir, ai-je remarqué, et le visage défait par un chagrin qu'elle négligeait exceptionnellement de dissimuler – tout en étant incapable, si je comprenais qu'elle avait quelque chose d'important à me dire, de faire l'effort de me redresser et, pelotonnée contre la chienne, de surmonter mon besoin d'échapper aux complexités de la réalité en cherchant douillettement refuge dans le sommeil.

Quand elle le voulait, ma mère pouvait faire preuve de vivacité et se montrer directe dans ses propos, en dépit du flou et de l'imprécision dont elle s'entourait d'habitude ; aussi, après s'être assise dans le vieux fauteuil grinçant aux coussins de tricot où Marthe-Ellen – et ma grand-mère avant elle – s'installait pour faire son raccommodage, elle renvoya la servante et me dit :

— Puisque tu es si paresseuse, ce matin, je ne te demanderai pas de bouger, car ce que j'ai à te dire peut s'entendre aussi bien ici qu'au salon. Je dois aussi t'avouer que tout cela arrive plus vite que je ne m'y attendais et que j'y étais mal préparée. Écoute-moi donc attentivement, Virginie : ce matin, quelqu'un t'a demandée en mariage.

— Quelqu'un ?

J'étais toujours aussi somnolente, mais je prêtais soudain attention, je ne sais pourquoi, aux nuances du pelage de la chienne, qui allaient d'une riche teinte dorée sur son dos à un beige clair sur le ventre et les pattes.

— Virginie, tu écoutes ce que je te dis ?

— Oui, oui, j'écoute…

Quelqu'un m'avait demandée en mariage. Je n'en ressentais ni étonnement ni crainte et, chose stupéfiante, cela m'était presque complètement indifférent. Tout ce que je voulais, c'était qu'on me laissât seule avec la chienne auprès du feu, et je me suis souvent demandé, par la suite, s'ils avaient conscience de l'état d'hébétude où j'étais plongée, et s'ils n'en avaient pas volontairement profité pour atteindre leur objectif.

— Bon, eh bien, puisque tu écoutes… reprit-elle. Je pense que tu sais depuis longtemps que la question de ton mariage se poserait bientôt et que, même si ton père était encore de ce monde, ce serait ton grand-père qui déciderait du choix de ton mari, n'est-ce pas ? Et maintenant, dis-moi… Y aurait-il un jeune homme pour qui tu aurais une inclination particulière ?

— Non.

— Tant mieux. J'avais cette impression, je l'ai dit à ton grand-père et je suis contente de ne pas m'être trompée. Cela te surprend-il que ce soit ton cousin Joel qui ait demandé ta main ? À l'inspiration de ton grand-père, sans aucun doute, mais il l'aurait probablement fait dans tous les cas, du moins en ai-je la certitude.

— Et pourquoi cela, mère ?

— Voyons, Virginie…

Ses mains papillonnèrent un instant, comme si elles cherchaient à se poser sur une broderie absente.

— Écoute, reprit-elle, tu sais sûrement – car je crois que tu caches bien des choses derrière ces yeux trop calmes – que nous n'aurions eu aucun problème à te marier le mieux du monde. Tu as une dot considérable, et tes relations familiales ont une grande valeur dans la vallée de la Law. Mais maintenant qu'Edwin n'est plus, ma chérie, tu représentes infiniment plus qu'une simple dot. N'y as-tu jamais pensé ?

— Si, bien sûr, cela m'est venu à l'esprit. Mais Joel ne devait-il pas épouser Mlle Boulton, de Cullingford ?

J'avais dû me forcer à répondre, car tout cela m'indifférait toujours autant et j'avais plus que jamais envie de dormir.

— C'est bien possible, dit ma mère en souriant, car il a en effet été question d'une demoiselle Boulton. Mais il semblerait que les promesses n'ont été échangées qu'entre elle-même et Joel. Son père n'a pas donné son consentement, n'a pas même reçu une demande dans les formes, si bien qu'il n'y a pas de véritable engagement ni, à plus forte raison, de rupture de fiançailles dont elle puisse se prévaloir. Joel nous en a donné l'assurance. Et tu te doutes certainement, Virginie, que ton cousin Joel oublierait de grand cœur cent demoiselles Boulton pour la seule et désormais unique Mlle Barforth.

— Oui…

Je sentais la chaleur des flammes me caresser le visage et j'essayais de me convaincre qu'il fallait me secouer, de comprendre qu'il s'agissait de quelque chose de sérieux, de réel à quoi je devais faire attention. En vain…

— Oui, repris-je. Je connais Joel, je sais ce qu'il désire dans la vie. Mais pourquoi grand-père souhaite-t-il la même chose ?

— Parce qu'il se veut le fondateur d'une dynastie, comprends-tu ce que cela signifie ? Il veut se perpétuer à travers ses descendants, il veut renaître dans toute une lignée de jeunes mâles Barforth faits à son image. C'est un rêve, comme nous en avons tous, et il s'en est fallu de bien peu que le sien ne s'effondre. La vie, le destin, Dieu peut-être lui ont assené un coup dont il ne paraissait pas pouvoir se remettre – dont beaucoup de gens espéraient ouvertement qu'il ne se relèverait jamais – mais il a trouvé, grâce à toi, le moyen d'y remédier. Tu es tout ce qui lui reste, Virginie, et si tu ne peux pas diriger l'usine, comme Edwin, tu peux porter des enfants qui le feront plus tard. Ce ne seront pas ceux d'Edwin, mais ils auront en eux quelque chose de lui, et c'est mieux que rien, car ces enfants auront le sang de ton grand-père, ils feront revivre son rêve. Maintenant, alors que ton cousin Joel aurait été parfaitement inacceptable pour prétendre à la main d'une Mlle Barforth de Lawcroft pourvue d'un frère bien vivant – on l'aurait même unanimement traité de coureur de dot s'il avait seulement fait mine de te regarder –, les circonstances présentes font que Joel a désormais beaucoup d'atouts en sa faveur. C'est un homme d'affaires avisé – meilleur qu'Edwin, en fait, et plus ambitieux que lui – et c'est un Barforth, ce qui veut dire que le nom ne s'éteindra pas. Sans qu'il en soit responsable, ses entreprises sont loin d'être florissantes et il sera donc redevable de tout à ton grand-père, ce qui à ses yeux est un argument décisif. Il considère un tel arrangement infiniment préférable à celui de ton mariage avec un Hobhouse ou un Oldroyd, qui ferait passer ses intérêts familiaux avant tout et ne laisserait pas ton grand-père se mêler comme il l'entend de l'éducation de tes enfants.

— Alors, mère, que dois-je faire ?

Elle soupira, changea de position mais ne fit montre d'aucune surprise devant ma docilité.

— La réponse appartient à toi seule, mon enfant. Personne ne te traînera à l'autel par les cheveux, tu peux en être sûre. Mais laisse-moi te dire, ma pauvre Virginie, que ton grand-père a pris sa décision et que je ne te crois pas assez forte pour t'opposer à lui ouvertement. Pour moi, je t'avoue que je ne le suis pas et que je ne l'ai sans doute jamais été, car, dans les rares occasions où j'ai voulu me montrer ferme, disons que je n'ai pas eu beaucoup de succès. La seule fois où ton père et moi sommes passés outre au refus de ton grand-père, c'était pour notre mariage, et je suis bien forcée de reconnaître qu'il avait raison. Certes, il y a toujours eu de l'affection entre nous, une sorte d'affection en tout cas, mais nous n'étions effectivement pas faits l'un pour l'autre. C'est pourquoi, vois-tu, je crois en fin de compte qu'un mariage de convenance a autant de chances de réussir qu'un autre, davantage peut-être. Ton cousin est bel homme, il a de l'expérience, il n'a que douze ans de plus que toi, ce qui n'est guère considérable, Virginie, car tu sais que ton grand-père t'aurait donnée sans hésiter à un homme de quarante ans ou plus si cela lui avait convenu.

— Ainsi, je devrais le prendre pour mari ?

— Il faut bien que tu en prennes un.

— Et s'il me déplaisait au point que je refuse, me soutiendriez-vous ?

Les yeux de velours gris se posèrent sur moi :

— J'aimerais le faire, Virginie. Oui, je voudrais bien te soutenir, comme j'aurais si souvent voulu soutenir ton père… Mais il semble que ce n'est pas dans ma nature d'être courageuse. Imagine la peine que cela me fait… Mais j'ai au moins assez de lucidité pour te prévenir que, en cas de besoin, il ne faudra pas compter sur moi. Il faut aussi que tu saches que je n'ai pas l'intention de rester dans cette maison. J'ai fait mon temps, vois-tu. Les Barforth n'ont plus besoin de moi et je suis libre. Je vais me trouver un petit nid, pas trop loin d'ici, où tu seras toujours la bienvenue si tu voulais – ou plutôt si tu pouvais – le partager avec moi, car je crois que nous nous arrangerions très bien, toutes les deux. Mais il est vraisemblable que je m'y retrouverai seule, car toi, ma chère enfant, tu ne l'es pas et tu ne le seras sans doute jamais. Tu as trop d'importance pour les projets de ton grand-père, et je ne vois aucune raison pour qu'il te libère... Mais il faut que je sois plus précise, et je te dirai donc ceci : à moins que tu n'éprouves une aversion insurmontable – et je n'en vois aucune raison logique – pour ton cousin Joel, tu ferais bien, à mon avis, de l'écouter. Il doit déjà t'attendre au salon, si je ne me trompe, car il était convenu qu'il me suivrait une demi-heure plus tard et je lui ai dit d'entrer directement. Écoute, Virginie : nous savons toutes deux que ton grand-père ne pense qu'à ses propres intérêts, et pas aux tiens. Je crois, cependant, que les deux peuvent concorder. Je suis également convaincue que, maintenant qu'il a trouvé le moyen de se sortir du piège où le destin l'a fait tomber, il ne te permettra jamais de bouleverser ses projets. Si tu protestais, ma pauvre chérie, il te rendrait la vie insupportable, c'est un homme vindicatif et rancunier, et je ne sais pas comment je pourrais t'en protéger, car j'en suis incapable.

Je me suis levée lentement, soudain légère et détachée comme si je flottais en dehors de mon propre corps, comme si j'assistais en spectatrice à une conversation où ma mère s'efforçait de convaincre une fille – ce ne pouvait pas être moi – d'épouser un inconnu qui était aussi son cousin.

— Avez-vous vraiment aimé mon père ?

J'étais la première surprise de cette question, qui m'avait échappé, et je fus encore plus étonnée de recevoir une réponse sur laquelle je ne comptais pas :

— Je t'ai dit qu'il y avait toujours eu entre nous une sorte d'affection, mais cela ne suffisait pas, dans notre cas. Nous nous aimions, mais d'un amour sans profondeur réelle, sans compréhension mutuelle – ou peut-être était-ce notre amour qui nous a rendus trop exigeants et nous a fait trop attendre de notre mariage. Oui, Virginie, tu aurais été stupéfaite de voir combien j'ai aimé ton père, quand j'étais jeune. Je l'aimais à la folie, une folie par laquelle je ne voudrais plus passer pour rien au monde. Car, vois-tu, ma chérie, je me demande sincèrement si l'amour est un sentiment aussi bon qu'on le dit. L'amitié, oui : des liens à la fois légers et tendres, voilà ce qui, à mon sens, peut créer des rapports merveilleux entre un homme et une femme. Mais l'amour-passion peut être extrêmement douloureux, et je doute qu'il convienne mieux à ta nature qu'à la mienne… Et maintenant, ma très chère enfant, veux-tu aller parler à ton cousin ?

Je savais que ni ma mère, ni mon grand-père, ni même Joel n'avaient un seul instant douté que je ne me soumette, et j'ai donc hoché la tête.

— Merci, murmura-t-elle.

Ma stupeur la fit sourire :

— Oui, Virginie, je te remercie. Je te remercie de te montrer raisonnable, d'accepter de bon gré ce que ton grand-père et moi considérons tous deux, pour des motifs différents, comme une sage décision. Je te remercie aussi, je crois, de nous simplifier les choses. Et maintenant, va vite, ma chère petite, car ton grand-père est pressé de conclure, et il n'y a pas de raison de tout retarder. Joel est parfaitement conscient de ta position, comme de la sienne, si bien qu'il ne devrait pas y avoir de malentendu. Malgré tout, ma chérie, arrange-toi pour qu'il te présente sa demande dans les règles et qu'il te traite avec égards. Compte tenu de tout ce que tu lui apportes, c'est bien la moindre des choses, n'est-ce pas ?

Joel était en effet au salon, ce cousin que j'avais connu toute ma vie mais qui n'était pour moi qu'un étranger, car je n'avais encore jamais existé pour lui, et dont j'attendais maintenant avec curiosité de voir, à travers le brouillard qui m'enveloppait, comment il allait se sortir de cette situation, comment il allait être capable de me parler mariage sans avoir l'air emprunté, ridicule ou, tout simplement, cupide.

Mais il avait l'expérience de la vie, comme ma mère me l'avait dit, et il déclara d'emblée :

— Votre mère vous a parlé, Virginie ?
— Oui.
— Elle vous a donc tout expliqué, en détail ?
— Oui.
— Et qu'avez-vous à m'en dire ?
— Je croyais que c'était vous qui deviez me parler.
— Oui, bien sûr…

Le sourire ironique et désabusé qui lui tira le coin des lèvres dénotait sa gêne de la position fausse où il se trouvait, mais signifiait aussi : « Il faut donc y passer, n'est-ce pas ? Vous en voulez pour votre argent… Et pourquoi pas ? À votre place, j'en aurais sans doute fait autant. »

Je fus alors brièvement tentée de suivre le conseil que ma mère m'avait donné et de jouer les coquettes capricieuses, comme toute fille l'aurait fait, je crois, en un tel moment et dans de telles circonstances ; j'eus envie de le forcer à me dévoiler ses mobiles, à m'expliquer pourquoi et comment il renonçait si vite à sa chère Rosamonde Boulton. Je voulus, un moment, constater jusqu'où il irait dans la crainte d'une rebuffade et voir s'il se sentirait obligé de me faire de grandes protestations d'un amour secret éprouvé depuis l'enfance ou si, retranché derrière l'insolence de son sourire, il oserait m'avouer impudiquement n'avoir d'intérêt que pour ma fortune et me mettre au défi de m'en plaindre.

Mais l'idée de lui faire jouer le rôle de l'amoureux transi ou du coureur de dot cynique me parut, en fin de compte, aussi méprisable que dangereuse : je ne ferais ainsi que provoquer sa rancune que, plus tard, quand il serait mon mari et détenteur de tous les pouvoirs, il ne manquerait pas de me faire payer au centuple. C'est pourquoi j'ai choisi de donner dès l'abord le ton de ce que serait notre vie commune, sous le signe non de la soumission mais du bon sens et de la raison – car je connaissais depuis trop longtemps le danger de demander plus que ce que l'on peut obtenir –, et je l'ai donc gratifié de mon aimable sourire de tous les jours en disant :

— Allons chez mon grand-père, je crois qu'il nous attend.

— Est-ce là votre réponse ?

— Mais… oui. Enfin… Oui, c'est en effet ma réponse.

— Bien, dit-il. Très bien. Excellent.

Un instant, je vis ses yeux froids et calculateurs me regarder en supputant la sincérité de ce que j'avais dit. Puis, passant sans transition à un soulagement presque enfantin et faisant preuve d'un énervement bien supérieur au mien, il ajouta avec précipitation :

— Vous… Vous ne voulez donc pas que je me mette à genoux, une main sur le cœur ?

— Mais non, certainement pas, voyons.

— Merci, Virginie, dit-il en effaçant son sourire forcé. Très sincèrement, merci de vous montrer si raisonnable. Votre grand-père avait beau me tranquilliser sur ce point, un homme de son âge ne peut pas comprendre ce genre de choses et je ne savais vraiment pas à quoi m'attendre. Vous ne serez pas malheureuse avec moi, vous savez. Je sais que vous auriez pu épouser qui vous vouliez, dans la situation où vous êtes, mais je m'occuperai sûrement mieux de vos affaires que ne l'aurait fait un Bradley Hobhouse. Quant à Matthew Oldroyd, qui n'est pas sot en affaires, loin de là, il est vraiment trop serré avec les cordons de sa bourse, et ce n'est pas la vie à laquelle vous avez été accoutumée.

Je lui ai répondu par un nouveau sourire, aimable et amical, comme une bonne fille raisonnable qui sait apprécier ces choses-là. Et c'est alors qu'il ajouta, peut-être sans avoir eu l'intention de le dire :

— Et puis, Virginie… vous êtes jolie, vous savez, vraiment très jolie.

Mon grand-père attendait notre visite – pas ma réponse, dont il n'avait jamais douté –, et quand je l'ai vu debout devant sa porte, aussi noueux et indestructible qu'un vieil arbre aux racines profondément enfoncées dans le sol de sa colline, j'ai compris qu'il m'aurait été impossible de lui désobéir. Mon père, Edwin lui-même, en avaient été incapables. Et j'ai aussi compris, tandis que je me soumettais à l'étreinte de ses bras rugueux et poussiéreux comme des branches, qu'il m'offrait au moins une place de choix dans son univers, le seul que je connusse. En cet instant, le souvenir de la nuit qui avait suivi la mort de mon père et de ma détermination à vivre et affronter le monde seule et par mes propres moyens me paraissait bien lointain.

Mon grand-père me tortilla l'oreille en une marque d'affection que l'on s'attend plutôt à voir accorder à un chien.

— C'est parfait, parfait, dit-il. Tu feras une brave petite femme, si tu veux t'en donner la peine, et Mme Stevens te dira tout ce qu'il faut faire, si ta mère n'en est pas capable. Parfait, tout cela, parfait. Ah ! ils me croyaient battu à plate couture !... Je les ai bien vus, hier, qui me regardaient en se demandant déjà combien je tirerais de l'usine et en se disant qu'ils me laisseraient moisir jusqu'à ce que je laisse péricliter l'affaire et qu'ils me la volent pour une bouchée de pain... Eh bien, qu'ils attendent ! Ils attendront longtemps, ils peuvent même attendre éternellement !

Plus tard, après que Joel fut parti fournir, sans doute, des explications à ses sœurs et à Mlle Boulton, mon grand-père – plein de vieux bordeaux et de contentement de soi – me fit un clin d'œil où étincelait la ruse :

— Ne t'inquiète pas, mignonne, je l'ai jaugé comme il faut et il te traitera bien. Il sait de quel côté son pain est beurré, ce garçon-là, et il a les dents longues. Je ne l'ai jamais aimé, c'est vrai, et tant qu'Edwin était là je l'avais à l'œil pour être sûr qu'il ne vienne pas lui mettre des bâtons dans les roues. Mais tout a changé, maintenant. Je lui ai dit que, s'il faisait ses preuves, s'il se montrait capable de mener convenablement l'affaire, elle serait à lui – ou à toi, ce qui revient au même. Mais s'il n'y arrivait pas, je vendrais tout sans lui demander son avis. Voilà ce que je lui ai dit, et cela ne lui fera pas de mal d'y croire. Mais les choses n'en arriveront pas là, rassure-toi, car il en a bien trop envie. En attendant, je lui ferai gagner son pain et, s'il met finalement la main sur ma fortune, au moins il ne l'aura pas volée !

Sur cette déclaration, mon grand-père se leva en ahanant, en ricanant et l'œil allumé de plaisir et, sur une nouvelle embrassade aussi anguleuse que la première, me renvoya au bas de la colline pour être mariée.

6

L'intérêt de ma cousine Hannah pour la religion se tournait vers l'organisation des activités paroissiales de préférence à la contemplation et aux émois mystiques. Elle était, comme nous tous, dissidente de l'Église d'Angleterre, car aucun industriel digne de ce nom dans la vallée de la Law ne se serait mêlé au troupeau anonyme relégué sur les bancs durs de la Haute-Église, alors que le seigneur et sa suite se prélassaient dans les stalles capitonnées du premier rang. Il n'y avait pas un Hobhouse, pas un Oldroyd, et encore moins un Barforth, à vouloir humblement écouter un pasteur dont c'était justement la fonction de prêcher obéissance au seigneur du lieu, de vanter la résignation à son sort, et de tonner contre le péché mortel de nourrir des ambitions au-dessus de son rang. Les modestes chapelles bâties par ces pionniers avaient, certes, tendance à devenir plus magnifiques à mesure que les fortunes s'accroissaient, et les industriels prenaient la fâcheuse habitude de s'installer aux premiers rangs pour laisser leurs ouvriers se masser tant bien que mal vers le fond de l'édifice ; mais les sermons parlaient au moins d'esprit d'entreprise et d'économie, donnaient pour vertu la ponctualité et l'assiduité et, mieux encore, exaltaient la sainteté du travail en soi, ce qui, bien évidemment, emplissait d'aise les Hobhouse, les Oldroyd et, plus encore, les Barforth.

Hannah professait, elle aussi, une foi ardente en tous ces dogmes car elle était industrieuse par inclination, économe par obligation et, plaçant toujours les bonnes actions au-dessus des bonnes intentions, se dépensait énergiquement pour des œuvres aussi louables que l'école du dimanche, le mouvement pour l'abolition de l'esclavage dans nos colonies, les sociétés bibliques et missionnaires, ainsi que les visites aux malades ou aux vieilles dames sourdes, activités d'autant plus rédemptrices qu'elles étaient plus ingrates. Elle était aussi trop bonne chrétienne pour tenir rigueur à son frère de l'heureuse fortune qui aurait dû être la sienne et, quelles qu'aient été ses répugnances à cet égard, me félicita de mes fiançailles avec beaucoup de maîtrise de soi, allant même jusqu'à exprimer sa joie de ce que, malgré tout, nous allions être sœurs. Elle restait cependant inflexible sur un point : mes deuils étaient trop récents et trop cruels pour envisager la célébration du mariage avant au moins un an, et rien ne pouvait l'en faire démordre.

Car les convenances, disait-elle, et la simple décence étaient formelles : on devait garder le deuil – et, si possible, l'isolement complet – pendant trois mois pour un frère ou une sœur, six mois pour un père ou une mère et un an pour un conjoint. Considérant que j'avais perdu à la fois un père et un frère dans des circonstances particulièrement tragiques, elle affirmait que le délai de six mois ne pouvait qu'être doublé, et qu'il serait pour le moins malséant de penser à des préparatifs nuptiaux d'ici là.

— Pour ma part, je compte bien garder le deuil un an, me fit-elle savoir aigrement, tant elle assumait avec conviction le rôle de veuve dont le sort l'avait frustrée.

Mais mon grand-père, d'une génération qui ne s'encombrait pas de tant de principes, fit hautement savoir qu'une fois un mort couché sous sa pierre tombale, la plus belle que la générosité des survivants ait pu lui procurer, le reste n'était que simagrées, car ce n'était pas avec des mètres de voile de crêpe et des brassards noirs qu'on ferait revenir Edwin à la vie. Aussi, passant outre aux protestations de Hannah – pour qui il affichait une aversion fort injuste, motivée toutefois par le fait que sa seule présence ravivait cruellement le souvenir de sa perte –, il décréta que je devrais me marier aussitôt que ma mère m'y aurait préparée.

— Trois mois, pas davantage, avait-il conclu après avoir calculé qu'il verrait ainsi la naissance de son premier arrière-petit-fils au printemps suivant.

C'est ainsi que mai et juin se fondirent dans le bleu doré du ciel d'été, et que je passais mes journées à parcourir les sentiers de la lande au-dessus de Lawcroft Fold, avec la vieille chienne jaune d'Edwin et mon jeune chiot encore mal assuré sur ses pattes, sans me soucier de la nouvelle lubie de Hannah selon laquelle il était incorrect pour une jeune fille de se promener seule. Quand il pleuvait, je m'étendais sur le tapis de la cuisine à rêvasser devant l'âtre vide, ou à regarder les fines mains blanches de ma mère transformer des coupons de linon, de batiste ou de mousseline en ces chemises de nuit aux fronces compliquées ou ces jupons ornés de broderies dont il fallait constituer mon trousseau.

Il y avait aussi les expéditions à Cullingford pour acheter les plumes ou les dentelles, pour chercher des paquets à l'auberge du Vieux Cygne où arrivaient les malles-poste de Leeds et Manchester. Tous les après-midi, une couturière venait de Cullingford Green me draper dans les crêpes de Chine, les gazes, les taffetas et les brocarts de la femme mariée que j'allais devenir. Il y avait les interminables discussions sur la largeur d'une jupe ou le nombre de volants à ajouter à un ourlet ; les conciliabules fiévreux sur les mérites comparés du cachemire ou de la soie pour la confection d'un châle, sur la nuance exacte d'un velours bleu destiné à une cape de soirée, sur la quantité de rubans et de dentelles dont il fallait orner un bonnet pour le rendre élégant sans être ostentatoire, sur le point capital de savoir si, décidément, les manches gigot étaient encore portables ou catégoriquement démodées, si bien que mon mariage, pendant toute cette période préliminaire, tournait bien davantage autour des problèmes de coupe et de chiffons que de Joel lui-même.

Je le voyais, à vrai dire, fort peu, car il avait bien plus intérêt à faire la cour à mon grand-père, dont tout dépendait, qu'à une jeune fiancée sans voix au chapitre ; aussi ses visites – faites lorsqu'il se rendait à, ou revenait de Maison Haute – étaient-elles généralement très brèves tant il avait la tête remplie de chaîne, de trame, de navettes, de pourcentages et de profits, toutes notions ne prédisposant guère aux propos galants.

— Te rends-tu compte, toi, épouser ce vieux Joel ? me disait Elinor avec irrévérence. Te rends-tu compte ?

Mais j'étais précisément incapable de m'en rendre compte, et c'est pourquoi je préférais accepter chaque jour comme il venait, laisser la couturière me faire pivoter et prendre des poses, Elinor fourrager dans mes tiroirs et mes penderies, et l'écouter passivement déclarer :

— Tu n'as absolument plus besoin de cette mousseline jaune, Virginie, elle ne convient pas du tout à une femme mariée et je te rends service en t'en débarrassant. Au fait, tu as encore les escarpins assortis et cette capeline bordée de marguerites, je crois ? Autant que je les prenne aussi.

Nous ne pouvions naturellement pas nous marier dans la chapelle de mon grand-père, car le clergé dissident n'était pas autorisé à célébrer les mariages ; aussi la cérémonie dut-elle avoir lieu dans la vieille église paroissiale toute grise, érigée quelque quatre cents ans auparavant par un ancêtre de sir Giles Flood, seigneur de Cullingford. Elle se dressait tout en haut d'une ruelle pavée escarpée, appelée Kirkgate, et dominait la ville de son clocher. C'est là qu'on me conduisit, un chaud matin d'août, dans une calèche découverte où j'étais assise, enveloppée de mes voiles, à côté de mon grand-père, drapé dans une sorte de contentement lugubre.

Ce matin-là, ma mère m'avait embrassée, baiser plus léger sur ma joue que le frôlement d'une aile de papillon, mais qui contenait ses adieux.

— J'ai le plaisir de t'apprendre que mes projets sont bien avancés, m'avait-elle dit près d'une semaine auparavant, au cours d'une de ses séances de couture. Ce bon M. Dalby m'a proposé un cottage sur sa propriété à un loyer très raisonnable, une charmante petite maison entourée d'un jardin clos de murs avec un salon et une salle à manger en bas, deux chambres à l'étage et deux mansardes, ce qui est amplement suffisant pour moi, un valet et une femme de chambre. Je n'aurai pas de chevaux, bien entendu, car il n'y a pas d'écuries pour les loger, mais c'est tout près du village, et les gens sont pleins d'amabilité envers moi, déjà. J'espère que tu pourras me prêter tes équipages quand j'en aurai besoin, et le chevalier m'a promis de mettre son cabriolet à ma disposition, ce dont je ne compte pas abuser, car ce serait par trop indiscret. Tu vois, ma chérie, cela me conviendra à merveille – ainsi qu'à ton mari, je n'en doute pas, car aucun homme n'envisage de gaieté de cœur une cohabitation avec sa belle-mère.

J'avais donc compris que, de retour à la maison, mariée à Joel, j'y serais seule avec lui.

Je portais une robe blanche avec un grand col ruché, une jupe-cloche qui se terminait par douze rangs de volants de dentelle, un diadème de duvet de cygne, de fleurs d'oranger et de roses de satin blanc pour tenir mon voile, et des escarpins dont les hauts talons me hissaient à hauteur de l'oreille de Joel – et de celle de mon grand-père –, ce qui ne manqua pas de me surprendre tant je l'avais toujours pris pour un géant.

— Bien, ma petite, très bien, dit-il en me toisant pendant que nous attendions la formation du cortège sous le porche de l'église, mais avec une mauvaise grâce due à ce que je devais trop ressembler à ma mère pour son goût.

Puis, satisfait de son examen, il posa fermement sa main osseuse sur la mienne et m'entraîna dans la nef en jetant des œillades de triomphe venimeux aux Aycliffe, aux Oldroyd et aux Hobhouse massés sur son passage, tête nue et raides de désapprobation, car il n'y avait pas un seul Anglican parmi eux – et parce que ce mariage, beaucoup trop précipité, aurait donné lieu à des commentaires désobligeants et à de discrets coups d'œil scrutateurs à mon tour de taille si les intentions de mon grand-père n'avaient pas été si unanimement devinées.

Personne ne s'attendait à voir Hannah s'avancer à ma suite, un bouquet à la main et un sourire crispé sur ses lèvres en deuil, et l'on ne commenta donc pas son absence. Mais Elinor faisait partie de mon cortège nuptial, éblouissante dans une robe de gaze bleu pâle et aussi dissemblable que possible de son frère, malgré leurs nombreuses similitudes quant à la vanité et l'égocentrisme. Et moi, je devais être jolie, ce jour-là, comme le sont les jeunes mariées, car tout le monde se tut à mon entrée ; puis il y eut un murmure dans mon sillage, en hommage peut-être à la faiblesse émouvante de la femme-enfant traînée devant l'autel par un vieillard chenu pour être donnée à un inconnu au nom d'intérêts qui lui étaient étrangers.

Joel attendait à la grille du chœur, aussi beau dans son genre qu'Elinor, avec une rose blanche à la boutonnière de sa jaquette gris perle, un gilet de brocart blanc, une cravate vaporeuse comme un flocon d'écume et ses cheveux noirs moutonnant en boucles drues ; je vis sa main hâlée s'emparer de la mienne à l'instant même où mon grand-père relâcha son étreinte et je la sentis me serrer avec un peu plus de douceur, certes, mais autant de fermeté.

J'étais la première de ma génération à me marier et je n'avais donc pas souvent eu l'occasion d'assister à une cérémonie nuptiale ; je n'avais jamais prêté attention à la signification des rites ni aux implications des paroles qui y étaient prononcées et qui, aujourd'hui encore, ne me paraissaient pas applicables à mon cas. Ainsi, je pouvais comprendre qu'il me faudrait obéir à Joel, et que j'avais même tout intérêt à le faire ; mais que voulait au juste dire le mot «honorer» ? Et quant à l'obligation d'aimer son époux, elle me semblait d'autant moins essentielle que Joel ne me l'avait même pas demandée. Je fis cependant mes promesses avec facilité et, tandis que je prenais l'engagement d'être son épouse, mes biens devenaient les siens avec mes espérances, si bien que quand ce fut son tour de dire : «Je m'engage à te faire partager mes possessions en ce monde», il avait déjà les moyens effectifs de tenir sa parole.

Quelques instants plus tôt, en passant le portail de l'église, j'étais encore une héritière qui, si elle avait eu l'âge légal, aurait pu disposer à son gré de sa fortune, signer des contrats, conclure des accords avec qui bon lui semblait ; maintenant que mes vœux étaient prononcés, tout ce que je possédais, tout ce que j'hériterais appartenait de plein droit à mon mari, et à lui seul – sans qu'on lui ait fait promettre d'en user sagement ou de me traiter avec décence.

Il avait le droit de m'abandonner, s'il le voulait, sans pour autant être déchu de son droit de garder mon argent ; mais moi, il m'était interdit de vivre séparée de lui sans son consentement. Il pouvait s'approprier tout ce que je possédais et le vendre sans m'en prévenir ; il pouvait faire porter à sa maîtresse – s'il lui prenait fantaisie d'en avoir une – mes robes et mes toilettes, la couvrir de mes bijoux ; il pouvait, à sa guise, soustraire mes enfants à mes soins ; il pouvait, en fait, agir en toute liberté et disposer de mes biens et de ma personne selon son bon plaisir puisque, femme mariée désormais, je n'avais légalement plus d'identité propre. Et s'il arrivait parfois qu'une duchesse, ou quelque puissante dame en quête d'un divorce, soit tenue au préalable d'obtenir un vote spécial du Parlement, je voyais mal le gouvernement de Sa Majesté s'intéresser, si peu que ce fût, aux malheurs d'une vulgaire Mme Joel Barforth.

Comme tous les mariages, le mien était conclu pour la vie entière mais, s'il était vrai que la loi ignorerait dorénavant mon existence, je savais au moins que mon grand-père ne m'oublierait pas. Et c'est pourquoi je redescendis la nef avec un sourire radieux, que je destinais plus particulièrement à Emma-Jane Rawnsley, la fille du banquier, et Lucy Hobhouse, des tissages de Nethercoats, qui avaient toutes deux juré de se marier non seulement avant moi, mais respectivement l'une avant l'autre.

Nos deuils récents nous avaient dispensés d'une réception dans les règles, pour laquelle il aurait fallu louer la Halle au Drap de Cullingford comme il était d'usage. Il n'y eut donc qu'un simple lunch, fort joliment servi par Mme Stevens sur des nappes brodées ornées de guirlandes de fleurs, avec des gâteaux, du champagne et des myriades de choses légères, et sans aucun doute exquises, qui ne firent cependant aucune impression durable sur mon palais. Ma mère, qui avait pour un jour délaissé sa robe de deuil au profit d'une toilette lilas, écoutait distraitement Mmes Hobhouse et Oldroyd s'efforcer en vain de découvrir la véritable nature de ses rapports avec son nouveau propriétaire, le chevalier Dalby. Planté comme un roc à la tête de la table, mon grand-père dardait des regards pleins d'une joie mauvaise sur M. Aycliffe, l'entrepreneur, qui s'inquiétait toujours de son contrat pour la construction de la nouvelle usine, ou sur M. Hobhouse, son principal concurrent, dont s'évanouissait définitivement l'espoir de me faire épouser son fils Bradley et de voir les métiers Barforth tourner pour le plus grand profit des tissages de Nethercoats.

Il y avait aussi Bradley Hobhouse lui-même, un ami d'enfance, que je voyais faire les yeux doux à ma cousine Elinor en dépit des efforts méritoires de sa mère pour l'aiguiller vers Emma-Jane, la fille du banquier, certes moins séduisante qu'Elinor mais infiniment mieux dotée. Et puis il y avait Hannah, qui arborait au cou une boucle des cheveux d'Edwin enchâssée dans l'or d'un médaillon, avec une expression figée et un sourire pincé ; Hannah qui, après avoir durement réprimandé Elinor sur son flirt avec le jeune

Hobhouse, disparut tout à fait pour être retrouvée, comme je l'ai appris plus tard, par Mme Stevens sur le palier du grenier, en train de pleurer les larmes d'amertume qu'elle ne pouvait plus refréner.

Finalement, après qu'eut cessé le bourdonnement des vœux de bonheur entrecoupés de sous-entendus douteux, et que j'eus senti mon estomac se rebeller sous l'effet des douceurs de Mme Stevens et du champagne que j'avais absorbé avec trop de libéralité, le soir est arrivé et je me suis retrouvée seule face à la perspective peu réjouissante d'aller me mettre au lit avec mon cousin Joel.

Il était entendu que nous ne ferions pas de voyage de noces, car l'usine et les métiers ne souffraient pas qu'on les néglige. Nous devions simplement disposer de Maison Haute pendant un jour ou deux, tandis que mon grand-père et Mme Stevens s'absenteraient à Leeds ; et le seul spectacle du lit de mon grand-père, monument lourdement orné de sculptures, avec son baldaquin à franges, ses monceaux de coussins et, plus encore, la pensée de ce que Mme Stevens et lui y faisaient, suffit à m'ôter tout courage.

— N'y pense pas trop, ma chère enfant, m'avait dit ma mère au moment de partir – après avoir abusé, elle aussi, du champagne. Il ne s'agit pas de quelque chose pour laquelle il te faudrait, par exemple, une habileté dont tu serais dépourvue, non. Il te suffira de faire ce qu'il te dira, car je ne doute pas qu'il soit parfaitement à son affaire. Quant à ces histoires que l'on raconte parfois, tu sais, ces malheureuses jeunes mariées que cela rend folles ou qui en ont des cheveux blancs, on n'a encore jamais vu personne à qui ce sort arrive, et le mieux est donc d'en rire. Tu pourras, bien entendu, faire preuve d'étonnement, car c'est assez surprenant de prime abord, je l'avoue. Mais ce n'est pas si terrible, après tout, et on n'en meurt pas. Je t'en parle légèrement, Virginie, parce que cela ne mérite pas qu'on le prenne trop au sérieux. Ma mère, qui avait le sens du drame, s'y était prise tout différemment avec moi, et cela ne m'a guère rendu service. D'ailleurs, ma chérie, il vaut mieux tout prendre à la légère, comme je m'efforce de le faire, et tu te rendras compte que, quoi qu'il arrive, et même s'il survient quelque chose qui nous semble très grave, la meilleure défense consiste souvent à paraître ne pas s'en soucier.

J'avais compris ce qu'elle avait voulu exprimer, car j'avais avec elle assez de points communs ; mais l'interminable attente que m'imposait mon mari, qui m'avait laissée assise seule dans ce lit immense et inconnu pendant qu'il était descendu fumer un cigare, puis un autre, ne fit rien pour me rassurer. L'incertitude où j'étais allait me rendre folle plus sûrement que le reste – problème avec lequel des observations faites dans les cours de ferme m'avaient assez familiarisée pour savoir qu'il ne durerait pas plus de quelques instants –, et c'est pourquoi, en entendant enfin le pas de Joel dans l'escalier et en le voyant apparaître, le visage assombri par l'ombre vacillante du bougeoir, je ressentis plus de soulagement que de crainte – et même un certain plaisir à l'idée que je pourrais bientôt dormir.

Je m'attendais, je crois, à une attaque immédiate dans le noir ; or, Joel laissa les bougies allumées et vint s'asseoir au bord du lit pour engager une conversation, en un moment qui me semblait particulièrement inopportun.

— Eh bien… Nous y voilà, dit-il avec un soupçon de sourire.

Parce qu'il était mon grand cousin, à la douteuse réputation de ne rien ignorer du monde et de ses plaisirs, il ne me vint pas à l'esprit que, telle que j'étais à ce moment-là, avec ma chemise brodée et mes cheveux défaits comme la fillette qu'il avait toujours connue, je devais lui paraître si familière, si semblable à une sœur, qu'il était probablement aussi mal à l'aise que moi.

Il fit alors un large sourire, dont l'ironie narquoise était, je crois, autant dirigée vers lui que vers moi :

— Oui, nous voilà ici, tous les deux… Vous devez être terrifiée, j'imagine ?

— Non, pas du tout.

— Vraiment ? Pas possible !… Ou bien voulez-vous dire que vous vous apprêtez à serrer les dents pour subir bravement les traitements effarants que je vais vous infliger ? Car ils vont vous effarer, n'est-ce pas ? Vous n'avez pas idée de…

— Si, je suis parfaitement au courant !

J'avais répondu avec brusquerie, piquée de la condescendance qu'il me manifestait, et parfaitement inconsciente, dans mon ignorance de tout ce qui touchait à l'amour physique, de ce que la perspective de le faire avec moi, la petite cousine discrète aux yeux tristes, constituait un obstacle au franchissement infiniment moins aisé qu'il ne s'y était attendu.

— Mais non, vous ne savez rien, je le parierais, car ce n'est pas votre mère, cette chère tante Isabella, qui vous aurait mise au courant. On se demande d'ailleurs, par moments, ce qu'elle sait bien elle-même.

Je ne pouvais, naturellement, rien répondre à cela, car je n'étais pas sûre de ce qu'il avait voulu dire, ce qui ne m'empêcha pas de répliquer avec aigreur :

— Je ne suis quand même pas une idiote, et je ne suis ni sourde ni aveugle. Edwin disait d'ailleurs des choses avec les palefreniers, quand il croyait que je ne l'entendais pas…

— Dans ce cas, si c'est Edwin qui disait des choses, je n'ai sûrement plus rien à vous apprendre.

Je me suis alors rappelée son regard qui observait Edwin en train de mourir, et je savais qu'il ne fallait à aucun prix faire revenir de tels souvenirs, que je devais au contraire les oblitérer à jamais de ma mémoire. Je me suis donc hâtée de répondre très vite, pour recouvrir de mots ces images interdites :

— Je sais qu'Edwin a fait un enfant à une fille de ferme, il y a deux ou trois ans, et je sais combien cela a coûté à mon père !

Cet unique exemple de mon expérience des choses de ce monde ne parut pas l'impressionner outre mesure :

— Ah ! vous le savez donc ? dit-il calmement. Ma sœur Hannah le sait aussi, j'imagine, bien qu'on ne le lui ferait pas admettre sous la torture. Rendez-vous compte, Virginie, que, si cet enfant avait été un garçon au lieu d'une chétive petite fille, vous ne seriez sans doute pas ici ce soir. Votre grand-père aurait probablement décidé d'adopter le fils de son cher Edwin, que cela plaise ou non à sa fille de ferme de mère, et il vous aurait laissée tranquille. Je me demande si c'est cela, la destinée. Qu'en pensez-vous ?

— Je n'en pense rien. D'ailleurs, à quoi bon y penser ? Je suis ici, n'est-ce pas ?

— Oh ! incontestablement ! C'est bien vous, je n'en disconviens pas…

Il se leva, alla un instant regarder dehors à la fenêtre et revint lentement vers le lit ; alors, posant avec hésitation le bout des doigts sur mon épaule, il fit lentement descendre sa main le long de mon bras et remonta vers le cou pour suivre avec application le contour de mon oreille, trop absorbé sans doute par ses propres réactions pour remarquer ma soudaine rigidité et le rouge de l'embarras qui envahissait ma peau.

— Vous êtes vraiment très jolie, dit-il pensivement. Écoutez, Virginie, je ne prétendrai pas vous avoir regardée de près, jadis, car… Disons que vous étiez, pour moi, un fruit strictement défendu. On m'aurait chassé sur-le-champ si j'avais seulement fait mine de vous approcher, et cela aurait sérieusement compromis les chances de Hannah. Je n'ai donc jamais tourné les yeux vers vous, Virginie, et vous n'étiez pas de ces coquettes qui se jettent à la tête des hommes. Tout juste, de temps en temps, un sourire réservé, un « Bonsoir, mon cousin » aimable et sincère, comme votre mère sait si bien le dire. Et cela n'a rien pour me déplaire, au contraire. Votre grand-père a beau ne pas faire grand cas de votre mère, elle a de la classe, une très grande classe

– Dalby n'a d'ailleurs pas été long à s'en apercevoir – et je vois déjà combien vous lui ressemblerez. Jamais agitée, jamais prise de court, toujours le mot qu'il faut en toute circonstance… Vous allez être une femme suprêmement élégante, Virginie, décorative même, une de ces femmes que les hommes admirent et dont ils disent : « Ses affaires doivent être florissantes pour qu'il ait les moyens d'avoir une femme pareille. » Et cela me plaît infiniment.

Sur les derniers mots, il avait serré le poing avec un sursaut d'impatience et posa la main dans mes cheveux, qu'il ébouriffa avec brusquerie.

— Je devrais attendre, reprit-il. Je devrais me montrer patient, vous donner du temps, je le sais. Mais je sais aussi que je n'en ferai rien. J'ignore, Virginie, si votre innocence est réelle ou si c'est de la rouerie – parce que je connais Elinor, et qu'elle est loin d'être aussi éthérée qu'elle s'en donne l'air –, mais il y a une chose dont je suis certain, c'est que vous ne savez pas ce que c'est que le désir. Comment le pourriez-vous, d'ailleurs ? Le désir n'est pas un sentiment féminin, c'est un démon réservé aux hommes, qui me pourchasse et me ronge depuis trop longtemps déjà. On a dû vous raconter bien des choses sur mon compte, Virginie, ou peut-être avez-vous surpris des conversations peu flatteuses. Ma jeunesse a été plutôt agitée, il est vrai, mais ce temps-là est bien fini – car la vie de mon père était encore bien plus débridée que la mienne –, et, depuis, j'ai dû me priver de plaisirs auxquels je m'étais accoutumé. Ce n'est pas une confession que je vous fais, car je n'ai pas à avoir honte de… Grands dieux, comment puis-je m'expliquer sans risquer de vous terroriser ? Avez-vous au moins une petite idée de ce que j'essaie de vous dire ?

— Oui, bien sûr !

J'ai répondu très vite, trop vite, tant j'avais hâte d'en finir le plus vite possible. Mais il secoua la tête, car il savait pertinemment qu'une Virginie Barforth, dont toute l'expérience du monde se limitait à la vallée de la Law, avait peu de chances de comprendre la complexité de sa nature, les causes profondes de ce conflit intérieur où s'affrontaient, d'un côté, sa répugnance instinctive d'un désir quasi incestueux et, de l'autre, cette moitié de sa personnalité qui lui attisait un autre désir, toujours inassouvi, de connaître les femmes, toutes les femmes.

— Je ne vous crois pas, me dit-il enfin. Mais voyons quand même... Voyons si nous pouvons progresser à partir de là.

De prime abord, comme ma mère me l'avait dit – et bien que ses caresses sur mes bras et mes épaules m'aient paru agaçantes plutôt qu'étranges, et que sa langue forçant mes lèvres à se séparer m'ait fait une impression à laquelle je ne m'attendais absolument pas –, ce ne fut guère plaisant, mais pas insupportable. Il s'agissait de quelque chose à quoi, me dis-je, je finirais probablement par m'habituer, comme l'avaient fait toutes les femmes mariées de ma connaissance. Jusque-là, je n'avais pas lieu de m'alarmer outre mesure quand, soudain, je m'aperçus qu'il s'était débarrassé de sa robe de chambre et qu'il était nu. Aussitôt, le contact de sa peau éveilla en moi un flot d'images – particulièrement celles du vieux corps ridé de mon grand-père, tel que je pouvais l'imaginer dans ce lit même en compagnie de Mme Stevens, en train de haleter et de pousser des grognements semblables à ceux que Joel faisait précisément entendre –, images qui bouleversèrent mon estomac déjà mal à l'aise et me donnèrent la nausée.

— Ôtez cette chemise, me dit-il à mi-voix.

J'ai tenté de protester contre un tel manque de pudeur.

— Ôtez-la, vous dis-je. Cela vous donne l'air d'une fillette ou d'une religieuse prête à subir le martyre ! Allons, enlevez cette chemise.

— Éteignez au moins les bougies.

— Certainement pas. Je ne suis pas un paysan pour faire l'amour dans le noir.

— Grands dieux... Vous voulez donc me... regarder ?

— Parfaitement. Et si vous préférez vous épargner ce spectacle, vous feriez mieux de fermer les yeux.

Alors, les paupières closes, j'ai retiré la fine chemise de batiste si soigneusement cousue par ma mère et je me suis offerte comme l'agneau sur l'autel du sacrifice, la tête pleine des images obscènes de mon grand-père, et révoltée au point de ne pas même apprécier la virtuosité dont Joel faisait preuve, ni de me rendre compte que, sans rien sacrifier de son propre plaisir, il faisait un effort louable pour ne pas me faire souffrir.

Il aurait sans doute mieux fait, cette première fois, de se montrer moins adroit et de me prendre plus simplement, mais en me manifestant un peu de tendresse, au lieu de se livrer sans retenue à son appétit pour le corps féminin, à son besoin de satisfaire pleinement chacun de ses sens en les faisant participer jusqu'à satiété – pas seulement ses mains et sa bouche, mais ses yeux, son nez, et jusqu'à sa langue à qui il fit explorer, avec une curiosité que je jugeais malsaine, chaque pouce de ma peau et jusqu'à ces replis les plus secrets dont je connaissais à peine l'existence moi-même.

C'est ainsi que cet acte, dont je m'attendais à ce qu'il ne dure que quelques instants, se prolongea interminablement et avec une intensité toujours croissante et, tandis que sa bouche prenait possession de mes oreilles, de mes épaules et de ma poitrine, sans brutalité certes mais avec une autorité impérieuse, je comprenais qu'il s'appropriait véritablement mon corps centimètre par centimètre, qu'il m'absorbait, m'assimilait au point que jamais plus je ne pourrais être entière ni séparée de lui. Et, parce que personne ne m'avait jamais parlé du plaisir, parce que j'avais appris que cet acte n'était censé s'accomplir que pour satisfaire les hommes et féconder les femmes – ce que mon grand-père attendait de moi en priorité et, sans doute, à l'exclusion du reste –, je me sentais un peu plus désorientée à chaque caresse.

Je m'étais préparée à avoir mal, à avoir honte, mais rien ne m'avait fait prévoir le plaisir auquel Joel s'attardait. Aussi, dans ma totale ignorance de la sensualité, j'en étais arrivée à souhaiter si intensément la conclusion de cette expérience que la douleur de la pénétration, quand elle survint enfin, me causa du soulagement, car j'en comprenais les causes et je m'y attendais ; et, bien loin d'être choquée par la sensation que me donnait le corps de Joel soudé au mien, parcouru de frémissements inexplicables, j'y ai vu au contraire la promesse de ma délivrance prochaine.

Quand ce fut fini, il se sépara de moi en haletant.

— Ne vous tourmentez pas, me dit-il. Les femmes, les dames du moins, ne sont pas censées aimer cela. C'est aussi bien ainsi, d'ailleurs, car si une femme n'y prend pas plaisir avec son mari, elle sera moins tentée d'exercer sa curiosité ailleurs. N'ayez donc pas d'inquiétudes, Virginie.

Je sentais pourtant, en dépit de la crainte et de l'ignorance dont s'était nourri mon dégoût, que son esprit avait beau s'être accommodé, avec son agilité coutumière, de ce que notre situation comportait de décevant, son corps impatient et plein d'expérience restait insatisfait.

7

Les premiers mois de notre mariage furent malaisés mais courtois, totalement placés sous la domination de mon grand-père qui, trônant sur sa colline tel un dieu maléfique et tout-puissant, régentait notre vie et entendait voir Joel gagner son pain à la sueur de son front.

Tous les matins à cinq heures – comme mon père et parfois Edwin l'avaient fait avant lui –, il était dans la cour de l'usine, la montre à la main et les yeux en alerte pour traquer les retardataires, car le temps, c'est de l'argent, et l'on ne pouvait permettre à quiconque de spolier les Barforth d'un centime. Il passait ensuite ses journées dans les ateliers, tout en se rendant sans délai aux constantes convocations de mon grand-père, qui le faisait courir à Maison Haute pour justifier ses moindres actions ; ses soirées, pour la plupart, étaient consacrées à l'étude des livres de comptes, où il puisait de quoi retracer un tableau méticuleux du passé commercial de Samson Barforth et en déduire ce que lui, Joel Barforth, pouvait en attendre pour l'avenir. C'est sur ce dernier point qu'ils se trouvèrent, dès le début, en complet désaccord.

Mon grand-père, en effet, n'espérait pas de Joel qu'il lui donne des idées. Il n'avait cherché qu'à engager un gardien, un dépositaire chargé de veiller sur le patrimoine pour le remettre, intact, à un nouvel Edwin, comme lui-même avait voulu le transmettre à l'ancien, et n'avait plus aucune envie de changer quoi que ce soit. De fait, les agressions contre notre usine avaient précipité un désintérêt général pour les métiers mécaniques dans toute la vallée de la Law, tiédeur provoquée moins par l'intimidation que par ce qui était généralement considéré comme un sursaut de simple bon sens.

— Quel intérêt y a-t-il à s'encombrer de ces engins ? avait déclaré M. Hobhouse de Nethercoats. Pour le moment, je ne paie pas mes tisserands à main plus de sept shillings sept pence par semaine. Quand je peux avoir le travail fait pour ce prix-là, je n'ai rien à gagner avec ces machines qui coûtent cher à l'achat, pour lesquelles il faut payer en plus les ingénieurs qui les réparent quand elles tombent en panne, et renforcer mes bâtiments pour résister aux surcharges et aux vibrations – sans même parler du risque de me faire tirer comme un lapin le soir en rentrant chez moi. Non, croyez-moi, il faut que cela rapporte, et que cela rapporte gros, avant que je me lance dans une pareille aventure.

Mon grand-père, pour sa part, voyait le potentiel offert par le tissage mécanique aussi clairement que Joel – ou que M. Oldroyd, de Fieldhead, dont les machines à filer produisaient bien plus de fil que ce que pouvaient absorber les métiers manuels –, mais il semblait décidé, dorénavant, à ce que tout à Lawcroft Fold demeure inchangé, et soit une sorte de monument à la mémoire d'Edwin Barforth plutôt qu'un piédestal à la gloire de Joel Barforth.

Dès son retour de Leeds, après notre mariage, il avait convoqué à Maison Haute M. Aycliffe, l'entrepreneur, à l'insu de Joel, pour lui signifier l'annulation de tous les projets concernant la construction de la nouvelle usine.

— Il n'y a pas besoin de nouveaux bâtiments quand il n'y a rien à mettre dedans, avait-il déclaré à Joel par la suite. Car j'ai aussi annulé la commande des nouveaux métiers. Tu as déjà largement de quoi t'occuper avec ce qui existe, mon garçon, et cela représente bien plus que ce que tu aurais pu rêver de ton côté. Alors, montre-moi d'abord comment tu t'y prends et si tu es capable de tout faire tourner rond, comme mon fils William.

Mais, si mon père avait su se contenter de son rôle d'esclave et de bouc émissaire, Joel en était loin. Tant qu'il avait été propriétaire du seul Low Cross, continuellement au bord de la faillite et forcé à des luttes quotidiennes, il était trop content de pouvoir faire face à ses engagements sans catastrophe. Mais il était conscient, aussi, des changements qui bouleversaient le monde au-delà de la vallée de la Law, des nouvelles inventions surgissant sans cesse pour faire reculer les frontières du possible, et le joug pesant de mon grand-père l'étouffait et le menait aux limites de l'endurance. Comme c'était mon grand-père, cependant, qui tenait les cordons de la bourse et avait toujours le pouvoir, à tout moment, de vendre l'usine ou de la fermer, Joel savait que ces limites ne pouvaient être franchies ; aussi, se forçant à atténuer la lueur de fureur meurtrière qui lui allumait parfois le regard, Joel était bien obligé de sourire, de convaincre, de supplier là où il aurait cent fois préféré se jeter à la gorge de mon grand-père.

Notre région était réputée pour ses lourds draps de *worsted* qui, avec un certain soin, pouvaient durer une vie entière.

— Un *worsted* Barforth, aimait dire mon grand-père, peut servir à une femme toute sa vie et faire encore de l'usage à sa fille après elle.

Quand Joel lui faisait observer que les temps changeaient et que les femmes des nouvelles générations préféraient peut-être ne pas porter si longtemps les mêmes vêtements, mon grand-père réagissait avec davantage de colère que de mépris :

— Tu voudrais donc sacrifier la qualité pour empocher plus vite trois sous, hein ? C'est bien ton père qui t'a légué cela, à défaut d'autre chose. C'est lui tout craché, toujours prêt à jeter de la poudre aux yeux, à sortir n'importe quoi de ses métiers du moment que cela se vendait. Mais je ne suis pas le seul à avoir remarqué que ses clients ne revenaient pas deux fois !

— Il n'est pas question de cela, mon oncle, répondait Joel avec un calme dont je sentais néanmoins la précarité. Je parlais simplement de fournir des marchandises correspondant aux goûts de la clientèle. À notre époque, où l'on dépense plus volontiers pour le superflu, où les gens voyagent davantage que par le passé et où nous recevons continuellement des nouvelles modes de France, j'ai l'impression nette que les femmes ne recherchent plus des objets capables de durer une génération entière. Quel intérêt avons-nous, dans ces conditions, à continuer de produire des étoffes simples et résistantes que nous ne pourrons plus vendre ? Dans l'avenir, les étoffes plus légères seront beaucoup plus rentables, j'en suis persuadé. Des étoffes tissées à la machine, bien entendu.

— Ah ouiche ! Des étoffes légères pour femmes légères, avait ricané mon grand-père. Tu t'y connais, dans ce domaine, hein ? Au moins autant que ton père.

Je savais pourtant – et Joel aussi – que, si Edwin avait eu cette idée, elle aurait été aussitôt saluée comme un trait de génie : « Il sait de quoi il parle, le Garçon ! », et non par la rituelle et humiliante rebuffade : « Garde donc pour toi tes idées saugrenues, et rappelle-toi plutôt où elles ont mené ton père. »

Il en fallait cependant davantage pour décourager Joel qui, avec l'aide d'Ira Agbrigg – l'ouvrier qui nous avait prévenu de l'imminence de l'émeute –, avait entrepris des expériences sur les nouveaux tissus dans ses ateliers de Low Cross. Quand mon grand-père l'apprit, cela provoqua la plus violente des disputes qui les opposaient.

Ce qui lui déplaisait, tout d'abord, était qu'il emploie Ira Agbrigg : « Ignoble Judas, avait-il dit en l'ayant reconnu dans la foule venue assister aux funérailles d'Edwin. Donne-lui une guinée et envoie-le se faire pendre ailleurs. »

Or, Joel lui avait non seulement désobéi mais avait gardé les services – illicites, cela allait de soi – du réprouvé, ce qui suffisait amplement pour justifier une explosion de colère. C'était pourtant l'existence même de Low Cross que mon grand-père jugeait intolérable, car il ne pouvait supporter que Joel puisse distraire une seconde de son temps au détriment de Lawcroft Fold.

— Tu vas me faire le plaisir de t'en débarrasser ! avait ordonné mon grand-père. Avant ton mariage, je t'avais déjà prévenu que je n'accepterais pas de poids mort. Vends tes ruines si tu le peux, rase-les s'il n'y a rien de mieux à en faire, mais je ne veux plus en entendre parler. Et si tu ne trouves pas d'acheteur, je me chargerai bien de t'en dénicher un, moi.

— Je vous prierai de n'en rien faire, mon oncle.

— Quoi ? avait hurlé mon grand-père, outré devant tant d'insolence. Oserais-tu me donner des ordres ? Je te préviens que j'aurai disposé de ce tas de fumier d'ici le mois prochain, si c'est la dernière chose que…

— Vous ne pourrez rien faire sans mon consentement, mon oncle.

En voyant gonfler les veines sur le front de mon grand-père, et sa couleur virer au violacé, j'ai eu un mouvement de recul instinctif et j'ai préféré détourner les yeux.

— Ah ! c'est donc cela, a-t-il dit à voix presque basse. Ton consentement… Et depuis quand as-tu quelque chose à dire, ici ? Ton consentement, tu me le donneras quand je l'exigerai, jeune crapule, et encore trop content de t'en tirer à si bon compte. Si tu persistes à le refuser, ce n'est pas simplement Low Cross que je ferai abattre, crois-moi.

Cette dernière menace, quasi quotidienne et dont il se blasait, ne suffisait cependant pas à faire reculer Joel.

— Vous paraissez oublier, mon oncle, que Low Cross est également le domicile de mes sœurs, et que ce n'est pas sa vente qui pourra leur procurer un autre toit. Encore moins sa destruction.

— Tes sœurs, ah bien oui, parlons-en ! Ce n'est pas pour elles que tu te fais du souci, mais pour tes métiers branlants et tes tissus de pacotille ! Car c'est bien là, n'est-ce pas, que tu vas perdre ton temps avec cet individu, ce Judas, un temps qui m'appartient à moi, que j'ai payé quand je t'ai acheté, que je paie encore…

— C'est possible. Il n'empêche que mes sœurs vivent toujours dans la maison d'habitation.

— Eh bien ! marie-les, que diable ! avait tonné mon grand-père, d'autant plus hors de lui je suppose qu'il comprenait qu'il lui était décemment impossible de faire jeter à la rue celle qui aurait dû être l'épouse de son Edwin. Établis-les comme tu peux, mais débarrasse-t-en une bonne fois et dis-leur de se décarcasser pour trouver un mari. Mais quand elles seront parties, Low Cross disparaît, je te préviens !

C'est ainsi que Low Cross avait eu un nouveau sursis, ainsi qu'Ira Agbrigg, auquel mon grand-père ne pensait déjà plus tant sa rage envers Joel l'aveuglait, mais à la condition qu'il ne serait plus jamais question de métiers mécaniques, de *worsted* plus fins, ni du moindre changement.

— Ton temps est à moi, mon garçon, rappelait-il volontiers à Joel ; et même le dimanche, quand l'usine était déserte et les métiers au repos, il ne cessait de le surveiller et devait se réjouir, je crois, de le voir arpenter les ateliers en les réorganisant dans sa tête, en en prenant possession par l'esprit et en supputant, par des calculs compliqués, ce qu'il pourrait enfin en faire le jour où il en serait seul maître.

Entre eux deux, j'existais de mon mieux, rejetée dans l'ombre par l'éclat de la haine qu'ils se vouaient, et seule maîtresse désormais – depuis le départ de ma mère pour le village de Patterswick, fief du chevalier Dalby – de la maison de Lawcroft où j'étais née, et où l'on attendait de moi que j'instruise Marthe-Ellen sur la préparation des conserves, les provisions dont il fallait garnir les placards, ou sur ce que mon cousin Joel, mon mari, souhaitait trouver dans son assiette au repas du soir.

Il y avait eu, les premiers temps, de nombreux drames domestiques car, contrairement à mon père et à mon frère Edwin, qui ne demandaient à leur nourriture que d'être servie chaude et en abondance, Joel avait un appétit capricieux et des goûts élaborés, témoins sans doute de sa jeunesse aventureuse où il avait été initié – à Manchester, je suppose – et aux nouveaux délices culinaires venus de France avec les émigrés de la Révolution et les réfugiés des guerres de Napoléon. Si Hannah avait sûrement refusé de satisfaire ses penchants délicats – car, pour elle, le goût, comme les autres sens, devait être mortifié plutôt que flatté –, il avait retrouvé, avec ses nouvelles responsabilités, des exigences précises, et critiquait aigrement les rôtis insipides et les puddings épais auxquels se limitait le répertoire de Marthe-Ellen. Il avait aussi fait des scènes parce que ses bottes étaient mal cirées ou son linge mal repassé, car Marthe-Ellen avait la main lourde sur le fer et écrasait ses jabots ruchés d'une manière qui scandalisait Joel.

— À la maison, c'était Hannah qui lui faisait son repassage, m'avait confié Elinor. Ne lui en parle surtout pas, je t'en supplie, car c'est un secret, mais notre pauvre vieille Berthe ne pouvait jamais rien faire à son goût et, comme il n'avait pas les moyens de prendre quelqu'un d'autre, c'était Hannah qui se chargeait de tout le travail délicat. Pauvre Hannah, debout dans la cuisine pendant des heures, les joues rouges et les cheveux défaits… Pas étonnant qu'elle en ait encore honte. Alors tu vois, Virginie, une confidence en vaut une autre. Je sais bien que tu es une dame mariée et que je ne suis toujours qu'une gamine, mais tu vas quand même tout me raconter, n'est-ce pas ? Je compte absolument sur toi pour m'instruire, car tu sais bien que Hannah ne m'en soufflera jamais un mot – je me demande d'ailleurs si elle est tellement au courant de la question. Alors, parle-moi, Virginie. Raconte, tu es la seule qui puisse le faire. Au fait, puisque nous abordons le sujet, sais-tu ce qu'est devenue Rosamonde Boulton ?

Je n'avais, bien entendu, rien à dire de Mlle Boulton du fait que personne – et Joel moins que tout autre – n'avait jugé bon de m'informer de ses réactions à notre mariage. Elle avait dû pleurer, si elle avait été amoureuse de Joel. Sinon, elle était probablement déjà en quête d'un autre soupirant. Dans un cas comme dans l'autre, je n'y pouvais rien.

Je pouvais, en revanche, intervenir pour résoudre – au moins partiellement – les revendications domestiques de Joel ; aussi, et bien que ses étreintes nocturnes me procurent toujours un certain malaise et me laissent dans l'incertitude quant à mes sentiments à cet égard, je n'eus pas trop de mal à envahir de temps à autre la cuisine de Marthe-Ellen pour y confectionner des crèmes et des babas – généreusement alcoolisés – suivant les fameuses recettes de Mme Stevens, ni même à prendre pour une fois exemple sur Hannah et à m'initier, grâce à ma patience naturelle et à la souplesse de mon poignet, aux mystères du maniement du fer à repasser. C'est ainsi que j'appris peu à peu à me tirer de difficultés inconnues puis, les ayant dominées, à obtenir des gens ce que je voulais.

Ceux qui m'entouraient avaient des tempéraments infiniment plus agressifs et entreprenants que le mien, des caractères explosifs qui trouvaient constamment l'occasion de s'entrechoquer à grand bruit et de lancer menaces et malédictions, contre lesquelles mes timides protestations ne parvenaient pas même à se faire entendre. Ainsi, quand mon grand-père s'avisa un jour de tonner : « Débarrasse-nous donc de cette satanée chienne d'Edwin, elle est malade et pleine de puces », ou quand Hannah, après avoir grimacé en grignotant le gâteau au gingembre de Marthe-Ellen, m'avait déclaré : « Cette maison devient vraiment trop lourde pour une personne de l'âge de Marthe-Ellen, ne crois-tu pas, Virginie ? À ta place, je l'enverrais à Patterswick, chez ta mère, et je la remplacerais par deux jeunes bonnes plus actives », je ne fis aucune tentative pour les contredire et voler à la défense de ma chienne ou de ma servante.

— Bien sûr ! avais-je simplement répondu avec un sourire soumis qui n'ouvrait pas la porte à la discussion. Vous avez tous deux raison, c'est exactement ce que je vais faire.

Et je n'avais, naturellement, rien fait du tout.

Le problème de cirer les bottes, avais-je aussi découvert, n'était pas insoluble, ni plus mystérieux que le reste des soins du ménage, contrairement à ce qu'avait toujours prétendu Mme Stevens. Et comme je m'étais retrouvée presque aussitôt et le plus commodément du monde enceinte, personne à ma connaissance n'avait plus de raisons de se plaindre de moi.

Je ne m'étais pas demandé si je désirais avoir un enfant, puisque tel était précisément l'objet de mon mariage, et je ne m'attendais pas non plus à ce que Joel manifeste un grand enthousiasme, car il désirait avoir Lawcroft Fold à lui seul et non le transmettre à un fils qui, pendant au moins ses années d'enfance, serait vraisemblablement gâté par mon grand-père, qui le monopoliserait à son seul profit. À Maison Haute, en revanche, la nouvelle fut accueillie avec des transports de joie, et Mme Stevens descendit immédiatement de la colline pour m'informer des désirs impératifs de mon grand-père. Je devais, à compter de cet instant, rester assise avec mes pieds sur un tabouret, consommer plusieurs fois par jour des repas copieux et nourrissants, afin d'alimenter comme il convenait les os et les muscles de son arrière-petit-fils, et je ne devais en aucun cas marcher au-delà de la grille du jardin. Je me suis empressée de remporter sur-le-champ l'un de mes modestes triomphes :

— Je crois, ma chère madame Stevens, que vous devriez lui dire sans tarder qu'il serait au contraire fort imprudent de me garder confinée ainsi pour les quelque six mois qui viennent. Dites-lui bien que je risque fort de m'étioler si je suis privée de ma ration quotidienne de grand air, et que son arrière-petit-fils serait le premier à en pâtir. Et si vous lui dites avoir vous-même observé les symptômes de ce que je viens de décrire, il vous croira.

— Oh ! madame Barforth, comment pourrais-je ? avait-elle répondu d'un air offusqué.

Mais, comme mon grand-père donnait depuis quelque temps des signes d'affaiblissement, elle devenait fort anxieuse de se concilier les bonnes grâces de ceux capables d'assurer son avenir incertain – dont je faisais partie, sans doute – et transmit fidèlement mon message, en usant de persuasion pour m'obtenir l'autorisation de faire régulièrement des promenades en voiture avec ma cousine Elinor, seule personne de ma connaissance qui ait du temps à perdre.

Elinor attendait, comme elle n'avait cessé de le faire depuis six ans, l'homme idéal qui deviendrait son mari ; mais elle avait su oublier son rêve initial d'un jeune et beau gentilhomme titré et pourvu de vastes terres, pour rabattre ses ambitions au niveau plus modeste, mais plus réaliste, des Oldroyd et des Hobhouse, et avec la ferme détermination de tout faire pour ne pas être laissée pour compte.

Les événements qui nous avaient tant affectés n'avaient pas amélioré la situation d'Elinor. Si Hannah avait épousé Edwin, Elinor, seule avec Joel – ou à la rigueur entre lui et Mlle Boulton –, aurait été dans une position difficile, certes, mais temporaire, car Hannah aurait remué ciel et terre pour lui trouver un parti convenable. Edwin, grâce aux revenus que lui allouait libéralement mon grand-père, aurait pu arrondir les maigres ressources d'Elinor, suffisamment en tout cas pour lui donner de nouveaux attraits – sinon auprès d'un Hobhouse, du moins aux yeux d'un petit négociant ambitieux pour qui le seul nom Barforth constituait un capital enviable. Rien de tout cela n'était désormais possible car mon grand-père, dans sa méfiance envers Joel, ne lui accordait que chichement ses subsides, tandis que Hannah avait, semblait-il, perdu son goût pour les tractations matrimoniales et, qu'elle en ait été ou non consciente, n'avait plus du tout envie de se séparer de sa sœur et de se retrouver seule dans la vie.

Sa mauvaise volonté était, hélas ! inutile. À mon mariage, Elinor n'avait eu aucun mal à capter l'attention empressée du jeune Hobhouse, ni à se faire subrepticement caresser la cuisse par le dévot M. Oldroyd – dont l'épouse languissante n'avait pas encore eu le bon goût de tomber assez malade pour le laisser veuf. Mais quand elle le ferait, son mari ne se remarierait qu'avec beaucoup de prudence et sa décision serait évidemment dictée plus par le souci de ses intérêts que par les mouvements de son cœur. Et quand le fils Hobhouse atteindrait l'âge de prendre femme, ce serait une Emma-Jane Rawnsley, dont le père était banquier, ou Amélia Oldroyd, dont le peu de charmes était amplement compensé par la dot, que sa mère inviterait à prendre le thé, et non pas Elinor.

— Il doit pourtant y en avoir un, me disait-elle. Quelqu'un finira bien par me remarquer et comprendre qu'il lui est désormais impossible de vivre sans moi... Oui, je sais, je me suis remise à lire des romans, ce qui déplaît infiniment à Hannah, mais les choses doivent pourtant bien se passer ainsi, de temps en temps du moins. Sinon, comment ferait-on pour savoir ce qu'il faut mettre dans ce genre d'histoires ?

Comme pour être admirée il fallait d'abord qu'elle se montre, j'allais donc chercher Elinor à Low Cross deux ou trois fois par semaine quand il faisait beau et je l'exhibais dans ma voiture, bien que je me sente chaque fois un peu moins svelte et plus poussive.

La maison de Low Cross était, je crois, l'une des plus sinistres que j'aie jamais vues, sorte de boîte carrée exiguë et sombre qui n'était pas, comme la nôtre, isolée dans son jardin entouré de murs mais tout bonnement accolée à l'usine, si bien que l'épaisseur d'une cloison était tout ce qui séparait mes cousines du cliquetis assourdissant des métiers et des conversations souvent graveleuses des ouvriers. On y étouffait sous les plafonds bas et derrière les fenêtres minuscules qui, pour barrer le passage à la suie, à la poussière et aux interjections obscènes des charretiers, étaient toujours hermétiquement closes, alors que la porte d'entrée donnait directement dans la cour, ce qui exposait les occupantes aux regards et aux ricanements égrillards, auxquels depuis longtemps elles avaient appris à ne pas faire attention. Ce n'était pas une maison où j'aurais voulu vivre un jour, ni un endroit convenable pour Hannah si elle devait s'y retrouver dans la solitude ; c'est pourquoi, quand Elinor avait entendu le roulement de ma voiture et courait à ma rencontre en sautillant sur les pavés bourbeux avec la grâce qu'elle aurait mise à se promener dans une prairie printanière, je ne pouvais m'empêcher de penser que sa beauté et sa détermination à s'extirper de là méritaient d'être un jour récompensées. Mais, quand j'évoquais le sort de Hannah, mon cœur se serrait.

Le but de nos promenades était immanquablement Cullingford qui, dans cette première année de mon mariage, n'avait pas perdu tout le charme provincial qui la caractérisait. De chaque côté de la place du marché, ornée d'un beau calvaire de pierre blanche patinée, il y avait les deux relais de poste : le Vieux Cygne, où l'on pouvait tous les matins prendre la diligence de Manchester et de Liverpool, et la Balle de Laine, établissement à l'activité débordante et qui me fascinait toujours, où se succédaient sans trêve les malles-poste et les pataches qui partaient dans toutes les directions, vers Wakefield, York, Halifax, Bradford et Leeds. Du côté de la Balle de Laine, il y avait aussi la halle, dont on pouvait louer le premier étage pour des bals, des concerts ou des réceptions, tandis que le rez-de-chaussée était réservé à la vente des fruits et légumes, des fromages, de la viande et de la volaille. Sur l'autre côté, près du Vieux Cygne, la Halle au Drap se dressait dans l'ancienneté de sa gloire ; ses grilles s'ouvraient toujours ponctuellement à huit heures tous les jeudis matin pour admettre ceux qui avaient à vendre des lainages, à tous les stades de leur élaboration, et ceux qui désiraient les acheter.

De la place du marché, on pouvait encore apercevoir la verdure des collines qui encerclaient la ville ; ou l'on pouvait partir flâner dans les rues étroites et escarpées aux gros pavés disjoints, telles que Millergate pour y faire l'emplette d'une coiffe ou d'un éventail, ou Kirkgate pour admirer les délicates sculptures de l'église paroissiale, ou s'aventurer pour rêver un moment au bas de Sheepgate, dont les vieux entrepôts se miraient dans la rivière, et où des échoppes basses et d'allure patibulaire offraient à la convoitise des passants ivoire sculptés, cuirs ouvragés et autres articles exotiques venus des quatre coins du monde. Il y avait aussi des ruelles sordides, tout un enchevêtrement de venelles et de passages se dissimulant derrière les artères principales, et où se dressaient encore de grandes maisons bien déchues de leur ancienne splendeur, aujourd'hui compartimentées pour abriter les multitudes anonymes qui ne cessaient d'affluer. Mais ces nouveaux venus menaient, semblait-il, une existence quasi invisible ; et si, les jours de marché les rues s'animaient de négociants en haut-de-forme et gilet brodé venus traiter leurs affaires à la Halle au Drap et au Vieux Cygne, qui leur fournissait un espace supplémentaire, on pouvait encore évoquer sans trop de mal l'époque où Cullingford n'était rien d'autre qu'un gué pour traverser commodément la rivière et un bourg somnolent, perdu dans l'immensité hostile et désertique de la lande, où nul étranger n'osait se risquer.

Je ne pouvais ignorer que c'était mon grand-père et d'autres comme lui – les Oldroyd, les Hobhouse, les Aycliffe – qui avaient apporté la prospérité à Cullingford. C'était incontestablement grâce à eux que les diligences allaient et venaient, que les auberges étaient si florissantes, et que le renom de Cullingford dépassait largement les limites de la vallée de la Law ; ils n'y étaient pourtant pas pleinement à leur place, ni nulle part ailleurs, à vrai dire.

Les anciennes divisions de la société étaient, naguère encore, faciles à comprendre et à expliquer. En haut, il y avait le roi avec, au-dessous de lui, ses ducs, ses comtes et ses barons qui, à leur tour, dominaient une ribambelle de moindres seigneurs et hobereaux campagnards, tous unis par une communauté de goûts, d'intérêts et de devoirs pour former une classe dirigeante, elle-même soutenue par le clergé dont les membres, le plus souvent, se recrutaient chez les cadets des maisons nobles. Dans les campagnes, on trouvait les simples paysans qui dépendaient des fermiers et métayers, liés de diverses manières à un quelconque seigneur. Dans les villes, il y avait les boutiquiers et artisans, qui vaquaient à leurs affaires sans se mêler de celles d'autrui et employaient parfois un ou deux compagnons ou apprentis. Dans les rares métropoles grouillait une masse anonyme, sans beaucoup de devoirs mais sans aucun droit, et qui avait un penchant marqué pour les rassemblements illicites et séditieux qu'il fallait réprimer de temps à autre.

Maintenant, toutefois, la soudaine apparition de l'industrie et des machines avait donné naissance à une race d'hommes jusqu'alors inconnue, d'hommes sans passé ni prestige qui avaient découvert, pour acquérir la fortune, d'autres voies que la possession héréditaire de vastes domaines ou le maniement des armes, et qui devenaient trop riches, trop remuants et trop exigeants pour que la noblesse continuât d'ignorer leur existence.

Elle faisait, cependant, toujours comme si nous n'existions pas. Quelque vingt ans auparavant, je crois, nous avions obtenu du Parlement un décret autorisant « l'éclairage, le pavage et la surveillance des rues de la ville de Cullingford, ainsi que toutes mesures propres à son embellissement », ce qui nécessitait la nomination d'un Conseil des échevins choisis parmi les principaux citoyens de la ville, tous hommes de bonne réputation et de moyens aisés. Et pourtant, malgré l'accroissement considérable du commerce qui rendait urgente la mise en application du décret et qui était dû à l'activité des seuls industriels, tous gens de bonne réputation et de moyens aisés, il ne se trouva aucune place pour eux au Conseil. Les nominations avaient été attribuées à sir Giles Flood, seigneur héréditaire de la châtellenie de Cullingford – que personne ou presque ne pouvait se vanter d'avoir jamais vu –, à son cousin le colonel Corey, de Blenheim Lane, au cousin de ce dernier, Me Corey-Manning, avocat de la Couronne, et à quelques autres propriétaires de la ville et des environs, virtuellement inconnus des habitants.

Ce ne fut pas une consolation pour mon grand-père et ses semblables de constater que, en près de vingt ans, le Conseil n'avait rien pu accomplir de mieux qu'installer quelques lanternes dans les rues principales, faire disparaître une demi-douzaine de porcheries et de tas de fumier et engager une poignée de veilleurs au bord de la sénilité qui, en patrouillant les rues avec une lampe tempête et une crécelle quand le temps n'était pas trop inclément, ne contribuaient guère à assurer la sécurité.

La noblesse, qui tenait mordicus au protectionnisme des produits agricoles et ne concevait l'ordre social que dans l'immuable harmonie du trône, du château et de l'autel, ne pouvait que contempler avec horreur la perspective de voir le pouvoir tomber aux mains d'une meute d'usiniers arrivistes et sans scrupules qui s'empresseraient de faire venir du blé étranger bon marché pour nourrir leurs ouvriers, et défigureraient le paysage avec leurs cheminées d'usines et leurs chapelles hérétiques. On pouvait, certes, comprendre les raisons qui poussaient la noblesse à vouloir préserver ses privilèges – de même qu'on pouvait éprouver de la compassion envers les artisans et les ouvriers indépendants qui, en brisant les machines et incendiant les usines, souhaitaient ne pas voir disparaître les leurs –, mais on ne pouvait pas demander à des hommes comme mon grand-père, pris entre ces deux courants dont ils étaient victimes, de s'en satisfaire sans réagir.

On ne distinguait pourtant aucun signe extérieur de ces conflits d'intérêts au cours des promenades que je faisais avec Elinor ce printemps-là, à moins que je n'aie été trop préoccupée de ma prochaine maternité, moi qui n'avais pas encore dix-sept ans, et qu'Elinor n'ait eu ni la tête ni le temps de se soucier de malheurs qui n'étaient pas les siens.

— Je vais rester vieille fille, me serinait-elle lugubrement en ce mois d'avril, assise auprès de moi avec une de mes vieilles robes qu'elle avait su rendre méconnaissable et, pour retenir ses ravissants cheveux blonds, mon peigne d'écaille. Oui, je le sens, je vais finir vieille fille, et cela ne me plaît pas du tout. Ce n'est pas comme Hannah, qui peut s'y résigner en apparence en disant que son cœur a été enseveli avec Edwin, ce qui fait toujours très bien devant les autres – je voudrais d'ailleurs me trouver une aussi bonne excuse. Mais, d'ici à ce que ton grand-père meure et que Joel puisse me doter, je serai bien trop vieille pour en profiter. Ou Hannah ne voudra plus me lâcher.

— Tu dis des bêtises, lui répondais-je invariablement.

Mais je la sentais frissonner et je voyais, dans ses yeux, le reflet de la triste image qu'elle se faisait d'Elinor Barforth, faite pour vivre et pour aimer, et dont la radieuse beauté était condamnée à se flétrir pour rien. Elle en restait inconsolable.

Puis il lui arrivait de relever la tête, le menton pour une fois résolu, des larmes plein ses yeux bleu-vert :

— Je vais m'aigrir, si je ne réagis pas… Il y a pourtant des moments où je me sens prête à faire n'importe quoi pour m'en sortir. Tu sais, Virginie, imagine un peu ma vie, enfermée toute seule avec Hannah, tous les jours, dans cette espèce de caverne, à trouver des excuses pour ne pas faire le repassage que je déteste, à me voir devenir laide et vieille pendant qu'Emma-Jane Rawnsley se boudine dans une robe de mariée – elle est grosse comme une truie – ou que Lucy Hobhouse fait atteler pour m'apporter un morceau de son gâteau de noces et me narguer… Non, Virginie, je ne veux pas que cela m'arrive. Je ferai quelque chose, je m'enfuirai, je tomberai amoureuse de quelqu'un de parfaitement inacceptable et nous irons nous marier en Écosse. Et si on devait me poursuivre pour me ramener ici, ou bien s'il m'abandonne et que je doive revenir déshonorée, j'aurais au moins fait quelque chose, je serai une femme perdue, ce qui vaut mieux que d'être vieille fille. Et s'il le faut, je me mésallierai et j'irai vivre dans une chaumière, même s'il faut que je fasse la lessive toute ma vie. C'est d'ailleurs ce que Rosamonde Boulton compte faire, tu sais ? Je ne devrais pas t'en parler, je sais, et cela ne t'intéresse pas, mais c'est une fille qui ne s'est jamais sous-estimée et, quand Joel l'a plaquée, elle a cru en trouver d'autres à la pelle. C'était d'ailleurs vrai, au début, à commencer par Matthew Oldroyd. Mais quand ils en sont venus à parler mariage et qu'ils se sont rendus compte que sa dot n'était pas beaucoup plus brillante que la mienne, ils ont tous déchanté. Voilà pourquoi elle ne rêve plus qu'à mettre la main sur un petit fermier de Wensleydale ou des environs, oh ! pas grand-chose, juste une ou deux acres et une vache, et surtout pas de voisins ni de mondanités… C'est horrible, tu ne trouves pas ? Mais je préférerais cela que rester enfermée à Low Cross avec Hannah en attendant la mort. Tu ne peux pas me comprendre, Virginie ! Toi, au moins, tu as Joel. Tu ne l'aimes peut-être pas – je ne l'ai d'ailleurs jamais beaucoup aimé moi non plus, tu sais – mais au moins c'est un mari !

Quand je l'ai raccompagnée à Low Cross ce jour-là, elle avait séché ses larmes, redonné à son visage l'air avenant d'une poupée de biscuit et à son comportement l'allure désinvolte de la jeune princesse regagnant son château. Ce ne fut qu'en la saluant une dernière fois de la main que je me suis demandé pourquoi, depuis une heure, je ne me sentais pas bien.

Il faisait certes chaud, pour un mois d'avril, la route était cahoteuse et la voiture mal suspendue, mais je n'étais pas du genre à avoir des vapeurs ; c'est pourquoi je fus plus étonnée qu'inquiète quand j'eus soudain l'impression que le ciel et la terre se précipitaient l'un vers l'autre pour me plonger dans le noir. Quand la lumière revint, j'eus une nouvelle surprise à la vue d'un visage anxieusement penché vers moi, un visage qui m'était inconnu mais que je reconnaissais pourtant – maigre, au teint cireux et qui ressemblait si affreusement à celui de Jabez Gott que je faillis de nouveau m'évanouir.

— Qui êtes-vous ? suis-je parvenue à murmurer, sans cependant que son identité me semble d'une grande importance.

— Agbrigg, madame. Tenez, voilà votre Marthe-Ellen qui accourt… Aide ta maîtresse à rentrer, je vais prévenir le maître.

— Non, je vous en supplie, n'y allez pas !

J'avais cru qu'il voulait parler de mon grand-père, et c'était bien la dernière personne au monde que j'eusse envie de voir surgir en un tel moment. Mais il ne m'avait pas même écoutée et courait déjà vers l'usine, le dos voûté et la démarche mal assurée. Quelques instants plus tard, Joel apparut à son tour.

— Qu'est-ce qui ne va pas ?

— Que croyez-vous donc ? C'est sans doute le bébé qui s'annonce.

— Est-ce le moment ?

— C'est possible, je n'en suis pas sûre. Qui était cet individu, celui qui est allé vous chercher ? Il vous a appelé « le maître ».

— Cela ne m'étonne pas de lui, dit Joel en souriant. C'est Ira Agbrigg, un brave bougre. Votre grand-père ne l'appelle que Judas.

— Et c'est à vous qu'il réserve le « maître » ?

— Comme vous avez pu le constater. Il sait voir loin, cet Ira Agbrigg. Il croit dans le triomphe de la machine, tout comme moi, et il sait aussi que votre grand-père ne peut pas le souffrir. Mais ce n'est pas l'affection des autres qui l'intéresse. Il veut s'élever dans le monde, et il s'accrochera à mes basques tant que j'irai dans la bonne direction, vers le haut. Souffrez-vous, Virginie ?

— Non…

J'avais répondu avec une rage contenue, car je refusais de souffrir et je me rendais compte qu'il était trop tard pour cela, que je n'avais jamais voulu d'un enfant, que j'étais trop jeune pour en avoir un dont je ne saurais même pas que faire – et aussi que j'avais peur de mourir.

— Non, non, je ne souffre pas ! Et si j'ai mal, ce n'est pas du tout ce que vous pensez ni ce que j'ai dit tout à l'heure. Ce doit être quelque chose que j'ai mal digéré, rien de plus.

— Je vais quand même faire venir le médecin, pour plus de sûreté. Et votre mère.

— À votre aise, si vous voulez les déranger pour rien.

Alors, tandis qu'il se détournait déjà pour aller donner les ordres en conséquence, je ne pus retenir un hurlement.

— Joel !

— Me voilà.

Il me rejoignit, m'a-t-il semblé, en une seule enjambée, au moment précis où la douleur qui paraissait rôder en moi, tapie quelque part vers le bas de mon dos, m'attaqua soudain avec la force d'un coup de poignard qui me jeta presque à genoux.

Joel me regarda avec la frayeur que ressentent parfois les hommes forts devant les mystères féminins :

— Grands dieux, Virginie… Là, asseyez-vous, je vais vous aider jusqu'au fauteuil. Ne bougez plus, attendez, je vais trouver quelqu'un pour aller chercher le docteur.

Mais je me suis accrochée à lui sans vouloir le lâcher, et je riais en le voyant affolé à la perspective que j'allais peut-être accoucher là, sous ses yeux, et qu'il serait pour la première fois de sa vie incapable de dominer une situation ; et je pleurais aussi, car je comprenais que le processus était irrémédiablement engagé alors que je ne l'avais toujours pas vraiment accepté. Alors, trop vite, comme pour conjurer le sort, j'ai dit des mots les uns à la suite des autres :

— Non, non, il est inutile de se presser, cela peut durer des heures, des jours, éternellement… Écoutez, Joel, pour une fois écoutez-moi. Mon grand-père m'a forcé à avoir cet enfant et, même s'il doit m'étrangler, ne le laissez pas aller à Maison Haute, ne le lui confiez jamais. Jurez-le. Permettez, Joel. Si je devais mourir, emmenez l'enfant chez ma mère, faites n'importe quoi, mais je ne veux pas qu'il le prenne.

— Vous ne mourrez pas, voyons !

La crispation soudaine de ses mâchoires signifiait clairement qu'il serait fou de rage – contre moi, contre la mort elle-même – si je devais vraiment mourir. Mais, maintenant que je m'étais faite à cette idée, il en fallait davantage pour m'en détourner.

— Qu'en savez-vous ? À moins que vous vous preniez pour Dieu, comme mon grand-père ! Allons, promettez-moi, Joel.

— D'accord, je vous le promets. Mais vous ne mourrez pas, parce que vous êtes une Barforth et que vous avez trop à attendre de la vie. Je le jure, faites-moi confiance.

— Je me demande si je le peux.

Il m'a alors pris le menton, d'un geste presque fraternel, pour me redresser le visage et me forcer à le regarder dans les yeux pendant qu'il me disait :

— À votre tour de m'écouter, Virginie. Il est peut-être votre grand-père, il peut croire que vous lui appartenez, comme il croit me posséder moi aussi, mais il est déjà vieux et nous ne risquons plus grand-chose à lui laisser ses illusions. Vous, Virginie, vous êtes ma femme, et personne, entendez-vous, personne au monde ne peut impunément nuire à ma femme, à mon enfant ou à quelque chose qui m'appartient. Pas autant que je vivrai, en tout cas, et je ne suis pas près de mourir, moi. Alors, me croyez-vous, maintenant ?

Pour la première fois, et peut-être la dernière, je l'ai cru, et j'ai hoché la tête.

Il m'a prise dans ses bras et m'a soutenue avec une fermeté rassurante et une douceur presque tendre qui me surprirent et me calmèrent à la fois.

— Nous sommes donc d'accord, dit-il en souriant. Et maintenant, voulez-vous me laisser aller chercher le docteur ?

J'étais incapable de me détacher de lui, et je le retenais de mes mains accrochées à son cou, si bien qu'il me prit dans ses bras et me porta dans ma chambre, tout en criant ses ordres au passage, pour finalement me déposer avec douceur sur mon lit.

— Ne me quittez pas, Joel, restez ici, surtout si mon grand-père arrive. Il ne faut pas qu'il vous renvoie à l'usine. Restez.

— Il ne m'enverra nulle part. Et si vous ne voulez pas le voir ici, il ne viendra pas, je vous le garantis.

En voyant mon expression de stupeur – car qui, et même Joel, pouvait oser barrer la route à mon grand-père ? –, il passa délicatement un bras sous mes épaules, m'attira sur sa poitrine et me serra contre lui ; et mon corps douloureux se détendit au contact de sa force, ma panique se dissipa, la paix revint en moi. Ce répit ne dura qu'un instant avant qu'une subite attaque de la douleur ne m'arrache un cri et ne me pousse à m'enfouir le visage dans le creux de son épaule. Quand j'ai pu rouvrir les yeux, je vis qu'il était tout pâle et je me suis forcée à sourire :

— Pardon, Joel, je suis en train de chiffonner votre jaquette.

— Vous pouvez la réduire en charpie, si cela vous fait du bien, dit-il en m'entourant de ses bras.

— J'espère ne pas en arriver là.

— Peu importe. Mais, Virginie chérie… Je ne savais pas que vous pensiez cela de votre grand-père. Je croyais…

— Quoi ? Que j'étais avec lui, contre vous ?

— En un sens, oui. Vous ne l'aimez donc pas ?

— Il n'a jamais été question de l'aimer ou non. J'en ai peur, un point c'est tout.

— Il ne faut pas, Virginie. Regardez-moi. Je vous protégerai, je le promets. Et je ne fais jamais de promesses que je ne puisse tenir. C'est bon pour les faibles et les imbéciles, et je n'en suis pas un.

Il me reprit dans ses bras, avec une tendresse qui me stupéfiait autant que la sensualité qu'il avait déployée pendant notre nuit de noces, et il me berça doucement en me caressant les cheveux pour me consoler, en massant mon dos pour soulager ma peine, en éloignant de moi mes craintes et le spectre de mon grand-père, et nous sommes restés ainsi jusqu'à l'arrivée du docteur.

8

Mon fils vint au jour le lendemain, après avoir pris tout son temps pour se décider, mais sans faire trop d'embarras ; et moi, détendue sur mes oreillers et m'abandonnant à l'exquise sensation d'être libérée de mon fardeau, je croyais enfin avoir la paix : il ne fallut pas longtemps pour me détromper.

— Tu comptes l'appeler Edwin, je suppose, vint me dire Hannah, la bouche pincée et les joues rouges. Ce serait particulièrement bien choisi, à mon avis, et tout le monde doit s'y attendre.

— Oh ! mon petit Samson ! roucoula Mme Stevens une heure plus tard en se penchant sur le berceau. L'adorable petit Samson que voilà, la joie et la fierté de son grand-papa. Car il va bien s'appeler Samson, n'est-ce pas ?

— Il n'est pas plus question d'Edwin que de Samson, déclara Joel peu après avec un calme inquiétant, et sans avoir besoin de regarder le berceau pour signifier que son contenu était bien à lui et qu'il entendait en disposer souverainement. Vous pouvez lui donner le nom qui vous plaira, puisque vous avez eu le mal de le porter, mais cet enfant ne sera jamais ni un Edwin ni un Samson, est-ce clair ?

Là-dessus, il tourna les talons et quitta la pièce en me laissant seule pour subir les récriminations et apaiser les explosions de mauvaise humeur.

— Mon Dieu, murmura ma mère, que d'histoires !... J'aurais pu te suggérer William, en mémoire de ton père, mais ils ont tous des caractères si volatils et des ambitions si contradictoires pour cet enfant que ce serait sans doute maladroit. Dans ces conditions, mieux vaut chercher notre inspiration ailleurs que dans la famille. Que dirais-tu d'Alexandre, puisqu'il semble promis à une brillante destinée ? Ou pourquoi ne pas le placer sous la protection de saint Blaise, patron des cardeurs et des filateurs de laine ? Cela devrait contenter tout le monde.

C'est ainsi que devint Blaise Barforth le petit être qui gigotait et hurlait dans le berceau familial, et dont la figure toute rouge était surmontée d'un épais duvet du plus beau noir Barforth. Ce bébé, le mien, me paraissait une créature stupéfiante et pleine de mystère dont, comme je m'y étais attendue, je ne savais absolument pas que faire, dont les cris m'épouvantaient, et me plongeait dans l'angoisse le spectacle de sa totale impuissance devant le monde où il venait d'entrer. Je savais m'occuper des chiots, de grands enfants capables de m'expliquer où ils avaient mal, mais ce nouveau-né qui ne pouvait pas même tenir sa tête droite m'affolait et faisait naître en moi une telle sensation de détresse que je fus incapable de fermer l'œil la première nuit – et beaucoup d'autres ensuite – car je tendais l'oreille, au bord de la panique, pour m'assurer qu'il respirait toujours.

— Il est en parfaite santé, me répétait ma mère. S'il crie autant, c'est parce qu'il a faim, ce qui est le signe d'une robuste constitution. Cesse donc de t'inquiéter ainsi.

Mais ma mère avait perdu six de ses huit enfants et, dans ma fièvre, je n'avais aucune confiance dans ses propos rassurants, pas plus que dans la nurse qu'elle avait amenée de Patterswick, jeune campagnarde solide et fort propre d'aspect, j'en convenais, mais dont les petits yeux porcins et la mine sournoise me déplaisaient et me faisaient redouter qu'elle ne droguât le bébé au laudanum pour le faire dormir ou que, par négligence, elle ne laissât le chat de la cuisine sauter dans son berceau et l'étouffer.

Je ne pouvais pourtant pas dire, à ce stade, que je l'aimais, car il m'était toujours comme étranger, sans que je puisse vraiment établir un rapport entre sa venue et ma délivrance du fardeau que j'avais si longtemps porté en moi. Il s'agissait, je crois, d'un simple instinct protecteur qui, si j'avais pu, m'aurait fait le prendre avec moi, dans mon lit, dans mes bras, comme une mère chatte se love dans son panier autour de sa portée et sort ses griffes dès qu'on fait mine de toucher à ses petits.

Mais cela m'était, naturellement, d'autant plus impossible que tout le monde, sauf moi, paraissait jouir du privilège de le tripoter : mon grand-père, qui, à chacune de ses venues, l'arrachait à son berceau, endormi ou éveillé, pour le contempler à la lumière ; Mme Stevens, qui surgissait à tout moment et s'empressait de le réveiller pour avoir le prétexte de le bercer jusqu'à ce qu'il se rendorme ; Mme Hobhouse ou Mme Oldroyd, qui, à l'occasion de leurs visites de politesse, s'arrogeaient le droit de le prendre dans leurs bras pour l'examiner et le comparer mentalement à leurs propres enfants, et cette kyrielle d'intrusions mettait mes nerfs à rude épreuve.

Il arriva cependant un matin où je ne ressentis plus de stupeur en le retrouvant toujours en vie ; où je m'aperçus que la nurse avait un sourire chaleureux qui faisait oublier ses yeux porcins, des mains fermes mais douces pour poser mon enfant dans mes bras ; un matin où je repris intérêt au reflet de mon visage dans le miroir, où la sensation de mon corps redevenu souple et léger me remplit de joie, où j'ai redécouvert de l'appétit pour le chocolat fumant et le pain frais, et où je me suis rappelé que, dans un jour ou deux, j'allais avoir dix-sept ans.

Peu après, mon grand-père partit pour le Lincolnshire voir quelques vieux amis des temps héroïques de sa jeunesse et c'est pourquoi, profitant du beau temps, je décidai de m'annexer le jardin de Maison Haute où je me suis installée pour passer mes journées sous les cerisiers en fleur et les lilas épanouis, mon fils d'un côté et mes chiens de l'autre, pendant que Mme Stevens, qui n'avait jamais eu d'enfants – ni d'ailleurs de mari à proprement parler – entreprit de me donner ses conseils éclairés sur ce qu'il fallait faire pour élever le mien et m'en occuper convenablement.

— Supporte-la, me dit ma mère un bel après-midi où, après m'avoir fait une véritable conférence sur l'alimentation des nouveau-nés, elle était partie nous préparer le thé. Elle ne fait, après tout, que ménager son propre avenir, car ton grand-père a souffert d'un grave refroidissement, cet hiver, et n'en est pas encore complètement rétabli. Sais-tu que j'ai été frappée, l'autre jour, de le trouver si menu quand il m'était toujours apparu si imposant ? Je sais, bien entendu, qu'il mesure toujours la même taille et que mon impression vient de ce qu'il a dû considérablement maigrir et se tasser. On ne peut donc pas vraiment en vouloir à cette pauvre Emmeline Stevens de s'inquiéter de ce qu'elle deviendra quand ton grand-père aura disparu.

— Ne compte-t-il pas lui laisser quelque chose ? ai-je dit négligemment, moins occupée du sort de la gouvernante que fascinée par le spectacle de mon fils qui brandissait ses petits poings vers le ciel, enragé comme un vrai Barforth de ne pas pouvoir saisir les fleurs roses et blanches qui dansaient au-dessus de lui, jusqu'au moment où j'ai dressé l'oreille en comprenant que ma mère, par sa réponse, n'usait du prétexte de Mme Stevens que pour amener la conversation sur un autre plan.

— Je ne le pense pas, disait-elle, ou rien que d'insuffisant, en tout cas. Je me demande parfois, vois-tu, ce que des femmes comme Emmeline Stevens ont dans la tête, car elles se croient bien habiles alors que leur position reste extrêmement précaire. Quand un homme meurt, elles ne peuvent hériter ni son argent, ni son prestige, et tant qu'il vit elles n'ont souvent de lui que le côté le moins noble de sa nature, dont sa femme légitime est trop heureuse de se débarrasser. Ce n'est pas une agréable existence que la leur, vois-tu, et n'oublie pas que, sans la protection d'un contrat de mariage, elles peuvent être répudiées à l'instant même où elles cessent de plaire, sans qu'il leur reste un semblant de dignité – ce qui ne vaut pas mieux qu'une domestique congédiée sans certificats. Et c'est toujours ce qui finit par leur arriver, car les hommes les désirent, sans doute, mais ne les respectent pas, et le désir, vois-tu, est chose fugace, tandis que le respect et l'estime peuvent durer. Mais Mme Stevens saura survivre, car ce n'est pas une novice, et elle connaît les embûches de son métier. Au début, elle a été femme de chambre dans une grande maison du Derbyshire, je crois, et ce devait être une bien jolie soubrette – qui aurait sûrement mieux fait d'épouser le jardinier qui lui faisait la cour que de vouloir s'attaquer au maître. Celui-ci n'a rien eu de plus pressé, bien entendu, que de la renvoyer une fois sa passion assouvie, et c'est toujours ainsi que cela s'est passé depuis. Elle a l'habitude d'être congédiée, cette chère Mme Stevens, sauf qu'elle se retrouve chaque fois avec quelques années de plus… Cela ne te coûterait rien de te montrer patiente à son égard, ma chérie.

— Suis-je si désagréable ? Je n'ai jamais vraiment voulu l'être.

— Pas franchement désagréable, non… Mais je me demandais simplement si sa manière de vivre te déplaisait au point que tu ne puisses plus la supporter. Elle n'est pas la première ici, tu sais, car ton grand-père a toujours eu des appétits sensuels particulièrement exigeants, comme tous les Barforth, d'ailleurs. Ton oncle Tom, le père de Joel, était certainement ainsi, et je dois honnêtement avouer que ton père lui-même faisait souvent des voyages à Leeds au sujet desquels je préférais ne pas lui poser de questions. J'avais admis une fois pour toutes que cela ne me concernait pas et que ces choses-là font partie de la nature masculine – point de vue que je savais partagé par ta grand-mère, d'autant plus que ton grand-père s'est toujours montré très discret du vivant de sa femme et, malgré tous ses défauts, n'a jamais rien fait qui puisse la gêner ou l'humilier. Elle savait aussi qu'une épouse a, de par sa position, infiniment plus d'importance que les autres, et elle ne s'est donc jamais sentie menacée par les escapades de son mari. Car il est vrai que les hommes n'abandonnent pas leur femme comme ils se débarrassent d'une maîtresse, si bien que j'ai tout lieu de croire que, l'un dans l'autre, ta grand-mère a mené une vie extrêmement heureuse.

Dans le long silence qui suivit, on n'entendait plus que le halètement des chiens qui couraient dans l'herbe, les menus bruits de mon fils remuant dans son berceau et les chants d'oiseaux dans les cerisiers. Je respirais moi-même à peine, comme pour retarder le moment de bouger et de comprendre.

— Auriez-vous à me parler de Joel ? ai-je enfin demandé.

— Mais non, voyons, pas du tout, je n'ai rien à t'en dire, ma chérie ! dit ma mère d'un ton léger. Je profitais simplement de cette conversation pour t'exprimer une ou deux pensées, car nous avons eu si peu le temps et l'occasion de nous parler avant ton mariage... J'ai bien peur de t'avoir lâchée dans la vie sans t'y avoir vraiment préparée, vois-tu, et te voilà déjà mère, si bien que je n'ai plus rien à t'apprendre. N'est-ce pas grand dommage ? Quant au reste, il se peut, ma foi, que ton mari se révèle un modèle de fidélité conjugale, mais il est fort possible aussi qu'il se conforme aux traditions de la famille... Mon Dieu, mon Dieu, que tout cela est difficile à dire sans avoir l'air cynique ! Mais vois-tu, ma chérie, ces hommes débordants d'énergie et de vitalité, ces hommes qui aiment se battre et exercer leurs instincts de chasseurs, ces hommes avides de tout et incapables de laisser une occasion passer à leur portée... En un mot, ma chère enfant, cela n'aurait pas une grande importance à ses yeux si cela devait se produire, et tu n'aurais donc pas lieu de t'en tracasser outre mesure. Dans ces cas-là, il vaut toujours mieux faire fonctionner sa raison que ses sentiments, crois-moi, d'autant plus que ton mariage n'a pas été de part et d'autre la conséquence d'un coup de tête… Si vous pouviez devenir amis, cette amitié constituerait la meilleure des fondations de votre vie commune et tu t'en trouverais fort bien dans l'avenir. Car je crois beaucoup aux vertus de l'amitié, comme il me semble te l'avoir déjà dit, et si je pouvais choisir, je préférerais toujours un ami fidèle à un amoureux capricieux.

— Et… pouvez-vous choisir, mère ?

— À mon âge, je crois en effet être enfin en mesure de le faire. M. Dalby et moi sommes bons amis.

— Comptez-vous l'épouser ?

— Ah ! ma pauvre chérie, il n'en est guère question ! me dit-elle avec un rire dont les trilles dissipèrent la tension qui était apparue entre nous. Je doute d'ailleurs fort qu'il songe même à me le demander. Son épouse est depuis vingt ans au tombeau, il a un fils et un petit-fils qui attendent d'hériter, et il est peu vraisemblable, au bout de tout ce temps, qu'il veuille les encombrer d'une belle-mère, simple veuve d'un fabricant de tissus. Non, non, vois-tu, l'amitié, voilà tout ce que je désire, désormais. Une amitié solide mais paisible, sans exigences mutuelles, sans jalousie – tu n'as pas idée combien cela peut être délicieux.

Peu après, Mme Stevens nous servit le thé au jardin ; et plus tard, quand ma mère fut partie rejoindre son ami le chevalier, je suis restée assise sous les arbres en fleur à me demander si Joel allait m'être infidèle, pour conclure assez vite qu'il le serait certainement et qu'il avait vraisemblablement déjà dû l'être, sinon ma mère ne m'aurait pas parlé comme elle venait de le faire. Que ressentais-je à cette découverte ? Était-il même utile d'éprouver quelque sentiment, puisque je n'y pouvais rien ? Je pourrais, bien sûr, me livrer à des scènes hystériques, comme sa mère l'avait si souvent fait ; comme elle, je pourrais aussi gémir et exhaler mes plaintes auprès de mes amies ; je pouvais même aller en parler à mon grand-père, qui – tout en considérant l'adultère d'un mari comme une faute infiniment moins lourde que d'arriver en retard à l'usine – prendrait sans doute ma défense et serait trop heureux de se servir de moi comme d'un aiguillon supplémentaire pour humilier Joel et le soumettre à ses volontés :

— Tu es bien le digne fils de ton père, vaurien ! Eh bien, si tu as les moyens d'entretenir une gueuse, c'est que je te paie trop bien, et puisque tu gaspilles ainsi mon temps et mon argent, je vais te remettre à ta place.

Ce qui aurait pour conséquence de créer, entre Joel et moi, des sentiments fort éloignés de l'amitié franche et solide tant vantée par ma mère.

Tout, en réalité, bougeait trop vite. Un an auparavant, presque jour pour jour, j'étais assise dans ce même jardin avec ma cousine Elinor, fillettes de si peu d'importance qu'on ne jetait même pas les yeux sur nous, alors même que Hannah rêvait à son prochain mariage, Edwin à ses métiers mécaniques, et que Joel remâchait lugubrement les expédients auxquels il allait devoir encore recourir pour apaiser les créanciers de son père. Aujourd'hui, à peine un an plus tard, Edwin et mon père étaient morts, j'étais la femme de Joel et la mère de son fils – alors que mes seize ans étaient tout juste révolus.

Pour mon anniversaire, Joel m'avait offert un bracelet, une fine torsade d'or qu'il avait glissée à mon poignet avant de me baiser la main avec une galanterie désinvolte que j'avais d'abord trouvée fort plaisante jusqu'à ce qu'il la gâte en me pinçant le menton et en m'ébouriffant les cheveux, comme si j'étais restée l'insignifiante petite cousine de notre enfance. Le jour de mon accouchement, il avait pourtant tenu sa promesse en ne m'abandonnant pas un instant tout au long des heures laborieuses, et n'avait dû me quitter que chassé par la sage-femme, qui jugeait sa présence aussi importune que déplacée. Plus tard, tandis que je gisais dolente et sanglotais de soulagement, il avait rempli la chambre de fleurs et avait su, uniquement par déférence pour moi, ne pas faire d'esclandre quand mon grand-père avait exigé qu'elles soient enlevées car, selon lui, leur parfum était malsain.

— Des fleurs ! avait-il grondé. Passe encore dans une serre, ou dans une maison close. Elles rendent l'air vicié et vont étouffer le petit ! Des fleurs pour une accouchée ! Encore une de ces idées stupides que tu as prises à ton père, je parie !

À quoi Joel avait répondu, sans élever la voix et avec une patience méritoire :

— Ma femme a été heureuse que je les lui apporte et je n'ai nullement l'intention, dans l'état de lassitude où elle se trouve, de la contrarier ni de lui refuser rien qui puisse lui faire plaisir.

Et mon grand-père avait eu beau grogner, trépigner et faire retentir la maison de ses imprécations, j'avais gardé mes fleurs.

Joel avait su aussi faire preuve de tact pour la reprise de ses droits conjugaux. Un mois, m'avait prévenu la sage-femme, est le délai que ces messieurs daignent généralement accorder à leur épouse. Mais Joel n'avait pas manifesté de hâte aussi inconvenante :

— Ne vous inquiétez pas, Virginie, m'avait-il dit en me prenant le menton avec cette fermeté tendre à laquelle je prenais secrètement plaisir. Je suis peut-être parfois une brute, mais pas au point de vous faire subir ma présence sans vous accorder un répit. Prenez votre temps, retrouvez vos forces et, quand vous vous sentirez prête, dites-le-moi.

Touchée de ces égards inattendus, je lui avais fait savoir que j'étais disposée à l'accueillir plus vite, sans doute, que je ne m'y serais préparée autrement ; il avait alors traité mon corps convalescent avec une sorte de respect et, pendant un certain temps, avait même pris des précautions pour ne pas me féconder, ce dont je lui étais d'autant plus profondément reconnaissante que je n'avais pas oublié les effrayantes histoires racontées par la sage-femme sur le sort de tant de malheureuses forcées, tous les neuf mois, de produire inlassablement des ribambelles d'enfants.

En contrepartie de cette courtoisie bienveillante, du soutien et de la protection qu'il m'accordait, de son affection distraite mais réelle, ne devais-je pas avoir assez de bonne foi pour lui reconnaître des appétits sensuels supérieurs aux miens ? N'était-il pas en droit de justifier par sa nature masculine une curiosité physique et un besoin de variété que je ne possédais pas, et ne me fallait-il pas considérer comme une obligation naturelle son désir de chercher ailleurs une compensation à mes déficiences dans ce domaine ? C'était exactement ce que ma mère et ma grand-mère avaient fait sans rien perdre de leur dignité, tandis que la mère de Joel, qui s'y était toujours refusée, en était devenue une sorte de mégère hystérique, odieuse à son entourage. Cette acceptation fataliste de nos différences constituait-elle alors la base obligée de cette amitié dont me parlait ma mère ? J'avais du mal à m'y résoudre. N'y avait-il, au contraire, aucun moyen de nous concerter – car j'admettais volontiers avoir beaucoup à apprendre, s'il voulait bien me l'enseigner et reconnaître que, de mon côté, je pouvais avoir des connaissances qui lui faisaient défaut – pour convenir que tout ce que nous partagions, foyer, héritage, enfant, avait pour lui plus de valeur qu'une quelconque aventure de hasard ? S'il m'arrivait, parfois, de revoir son expression quand, penché sur Edwin, il n'avait su dissimuler le bouillonnement de ses ambitions avides pour l'usine, les machines et l'héritière que j'étais, alors même que mon frère n'avait pas rendu son dernier soupir, je faisais de mon mieux pour oublier cette image ; et, si je parvenais à dominer les sursauts de ma mémoire, il pouvait bien, lui aussi, faire le léger effort de me regarder et de se rendre compte que je n'étais plus une petite fille en tresses, et que mes yeux calmes brillaient d'un nouvel éclat. Toutes ces pensées étaient cependant trop imprécises pour être formulées, et je ne voyais surtout pas comment, à dix-sept ans, je pourrais forcer Joel à m'écouter et à prendre au sérieux mes projets pour bâtir en commun un avenir meilleur.

Et comment le voyais-je moi-même, cet avenir ? Quels sentiments éprouvais-je pour cet homme que je m'étonnais encore d'appeler mon mari ? Il était dur, sans aucun doute, froid et calculateur, mais c'étaient là des traits de caractère que, en bonne native de la vallée de la Law, je ne pouvais sincèrement réprouver. J'avais souvent ressenti de l'admiration pour lui, pour son humour incisif, pour son courage qui le poussait, au bout d'une journée exténuante, à aller à Low Cross où, au mépris des ordres formels de mon grand-père il travaillait de ses mains très avant dans la nuit à réparer, régler, ajuster et faire fonctionner les métiers grâce auxquels il expérimentait les méthodes de tissage de ses nouvelles étoffes. Je l'avais souvent vu descendre de cheval à l'aube, malpropre et à bout de forces, avec à peine une heure devant lui pour se reposer et se préparer à son travail ; j'avais vu aussi le bref éclair de colère s'allumer dans son regard quand mon grand-père, qui avait fini par remarquer sa fatigue, lui avait fait des remarques cinglantes sur ses folles nuits de débauche.

— Surveille-le, ma fille, m'avait-il dit ensuite. C'est tout le portrait de son père, et il te donnera du fil à retordre.

Ce n'était pourtant pas mon oncle Thomas que je reconnaissais en Joel, mais bien Samson Barforth et son tempérament d'acier qui, chez cet homme jeune et beau, perdait le caractère insupportable qu'il avait pris chez le vieillard. Car Joel était beau : je ne trouvais plus rien de choquant dans son long corps musclé, je ne m'offusquais plus à le voir arpenter la chambre totalement nu, un candélabre à la main dont les flammes donnaient à sa peau des reflets ambrés, assombrissaient ses yeux et ses cheveux bouclés, ou faisaient briller d'un soudain éclat ses dents que dévoilait son sourire de pirate.

Il n'en restait pas moins vrai que nous ne nous étions pas choisis, que nous avions été mariés pour satisfaire les souhaits de mon grand-père, et pas les nôtres. Aussi, consciente de ce que Joel avait désiré d'autres femmes que moi et en avait même sacrifié une qu'il aimait – alors que moi, sans désirs, je n'avais rien eu à sacrifier –, j'avais peur de trop attendre de lui. Il m'aurait sûrement offensée en me parlant d'amour pendant notre nuit de noces mais maintenant, par moments, l'éventualité d'un sentiment entre nous qui soit de l'amour, ou s'en approche, s'éveillait parfois aux limites de ma conscience et faisait miroiter sa tentation jusqu'à ce qu'un regain de prudence me rappelle sa manière négligente de me pincer le menton, sa voix moqueuse pour me dire « petite cousine », « chère cousine », mais rien d'autre que cousine en tout cas. Et, s'il était arrivé qu'un sentiment plus profond se soit manifesté entre nous, et que je sois soudain devenue « ma chérie », je ne pouvais pas oublier comment il dissipait ce bref attendrissement par un éclat de rire sarcastique et se mettait de plus belle à me traiter de « cousine ».

J'avais assez d'intuition féminine pour comprendre ce qui le dérangeait. Il m'avait vue grandir au côté de sa sœur Elinor, et je n'étais toujours qu'une fillette quand lui, de douze ans mon aîné, s'intéressait déjà aux femmes. Je ne pouvais donc pas lui faire grief des difficultés qu'il éprouvait, les premiers temps, à franchir en me désirant la barrière qui interdit aux hommes de convoiter leur sœur. Cet obstacle pouvait-il maintenant disparaître ? Pour ma part, je ne l'avais sûrement jamais considéré comme un frère. Tout au long de mon enfance, je ne l'avais vu que comme un homme, un adulte, un mâle redoutable et intimidant ; et j'avais toujours tendu l'oreille, avec une curiosité attentive, chaque fois que ma tante Hattie venait chuchoter à ma mère le récit des méfaits dont il s'était rendu coupable.

Il avait été question d'une femme mariée de Harrogate, plus âgée que Joel et de fort bonne famille, qui avait paraît-il jeté sa réputation par-dessus les moulins à cause de lui, et dont le mari avait un jour surgi mal à propos et très en colère pour donner à l'affaire, craignait tante Hattie, les suites qui convenaient. Il y avait eu une actrice de Leeds, une chanteuse de cabaret qui, si elle ne craignait pas de perdre son bon renom, avait en revanche la ferme intention de ruiner la santé de Joel, selon ce qu'en disait sa mère. Il y avait aussi eu une autre actrice qui lui avait coûté des sommes qu'il ne possédait pas, une autre femme aussi mystérieuse que ses sources de revenus innommés – et probablement innommables – qui le couvrait scandaleusement de cadeaux et l'encourageait dans ses goûts dispendieux pour les vins fins. On avait aussi évoqué une aventure frénétique, ayant eu Manchester pour théâtre, avec une jeune veuve dont les lettres avaient fait rougir ma tante quand elle les avait lues en cachette. Et puis il y avait eu Rosamonde Boulton.

Mon cousin – mon mari – était sans aucun doute sensuel, mais il n'était pas homme à pervertir les jeunes vierges à qui il préférait les femmes mûres, voluptueuses et douées d'un fort tempérament, auprès desquelles je devais paraître bien fade. Aussi, et bien que je me fasse une honnête opinion de mon propre personnage, aussi agréable que quiconque et un rien moins sotte que beaucoup, n'éprouvant nul déplaisir à la vue de ma silhouette et des traits de mon visage, je me savais dépourvue du pittoresque, de la variété et de l'expérience auxquels Joel s'était accoutumé.

Il ne m'avait jamais volontairement blessée, je dois dire. Je ne pouvais pas non plus oublier sa compassion, durant les heures qui avaient précédé la naissance de Blaise ; je savais aussi qu'il éprouvait pour moi de l'affection et se plaisait en ma compagnie, de même qu'il était plutôt content de moi. Et je sentais enfin, assez confusément, que je devais sans doute lui être reconnaissante de ce qu'il n'avait pas essayé d'user de son charme et de son habileté pour tourner ma jeune tête et me faire tomber amoureuse de lui. En fait, il ne s'était pas amusé à jouer avec mes sentiments et mon inexpérience, comme d'autres ne s'en seraient pas privés. Aussi, à la fin de cette journée de réflexion, en étais-je arrivée à reconnaître la sagesse de ce que m'avait dit ma mère : si Joel prenait une maîtresse, ou s'il en avait déjà une, c'était probablement sans grande importance à ses yeux. Et, quoi que cela puisse signifier pour moi – que j'en éprouve de la colère ou du ressentiment, comme une injustice, que j'en tire l'impression d'un échec personnel ou de mon inutilité, ou que j'en aie simplement du chagrin – ma meilleure défense était probablement d'affecter l'indifférence.

Pendant tout ce mois de mai, Elinor m'avait quelque peu délaissée, car elle ne pouvait prétendre s'intéresser aux faits et gestes de Blaise alors même qu'Emma-Jane Rawnsley était du dernier bien avec la mère de Bradley Hobhouse, sinon avec Bradley lui-même. C'est pourquoi elle faisait désormais ses promenades dans la voiture d'Emma-Jane, d'où elle décochait ses œillades alentour, au vif déplaisir de Mme Rawnsley mère, qui comprenait parfaitement ce qu'Elinor avait derrière la tête, même si sa fille paraissait ne s'apercevoir de rien. Mais Hannah venait régulièrement me rendre visite, plus imposante que jamais dans sa robe de taffetas marron, son châle mauve et le médaillon funéraire d'Edwin bien en vue à son cou ; et, si elle n'éprouvait aucun penchant pour les enfants et dissimulait mal son dégoût les rares fois où Blaise était sur ses genoux, elle n'en était pas moins sa marraine et faisait l'effort de prendre ses responsabilités au sérieux.

Un après-midi avec Hannah était toujours une fort sérieuse occupation, car elle se consacrait de plus en plus à l'œuvre de l'École du dimanche, au point de passer huit heures pleines, chaque jour du Seigneur, à la chapelle de Ramsden Street, près de Low Cross, pour apprendre aux enfants pauvres à lire la Bible, et plus longtemps encore, le reste de la semaine, à expliquer au pasteur comment mener les affaires de sa congrégation. La chapelle de Ramsden Street dépendait, en fait, si largement du soutien que lui octroyait Hannah qu'elle était vraisemblablement condamnée à disparaître s'il lui prenait jamais fantaisie de le lui retirer. Je m'étais donc si bien habituée à l'entendre me narrer par le menu les péripéties de ses querelles avec diverses vieilles dames, qui étaient une ou deux fois allées jusqu'à l'accuser de tyranniser le pasteur, que quand un jour elle s'interrompit au milieu d'une phrase pour me dire : « Tu connais M. Aycliffe, l'entrepreneur, n'est-ce pas ? » je crus qu'il s'occupait, lui aussi, des affaires de la chapelle.

Ce fut seulement quand je perçus la qualité de son silence, les ondes d'une vibration intérieure que j'avais déjà remarquée chez son frère Joel, que je levais les yeux et compris, en la regardant, qu'il devait s'agir de quelque chose qui lui était personnel et, en tout état de cause, d'une importance capitale.

— M. Aycliffe ? Oh ! je le connais à peine, pour lui avoir été présentée, mais mon père le connaissait bien, je crois. Ses affaires sont considérables, il me semble, et c'est lui qui aurait dû construire l'usine d'Edwin…

— Oui, en effet. Il me l'a dit.

Elle m'avait interrompue avec trop de hâte, et ses joues, toujours colorées, étaient devenues cramoisies.

— Tu le connais donc, toi aussi ? ai-je dit innocemment.

— Oui…

Elle avait lâché le mot avec colère, comme si cela ne me regardait pas, mais, en fait, furieuse contre elle-même, contre sa maladresse à s'exprimer et contre son comportement de jeune fille timide, indigne d'elle.

— Oui, reprit-elle. Tu te souviens peut-être, il y a deux ou trois mois, d'un Dr Blackstone qui est venu à Ramsden Street nous faire une conférence sur l'abolition de l'esclavage. Tu ne l'as sûrement pas oublié, voyons, car je me rappelle clairement t'avoir dit combien nous avions été satisfaits de l'importance de l'auditoire. M. Aycliffe en faisait partie. Il n'appartient pas à notre congrégation, mais nous avions étendu l'invitation à tout le monde et il était venu avec M. et Mme Rawnsley, qui me l'ont présenté et m'ont ensuite invitée à prendre le thé, ce qui était bien aimable de leur part. M. Aycliffe était très favorablement impressionné par notre orateur et avait remarqué l'excellente organisation de cette réunion, ce qui m'avait beaucoup gênée quand Mme Rawnsley n'a pas pu s'empêcher de dire que j'en étais responsable. Bref, notre conversation a roulé sur l'abolition de l'esclavage et sur l'École du dimanche, dont il est très partisan et, depuis, nous nous sommes revus plusieurs fois sous les auspices de Mme Rawnsley, et même une fois dans la rue, où nous nous sommes rencontrés par hasard. Je n'avais rien vu de mal à m'arrêter pour lui parler un instant, puisque Elinor ne m'accompagnait pas. Je n'ai pas commis d'inconvenance, n'est-ce pas ?

— Bien sûr que non.

— Il a perdu sa femme il y a un an, poursuivit-elle en me jetant les mots à la figure comme des pierres. Naturellement, il a observé le deuil pendant toute la période requise, comme moi d'ailleurs, et n'a retiré ses brassards qu'il y a une dizaine de jours…

Elle s'interrompit de nouveau, noyée dans un océan de gêne dont elle était trop fière pour prier qu'on vienne la sauver. Je me suis donc hâtée de dire :

— A-t-il fait sa demande ?

Elle prit un air horrifié et je la crus sur le point de pleurer, jusqu'à ce qu'elle se ressaisisse, se redresse et réponde d'un ton résolu :

— Tu sais, je crois, ce que ton frère et moi avons été l'un pour l'autre, aussi ne m'y attarderai-je pas. Il est naturel que tu sois choquée de m'entendre parler de M. Aycliffe, ou de n'importe quel autre homme, alors qu'il s'est écoulé à peine plus d'un an. Mais je voudrais que tu comprennes bien qu'il ne s'agit nullement de la même chose, que ce ne sont pas mes sentiments, en eux-mêmes, qui… Bref, il semblerait que nous ayons beaucoup de points communs, une certaine communauté de vues et d'opinions sur de nombreux sujets…

— Certes, mais t'a-t-il parlé mariage ?

— Non, répondit Hannah en relevant le menton. Mais il ne m'aurait pas approchée s'il n'en avait pas l'intention, car je sais à quelles strictes règles de conduite il obéit. Je sais aussi qu'il m'a tout particulièrement remarquée, au point que Mme Rawnsley en a elle-même fait la réflexion. C'est pourquoi je me sens forcée de t'en parler avant qu'elle n'y fasse allusion devant toi.

— Et s'il faisait sa demande, l'accepterais-tu ?

— Eh bien… Il faudrait d'abord qu'il en parle à Joel, selon les usages, et je ne suis pas encore sûre de ma décision. Tout ce que je puis dire, c'est qu'il est homme de bien et soutient de nombreuses œuvres charitables, pour lesquelles je pourrais sans doute lui être utile. Il a subi de lourdes épreuves, auxquelles je peux bien facilement compatir. Sa femme est morte d'une longue maladie nerveuse qui l'a lui-même beaucoup éprouvé, et il a un enfant qui ne lui donne que des déboires. Je pourrais peut-être l'aider aussi dans ce domaine.

— Voyons, Hannah, le fils Aycliffe n'est plus un enfant ! Il a sûrement plus de vingt ans, peut-être vingt-deux.

La perspective de tenir sous sa férule un beau-fils de son âge ne paraissait cependant pas faire hésiter Hannah ; et c'est ainsi que, au bout d'une heure, je compris que tout en se persuadant faire œuvre de charité chrétienne en acceptant ce mariage, Hannah obéissait en réalité à une envie aussi impérieuse que celle d'Elinor de fuir la sordide cour d'usine de Low Cross, pendant que l'idée de s'unir au richissime et hautement considéré M. Aycliffe, de devenir elle-même une dame, avec les moyens de dispenser les aumônes au lieu de continuer à les recevoir, la remplissait d'une joie sauvage.

En la quittant, je lui promis d'en parler à Joel, dont la réponse fut un cri de triomphe :

— C'est trop beau, Virginie ! Si elle peut mettre le grappin sur Morgan Aycliffe, tant mieux pour elle – et pour moi. Pouvons-nous y compter ? Où en sont leurs affaires ?

— Assez avancées, je crois. Il a dû exprimer ses intentions bien clairement, pour que les ouailles de Ramsden Street les aient déjà remarquées.

— Oui, mais il peut toujours se rétracter. Y aurait-il moyen de l'accrocher ?

— Cela me paraît difficile…

Je me rappelais la triste histoire de Rosamonde Boulton, qui n'avait pas mieux réussi à « accrocher » l'homme de ses rêves, et Joel dut deviner mes pensées, car il eut un bref éclat de rire :

— En effet… Je connais bien un moyen, mais je doute que Hannah l'envisage de bon gré. Alors, que pouvons-nous faire ? Comment s'y prend un vieux raseur comme Aycliffe pour faire sa cour à une jeune fille ?

— J'imagine mal ce que nous pourrions faire. Mais s'il y pense aussi sérieusement que Hannah le dit, c'est sans doute lui qui prendra l'initiative. Il pourrait, par exemple, me rendre visite, car il sait que Hannah vient souvent ici, et il aurait ainsi l'occasion de la rencontrer – et de vous parler.

— C'est exact, il va sûrement venir. Et quand il le fera, prenez toutes les précautions pour que votre grand-père n'en sache rien. Je ne connais pas la fortune de Morgan Aycliffe, mais cela ne me causera sûrement aucun préjudice d'être son beau-frère s'il me fallait retourner, le chapeau à la main, à la banque Rawnsley. Et s'il a vraiment l'intention d'épouser Hannah, dont il sait très bien qu'elle ne lui apportera pas un sou de dot, c'est peut-être qu'il a confiance en moi, ce qui ne plairait sûrement pas à votre cher grand-père. Marthe-Ellen est-elle au moins capable de préparer le thé convenablement, s'il venait un de ces jours ?

— Je m'en occuperai moi-même.

— Dans ce cas, je n'ai plus d'inquiétudes !

Alors, dans un accès de bonne humeur, il me pinça le menton avec une affection toute fraternelle.

La maison que nous habitions avait été bâtie par mon grand-père auprès de son usine, pour surveiller commodément ses ouvriers, et non pour y donner d'élégantes réceptions. Malgré tout, en prévision de la visite tant espérée de M. Aycliffe, je fis débarrasser le grand salon de tout le bric-à-brac qui l'encombrait, je sortis et lavai moi-même ma plus fine porcelaine, je surveillai tous les après-midi la confection du thé, des rôties et autres friandises, je fis astiquer l'argenterie, je mis des toilettes d'une élégante simplicité et disposai des fleurs partout, afin de créer une atmosphère que je croyais propre à favoriser l'éclosion de sentiments amoureux et romanesques. J'aurais bien pu m'épargner tant de peines, car ni l'amour ni le romanesque ne semblait faire partie de la nature de M. Aycliffe, ni beaucoup occuper ses pensées.

Je l'avais peut-être vu cent fois mais, parce que nos vies ne s'étaient jamais croisées et qu'il appartenait à une autre génération que la mienne, je n'y avais encore jamais prêté attention ; aussi, quand il se présenta enfin à ma porte et descendit de cheval avec une raideur presque disgracieuse, c'était comme si je voyais pour la première fois son étroit visage grisâtre et son long corps maigre et sec, tout gris lui aussi. Il devait avoir entre quarante-cinq et cinquante ans, et se tenait avec une rigidité si mécanique que je me suis demandé – en réprimant un fou rire digne de mes dix-sept ans – comment il allait faire pour s'asseoir, jusqu'à ce que je l'observe, avec le respect qu'il inspirait le plus souvent autour de lui, se pliant et s'insérant fort précisément dans un fauteuil, et posant exactement sur chacun de ses genoux ses deux grandes mains osseuses.

— Chère madame, me dit-il d'une voix elle aussi sèche et osseuse, j'ai fait preuve d'une impardonnable négligence en n'étant pas venu plus tôt vous présenter mes félicitations pour la naissance de votre fils. Les jolies roses que voilà, les premières de la saison, si je ne m'abuse. Et quel ravissant mélange de couleurs…

Tandis que je l'observais attentivement, sans trop écouter le flot de banalités aimables qui coulait de ses lèvres, j'éprouvais la même impression d'énergie réprimée que me donnait Joel, sauf que, dans le cas de Morgan Aycliffe, le refoulement était volontaire, comme s'il éprouvait un malaise à sa propre virilité. Et j'eus bientôt le sentiment qu'il n'était sans doute pas aussi collet monté qu'il le paraissait.

Sa mise, il est vrai, était d'une sobriété quasi ecclésiastique, mais la coupe en était irréprochable, et l'étoffe coûteuse ; la chaîne de montre qui barrait son gilet était en or massif, sa bague d'onyx noir délicatement ouvragée était visiblement d'un grand prix, et ses mains n'avaient sûrement pas été depuis de longues années au contact direct des briques et du mortier. Ces premiers instants en sa compagnie me furent, en fin de compte, assez peu plaisants.

Il savait pourtant, comme la plupart des hommes d'affaires, se rendre aimable aux étrangers et avait fait à mes rôties beurrées le compliment de les manger – et même de m'en laisser faire venir d'autres ; mais, cela fait, il entreprit de croiser méticuleusement ses longues jambes, pressa l'un contre l'autre le bout de ses doigts et attaqua le véritable objet de sa visite, qui consistait à faire une présentation attrayante de lui-même dans le rôle du marié éventuel, sans toutefois s'engager véritablement, de sorte qu'il puisse se retirer sans dommages si la fantaisie l'en prenait – ou si la dame de ses pensées se révélait indigne de lui.

Car c'était un homme prudent, ce Morgan Aycliffe ; un homme solitaire, aussi, comme il me le fit savoir, d'une solitude d'autant plus pesante que sa défunte épouse et lui avaient vécu dans une si rare harmonie conjugale que son veuvage l'avait laissé inconsolable. Il avait conservé la chambre de la disparue dans l'état exact où elle était du vivant de son occupante, avec les affaires de toilette précisément à leur place sur la coiffeuse, la boîte à ouvrage à son endroit habituel. De fait, me dit-il, il ne comptait pas même se remettre d'une perte si tragique et se serait abandonné à son désespoir s'il n'avait pas été rappelé à la vie par le devoir impérieux de ses affaires à gérer, des contrats à honorer, des ouvriers à qui conserver leur emploi, et de toutes les responsabilités écrasantes auxquelles il n'avait pas le droit de se dérober.

— La vie doit continuer, me dit-il en conclusion de cet exposé préliminaire, et j'eus l'impression très nette que, pour Morgan Aycliffe, la vie se poursuivait le mieux du monde.

Il n'avait, bien entendu, pas ouvertement mentionné la solidité de sa situation financière, bien que ses allusions aux excellentes relations qu'il entretenait avec M. Rawnsley, le banquier, m'aient persuadé qu'il n'avait aucune inquiétude de ce côté-là. Quand nous en sommes venus à évoquer les activités de Hannah à la chapelle de Ramsden Street, il me fit cependant une étrange confidence, accompagnée d'un sourire d'excuse, en m'avouant que ses vues sur la religion étaient assez peu orthodoxes. Il était, en fait, un peu de tout : dissident parmi les protestants, mais homme à apprécier à leur juste valeur les privilèges attachés à l'Église anglicane et à ne pas les renier inutilement. Pour justifier son désir d'être toujours et en toute circonstance du côté du plus fort, il affectait une grande ouverture d'esprit et une absence de sectarisme qui ressemblaient fort à de l'opportunisme. Il était donc, en ce domaine aussi, un homme subtil, habile qui, sans vouloir encore l'admettre ouvertement – et pour des raisons sans doute fort différentes –, était aussi impatient de se marier que l'était ma cousine Hannah.

— Ma chère femme était très peu mondaine, me dit-il alors. Elle préférait rester à l'abri de son foyer plutôt que d'affronter les tourbillons du monde extérieur. Elle ne se souciait que des soins du ménage, et je suis heureux et fier d'avoir toujours pu lui épargner de plus lourdes épreuves. Son absence se fait cruellement sentir.

— La compagnie de votre fils doit vous être d'un grand réconfort.

Il me gratifia du sourire indulgent d'un père :

— Oui, certes, car Charles et moi sommes très proches l'un de l'autre. Mais un fils, comme vous vous en rendrez compte, chère madame, est d'un naturel volontiers indépendant. C'est un excellent garçon que mon Charles, un peu rêveur sans doute, et malheureusement doté du tempérament délicat de sa pauvre mère, mais c'est un bon fils. Je lui ai fait faire des études d'architecture, au prix de bien des tracas et de sommes considérables, et il ne montre pourtant guère de goût pour notre métier : il rêve de bâtir des châteaux, au lieu de maisons où faire vivre les honnêtes travailleurs. Il tient cela de sa mère, qui avait volontiers la tête dans les nuages, mais cela lui passera. Elle l'a beaucoup gâté, j'en ai peur, et l'indulgence excessive qu'elle lui a manifestée n'a pas eu que de bons résultats, car je ne pouvais lui refuser aucun caprice, la pauvre, surtout au cours des dernières années de sa vie. Mais mon fils n'est pas irrémédiablement gâté, et nous arrivons petit à petit à rétablir les choses comme il faut et à nous entendre. J'espère avoir un jour l'honneur de vous le présenter, chère madame.

— Je l'espère aussi, cher monsieur.

— Vous êtes trop aimable, chère madame.

Apparemment aussi enchanté de moi que de lui-même, il prit congé peu après et, en partant, me serra la main avec l'onctuosité d'un évêque en exprimant clairement, par tout son comportement, qu'il reviendrait sûrement bientôt.

J'étais encore en train de retourner dans ma tête les détails de cette visite quand Elinor fit irruption, en se plaignant amèrement des Hobhouse et des Rawnsley qui l'avaient laissée choir, sans plus de cérémonie, sur la route au-dessus de chez mon grand-père, si bien qu'elle avait dû finir le chemin à pied et avait récolté de la boue sur le bas de sa robe.

— La vieille chipie ! dit-elle en parlant de la soupçonneuse Mme Rawnsley. Elle aurait au moins pu me déposer à la porte ! Elle voyait aussi bien que moi le cheval attaché au poteau, évidemment celui d'un monsieur en visite, et elle n'a même pas eu la curiosité de venir voir qui c'était ! Non, elle n'avait qu'une hâte, c'était de me laisser sur cette maudite route pour que je redescende la colline à pied, pour me « remettre à ma place », comme elle aime à le dire. Ce n'est quand même pas ma faute si les gens préfèrent me regarder, moi, plutôt que sa grosse Emma-Jane ! Aujourd'hui, trois messieurs m'ont saluée place du Marché, trois inconnus, et je ne leur avais pas même souri la première, quoi que Mme Rawnsley aille clabauder après cela ! Alors, raconte, il est venu faire sa déclaration, Aycliffe, je veux dire ? Qu'en penses-tu, de cet homme-là ?

— Je n'en sais trop rien.

— Mais, moi, je sais !...

Alors, faisant tournoyer son réticule d'une main et son ombrelle de l'autre, sa jupe ondulant derrière elle comme les ailes d'un papillon, Elinor se mit à valser autour de la pièce dans le déploiement de sa grâce, de sa beauté et de son insouciance, pour s'arrêter subitement un instant plus tard avec une expression de colère et de mépris :

— Je vais te dire ce que j'en pense, Virginie ! C'est un dégoûtant, avec ses sermons patelins, ses soupirs et ses yeux doux, pendant que sa femme est encore chaude dans sa tombe...

— Pas si chaude que cela, ma chérie ! Il en a quand même porté le deuil pendant un an.

Ma tentative d'humour passa parfaitement inaperçue, et Elinor poursuivit en tapant du pied, ses joues de poupée rouges d'une colère qui la faisait presque crier :

— Tu sais ce qu'il est ? Il est vieux, il est laid, et sa femme le détestait. Une maladie nerveuse, comme il appelle cela... En fait, il l'a fait mourir de peur, si tu veux tout savoir ! Et son fils le hait, lui aussi. On dit que le fils ne voulait pas lui adresser la parole, le jour de l'enterrement, et qu'il est resté longtemps ensuite sans lui parler. Il est riche à crever, il est vieux, il est méchant, et si Hannah l'épouse, qu'est-ce que je vais devenir, moi ? Tu n'y as même pas pensé, n'est-ce pas ? Non, bien sûr, personne ne pense jamais à moi. Hannah, marier Hannah, se débarrasser d'abord de Hannah, voilà tout ce à quoi vous pensez tous ! Mais moi, Virginie ? Que vais-je devenir, Virginie ? Que vais-je devenir ?

9

Si Joel ignorait encore le montant exact de la fortune de Morgan Aycliffe, il s'empressa de s'en informer les jours suivants, et les renseignements qu'il obtint lui causèrent un vif plaisir. L'importance de son entreprise de construction nous était facile à estimer, car il avait bâti tous les nouveaux quartiers de Cullingford, notablement plus vastes que les anciens, et ouvrait des chantiers dans tous les environs ; aussi Joel poussa-t-il son investigation dans d'autres directions et découvrit ainsi, au prix de quelques visites à la Halle au Drap, au Vieux Cygne et autres lieux de rencontre des hommes d'affaires, que Morgan Aycliffe possédait des intérêts dans des canaux, des routes à péage et des mines de charbon, sans parler d'héritages échus et à venir. Le silence et la discrétion jalousement observés dans la vallée de la Law sur de tels sujets garantissaient d'ailleurs que ces bribes d'éléments ne pouvaient qu'être authentiques et sûrement très au-dessous de la réalité. L'existence d'un fils unique, le fantasque Charles, constituait cependant un sérieux handicap, car il se réserverait sûrement la part du lion dans la succession de son père.

— Il peut encore vivre entre dix et vingt ans, avait supputé Joel avec un sourire de plaisir. Disons quinze, en moyenne, ce qui donnerait à Charles dans les trente-cinq ans, et les enfants de Hannah, si elle en a, seraient encore trop jeunes pour s'occuper sérieusement des affaires. L'idéal serait évidemment que ce soit elle qui recueille tout, mais il y en a somme toute assez pour tout le monde, et je ferai en sorte qu'il s'engage dès maintenant par écrit à lui assurer le maximum.

C'est ainsi que, tout bien pesé, l'on convint qu'il était impossible de trouver meilleur beau-frère que Morgan Aycliffe.

— Il est vieux, avait quand même objecté Elinor en fronçant le nez. Mais cela ne fait rien, Hannah, tu n'en seras que plus vite veuve, et si c'est vraiment ce que tu veux, si tu crois que cela en vaut la peine, j'en suis bien contente pour toi.

Trop énervée, je crois, pour relever l'impertinence d'Elinor et lui chercher querelle, Hannah préféra se réfugier dans la dignité.

— Vous faites tous bien des histoires, dit-elle sèchement. J'espère que vous ne serez pas déçus si rien de tout cela n'aboutit, car je suis encore loin d'avoir pris ma décision.

Elle l'avait pourtant prise, je le savais, comme je connaissais l'intensité de son désir non pour l'homme lui-même, mais pour l'anneau d'or lisse qui la libérerait enfin des contraintes qu'imposait Cullingford à ses vieilles filles. C'est pourquoi je gratifiais M. Aycliffe de mon accueil le plus encourageant quand il venait me voir et, sachant qu'il ne pouvait se rendre à Low Cross en l'absence d'un chaperon, j'ai invité Hannah et Elinor à résider chez moi. Le mois de mai s'écoula, cependant, et fit place à un chaud mois de juin sans qu'il se soit encore déclaré ; mais chacune de ses visites l'engageait un peu plus, chaque tranche de pain d'épice grignotée avec nous lui rendait la retraite plus difficile et, bientôt, l'irrésistible Elinor se mit à parler des robes des demoiselles d'honneur et pouffait de rire à l'idée de devoir appeler Morgan Aycliffe son frère.

— Je la harcèlerai s'il le faut, mais elle se mariera dans les règles, car il n'est pas question d'une cérémonie à la sauvette, avec sa vieille robe grise et une plume neuve à son bonnet. J'arriverai à la convaincre de se faire faire une robe de satin blanc, qu'elle ne portera plus jamais ensuite et que je pourrai très facilement retailler à mes mesures. Moi aussi, d'ailleurs, je porterai du blanc ce jour-là, pas du satin, bien sûr, puisque je le récupérerai de toute façon, mais quelque chose de vaporeux, du tulle, des dentelles, des fronces retenues par un ruban bleu, et un grand nœud dans les cheveux avec une rose au milieu… Quand Bradley Hobhouse me verra descendre la nef comme un nuage, et quand il jettera un coup d'œil sur Emma-Jane avec sa graisse et ses dents de lapin, il comprendra alors qu'il ne peut plus vivre un jour sans moi, quoi qu'on puisse lui dire. Et si on le menace de le déshériter, je le supplierai de ne plus penser à moi, tout en sachant très bien qu'il n'en fera rien. Alors, ils nous pardonneront et nous donneront leur bénédiction, et j'aurai moi aussi un grand mariage à l'église paroissiale, avec les orgues et le carillon. Et tu verras, c'est exactement comme cela que les choses se passeront !

Là-dessus, Elinor avait éclaté de rire et s'était mise à danser autour de la pièce, emportée au septième ciel de son imagination, avant de redescendre brusquement sur terre avec un soupir :

— Si seulement Hannah et son vieillard pouvaient se presser un peu. Mais non, ils restent là, au salon, à parler pendant des heures du soulagement de la misère ou de la libération des esclaves aux Antilles. Si on la laisse faire, cela peut durer éternellement, alors qu'il suffirait d'un coup de pouce pour qu'il saute le pas. C'est ce que je disais à Hannah pas plus tard qu'hier soir, et elle a bien failli me gifler. Mais c'est vrai ! À sa place, il ne m'aurait pas fallu plus de dix minutes, à toi non plus d'ailleurs, pour obtenir une demande en bonne et due forme. Mais Hannah considère ces « artifices féminins », comme elle les appelle, au-dessous de sa dignité. Pour ma part, je n'y vois que du simple bon sens. Et que dire de ce fameux fils dont il nous rebat les oreilles sans jamais nous le présenter ? J'ai l'impression, en réalité, que ce Charles Aycliffe n'a pas la moindre envie de se retrouver avec une belle-mère et une nichée de petits frères et sœurs qui voudront tous leur part de l'héritage de papa. Ce n'est pas moi qui le lui reprocherais, remarque, car je ne me réjouirais pas davantage de la perspective d'avoir une belle-mère, surtout si elle était de mon âge. Penses-y un instant, si tu peux en supporter l'idée. C'est parfaitement répugnant !

— Ce n'est apparemment pas l'avis de Hannah. Quant à Charles Aycliffe, c'est un homme qui a sa propre vie à mener et ne vivra probablement pas même avec eux, dans la même maison. Il peut très bien avoir envie de se marier, lui aussi, ou de partir aux Antilles libérer les esclaves, si cela lui chante. Tu ferais peut-être mieux de lui réserver tes sourires, plutôt qu'à Bradley Hobhouse, quand tu seras environnée de tes nuages de tulle et de dentelles…

— Oui, me dit-elle en redevenant soudain sérieuse et en se concentrant si fort sur cette éventualité nouvelle qu'elle en oubliait tout le reste. Oui, évidemment, je pourrais aussi épouser Charles Aycliffe… Est-ce légal, à ton avis, de se marier avec le fils de son beau-frère ? Avec ma chance habituelle, on va s'apercevoir que c'est interdit alors qu'il m'adorera et nous ne pourrons rien faire. Et le pasteur, crois-tu qu'il soit au courant de ce genre de choses ? Oh ! Virginie, si seulement Hannah voulait bien se remuer un peu ! Elle n'a qu'à se rendre un peu moins rébarbative, à lui faire les doux yeux une seule fois – elle aurait une crise de nerfs si elle m'entendait, mais je sais que j'ai raison ! Je pourrais lui montrer comment s'y prendre, car ces choses-là, je les sais de naissance, moi, je n'ai jamais eu besoin de les apprendre !

C'est à ce moment-là que Morgan Aycliffe apparut à la porte du salon, suivi de Hannah, et Elinor jeta aussitôt un coup d'œil à sa sœur en lui signifiant : « Regarde, Hannah, voilà ce qu'il faut faire. » Alors, faisant un pas en avant pour se placer dans un rayon de soleil, elle décocha à l'austère prétendant un sourire si plein de séduction, d'innocence et d'espièglerie qu'il recula précipitamment pour chercher un abri près de Hannah, avec une mine où la stupeur le disputait au mécontentement.

Nous finîmes quand même, quelques jours plus tard, par faire la connaissance de l'insaisissable Charles Aycliffe, car M. Aycliffe père nous avait invités à dîner – non pas dans l'après-midi, comme nous en avions l'habitude immémoriale, mais pour six heures, ce qui était de pratique élégante dans les grandes villes et constituait une violation sans précédent des plus solides traditions de la vallée de la Law.

Je portais pour la première fois une longue cape de velours, que ma mère m'avait donnée avant mon mariage, sur une robe crème en crêpe de Chine dont la coupe sobre plaisait à Joel, alors que l'excessive austérité de la sempiternelle robe marron de Hannah ne lui paraissait pas de mise. Elinor, en revanche, était éblouissante dans une toilette d'un jaune éclatant, toute en tulle et en soie, qu'elle m'avait forcée à acheter malgré mes réticences et qui, si elle ne me convenait effectivement pas, lui allait à merveille depuis qu'elle l'avait retouchée et ornée de nœuds de satin judicieusement disposés.

— Je me suis finalement décidée pour le fils, m'a-t-elle soufflé pendant que nous nous préparions au départ. Plus question de Bradley Hobhouse. J'étais allée voir Emma-Jane l'autre jour, pendant qu'il y était, et je me suis vraiment rendu compte qu'il obéissait à sa mère comme un toutou. S'il s'enfuyait avec moi, il rentrerait à la niche au premier coup de sifflet. Aussi me suis-je discrètement renseignée sur Charles Aycliffe dont on dit, à Ramsden Street, qu'il est prêt à faire n'importe quoi du moment que cela déplaît à son père. Crois-tu que, si j'arrivais à l'épouser avant que Hannah se marie avec son père, cela ne ferait pas sensation ?

— Mais tu ne l'as jamais vu, Elinor !

— Non. Et toi ?

Il était en effet curieux que, dans une ville comme Cullingford, je ne l'aie encore jamais rencontré.

— On raconte aussi à Ramsden Street, reprit Elinor dans un murmure surexcité, que sa mère ne le laissait jamais jouer avec les garçons de son âge de peur qu'il n'attrape froid ou s'écorche les genoux. Et on dit aussi – écoute bien cela, Virginie, car c'est ultra-confidentiel et Hannah en ferait une maladie si elle savait que je suis au courant –, on dit que, depuis la mort de sa mère, il boit !

Là-dessus, elle inclina la tête avec la mine d'un joli petit singe qui a fini ses tours et attend sa récompense.

Les Aycliffe habitaient la rue chic de Cullingford, connue sous le nom de Blenheim Lane, sorte d'allée étroite et feuillue qui, à son début, s'enorgueillissait de la vénérable demeure du colonel Corey, cousin de sir Giles Flood, notre noble seigneur, et se terminait au milieu des maisons neuves, aux frontons trop ornés et aux jardins trop bien tracés, de gens qui n'éprouvaient pas le besoin de vivre dans la cour de leurs usines. M. Thomas Rawnsley, le banquier, y avait sa résidence, de même que Me Corey-Manning, l'homme de loi, et sa sœur, Mme Roundwood, dont le mari était propriétaire de notre journal local, *Le Courrier de Cullingford*. On y trouvait aussi quelques maisons plus modestes, alignées côte à côte, qui appartenaient à une veuve Corey, et un couple de vieilles filles Corey-Manning, dont les fenêtres à l'étage donnaient sur l'auberge de la Toison où, à défaut de palais de justice proprement dit, le digne colonel Corey exerçait ses fonctions de magistrat quand il fallait mettre à l'ombre un braconnier ou un débiteur insolvable, ou contraindre le père d'un enfant illégitime à se souvenir de ses obligations. Et puis, discrètement disposée vers le milieu de la rue, se dressait la maison Aycliffe, haute et grise d'aspect comme son propriétaire, et protégée des regards par une grille et un épais bouquet d'arbres.

Le grand vestibule était aussi sombre, frais et feutré qu'une chapelle, sauf que ses boiseries de chêne, qui embaumaient la cire, étaient d'une richesse d'ornementation inconcevable à Ramsden Street, et que l'escalier à double volée, qui prenait naissance au centre du hall, était doté de balustres d'ébène finement sculptée de fleurs et de fruits.

M. Aycliffe nous y accueillit, plus maigre que jamais dans son habit noir et, tandis qu'il nous tendait une main distante, nous avons compris en le voyant dans son cadre que sa fortune était plus ancienne que la nôtre, et assez solidement assise pour qu'il puisse passer du stade de l'acquisition à celui de l'étalage et de l'ostentation.

La maison elle-même n'était peut-être pas confortable, selon les normes gracieuses et mièvres d'une Mme Stevens, mais son élégance discrète me conquit et le grand salon net, ordonné, où se détachaient çà et là l'éclat sourd de l'argent sur un bois sombre, le col de cygne d'une causeuse, la délicatesse d'une marqueterie et la légèreté d'un siège – si différent de ceux de notre maison, où ils étaient faits pour recevoir sans céder le poids d'un homme fatigué par une journée de labeur – me parut d'abord un enchantement. Il ne me fallut cependant qu'un moment pour me rendre compte de ce que cette perfection avait d'oppressant et de ce qu'elle constituait davantage une vitrine, où déployer les symboles d'une réussite, qu'un véritable foyer.

Je ne pouvais, par exemple, imaginer une femme laissant traîner son ouvrage sur un de ces canapés, ni comment un enfant, un garçon, pourrait grandir dans cet ordre et ce silence, environné des innombrables figurines de porcelaine et fragiles émaux posés sur des étagères laquées et des guéridons instables. Et de fait, pendant que nous nous efforcions de meubler les premières minutes par des phrases malhabiles entrecoupées de longues pauses embarrassées, nous avions tous conscience du fait que le fils, cet enfant retardé, cause des tracas de son père, brillait par son absence.

Hannah ne disait rien, ses émotions concentrées dans le rouge de ses pommettes. Elinor dévorait tout des yeux, admirait, convoitait sans vergogne. Joel – enclin par nature à acquérir des objets ne servant ni à filer, ni à tisser – dissimulait sa propre convoitise sous une nonchalance affectée, comme s'il passait d'habitude son temps au milieu de tant de trésors. Mais moi, aussi privée de luxe que lui mais moins douée pour la dissimulation, j'ai posé un regard admiratif sur deux urnes en basalte qui se faisaient pendant sur la cheminée de marbre, et je dis à notre hôte :

— Elles sont fort belles. Du Wedgewood, n'est-ce pas ?

Il fit un sourire contraint, comme si sa bouche se refusait à un tel effort :

— Oui, en effet. Je doute que vous en voyiez de pareilles dans toute notre région...

L'expression de jubilation qui lui était venue à la vue de ses urnes disparut alors d'un coup pour faire place à une détresse si vive qu'il en grimaça.

— Ah diable ! grommela-t-il. Elles ne sont pas droites.

Il était si furieux que j'ai d'abord cru qu'il venait subitement de détecter quelque défaut irrémédiable et s'apprêtait à les briser ; aussi ai-je éprouvé un intense soulagement quand, après avoir traversé le salon en deux enjambées, il se contenta de tourner imperceptiblement l'urne de gauche pour qu'elle redevienne exactement symétrique de celle de droite.

— Je ne peux pas souffrir, nous dit-il, qu'on mette les choses de travers. C'est pourtant simple, quand on époussette, de replacer chaque objet précisément comme on l'a trouvé. Je ne demande pas à ma servante d'inventer ni de créer des arrangements artistiques, je ne lui demande même pas de penser. Et malgré cela, je n'ai jamais eu la bonne fortune d'avoir à mon service une personne qui comprenne combien il m'est pénible de trouver mes affaires en désordre. La beauté de ces vases vient de ce qu'ils forment une paire, qu'il se dégage un rapport harmonieux entre l'un et l'autre. S'ils sont déplacés ou désaxés, ne serait-ce que d'un cheveu, cela m'offense et m'irrite comme une fausse note dans une symphonie. Mais cela, personne, pas même ma pauvre femme, n'a jamais été capable de le concevoir...

C'est sur cette référence à sa défunte mère que Charles Aycliffe fit son entrée dans la pièce.

Il avait environ vingt-deux ans, comme nous l'avions supposé, un visage mince aux traits finement modelés qui, un jour, deviendrait sans doute maigre comme celui de son père, une chevelure allant du châtain clair au blond cendré en mèches aériennes au-dessus d'un front haut ; il était menu, léger et ne donnait pas une impression de grande force physique, mais rien, au premier coup d'œil, ne trahissait l'invalide, le reclus ou l'ivrogne. Il avait, en fait, toute l'allure du jeune homme parfaitement bien élevé à qui une fortune de deux générations a épargné l'épreuve de l'usine, et il aurait même pu, à sa manière un peu fade et immatérielle, paraître assez plaisant s'il n'avait pas affiché une expression maussade et accablée d'ennui.

— Bonsoir, dit-il en s'inclinant devant Hannah, Elinor et moi avec la grâce artificielle d'un danseur, et sans même nous accorder un regard.

— Bonsoir, dit-il à Joel en lui tendant une main distraite.

— Bonsoir, avons-nous répondu en chœur.

Hannah avait les nerfs manifestement tendus à se rompre ; Joel souriait ironiquement, se souciant comme d'une guigne de plaire ou de déplaire tant qu'il y voyait un profit personnel. Mais Elinor, qui ne sut rien distinguer derrière la froide civilité du nouvel arrivant, réprima à son aspect un soupir de ravissement et battit des cils – quels charmes pouvait bien avoir, devant ce chérubin, un Bradley Hobhouse et son cou de taureau ? – et se composa, à l'instant même où Charles Aycliffe lui tournait le dos, un sourire aussi éclatant que les scintillements du diamant dans la lumière – sourire que le père reçut, par erreur, de plein fouet. Alors, comme la première fois, les lèvres minces de Morgan Aycliffe se pincèrent en une moue réprobatrice et son regard se voila d'une sorte de panique, comme si le spectacle de ce déploiement de charme féminin et de fraîcheur juvénile lui inspirait la même répulsion que la vue d'une paire de vases mal accordés.

Nous sommes ensuite passés à la salle à manger, M. Aycliffe me donnant le bras, Hannah raide comme un piquet à côté de Charles, et Elinor fermant la marche avec Joel sans vraiment toucher terre tant, je crois, elle devait déjà supputer ses chances de s'envoler en chaise de poste à Gretna Green[1] en compagnie du sublime Charles, si bien qu'elle fut la seule à ne pas prêter attention au damas vert pâle qui tendait les murs, aux buffets d'acajou incrustés de bois précieux, à la longue table polie comme un miroir, où se réfléchissaient le surtout et les candélabres d'argent ciselé qui, comme le reste, avaient visiblement coûté une fortune.

Il y avait au mur un portrait, éclairé par deux appliques, représentant la dame qui, selon Hannah, était morte d'une longue maladie nerveuse, mais qui, d'après Elinor, avait péri de la terreur que lui inspirait son austère époux. Son visage peint n'exprimait pourtant que la placidité, comme si elle ne lui en gardait pas de rancune, et l'artiste avait représenté à son cou plusieurs rangs de perles que Joel, j'en étais sûre, et Hannah, ce qui était moins certain, devaient déjà être en train d'évaluer à leur juste valeur, tout en se demandant ce qu'elles étaient devenues.

— Je n'ai pas de fille, me dit alors M. Aycliffe.

J'ai sursauté en croyant qu'il avait deviné mes pensées et s'apprêtait à me renseigner sur les bijoux de sa femme. Mais il ne voulait que s'excuser de l'absence d'une hôtesse, ce qui ne nous empêcha pas d'en tirer immédiatement la conclusion qui s'imposait : s'il n'avait pas de fille, les perles de la défunte iraient à celle qui lui succéderait, à moins que son fils, entre-temps, ne s'avise d'épouser une personne capable de faire énergiquement valoir ses droits.

1. Village d'Écosse où les mineurs pouvaient se marier sans le consentement de leurs parents. (*N.d.T.*)

Ce fut un valet qui fit le service, personnage décrépit et sans prestance mais infiniment plus impressionnant qu'une simple soubrette. Et alors que je ne m'attendais qu'à une nourriture insipide et ordinaire, conforme au comportement délibérément ecclésiastique du maître de maison, j'eus l'heureuse surprise de goûter des mets fins épicés à la perfection, et des vins qui n'avaient rien d'austère. M. Aycliffe ne manqua pas de justifier de l'extrême abondance et de la variété des vins en nous faisant sentir qu'il ne faisait une telle débauche qu'eu égard à la cave de mon grand-père et à sa réputation de connaisseur ; il n'empêche que, s'il buvait moins que Joel – et beaucoup moins que son fils –, ses doigts secs ne se refermaient pas moins avec l'amour du collectionneur sur le cristal taillé de son verre, et qu'il savourait le bouquet de ses nectars avec une jouissance qui, n'en déplaise à Hannah, était rien moins que sensuelle.

Hannah ne semblait pas choquée outre mesure de ce côté insoupçonné qu'elle découvrait chez son amoureux. Mais, s'il était évident que les caresses qu'il prodiguait à ses possessions, tout comme la quantité même des objets possédés, avaient de prime abord dû la surprendre – et donc lui paraître coupable –, elle n'était pas fondamentalement opposée aux plaisirs de ce monde, car elle n'avait jamais prôné les mérites de la frugalité que contrainte par la nécessité, et envisageait probablement sans déplaisir d'avoir à présider une table aussi somptueuse. Les propos de M. Aycliffe, en tout cas, ne pouvaient prêter le flanc à la moindre critique car, tout en admirant le rubis de son bordeaux dans la flamme des bougies, il nous disait :

— Je m'intéresse beaucoup, comme vous le savez, à l'œuvre de l'École du dimanche, en dépit des critiques qu'elle suscite. On m'a souvent mis en garde, en effet, contre les risques d'éduquer les classes laborieuses, que cet enseignement ne peut que rendre insatisfaites de leur sort, et je serais le dernier à prétendre qu'il n'y a pas de danger à donner aux pauvres une instruction inutile à leur rôle dans la société. Mais c'est là, voyez-vous, que mes critiques sont dans l'erreur, car il vaut cent fois mieux que ce soit nous qui éduquions ces jeunes gens, en choisissant soigneusement ce qui peut leur être utile, plutôt que de laisser quelque tête brûlée de radical venir leur troubler l'esprit avec de dangereuses billevesées. Nous leur apprenons à lire la Bible, à être travailleurs, de bonnes mœurs et reconnaissants envers leurs bienfaiteurs, et nul ne peut de bonne foi méconnaître la valeur du service que nous rendons.

Comme il faisait une pause pour indiquer qu'il attendait de nous un signe d'approbation, nous avons tous opiné en murmurant des « Très juste », « Fort bien dit » et autres « En effet », sauf le fils de la maison qui continuait à fixer le mur en silence, son fin visage toujours accablé d'ennui – et buvant, à mon avis, bien plus que de raison alors qu'il ne mangeait presque rien – tout en pianotant nerveusement sur la table de ses longs doigts impeccablement manucurés.

Pour attirer son attention, Elinor lui dit alors la première chose qui lui passa par la tête :

— Vous devez sans doute être d'accord avec monsieur votre père ?

— Oui, en effet, je le dois, répondit-il sèchement.

Et son regard, qui la traversa comme si cette beauté printanière si ardemment offerte n'existait pas, retourna fort impertinemment à la contemplation morose de son verre de vin.

Il en fallait cependant bien davantage pour décourager Elinor qui, depuis la conquête de Bradley Hobhouse, s'imaginait capable de conquérir le monde entier ; aussi, convaincue que le meilleur moyen de se faire remarquer d'un homme est d'en attaquer un autre, elle se tourna vers Morgan Aycliffe, non pour flirter avec lui, mais parce qu'il était le seul autre représentant du sexe masculin dans la pièce en dehors de Joel, et qu'elle ne pouvait décemment pas jouer les coquettes avec son propre frère. Mais l'effet de son offensive de charme sur M. Aycliffe père ne fut pas plus heureux que les précédentes, car elle fit reparaître la moue scandalisée sur ses lèvres, le froncement réprobateur de son nez et le voile de panique sur ses yeux, si bien que je me sentis obligée d'intervenir en faisant une remarque insignifiante sur les écoles de charité et les œuvres de bienfaisance en général, ce qui me valut simultanément un éclair d'indignation dans les yeux bleu-vert d'Elinor et un sourire de gratitude sur le visage décharné de M. Aycliffe.

Peu de temps après, car nous connaissions les bonnes manières, nous avons laissé les messieurs seuls ensemble et sommes retournées au salon, où le serviteur sans visage vint promptement nous servir le thé et le café dans des tasses d'une épouvantable fragilité, avec des petits gâteaux enrobés d'amandes. Hannah avait tellement l'air d'être au supplice que je lui ai dit :

— Tout s'est très bien passé.

— Fasse le Ciel que tu dises vrai !

— Mais bien sûr, voyons ! renchérit Elinor.

Pour souligner son optimisme, elle se mit à faire le tour de la pièce en tournoyant pendant que je retenais ma respiration en voyant sa jupe frôler les délicats objets d'art disposés sur les guéridons.

— Tout va le mieux du monde ! reprit-elle. L'affaire est faite, c'est certain. Il voulait simplement vérifier si tu ne jurais pas avec ses vases et ses statues et s'il pouvait te placer comme il faut – un centimètre à gauche, un centimètre à droite. Tiens, justement, donnons-lui de quoi s'occuper…

Elle s'arrêta de danser devant la cheminée, tendit malicieusement la main et poussa les urnes de basalte effroyablement de travers.

— Arrête-la ! cria Hannah, paralysée d'horreur devant ce crime de lèse-fiancé.

J'ai aussitôt bondi pour donner à Elinor une tape sur le bras et la renvoyer à sa place, où elle s'écroula en proie au fou rire.

— Remets-les en place, me dit Hannah. Redresse-les, je t'en supplie !

Malgré tous mes efforts, je n'y parvenais pas :

— Comme ceci ?

— Non.

— Oh ! je n'y arrive pas… Comme cela, alors ?

— Non plus.

— Attends… Oh Seigneur ! quelqu'un !

La porte s'ouvrit en effet, et Charles Aycliffe fut en un instant à côté de moi :

— Permettez-moi de… Non, n'ayez pas d'inquiétude, mon père n'est pas sur mes talons. Il est toujours à table avec votre mari et fait semblant de ne pas aimer le porto, ce qui nous donne largement le temps. Voyons, je lui ai souvent entendu dire qu'il fallait compter dix centimètres du rebord de la cheminée et douze à compter des coupes de Meissen… Là, qu'en dites-vous ?

— À première vue, cela devrait aller.

— Pour nous, oui, mais sûrement pas pour lui. Qu'importe ! Ne vous tracassez surtout pas. L'on peut dire sans crainte de se tromper qu'un homme qui, comme mon père, passe son temps à ranger aussi méticuleusement ses affaires y prend plaisir, si bien que vous lui avez en fin de compte rendu service. Encore un peu de thé, ou de café ? On m'a dit de venir jouer les hôtes attentionnés, et j'espère que vous me donnerez l'occasion d'être pour une fois obéissant.

Hannah parvint à murmurer un refus indistinct, mais poli, car elle devait avoir l'estomac trop noué par l'énervement pour y introduire une seule goutte de thé. Elinor, en revanche, était toujours d'aussi belle humeur et accepta avec autant d'enthousiasme que s'il lui avait promis de mettre une perle au fond de sa tasse. Une fois servie, et tout en tournant son sucre, elle engagea la conversation avec son habituel manque de tact :

— C'était bien votre mère, dans la salle à manger – son portrait, je veux dire ? Elle devait être ravissante.

— Non, pas le moins du monde, répondit-il d'un air totalement inexpressif. Ce portrait a été fait il y a longtemps, bien avant cette maladie nerveuse dont vous avez dû entendre parler. Ensuite, elle était très amoindrie, très amaigrie. La dernière fois que je l'ai vue, elle était tout sauf ravissante.

Son regard, soudain ironique, se déplaça lentement pour se poser sur Hannah.

— C'est… affreux, dit-elle.

Elle avait parlé d'une voix étranglée, tant elle se dominait mal à l'idée que le fils lui rappelait ainsi que son père ne faisait pas preuve de beaucoup de patience pour remplacer sa première femme.

Je me suis alors entendu dire, presque malgré moi :

— Cela me fait beaucoup de peine pour vous.

— Vraiment ?

Il avait levé un sourcil, aussi surpris que moi sans doute, et prêt à me demander mes raisons, quand Joel et M. Aycliffe sont revenus. À la vue de son père, Charles me fit un bref signe de tête et se retira dans un coin de la pièce en soustrayant à notre compagnie son esprit aussi bien que son corps, dans une sorte de fuite, ou plutôt d'évasion, où j'avais parfois vu ma mère chercher refuge.

C'était, autant que je puisse le juger, un jeune homme au caractère difficile, complexe, qui resterait sans doute hostile envers Hannah et ne ferait rien pour lui simplifier la vie ; il ne daignerait probablement pas m'écouter si je tentais de lui faire comprendre que Hannah n'avait nullement l'intention de lui nuire, que c'était une bonne personne, une femme sensée, douée de nombreuses qualités et qui méritait d'avoir, elle aussi, sa chance. C'était un personnage radicalement différent de tous les hommes, jeunes ou vieux, que j'avais connus jusque-là, et il suscitait ma curiosité autant que ma compassion. Ce soir-là, pourtant, dans la voiture qui me ramenait chez moi plus qu'à moitié endormie, je n'avais que deux choses en tête :

le spectacle du visage crispé de Morgan Aycliffe quand, à peine revenu au salon, il s'était aperçu qu'on lui avait encore une fois mis ses urnes de travers ; et le souvenir, tardivement revenu à la surface, que pendant toute la soirée il n'avait pas une seule fois adressé directement la parole à son fils.

Nous n'avons ensuite plus revu M. Aycliffe pendant quelques jours. La demi-heure passée en tête-à-tête avec Joel dans la salle à manger lui avait donné l'occasion d'exprimer ce qu'il avait à dire, et il n'en avait pourtant rien fait. Aussi, au bout de trois, puis de cinq jours, avons-nous commencé à être étonnés d'abord, inquiets enfin.

— Il a dû se dire que tu n'allais pas avec les meubles, dit Elinor à sa sœur avec un rire caustique. Tu es trop grande pour qu'il te mette sur la cheminée, et ta couleur ne s'accorde pas à celle des rideaux.

À la fin de la semaine – le huitième jour depuis le fameux dîner –, nous avons enfin reçu une lettre par laquelle M. Aycliffe s'annonçait pour l'après-midi, si Joel voulait bien lui consacrer une heure de son temps. Ce jour-là, par hasard, Hannah et Elinor étaient parties en voiture voir ma mère à Patterswick, et je pris soin moi-même de disparaître dans la cuisine à l'arrivée de notre visiteur, pour aller regarder par la fenêtre au bout d'une heure et constater, d'après la manière dont Joel et lui se serraient la main, que tout semblait s'être bien passé. Aussi, discrètement retournée auprès de Marthe-Ellen qui confectionnait des gâteaux, ai-je été stupéfaite d'entendre aussitôt la voix de Joel qui m'appelait à grands cris, et même plutôt inquiète de le trouver au salon, littéralement suffoquant de rire.

— Joel, qu'y a-t-il ? Que s'est-il passé ? A-t-il fait sa demande, au moins ?

— S'il a fait sa demande…

Il dut s'interrompre pour succomber à un nouvel accès de rire et s'essuyer les yeux.

— Oh oui ! il l'a faite ! Bon Dieu, Virginie, pour une demande, c'en est une. Ce fieffé vieil imbécile m'a demandé la main… d'Elinor ! Oui, Elinor. Ouvrez des yeux comme des soucoupes, c'est exactement ce que j'ai fait moi aussi. D'abord, j'ai cru qu'il y avait erreur sur le nom et je le lui ai dit, ce qui ne lui a pas fait plaisir. C'est bien Elinor qu'il veut, Elinor ! Je savais qu'il était du genre à tenir un livre de prières d'une main et à fourrer l'autre sous les jupes d'une femme de chambre, mais je veux bien être pendu si je le croyais capable de déraisonner à ce point ! L'imbécile, non, croyez-vous, le vieil âne, avec ses urnes, ses bibelots et sa fine Napoléon ! A-t-on jamais vu pareille bouffonnerie ?

10

Ce que je venais d'entendre était évidemment grotesque, et même scandaleux, mais la pitié que je ressentis tout de suite pour Hannah ne m'empêchait pas de rire, moi aussi, car je n'aimais pas Morgan Aycliffe et je trouvais fort réjouissante la perspective de le voir ridiculement déconfit. C'est alors que, devant le rire de Joel qui redoublait en se teintant d'une malice que je connaissais bien, une sorte de soupçon se fit jour dans mon esprit et, pour me tranquilliser, je lui ai dit :

— Nous ne reverrons donc plus ce cher M. Aycliffe.

— Oh ! bien au contraire !

Soudain atterrée, je me suis assise en réprimant un frisson à l'abominable image de Morgan Aycliffe en chemise de nuit qui, je ne sais pourquoi, venait d'apparaître à mes yeux et me donnait la nausée.

— Joel ! Non, c'est impossible. Vous… Vous n'allez quand même pas donner votre consentement.

— Et pourquoi pas ?

— Parce que Hannah…

— Hannah n'a plus rien à faire dans cette histoire, dit-il sans rire et soudain vexé de mon opposition inattendue. S'il ne peut pas avoir Elinor, il ne se rabattra pas sur Hannah, vous pouvez y compter. Il a eu du mal à me le dire, croyez-moi, à se tenir là, devant moi, pour me demander la main de ma petite sœur de dix-sept ans. Il savait très exactement ce que je pensais de lui – ce que tout le monde, d'ailleurs, va penser et dire de lui quand il aura le dos tourné – et c'était une pilule extrêmement pénible à avaler. Mais il l'a quand même fait, ce qui prouve à quel point il est fou d'elle. S'il ne l'obtient pas, il ne se montrera plus, si bien que Hannah n'a de toute façon plus aucune chance avec lui.

— Ainsi, vous avez déjà donné votre consentement ?

— Bien sûr.

— Et Elinor ? Avez-vous l'intention de la forcer à ce mariage ?

— La forcer ? Qui diable vous fait croire que j'aurais à l'y contraindre ?

L'affreuse vision du veuf grisâtre en chemise de nuit revint me hanter, et j'ai presque crié ma réponse :

— Parce qu'elle ne l'acceptera jamais de son plein gré, vous le savez très bien !

— Je ne sais absolument rien de tel.

Il me dévisageait avec une attention qui lui permit sans doute de reconnaître le dégoût répandu sur mes traits, et je vis alors sa colère envers moi jaillir, comme une bête sauvage, pour me faire mal :

— Vous nous connaissez vraiment bien mal, Virginie – Hannah, Elinor et moi. Ne pas saisir une occasion comme Morgan Aycliffe ? Elinor se ferait plutôt couper la tête – oui, parfaitement, ne prenez pas cette mine révoltée – pour l'avoir comme mari, pour l'argent qu'il lui donnera pour s'acheter des robes, pour les perles qu'il lui passera au cou, pour avoir enfin ses voitures et ne plus devoir mendier une place dans la vôtre ou celle d'une Emma-Jane ! Voilà, si vous voulez savoir, ce qui la rongeait depuis quelque temps, voir Hannah mettre la main sur tout cela pendant qu'elle continuerait elle-même à faire tapisserie. Aycliffe n'est ni très beau ni très séduisant, mais Bradley Hobhouse ne l'est pas davantage : il est simplement plus jeune, ce qui ne durera pas non plus. Comment pourrez-vous jamais comprendre ce genre de choses, Virginie, quand votre grand-père mettait la main à la poche chaque fois que vous aviez un désir, un caprice ? Ne jugez donc pas ce que vous ne connaissez pas. Elinor est prête à faire n'importe quoi pour se sortir du trou où son père l'a laissée, tout comme Hannah.

— Et tout comme vous ?

— Je le crois, en effet.

Je sentais tant de méchanceté venimeuse émaner de lui que j'ai reculé et quitté la pièce, et ce n'est qu'après avoir trouvé refuge dans ma chambre et tiré le verrou que j'eus la surprise de constater que je pleurais.

C'était donc leur affaire, à eux trois, et je n'avais pas à m'en mêler. Je ne voulais pas m'en mêler. Alors, mes larmes séchées, j'ai sifflé mes chiens et j'ai fait l'ascension de la colline, par le chemin qui contourne Maison Haute et se perd dans la lande. Ensuite, quand les chiens furent essoufflés d'avoir couru et que j'eus mes chaussures pleines de cailloux, je me suis arrêtée chez Mme Stevens pour prendre le thé et j'ai vu, du haut du perchoir de mon grand-père, la voiture qui revenait de Patterswick et ramenait Hannah et Elinor à la maison.

— Je veux bien encore un peu de thé, merci, ai-je dit à Mme Stevens.

Puis je l'ai bu à toutes petites gorgées et j'ai laissé passer le temps – une heure, au moins – jusqu'à ce que je voie Joel traverser la cour et pénétrer dans l'usine ; j'ai alors repris une autre tasse de thé, une nouvelle tranche de pain d'épice puis, estimant que la voie était libre, j'ai pris congé et regagné la maison où je suis prudemment entrée par la cuisine pour monter directement par l'escalier de service retrouver Liza, la nurse, et faire dîner Blaise.

Une fois mon fils couché, je suis restée un moment assise près de lui à me réconforter au spectacle de son entrain avant de retourner dans ma chambre, où j'espérais avoir un moment de tranquillité. Il ne fallut pas longtemps pour qu'il y ait un coup discret à ma porte et que la tête blonde d'Elinor apparaisse, avec un regard interrogateur. Je lui ai fait signe d'entrer, et elle a traversé la pièce comme une petite fille prise en faute pour aller s'asseoir, les mains croisées et la mine contrite, comme si elle attendait sa punition :

— Tu dois être furieuse contre moi.

— Tu comptes donc accepter ?

— Oh oui, bien sûr !

Je voulus alors lui demander comment elle pouvait se résoudre à une telle monstruosité, quand elle m'a interrompue avec un geste de la main qui m'a irrésistiblement rappelé Joel.

— Et pourquoi pas ? Je ne l'ai pas volé à Hannah, quoi qu'on en dise. Je n'y avais même pas pensé, tant il avait l'air de me trouver antipathique. Mais je me demande s'il ne le faisait pas exprès pour ne pas montrer qu'il m'aimait trop, c'est du moins ce que Joel en dit.

— Et toi, qu'en as-tu dit ? Qu'il était vieux et laid, et qu'il avait fait mourir sa femme de peur

— Ah oui, ça… dit-elle en riant. Je parle beaucoup, et il ne faut pas croire la moitié de ce que je dis, tu le sais bien. Je ne suis quand même pas aussi idiote que j'en ai l'air, mais il faut quelquefois prendre l'air idiote et raconter n'importe quoi, sinon comment se faire remarquer ? Emma-Jane peut se permettre d'avoir des dents de lapin et de ne jamais ouvrir la bouche, la moitié de Cullingford doit de l'argent à la banque de son père. Mais moi, qui ne suis qu'une parente pauvre, je n'ai le droit de parler que pour dire : « S'il vous plaît » et « Merci beaucoup », et si je me contentais de cela, vois-tu, on me traiterait vraiment en parente pauvre, ce qui est pire que d'en être une pour de vrai – ce que j'ai décidé depuis très longtemps de ne pas être. Joel et moi nous ressemblons beaucoup, tu sais, nous sommes tous deux prêts à faire n'importe quoi pour de l'argent, et il m'arrive parfois de me demander ce pour quoi nous lutterons quand nous en aurons. Donc, comme tu vois, je ne suis pas idiote. Je sais très bien que Bradley Hobhouse ne s'enfuirait jamais avec moi – et le pire, Virginie, c'est que je crois que je n'aurais pas moi-même le courage de le faire. C'est terrible, tu sais, de se rendre compte qu'on ne vit qu'en rêve. Il faut donc faire pour le mieux avec ce que l'on a, et M. Aycliffe doit être follement amoureux de moi pour braver les racontars, car tu peux être sûre que les bonnes gens de Ramsden Street ne vont pas voir cela d'un bon œil !

— Elinor, dis-je avec lenteur, si je te surprends une seule fois à te vanter, comme tu viens de le faire, devant Hannah, je te promets que je te donnerai des gifles jusqu'à ce que tes joues pèlent, même si ce devait être le jour de ton mariage.

Elle pouffa de rire et fit mine de se frotter la joue d'une main qui n'était pourtant pas très ferme :

— Oh ! Virginie, je ne te savais pas si féroce sous tes airs gentils ! Mais sois tranquille, Hannah sait se défendre toute seule et tu peux t'épargner la peine de me gifler, car elle l'a déjà fait. Elle m'a sauté dessus comme un chat furieux et m'a administré quelques bonnes taloches sur les oreilles, sans que Joel lève le petit doigt pour l'en empêcher. Écoute, Virginie, Hannah ne l'aimait pas, tu sais, et cela ne change rien pour elle. Seulement, maintenant, si je ne l'épouse pas, cela fera deux vieilles filles à Low Cross au lieu d'une seule – et je ne suis pas faite pour finir vieille fille, je te l'ai déjà dit cent fois. Virginie, je peux très bien m'imaginer comment je serai dans quelques années, si je reste à Low Cross. Et à ce moment-là il n'y aura pas un autre Morgan Aycliffe.

— Mais il est tellement plus vieux que toi, Elinor, et si rebutant !

— Et si riche ! Je me vois si bien riche moi-même… Il aime les belles choses, n'est-ce pas ? Tu l'as bien vu, l'autre soir, avec ses bibelots et ses vins fins ! Alors, si je ne l'aide pas, comme Hannah, avec ses histoires d'École du dimanche, je serai belle, moi ! C'est d'ailleurs ce que m'a dit Joel : d'être belle et de me taire, car c'est ce qu'il attend de moi. À mon avis, cet homme a une double personnalité, vois-tu : un côté sérieux, qui voulait de Hannah, et un autre qui me désirait, et c'est celui-ci qui l'a emporté. Voyons,

Virginie, ne sois pas si fâchée ! Je m'amuserai tant, tu verras : du champagne et des fraises au petit-déjeuner, comme je te l'ai toujours dit – sauf que je n'y croyais plus et que cela redevient vrai. Hannah finira par se consoler, et tu ne vas quand même pas être la seule à me gâter mon plaisir, n'est-ce pas ?

— Non, Elinor, mais… Comprends-tu, au moins, ce que c'est que le mariage ? Je veux dire…

— Ah oui, quand on s'embrasse et qu'on dort dans le même lit ? dit-elle avec désinvolture. Ce n'est pas un tel mystère !

Sa mère était morte depuis longtemps, et je voyais mal sa sœur Hannah lui expliquer certains détails dont elle ne devait sans doute pas elle-même tout comprendre ni rien connaître ; aussi, devant la répulsion que m'inspirait Morgan Aycliffe et que je croyais partagée par Elinor, je lui ai dit d'un ton presque guindé :

— Il y a autre chose dans le mariage que des embrassades.

— Oui, je sais, des choses bien différentes. Mais je ne serai pas la première à qui cela arrive et qui n'en sera pas morte. Tu sais Virginie, nous avons eu des chiens, nous aussi, et même des cochons. Et combien de fois n'ai-je pas entendu ma mère déclarer que les hommes étaient tous les mêmes !

Je m'attendais à ce que Hannah ne paraisse pas au petit-déjeuner, le lendemain matin ; ce fut pourtant Elinor qui se déroba tandis que Hannah, assise à sa place et toujours aussi raide, beurrait des rôties pour Joel, qui revenait de l'usine, comme si rien ne s'était passé. Je compris, en les observant, le lien qui les unissait tous les trois, cette détermination trouvée au fond de leur misère de ne reculer devant aucun sacrifice personnel, si lourd soit-il, tant que leur intérêt commun était en jeu ; et c'était précisément ce pacte qui empêchait Hannah de blâmer l'un ou l'autre du coup qu'elle avait reçu, alors même qu'elle en était humiliée et bouleversée.

Elle l'avait pourtant désespérément souhaité, ce mariage ; mais, maintenant qu'elle avait giflé sa sœur en la traitant de voleuse, et qu'elle avait passé une nuit à se torturer, elle avait su retrouver un calme qui forçait l'admiration

— J'ai beaucoup de couture, aujourd'hui, me dit-elle quand Joel fut reparti pour l'usine. Je vais m'installer là-haut, près de la fenêtre, la lumière est meilleure.

— Bien sûr.

Puis, en faisant visiblement un effort pour se maîtriser, elle poursuivit :

— Tu as sans doute entendu dire que ma sœur allait se marier ?

— Oui, en effet.

— Je pense que cela a dû te surprendre, bien que tu admettras volontiers que les choses se sont passées le plus convenablement du monde. Quand un homme rend des visites régulières à une maison où il y a des jeunes filles, l'usage veut qu'il se déclare. C'est ce qu'a fait M. Aycliffe, et il n'y a donc aucune raison pour qu'on se livre à des… bavardages, si tu vois ce que je veux dire. Certaines de nos relations, comme Mme Rawnsley et Mme Hobhouse, qui se fréquentent régulièrement, ont pu laisser entendre, je l'admets, que M. Aycliffe tournait ses regards dans ma direction. Mais ce n'était rien de plus qu'une supposition sans le moindre fondement, comme je me rappelle te l'avoir dit à plusieurs reprises, et j'avoue que je serais assez mécontente si ces dames devaient… devaient…

— Elles n'en feront rien, me suis-je hâtée de dire.

J'avais parfaitement compris que Hannah hésitait à compléter sa phrase par « me plaindre » et, tout en la regardant se redresser avec effort, prendre son panier à ouvrage et quitter la pièce, j'ai décidé sur-le-champ d'aller voir Mmes Rawnsley et Hobhouse dès que je pourrais pour leur « laisser entendre » – sans véritablement leur mentir – que M. Aycliffe avait fort bien pu se déclarer tout d'abord pour Hannah et avoir essuyé un refus.

Mon grand-père, comme il était prévisible, fut extrêmement mécontent de ce coup de chance qui favorisait Joel. Il lui avait certes donné l'ordre de marier ses sœurs pour les faire déguerpir de Low Cross, mais il n'envisageait pour elles rien de plus qu'un boutiquier prospère ou un maître d'école, surtout pas un homme aussi riche que lui, sinon davantage, et dont la fortune encouragerait chez Joel des tendances à l'indépendance et à l'insoumission. Il avait pu, à un moment, envisager de donner à Elinor les moyens de s'installer dans une laiterie ou une boutique avec un époux convenable, mais il n'en était évidemment plus question et il ne lui offrit pas un sou. Il n'en fut pas de même pour Mme Stevens : le seul mot de mariage soulevait de grands élans dans son cœur, et elle descendit de Maison Haute chaque fois qu'elle le pouvait pour aider à la préparation du trousseau. C'est ainsi que j'ai, une fois de plus, constaté que le mariage n'était qu'une affaire strictement féminine, où l'important est de choisir entre un tulle lilas et un satin bleu ciel et dont le promis – une fois solidement arrimé – est totalement exclu et n'a pas son mot à dire.

Ma mère venait souvent, elle aussi, contribuer de l'aiguille à l'accroissement de la pile de lingerie ; aussi, pendant que Hannah prenait en charge les travaux de couture de la maison, ma mère, Mme Stevens, Elinor et moi avons accaparé la cuisine, où Blaise nous tenait compagnie en gazouillant dans son berceau, et nous nous sommes retranchées du monde derrière le constant murmure de nos conversations, les allées et venues de nos aiguilles et le rempart des gravures de mode répandues tout autour, tandis qu'une théière chantonnait en permanence sur le coin du fourneau.

Nous préparions, bien entendu, le plus somptueux trousseau qu'on aurait jamais vu dans la vallée de la Law, car Joel ne voulait pas donner sa sœur attifée comme une mendiante et entendait qu'elle fasse un effet inoubliable, même si Morgan Aycliffe était prêt à la prendre sur sa seule bonne mine. Aussi, comme la poudre aux yeux était une spécialité où Joel et sa plus jeune sœur étaient passés maîtres, nous autres couturières bénévoles avions fort à faire.

— Ne partez pas tout de suite, ma chère madame Stevens ! suppliait Elinor. Je voudrais essayer cette robe de soie jaune une dernière fois, car j'ai bien l'impression d'avoir mal pris mes mesures et il doit falloir lui ôter encore un doigt à l'ourlet. Si je ne le vérifie pas tout de suite, vous savez comment je suis, cela me turlupinera toute la nuit et je ne pourrai pas fermer l'œil. Vous revenez demain, n'est-ce pas, ma chère madame Stevens ? Vous êtes si gentille et si habile, je ne sais pas comment je ferais sans vous…

Et la chère Mme Stevens, chaque jour un peu plus harassée à mesure que la santé de mon grand-père déclinait et que son caractère empirait, parvenait à sourire malgré son épuisement – car une Mme Morgan Aycliffe méritait d'autres égards qu'une vulgaire Mlle Elinor Barforth – et promettait de faire tout son possible. De fait, elle nous lâchait rarement, d'autant moins que, comme l'avait dit ma mère, il lui fallait ménager son avenir et que ses attentions, désormais, devaient être partagées entre Elinor et moi.

Elle répandait sur nous les grâces de ses « Chère madame Barforth, chère mademoiselle Elinor », et quand il nous arrivait de nous disputer, ce qui n'était pas rare, elle faisait preuve d'un tact véritablement admirable.

— Je crois que Mme Barforth n'a pas tort, ma chère mademoiselle Elinor, car ce tissu est extrêmement jeune et gai, peut-être un peu voyant comme le disait Mme Barforth. Cependant, en le regardant avec plus d'attention, et tout en convenant qu'il n'irait pas du tout à Mme Barforth qui préfère les motifs simples et élégants, il prendrait une allure toute différente sur Mlle Elinor, qui a un style bien à elle et qui est si vive, si jolie… Qu'en pensez-vous ?

Elle déployait alors à bout de bras l'échantillon objet du litige et, ayant réussi le tour de force d'avoir simultanément déclaré que j'étais élégante et Elinor jolie, elle s'en remettait pour la décision au destin ou à ma mère, car nous savions que nous pouvions toujours compter sur son bon goût.

Il arrivait cependant des moments où la surexcitation d'Elinor et la rigidité austère de Hannah me devenaient difficilement supportables, où le curieux mélange de contentement de soi et d'irritabilité de Joel me chagrinait. Doutait-il, me disais-je, de sa décision de donner sa sœur à cet homme invivable au cœur sec ? Sa conscience le tourmentait-elle, alors que son ambition et son âpreté s'efforçaient d'en étouffer les sursauts ? Elinor et moi avions pourtant le même âge, et étions donc capables l'une comme l'autre des mêmes réflexions et des mêmes jugements ; et cependant, alors que j'étais toujours aussi inquiète à son sujet, je ne distinguais rien dans son comportement qui ne soit pure béatitude.

La nouvelle des fiançailles d'Emma-Jane Rawnsley et de Bradley Hobhouse ne lui avait même tiré qu'un éclat de rire avec ce commentaire :

— Pauvre Emma-Jane ! Il va falloir maintenant qu'elle compte avec la mère, et je lui souhaite de s'en sortir, car moi je n'y serais jamais arrivée. Si elle s'imagine devenir la maîtresse de Nethercoats, elle se fait de cruelles illusions, car Mme Hobhouse est bien la femme la plus autoritaire que j'aie jamais rencontrée et je n'aurais jamais pu supporter de lui voir fourrer son long nez dans mes affaires. Dieu merci, je n'aurai pas de belle-mère sur le dos à Blenheim Lane !

Elle ne semblait pas accorder une pensée à tout ce qui risquait pourtant de lui être infiniment plus pesant à Blenheim Lane : le silence, le rigoureux espacement des urnes de basalte, et la présence même de Morgan Aycliffe. S'était-elle même arrêtée à considérer comment Charles Aycliffe, qui avait manifesté son hostilité envers une femme pleine de dignité comme Hannah, allait désormais réagir en voyant la place de sa mère prise par une jeune fille de dix-sept ans ? Avait-elle réfléchi un instant au fait que la présence d'un tel beau-fils pouvait lui être infiniment plus lourde à subir que celle d'une belle-mère ?

Nous sommes allés dîner une autre fois à la maison Aycliffe, Joel, Elinor et moi, en compagnie de M. et Mme Rawnsley mais sans Hannah, sur qui personne ne comptait plus, ni Charles Aycliffe, qui avait probablement préféré ne pas se montrer. Et le lendemain matin, incapable de supporter l'excessive politesse de Hannah qui se refusait à me demander des nouvelles de la soirée quand elle en mourait visiblement d'envie, j'ai sifflé mes chiens – avec qui je ne me sentais jamais mal à l'aise – et je suis partie faire ma promenade habituelle par le chemin qui contourne Maison Haute et débouche dans la lande.

Nous étions alors au cœur de l'été, le ciel au-dessus de moi était jauni par le soleil qui tentait de percer l'épaisse couche de fumée crachée par les usines, et j'ai tourné le dos à la ville pour gagner d'un pas vif un endroit où l'herbe sentait bon et où le ciel, à mesure qu'on montait, s'éclaircissait et redevenait parfois bleu.

Hannah, je le savais, désapprouvait mes errances solitaires au point d'en avoir parlé à Joel ; elle avait insisté sur mes graves manquements aux convenances et sur l'impérieuse nécessité de ne me laisser sortir qu'accompagnée ; mais Joel avait haussé les épaules et c'est pourquoi, ce matin-là comme presque tous les autres, je suis partie arc-boutée contre le vent, j'ai lâché mes chiens – le chiot était maintenant aussi grand que sa mère et ne lui obéissait pas plus qu'à moi –, et je me suis emplie les yeux du spectacle de la terre brune aux ondulations infinies, j'ai écouté le bruissement de l'eau qui sourdait partout dans la lande, j'ai aspiré à pleins poumons la fraîcheur de l'air et la griserie de la solitude, et je n'ai pas reconnu Charles Aycliffe jusqu'à ce qu'il s'approche pour me saluer.

J'avais bien remarqué, au loin, une silhouette d'homme qui marchait à la tête de son cheval et je n'avais pensé alors qu'à rappeler mon jeune chien, trop enclin à aller mordiller les jambes des chevaux et à aboyer pour les effrayer. À mes appels, la vieille chienne fut la seule à obéir tandis que son fils hésitait à mi-chemin et semblait me narguer. C'est alors qu'une voix masculine se fit entendre tout près de moi :

— Bonjour, madame Barforth. Ce sont là de bien gros chiens pour une femme.

Un coup de vent fit voler les rubans de ma coiffe et me défit les cheveux, aussi n'ai-je tourné la tête qu'un instant plus tard et je l'ai reconnu qui se tenait à quelques pas, le chapeau à la main, la physionomie transformée par un sourire qui lui donnait un charme juvénile, sans plus de trace de l'ennui qu'il affichait à notre première rencontre.

— Êtes-vous censée vous promener toute seule dans un pareil endroit ? reprit-il.

Sachant que son père avait l'esprit encore plus étroit que Hannah, j'ai secoué la tête :

— Non, et je le devrais d'autant moins que je rentre toujours chez moi avec des cailloux plein mes chaussures. Mais il faut bien promener les chiens.

— Ils sont à vous ?

— Oui, du moins le plus jeune. La vieille chienne était celle de mon frère, si bien qu'elle est à moi désormais.

— Votre frère Edwin, n'est-ce pas ?

— L'avez-vous connu ?

— À peine, à vrai dire. Nous avons passé quelques trimestres ensemble au collège, mais je ne peux pas dire que nous ayons été amis. Vous paraissez ne lui ressembler en rien.

— Assez peu, en effet. Mais vous-même, monsieur Aycliffe, venez-vous souvent vous promener par ici ? Il me semble que c'est très loin de chez vous.

— C'est exact, dit-il en levant un sourcil amusé, du fait que ce chemin ne mène que de Cullingford à Lawcroft Fold avant de se perdre dans le désert. Aussi venais-je vous rendre visite et vous présenter mes excuses, à vous et à Mlle Barforth, pour mon absence au dîner d'hier soir. C'est du moins ce que j'avais l'intention de faire, mais mon cheval a je ne sais comment dépassé votre porte, si bien qu'il m'a fallu mettre pied à terre pour reprendre le bon chemin.

— Pourquoi à pied ? Pour éviter de nous dépasser une nouvelle fois par inadvertance ?

Un bref instant – un éclair, mais qui me fut pénible –, je le revis dans cette grande maison sombre et trop richement meublée, où il s'efforçait de dissimuler ses secrètes meurtrissures derrière l'ironie de son sourcil levé et de son sourire insolent, pendant que son père lui ordonnait de seller son cheval et de filer sans faute à Lawcroft Fold pour une visite que la simple courtoisie requérait et que le devoir filial exigeait :

— Cette jeune fille va être ma femme et tu vas aller la voir, comme tu aurais déjà dû le faire depuis un mois, pour lui dire tout ce qui est convenable de dire à ta future belle-mère, et tout ce que tu as l'obligation de dire en tant que mon fils à moi. Et n'oublie pas, mon garçon, que ce n'est pas à moi de me plier à tes caprices, mais à toi d'obéir à mes ordres, et tu ferais bien de ne plus l'oublier.

Et parce qu'il avait en effet l'obligation d'obéir aux ordres de son père, qui tenait les cordons de la bourse et n'hésiterait pas à les fermer hermétiquement, en cas de besoin, il avait sellé son cheval, était venu jusqu'à Lawcroft Fold qu'il avait contemplé du haut de la lande – avec, je pense, autant de dégoût que de colère – et avait poursuivi son chemin pour se donner un peu de répit, un peu d'air pur et se préparer de son mieux à l'épreuve de prendre dans la sienne la jolie petite main de Mlle Elinor Barforth, à qui il allait devoir déclarer qu'il était prêt à l'aimer comme un fils.

— Il semblerait, dit-il calmement, que mon absence à ce dîner ait été considérée comme une grave inconvenance…

— Pas par moi, je vous l'assure.

— Vous êtes trop indulgente. Mais votre mari et… votre cousine ?

— Oh ! ils sont tous deux aussi prompts à se vexer qu'à oublier.

— Me ferez-vous néanmoins la grâce d'accepter mes excuses ?

— Bien entendu…

J'avais senti la réticence qui lui avait fait éviter de prononcer jusqu'au nom d'Elinor, aussi ai-je aussitôt ajouté :

— Je les transmettrai d'ailleurs à ma cousine. Elle n'est pas à la maison aujourd'hui, mais je puis assurément vous dire qu'elle vous pardonnera bien volontiers, ce que vous pourrez faire savoir de ma part à monsieur votre père.

— Merci, merci infiniment.

L'air soudain absent, il fit mine de s'absorber dans l'ajustage d'une boucle de bride jusqu'à ce que mon jeune chien se mette à aboyer, tout en restant prudemment à l'écart des redoutables sabots. Le cheval frémit, s'agita, et ce ne fut que quand le calme revint et que mon insupportable chiot se fut éloigné en courant pour aller japper au vent que Charles Aycliffe se tourna vers moi et, avec une hésitation marquée, me dit :

— Mlle Elinor est-elle vraiment absente de chez elle aujourd'hui ?

— Eh bien… Il se trouve qu'elle est effectivement à la maison, mais elle est extrêmement occupée avec ma mère et notre gouvernante et je ne pense pas qu'elle souhaite dans ces conditions recevoir la visite de quiconque.

— Est-il donc si évident que je n'ai pas envie d'aller la voir ?

— Oui, répondis-je en le regardant dans les yeux. Et il n'y a aucune raison de vouloir vous en excuser. Je comprends parfaitement les causes de votre répugnance.

— Vraiment ?

Il ferma les yeux à demi, avec un geste de lassitude que je lui avais déjà vu faire. Mais il ne voulait sans doute pas encore accepter ma compassion, car sa résignation disparut très vite pour faire place à un regard rempli d'une ironie froide, sarcastique et teintée de méchanceté :

— Pourquoi cela, madame ? Me croyez-vous vraiment hostile au choix que mon père a fait de sa seconde femme ?

— J'imagine aisément qu'il a tout pour vous déplaire.

— Oh ! mais il me plaît infiniment, au contraire !

En me voyant secouer la tête avec incrédulité, il a éclaté d'un rire sans gaieté, comme pour souligner la malveillance de son expression.

— Vous vous trompez du tout au tout, madame, et je vous prie de le croire. Je suis ravi, absolument enchanté de voir mon père épouser Mlle Elinor. S'il est choquant, grotesque même, qu'un homme de son âge aille se donner en spectacle avec une enfant – car elle n'est encore qu'une enfant, c'est trop évident –, cela ne peut qu'ajouter à ma délectation. Vous avez sûrement remarqué le peu d'affection que je porte à mon père, mais je n'aurais jamais, dans mes pires moments de haine, osé rêver plus affreux châtiment que celui-ci. Je ne crois pas avoir jamais vu deux êtres aussi bien destinés au plus profond malheur et, si vous me connaissiez mieux, vous comprendriez pourquoi je n'y vois aucune objection, bien au contraire.

Sa tirade allait trop loin et me touchait de trop près ; j'étais trop consciente, aussi, de la souffrance qu'il tentait de cacher – en ne faisant que l'attiser – sous cet étalage de méchanceté, et j'étais surtout trop disposée à laisser éclater ma pitié pour ne pas réagir sèchement :

— Comme vous venez de le dire, monsieur, nous ne nous connaissons pas, et vous ne devriez pas me parler de la sorte.

Il redevint aussitôt le jeune homme bien élevé qui, par un sourire contrit et un déploiement de charme, implore qu'on lui pardonne un écart de conduite :

— Vous avez cent fois raison, chère madame. Si je me suis permis de prendre une telle liberté, c'est parce que je vous sentais pleine de compassion et disposée à l'indulgence à mon égard. Mais je suis impardonnable d'avoir ainsi abusé de votre bon cœur, comme je le faisais trop souvent avec ma mère – car il est malheureusement exact qu'elle m'a donné l'habitude d'être gâté. Vous ai-je réellement offensée ?

— Non. Mais il est grand temps que je rentre.

— C'est donc que je vous ai offensée !

— Non, non, pas le moins du monde…

— Alors, pourquoi tant de hâte à retourner auprès de Mlle Elinor – qui n'est pas à la maison ? Je suis d'autant plus navré de vous quitter si vite que nous n'aurons sans doute plus l'occasion de nous parler.

— Pourquoi ? Comptez-vous vous absenter ?

— En effet, répondit-il en souriant. Je m'absente, comme vous dites, et je m'attends à ce que vous m'en exprimiez votre plaisir, pour la tranquillité de votre infortunée cousine. Je vais en France et, je l'espère, en Italie parfaire mes connaissances architecturales, pas pour toujours, hélas ! mais assez longtemps pour que ma mine morose ne répande pas son ombre sur la vie conjugale de votre cousine. J'assisterai naturellement au mariage, car mon absence ferait scandale dans tout Cullingford, mais je compte partir aussitôt après. Je fais de mon mieux, voyez-vous, pour épargner à votre cousine, ma future belle-mère, toute peine, même légère.

— Non, vous n'en faites rien !

J'avais riposté avec la brusquerie que j'aurais eue pour mon frère Edwin, et cela le fit éclater d'un rire enfin franc et sincèrement amusé :

— Vous croyez plutôt que je m'apitoie sur mon propre sort ?

— Je ne sais pas, même si vous avez de bonnes raisons de le faire. Mais ma cousine n'est en rien responsable de ce qui vous arrive. Elle est jeune, elle n'a pas eu une vie facile et, si vous vouliez bien y réfléchir un instant, vous comprendriez qu'elle ne peut rien faire que ce qu'on lui dit.

D'un coup, il redevint sérieux, presque ému :

— Vous avez une fois de plus raison. Le sort des femmes est terrible, et il m'est souvent arrivé d'y réfléchir. Dieu sait si je ne suis pas aussi libre que je le voudrais, mais les femmes n'ont aucune liberté, et cela, je crois, me rendrait fou. Elles ont toujours quelqu'un – père, frère, mari, enfants – qui leur prend leur temps, qui exige leurs soins, leurs forces, comme si c'était leur dû, tandis qu'ils leur dénient tous leurs droits. Et j'ai beau trouver cela affreux, je m'en suis moi aussi rendu coupable en me déchargeant de tous mes ennuis sur les épaules de ma mère, sans même me soucier de sa propre lassitude ; et si je devais me marier, il est fort probable que je ferais de même. Vous avez parfaitement raison, madame, ce n'est pas votre cousine qu'il faut blâmer de ce qui arrive, et je suppose que vous ne voulez pas qu'on la rende malheureuse.

— Bien sûr que non.

— Je suis d'autant plus impardonnable, par conséquent, de vous avoir inquiétée sur son compte. Je vous supplie quand même de m'excuser. Le fait que mon père et moi sommes incapables de vivre en bonne intelligence ne veut pas dire qu'il ne peut pas lui-même être en paix avec quelqu'un d'autre. Je n'ai pas un caractère facile, comme vous vous en êtes sans doute déjà rendu compte, et j'ai trop souvent tendance à tout exagérer. Il se peut fort bien, après tout, que votre petite cousine soit exactement ce qu'il faut à mon père et, dans ce cas, elle sera peut-être très heureuse.

Sans répondre, je me suis mise à marcher en direction de Lawcroft, en tournant le dos au ciel bleu pour faire face à la fumée grise, et il se mit à mon pas, suivi de son cheval, tandis que ma vieille chienne restait docilement sur mes talons et que le chiot poursuivait sa course désordonnée tout autour de nous. L'après-midi touchait à sa fin, la terre était alourdie de la chaleur accumulée pendant la journée, la ville se détachait à l'horizon comme un dessin au fusain, et le toit de Maison Haute émergeait tout juste d'un repli de terre, comme pour me faire signe de revenir chez moi, dans un monde où l'on évitait de regarder en face les réalités les plus insoutenables. La compagnie de Charles Aycliffe me paraissait pourtant légère, naturelle comme si je l'avais connu depuis aussi longtemps qu'Edwin, et j'ai tourné les yeux vers lui :

— Votre mère a-t-elle été très malheureuse ?

Je vis aussitôt son sourcil se relever en cet arc ironique qui semblait être sa défense préférée :

— Comment pourriez-vous croire une chose pareille, chère madame ? Personne au monde n'a sûrement été plus heureux que ma mère, car elle avait tout ce qu'une femme sensée désire, et j'ai entendu mon père le lui dire plus de cent fois. Une maison à Blenheim Lane, sa voiture, ses perles… Que faut-il de plus, je vous le demande, pour qu'une femme soit heureuse ?

Si tant de possessions n'avaient pas fait le bonheur de la première Mme Aycliffe, je ne pouvais qu'espérer qu'elles sauraient contenter la seconde.

Jusqu'à Maison Haute, nous avons fait le reste du chemin en silence et, quand il s'est incliné sur ma main au moment de prendre congé, j'ai dit :

— Je vous envie d'aller en France. Je n'ai jamais été qu'à Leeds et deux fois à Sheffield, dans la famille de ma mère, et, si je vais une fois à Londres avant ma mort, je pourrais dire que j'ai beaucoup voyagé… Je penserai à vous pendant que vous admirerez vos églises et vos palais.

— Oui, pensez à moi très fort. Je découvrirai peut-être alors, qui sait, une merveilleuse princesse à la fenêtre d'un de ces palais et je reviendrai avec elle éblouir tout Cullingford !

C'est donc en riant que nous nous sommes séparés, mais ce n'était qu'une gaieté superficielle, qui s'éteignit dès qu'il eut tourné bride et qui me fit rappeler les chiens avec mauvaise humeur. Il allait partir pour la France, pour l'Italie. Joel pourrait aller à Londres, ou n'importe où ailleurs, autant qu'il lui plairait. Elinor allait s'installer à Blenheim Lane, ce qui, pour elle, était aussi fabuleux que Samarcande. À force de volonté, Hannah finirait par surmonter ses désillusions et extraire de la vie quelque compensation. Mais moi, j'étais destinée à rester ici même, ni heureuse ni malheureuse, le sourire toujours aux lèvres, à maintenir l'ordre à la maison et la concorde entre tous, à me montrer discrète, raisonnable et sereine. Et pour un instant, très bref mais d'une insupportable souffrance, je me suis demandé quand je commencerais à vivre.

11

Ils se marièrent un frais matin de septembre qui sentait déjà l'automne. Dans un nuage de tulle et de satin blanc, Elinor fit au bras de Joel une entrée évoquant l'apparition d'une créature immatérielle, née d'un rayon de lune et d'un souffle de vent, suivie de deux fillettes, cousines par sa mère, dont la présence nous épargnait, à Hannah et moi, la corvée gênante de jouer les demoiselles d'honneur. Et une fois l'assistance remise du choc que provoquait le contraste entre cette mariée féerique et un marié grisâtre et flétri, on a pu dire, je crois, que tout s'est fort bien passé.

Hannah, dans sa sempiternelle robe de soie marron et drapée dans sa dignité, arborait un sourire crispé et le médaillon d'Edwin, reparu à son cou. Dans la foule, on remarquait le groupe compact des Hobhouse, Oldroyd et autres Rawnsley venus présenter leurs vœux et assouvir leur curiosité.

Mon grand-père avait d'abord dit qu'il viendrait tant il se réjouissait, clamait-il, de voir Aycliffe marcher à sa perte, mais à la dernière minute il n'avait pas eu la force de sortir de chez lui. Mme Stevens était cependant là, ainsi que ma mère dont l'arrivée au bras du chevalier Dalby souleva une vive émotion chez ces dames de la finance et de l'industrie qui, sans perdre leur mauvaise opinion d'Isabella Barforth, étaient néanmoins prêtes à faire n'importe quoi pour être présentées à ce gentilhomme. Dans une des stalles du fond, on reconnaissait aussi M. et Mme Isaac Boulton en compagnie de leur plus jeune fille, Catherine, déjà mariée, et de leur aînée Rosamonde, toujours seule puisqu'elle avait été délaissée par Joel à cause de moi.

— Cela ne t'ennuie pas, au moins, que j'invite les Boulton ? m'avait dit Elinor. Ce serait impoli de les laisser de côté, car nous les connaissons depuis toujours. J'ai fait plusieurs séjours chez eux et Rosamonde, qui est une merveilleuse couturière, m'a souvent aidée pour mes robes.

J'avais volontiers convenu qu'il serait malséant de ne pas les inviter et que je ne voyais aucun motif d'en être contrariée, ce qui ne m'empêcha pas, au passage, d'observer attentivement cette quasi-inconnue, jeune femme de vingt-cinq à vingt-six ans qui, pour avoir attendu Joel et avoir eu confiance en lui, se retrouvait sur le carreau. Elle avait beaucoup de prestance, un regard noir et hardi, un teint coloré, des cheveux sombres coiffés à la dernière mode sous une toque d'allure militaire du meilleur effet, les mains dans un manchon de plume de la nuance exacte de sa robe bleue. C'était le genre de fille élancée, élégante, sûre d'elle, capable de danser toute la nuit et d'être, le lendemain matin, la première levée et fraîche comme un bouton de rose. Soupe-au-lait peut-être, coquette sans doute, désabusée sûrement, elle ne laissait cependant rien transparaître de ses sentiments et il aurait été inhumain de ma part de ne pas chercher à imaginer ce qu'elle pensait dorénavant de Joel, et lui d'elle. C'est alors que je tournais ces questions dans ma tête que j'ai vu, de l'autre côté de la nef, Charles Aycliffe me saluer d'un signe de tête.

— Bonjour, madame, me dit-il à mi-voix quand je suis passée à sa hauteur.

— Bonjour, monsieur, lui ai-je répondu.

Malgré moi, j'avais nerveusement serré le poing, soudain saisie du sentiment bizarre et déroutant que, de toute cette assemblée, ce jeune homme pâle et d'aspect presque falot était le seul à me connaître et, à part moi, à exister réellement.

Après la cérémonie, il y eut une réception au champagne, au long de laquelle Elinor paraissait toujours flotter dans ses rêves enchantés alors que son mari – et le fils de son mari – semblaient figés par le froid qui tombait. Peu après, M. Aycliffe entraîna en hâte sa jeune épouse pour une lune de miel à laquelle je préférais ne pas penser, et ils furent escortés à leur voiture par MM. Hobhouse, Oldroyd et Rawnsley qui, pour cette nuit au moins, mouraient visiblement d'envie de changer de place avec lui. Et pendant ce temps, enfin délivrée de l'obligation de sourire, Hannah cassait une assiette, donnait des coups de pied à ma vieille chienne et harcelait Marthe-Ellen jusqu'à la faire fondre en larmes.

J'avais longuement hésité dans le choix d'un cadeau de mariage, pour me fixer finalement sur un service à dessert en porcelaine décorée à la main de roses aux nuances infinies. Quand je me rendis à Blenheim Lane pour le leur offrir, peu après leur retour, je m'attendais à coup sûr à trouver Elinor abattue par le désespoir et versant des larmes amères sur ses illusions perdues.

— Madame est-elle là ? ai-je demandé au valet de chambre.

Je redoutais déjà une réponse négative quand la porte du salon s'ouvrit à la volée pour livrer passage à une Elinor toute en bouclettes et en rubans, qui bondit à ma rencontre avec des transports de joie. Les premières effusions passées, elle jeta à peine un coup d'œil à mes assiettes – que j'avais surtout achetées pour impressionner son mari – et déclara :

— Elles sont superbes, ma chérie ! Wilkinson va les mettre quelque part et M. Aycliffe les rangera ailleurs quand il rentrera. Occupez-vous-en, Wilkinson, et vous nous servirez ensuite le thé au salon, avec beaucoup de petits gâteaux, s'il vous plaît.

À l'imperceptible frisson qui parcourut le serviteur sans visage, je compris que la première Mme Aycliffe n'avait sans doute jamais eu l'audace de prendre le thé avec ses amies dans un salon réservé à l'étalage des précieux bibelots – si tant est qu'elle ait jamais osé avoir des amies ou, à plus forte raison, les inviter de sa propre initiative.

Quand nous avons été seules, j'ai posé la question qui me brûlait les lèvres :

— Vas-tu bien, au moins ?

Car, si Elinor paraissait resplendissante, il était inconcevable, à mon sens, qu'elle soit véritablement en bon état. Mais j'avais eu tort d'oublier qu'il y avait en elle, comme chez son frère, une dureté, une rudesse de caractère grâce auxquelles elle avait fort bien supporté les entreprises amoureuses de son époux, qu'elle parvenait même à trouver distrayantes, et qui lui avaient surtout fait prendre vite goût au pouvoir qu'elle tirait de son désir pour elle.

Avec un rire heureux, elle m'exhiba d'ailleurs le diamant qui lui ornait le doigt et le lourd bracelet d'or à son poignet :

— Mais, ma chérie, il ferait n'importe quoi pour moi ! Je n'ai qu'à demander, et tout cela parce qu'il ne se lasse pas de me regarder. Tu n'as pas idée… J'avais d'abord cru que je mourrais de peur, mais il est si soigneux – sans doute à cause de toutes ses porcelaines qu'il manipule. C'est exactement comme cela qu'il me traite, et j'en arrive à me sentir comme un bibelot précieux ! Je n'ai pas même à me soucier de la maison, Wilkinson et Mme Naylor s'occupent de tout avec une armée de jeunes servantes. Tout ce que j'ai à faire est de rester tranquillement ici, d'être belle et de sonner quand j'ai envie de quelque chose. Quand il rentre, il passe sa soirée à me contempler, si bien que je n'ai même pas besoin de me creuser la tête pour trouver quelque chose d'intelligent à lui dire. Et sais-tu qu'il m'a fait servir du champagne au petit-déjeuner, le premier jour ? Je ne l'oublierai jamais ! Dommage pourtant que ce ne soit plus la saison des fraises…

Là-dessus, elle pouffa d'un rire qui n'avait rien de pudique.

— Tu trouves donc tout… agréable ?

— Veux-tu dire… Bah… il faut bien faire quelques histoires au début, puisque c'est ce qu'on attend de nous. Mais on n'en meurt pas, tu sais, et ce que je possède maintenant vaut bien dix minutes de soupirs et de palpitations de temps en temps. Je crois même qu'on arriverait à y prendre plaisir, si… Enfin, c'est du moins ce que je pense.

Si on était avec un homme plus jeune et qu'on aime, ai-je malgré moi complété en mon for intérieur. Alors, sans trop savoir pourquoi, je lui ai demandé :

— Et que devient Charles Aycliffe ?

— Que veux-tu qu'il devienne ? Il est parti, voilà tout. N'as-tu pas vu sa figure d'enterrement, au mariage ? Il avait un air pincé et regardait autour de lui comme si tout était nauséabond. Eh bien, qu'il se promène donc en France, il verra si ça sent meilleur qu'ici, et s'il y restait pour toujours j'en serais bien contente, crois-moi ! Mais il va revenir, j'en ai peur, car mon mari a besoin de lui pour s'occuper des affaires et le seconder dans la gestion de nos intérêts financiers… Grands dieux, ai-je vraiment dit cela ? « Nos intérêts financiers », que cela sonne bien ! Bref, voilà pourquoi nous avons besoin de Charles.

J'ai imaginé quelque princesse à la fenêtre d'un palais, au milieu de tourelles et de pignons sculptés sous un ciel rose et bleu, et je me suis dit que cela lui conviendrait fort bien s'il revenait à Cullingford au bras d'une femme fabuleusement riche, belle et de sang royal pour faire crever de jalousie Elinor et toutes les autres. Et tandis que cette image me faisait sourire, je me sentais heureuse, aussi, qu'il puisse, même brièvement, avoir la liberté de mener sa vie à sa guise.

— Il ne reviendra peut-être pas. Il peut très bien s'établir quelque part, devenir riche, mener une vie passionnante et pleine d'aventures… ai-je commencé en souriant.

— Ou aussi se faire pendre, conclut Elinor méchamment.

Là-dessus, elle sonna pour se faire rapporter du thé puis, une fois servi, le laissa refroidir pendant qu'elle m'entraînait dans sa chambre pour me montrer ses brosses en argent, ses flacons de parfum et ses boîtes à bijoux – sans cependant, ai-je remarqué, exhiber les rangs de perles de sa devancière.

J'étais malgré tout contente de l'avoir trouvée apparemment heureuse, car il faut se réjouir pour ceux qui réalisent leurs rêves, et la gêne que je pouvais encore éprouver venait, je crois, de ma répugnance à décrire à Hannah ce que j'avais vu. Le besoin n'allait toutefois pas s'en faire sentir car, en descendant de voiture, je vis ce messager funeste qu'était Ira Agbrigg en train de m'attendre, la casquette à la main et ses yeux curieusement dépourvus de cils respectueusement baissés, pour me remettre un message de Mme Stevens m'informant que mon grand-père était au plus mal.

Je me doutais bien, comme Mme Stevens elle-même, qu'il finirait tôt ou tard par mourir, mais nous n'y croyions pas vraiment et nous nous sommes toutes deux retrouvées désemparées et effrayées, elle face à la perte de ses moyens d'existence, et moi devant la disparition de cette autorité suprême qui, en s'interposant entre moi et ces puissances intermédiaires que sont un père et un mari, m'avait toujours ménagé une possibilité d'appel. « Votre père dit non », nous avait-on souvent répété, quand nous étions enfants, à quoi Edwin et moi répondions toujours : « Mais grand-père a dit oui », et les choses en restaient là.

Le médecin – l'habile et coûteux Dr Overdale, de Blenheim Lane – rendit son verdict : ce n'était plus qu'une question de jours, une semaine tout au plus. Il se crut aussi obligé de se défendre en rappelant les avertissements, prodigués lors de ses précédentes visites, sur les conséquences fatales des excès de bons vins, de bonne chère et – sans l'exprimer aussi crûment – de la bonne Mme Stevens sur l'organisme alourdi par les ans et la mauvaise graisse de celui qui répondait encore, mais à grand-peine, au nom de Samson Barforth.

— Il a pourtant eu plusieurs de ces attaques, au moins cinq ou six depuis deux ans, et il les a toujours surmontées, me dit Mme Stevens en se tordant les mains. Il y a sûrement un espoir, n'est-ce pas, ma chère madame Barforth ?

Mais nous savions aussi bien l'une que l'autre qu'il n'y en avait sûrement plus et, alors que je la regardais s'éloigner courbée par la douleur, j'ai pour la première fois remarqué les stigmates du temps sur son visage, le réseau de fines rides autour des yeux, l'affaissement du menton que ne retendait plus le sourire, la lassitude qui accablait cette femme de quarante ans passés qui ne voulait ou n'osait pas admettre son âge.

On envoya chercher ma mère, Hannah et Joel vinrent à Maison Haute ; mais mon grand-père, en se réveillant de son lourd sommeil drogué et comprenant qu'il était près de la fin, refusa de s'y résigner. La mort n'était pour lui qu'un adversaire de plus avec qui se colleter et qu'il se faisait fort de défaire. Il fallut pourtant qu'il comprenne son impuissance devant celle qui, si souvent, lui avait marbré les joues et serré la poitrine à l'étouffer avant l'assaut final imminent ; aussi, couché dans ce lit monumental où j'avais passé ma nuit de noces, il tenta de se consoler en nous noyant tous sous des flots de haine.

— Vous avez été la perte de mon fils, Isabella, gronda-t-il à ma mère. Vous ne l'avez pris que pour me défier et vous l'avez brisé. Vous voilà maintenant gourgandine, à jouer la putain pour Dalby comme Emmeline le fait ici pour moi – sauf qu'elle est distrayante, alors que vous êtes une poison.

Quand Mme Stevens, en larmes, vint se pencher sur lui pour arranger les oreillers, il la repoussa rudement – ce qui déclencha une violente quinte de toux – et lui signifia de le débarrasser de sa présence :

— À quoi m'êtes-vous utile, maintenant ? lui cria-t-il. Allez-vous-en, bonne à rien, épargnez-moi vos larmes et vos gémissements, je n'en ai que faire et ce n'est pas pour cela que je vous paie. Vous en feriez autant pour un chat crevé, misérable idiote ! Dehors ! Sortez, tout de suite ! Je ne veux plus de vous, je n'en veux plus depuis longtemps ! Partez, je veux voir ma femme ! Ma femme…

Ce fut là tout l'adieu auquel elle eut droit au bout de dix ans de bons et loyaux services.

Il ne voulut pas davantage admettre Joel dans la pièce :

— Qu'il attende en bas, comme le laquais qu'il est. Il sait où trouver le testament, c'est tout ce qui l'intéresse, et il peut bien attendre. Mais il trouve peut-être que je prends mon temps, hein ? Et il a peut-être envie de venir me flanquer la tête sous un oreiller pour précipiter les choses, le vaurien ! Jamais je n'aurais dû lui donner la Fille, jamais ! J'aurais mieux fait de l'accorder au fils Aycliffe, comme j'en avais d'abord eu l'intention. Parce que tu ne savais pas cela, hein, Virginie ? Le vieil Aycliffe était venu m'en parler et j'étais presque d'accord, mais là-dessus Edwin est mort et je ne voulais pas voir ce vieux grigou mettre ses vilaines mains pleines d'os sur mon usine… Je vais te dire, ma fille : si jamais je retrouve mes forces, je descendrai y mettre le feu moi-même, tu m'entends ? Rien que pour voir la tête qu'il fera, ce galopin, rien que pour le faire enrager…

Il retomba ensuite dans un long et pénible silence, dont je crus qu'il ne se réveillerait pas tant sa respiration devenait saccadée à mesure que la nuit s'avançait, et son visage crayeux là où les marbrures pourpres l'avaient épargné ; mais la mort n'est jamais aussi simple ni aussi facile, et il sortit vers l'aube de son sommeil comateux, les yeux étincelants de rage mais le corps inerte, aussi impuissant qu'un nouveau-né. Une interminable journée s'écoula ainsi, dans la lumière oblique du soleil de septembre qui se frayait un chemin entre les rideaux clos sans assainir l'atmosphère lourde et irrespirable de la chambre, au-dehors de laquelle

Mme Stevens s'obstinait à attendre avec une résignation pitoyable, pendant que Joel, en bas, s'impatientait en pensant à l'héritage et que ma mère et moi, assises de chaque côté du grand lit, écoutions comme hypnotisées l'impalpable respiration qui, par moments, semblait s'arrêter pour, un instant plus tard, reprendre péniblement sous l'effet d'une volonté surhumaine.

Le docteur vint examiner l'agonisant, hocha la tête, bredouilla quelques paroles indistinctes et descendit rejoindre Joel, à qui il faudrait après tout qu'il présente sa note d'honoraires. Puis le soir tomba ; mon grand-père ne mourait toujours pas, l'âme soudée au corps, semblait-il, par son inébranlable détermination à faire attendre Joel le plus longtemps possible.

— Veux-tu te reposer ? me demanda ma mère un peu plus tard.

Sur ma réponse négative, elle s'endormit immédiatement et le plus gracieusement du monde, la tête appuyée au dossier de sa chaise et les mains croisées sur ses genoux.

J'ai dû ensuite m'assoupir moi aussi car je me suis réveillée en sursaut un peu plus tard, consciente de ce que les bougies étaient presque consumées, qu'il se passait quelque chose et que je devais être coupable de quelque négligence. C'est alors que je l'entendis murmurer :

— Virginie.

— Oui, grand-père.

Il a fallu que je me rapproche, car sa voix paraissait mourir avant lui ; et le contact de sa main qui saisit la mienne me fit l'effet d'un vieux parchemin froissé qui s'enflammerait et tomberait en cendre si on le mettait dans le feu.

— Je ne l'aime pas, ton Joel. Il me ressemble, je sais, mais je ne l'aime pas. À cause de toi, je lui ai quand même laissé l'usine. J'aurais pu le déshériter et l'envoyer au diable, mais tu es sa femme, maintenant, et tu aurais eu une triste vie avec lui, sans rien. Je t'ai donc tout laissé, Virginie, ce qui revient au même que de le laisser à lui puisque tu ne pourras pas y toucher tant qu'il vivra... Et il vivra, celui-là, tu peux y compter, il vivra vieux, le bougre ! J'aurais mieux fait de te donner au fils Aycliffe, comme j'y comptais d'abord, oublier tout le reste et te marier ailleurs. Mais je ne voulais pas m'avouer vaincu, vois-tu, et j'espérais remplacer mon Edwin. J'espérais... Je croyais... Mais non. Tout cela n'a plus d'importance, maintenant. Plus d'importance...

Ce fut alors comme si la pièce se vidait lentement pour tomber dans un silence total.

— Je crois que c'est fini, dit ma mère avec calme.

Elle dégagea ma main et la frotta doucement entre les siennes, comme pour effacer le contact de la mort.

— Pauvre homme, reprit-elle sans manifester d'émotion. Il a quand même reconnu sa défaite, à la fin, et je ne peux même plus m'en réjouir. Il a gâché tant de vies, vois-tu, et celle de ton père plus que d'autres, car il a toujours été si totalement, si profondément égoïste... J'ai eu de la haine pour lui, Virginie, une haine féroce qui m'a longtemps fait désirer sa mort. Maintenant qu'elle est enfin venue, je m'aperçois que cela n'a plus d'importance, comme il l'a dit lui-même... Allons, ma chérie, va vite prévenir ton mari et cette pauvre Emmeline. Elle, au moins, versera des larmes sincères.

Alors, s'inclinant au-dessus de lui, elle lui ferma les yeux d'un geste précis du poignet.

Hannah et Mme Stevens étaient dans le vestibule obscur, Hannah avec cette expression solennelle qu'elle croyait de circonstance, Mme Stevens sanglotant à petit bruit sur ses dix ans de dévouement passés et sur les dix suivants, qui menaçaient d'être bien sombres. Mais, avant même que j'aie pu ouvrir la bouche, Joel bondit du salon en claquant la porte, les écarta toutes deux d'une bourrade et m'agrippa aux épaules, comme s'il fallait me secouer pour extraire de moi la nouvelle :

— Alors, il est mort, n'est-ce pas ?

Je reconnus les mots prononcés en d'autres circonstances, je reconnus l'éclair de joie sauvage et d'impatience qui lui allumait le regard ; et quand je me suis contentée de hocher la tête, je n'ai pas eu besoin de lui voir remuer les lèvres pour entendre en esprit son cri de soulagement : « Dieu soit loué ! Je croyais qu'il allait falloir l'achever à coups de fusil, cette vieille canaille ! »

Mme Stevens s'est assise, comme si rien désormais n'aurait le pouvoir de la faire se lever. Il était convenu que ma mère passerait la nuit à Maison Haute pour l'aider, mais Hannah, qui les considérait toutes deux comme des écervelées, décida qu'il était de son devoir de rester aussi. Joel, en revanche, refusa mon offre d'en faire autant, et je suis rentrée avec lui sur le chemin pierreux qui descendait chez nous.

Il faisait une belle nuit claire, pleine d'étoiles scintillantes et froides, et je me suis baignée dans l'air venu de la lande chargé des senteurs de l'automne, soudain écrasée sous le poids de ma fatigue et consciente de ce que le silence qui s'était fait en moi était peut-être du chagrin. Joel, pour sa part, bouillonnait au contraire de sentiments tumultueux qui, à peine étions-nous écartés de la maison, lui firent me saisir le poignet et le serrer de toutes ses forces :

— A-t-il parlé de son testament ? Vous a-t-il tout laissé, comme convenu ?

— Oui, tout.

Il s'arrêta brusquement et exhala un long soupir tremblé où je reconnus un soulagement si intense que je compris que, jusqu'à cet instant, il n'avait été sûr de rien.

— Ça y est enfin ! s'écria-t-il. Dès demain matin, je vais parler à Aycliffe de la construction de la nouvelle usine. Et aussitôt le vieux diable mis en terre, je vais aller dans le Lancashire acheter les meilleurs métiers mécaniques que je pourrai trouver et engager celui qui saura les adapter à ce que je veux en faire.

La seule mention des machines me tira un frisson :

— Faut-il encore nous exposer à des troubles ?

— Je doute fort qu'il y en ait. Ira Agbrigg me tient au courant et il n'y a plus de Jabez Gottt, désormais, pour échauffer l'esprit de ces imbéciles. Ils ne sont pas près d'oublier la tête qu'il faisait au bout de sa corde, dans la cour du château d'York, mais, s'il subsistait quelques excités, Agbrigg est capable de s'en occuper. Il n'y a pas d'inquiétude à se faire.

— Allons-nous nous installer à Maison Haute ?

— Bien sûr. Non que cela me plaise d'y trouver partout l'empreinte de votre grand-père, et j'aurais préféré une maison bien à moi où je puisse laisser ma propre marque… Mais l'usine et les machines passent avant tout, et Maison Haute nous servira jusqu'à ce que je puisse mettre de l'argent de côté. Dans la maison de l'usine, je compte installer Ira Agbrigg, que je vais nommer directeur, il aura de quoi caser sa femme et ses enfants. Quant à Hannah, nous avons la place de la loger à Maison Haute.

La perspective d'avoir Hannah à demeure chez moi me serra le cœur, mais j'ai aussitôt pensé à une autre femme dont le besoin d'un toit était encore plus pressant :

— Et Mme Stevens, que va-t-elle devenir ?

— Que voulez-vous que cela me fasse ?

— Il faut pourtant nous occuper d'elle.

Il haussa les épaules avec une si complète indifférence que j'en fis la grimace.

— C'est le cadet de mes soucis ! Les femmes de son espèce savent à quoi s'attendre. Votre grand-père lui a laissé dans les cinq cents livres, je crois, et elle s'est probablement rempli les poches à ses dépens depuis dix ans – elle aurait du moins été bien bête de ne pas l'avoir fait.

Je me suis alors souvenue de ma mère disant de sa voix douce : « Elle a l'habitude d'être congédiée, cette chère Mme Stevens… », et je me suis soudain sentie envahie par la colère. Certes, je l'avais détestée – mais parce que je ne pouvais la dissocier de mon grand-père ; j'avais ri de ses manières mielleuses avec tous les hommes qu'elle rencontrait, j'avais grimacé à son égoïsme trop manifeste ; mais ce qu'elle était aujourd'hui, la réalité de sa jeunesse évanouie, de sa beauté fanée vouée à une disparition aussi rapide que ses cinq cents livres – ce qui ne lui laisserait vraisemblablement que le choix sinistre entre la prostitution, l'usine et la mendicité –, tout cela m'émouvait profondément. Emmeline Stevens était une femme, mais une femme qui ne comptait plus pour rien dès l'instant où elle devenait inutile aux hommes qui s'étaient servis d'elle – des hommes tels que mon grand-père ou Joel, presque identiques, pour qui les femmes ne sont bonnes qu'à satisfaire des besoins, assouvir des appétits ou remplir des rôles déterminés, et que l'on acquiert au même titre que des objets commodes. La triste situation de Mme Stevens m'avait fait comprendre deux choses : la première, qu'aucune femme ne peut s'habituer à être rejetée ; l'autre, que je ne devais pas à ma propre valeur mais au seul hasard de la naissance de ne pas me trouver aujourd'hui à sa place. Aussi ai-je décidé de lui dire de rester, dès que nous aurions emménagé à Maison Haute.

Nous étions arrivés entre-temps, et je suis rentrée pour échapper au froid pendant que Joel restait quelques instants de plus dans la cour à se repaître du spectacle de ses nouvelles possessions. J'étais cependant encore à ma coiffeuse en train de me brosser les cheveux quand il entra dans la chambre, avec un plateau chargé d'une bouteille et de verres, et d'un candélabre dont les bougies paraissaient jeter des lueurs de triomphe.

— Champagne ! annonça-t-il avec une voix vibrante de joie.

— Champagne ?

— Oui. Du champagne pour fêter un enterrement ! Choquant, n'est-ce pas ? Mais je ne suis pas hypocrite, voyez-vous, Virginie, et ce soir, je suis enfin libre. C'était un bien mauvais homme que votre grand-père, vous le savez comme moi, et je serai peut-être tout pareil à son âge – si vous me survivez, je vous donne ma bénédiction pour fêter ma mort au champagne, les enfants et vous. Mais nous n'en sommes pas là, ce soir, et c'est encore mon tour de célébrer l'occasion.

Il leva son verre, le regarda par transparence devant la flamme, lui sourit, le salua presque et l'avala d'un trait avec un contentement avide.

— Voulez-vous boire avec moi ? me demanda-t-il.

— Oui.

— Tant mieux. Je savais d'ailleurs que vous ne refuseriez pas, je sais que vous m'accordez toujours ce que je veux, quand je veux, n'est-ce pas, Virginie ? Toujours aimable, toujours polie… Mais je ne suis pas aimable ni poli, moi, et votre politesse ne me satisfera pas, ce soir. J'ai besoin de bien autre chose.

— Que voulez-vous dire ?

Il éclata de rire devant mon évidente perplexité, se remplit son verre et le vida à nouveau d'un trait.

— Je vais vous le dire, Virginie. J'en étais arrivé à croire que le vieux ne mourrait jamais, qu'il allait vivre pour m'empoisonner la vie jusqu'à ma propre vieillesse, jusqu'à ce que je sois trop accablé par ce fardeau pour avoir encore le goût ou l'envie de vivre. Mais il est mort, et j'ai encore ma vie devant moi. Voilà qui me plaît, Virginie, voilà la jouissance dont je déborde et dont il faut, ce soir, que je brûle le trop-plein pour être capable, demain, de montrer une mine sobre et décente quand je me tiendrai près de son cercueil. Et j'ai besoin, entendez-vous, besoin de me dépenser avec vous.

— Je… Je ne sais pas… Je ne comprends pas…

— Non, c'est vrai, vous ne savez pas, vous ne comprenez pas, parce qu'en effet vous n'en êtes peut-être pas capable. Mais c'est au moins un défi que je vous lance, et j'ai toujours vécu de défis. J'aime lutter, j'aime vaincre, et je n'accorde de valeur qu'à ce que j'emporte de haute lutte… Voyons donc si vous pouvez relever celui-ci, voyons si vous savez dire autre chose que : « Oui, Joel », comme votre mère a toujours dit : « Oui, William » et pour les mêmes détestables raisons, parce qu'il est plus facile de dire oui et de n'en faire qu'à sa tête. Venez ici.

Soudain figée, glacée, aussi énervée que lors de notre nuit de noces, j'étais moins piquée de sa raillerie que désireuse de me donner le temps de réagir, et je me suis écriée :

— Vous êtes bienvenu de me parler de défis, quand vous n'avez pas même fait le moindre effort pour me plaire avant notre mariage ! Vous vous êtes contenté de laisser ma mère faire votre demande à votre place, et vous avez été trop content que je ne fasse pas de scandale !

— Ah ! nous y voilà donc ! Vous en êtes toujours vexée, si je comprends bien ? Sachez que le défi, ce jour-là, était lancé par votre grand-père, ma chérie, pas par vous. Ce soir, votre tour est venu, maintenant que j'ai le temps de m'en occuper. Oh oui, je sais, je me suis conduit comme une brute insensible. Alors, qu'attendez-vous pour vous mettre en colère contre moi, Virginie ? Pour vous fâcher vraiment ?

— Non, je ne le ferai pas.

— Oh si ! vous le ferez ! Et puis pensez donc au reste, à ce que je vais vous forcer de vivre avec Hannah, à ce qu'elle veut faire à vos chiens…

— Mes chiens ?

— Oui, vos chiens. Ne vous en ai-je pas encore parlé ? Sachez donc que Hannah estime qu'il n'est pas convenable, pour une dame, d'avoir de si gros chiens, et j'avoue en effet que vous voir avec des chiens de chasse a de quoi surprendre. Vous feriez sans doute mieux de vous trouver des cockers ou des caniches, et quant aux autres, Hannah a raison et je vais probablement vous donner l'ordre de vous en débarrasser.

Je ne savais s'il parlait sérieusement ou si cela faisait partie du jeu bizarre où il voulait m'entraîner, d'une sorte de partie de bras-de-fer – entre Hannah et moi, ou entre lui et moi ? – où il fallait que je jette mes forces. À ma propre surprise, j'en eus soudain envie.

— Je n'en ferai rien, Joel, ai-je dit avec fermeté.

— Vraiment ?

— Vraiment !

L'éclair d'excitation qui jaillit alors dans son regard ne m'échappa pas davantage que la chaleur de sa main, quand il me saisit le poignet pour m'attirer vers lui.

— Vous oserez donc me braver ?

— J'oserai vous braver.

— Que feriez-vous si j'allais les abattre d'un coup de fusil dans la lande ? Vous m'en savez capable.

— Je ne le sais que trop bien.

— Alors ?

— Ne le faites pas, je ne vous en dis pas plus.

— Mais, ma parole, bravade, désobéissance… Serait-ce une révolution ? dit-il en caressant des yeux mes épaules nues.

— Appelez cela comme il vous plaira.

— Cela me plaît infiniment !

— Lâchez-moi !

Je criais et je me débattais dans ses bras, tant il me serrait et me faisait mal ; mais c'est quand sa bouche s'est tout à coup abattue sur la mienne que je fus saisie d'une véritable fureur qui balaya mes derniers vestiges de sens commun. Je me mis alors à mordre sauvagement sa lèvre inférieure, à agripper ses cheveux à deux mains, à tenter d'enfoncer mon genou dans son ventre pour lui faire mal par n'importe quel moyen, et nous nous sommes ainsi empoignés en titubant, si bien que nous avons fini par tomber tous deux sur le lit, où Joel s'est dégagé en riant avant de me reprendre le poignet pour m'attirer de nouveau contre lui.

— Voilà, ma chérie, nous y sommes, me dit-il. Continue, reste encore un peu en colère…

Il n'avait pas besoin de m'aiguillonner davantage car, en poussant des cris de rage dont je ne me soupçonnais pas capable, je me mis à le marteler de coups de poing, à le frapper au hasard sans, je crois, lui faire le moindre mal, car il riait de plus belle ; mais j'avais besoin de cogner et je prenais un plaisir féroce, inattendu lui aussi, à cette explosion d'énergie, qui me faisait haleter, et à cette absence totale de dignité, qui me ravissait secrètement.

— Brute ! hurlais-je. Sale brute ! Vous vous croyez peut-être extraordinaire...

— Je le suis, ma chérie, je le suis. Viens, je vais te montrer.

Il happa d'une main l'oreiller avec lequel je m'évertuais à le battre et le jeta au loin, me fit tournoyer pour s'abattre sur moi ; un moment encore, nos bouches se mordirent, s'escrimèrent comme des animaux sauvages jusqu'à ce que mon corps consente de lui-même à se laisser emporter par le désir qu'il ressentait, et ne cherche plus à se dérober quand Joel le libéra de son poids. Alors, me caressant des yeux, il posa ses lèvres sur mon ventre et les fit lentement remonter jusqu'aux miennes qui, pour la première fois, l'attendaient avec avidité.

— C'est cela qu'on appelle le plaisir, Virginie, me dit-il en me chatouillant la gorge et l'oreille de son haleine. Pourquoi me laisser seul en profiter ? À ta place, j'exigerais d'en avoir ma part. Quand je te caresse ainsi, c'est ma manière à moi de te dire que tu es belle, et comme je ne pense pas être repoussant non plus, pourquoi ne me le dirais-tu pas de même ?

Le plaisir – je le croyais absent de ma nature. Il était là, pourtant, bien présent dans sa peau, dans ses muscles que je sentais rouler sous mes doigts, dans son odeur de terre chaude, comme il naissait en moi, s'exhalait en une exquise attente par chacun de mes pores, détendait tout mon corps et le baignait d'une chaleur presque lumineuse, d'une langueur impatiente qui me poussait vers lui, jusqu'à ce que tout à coup je sente un frémissement timide, secret, qui se développait peu à peu en un fil ténu, m'enserrait dans son réseau de bonheur. L'esprit tout entier tourné vers ce fragile miracle, j'étais résolue à ne pas en perdre la plus infime palpitation, à ne pas l'effrayer de crainte qu'il ne disparaisse à jamais au plus profond de mon corps, d'où il était sorti pour m'émerveiller, quand Joel me dit :

— Veux-tu que je m'arrête, que je te laisse dormir ?

— Non, Joel ! N'arrête pas, je t'en prie…

Plus tard, quand se fut dénoué l'écheveau de mon plaisir, le premier, quand j'eus relâché l'étreinte qui me soudait à lui avec des cris d'extase, et qu'il se fut allongé près de moi, il me dit :

— Tu sais désormais ce qu'est le désir, Virginie. Je te tiens bien, maintenant, et le temps te sera long quand je m'en irai. Tu iras voir l'heure d'arrivée de ma diligence au Vieux Cygne, pour mieux te préparer à m'accueillir. Et je te rapporterai des parfums de Londres, la prochaine fois que j'irai, des parfums qui scandaliseront ma sœur Hannah, mais que tu mettras pour me plaire.

Il m'avait appris le désir, il m'avait dévoilé la nature du plaisir, m'avait parlé de défis, de victoires, des cadeaux qu'il me ferait… Mais pas une seule fois il n'avait été question de l'amour.

12

Nous avons pris possession de Maison Haute aussitôt que la dépouille de mon grand-père en eut été enlevée et c'est là, neuf mois plus tard presque jour pour jour, que naquit mon second fils, Nicolas. Ma fille Caroline le suivit quatorze mois après et sa naissance, contrairement aux deux précédentes, fut si difficile que Mme Stevens – qui savait toujours tout sur ce genre de choses – m'avertit solennellement que, pour un bon moment du moins, il valait mieux ne pas compter en avoir d'autres.

Ma convalescence fut elle aussi beaucoup plus lente, et j'ai passé cet été-là assise dans le jardin, comme mon grand-père, à regarder de haut les six étages de la nouvelle usine dont Morgan Aycliffe avait récemment terminé la construction pour Joel sur des plans établis par son fils Charles. Elle était assez vaste pour accueillir plus de huit cents métiers et avait coûté quatre-vingt mille livres, puisées dans le trésor de mon grand-père.

— Ce garçon n'est qu'un dépensier, avait déclaré M. Oldroyd, de Fieldhead, qui s'était fait la réputation de couper les groseilles en deux.

— Le vieux Samson Barforth se retournerait dans sa tombe, s'il savait ce qui se passe avait grommelé M. Hobhouse, de Nethercoats, qui soutenait encore avec virulence que la mécanisation des métiers n'avait aucun avenir.

Mais ni M. Aycliffe, l'entrepreneur, ni M. Rawnsley, le banquier, ne semblait partager ces points de vue et, moins de deux ans après la mort de mon grand-père, Joel jouissait déjà d'un crédit fort enviable sur la place de Cullingford. Les nouveaux métiers avaient peu à peu remplacé les anciens et, s'il y eut quelques mouvements de mauvaise humeur, les choses n'allèrent pas loin, car Cullingford, à cette époque, était en pleine croissance, envahissait les derniers arpents de verdure qui la séparaient encore des villages avoisinants avant de les avaler eux-mêmes, si bien qu'on ne savait plus où finissait la ville ni où commençaient Fieldhead, Thornwick ou Lawcroft Fold.

Au début du siècle, on ne comptait que deux fabriques dignes de ce nom dans la région, la nôtre et celle des Hobhouse ; mais maintenant, à peine trente ans plus tard, d'autres que Joel avaient eux aussi compris les avantages des machines, et il se dressait plus de cinquante usines – avec, semblait-il, la promesse d'en voir au moins cinquante autres –, dont les monstrueux vomissements de fumée noircissaient en un clin d'œil les tristes alignements de maisonnettes dont Morgan et Charles Aycliffe recouvraient les dernières touffes d'herbe, et faisaient oublier jusqu'au souvenir du chant des oiseaux. C'est ainsi que cette ville où j'avais grandi, cette plaisante bourgade de Cullingford avec ses treize mille âmes, était devenue une sorte de géant tentaculaire, noirâtre et malaisé à vivre, où près de quarante-cinq mille individus gagnaient – ou cherchaient désespérément à gagner leur pain.

Dans les rues qui entouraient les autres ateliers de Joel à Low Cross – Simon Street, Saint Street, Gower Street –, les hautes et vastes maisons, conçues pour la tranquillité des habitants d'une paisible ville-marché de campagne, étaient devenues des sortes de termitières où les Irlandais, perpétuellement en fuite devant la famine, s'entassaient à cinq, six, dix par pièce, tout un peuple différent, inquiétant, étranger par la langue et la religion et dont, en conséquence, il fallait se méfier. Chaque jour voyait aussi l'arrivée du cortège des paysans sans terre, à pied, leurs hardes et leurs enfants sur le dos, qui venaient dans le nord chercher du travail.

Ce travail, il ne manquait peut-être pas, mais il n'était pas adapté à tous les postulants ; d'autres n'en voulaient pas ; sous la suie des façades, le mécontentement ne cessait de gronder et l'on pouvait toujours craindre l'apparition d'un nouveau Jabez Gott dans les taudis de Simon Street, ou dans les enfilades de masures sordides et toutes pareilles jetées au hasard par les Aycliffe père et fils.

Tout se passait plus ou moins comme mon père l'avait prévu, car les tisserands, même pressés par la faim, refusaient de travailler dans les usines, et ceux qui s'y résignaient étaient incapables de s'y adapter ou de donner satisfaction. Habitués à travailler au gré de leur fantaisie, à passer la nuit pour finir un ouvrage quitte à se reposer le lendemain, ils n'arrivaient pas mieux que les paysans – accoutumés à se régler sur le soleil et les saisons – à se faire aux horaires réguliers que les machines exigeaient. Quand il faisait beau ou qu'ils avaient assez d'argent en poche pour les besoins essentiels, ils ne se présentaient pas à l'embauche, ou n'arrivaient que l'après-midi, après avoir bêché leur jardin ou curé le poulailler, et ils ne comprenaient pas que les industriels réagissent pour s'assurer de la présence assidue de leurs ouvriers, en maintenant les salaires au plus bas et en mettant les retardataires à l'amende. Mais cela même était en train de changer car, comme Joel l'avait compris dès le début, une femme, même très jeune, avait largement la force physique de faire fonctionner un métier mécanique, si bien qu'on en arrivait au point où l'on n'avait plus besoin des hommes que pour les travaux de précision, comme le réglage et l'entretien des machines, ou les labeurs de force, tels que la manutention. Et comme les tisserands de notre région étaient, le plus généralement, de taille médiocre et assez peu musclés, on ne voyait désormais plus à Lawcroft, tout comme sur les chantiers de M. Aycliffe, que des paysans ou des Irlandais, seuls capables d'exécuter les gros travaux.

Nous avons trouvé, un matin, « Salaud de voleur de Barforth ! » griffonné en grosses lettres sur le mur du jardin de Maison Haute, mais Joel – qui ces derniers temps descendait à l'usine dans un phaéton tiré par une jument grise – ne fit qu'en rire, et déclara que les écoles du dimanche de sa sœur Hannah étaient une bien mauvaise idée si c'était tout ce qu'on pouvait attendre des leçons d'écriture si généreusement données aux pauvres.

L'École du dimanche était pourtant, et plus que jamais, chère au cœur de Hannah, qui exerçait sur la chapelle de Ramsden Street une autorité aussi absolue que Joel sur Lawcroft, et si elle n'était pas bien vue de beaucoup de paroissiens, tout comme Joel n'était guère aimé de ses ouvriers, ils étaient peu nombreux à oser leur désobéir. Hannah avait, bien entendu, très mal pris son déménagement à Maison Haute – surtout en sa qualité détestable de belle-sœur et de vieille fille, ce qui n'était encore rien devant le fait que Mme Stevens conservait ses fonctions de gouvernante – et s'était empressée de me faire connaître ses sentiments :

— Tu ne penses pas sérieusement garder cette femme ! m'avait-elle dit le jour de l'enterrement de mon grand-père, à peine une heure après que Mme Stevens m'eut embrassée avec des larmes de gratitude. Ce serait parfaitement inconvenant, alors que tout Cullingford est au courant des rapports qu'elle entretenait avec ton grand-père. Je te prie de penser à ma propre position dans tout cela, car on ne peut quand même pas exiger de moi que je cohabite ainsi avec elle.

Par nécessité, elles finirent pourtant par s'entendre et se supporter, comme elles toléraient mes chiens et mes enfants, et c'était fort bien ainsi car, dans toute la vallée de la Law, Mme Stevens était sans contredit la plus parfaite des gouvernantes.

Immense pour mon seul grand-père, Maison Haute paraissait maintenant moins spacieuse. Elle comportait quand même un grand salon et une salle à manger pour les réceptions, un petit salon amplement suffisant pour tous les jours et une bibliothèque où Joel se retirait avec ses journaux, ses livres de comptes et les cigares qui déplaisaient si fort à sa sœur. À l'étage, à part la vaste chambre de mon grand-père, repeinte et remeublée à neuf, il y avait deux jolies chambres pour Hannah et Mme Stevens, et deux autres à donner ; sous le toit, nous avions aménagé la nursery et les mansardes pour Liza, la nurse, ma vieille Marthe-Ellen et les petites bonnes de Mme Stevens. Il y avait aussi le grand jardin, avec son allée cochère, les remises et les écuries au-dessus desquelles logeaient le cocher et les palefreniers ; et si ce train de maison était encore trop mesquin pour Joel, il constituait cependant une ébauche du luxe dont il rêvait et un pas dans la bonne direction.

Dès ses débuts, Joel avait été un lutteur, un affamé, aiguillonné par l'orgueil et la pauvreté, débordant d'énergie, d'ambition et d'appétits qui, maintenant qu'il avait Lawcroft à ses pieds, n'étaient toujours pas rassasiés. S'il descendait désormais la colline en phaéton, il était tous les matins dans la cour à cinq heures, comme d'habitude, pour assister à la mise en marche des machines et à l'arrivée des premiers ouvriers ; le soir, il était encore à la grille au départ des derniers pour faire comprendre à tous que, s'ils travaillaient longtemps, il en faisait lui-même bien davantage. Il passait ses journées dans les ateliers, surgissait ici ou là, détectait avec un flair infaillible l'oisiveté ou le mauvais vouloir, et faisait à tous, chefs d'ateliers, tisseurs ou humbles grouillots, la démonstration éclatante qu'il n'y avait pas une tâche qu'il n'ait lui-même accomplie de ses mains et qu'il était prêt à refaire s'il le fallait. Aussi savait-on, dans toute la vallée, qu'après avoir été au service d'un Matthew Oldroyd ou d'un Bradley Hobhouse, aussi peu enclins l'un que l'autre à se salir les mains, on trouvait la vie dure en travaillant pour Joel Barforth.

Il payait pourtant de bons salaires à ceux qui comprenaient ce qu'il attendait d'eux, et il se montrait juste envers ceux qui étaient assez sensés pour savoir qu'avec lui la flatterie et la tromperie n'avaient aucune chance de succès.

— Je ne veux pas savoir pourquoi vous ne pouvez pas le faire, disait-il à un mécanicien au désespoir devant une machine irréparable, ou à un chef d'atelier confronté à une date de livraison impossible à respecter. Les bonnes raisons, j'en connais au moins cent. Ce que je vous demande, c'est de me dire pourquoi et comment vous y arriverez.

Alors, et presque sans exception, la machine était remise en état, les marchandises livrées au jour dit, les responsables de ces prouesses touchaient une généreuse gratification et leurs noms étaient enregistrés dans la mémoire de Joel.

— Je ne vous demande pas l'impossible, leur répétait-il. Ce que je peux faire, vous en êtes capables.

Mais, pour ceux qui, décidément, ne l'étaient pas, il n'y avait d'autre ressource que d'aller, la casquette à la main, se présenter chez les Oldroyd, les Hobhouse et leurs semblables.

— Vous ne me convenez pas, se bornait à leur dire Joel.

Et ces méthodes ne le rendaient pas plus populaire chez les chercheurs d'emploi qu'à la Halle au Drap, où les autres fabricants se plaignaient amèrement de ce qu'il leur raflait, en surpayant leurs meilleurs employés pour ne leur laisser que les incapables.

Il avait de même suivi et surveillé brique par brique la construction de l'usine, n'acceptait aucun retard, refusait de s'écarter d'un pouce des plans originaux.

— Cela ne me convient pas, disait-il rudement à Morgan Aycliffe quand celui-ci proposait quelque modification mineure destinée, prétendait-il, à gagner du temps. Cela vous arrange peut-être, car vous me ferez payer la même chose de quelque manière que le travail soit exécuté, mais je n'y vois aucun intérêt en ce qui me concerne. Je vous ai commandé précisément ce dont j'ai besoin, et c'est exactement, mon cher beau-frère, ce que j'entends obtenir.

Infatigable, il ne pouvait supporter l'oisiveté autour de lui, et j'ai très vite appris quels étaient, à ses yeux, les devoirs essentiels d'une épouse. Il ne me demandait pas d'être habile, comme ma grand-mère, dans la fabrication du savon et des chandelles, pas plus que de briller aux travaux d'aiguille ou à la confection de bouquets de fleurs artistiques, mais il exigeait bien plus qu'un Morgan Aycliffe, prompt à se contenter du spectacle d'un joli visage, ou qu'un Bradley Hobhouse, dont la placide Emma-Jane bornait son univers et ses conversations à l'éducation des enfants et à ses chamailleries avec sa belle-mère. Joel voulait que sa femme sache et puisse s'élever avec lui, il attendait d'elle la création du décor où mettre en valeur les symboles de sa réussite et de sa fortune, il lui demandait de résoudre seule, sans qu'il ait à s'en mêler, les problèmes soulevés par un très grand train de maison, d'embellir son cadre de vie avec des moyens, un savoir-faire et un goût aussi inconnus à Cullingford aujourd'hui que les métiers mécaniques l'étaient hier. Et c'est ainsi que j'ai chargé Mme Stevens de faire la cuisine à ma place, Liza de me débarrasser du soin et de la surveillance des enfants, et que j'ai entrepris de raffiner mon éducation sociale et d'affûter mon esprit, si bien que je devins bientôt capable, quand Morgan Aycliffe parlait de Sèvres ou de Meissen, de lui répondre Minton ou Derby, ou quand Charles Aycliffe citait Coleridge ou Wordsworth, je savais qu'il s'agissait de poètes et non de cotonniers d'au-delà de la chaîne Pennine. Par la lecture des journaux de Joel, j'en vins même à m'instruire sur les lois protectionnistes ou l'irritante question des réformes parlementaires.

J'avais aussi mes plaisirs bien à moi, mes longues promenades dans la lande grise au printemps, jaune safran en été, froide comme l'acier en hiver, avec un chien de chaque côté, la surprise d'un oiseau s'envolant sous mes pieds, l'émerveillement de milliers de petites créatures qui grouillaient autour de moi, ou de la dentelle des rameaux dénudés se détachant sur le ciel. J'avais aussi la joie, tandis que les saisons se fondaient l'une dans l'autre pour devenir des années, de voir un enfant, puis un autre, et un autre encore, s'aventurer d'un pas d'abord mal assuré hors du cocon de la petite enfance pour explorer le monde immense et plein de prodiges du jardin de Maison Haute.

Je n'étais pas, semblait-il, de ces femmes à trouver son bonheur dans l'enfantement, comme mon amie Emma-Jane qui, depuis qu'elle avait été fécondée au cours de sa nuit de noces, mettait toute sa fierté dans le fonctionnement de son corps et en faisait l'objet constant de ses conversations. Pour moi, la grossesse avait surtout été une privation de liberté, mais j'avais une tout autre opinion de la maternité elle-même et, si je ne souhaitais pas ardemment accroître ma progéniture, j'étais fort satisfaite de celle que j'avais.

Jusqu'à l'apparition de ce miracle unique qui s'appelait Blaise, les bébés me paraissaient tous pareils et je n'ai longtemps éprouvé que commisération pour les femmes affligées d'enfants ordinaires. Puis, avant l'arrivée du deuxième, je m'étais fort souciée de ce qu'il ne serait peut-être qu'une pâle copie du premier, si bien qu'il m'avait fallu un jour ou deux pour m'habituer à cette variante de la physionomie Barforth, et pour comprendre que j'allais les adorer autant l'un que l'autre, mais différemment.

Ils n'étaient séparés que par un peu plus d'un an, mais presque identiques, de prime abord, avec leurs boucles brunes, leurs voix impérieuses de vrais Barforth sachant clamer dès le premier jour leurs exigences, jusqu'à ce que le miracle se produise et que ces deux natures, si proches en apparence, croissent ensemble mais se développent pour former deux individus foncièrement différents. Blaise était le gagnant, le séducteur, avec une chevelure qui s'éclaircissait pour devenir châtain foncé, et les mêmes yeux gris que ma mère. Il était celui qui obtenait ce qu'il voulait en faisant un sourire plein de douceur et d'innocence et en prenant son temps, alors que Nicolas, le vrai Barforth aux boucles d'ébène et à la peau couleur d'ambre – le plus beau des deux – s'affirmait chaque jour plus impétueux et plus inflexible.

Dès qu'il avait su parler, Blaise répondait : « Je ne crois pas », si on lui donnait un ordre, mais Nicolas, la mine farouche, disait résolument « Non ! », sans vouloir en démordre. Si bien que, le plus souvent, c'était Blaise – en pliant sous le vent et en détournant sur son frère batailleur la mauvaise humeur des adultes – qui obtenait la faveur ou le pardon, qui esquivait le devoir ou la corvée, tandis que Nicolas, tremblant de rage et de larmes rentrées, subissait sa punition avec une fureur orgueilleuse, prenant même à son compte celle de son frère quand je n'étais pas là pour intervenir.

— N'essaie pas de me tromper, Blaise ! lui disais-je, bouleversée pour mon cadet, car je ne comprenais que trop bien la fierté qui le poussait à aller dissimuler ses larmes dans un coin et à se soustraire à mes consolations. Je sais parfaitement que tu as encore désobéi à Liza et que tu as fait punir ton frère à ta place. Mais tu ne t'en tireras pas comme cela avec moi !

Et Blaise me faisait alors un de ses sourires angéliques, si semblables à ceux de ma mère, tournait vers moi ses yeux de velours gris aussi pleins d'innocence que les siens, et me faisait comprendre par un simple regard que, en dépit de toute ma sévérité, il savait parfaitement que c'était lui que j'aimais le mieux.

« Oui, je sais, me disaient ces yeux-là, il faut bien que vous preniez ouvertement son parti, mais il n'est toujours que Nicolas tandis que, moi, je suis Blaise. » Et l'énormité de son contentement de soi, de son inébranlable certitude de ce que le monde n'appartenait à nul autre que lui manquait rarement de me tirer un sourire.

Et puis vint Caroline, ma fille, ce corps féminin né du mien qui, sans elle, n'aurait sans doute jamais connu la plénitude. Ma fille… Merveilleusement belle dès sa première minute en ce monde, avec des cheveux noirs et soyeux, des yeux comme un ciel nocturne, un petit être féerique qui, sur ce champ de bataille qu'était le plancher de la nursery, ne voyait absolument pas pourquoi ce ne serait pas elle, la fille, le vainqueur et le conquérant.

— Elle est particulièrement vigoureuse et bruyante, me disait Liza d'un air réprobateur. Il va bientôt falloir la calmer et la discipliner, madame, croyez-moi.

Mais il était encore bien trop tôt, à mes yeux, pour lui faire comprendre qu'une jeune fille bien élevée a le devoir d'être douce et soumise, d'affecter un appétit d'oiseau et de ne pas plus remuer qu'une potiche, si bien que, quand elle expédiait son poing dans l'œil de Blaise qui se moquait d'elle, chipait à Nicolas sa part de gâteau ou les poursuivait tous deux dans le jardin en hurlant, je refusais de prêter l'oreille à Liza et à ses claquements de langue excédés, ou à Hannah qui disait :

— Virginie, cette enfant est insupportable, elle me donne la migraine.

Je ne m'étonnais même pas quand Joel, qui faisait rarement attention à ses enfants, prétendit même un jour :

— Celle-là, elle aurait dû être un garçon.

Nous ne dînions plus au milieu de l'après-midi et nous déjeunions à midi, ce qui nous permettait de repousser le dîner à l'heure des lustres et du clair de lune, nous donnant plus facilement l'occasion de recevoir et de porter nos vêtements de soirée, comme l'avait toujours fait la noblesse. Mme Oldroyd et Mme Hobhouse, fermement convaincues de l'immoralité de l'aristocratie, avaient d'abord eu beaucoup de mal à se faire à l'idée d'un tel bouleversement mais, sous l'effet de pressions familiales de plus en plus impérieuses, avaient fini par s'y résigner à leur tour. Mme Aycliffe, autrement dit ma cousine Elinor, était convertie depuis son mariage à ce mode de vie, mais si son mari ne l'autorisait pas à donner de trop grandes réceptions – de peur, sans doute, qu'il ne survienne quelque accident à ses précieuses porcelaines –, on pouvait toujours compter sur elle pour venir briller chez moi ou chez les autres.

J'ai donné un grand dîner, par une belle soirée d'été, sans autre raison que de faire admirer la soie bleu pâle dont nous venions de tendre les murs du salon et les nouvelles chaises à la tapisserie assortie qui, à mon avis, se mariaient fort bien avec le velours rouge des canapés acquis l'année précédente. Elinor arriva la première, comme à son habitude, pour bavarder hors de la présence de son mari et se placer à son avantage dans la lumière, espérant que la première personne à passer la porte subirait le choc de cette merveilleuse apparition et en perdrait l'envie, pendant le reste de la soirée, de poser son regard ailleurs.

On ne servait peut-être plus de champagne et de fraises pour le petit-déjeuner, à Blenheim Lane, car la lune de miel et les regards passionnés du mari étaient depuis longtemps passés, mais Elinor baignait toujours dans la douce chaleur de son opulence, et le plaisir qu'elle en tirait – comme celui d'une chatte devant une jatte de crème – paraissait encore la combler. L'arrivée coup sur coup de deux filles et d'une série de fausses couches ne semblait pas non plus lui avoir fait perdre ses rêves enchantés.

Il n'avait bien entendu jamais été question de faire pénétrer les enfants dans le sanctuaire du salon Aycliffe, et elles avaient été confinées dès leur naissance à la nursery, aux escaliers de service et à un univers si totalement séparé de celui des adultes qu'Elinor, quand on les lui amenait à l'heure du thé, les traitait avec précaution et étonnement. C'étaient là des enfants, certes. Mais les siens ? Impossible ! Aussi les renvoyait-elle à leur nurse au bout de dix minutes avec un soupir de soulagement.

Ce soir-là, par extraordinaire, Elinor paraissait agitée et, sachant que chez elle les sentiments désagréables étaient généralement provoqués par son beau-fils, je me suis préparée à l'écouter dévider ses doléances, sans cependant être sûre d'y compatir.

Charles Aycliffe avait effectivement pu passer quelque temps en France, mais il n'avait pas tardé à être rappelé chez lui. Il fallait exécuter les plans de la nouvelle usine de Joel, ceux de nouvelles constructions que les Oldroyd faisaient bâtir à Fieldhead, sans oublier les rangées de masures indispensables ; s'il lui arrivait encore de pouvoir s'absenter de temps à autre, son père avait d'autant moins l'intention de se dispenser de ses services qu'il était chargé de nouveaux rejetons. Morgan Aycliffe n'avait sans doute guère accordé d'attention à ses filles, qu'il n'avait certainement pas désirées, mais elles constituaient une responsabilité assez lourde pour un homme de son âge. Il fallait pourvoir à leur entretien ainsi qu'à celui d'Elinor, et comme il avait lui-même perdu tout penchant pour le métier d'entrepreneur – depuis qu'il passait ses journées à échafauder des opérations financières et ses soirées dans la contemplation de ses bibelots et de sa femme –, il lui fallait désormais compter de plus en plus sur son fils. Si le père avait besoin de Charles, c'était à la maison que ce dernier avait le devoir de rester. Mais Charles ne subissait cette contrainte qu'avec la plus extrême mauvaise grâce et se comportait en tout, sauf dans l'exercice de sa profession d'architecte, comme le plus déplorable des fils. Tel était du moins le récit maintes fois rabâché par Elinor et qu'elle s'apprêtait probablement à me rééditer.

— Je suis arrivée en avance exprès pour te dire qu'ils vont être en retard, si même ils viennent après la dispute qu'ils ont eue et qui dure encore, j'en ai peur. Charles a découché pendant trois nuits, et je te laisse imaginer ce qu'il a fait et ce que mon mari pense de ce genre de comportement ! Quand il est enfin rentré hier soir, avec une allure à faire peur comme tu peux t'en douter, il s'est contenté de nous rire au nez en disant qu'il déménagerait avec plaisir si sa compagnie nous était aussi insupportable, et qu'il ne serait pas en peine de trouver une chambre quelque part pour nous épargner la vue de sa personne. Personnellement, j'en serais ravie, je ne te le cache pas, mais mon mari ne veut évidemment pas en entendre parler, car les gens jaseraient et pourraient croire que Charles le quitte à cause de moi… Morgan lui a dit que la place d'un jeune homme est dans sa famille jusqu'au jour de son mariage, et dans ces conditions j'ai bien peur qu'il y reste éternellement, car il ne veut même pas regarder les jeunes filles que son père lui propose. Et quant à celles qui l'intéressent… Tu vois ce que je veux dire. Il refuse aussi de quitter la maison sans l'autorisation de son père, car il se retrouverait sans le sou. Les voilà une fois de plus à se quereller, et pendant ce temps ton dîner va attendre et risquer de se gâter… Et Hannah ? Si Charles ne vient pas, nous allons être un nombre impair et elle ne va pas vouloir rester à table !

Le brouhaha de nouveaux arrivants eut heureusement vite fait de chasser de l'esprit d'Elinor ses inquiétudes sur le sort de sa sœur et jusqu'au souvenir des Aycliffe père et fils, si bien qu'elle avait retrouvé sa forme la plus éblouissante pour l'entrée des Hobhouse, d'autant que la femme de Bradley, sa vieille rivale Emma-Jane, portait comme elle une robe jaune.

— Regarde, Emma-Jane, comme nous nous ressemblons ! lui dit-elle avec perfidie.

Puis, en chiffonnant sa jupe d'une main adroitement négligente pour mieux la déployer, elle se glissa prestement à côté d'Emma-Jane, de sorte que nous puissions tous – et tout particulièrement le mari de la malheureuse – constater qu'à côté d'Elinor, aussi délicieuse qu'une primevère, Emma-Jane avait sans contredit l'allure d'un gros pissenlit monté en graine. Mais si Bradley était encore capable d'admirer une primevère – ce qu'il faisait d'ailleurs sans vergogne –, il n'en était pas moins natif de la vallée de la Law et, par conséquent, savait apprécier les choses à leur juste valeur et donner sa place à chacune ; aussi ai-je pu aisément me rendre compte qu'il avait à peine fini de serrer la main de Joel que, déjà, son regard inquisiteur avait fait le tour de la pièce, pris note de toutes les nouveautés qu'elle contenait et calculé leur valeur marchande.

Bradley était pourtant loin d'être dans le besoin, car la récente mort de son père l'avait fait maître de Nethercoats et de plusieurs centaines de métiers qui s'y trouvaient. Si Joel avait été plus facile à vivre, il est certain que Bradley – réputé pour son aimable caractère – aurait volontiers noué des liens d'amitié avec lui et chanté ses louanges, allant peut-être même jusqu'à lui demander conseil sur les nouveaux métiers mécaniques qu'il était désormais prêt à acquérir. Mais Joel ne se liait pas aussi facilement et Bradley savait sans doute, tout comme Matthew Oldroyd, qui faisait en ce moment son entrée, qu'il n'éprouvait guère d'estime pour les hommes comme eux, et comme mon frère Edwin, qui n'avaient jamais eu besoin de lutter pour acquérir leur fortune.

Ils étaient tous les trois devant la cheminée vide, le sherry à la main, à discuter taux de production et cours des lainages, et j'allai rejoindre le petit cercle formé par Emma-Jane, Elinor et Lucy Oldroyd, née Hobhouse, en attendant nerveusement l'arrivée des messieurs Aycliffe. Hannah fit alors son entrée au salon, toujours vêtue de soie marron, et fut accueillie par un léger signe de tête et un demi-sourire de la part d'Emma-Jane et de Lucy, ce qui constituait un salut amplement suffisant pour une vieille fille sans fortune et d'un tempérament notoirement tyrannique.

Ses premiers mots à Elinor furent pour lui demander si son mari était souffrant, d'un ton sous-entendant clairement que cela n'aurait rien de surprenant. C'est à ce moment-là, alors même que je m'apprêtais à me lever pour prévenir Mme Stevens que nous ne serions peut-être pas dix à table, que la sonnette de la porte d'entrée retentit et que les Aycliffe père et fils firent leur apparition.

— Ah ! vous voilà ! s'exclama Elinor. Ce n'est pas trop tôt !

Ils affectèrent tous deux de n'avoir pas entendu, me saluèrent à tour de rôle, le père en premier et le fils ensuite, prononcèrent des paroles pleines de courtoisie et dépourvues de toute sincérité, firent des sourires aimables ; mais nul à part moi, et sans doute Elinor, ne s'apercevrait que, de toute la soirée – et vraisemblablement la suivante et beaucoup d'autres après cela – ils n'allaient s'adresser une seule fois directement la parole.

— Oh, mon Dieu ! me souffla Elinor en se serrant les mains. Je vois que cela a été encore plus mal que d'habitude. Au moment de partir, je les ai entendus parler d'elle, la mère de Charles, et mon mari ne va sans doute pas le lui pardonner de plusieurs jours. L'abominable individu ! S'il pouvait seulement se marier et disparaître ! Il doit pourtant bien y avoir quelqu'un, Virginie, une jeune fille honorable à qui il pourrait plaire. Sinon, j'espère qu'il finira par s'enfuir avec une femme mariée et se déconsidérer si complètement que j'en serais enfin débarrassée.

Peu après, nous sommes passés à table. Le dîner, pour lequel Mme Stevens s'était surpassée, était arrosé des vins de mon grand-père, dont la réserve était encore loin d'être épuisée, et servi sur une table décorée de fleurs et de feuillages. Morgan Aycliffe examinait le tout d'un œil accusateur, levait son verre à la lumière pour admirer avec dépit l'éclat du cristal et de son contenu, aussi irréprochables l'un que l'autre, et finit par complimenter Joel comme si les mots lui écorchaient les lèvres :

— Tout ceci est excellent, Barforth. Remarquable, en tout point remarquable.

Ce soir-là, pour la première fois, Joel me regardait de l'autre bout de la table comme s'il voyait enfin le personnage que je m'étais attachée à créer selon ses désirs : la petite cousine effacée avait fait place à une femme brillante, sûre d'elle, sur qui l'on admirait ses diamants à lui, la soie de toilettes achetées avec son argent, une femme que les autres regardaient avec envie – comme il me l'avait dit dès notre nuit de noces – en se disant : « Il doit être riche pour avoir les moyens d'entretenir une femme comme elle. »

Le dîner fini, je me suis levée pour emmener les dames au salon et laisser les messieurs entre eux, et je me suis demandé, passant derrière la chaise de Charles Aycliffe, comment il comptait se distraire ce soir : allait-il simplement avaler son porto en fixant le mur des yeux, ou s'amuserait-il à jeter, dans le ronronnement de leurs conversations, le bruit discordant d'une question impertinente qui échaufferait les esprits et ferait monter le ton jusqu'à la dispute ? Il dut capter les ondes de mes pensées car, à ce moment-là, il leva les yeux vers moi, haussa son sourcil à l'arc ironique et j'ai vu, aussi clairement que si j'avais été à l'intérieur de sa tête, qu'il avait la migraine, que ces trois nuits de mauvaise compagnie ne lui avaient laissé qu'amertume – dans l'estomac comme dans l'esprit – et que, s'il avait éprouvé quelque plaisir, celui-ci était bien oublié.

Du pas de la porte, Hannah me hélait, offusquée de mon long arrêt, inquiète et prête à intervenir comme si j'avais découvert sur la table une grave inconvenance. J'ai secoué la tête pour m'arracher à cette fascination et je me suis hâtée de rejoindre les autres.

— J'espère qu'ils ne seront pas trop longs, dit Emma-Jane.

Elle venait d'accaparer tout un canapé pour étaler sa jupe et ne se souciait manifestement pas de ce qu'allaient faire les messieurs, puisque désormais elle en avait un pour elle toute seule. Elinor, en revanche, s'y intéressait énormément et poussa un soupir découragé :

— J'ai bien peur, au contraire, qu'ils ne restent des heures à parler de leur affreuse politique, à supputer combien de temps notre pauvre vieux roi va mettre à mourir et si le prochain va décider d'augmenter le droit de vote et, dans ce cas, à savoir qui l'aura et qui ne l'aura pas. J'en ai par-dessus la tête, de toutes ces histoires, au point que je ne me soucierais guère d'apprendre qu'on va faire voter les ânes ou les moutons, ou qu'on va fusiller le duc de Wellington, comme Morgan Aycliffe dit qu'on le devrait, ou même qu'on demande au pape de venir siéger à la Chambre des communes…

— Des lords, dis-je en souriant comme si je corrigeais un des innombrables à-peu-près d'Elinor. Il serait sûrement mieux à sa place à la Chambre des lords.

Ma boutade déplut à Hannah, toujours de mauvaise humeur aux réceptions et particulièrement ce soir, où nous lui avions donné un cavalier scandaleusement négligent en la personne de Charles Aycliffe. Elle déclara aigrement :

— L'extension du droit de vote et la réforme des circonscriptions est un sujet d'une importance capitale. Tu ne devrais pas parler sans réfléchir, Elinor, car tu comprendrais peut-être que Cullingford, avec plus de quarante mille habitants, devrait avoir un représentant au Parlement.

— Et pour quoi faire ? Pour qu'il finisse dans la poche de sir Giles Flood, ou dans celle de mon frère Joel ? À quoi nous servira-t-il, ce député ? Va-t-il faire bâtir une salle des fêtes, comme à Bradford et à Leeds, pour que nous puissions enfin donner de vrais bals, au lieu de devoir encore nous contenter des halles, avec les horribles odeurs qui montent des boutiques ? Certainement pas ! S'il est l'homme de paille de Joel, il va voter contre les lois protectionnistes pour faire baisser le prix du pain et que Joel n'augmente pas les salaires de ses ouvriers. Et s'il est à la dévotion de sir Giles Flood, il votera pour maintenir ces lois, afin que les fermiers puissent vendre leur blé au prix qu'ils veulent. De toute façon, je me moque bien de ce qu'ils comptent tous faire, car je suis de nouveau enceinte et j'ai bien peur de ne pas vivre assez longtemps pour voir tout cela.

— Quelle bonne nouvelle, ma chérie ! me suis-je écriée. Tu n'en mourras pas, rassure-toi.

Mais la déclaration d'Elinor, qui aurait dû être accueillie avec intérêt par Lucy et Emma-Jane, tomba dans un silence gêné provoqué par la présence de Hannah, célibataire devant qui il était inconvenant de faire la moindre allusion à tout ce qui, de près ou de loin, pouvait se rapporter au lit conjugal. La résolution méprisante dont faisaient preuve les deux belles-sœurs de maintenir Hannah – qui était infiniment plus intelligente qu'elles deux réunies – à l'écart de tout sujet de conversation considéré comme « adulte » et de ne rien dire qui puisse l'éclairer sur les mystères de la nature féminine me semblait à la fois drôle, mais surtout plein d'une méchanceté inutile.

On ne pouvait cependant rien reprocher de bien grave à Emma-Jane Hobhouse ou à Lucy Oldroyd. Elles n'étaient, l'une et l'autre, ni bonnes ni méchantes, ni intelligentes ni franchement stupides ; c'étaient des femmes toutes simples, un peu banales, qui aimaient les plaisirs de la vie et en désiraient vraisemblablement davantage sans pour autant être dénuées de charité. Emma-Jane se souciait presque exclusivement de ses constantes grossesses, Lucy de son apparente incapacité à avoir des enfants. Je les croyais plutôt heureuses – sans pouvoir comprendre pourquoi, quand je pensais à la pesanteur intellectuelle de Bradley Hobhouse et à la pingrerie de Matthew Oldroyd. Ce devait plutôt être parce que, pour elles, le mariage n'était pas une question de bonheur personnel mais de position sociale et de sécurité, certainement pas d'aventures exaltantes ni de surprises, car ni l'une ni l'autre n'aimaient l'imprévu. Il leur suffisait d'être assurées que les jours se suivent et se ressemblent, paisibles, également assaisonnés de joies et de peines aussi légères les unes que les autres, dans une sérénité que rien ne viendrait troubler, rien de plus grave qu'une querelle avec leur belle-mère ou le bris d'une assiette ; il leur suffisait qu'on n'exige rien d'elles qu'elles ne puissent immédiatement et complètement comprendre ; il leur suffisait de pouvoir dire : « Je suis Mme Bradley Hobhouse, ou Mme Oldroyd, et voici ma maison, mon fils, et mes fauteuils neufs. »

Et moi, me suis-je dit, je suis Mme Joel Barforth, sans plus d'identité personnelle. Je ne suis plus Virginie, non, mais Mme Joel Barforth, une femme digne, sereine, qui jette sur le monde un regard froid et lucide, capable de parler porcelaine, poésie ou politique, capable de citer les noms de douzaines de sauces et de servir les vins convenant à leur caractère, capable de savoir ce que sont le désir et le plaisir, maintenant que mon corps y avait goûté, et même assez évoluée, désormais, pour comprendre que mon mari, parfois, pouvait aller voir ailleurs pour son propre plaisir. Alors, ayant ainsi reconnu et accepté les limites de nos rapports, il n'y avait sûrement plus aucune raison que je ne sois pas heureuse, moi aussi – ou y en avait-il ?

— C'est de me savoir dans cet état qui les vexe, me chuchota soudain Elinor.

Mon expression stupéfaite dut lui faire comprendre que j'avais l'esprit ailleurs, aussi se hâta-t-elle de développer sa pensée :

— Tu sais que mon mari a horreur que je sois enceinte. Ma taille déformée offense son sens esthétique et mon état lui paraît inconvenant, si bien qu'il m'évite pendant des mois avant et après, ce dont je serais enchantée s'il ne devenait plus invivable qu'un porc-épic. Et puis les gens jasent, vois-tu, le taquinent en le félicitant comme si c'était un miracle qu'il ait des enfants à son âge, ce qui ne fait que lui rappeler que je suis jeune et qu'il est vieux, et il m'en veut, alors que je n'y suis vraiment pour rien. Quant à Charles, tu penses bien qu'il voit cela d'un mauvais œil car, si j'avais un fils, sa part d'héritage serait sérieusement menacée. Mes pauvres petites Prudence et Julia ne lui coûteront rien de plus qu'une dot, tandis qu'un petit frère pourrait bien tout lui rafler. Alors, tu vois dans quelle position je suis, prise entre deux feux… Si mon mari mourait, je n'ai pas idée de ce que je deviendrais, car cet abominable Charles serait trop heureux de me jeter dehors avec ma chemise sur le dos… Mon Dieu, mon Dieu, que la vie est dure ! Je sens que je vais pleurer.

Mais elle n'avait pas plus tôt réussi à imprimer à sa lèvre un touchant frémissement que la porte s'ouvrit à deux battants pour livrer passage aux messieurs, si bien que, loin de fondre en larmes, Elinor les gratifia de son plus éclatant sourire de bienvenue.

— Tu as sûrement remarqué, me chuchota-t-elle un instant plus tard, que Bradley Hobhouse ne m'a pas dit un mot de la soirée, ce qui me paraîtrait d'autant plus suspect, si j'étais à la place d'Emma-Jane, qu'il n'a pas arrêté de me regarder, que dis-je ? de me dévorer des yeux ! J'espère au moins que mon mari est encore assez en colère contre son fils pour ne pas s'en être aperçu, ou il faut encore m'attendre à une scène. Ce n'est quand même pas ma faute, n'est-ce pas ?

La soirée touchait heureusement à sa fin ; j'étais épuisée de tous ces sourires aussi factices que les conversations, et Morgan Aycliffe enveloppa bientôt Elinor de son manteau, en ne lui permettant que la plus brève des pauses pour faire admirer sa doublure de plumes de cygne, avant de lui dire avec aigreur de se presser car il avait le lendemain une journée chargée.

— Eh oui, moi aussi ! déclara Bradley Hobhouse en bâillant.

Il avait beau affecter la plus grande lassitude, j'étais sûre qu'il n'avait pas la moindre intention de se trouver dans la cour de son usine à cinq heures du matin, maintenant que son père n'était plus là pour lui reprocher sa paresse. Mais Matthew Oldroyd, dont le père était toujours assez plein de vigueur pour le chasser du lit à coups de pied en cas de besoin, fit signe à sa Lucy, si bien que leurs trois voitures furent amenées en même temps au bas du perron.

Dans le vestibule, où je raccompagnais mes hôtes, Charles Aycliffe me souhaita une bonne nuit, me remercia de la charmante soirée et me serra la main, d'une main que je trouvais presque enfantine, fine, légère au toucher, une main d'intellectuel, ai-je pensé malgré moi – mais que savais-je des intellectuels et de leurs mains ?

— Bonsoir, cher monsieur. Je crois que votre père vous attend dans sa voiture.

— Qu'il n'attende plus, alors, car je vais rentrer à pied.

— Vraiment ? ai-je dit, surprise et vaguement inquiète.

— Oui, vraiment, répondit-il en souriant.

Alors, toujours souriant, il prit son chapeau, sortit et dépassa lentement la voiture où l'attendait son père.

— Bonsoir ! lui dit-il au passage.

Il avait soulevé son chapeau avec une déférence moqueuse et ne répondit pas quand, de l'intérieur, on entendit son nom : « Charles ! » proféré dans un chuintement d'allure menaçante, comme si dans ce seul mot Morgan Aycliffe avait voulu comprimer plusieurs phrases, exprimer quelque chose comme : « Ne me pousse pas trop loin, gredin ! », à quoi l'insolent coup de chapeau avait eu l'air de répondre : « Pas encore assez loin, attendez la suite ! »

Hannah disparut silencieusement pour aller se coucher, et je me suis retrouvée seule avec Joel.

— Ils m'envient ! dit-il avec un rire ironique. Et cela me fait plaisir. Bradley et Matthew seraient déjà bien contents d'avoir ce que j'ai. Pour eux, s'ils étaient capables de garder ce que leur père leur laisse, ce serait un grand succès, et ils sont effarés de voir que cela ne me suffit pas. Ils en arrivent à se demander ce qu'ils seraient sans Nethercoats et Fieldhead, et la réponse est simple : dans le ruisseau. Je suis heureux, Virginie. Je me sens bien, ce soir.

J'avais déjà senti sa jubilation et, prête à ce qu'il s'approche pour me prendre dans ses bras, je l'attendais avec un demi-sourire et l'envie de me mettre à son diapason, le besoin, plutôt, de me sentir à nouveau possédée, de faire disparaître les dernières traces de mon identité qui ne revenait que pour me troubler l'esprit, et de me fondre dans la sienne. Mais, au lieu de venir vers moi et de me toucher, il se dirigea vers la fenêtre, jeta un coup d'œil distrait au-dehors et retraversa la pièce à pas vifs, enveloppé d'une aura de vitalité si vibrante qu'elle me mit soudain mal à l'aise et que je compris que, s'il désirait la consumer, ce n'était pas avec moi.

— Hmm… Je crois que je vais sortir un moment, dit-il. Je ferais mieux d'aller voir ce que fait l'équipe de nuit à Low Cross, je leur avais confié une pièce de tissu qui doit être terminée à cette heure-ci, et j'ai hâte de voir le résultat.

Il s'était donné le mal de se justifier, d'expliquer ses raisons au lieu de me dire simplement : «Je sors», si bien que j'eus la certitude qu'il mentait.

— Dans ce cas, je vais aller me coucher, ai-je répondu.

Il hocha la tête, tendit la main pour me pincer le menton en ce geste quasi fraternel que je ne croyais plus lui voir faire, et me sourit :

— Oui, ma chérie, mettez-vous au lit. Je ne fais qu'aller et revenir, mais le chemin est long jusqu'à Low Cross, surtout dans le noir, et je rentrerai peut-être tard.

— Ce n'est donc pas la peine que je vous attende ?

— Non, je ne pense pas.

— Bien. Bonne nuit, Joel.

— Bonne nuit, Virginie.

Quand il monta dans son phaéton, qu'un palefrenier avait mené devant le perron, je me suis forcée à ne pas soulever le rideau pour voir la direction qu'il prenait, j'ai refusé d'écouter les sabots du cheval – ou étaient-ce les battements de mon cœur ? – pour ne prêter attention qu'à la voix de ma raison qui m'assurait que – comme ma mère et ma grand-mère – je devais comprendre, accepter, ne pas me sentir menacée. «Si cela devait se produire, ce n'aurait pas une grande importance à ses yeux», m'avait dit ma mère. Et je ne voulais pas, ce soir ni jamais, me demander si cela en avait aux miens.

13

Cette année-là, ma vingt-deuxième, fut aussi celle de la mort de notre quatrième roi George de Hanovre, événement qui ne laissa guère de regrets, sauf, je crois, chez son Premier ministre, le duc de Wellington, qui se retrouvait avec quelques scandales à étouffer pour préserver la mémoire du monarque, ainsi que la sombre perspective d'une élection générale.

Ce George-là avait été un homme aux appétits voraces, grand amateur de bonne chère, de bons vins et de la femme des autres, ce qui ne l'avait pas empêché d'interdire l'entrée de Westminster à la sienne le jour du couronnement. Il n'avait eu qu'un seul enfant, la princesse Charlotte, morte en bas âge, et c'était donc son frère, le duc de Clarence, qui devait lui succéder ; vieux monsieur méticuleux et plein de bonnes intentions, le duc allait sans doute, croyait-on, non seulement prêter une oreille attentive aux avis éclairés de Wellington, mais également écouter la voix tonitruante des réformistes. Car la réforme était, à nos yeux, la seule solution : cette année-là, certains d'entre nous étaient extrêmement riches, d'autres extrêmement pauvres, mais nous avions tous des sujets de nous plaindre. L'Angleterre entière était peuplée de mécontents.

À la campagne, la suppression des vaines pâtures et des champs communaux s'était ajoutée à une série d'hivers désastreux pour créer une masse de déshérités réduits à mettre le feu aux meules de paille et à briser les machines à battre, qui les réduisaient à la famine en rendant leurs muscles inutiles. L'Irlande était en plein soulèvement : les catholiques exigeaient d'être libérés de la domination protestante anglaise et les émeutiers étaient allés jusqu'à attaquer le lord-gouverneur, propre frère du duc de Wellington, dans sa loge de théâtre. Ici, dans le nord nouvellement industrialisé, les tisserands se serraient la ceinture et ruminaient leur amertume de vouloir travailler sans y parvenir ainsi que leur humiliation de ne survivre que grâce à ce que gagnaient leurs femmes et leurs enfants dans les usines. Et comme les patrons, pour s'assurer que leurs ateliers resteraient pleins tous les jours et toute la journée, respectaient scrupuleusement leur politique des bas salaires, cette survie était le plus souvent extrêmement précaire.

En cette rude année 1830, tout le monde semblait vouloir tout changer – tout le monde à l'exception du duc de Wellington et des hobereaux campagnards formant le gros de ses partisans, y compris notre bon chevalier Dalby –, car l'aristocratique parti whig, où se regroupaient les plus grands noms de la noblesse, était lui-même tout prêt à soutenir le changement si celui-ci lui permettait de chasser enfin le Duc de Fer du pouvoir.

La question de la réforme parlementaire devint si brûlante que, au mois de novembre de cette année, le gouvernement du duc de Wellington fut renversé trois mois à peine après une victoire électorale, phénomène dont le duc portait seul l'entière responsabilité, car il avait déclaré au pays tout entier que l'extension du droit de vote lui répugnait au point qu'il ne voulait à aucun prix en entendre parler.

Quinze jours après ce fatal discours, il dut remettre sa démission au roi – qui n'était sans doute pas trop convaincu lui-même de la légitimité d'une réforme – tandis que les industriels de la vallée de la Law – qui en étaient, pour leur part, intimement persuadés – commencèrent à se réunir discrètement pour discuter de ce qu'ils étaient prêts à investir pour avoir un des leurs au Parlement et de la meilleure manière de profiter de ses services.

— Sir Giles Flood a déjà sûrement son homme tout prêt, nous avait dit Morgan Aycliffe un soir où nous étions allés dîner chez lui, et où Elinor nous avait paru fort indisposée. N'en doutez pas, Flood voit toujours Cullingford comme un prolongement de sa basse-cour, et la loi de réforme ne sera pas sitôt votée qu'il sortira son candidat – son gendre, ou un des Dalby, ou encore un de ces brillants jeunes gens tout droit venu de Londres et qui ne se fatiguera même pas à faire un discours ni même une campagne. C'est pourquoi nous devons être prêts, Barforth, il faut absolument nous assurer que le premier député de Cullingford défendra nos intérêts. Et le mieux, ce serait qu'il soit l'un d'entre nous…

En voyant le sourire méprisant de Charles Aycliffe et l'expression amusée de Joel, j'ai alors compris que M. Aycliffe s'apprêtait enfin – avec un fils à qui confier les détails terre à terre de son entreprise, sinon la gestion des bénéfices – à se consacrer à de plus nobles tâches. Il ne se contentait pas de se présenter à l'élection, il le désirait avec passion, se consumait de désir pour le prestige de la fonction et serait mortellement blessé de voir rejeter sa candidature ; mais comme il n'était pas homme à faire étalage de tels sentiments, il ne voulait pas seulement qu'on le prie de se présenter, il souhaitait qu'on le supplie, qu'on le cajole, qu'on le courtise et qu'on fasse mine de lui forcer la main, et c'est sur Joel qu'il comptait pour lui rendre ce service.

J'aurais pourtant pu lui dire qu'il ne fallait pas faire trop confiance à Joel dès qu'il était question de sentiments ; ce dernier, d'ailleurs, était en train de humer son vin avec un frémissement de narines qui venait moins, j'en étais sûre, du bouquet qu'il aspirait que du rire sarcastique qu'il tentait de dissimuler.

— C'est exact, dit-il enfin, il vaudrait mieux que ce soit l'un d'entre nous, mais je ne vois pas qui pourrait avoir envie de s'attaquer à une telle corvée. Pour ma part, je n'en ai pas la moindre envie, et s'il y a des gens qui comptaient me pressentir ils en seront pour leurs frais. Un Bradley Hobhouse en serait parfaitement incapable, bien que j'imagine volontiers Emma-Jane ravie à l'idée d'aller faire quelques petits séjours à Londres.

C'est alors qu'Elinor, dont la grossesse se déroulait fort mal et qui n'avait rien écouté jusqu'à présent, remarqua les mots «séjours à Londres» et intervint avec sa vivacité retrouvée :

— Je ne vois pas pourquoi M. Aycliffe ne se présenterait pas, dans ces conditions, car cela lui conviendrait admirablement, tout comme à moi, d'ailleurs. Oui, Morgan, c'est vous qui avez le devoir d'être notre premier député. Ma décision est prise et vous en avez tant parlé, ces derniers temps, que je me rends bien compte que vous en avez grande envie. N'est-ce pas, que vous en avez envie ?

Soudain consciente de sa gaffe, elle avait prononcé les derniers mots d'une voix mourante et Charles Aycliffe fut sans doute le seul d'entre nous à ne pas être surpris des conséquences de cette étourderie. J'avais déjà vu Morgan Aycliffe manifester sa réprobation, j'avais été témoin de ses raidissements et de ses mimiques de dignité outragée, mais jamais encore n'avais-je eu le soupçon qu'il soit capable d'une telle explosion de colère, dont l'intensité était assez effrayante.

— Madame, dit-il à mi-voix, je vous prie de ne pas vous adresser à moi en public par mon prénom.

Ce fut tout, mais c'était pire qu'une tempête de cris, et ce murmure me donna le frisson car se dressait soudain à mes yeux le spectre du châtiment le plus horrible, sans violence, certes, mais qui se manifestait par l'implacable asphyxie d'un long et froid silence qui allait s'étendre sur des jours, des semaines peut-être, au cours desquels il n'allait vraisemblablement plus lui adresser la parole.

Elinor avait pâli, et elle murmura d'une voix tremblante :

— Mon Dieu, si j'ai encore dit ce qu'il ne fallait pas... Je ne savais pas que...

Charles Aycliffe intervint alors et, se redressant sur le siège où il paraissait somnoler, il se tourna vers son père :

— Vous n'avez rien dit que nous ne pensions tous déjà, madame. C'est naturellement à vous de représenter Cullingford, père, à condition que la loi soit adoptée, cela va sans dire. C'est du moins mon opinion, et je suis sûr que M. Barforth est de mon avis.

Il souleva son verre en dévisageant son père d'un regard froid, et Joel se leva, le verre à la main :

— Buvons donc à votre candidature. Vous aurez ma voix, Aycliffe – si la loi est adoptée, cela va sans dire.

— Ne nous faisons pas de souci sur ce point, répondit Charles Aycliffe sans quitter son père des yeux, La loi va passer, c'est assez évident. Le pays entier a soif de réformes, et nos gouvernants seront bien forcés de nous les accorder s'ils veulent garder leurs places. Quelles seront-elles, ces réformes, c'est encore ce que nous ignorons. Mais j'imagine qu'il y en aura juste assez pour contenter ceux capables de protester s'ils n'obtenaient pas satisfaction. Cullingford aura son député, soyez-en certains, mais on va probablement fixer les conditions du cens à un tel niveau que, sur les quarante-trois mille habitants, il n'y en aura pas plus d'un millier à avoir le droit de l'élire.

— Que trouvez-vous à redire à cela ? lui dit son père du même ton glacial.

— Oh ! certes rien, à condition de faire partie de ces mille privilégiés.

— J'en serai, comme vous-même d'ailleurs.

— C'est fort exact.

Pendant ce bref dialogue, leurs regards ne s'étaient pas quittés et il y passait une haine si brûlante qu'elle me paraissait consumer l'air de la pièce et que j'avais du mal à respirer.

Morgan Aycliffe fit alors un sourire bien loin d'évoquer la gaieté :

— Vous voudrez bien excuser mon fils, dit-il. L'on sait que les jeunes gens qui voyagent à l'étranger aux frais de leur père y attrapent parfois des maladies qui, dans le cas de mon fils, est le microbe de la révolution. Il semble souscrire à l'idée, plus dangereuse que risible, que tout homme devrait jouir du droit de vote, sans justifier d'aucune qualification. Oui, je comprends que vous en soyez choqué, mon cher Barforth, car je ne l'étais pas moins que vous quand je m'en suis moi-même rendu compte. Si j'en parle ce soir, c'est parce que votre épouse, tout comme la mienne, peut difficilement saisir ce que représente cette dangereuse folie, en comprendre les implications et les dangers auxquels elle les expose dans leur personne. Mon fils, voyez-vous, sympathise avec les indigents pour la bonne raison qu'il est lui-même sans le sou, le plus généralement dès le quinze du mois. Méfiez-vous de lui et de ses semblables, Barforth, car, si on l'écoutait, il ferait voter vos ouvriers, et je doute qu'une telle perspective vous réjouisse.

Mais Joel, qui ne croyait qu'au principe sacré d'acheter au plus bas pour vendre au plus haut, ne s'intéressait guère aux spéculations politiques et pas du tout aux querelles des Aycliffe, aussi est-ce en bâillant presque qu'il répondit :

— Qu'il leur donne le droit de vote si cela lui fait plaisir, car mes gens sont assez sensés pour savoir en user selon leurs intérêts, c'est-à-dire les miens. Ce qui fait, bien que je ne puisse pas compter mes ouvriers avec autant de précision que sir Giles Flood ou M. Dalby le font avec leurs fermiers et métayers, qu'une telle mesure me mettrait un bon millier de voix dans la poche, ce dont je lui serais infiniment reconnaissant.

— Voulez-vous dire qu'en votant contre vous ils perdraient leur emploi, comme les fermiers de Dalby se verraient chassés de leurs terres ? demanda Charles.

— C'est probablement ainsi qu'ils le comprennent, et je m'en voudrais de les décevoir.

— Le fait d'adopter la même conduite que les propriétaires terriens, auxquels vous vous opposez politiquement, ne vous gêne pas ?

— Me gêner, moi ?…

Joel avait fait un sourire ironique en portant machinalement la main à sa poche pour y prendre le cigare qu'il n'avait pas le droit de fumer dans le salon de Morgan Aycliffe. Et sa déception lui donna une grimace de contrariété qui le fit soudain paraître si sombre, si redoutable devant Charles, si léger et fragile, que je dus faire un effort pour ne pas lui dire : « Ne lui faites pas de mal. »

— Si vous voulez dire par là, reprit-il, que nous savons tous deux, Dalby et moi, défendre nos intérêts, je ne vois vraiment pas en quoi cela pourrait me gêner. Je ne reproche certes pas à Dalby, à Flood ni même au duc de Wellington de vouloir s'accrocher à leurs privilèges, car je n'ai pas la moindre intention de laisser quiconque me priver des miens, rassurez-vous.

— Je ne me faisais pas d'inquiétude là-dessus. Vous n'hésiteriez pourtant pas à vous attaquer aux privilèges des autres s'ils étaient en contradiction avec les vôtres, n'est-ce pas ?

— N'en feriez-vous pas autant ? répondit Joel, qui paraissait s'amuser au tour que prenait la discussion. De fait, qui n'hésiterait à faire de même, si le besoin s'en faisait sentir ? Prenez les lois sur le blé, par exemple, et les protections douanières. Wellington et ses partisans, les Flood et les Dalby, sont des agriculteurs, des producteurs de blé. Comment pourrais-je, moi, leur reprocher de faire leur possible pour empêcher l'importation de blé étranger et maintenir les cours au plus haut ? À leur place, je ferais exactement la même chose. De mon point de vue actuel, c'est fort différent, car je désire qu'on importe du blé pour que mes ouvriers puissent manger à leur faim sans m'empoisonner à réclamer constamment des augmentations de salaire. Voilà pourquoi je suis obligé de soutenir le parti réformiste de lord Grey, qui m'accordera vraisemblablement satisfaction non parce qu'il s'intéresse à mes problèmes de salaires et de prix de revient, mais parce qu'il veut la place du duc de Wellington. Voilà, finalement, à quoi tout se résume : le simple bon sens, et non les convictions. Les hommes politiques de Westminster peuvent bien s'entre-égorger tant qu'il leur plaira, mais je ferai toujours très attention à ce qu'ils ne cherchent pas à m'égorger, moi. Cela, j'y crois, très sincèrement et très profondément.

— Bien sûr, répondit Charles en souriant lui aussi. Et je crois que nous pouvons tous être rassurés sur le parfait état de votre gorge… Très sincèrement, j'admire votre franchise, monsieur Barforth. Vous ne prétendez pas, comme beaucoup, obéir à d'intimes convictions politiques – ni même avoir foi en rien. Il y faut du courage, que d'autres n'ont pas.

C'en était trop pour Morgan Aycliffe, qui vit là une attaque à peine déguisée contre ses propres convictions – ou plutôt leur absence –, et intervint dans la conversation avec la brutalité tranchante d'une lame de couteau, car il était désormais trop en colère pour respecter la bienséance et la règle sacro-sainte selon laquelle le linge sale des Aycliffe ne devait être lavé qu'en famille. Avec des sifflements de rage, il entreprit de s'attaquer au principe du suffrage universel comme s'il avait été inventé par son fils Charles dans le seul but de lui être désagréable, et comme s'il fallait mettre un terme définitif aux crimes dont son indigne rejeton se rendait coupable :

— Il n'y aura pas de suffrage universel. Jamais ! C'est une… une indécence, une divagation de fou et de criminel !

— Je crois que vous faites erreur, mon père.

— Je suis sûr d'avoir raison, mon fils.

Leurs regards s'entrechoquaient à nouveau comme des épées.

— Vous êtes libre de penser ce que bon vous semble.

— Quel droit un homme a-t-il d'imaginer comment gouverner un pays s'il ne possède rien ? tonna Aycliffe.

— Simplement parce qu'il est un homme, et parce que le gouvernement devrait s'intéresser aux hommes, plutôt qu'à leurs possessions. Parce que nous sommes chrétiens, ou prétendons l'être, et avons été instruits des devoirs de la charité et de la fraternité.

— C'est facile à dire, jeune homme, quand on ne possède rien et qu'on ne met jamais les pieds à l'église.

— Vous avez raison, monsieur.

Charles Aycliffe se leva alors pour aller remplir son verre au carafon posé sur la desserte et Morgan Aycliffe lui jeta au passage, avec ce murmure glacial et sifflé qui me faisait frémir :

— Et en plus, tu bois, mon garçon. Tu bois.

— C'est exact, répliqua Charles froidement. Je bois.

Il leva son verre en direction de son père indigné, lui fit un salut railleur, sourit et avala son vin d'un trait.

Elinor se leva subitement en titubant :

— Je ne me sens pas bien, balbutia-t-elle. Je me sens vraiment mal, pas du tout comme… comme je devrais. Mon Dieu, mon Dieu… Virginie, veux-tu m'accompagner dans ma chambre ? Je ne me sens pas bien du tout.

Bien que l'interruption survienne à point nommé et qu'Elinor ait effectivement l'air fort souffrante, Morgan Aycliffe ne daigna que lui donner la permission de quitter la pièce, sans même faire mine de vouloir la réconforter.

Je ne m'attendais pas à revoir Charles Aycliffe si vite, car il n'était pas dans ses habitudes de rendre des visites de politesse, encore moins d'aller prendre le thé avec les dames. Il se présenta cependant le lendemain après-midi, un sourire contrit aux lèvres comme un écolier turbulent habitué à user de son charme pour rentrer dans les bonnes grâces de ses maîtres.

— Je suis venu vous présenter mes excuses, chère madame.

— C'était bien inutile.

— Je me suis pourtant fort mal conduit, hier soir.

— Fort mal, en effet. Mais si vous aviez de bonnes raisons d'agir ainsi et que cela vous ait soulagé, je serais malvenue de vous le reprocher.

Il voulut dire quelque chose, se ravisa, hésita ; alors, désireuse de ne pas prolonger son embarras, je me suis hâtée de dire :

— Je n'ai pas été choquée de votre conduite, et je n'ai pas l'intention de prétendre le contraire. N'en parlons plus. Voulez-vous prendre le thé ?

— Euh… Non, merci. Cependant… Pourrais-je rester un instant et vous tenir compagnie… Le temps convenable d'une visite ?

J'avais déjà la conviction que, même s'il ne faisait pas un pas dans ma direction et restait assis au bord de sa chaise, à plus d'un mètre, il était encore beaucoup trop proche.

— Ma cousine est-elle remise de son indisposition ? lui ai-je demandé.

— Je ne l'ai pas vue depuis ce matin. Elle a dû garder la chambre, sans doute…

Nous avons parlé d'Elinor simplement pour parler, pour dresser entre nous une barrière de mots, car seuls l'amitié et l'amour peuvent admettre le silence, et nous ne pouvions avoir ni l'un ni l'autre. Les mots, pourtant, nous trahissent, et je ne sais ce qui provoqua l'erreur qui, au lieu de quelque remarque anodine sur le temps, me poussa à lui demander :

— Détestez-vous vraiment votre père à ce point ?

Il eut sans doute tort, lui aussi, de se pencher vers moi et de me répondre avec tant de sincérité :

— Oui, dans mes moments de bonté. Car il est infiniment plus facile, voyez-vous, de le haïr – comme il me hait lui-même – que de le plaindre.

— Pourquoi cela ? Voulez-vous me le dire ?

— À vous, je peux tout dire. Mon père a bien des raisons de ne pas m'aimer, et certaines sont fort simples. Je suis jeune, il ne l'est plus – c'en est une, et peut-être la première. Aussi parce que mon oncle, le frère de ma mère, m'a récemment laissé une petite rente, rien de très important mais assez pour me permettre un peu d'insoumission de temps à autre. Et puis parce que je suis un pécheur, comme il dit, et que je n'en ai pas honte, tandis qu'il est lui-même irréprochable – car il n'y a pas de péché dans le mariage, n'est-ce pas ? – et s'inquiète fréquemment de l'existence de ses propres désirs. Voilà quelques-unes des raisons, simples et réelles. Mais la principale, je crois, est que je lui rappelle par trop ma mère.

— Elle était… Elle n'a pas été heureuse, je crois ?

— Profondément, affreusement malheureuse. Je puis dire que toute mon enfance est fondée sur son malheur, dont j'ai toujours été conscient. Tout petit garçon, je rentrais de l'école en courant car j'étais convaincu qu'il lui était arrivé quelque catastrophe et, de fait, je la trouvais le plus souvent en train de pleurer ou, parce qu'elle m'avait entendu rentrer, je la voyais s'efforcer encore de retrouver son calme. J'étais devenu incapable de rester trop longtemps absent de la maison, je voulais être là si elle avait besoin de moi, ou si elle était en danger…

— A-t-elle vraiment été en danger ?

— Matériellement, non, bien sûr. Mon père a bien des défauts, mais ce n'est pas un violent – pas avec les femmes et les porcelaines, en tout cas –, et il n'aurait certainement jamais levé la main sur elle au plus fort de sa colère. Mais c'était son hostilité qu'elle redoutait, sa désapprobation glacée qu'elle s'attirait en permanence, car elle ne pouvait jamais rien faire pour lui plaire. Pour lui, elle a toujours été la plus détestable des femmes – tout comme je suis le plus exécrable des fils –, et elle a fini par le croire. Elle a perdu sa foi en elle-même, du fait qu'il n'avait jamais cru en elle ni ne lui avait jamais fait confiance, et c'est ainsi qu'elle a commencé de s'éteindre.

— Mais que faisait-elle donc, pour lui déplaire à ce point ?

— Oh ! cent choses insignifiantes qu'il grossissait hors de toute raison – des vases mal mis, un gant oublié sur une chaise, un mot mal choisi, de sorte qu'elle n'osait même plus ouvrir la bouche en sa présence. Elle avait, je crois, un tempérament vif et naturellement joyeux, un peu écervelée comme votre cousine Elinor, dont elle n'avait cependant pas la souplesse ni les facultés de récupération des Barforth. Elle était sensible, charitable, un peu faible sans doute. Elle se blessait aisément, et mon père considérait ses chagrins comme une injure personnelle. Il n'a jamais pu admettre en avoir été la cause première et, dans son désir d'en attribuer la responsabilité à quelque cause extérieure, il a fini par décréter qu'elle était une malade, une invalide sujette à des caprices et des hallucinations. Il l'isola de toutes ses anciennes amies et fit en sorte qu'elle ne puisse s'en faire de nouvelles, il l'enferma chez elle, dans une prison qui, pour être luxueuse, n'en était pas moins une prison. En un sens, il l'a littéralement asphyxiée. Il lui donnait tout ce qu'il jugeait lui être indispensable, tout sauf l'air et la lumière, et c'est pourquoi elle s'est flétrie comme une plante privée d'eau et de soleil. Plus il se fâchait, plus elle dépérissait, et sa colère atteignit son point culminant le jour où elle mourut. La mienne aussi, d'ailleurs, et elle m'habite encore. Voilà, finalement, toute l'explication, car je trouve moi aussi qu'il est pratiquement impossible de respirer dans l'atmosphère où il veut me forcer à vivre, et qui est la sienne.

— Qu'allez-vous faire, alors ? Comptez-vous encore partir ?

— Non, je ne le pense pas, répondit-il en retrouvant son sourire ironique et en haussant le sourcil. Comment, d'ailleurs, pourrais-je m'éloigner alors même que mon père se découvre de l'appétit pour la politique – ce qui a toujours été fort dispendieux, comme vous le savez peut-être ? Il a plus que jamais besoin de moi pour prendre soin de ses intérêts – et surveiller sa femme – pendant qu'il sera à Westminster. Non, voyez-vous, mon père a besoin de moi ici, d'autant que je suis excellent dans l'exercice de ma profession, je puis vous le dire sans fausse honte. Je sais mieux que beaucoup combien entasser d'êtres humains au mètre carré, ce qui ne correspond peut-être pas au but des études d'architecture que j'ai poursuivies à l'étranger, mais constitue un remarquable facteur de rentabilité. Mes taudis s'écrouleront peut-être d'ici un an ou deux, j'en conviens, mais ils ne coûtent pas cher, voyez-vous ; ils sont insalubres, ils sont hideux, mais nous les construisons à des prix imbattables. Nos bénéfices le sont aussi, dois-je ajouter.

— C'est dommage.

— Pourquoi ? Parce que j'ai honte de ce que je fais ? Oui, bien sûr, j'ai honte – tout comme mon père, j'imagine, chaque fois que l'envie lui prend de se mettre au lit avec sa jeune femme, ce qui est sans doute une des raisons pour lesquelles il me fait finalement pitié.

— Vous ne devriez pas, monsieur…

— Non, c'est juste, je ne devrais pas vous parler ainsi, à vous, une dame aussi charmante et pleine de qualités… Mais me comprenez-vous, au moins ? Me comprenez-vous ?

Je le comprenais si bien que je devins soudain trop consciente des battements de mon cœur, du bruit de ma respiration, des frémissements de cette personnalité que je m'efforçais d'étouffer en moi et qui revenait, une nouvelle fois, à la surface de ma conscience exiger son droit à l'espérance, son droit de sentir, de consoler cet homme, si j'en avais envie, de lui dire : « Oui, je vous comprends. Partagez vos peines avec moi, qu'elles créent entre nous un lien assez puissant pour, qui sait… » Et c'est précisément parce que je ressentais tout cela s'éveiller en moi que j'ai compris qu'il fallait le renvoyer, l'éloigner. D'autres avaient depuis longtemps tout choisi à ma place. Je n'avais plus de droits, plus d'espérances à moi. J'étais l'épouse de mon mari, la mère de mes enfants, je n'existais plus au-delà de cette identité que l'on m'avait imposée. Et j'avais le devoir de le lui dire.

Il paraissait ne pas avoir besoin que je le lui rappelle, cependant, car il s'était déjà levé et s'apprêtait à prendre congé. Je me suis levée à mon tour et lui ai tendu nerveusement la main :

— Vous allez encore devoir me pardonner, dit-il. Je suis peut-être trop sensible à ce qui m'entoure – je vois tant de misère autour de moi, voyez-vous, dans ces taudis tout neufs que j'ai créés de toutes pièces, que j'ai tendance à m'en imprégner à l'excès et à sentir des choses qui, peut-être, n'existent que dans mon imagination… Dites-moi, saviez-vous que mon père avait parlé au vôtre, ou peut-être était-ce à votre grand-père, au sujet d'un projet de mariage entre vous et moi ?

— Oui, je le savais…

— Saviez-vous aussi que… Eh bien, du fait que l'idée venait de mon père, j'ai catégoriquement refusé de vous rencontrer, à l'époque. Je ne saurais vous dire combien, avec quelle amertume je regrette aujourd'hui…

— Monsieur Aycliffe !

— Oui, madame ?

Je me suis alors trouvée incapable de me rappeler les mots qu'il fallait lui dire pour qu'il se retire et, quand je les ai enfin retrouvés, j'ai eu du mal à les articuler.

— Oui, me répondit-il, vous avez raison. Je m'en vais tout de suite, vous avez raison…

Et quand il fut parti, je me suis assise, je me suis croisé les mains, j'ai fermé les yeux et je me suis efforcée de faire taire le tumulte qui s'était levé en moi.

14

J'aurais voulu ne jamais revoir Charles Aycliffe, mais je ne pouvais non plus risquer d'éveiller les soupçons en l'évitant ostensiblement, ce qui m'aurait également empêchée de voir Elinor, dont la grossesse se déroulait décidément assez mal. Aussi ai-je poursuivi le cours de mes visites régulières à Blenheim Lane où, quand je le rencontrais, je ne lui témoignais que la plus impersonnelle des civilités, afin que nos rapports soient désormais placés sous le signe de la prudence et nous évitent tout élan et toute peine inutile. « Bonjour, madame, comment allez-vous ? », me disait-il avec un signe de tête. Je lui répondais tout aussi froidement : « Très bien, merci », et nous en restions là.

Malade, déprimée, « dérangée », comme son mari commençait à dire, et consciente de n'être plus l'objet de son admiration inconditionnelle, Elinor rendait Charles responsable de tous ses malheurs et m'accueillait chaque fois par le récit de la dernière vilenie dont il s'était rendu coupable à son égard. Je la trouvais presque toujours dans sa chambre, pelotonnée sur un sofa et environnée de ses fioles et de son fouillis, dont son mari lui avait interdit de déparer le salon. Les cheveux flottants comme ceux d'une fillette, elle dissimulait de son mieux son corps épaissi sous des flots de ruches et de dentelles, et je n'avais pas le temps d'enlever mon chapeau qu'elle entamait ses jérémiades :

— Je suis si contente de te voir ! Personne n'a jeté les yeux sur moi depuis ce matin. On m'a servi le thé à neuf heures, et j'aurais pu mourir qu'on ne s'en serait même pas aperçu ! Sais-tu qu'il m'oblige à rester enfermée ici, de peur sans doute que je ne renverse quelque chose sur le tapis ou qu'un de mes flacons ne fasse un rond sur un guéridon… Et crois-tu qu'il vienne me tenir compagnie si je ne suis pas assez bien pour descendre le soir ? Non, ou alors il prend d'abord le temps de dîner, de lire son journal et de se quereller avec son fils, et il commence par ranger les flacons sur la table et mettre de l'ordre dans mes livres et mon ouvrage avant de me demander comment je vais. Après cela, il s'assied comme si la chaise le brûlait et ne fait que m'assommer de ses récriminations contre cet horrible Charles ! C'est sa faute, à Charles, entièrement sa faute si mon mari est si irascible. Et si je perds cet enfant et que j'en meurs, c'est à lui seul qu'il faudra le reprocher. Oh ! Virginie, si tu savais comme ils se sont encore querellés, l'autre soir, juste devant ma porte, dans le corridor où tout le monde pouvait les entendre ! Charles était rentré très tard, il faisait déjà jour, et comme il faut qu'il passe devant cette porte pour aller dans sa chambre, mon mari l'a entendu et… Tu n'as pas idée, Virginie, de ce qu'ils se sont jeté à la tête ! Charles devait être à moitié ivre – je le sais, car Joel l'était presque toujours quand il rentrait à des heures pareilles, sauf que notre père n'était jamais là pour s'en rendre compte – et mon mari a commencé à le traiter de dépensier et d'incapable, avant qu'ils ne se disputent au sujet de cette rente que Charles reçoit de son oncle et que son père essaie de lui faire supprimer, car selon lui Charles en est indigne puisqu'il ne s'en sert que pour entretenir des journaux révolutionnaires ou des femmes de mauvaise vie. Ils ont continué ainsi jusqu'à m'en donner la migraine, et je n'ai pas osé regarder Mme Naylor en face quand elle m'a porté mon thé, le matin, car je suis sûre qu'elle avait tout entendu, elle aussi. Cet individu fait tout pour me faire perdre mon enfant, j'en suis sûre, car un demi-frère pourrait plus tard exiger sa part. C'est pour cela qu'il passe son temps à me provoquer et à défier mon mari, ou alors c'est pour se faire jeter dehors et aller raconter partout que c'est à cause de moi, pour détruire ma réputation... Je suis convaincue qu'il s'agit de quelque machination de ce genre, car mon mari lui a cent fois répété qu'il ne lui donnerait jamais la permission de partir : « Ta place est ici, où tu as des devoirs, et je suis le seul à en décider », voilà ce qu'il lui dit. Ah ! mon Dieu, quelle horrible créature que ce garçon ! Et quand je pense – mais j'étais encore jeune et je ne savais rien de la vie – quand je pense avoir cru qu'il pourrait épouser Hannah, car à l'époque je croyais qu'il vaut mieux avoir n'importe qui que pas de mari du tout ! Que Hannah reste donc vieille fille, plutôt que de vivre avec un être pareil !

Hannah ne comptait heureusement pas sur l'intervention de sa sœur pour organiser sa vie. La chapelle de Ramsden Street avait été dotée, cette année-là, d'un nouveau pasteur, homme trapu et d'allure simple d'environ trente-cinq ans, à la chevelure flamboyante et au visage constellé de taches de rousseur, mais fort admiratif des talents d'organisatrice de ma cousine. À peu près au même moment, à l'occasion d'une visite à ma mère, elle avait fait la connaissance du nouveau titulaire de la cure de Patterswick, beau jeune homme pâle et languissant, qui avait du mal à communiquer avec ses paroissiens tant leurs accents respectifs différaient, et qui avait accueilli avec gratitude les conseils éclairés que Hannah était toujours prompte à prodiguer. C'est ainsi qu'entre M. Brand, l'énergique méthodiste, et M. Ashley, le bel et timide anglican, elle avait, à mon plus vif soulagement, de quoi remplir ses journées.

— Pff ! Elle n'en épousera finalement aucun, avait déclaré Elinor. Elle a un faible pour Ashley, mais elle croit qu'il est de son devoir de préférer Brand, si bien qu'elle va tant hésiter entre les deux qu'elle les laissera filer l'un et l'autre. Tu sais, je me demande d'ailleurs si elle n'a pas choisi ce qu'il y a de mieux, se faire faire la cour, tous les préliminaires où on est toujours gentil l'un envers l'autre et où on peut rentrer chez soi et se coucher seule dans son lit... Enfin, si je meurs à la naissance de ce pauvre enfant, elle aura toujours la ressource d'épouser Morgan Aycliffe – si c'est légal, bien entendu.

Vers la fin de novembre et les premiers jours de froid limpide de décembre, Elinor parut cependant retrouver, par moments, l'envie de vivre encore un peu ; et comme son mari ne souhaitait pas la voir paraître en public dans son état, elle fit de plus en plus appel à mes services.

— Vous pouvez aller chez votre frère, mais nulle part ailleurs, lui avait signifié M. Aycliffe, qui m'avait discrètement priée de ne convier personne d'autre quand son épouse serait chez moi – car Bradley Hobhouse avait, paraît-il, ricané en la voyant et n'hésiterait pas à récidiver.

Mais Elinor, en digne sœur de Joel, avait tendance à happer tout le bras quand on lui tendait le bout du doigt, et ne voyait aucune raison de se priver du plaisir d'assister à nos conférences sur l'abolition de la traite des esclaves.

Car nous étions, bien évidemment, de farouches adversaires de ce honteux trafic, tant pour les plantations de canne à sucre de nos propres colonies que pour les plantations de coton d'Amérique, et nous recevions de temps à autre, pour raviver notre ferveur, la visite de quelque distingué révérend qui, de retour des Indes occidentales, venait nous faire frémir au récit des pires horreurs de la dépravation humaine. Ils aimaient exhiber des pièces à conviction, fouets, chaînes, menottes – de préférence encore tachées de sang –, et leurs discours tiraient des larmes à beaucoup d'entre nous, soulevaient l'indignation unanime, et il fallait presque toujours évacuer Lucy Oldroyd sans connaissance. Pendant quelques jours, encore sous le coup de ces révélations, nous étions bouleversés, nous pratiquions la charité les uns envers les autres, jusqu'à ce que les Antilles et les Amériques nous semblent de nouveau bien loin et que nous reprenions le cours paisible de nos existences quotidiennes.

Ces conférenciers étaient fort divers. Il y en avait de pompeux, d'ennuyeux, de franchement gênants par leur déploiement excessif d'émotions – ou de plaisir à détailler les péchés commis par d'autres mais dont nous étions censés ressentir la honte. Certains s'attardaient avec un peu trop de complaisance sur la description des ravissants corps féminins jetés, nus, au feu des enchères. D'autres, enfin, tels que M. Richard Oastler, de Huddersfield, champion renommé de la cause abolitionniste, étaient véritablement remarquables et inoubliables. Mais, quelle que soit la qualité de l'orateur, ces occasions nous sortaient de la grisaille de nos trop longs hivers et c'est pourquoi, en arrivant à l'école de Ramsden Street un beau soir de décembre, nous éprouvions la même fièvre que si nous ne devions pas entendre des propos cent fois répétés, ni que la cause de l'abolitionnisme était déjà virtuellement gagnée.

Elinor était d'autant plus heureuse de nous accompagner qu'elle avait bien failli ne pas venir, faute de l'escorte masculine que son époux jugeait indispensable pour satisfaire aux convenances. M. Aycliffe, leader de l'antiesclavagisme à Cullingford et dont la place était réservée sur l'estrade officielle, s'était décommandé à la dernière minute, pour quelque raison imprévue dont la force majeure m'avait fort paru ressembler à de la mauvaise volonté. En réponse à l'appel au secours hâtivement griffonné par Elinor, Joel s'était borné à hausser les épaules avant de partir, comme prévu, à une réunion de l'Oyster Club, groupe dont il faisait partie et qui était censé s'occuper de graves problèmes politiques mais qui avait pour seul but, je crois, de permettre à quelques compères de se réunir dans la meilleure salle du Vieux Cygne pour déguster tranquillement des huîtres et du vin du Rhin. J'étais donc partie pour Blenheim Lane, déjà résignée à y passer ma soirée en murmurant des paroles apaisantes dans le flot ininterrompu des lamentations d'Elinor, quand j'y eus la surprise de la trouver habillée et souriante qui m'attendait dans le vestibule et piaffait d'impatience.

— N'enlève pas ton manteau ! m'a-t-elle dit. Charles va nous accompagner, ce qui est très aimable à lui – bien qu'il le fasse certainement pour faire enrager son père qui ne voulait pas que je sorte.

— Dans ce cas, nous ferions peut-être mieux de…

— Pas du tout, voyons ! Il ne me l'avait pas expressément défendu, il avait simplement dit que je ne pouvais pas y aller si personne ne m'accompagnait. Maintenant que Charles s'est proposé pour le faire, on ne peut rien me reprocher.

Charles nous avait rejointes et nous aidait à monter en voiture, l'expression impénétrable sous son masque d'ennui :

— N'ayez aucune inquiétude à ce sujet, madame, je prendrai la faute entièrement sur moi. Je crois d'ailleurs que vous serez tout prête à m'appuyer, pour une fois…

Il ne fallait pas très longtemps pour arriver à Ramsden Street, à peine un quart d'heure en compagnie d'un homme dont l'absence ou la présence auraient dû me laisser indifférente. J'avais pourtant conscience de chacune de ses respirations, du parfum de lavande qui émanait de sa peau, du frémissement de vie sous son manteau et, oublieuse du bon sens le plus élémentaire et de l'instinct qui aurait dû m'éloigner de la tentation et de la honte qu'elle entraîne, je réprimais à peine l'envie de le toucher, je me délectais du désir de le sentir poser ses doigts sur ma peau. Et cela me faisait très peur.

De nombreuses voitures stationnaient déjà dans Ramsden Street : celle des Hobhouse, dont étaient descendues Emma-Jane et sa belle-mère ; celle des Oldroyd, qui avait amené Lucy ; d'un seul véhicule s'était extraite toute une collection de veuves et de vieilles filles Corey et Corey-Manning, bonnes anglicanes mais prêtes à s'encanailler si l'occasion en valait la peine. Quand nous sommes entrés dans l'école, j'ai vu toute une foule installée sur les derniers rangs de chaises : commerçants, artisans, employés, tous vêtus de leur meilleur velours des dimanches ; j'ai reconnu aussi Ira Agbrigg, l'ouvrier anonyme venu nous prévenir le jour de la mort de mon père et qui, depuis qu'il s'était attaché à la fortune de Joel, était devenu directeur de sa petite usine de Low Cross, désormais fort prospère, et habitait l'ancienne maison de Joel.

Cette nouvelle opulence ne paraissait cependant pas avoir déteint sur lui ; seul et gêné vers le milieu de la pièce, dans une sorte de terrain neutre assez loin derrière les familles des patrons de l'industrie mais nettement en avant des épiciers, des fripiers et des cordonniers, je l'ai trouvé toujours aussi maigre, aussi inquiet et mal à l'aise, et cachant mal sa nervosité sous un bon manteau d'hiver. Et c'est parce que je comprenais ce dont il souffrait – car s'il n'était plus un simple ouvrier, il ne serait jamais patron, et était dorénavant aussi détesté de ses anciens collègues que méprisé par les autres – que je me suis arrêtée un instant pour lui parler :

— Bonsoir, monsieur Agbrigg. Mme Agbrigg n'est pas avec vous, ce soir ? Serait-elle souffrante ?

Sa femme était une pauvre créature encore plus malingre, pâle et anguleuse que lui, une sorte de souris triste aux yeux dépourvus de cils qui, chaque année semblait-il, mettait au monde un enfant ou, plutôt, une sorte de souffle d'humanité qui parfois s'éteignait et parfois, on ne savait pourquoi, résistait. Il me bafouilla une réponse, les joues rouges de honte et de gratitude ; et, tandis que nous nous éloignions, Charles Aycliffe me chuchota :

— C'était très généreux de votre part. Vous avez fait grand plaisir à ce pauvre diable.

Les officiels étaient déjà sur l'estrade, où l'on voyait le révérend Brand, l'allure toujours aussi simple et visiblement charitable ; l'orateur, trop engoncé dans sa barbe, ses favoris et son costume noir pour être autre chose que «l'orateur» ; et il y avait Hannah qui, ayant organisé la réunion, engagé le conférencier, réglé ses honoraires et ses frais, supervisé la mise en place des chaises, des livres et des brochures, disposé aux endroits convenables la carafe d'eau et son verre, sans parler de l'assiette pour la quête, se sentait pour une fois le droit de se mettre en avant.

Car c'était, après tout, *son* École du dimanche, où sa voix décidait et tranchait de tout, depuis le nombre d'élèves à admettre et la nature de l'enseignement à dispenser, jusqu'à la qualité du thé servi aux réunions du soir et au thème des conférences qu'on y donnait. C'était Hannah qui répandait souverainement la charité, séparait les « bons pauvres », dignes d'être assistés, des « mauvais pauvres », qui méritaient leur misère et devaient continuer à la subir. Et s'il restait quelques vieilles dames rebelles, qui, plus simplement, désertaient la chapelle et ses œuvres pour chercher refuge chez les baptistes ou les congrégationnistes, il n'y avait pas d'exemple, à ma connaissance, que Hannah n'ait pas fini par tout faire exactement comme elle l'entendait.

— Regarde-la se rengorger, me souffla Elinor en s'installant au beau milieu du premier rang. Le nouveau pasteur la suit comme son ombre, on dirait qu'elle est dans son salon et qu'il n'est que le mari tout juste bon à payer les notes… Et encore, elle n'a pas à s'occuper du dîner ni à subir sa mauvaise humeur – qu'il n'a d'ailleurs aucune raison d'avoir, avec une femme libre d'aller et de venir comme bon lui semble.

Le révérend Brand se leva alors, fit faire silence et présenta l'orateur en s'étendant longuement sur sa réputation, non sans faire plusieurs allusions aux vertus de Hannah et à son dévouement pour ses devoirs de chrétienne ; je me suis contentée d'observer l'air d'apparente indifférence de Hannah et la grimace agacée d'Emma-Jane Hobhouse – qui était chrétienne elle aussi, enceinte et débordée de soucis par surcroît, et qui n'en faisait pas moins son devoir à sa manière –, et j'ai très vite perdu tout intérêt pour ce qui se passait.

Les gémissements des esclaves me semblaient résonner douloureusement dans ma poitrine, car n'étais-je pas, en un sens, chargée de liens aussi pesants que ceux de ces ramasseurs de coton et coupeurs de canne à sucre qui gardaient, eux au moins, l'espoir de retrouver un jour la liberté ? La présence de Charles Aycliffe me distrayait aussi, car il était affalé à côté de moi sur sa chaise, les jambes allongées et les yeux mi-clos, avec une insolente nonchalance.

— J'ai vu des petits enfants arrachés des bras de leurs mères, des nourrissons du sein maternel, disait l'orateur. J'ai vu des hommes chargés de chaînes, battus, ravalés au rang de bêtes, et tout cela, mes amis, pour que vous puissiez mettre du sucre dans votre thé – oui, du sucre, un luxe qui ne nourrit pas le corps mais pour lequel on sacrifie des vies…

C'était sûrement vrai, sûrement affreux, et il fallait y mettre fin ; mais je n'avais pas, comme Elinor, Lucy et Emma-Jane, de larmes à verser ni, comme Hannah, d'indignation pour faire rougir, je ne ressentais rien qu'une sorte de tristesse où j'entendais une voix, peut-être celle de la raison, me dire que l'esclavage ne se bornait pas au sucre, me rappeler que les cotonnades tissées juste au-delà des Pennines ne l'étaient que grâce aux esclaves d'Amérique, et que si Joel et moi étions nés quelques kilomètres plus à l'ouest, nous devrions nous aussi – et Hannah du même coup – notre fortune à l'esclavage.

Je ne pouvais cependant rien faire qu'attendre patiemment la fin du catalogue d'atrocités que se complaisait à étaler le conférencier. Quand ce fut fini et qu'il nous vit muets d'horreur et les larmes aux yeux, le révérend Brand se leva pour suggérer que, en l'absence de M. Morgan Aycliffe, son fils – qui nous faisait l'honneur de le représenter – souhaitait peut-être dire quelques mots pour remercier l'orateur.

— Bien volontiers, dit Charles sans manifester de surprise.

Il resta dans la même posture jusqu'à ce que l'assistance se soit courtoisement tournée vers lui – son père, après tout, contribuait généreusement à la cause – et se leva alors pour sourire aimablement à la ronde. Faisant ensuite face à l'orateur, il lui parla avec une politesse que je trouvais immédiatement inquiétante :

— Laissez-moi vous féliciter, cher monsieur, pour votre admirable discours et, surtout, pour votre tact, digne des plus grands éloges. Emporté par vos émotions, vous avez néanmoins su les maîtriser pour ne pas tomber dans un piège redoutable, celui de nous rappeler l'existence des tissages du coton du Lancashire, à notre porte, sans lesquels les plantations d'Amérique n'auraient pas de raison d'être et dont, par conséquent, les milliers de malheureux esclaves africains pourraient être libérés. Or, sachant que nous avons tous ici des amis, des parents qui gagnent leur vie, et la gagnent fort largement, en tissant le coton, vous avez eu le bon goût de ne pas nous avoir troublé la conscience en abordant ce sujet choquant, et nous devons vous en exprimer notre sincère gratitude.

Imperturbable, il regarda autour de lui. Mais les dames étaient trop occupées à se tamponner les yeux ou remettre leurs gants, les messieurs à se demander combien il faudrait donner à la quête, ou s'il y avait moyen d'échapper au regard perçant de Mlle Barforth pour aller fumer dehors, si bien que seuls, je crois, le conférencier, le pasteur, Hannah et moi avons vraiment compris ce qu'il venait de dire.

« Arrêtez, Charles, n'allez pas plus loin, ai-je voulu lui crier en espérant qu'il saisirait ma prière muette. Si vous humiliez votre père à ce point, il vous le fera chèrement, trop chèrement payer… » Quand il reprit la parole, j'ai cru qu'il m'avait comprise, mais mon soulagement se mua presque immédiatement en accablement.

— J'ai eu récemment l'honneur de passer une soirée en compagnie de M. Richard Oastler, un nom qui vous est à tous familier et pour lequel vous éprouvez sans doute beaucoup de respect, car il est celui d'un homme qui a fait plus que quiconque, dans notre région, pour lutter en faveur de l'abolition de l'esclavage dans nos colonies. J'ai trouvé en lui, comme je m'y attendais, une personnalité fort digne d'admiration et d'un caractère plein de charme, aussi ne puis-je mieux faire, je crois, que vous lire quelques phrases de lui.

— Certainement, monsieur Aycliffe, s'empressa d'approuver le révérend avec un intense soulagement. Les paroles de M. Oastler ne peuvent que soulever l'approbation de tous nos amis.

C'est alors que Charles sortait de sa poche une feuille de papier pliée en quatre que je vis l'angoisse répandue sur les traits du conférencier et le geste qu'il fit, en posant la main sur le bras du révérend Brand, pour le prévenir d'un péril imminent. Mais il était déjà trop tard.

— Voici la copie d'une lettre écrite par M. Oastler au rédacteur en chef du *Mercure de Leeds* il y a quelques semaines, reprit Charles. Ce texte vous intéressera, à moins qu'il ne vous inquiète, mais je ne vous ennuierai pas à le lire en entier – je doute d'ailleurs que vous me demandiez d'en prolonger la lecture. Il commence ainsi – et je tiens à bien préciser que ces mots ne sont pas de moi, mais de M. Richard Oastler lui-même – il débute donc ainsi : « *La Grande-Bretagne est fière de ce qu'aucun esclave n'existe sur son sol.* »

Charles fit une pause et, à l'énoncé de ces paroles rassurantes et attendues, il y eut un murmure unanime d'approbation. Quand la voix de Charles s'éleva de nouveau, le silence revint, mais un silence de plus en plus houleux à mesure qu'il progressait dans sa lecture :

— *Les dévoués champions de l'anti-esclavagisme auraient pourtant dû aller plus loin dans leurs louables efforts ou, plutôt, s'éviter le long voyage des Indes occidentales, car il leur aurait suffi de consacrer quelques instants de leur bienveillante attention à des scènes de misère, des actes de brutalité et d'oppression contre les victimes de l'esclavage qui existent ici même, à notre porte. Dans une ville du Yorkshire, des milliers de nos propres concitoyens, hommes et femmes, sont en ce moment même tenus en un état mille fois plus atroce que ne le sont les victimes de cette institution diabolique qu'est l'esclavage colonial.*

Hannah s'était dressée, rouge et tremblante de colère, et le foudroyait du regard en poussant un cri indigné :

— Monsieur Aycliffe !

— Mademoiselle Barforth, répondit-il avec un signe de tête et un sourire.

Puis il reprit calmement :

— *Dans ce temple de la cupidité* – c'est toujours M. Oastler que je cite –, *les rues ruissellent des larmes des innocentes victimes qui, non sous le fouet du négrier mais poussées par la non moins abjecte ceinture du contremaître, doivent se hâter, à demi vêtues, vers ces bagnes où l'esclavage juvénile est toujours florissant en Angleterre, j'ai nommé les filatures et usines textiles de Bradford et de ses environs.* Vous remarquerez sûrement, comme je l'ai fait, que M. Oastler parle de Bradford, à quinze bons kilomètres d'ici. Mais comme nous avons aussi des usines textiles à Cullingford, il n'est pas absurde d'imaginer un petit commerce d'esclaves dans nos murs. Puis-je poursuivre ?

— Absolument pas ! protesta de nouveau Hannah.

Elle était raide comme la statue de la vertu outragée, les poings serrés, mais une femme – et même aussi déterminée qu'elle – ne pouvait pas faire grand-chose en de telles circonstances. Aussi, après avoir laissé un silence glacial se rétablir dans la salle, Charles Aycliffe lui fit-il son plus charmant sourire, avant de poursuivre :

— Je suis au regret de devoir vous contredire, mademoiselle Barforth, car je me souviens vous avoir maintes fois entendue, ainsi que mon père d'ailleurs, exprimer votre vive admiration pour M. Richard Oastler, dont vous avez loué le rôle primordial dans cette cause qui jouit de vos faveurs. Je suis donc certain que, au fond de votre cœur, vous ne pouvez accueillir ses paroles sans une grande joie.

Écoutez donc. *Des milliers d'enfants, garçons et filles mais en majorité des filles, âgés de sept à quatorze ans, sont quotidiennement forcés de travailler de six heures du matin à sept heures du soir, avec une pause d'une demi-heure seulement pour se nourrir et se détendre. Prêtez l'oreille aux cris pitoyables de ces infortunés enfants du Yorkshire !* Et il ajoute : *Si j'ai réussi à attirer l'attention de vos lecteurs sur l'horreur de cet abominable système sur lequel repose le fonctionnement des usines textiles de la région de Bradford...* – je me permets d'ajouter que nous sommes tous, ici présents, assez proches de Bradford pour nous sentir également concernés – *je m'estimerais heureux d'avoir un peu, trop peu, fait le bien.* Une phrase encore : *Il est du devoir des chrétiens d'agir en faveur de ceux que le Christ a tout particulièrement aimés et à qui il a promis le Royaume des Cieux. Je vous prie d'agréer, etc. Signé : Richard Oastler, Fixby Hall par Huddersfield, ce 29 septembre 1830.* Pour conclure, permettez-moi simplement d'observer que M. Oastler tient ses renseignements de son ami M. Wood, de Horton Hall, lui-même industriel de quelque réputation, et que ses déclarations peuvent donc être tenues pour exactes.

Le silence était retombé, un silence de stupeur et d'incrédulité ; chacun évitait le regard de son voisin, comme s'il ne s'était rien passé ou qu'on ne s'en soit pas soi-même rendu compte – ou plutôt comme si Charles Aycliffe avait commis quelque effroyable obscénité que la décence interdisait de regarder en face. Mais Hannah, trop enragée pour sauvegarder les apparences, se penchait déjà sur le pupitre du conférencier – caché derrière elle avec le révérend –, et apostropha Charles Aycliffe avec une expression de fureur qui la faisait incroyablement ressembler à Joel :

— Vous n'auriez pas osé vous exprimer ainsi devant mon frère ou quelqu'un capable de vous remettre à votre place !

— Je n'ai rien dit par moi-même, mademoiselle, répondit Charles sans perdre de sa parfaite urbanité. Je me suis contenté de lire les mots écrits par M. Richard Oastler. Et s'il y a dans cette pièce, comme je le crois, des personnes ayant passé leur enfance dans nos usines, vous leur permettrez sans doute d'être seules juges de la véracité de ces assertions.

Là-dessus, il s'inclina courtoisement devant Hannah, salua de même Elinor, le pasteur, le conférencier et Emma-Jane Hobhouse – mais pas moi –, et remonta lentement l'allée ménagée entre les sièges pour finalement quitter la salle.

Il nous attendait dans la voiture, car il ne pouvait pas abandonner la femme de son père dans l'état où elle était et la laisser rentrer chez elle avec un inconnu. Mais son attente avait dû être longue, car la foule avait mis longtemps à se disperser et Hannah, qui devait aller avec nous jusqu'à Blenheim Lane pour y reprendre ma voiture, refusait catégoriquement de monter avec lui. J'avais eu du mal à la décider mais, alors qu'Elinor – en pouffant de rire – avait laissé Charles lui donner la main pour escalader le marchepied, Hannah ne voulut pas qu'il la touchât et s'installa par ses propres moyens.

La nuit était très froide, comme s'il allait neiger, et on n'entendit d'abord que le claquement des sabots sur le sol gelé, le halètement des chevaux et le grincement des harnais. À l'intérieur de la voiture, nous observions un silence pesant, et la colère de Hannah refroidissait lentement, comme de l'acier en fusion qu'elle allait modeler pour en faire une arme. Alors, sans daigner lui accorder un regard, elle s'adressa à Charles d'une voix forte :

— Je dois vous dire, monsieur Aycliffe, que votre conduite a été inqualifiable.

— Voilà qui est fait.

— J'ai également l'intention de prévenir monsieur votre père de l'esclandre auquel vous vous êtes livré.

— J'y compte bien.

Il ne s'échangea plus d'autre parole jusqu'à notre arrivée.

Morgan Aycliffe n'était pas encore rentré et, quand nous avons pénétré dans la splendeur figée de son salon pour l'y attendre, j'ai eu l'impression que les murs se rapprochaient pour m'étouffer, comme dans une tombe. Après avoir nerveusement fait quelques pas de long en large, je me suis tournée vers Hannah, déjà assise :

— Est-ce bien nécessaire ? Est-ce même raisonnable ? Tu devrais tenir compte de l'état d'Elinor et des conséquences que de nouvelles disputes pourraient avoir sur sa santé.

— Je suis mieux placée que quiconque pour connaître mes devoirs envers ma sœur.

— Je me demande parfois si tu en as une vision bien claire.

— Vraiment ? Je ne comprends pas ce que tu veux dire par là, Virginie, mais permets-moi de te dire que je suis étonnée de ton attitude. Je m'attendais au moins à ce que tu manifestes de l'indignation, ne serait-ce que par égard pour mon frère, qui fait partie des personnes visées dans cette attaque.

— C'est possible. Mais ton frère, tout comme M. Aycliffe, est parfaitement capable de se défendre sans que je m'en mêle.

Hannah se leva d'un bond :

— M'accuserais-tu de me mêler d'affaires qui ne me regardent pas ? Insinuerais-tu que j'agis sous l'emprise de la colère, et non par sens du devoir ?

— Non, Hannah, je connais trop bien ton sens du devoir… Je me demande simplement si, pour le bien d'Elinor, nous ne devrions pas plutôt nous efforcer d'apaiser, d'aplanir les choses, de ne pas gonfler cet incident…

— Ne vous faites donc pas de soucis pour moi ! interrompit Elinor, plus joyeuse que jamais. Je me sens parfaitement bien, comme neuve, et je suis certaine que Charles voulait que son père soit au courant de sa conduite, sinon il n'aurait pas été faire cet esclandre à Ramsden Street

– n'est-ce pas, Charles ? Il préfère aussi, je crois, que le récit en soit fait par Hannah, qui est de la famille, plutôt que par une étrangère comme Emma-Jane.

L'estomac noué par l'inquiétude, je suis sortie dans le vestibule, car j'avais cru entendre le bruit d'une voiture ; quand je me suis retournée, j'ai vu dans la demi-obscurité que Charles m'avait suivie.

— Vous ne pouvez rien faire, me dit-il à mi-voix. N'essayez donc pas de prendre ma défense, Virginie. Vous seriez seule à le faire, et vous ne pouvez pas vous dresser seule contre tous les autres.

Je me suis sentie bêtement au bord des larmes, tant le son de sa voix qui m'appelait Virginie, au lieu de l'habituel madame, m'avait touchée en faisant sans doute tomber quelque défense secrète autour de mes émotions.

— Êtes-vous vraiment aussi courageux que vous l'affectez ? ai-je dit. Ne vous souciez-vous donc pas de ce que votre père va vous dire ?

— Bien sûr que si, personne ne peut être inconscient à ce point. De fait, je me soucie de ses réactions infiniment plus qu'il ne pourrait le comprendre. Mais j'ai des liens si serrés, si épais qu'il me faut y mettre de la brutalité pour les briser et me libérer.

— Vous libérer ? Pour quoi faire ?

— Plus, en tout cas, que je n'ai fait jusqu'à présent, plus que de parler – ou de rêver. Plus que de continuer à aligner des cages pour y enfermer des êtres humains. Bien plus… Si vous le pouviez, Virginie, vous feriez sans doute la même chose.

Je crois qu'il allait alors tendre la main vers moi et que je n'y aurais pas résisté quand, au même moment, Hannah apparut à la porte du salon et Morgan Aycliffe à celle de la rue.

— J'ai entendu la voiture… commença Hannah.

Elle éprouvait le besoin de justifier sa présence inconvenante dans le vestibule, alors que les invités doivent rester au salon, mais le visage livide du maître de maison, la colère et le dégoût qui lui déformaient les traits la réduisirent au silence. Morgan Aycliffe franchissait la porte d'entrée lentement, avec peine, comme si ses jambes ne le portaient plus. Charles se tourna alors vers Hannah :

— J'ai bien peur que vous n'arriviez trop tard, mademoiselle. Mon père a, semble-t-il, rencontré en chemin quelqu'un pour le renseigner à votre place.

Aycliffe s'arrêta au milieu du vestibule, ôta sans hâte son manteau, ses gants et son chapeau, qu'il tendit à son valet, et passa devant nous pour entrer au salon, sans même accorder un regard à son fils. Là, il s'adressa à Elinor d'une voix sans timbre :

— Je vous dis bonsoir, madame.

— Mais je ne suis pas du tout fatiguée ! Je voudrais…

— Bonsoir, madame.

— Pourquoi donc la renvoyer ? intervint Charles qui l'avait suivi avec nous. Elle veut simplement assister à mon exécution, et vous ne devriez pas lui refuser ce plaisir bien mérité.

Pour la première fois, ils se firent face ; et, s'il était visible que le père, au prix d'un effort considérable, tentait de conserver son sang-froid, il était non moins évident que le fils était décidé à user de tous les moyens pour le lui faire perdre.

— Je m'occuperai de toi dans un instant, mon garçon, quand nous serons seuls. Après que ma femme se sera couchée et que ces dames seront à l'abri de tes insolences.

— Je ne crois pas avoir envie que vous vous « occupiez » de moi, père. Je pensais plutôt aller prendre l'air en ville.

— Tu feras exactement ce que je te dis, répondit Morgan Aycliffe avec un calme redoutable.

— Je n'en suis pas si sûr.

— Et moi, je le suis. Tu viendras quand je te le dirai, tu sortiras où je t'enverrai, car tu n'as pas les moyens de me désobéir. Ton obéissance m'est due, et c'est une dette dont je vais te demander le règlement plein et entier.

— Si je refuse de reconnaître l'existence de cette dette, je ne vois pas comment vous vous y prendrez pour me la faire payer.

Hannah s'était adossée au mur et je vis qu'elle avait peur, car nous étions les témoins d'une sorte de crime ou, mieux, de l'anéantissement des derniers lambeaux d'affection qui liaient encore les deux hommes.

— Va dans ta chambre, immédiatement, et restes-y jusqu'à ce que je t'appelle. Souviens-toi que tu n'as plus ta mère pour venir se jeter entre nous…

— Non, je n'ai plus de mère, en effet. Et je n'ai pas non plus l'intention d'aller dans ma chambre, du moins jusqu'à ce que je vous aie dit, malgré tout le regret que j'en ai, qu'il faut nous séparer définitivement.

— Jamais ! s'écria Morgan Aycliffe. Je ne suis pas aussi bête que tu le crois et je sais que tu n'agis ainsi que pour me provoquer, pour me pousser à te chasser. Mais tu n'y parviendras pas. Tu resteras ici, chez moi. Je suis ton père, et j'ai droit à ton soutien, à ta reconnaissance. Et à ton travail.

— Et pourquoi cela ? Pour constituer des dots à vos filles et une pension à votre veuve ? Non, non, monsieur, très peu pour moi. Et ne venez pas me menacer de changer votre testament, car vous comptez de toute façon me déshériter quand je ne vous servirai plus à rien. Je le sais aussi bien que vous, père, bien que vous n'ayez peut-être pas encore convoqué votre notaire. Mais avouez-le maintenant, admettez le plaisir que vous aurez sur votre lit de mort en sachant que vous m'aurez usé à votre service, alors que vous aviez depuis toujours mis votre fortune hors de ma portée. Aussi n'ai-je pas l'envie de vous laisser mourir heureux, monsieur mon père, pas plus que de rester ici à vous regarder étouffer et tuer à petit feu cette charmante petite idiote, ici présente, comme vous l'aviez fait avec ma mère.

Cette fois, c'en était assez pour faire sortir Morgan Aycliffe de ses gonds. Je vis ses traits se décomposer avant de faire une grimace de férocité qu'il ne pouvait pas contrôler davantage que son bras, qui parut se lever seul pour s'abattre brutalement en frappant Charles à la bouche.

— Vous avez eu tort, dit Charles. Pas pour moi, car ne croyez surtout pas m'avoir fait mal, mais pour votre dignité. Vous m'avez bien souvent battu et, si j'en crois ce que vous me disiez, cela vous faisait plus de peine qu'à moi – ce qui ne vous empêchait pas de vous en remettre fort bien. Cette fois, j'espère que votre chère petite femme saura vous en consoler comme il faut…

— C'en est trop ! s'écria alors Hannah.

Elle se précipita entre les deux hommes pour les séparer et entraîna à l'écart un Morgan Aycliffe soudain sans défense devant son autorité.

J'ai fait monter Elinor dans sa chambre, sans gentillesse ni sympathie, et l'ai fourrée au lit sans vouloir lui répondre quand elle m'a gazouillé :

— C'est enfin terminé, cette fois ! Il s'en va pour de bon. Bon débarras ! Tu ne peux pas m'en vouloir d'être contente, maintenant que tu as vu que c'est une brute qui m'aurait toujours maltraitée. Charmante idiote, non mais !… Je ne suis peut-être pas aussi intelligente que lui, mais ce soir, en tout cas, me voilà bien au chaud dans un bon lit tandis qu'il va aller coucher au diable. Reste encore un peu, Virginie, parle-moi ! Je suis trop excitée pour dormir.

Je suis à peine restée le temps de lui dire bonsoir et je me suis hâtée d'aller m'embusquer en haut de l'escalier, en me cachant comme un enfant qui espionne les grandes personnes. J'ai vu Hannah traverser le vestibule un verre à la main et s'engouffrer dans le salon, pour s'y enfermer d'un geste décidé avec celui qui n'avait finalement pas voulu d'elle pour femme. Le valet sans visage apparut ensuite, et se retira aussitôt après avoir déposé une grosse valise à côté d'une console. Un instant plus tard, j'ai chuchoté « Charles ! » – je me servais pour la première fois de son prénom – et j'ai dévalé l'escalier pour le rejoindre.

— Où comptez-vous aller ? lui ai-je demandé.

— Quelque part, pas très loin. Ne vous inquiétez pas.

Je savais au contraire, malgré mon anxiété, que la vengeance de son père était des plus inquiétantes, et qu'elle serait sans doute tenace et impitoyable.

— Fallait-il vraiment le mettre en colère comme vous venez de le faire ? N'aurait-il pas suffi de faire vos valises et de partir ?

— Oui, bien sûr, je l'ai déjà fait à plusieurs reprises et il aurait, comme chaque fois, sauvé la face en disant que j'étais allé faire un séjour à l'étranger pour mes études, ses affaires ou ma santé. Et, comme chaque fois, j'aurais reçu la visite de quelqu'un venu me dire qu'il vieillit, que ses forces le trahissent, qu'il a besoin de moi, et je serais revenu… Alors, j'ai été d'une telle grossièreté envers lui, et devant témoins, qu'il ne pourra plus, cette fois, me rappeler. Je lui ai aussi donné la chance de jouer le rôle du père outragé, ce qui lui conviendra à merveille. Personne ne pourra lui reprocher ce qui s'est passé ce soir et c'est cela, voyez-vous, qui compte vraiment à ses yeux. Car il est aussi exposé aux remords que d'autres le sont au coryza, et il n'aura désormais plus à se sentir coupable envers moi – d'autant que cette chère demoiselle Hannah va faire de son mieux pour le convaincre que je suis indigne de sa pitié – si bien qu'il peut se séparer de moi sans regrets. Rassurez-vous donc, Virginie, il n'exercera pas de représailles contre moi… mais je suis très heureux de voir que vous vous intéressez à mon sort.

— Oh ! quant à cela…

— Oui ? Quant à cela ?

Alors, très doucement, très soigneusement, il m'effleura la joue du bout des doigts.

— Je ne suis pas amoureux de vous, Virginie – du moins ai-je essayé de ne pas l'être. Mais je crois que je pourrais vous aimer beaucoup, énormément, si vous m'en donniez la permission – ou la possibilité. Vous ne le feriez sans doute pas, n'est-ce pas ?

— Non.

— Bien entendu…

L'extrême lassitude qui parut soudain le tasser me fit alors comprendre qu'il ne m'avait pas parlé avec la légèreté insouciante que son sourcil haussé voulait me laisser croire.

— Je m'en tirerai très bien, reprit-il. J'ai la petite rente de mon oncle, vous savez, les fameuses cinquante livres par an que mon père accuse de me pousser à tous les vices, et je ne mourrai donc pas de faim. Dites-moi de partir, voulez-vous, Virginie ? J'ai beaucoup de mal à vous dire adieu.

— Oui, partez, Charles. Cela vaut mieux. Au revoir.

Et tandis que je le regardais s'enfoncer dans la froide, la cruelle nuit de décembre qui, déjà, faisait souffrir et mourir les pauvres gens, les faibles, les sans-logis, je découvrais moi-même pour la première fois la pauvreté – celle du cœur – et la faiblesse ; et l'affreuse sensation que j'avais moi aussi d'avoir été chassée de mon vrai foyer.

15

Privé de son portefeuille de Premier ministre, le duc de Wellington était parti bouder à la Chambre des lords, d'où il lançait de sombres prophéties sur la réforme du droit de vote qui ne manquerait pas de déchaîner la révolution. De fait, un esprit de rébellion soufflait sur tout le pays, où les industriels n'étaient plus les seuls à exiger des réformes.

— Cullingford doit avoir le droit d'élire son propre représentant à Westminster ! tonnait M. Aycliffe à qui voulait l'entendre.

Et, s'il voyait cet électorat limité à une minorité d'industriels, tels que Joel et Bradley Hobhouse, et une poignée de directeurs d'usines, de commerçants et d'artisans à qui l'on pouvait faire confiance pour élire nul autre que Morgan Aycliffe, il ne commençait pas moins à bénéficier du soutien inattendu des couches inférieures de la société, de ces natifs de la vallée de la Law qui, avec leurs têtes bouclées sous la casquette de drap et leurs mains calleuses, déclaraient :

— Laissons donc les patrons régler leur compte aux nobles pour que, quand notre tour viendra, nous réglions d'autant plus facilement leur compte aux patrons.

Ce n'était pas ce qu'on pouvait appeler une révolution – ce que j'aurais pourtant été tentée de dire, si on s'était donné la peine de me demander mon avis –, mais cela suffisait à inquiéter beaucoup de gens. Un industriel tel que Joel Barforth ne pouvait certes pas porter ombrage à l'autorité d'un lord Grey ou d'un lord Russell, qui la tenaient de privilèges et de fortunes accumulées par des générations de haute noblesse, mais il pouvait représenter une menace pour de petits hobereaux tels qu'Eustache Dalby, voire de plus grands seigneurs comme sir Giles Flood, à bon droit alarmés par l'irrésistible ascension de cette nouvelle classe de bourgeois riches, agressifs et avides, fort capables de les dépouiller de leurs fragiles pouvoirs.

En avril, la campagne fut donc dominée par le cri : « La réforme, toute la réforme et rien que la réforme ! » À Londres, des émeutiers réformistes s'attaquèrent à Aspley House, résidence du duc de Wellington, dont ils brisèrent les grilles et fracassèrent les vitres à coups de pierre pendant que la duchesse rendait le dernier soupir à l'intérieur. La loi de réforme électorale n'était peut-être pas la panacée qui guérirait tous les maux dont le pays souffrait, mais son adoption valait mieux que le statu quo, si légère que soit l'amélioration qu'elle entraînerait. Pour la plupart, ceux qu'on interrogeait ne savaient pas exactement ce qu'ils en attendaient mais, dans les villes du nord, les industriels de la seconde génération n'avaient aucun doute sur la question. Ils voulaient une voix – beaucoup de voix – à Westminster pour repousser les abominables mesures protectionnistes, faire adopter le libre-échange et légiférer, pour une fois, en faveur du nord industriel et non plus du sud agricole. Ils vociféraient tant pour avoir la réforme que leurs ouvriers, qui n'y trouvaient en fin de compte pas grand bénéfice pour eux-mêmes, leur tournèrent le dos – peut-être parce que l'habitude de s'opposer aux patrons était la plus forte – et prêtèrent une oreille complaisante à ceux qui, comme Richard Oastler, méprisaient résolument le sujet trop rebattu de la réforme électorale pour exiger de tous les candidats qu'ils soutiennent un projet de loi limitant la journée de travail à dix heures.

Les réformistes l'emportèrent largement, et le gouvernement whig eut à Westminster la majorité dont il avait besoin pour adopter la fameuse loi. Et tandis que le chevalier

Dalby s'apprêtait à vendre ses terres pour filer à l'étranger avant qu'on ne s'avise d'installer une guillotine sur la place du Marché de Cullingford, et que mon mari, ainsi que celui de toutes mes amies, allaient au Vieux Cygne porter des toasts et sabler le champagne à l'avènement d'une ère nouvelle, la leur, j'étais avec ma cousine Elinor dans sa chambre plongée dans l'obscurité, comme il convient paraît-il en de telles occasions, pour assister à la naissance de son troisième enfant.

Dès le début, sa grossesse avait été anormale, lui avait causé des malaises, un gonflement excessif qui l'enlaidissait, lui avait terni les cheveux et les esprits, si bien que, les dernières semaines, accablée de dégoût au spectacle de sa propre image et de tristesse à la certitude que son mari n'avait plus de plaisir à la contempler, Elinor s'était mise au lit comme un animal blessé se réfugie dans sa tanière.

— Je connais une décoction de camomille et de bourdaine qui redonnera à vos cheveux tout leur éclat avait proposé Mme Stevens.

Mais cela n'avait pas suffi à faire sortir Elinor de son abattement.

— Quelle importance ont mes cheveux alors que je vais mourir ! avait-elle répondu. Chacun sait que le troisième enfant est le plus dangereux, celui qui tue la mère. J'espère seulement que ce sera un garçon, de sorte que mon mari échappe à l'épreuve de devoir se remarier et infliger ce supplice à une autre malheureuse. N'est-ce pas, Virginie, que je fais preuve de grandeur d'âme en pensant aux autres en un tel moment ?

Cette tentative d'humour et de grandeur d'âme n'eut cependant pour seul résultat que de lui faire verser de nouvelles larmes ; et quand, finalement, dans l'affreuse obscurité où elle était plongée – et en l'absence de son époux qui n'était pas revenu du Vieux Cygne et de ses libations –, elle accoucha d'une minuscule petite fille, elle ne sut que se cacher la figure dans l'oreiller, pleurer d'épuisement et refuser de jeter les yeux sur le nouveau-né.

— Donnez-la à la nurse, dit-elle à la sage-femme qui essayait de mettre le fragile petit paquet de langes dans ses bras.

Alors, devant l'expression horrifiée de cette femme dont je ne voulais pas davantage choquer le sens des convenances ni, surtout, provoquer les bavardages, j'ai pris l'enfant dans mes bras – elle n'était pas belle, cette petite, tout juste un petit bout de chair rouge et ridée qui hurlait à écorcher les oreilles, et je l'ai bercée en la serrant sur ma poitrine.

Beaucoup plus tard, j'ai dû annoncer à Morgan Aycliffe qu'il avait encore une fille, car Elinor dormait enfin, et il a dissimulé sa déception, qui devait être profonde, sous le masque d'une indifférence vaguement dédaigneuse.

— Dites-moi, madame, cette enfant, est-elle… forte ? me demanda-t-il en ôtant soigneusement ses gants.

En m'entendant répondre que, à mon avis, elle était plutôt délicate, il s'abstint de répondre à haute voix par le : « Tant mieux » qui lui venait aux lèvres, mais me fit néanmoins comprendre par une mimique muette que, s'il avait été prêt à accueillir avec faveur la venue d'un fils, qui aurait avantageusement pu remplacer Charles, la naissance d'une troisième fille lui était difficile à supporter. « Espérons qu'elle ne vivra pas, ce qui résoudrait le problème », me disait son expression pincée et profondément écœurée.

Cette fillette, qui passa les deux premiers jours dans une immobilité inquiétante, parvint cependant à s'accrocher à la vie – comme les femmes savent seules le faire – et eut donc droit à la nursery où, tout en haut de la maison, vivaient déjà ses sœurs. Les soins compétents de la nurse et le lait de la nourrice, grosse paysanne placide, évitèrent à Elinor la corvée de la voir. De fait, elle semblait préférer oublier jusqu'à son existence et, au bout du premier mois, ne manifestait aucune envie apparente de quitter son lit.

— On passe son temps à me la coller sous le nez, me dit-elle un jour où elle daignait parler, et je fais comme si cela me faisait plaisir, parce que c'est plus facile que de passer pour un monstre et de subir leurs chuchotements et leurs regards indignés. Mais elle ressemble exactement aux deux autres, si tu veux la vérité, et il n'y a pas de quoi pousser des cris de joie. De toute façon, quelle importance attache-t-on à ce que je pense ? C'est mon mari qui décide de ce qu'il faut faire des filles, et je n'ai jamais eu voix au chapitre. Au fait, on va l'appeler Cecilia, paraît-il. C'est Hannah qui a inventé ce nom-là, je ne vois vraiment pas pourquoi car il n'y a jamais eu de Cecilia dans la famille. Prudence, Julia et Cecilia... Eh bien, bonne chance à toutes les trois. Non, Virginie, je n'ai pas du tout envie de me lever aujourd'hui. Hannah m'a harcelée à ce sujet toute la matinée, mais je refuse parce que, quand je suis au lit, au moins je suis bien installée.

Et la toute-puissante Hannah, qui régnait sans partage sur la chapelle de Ramsden Street et dont les avis avaient force de loi à la cure de Patterswick, qui savait plier à ses volontés le méthodiste dissident révérend Brand tout comme l'orthodoxe anglican pasteur Ashley, Hannah devait essuyer de cuisantes défaites devant l'incomparable force d'inertie de sa petite sœur qui, sommée de se lever, se contentait de fermer les yeux et de s'endormir ou, si on la mettait de force sur ses pieds, déclarait aussitôt qu'elle avait un vertige et se laissait tomber sur son lit.

— Il faut pourtant qu'elle accepte ses responsabilités, déclarait Hannah.

Mais chacun sentait, dans la maison de Blenheim Lane, qu'on ne pouvait décidément guère compter sur le sens des responsabilités de la deuxième Mme Aycliffe. Aussi, quand la petite Cecilia se mit à vomir, à gémir et à rapetisser au point de devenir microscopique, ce fut Hannah qui entreprit de surveiller la nourrice et la surprit à gâter son lait en avalant des rasades de gin ; ce fut Hannah qui épargna à

Morgan Aycliffe l'embarras de congédier cette femme, ivre et le verbe haut, en procédant elle-même à l'exécution ; et ce fut encore Hannah qui se chargea de lui trouver une saine remplaçante et de l'installer dans la nursery Aycliffe à temps pour la prochaine tétée.

— Quelle comédie, cet après-midi ! annonça Elinor à son mari quand il rentra ce jour-là. La nourrice était ivre, et il y a eu des cris, des disputes… C'était si amusant que je me suis levée pour n'en rien perdre.

Pour toute réponse, il se durcit, son regard prit cette lueur méprisante qui lui devenait habituelle et effaça les dernières traces de bonne humeur dans la voix d'Elinor, à qui il finit par dire : «Je suis atterré», sans que l'on sache si son dédain était destiné à la nourrice, à Elinor – ou à lui-même, pour s'être mis dans le cas de subir de telles inconvenances.

Les jours de sa contemplation ravie, les jours du champagne et des fraises étaient si bien finis et déjà si loin que leur seul souvenir, je crois, suffisait à l'affliger en le stupéfiant. Il ne pouvait pas davantage se pardonner d'avoir cédé à l'impulsion sensuelle qui lui avait fait épouser la jeune et jolie cadette au lieu de l'aînée pleine de bon sens, et il ne faisait pas grâce à Elinor de lui avoir inspiré ce coup de tête. Ce n'était pas tant leur différence d'âge qui le dérangeait, car Hannah était elle-même notablement plus jeune que lui et, dans un monde où les femmes mouraient souvent jeunes des suites d'un accouchement ou de l'épuisement provoqué par la charge de leurs trop grandes familles, on comprenait qu'un homme se choisisse une épouse qui lui fasse de l'usage. Plus simplement, il se trouvait que, sa passion refroidie, il ne voyait en Elinor plus rien qui le satisfasse, à l'exception d'une vivacité qu'il trouvait inconvenante et d'une fertilité qui le remplissait d'effroi. Victime de ses appétits, il avait succombé à la plus vile des tentations et, maintenant qu'il se trouvait pour toujours encombré de cette enfant babillarde et futile, il se sentait dupé. Les sens, qu'il avait cru exaltants, lui avaient réservé un cruel réveil dans une réalité peuplée d'aiguilles à tricoter et de flacons de médecine répandus dans son salon ; du spectacle d'une paysanne gorgée de lait et de gin titubant au seuil de sa porte ; une nursery pleine de fillettes qui, un jour ou l'autre, s'échapperaient pour aller poser leurs doigts poisseux de confiture sur ses statuettes de porcelaine, briseraient ses Wedgewood, profaneraient sa dignité et videraient sa bourse. Et parce qu'Elinor incarnait cet empire des sens dont il se sentait l'innocente victime ; parce qu'elle lui avait fait perdre un fils sans même lui en fournir un autre, il préférait désormais tourner ses pensées vers des sujets plus dignes de lui et particulièrement vers cette carrière parlementaire qui, plus que jamais, pouvait lui permettre d'éviter le remords vivant que constituait son épouse.

— Veuillez informer Mme Aycliffe que je ne dînerai pas ce soir, disait-il à sa gouvernante qui lui servait son petit-déjeuner solitaire.

Elinor, soulagée, pouvait alors organiser sa journée à sa guise et en fonction de ses caprices, de ses visites ou du nombre toujours croissant de ses malaises et maladies plus ou moins imaginaires.

— Je ne me sens pas très bien, ce matin. Je ne sais pas ce que j'ai, une sorte d'étourdissement, de douleur derrière les yeux. Bien sûr, je pourrais me lever, mais cela n'en vaudrait vraiment pas la peine si c'est pour me recoucher aussitôt après. Ils se débrouilleront tous parfaitement bien sans moi, d'ailleurs. Quand, le soir, je fais l'effort de descendre, mon mari trouve toujours à redire à tout, car il est toujours maussade depuis que Charles l'a quitté. Était-ce ma faute ? Oui, bien sûr, comme toujours, comme je suis la seule coupable d'avoir eu des filles et non des garçons…

Charles. Le simple bon sens me disait de ne plus penser à lui, mais il restait toujours quelque recoin de mon cerveau à ne pas obéir. Tous les matins, j'allais promener mes chiens sur le chemin de la lande, tous les après-midi ou presque je prenais le thé avec Emma-Jane et Lucy, je m'absorbais dans mes tâches quotidiennes, dans la vie de mes enfants, j'invitais à dîner les amis de mon mari. Sur la recommandation de Hannah, j'avais engagé une gouvernante pour suppléer Liza, une certaine Mme Paget aux robes aussi amidonnées que son comportement. J'apprenais à lire à Blaise, qui avait six ans, et j'étais stupéfaite – étonnement dont je ne laissais rien ignorer à Emma-Jane et Lucy – de découvrir que Nicolas, à cinq ans, avait appris tout seul. Je brossais les longs cheveux soyeux de ma fille avant de la coucher en lui racontant les histoires dont ma vieille Marthe-Ellen m'avait bercée – mais en évitant les nouveaux recueils de fables moralisatrices que Hannah avait voulu m'imposer.

J'avais quand même fini par trouver la paix de l'âme dans le déroulement sans histoire de mes jours. J'allais à Patterswick voir ma mère ; je triais et rangeais le linge ; je composais des bouquets de fleurs séchées avec Mme Stevens ; je commandais de nouvelles toilettes ; je trouvais parfois du plaisir à faire l'amour avec mon mari, plus souvent de l'agacement quand il tendait la main pour me pincer le menton avec la condescendance du grand cousin. Et s'il m'arrivait encore, de loin en loin, de penser que ma dernière rencontre avec Charles Aycliffe avait été le seul événement réel de mon existence, je faisais l'effort de fermer les yeux devant ce souvenir, de lui interdire mon esprit et de reprendre en hâte le cours de mes occupations et de ma routine quotidienne.

Les choses auraient été plus faciles s'il avait quitté Cullingford, mais la lettre de M. Richard Oastler au *Mercure de Leeds* avait eu un tel retentissement dans la région que Charles, qui s'en était publiquement rendu solidaire, s'était trouvé emporté par ces événements. En quittant la maison de son père, il était allé passer quelques jours à Fixby Hall, où Richard Oastler était employé en qualité de régisseur par M. Thornhill, son propriétaire ; c'est là que M. Oastler, qui avait entre-temps détourné sa puissante énergie de la cause de l'esclavagisme pour en faire bénéficier ses concitoyens opprimés, avait présenté Charles au comité dont il était président et qui se consacrait à la lutte pour obtenir la réduction du temps de travail.

C'est pourquoi Charles, au lieu de se rendre à Londres ou chez son oncle, dont il dépendait désormais pour son entretien, était rentré à Cullingford, où un comité était en formation, et s'était logé au Tonneau rouge, pub mal famé de Simon Street. On le voyait souvent en compagnie de Mark Corey, dont la rumeur disait qu'il était le fils illégitime du galant colonel Corey de Blenheim Lane, et qui, contrairement à son père putatif, était un révolutionnaire notoire, un propre à rien et le propriétaire d'un virulent pamphlet hebdomadaire, *L'Étoile de Cullingford*.

Pour des hommes comme Richard Oastler, Marck Corey, Charles Aycliffe et la multitude des travailleurs – ou la foule plus grande encore de ceux qui n'avaient pas de travail –, la loi sur la réforme électorale avait infiniment moins d'importance et de valeur que celle sur la réduction de la durée du travail, dite loi des Dix Heures. Comme les patrons ne voudraient pas diminuer de plein gré la journée de travail, il fallait donc les y forcer. Les enfants, les femmes aussi, devaient bénéficier enfin de protections légales.

Les patrons n'étaient pourtant pas tous les diables féroces que *L'Étoile de Cullingford* dépeignait à ses lecteurs ; comme toujours, il y en avait de bons et de mauvais, sans parler de l'infinité des nuances intermédiaires. C'était par paresse plus que par cruauté qu'un Bradley Hobhouse, par exemple, fixait tous les jours un volume de production et laissait ses contremaîtres atteindre l'objectif comme bon leur semblait. Pour maintenir éveillés les enfants-ouvriers, les méthodes traditionnelles de la vallée de la Law allaient du fouet au baquet d'eau froide où on leur plongeait la tête ; et comme le taux d'accidents était particulièrement élevé à Nethercoats, où des enfants épuisés tombaient dans des machines qui, au mieux, leur déchiraient les vêtements et, au pire, leur arrachaient les cheveux ou un membre, Emma-Jane fit triste figure le jour où la ville entière fut inondée d'exemplaires de la lettre de Richard Oastler, dont l'un atterrit dans sa voiture et un autre, qui enveloppait une pierre, sur le tapis de son salon dont il avait brisé une vitre.

À l'autre bout de l'échelle, on trouvait M. John Wood, fabricant de *worsted* à Bradford, qui avait versé une contribution de quarante mille livres à la campagne de Richard Oastler et qui, dans sa propre usine, avait installé des baignoires et disposé des chaises pour le repos de ses ouvriers à qui il accordait en outre, concession sans précédent, des pauses d'une demi-heure pour le petit-déjeuner et de quarante minutes pour dîner. Entre ces deux extrêmes se situait Joel Barforth, qui grandissait plus vite que tout le monde, faisait bâtir des ateliers toujours plus grands où mettre toujours plus de main-d'œuvre, toujours plus de femmes et d'enfants et toujours plus de contremaîtres, anxieux de toucher des primes si la production montait et assurés du congédiement dans le cas contraire. Et si ces hommes, dont la cupidité ne venait que du besoin d'argent pour vivre, faisaient travailler des fillettes de huit et neuf ans dix-sept heures par jour en les fouettant pour les faire tenir debout, je savais que Joel, contrairement à un Bradley Hobhouse qui préférait fermer pudiquement les yeux, était parfaitement au courant de ce qui se passait chez lui.

— Je ne leur fais rien faire que je n'aie fait moi-même, répondait-il à ceux qui le poussaient dans ses retranchements. J'ai travaillé à Low Cross avec mon père dès l'âge de sept ans, et, quand ma mère a insisté pour que j'aille à l'école, je m'y rendais à pied, huit kilomètres dans chaque sens hiver comme été, pour me remettre au travail la moitié de la nuit quand nous manquions de main-d'œuvre. Je n'admettrai donc jamais qu'on se mêle de mes affaires, et je ne permettrai pas à un fonctionnaire irresponsable de venir dans mon usine me dire ce que je dois faire, pas plus que de le laisser s'introduire dans le lit de ma femme.

Emma-Jane Hobhouse, qui dînait à la maison ce soir-là, se hâta d'abonder dans ce sens :

— Oui, vraiment, ce M. Oastler ferait mieux de se mêler de ce qu'il sait faire, c'est-à-dire de gérer les affaires de son maître, car s'il a tellement de temps à perdre pour s'occuper des nôtres, c'est qu'il néglige ses devoirs.

Emma-Jane n'avait cependant pas la conscience très tranquille. Quant à moi, qui sortais tous les matins promener mes chiens, je m'arrêtais souvent sur le sentier au-dessus de Maison Haute pour regarder l'usine, entourée de hauts murs surmontés de piquants de fer et fermés par une lourde grille. Je dormais encore quand, à cinq heures et demie très précises, elle se refermait bruyamment pour séparer les courageux qui, tôt levés, méritaient leur plein salaire, des paresseux qui en étaient indignes. Mais j'étais dehors à huit heures et demie, l'heure du petit-déjeuner, quand les grilles se rouvraient un quart d'heure pour laisser entrer les retardataires, réprimandés et mis à l'amende, pendant que les autres, au travail depuis déjà trois heures, sortaient dans la cour respirer l'air pollué de fumée noire, avaler en hâte un quignon de pain frotté de saindoux et se soulager avant que les machines repartent, car il leur faudrait alors demander la permission de s'absenter de leur poste.

On voyait toujours, à la grille, une file d'enfants, fillettes de cinq ou six ans portant un paquet de chiffons ressemblant à des poupées mais qui, en fait, étaient des bébés qu'elles amenaient à l'usine pour être nourris par leurs mères. On voyait alors des femmes se détacher de la foule, donner le sein à leur nourrisson qu'elles rendaient à leur nurse de cinq ans avant de retourner en hâte à leur atelier, entourées de deux ou trois enfants plus âgés. En dépit de tous mes efforts pour m'illusionner, mes yeux ne pouvaient qu'enregistrer le spectacle de ces enfants blêmes et malingres dont beaucoup, sinon presque tous, étaient déjà bancroches et contrefaits, une épaule plus haute que l'autre, ou les jambes arquées par les efforts auxquels leurs os encore tendres ne pouvaient pas résister.

Il m'avait toujours paru naturel de voir des enfants dans les usines. Mon grand-père et mon père en avaient employé et, avant cela, ils travaillaient pour leurs parents, dans les chaumières où la famille entière devait s'atteler au labeur pour produire la pièce de drap hebdomadaire. À la campagne, les enfants glanaient, s'ils ne participaient pas aux moissons, ils gardaient les bêtes, nourrissaient les cochons et les poulets même au plus froid de l'hiver ; les enfants des villes balayaient les carrefours, ramonaient les cheminées, et il était entendu qu'ils devaient se débrouiller par eux-mêmes dès qu'ils en étaient capables et, avant douze ans bien souvent, devenir domestiques pour faire place aux plus jeunes à la table familiale. On ne m'avait jamais appris que l'enfance devait être le temps de l'oisiveté car moi-même, encore toute petite, j'avais l'obligation d'aider à repriser le linge, faire les confitures et les conserves en saison et me rendre généralement utile dans toute la maison. Et puis, comme Emma-Jane le faisait remarquer, les enfants d'usine échappaient au moins à la corvée d'apprendre à lire et à écrire… Mais le cortège sans fin de ces pitoyables nabots, que je voyais tous les jours se glisser comme honteusement dans l'usine, tous ces petits corps difformes qui, en grandissant, deviendraient des caricatures d'hommes et de femmes, s'obstinaient à peupler mes rêves, à s'installer tenacement derrière mes paupières, si bien que je ne parvenais jamais à les oublier complètement.

— M. Oastler exagère beaucoup, disait Hannah, mais il y a effectivement des abus. L'usine Hobhouse laisse énormément à désirer, et on devrait une bonne fois faire comprendre à Bradley Hobhouse que, s'il continue à laisser des jeunes personnes des deux sexes se mêler avec autant de liberté et sans la moindre surveillance, il n'en résultera que la plus scandaleuse luxure. On a attiré mon attention sur le fait que beaucoup de ses contremaîtres sont des personnages fort peu recommandables, et, comme les jeunes ouvrières se développent précocement – sans doute à cause de la chaleur qui règne dans les ateliers –, on est en droit de redouter le pire. J'ai même entendu parler du cas de deux jeunes filles, issues de familles fort respectables que nous secourons à Ramsden Street, que leur emploi à Nethercoats a perverties sans espoir de rémission. L'un de nous devrait se dévouer pour en parler à Emma-Jane avant que *L'Étoile de Cullingford* n'ait vent de cette affaire et n'en profite pour nous couvrir tous de boue.

Je dois dire cependant n'avoir jamais vu les affriolantes courtisanes nées de l'imagination pudibonde de Hannah, alors que défilaient toujours sous mes yeux les jeunes gens et jeunes filles bossus, aux yeux tristes et aux joues creuses, totalement dépourvus de l'énergie et de la joie de vivre nécessaires à la séduction et à la débauche. Ils étaient tout simplement épuisés par leur travail, et il me paraissait évident que la fournaise des ateliers, bien loin de favoriser leur épanouissement, ne pouvait que les étioler.

Et pourtant, comment pouvais-je moi, femme de Joel Barforth, élever la moindre protestation ? Comment faire autre chose que garder le silence quand, en cette année 1831 où retentissait le mot magique de réforme, un M. Michael Sadler, député de Newark et ancien importateur de lin irlandais à Leeds, avait déposé à la Chambre un projet de loi pour la protection de la jeunesse dans les usines et la réglementation de la journée de travail qui, s'il était voté, rendrait illégal l'emploi d'enfants au-dessous de neuf ans ? L'absence d'état civil rendait cette mesure inapplicable en pratique, et la vieille tradition de la vallée de la Law – « s'ils sont assez grands pour travailler, c'est qu'ils ont l'âge » – prévaudrait toujours. Il était quand même prévu que les jeunes personnes de neuf à dix-huit ans ne pourraient travailler plus de dix heures par jour du lundi au vendredi, et huit petites heures le samedi. Était-ce un progrès ?

Dans la tempête de protestations que ce projet souleva, je réussis à ne pas exprimer mes sentiments. Et mon silence se fit encore plus absolu quand le projet de loi Sadler fut imprimé sous forme de brochure par Charles Aycliffe – désormais membre permanent de l'équipe de *L'Étoile de Cullingford* – et distribué largement dans toutes les usines. Ce silence, je m'efforçais même de l'étendre à mon esprit.

— Ne va surtout pas t'imaginer que Charles Aycliffe s'intéresse au sort des enfants dans les usines, me dit Hannah avec une rage contenue. Ce jeune homme ne s'affiche dans la campagne Oastler que pour embarrasser son père. Il sait très bien que Morgan Aycliffe déclarera sa candidature dès que Cullingford aura statut de circonscription électorale, et il cherche dès à présent à lui nuire. Ce n'est pas un idéaliste, mais un être malfaisant.

Aussi, quand nous avons un après-midi rencontré Charles Aycliffe qui traversait la place du Marché – en sortant peut-être du Tonneau rouge –, Hannah ne voulut pas lui rendre son salut, le regarda comme s'il n'existait pas et l'aurait même bousculé s'il ne s'était effacé à la dernière minute ; et je fus bien obligée de la suivre, car elle me serrait le coude comme dans un étau. Cette nuit-là, hantée par le souvenir de son sourire qui semblait dire : «Je sais que vous devez faire semblant de me détester, mais je vous pardonne», je me livrai à un examen de conscience impitoyable, pour conclure lucidement que je gardais toujours le secret espoir, en sortant tous les matins les chiens sur la lande, de le voir apparaître à travers la brume et venir vers moi. Alors, effrayée par l'intensité de mon propre désir, j'ai décidé que dorénavant je n'irai plus sur ce sentier où nous nous étions déjà rencontrés et où il savait pouvoir me retrouver.

J'étais la femme de Joel : c'était une réalité, la mienne, et tout le reste n'était qu'illusion. J'étais peut-être trop jeune et trop troublée, le jour de notre mariage, pour avoir pleinement compris la portée des vœux que j'avais prononcés, mais je savais du moins ne pas pouvoir en être déliée. Et si, au fond de mon cœur, je ne pouvais ni aimer ni honorer mon mari, mon seul espoir de vivre en paix était de le prétendre.

Elinor, comme presque toujours, allait mettre à l'épreuve ma résolution toute neuve.

Elle n'avait d'abord guère été impressionnée à l'idée que son mari serait le premier député de Cullingford. Mais, une fois qu'elle en eut saisi toutes les implications – et particulièrement celle de séjours prolongés à Londres, où il faudrait peut-être même acquérir une maison –, elle se mit à revivre.

— Il faut que j'aie quelque chose à me mettre ! déclara-t-elle un jour en n'éprouvant par miracle plus aucune difficulté à sauter du lit, maintenant qu'elle avait une raison de se lever ; et c'est ainsi qu'à ma visite suivante je la retrouvais environnée de coupons de satin et de brocart, de guirlandes de dentelle, de sacs de perles et de plumes, en compagnie d'une femme brune que je ne reconnus pas tout d'abord.

— Ne me demande pas comment je vais, je me porte à ravir ! s'écria Elinor en me voyant. Dis-moi, comment trouves-tu cette faille bleue ? Rosamonde jure qu'elle s'accorde parfaitement avec la couleur de mes yeux, mais j'ai peur que cela ne les fasse paraître trop verts. Au fait, Virginie, je ne t'ai pas présenté Mlle Boulton. Tu la connais sûrement ?

M'être présentée ne pouvait sûrement pas lui faire grand plaisir, car il lui était difficile d'oublier que son célibat prolongé était dû à ce que Joel l'avait délaissée pour moi ; nous nous sommes néanmoins saluées avec des sourires polis et avons longuement parlé tissus et détails de coupe, ainsi que du plaisir qu'elle éprouvait à créer des toilettes pour les autres.

Elle avait une trentaine d'années, ai-je supputé, et sa minceur lui conserverait, d'ici dix ans, de l'élégance et de la classe, mais une sécheresse sans beauté et une sorte de charme sans douceur ; depuis l'abandon de Joel, elle avait à plusieurs reprises tenté de se marier, mais en vain, et maintenant que les affaires de sa famille périclitaient, elle se trouvait forcée d'arrondir ses revenus par la couture.

— Je fais beaucoup de robes de mariage, me dit-elle. Quand Estella Corey, la fille du colonel, s'est mariée au printemps dernier, elle portait une de mes créations, et elle m'a commandé toute sa garde-robe pour la saison de Londres. Comme vous voyez, ma clientèle de Blenheim Lane me donne un travail fou.

Ce à quoi j'ai répondu, comme elle l'attendait de moi :

— Si vous avez le temps, je serais très heureuse que vous puissiez me faire quelque chose aussi.

— Avec grand plaisir, chère madame – ainsi que pour votre petite fille, si vous le désiriez. Oserais-je vous demander de venir me voir dans le magasin où je viens de m'installer ? Je suis en effet sur le point de me lancer dans une entreprise toute nouvelle en ouvrant une boutique consacrée aux vêtements pour enfants, d'après des modèles exclusifs venant de Londres, en plus de mes propres créations. Sans fausse modestie, je puis dire que ce sera le premier magasin de ce genre dans notre région, et s'il a le succès que j'espère, je compte lui ajouter un rayon pour les dames, avec des robes, bien sûr, mais aussi tous les accessoires, châles, bonnets, chaussures, parfums, qu'il faut jusqu'à présent faire venir de Londres. Pourquoi attendre si longtemps la livraison pour s'apercevoir, trop souvent, qu'on vous a envoyé la couleur ou le modèle qui ne convient pas, alors qu'on peut tout avoir sous la main ici même, dans Millergate ? Ce sera merveilleusement commode, vous verrez, et je me réjouis à l'avance de tous ces projets…

Là-dessus, elle prit note des desiderata d'Elinor, fit un rapide croquis de quelque chose que, affirma-t-elle, elle saurait exécuter mieux que personne tant elle avait le goût infaillible, ramassa prestement ses pelotes d'épingles et ses recueils de gravures de mode et se retira.

— Je me demande vraiment pourquoi elle est si contente d'elle-même, déclara Elinor soudain exaspérée. Toujours à courir ici et là, à rentrer partout pour s'introduire ailleurs et bavarder à tort et à travers… Elle se croit peut-être irrésistible, mais moi je t'avoue qu'elle m'épuise.

Alors, en faisant de ses jolis doigts souples le geste de briser quelque chose, elle prit une expression de méchanceté qui lui tordit les traits et lui durcit la bouche avant d'ajouter :

— Irrésistible, elle doit l'être en effet, car sa boutique est d'une élégance surprenante, toute en velours bleu ciel avec des chaises dorées. Et quand on connaît les loyers qui se pratiquent à Millergate et le prix des marchandises qu'elle a l'intention de stocker, je paierais cher pour savoir d'où elle tient tout cet argent. Elle a un associé, m'a-t-elle dit avec le sourire satisfait d'un chat qui vient de voler une jatte de crème. Un associé ? Je voudrais bien savoir qui c'est…

Le bref silence qui suivit aurait aisément pu être meublé, si l'une de nous s'en était donné la peine. Mais je ne me sentais décidément pas d'humeur à respecter les conventions, ce jour-là, et au lieu de répondre quelque chose comme : « Qui cela peut bien être, en effet ? » et de passer rapidement à autre chose, je dis lentement et avec un sourire :

— Je doute fort que tu paierais cher pour l'apprendre, Elinor, car je suis sûre que tu le sais déjà.

— Que veux-tu dire ? répondit-elle stupéfaite.

— Je veux simplement dire que, si quelqu'un a investi de l'argent dans la boutique de Mlle Boulton, ce ne peut être que Joel, et que si tu ne le savais pas déjà, tu te serais probablement abstenue de m'en parler.

— Oh ! Virginie ! s'écria-t-elle, les joues tout à coup rougies et les yeux voilés de larmes –, car je crois qu'Elinor m'aimait assez sincèrement pour ne pas vouloir me blesser, trop gravement du moins. Je suis navrée, Virginie, et je ne sais vraiment pas pourquoi je t'ai raconté cela. Ce doit être la jalousie, je crois, d'avoir vu cette femme qui déborde d'énergie tandis que je me sens toute molle. Et toi, si sûre de toi, si tranquille… Maintenant, je me sens affreuse, méchante comme une sorcière…

Mon apparente sérénité faillit bien me déserter, car j'avais subitement conscience de la réalité d'un nom, d'un visage connu, au lieu de la notion vague de quelque femme coûteuse bien loin à Londres ou à Manchester. C'était trop inattendu, trop différent de mes craintes pour que je n'en éprouve pas une sorte de frayeur.

— Cela n'a aucune importance, ai-je dit finalement.

— Oh si ! Virginie, c'est important, c'est grave… Alors, terrifiée à l'idée que son frère pourrait apprendre l'indiscrétion dont elle s'était rendue coupable, et le sachant un adversaire aussi vindicatif que redoutable, elle ajouta dans un murmure :

— Que vas-tu faire ? Tu ne vas pas lui en parler, au moins, lui demander… ?

— Que veux-tu que je fasse ? Je vais lui commander une robe pour moi, une autre pour Caroline, car il va sans doute y avoir une avalanche de dîners et de réceptions quand la loi sera passée, et nous devrons nous faire belles. Je suis d'ailleurs bien d'accord avec ce qu'elle a dit, ce sera infiniment plus commode de trouver sur place ce dont nous avons besoin plutôt que de le faire venir de Londres.

— Cela t'est donc vraiment égal ? me demanda-t-elle de cette même voix étrangement inexpressive que je ne lui connaissais pas.

— Cela ne me rapporterait rien de m'en faire du souci, et je n'ai pas l'habitude de me tracasser inutilement.

— Es-tu vraiment capable de dominer tes sentiments comme cela, à volonté ?

— On dirait. Ou peut-être suis-je seulement capable de faire semblant.

— C'est fou ce que tu ressembles à ta mère, Virginie !

— Je le crois, en effet.

— Mais moi, je suis incapable de me dominer à ce point, de continuer à faire semblant ! s'écria-t-elle en serrant les poings. Je me croyais bien forte, bien habile d'être une femme et d'avoir su acquérir tout cela sans avoir à travailler, en me contentant d'être allongée sur des coussins et de manger des fraises. Mais je ne savais pas que les journées étaient si longues, que la vie pouvait paraître si interminable. Je ne savais pas… Il ne veut plus de moi, Virginie. Il ne pense plus qu'à sa politique et me traite en importune. Il me fait croire que je le gêne en tout, que ma vie est inutile, un échec. Il veut si fort être élu qu'il en devient littéralement invivable et qu'il en est malade. Tu ne trouves pas qu'il a l'air malade ?

Elle ne me posa pas ouvertement la question qui lui était presque venue aux lèvres, et qu'elle ne pouvait pas plus prononcer que je n'aurais pu l'écouter sans réagir. Mais elle y pensait si intensément que je l'ai comprise : « Crois-tu qu'il va bientôt mourir, pour que je sois enfin libre ? »

16

C'est en septembre que fut couronné notre nouveau roi William dans une indifférence quasi générale, sans doute parce qu'il était vieux et malade, et que les dispositions avaient déjà été prises pour instaurer une régence s'il venait à mourir avant que la princesse Victoria, sa nièce alors âgée de douze ans, atteigne la majorité légale de dix-huit ans. Nous avons néanmoins donné un dîner en son honneur et levé loyalement nos verres de champagne à sa santé ; et comme, par ailleurs, la loi sur la réforme électorale était virtuellement adoptée, on suggéra à ma table, ce soir-là, de former un comité pour l'érection d'une salle des fêtes où l'élite de Cullingford pourrait dignement célébrer les grands événements nationaux.

— Ce ne sera pas facile de trouver un emplacement convenable en ville, fit observer Morgan Aycliffe en affectant l'indifférence et le désintéressement. À la réflexion, il y en aurait peut-être un… Ce serait coûteux, certes, mais central et commode, et je pense que le comité ne fera pas preuve d'une ladrerie qui ne serait pas de mise.

« Il faudra prévoir une assez grande salle de bal, je suppose, poursuivit Aycliffe comme si tout cela ne le concernait absolument pas et que son dévouement était mis à rude épreuve. Et si, à l'exemple de Bradford et de Leeds, on veut doter l'ensemble d'une bibliothèque et d'une salle de conférences, ainsi peut-être que d'une salle de billard, les coûts vont monter en conséquence. Il faudrait compter, voyons, une dépense d'une dizaine de milliers de livres, mais ceci n'est qu'une grossière estimation et non un devis sur lequel je pourrais m'engager.

Nous savions tous, bien entendu, que M. Aycliffe avait probablement étudié le projet avec soin et n'avait avancé ce chiffre qu'en étant sûr de ne pas y perdre, mais personne dans la vallée de la Law n'aurait songé à le lui reprocher.

Pour rassembler les fonds nécessaires, on décida de former une société aux actions de trente livres l'une, assorties du droit de vote – les dames étant autorisées à voter par procuration. Et du fait que Joel, par un achat massif de ces parts, s'était immédiatement retrouvé en position dominante, sans doute par la force de l'habitude, le projet fut aussitôt accaparé par Hannah qui y trouvait un exutoire à son énergie débordante.

— Quand on fait quelque chose, il faut le faire bien, déclara-t-elle dans la meilleure tradition Barforth.

Aussi, entraînant à sa suite Mme Stevens pour jouer le rôle du chaperon, ce qui me dérangeait beaucoup, elle entreprit une série d'expéditions à Leeds et à Bradford pour y examiner les bâtiments publics, et en revenait chargée de notes, de croquis, de mesures et d'avis éclairés.

— Je ne veux pas me mettre en avant, annonça-t-elle aux principaux membres du comité réunis dans mon salon. D'ailleurs, tout le monde connaît mes activités religieuses et nul ne pourrait donc m'accuser d'encourager la frivolité. Le révérend Brand, je l'avoue, n'approuve pas la danse, mais j'ai tendance à partager plutôt l'opinion du révérend Ashley, selon qui elle ne saurait être nuisible si on la pratique avec modération. Et maintenant, en ce qui concerne le style et les aménagements, nous devrions donner la préférence à un style simple, classique et plein de dignité, déclara-t-elle d'un ton sans réplique.

Alors, parfaitement digne dans son éternelle robe marron toujours ornée du médaillon funéraire de mon frère, Hannah entreprit, en quelques phrases bien choisies, de démolir si complètement le projet élaboré par Morgan Aycliffe pour la construction d'un bâtiment de style gothique richement orné d'enjolivures – et dont le devis atteignait des sommes astronomiques – qu'il était désormais impossible d'en sauver le moindre fragment. Déjà sûre d'avoir maté ce groupe d'hommes d'affaires endurcis aussi parfaitement que les paroissiens terrorisés déjà sous sa coupe, elle fit apparaître, comme par quelque tour de prestidigitation, un dessin fort net et fort précis qu'elle exhiba à son auditoire :

— Le voici. En dehors de ses mérites artistiques, il me semble bien fait, mais j'aimerais que M. Aycliffe nous dise s'il lui paraît réalisable et si, dans le cas où nous devrions fêter cette année l'application de la réforme électorale, la construction pourrait en être achevée à temps. En ce qui concerne la décoration intérieure, les rideaux, les sols et l'ameublement, il reste de nombreuses décisions à prendre. Le blanc, à mon avis, est à proscrire pour les murs, car cette couleur est trop salissante et peut devenir éblouissante. J'envisage de me rendre une nouvelle fois à Bradford y puiser quelques éléments d'information.

Il n'y eut cependant plus de raison de se hâter car, le 8 octobre, la loi, qui avait emporté le vote des Communes, fut rejetée par les lords, ce qui entraîna aussitôt une série d'émeutes dans tout le pays et un durcissement du conflit entre les industriels et la noblesse. À Cullingford, les fenêtres des Corey et des Corey-Manning furent brisées à coups de pierre.

Les autorités firent intervenir la troupe et beaucoup de gens y perdirent la vie, certains pour leurs convictions, d'autres par erreur, d'autres enfin – et ils étaient les plus nombreux – simplement parce qu'ils étaient trop ivres pour se mettre à l'abri. Alors, et d'un seul coup, le pays se trouva en état de guerre civile, les classes sociales luttaient les unes contre les autres et, comme au moment de la mort de mon père, on se remit à parler de l'existence de bandes armées qui s'entraînaient dans les bois, et de soldats désœuvrés aiguisant leurs sabres, qu'ils étaient résolus à ne pas lever contre la populace.

Je ne craignais pas, moi-même, d'être attaquée, car je ne voyais pas l'intérêt qu'on y aurait, mais l'atmosphère devenait si tendue dans les rues, la violence bouillonnait si fort sous les pavés, prête à frapper aussi aveuglément que le microbe de la typhoïde, que je préférais ne pas m'écarter de chez moi et interdire aux enfants et aux chiens de sortir du jardin. Il m'arrivait pourtant d'emprunter encore le sentier de la lande, qui m'attirait malgré moi, d'où je voyais toujours, dans la cour de l'usine, la foule anonyme des femmes qui attendaient passivement l'ouverture des grilles, totalement soumises à leur sort car elles avaient des enfants à nourrir. Je me demandais alors ce que le succès ou l'échec de la loi de réforme électorale pouvait représenter pour elles.

Ces derniers mois, j'avais assez souvent accompagné Hannah dans ses expéditions charitables, soit à Patterswick sur les recommandations du pasteur Ashley, soit dans les venelles sordides qui entouraient Ramsden Street, là où les caniveaux charriaient des immondices et où l'on butait parfois sur la carcasse pourrissante d'un chien ou d'un chat. Je ne pouvais faire moins que d'admirer son zèle, mais je restais insatisfaite de sa charité, car Hannah ne visitait jamais que les « bons » pauvres sélectionnés par ses révérends, ceux qui savaient se conduire décemment devant les dames et qui, faute de toujours se conformer aux conseils de leur bienfaitrice, savaient au moins comment lui en exprimer leur gratitude.

Il y en avait aussi beaucoup d'autres, vieux serviteurs de M. Dalby ou tisserands du temps de mon grand-père, qui vivotaient chichement d'une maigre pension et accueillaient avec reconnaissance les visites de Hannah, ses soupes et ses gâteaux, ses couvertures tricotées et ses châles, car c'était pour eux l'occasion d'entendre le son d'une voix humaine, et ils étaient toujours prêts à la recevoir la casquette à la main ou avec une révérence toute craquante d'arthritisme.

— Quel trésor que votre cousine ! me répétait le révérend Ashley. Prenez-en bien soin, je vous en conjure, car je ne sais ce que la paroisse deviendrait sans elle.

— Une grande dame et un noble cœur ! clamait le révérend Brand avec ferveur. La meilleure chrétienne que le Ciel m'ait donné l'honneur d'approcher dans mon humble vie.

Et pourtant, ni le beau et langoureux M. Ashley, ni le vigoureux et évangélique M. Brand ne briguaient encore sa main ; et quand je m'en étonnais – car j'avais de plus en plus hâte de la voir enfin installée chez elle et non plus chez moi –, ma mère m'en expliqua la raison, qui ne manqua pas de me surprendre : c'était Hannah elle-même qui décourageait ses admirateurs.

— Je ne suis pas catégorique en ce qui concerne M. Brand car je le connais à peine, me dit-elle. Mais je suis sûre que M. Ashley est prêt à l'épouser pour ne pas la perdre. Oui, je sais, le pauvre homme préférerait infiniment rester célibataire et n'a pas la résistance qu'il faut pour le mariage. Mais, si Hannah voulait de lui, elle n'aurait qu'à en former le vœu, et il ne saurait pas dire non. Mais pourquoi, au fond, irait-elle se borner au seul M. Ashley, à ses cent livres annuelles, alors qu'elle peut continuer à profiter des deux et en tirer ce qu'ils ont de meilleur ? Je te sais navrée, ma chérie, de ce qui lui est arrivé avec Edwin, d'abord, et M. Aycliffe ensuite. Mais si tu réfléchis un instant, tu verras que Hannah a finalement une vie merveilleusement facile, avec deux hommes tout à sa dévotion sans qu'elle ait envers eux la moindre obligation. Et s'il lui prenait l'envie d'avoir des enfants, elle n'aurait qu'à se servir dans ceux de sa sœur – car Elinor ne s'apercevrait même pas qu'il lui en manque deux ou trois – sans même avoir à subir l'épreuve de les porter et de les mettre au monde.

— Croyez-vous vraiment qu'elle s'en contenterait ?

— Voyons, ma chérie ! répondit ma mère en faisant tinter son rire comme les trilles du rossignol. J'en aurais moi-même été comblée !

Je doutais, cependant, que cela puisse suffire à Hannah, tandis que je la regardais se baisser pour passer la porte basse d'une chaumière, un lourd panier au bras, ou se dresser dans toute sa rectitude devant le comité de l'École du dimanche ou devant Morgan Aycliffe, venu lui expliquer – à elle, et pas à Bradley Hobhouse ni même à Joel – pourquoi les travaux de la salle des fêtes n'avançaient pas plus vite. Hannah, à l'exemple de Joel, avait fondamentalement besoin d'être au cœur de la bataille et de s'y donner sans réserve. Aussi je me demandais si l'ascendant absolu qu'elle exerçait sur ses pasteurs suffisait vraiment à remplacer des sensations plus grisantes où son énergie aurait véritablement pu donner sa mesure.

Comme Joel, Hannah ne pouvait exister que dans la lutte et avait besoin de défis à relever constamment – besoin si intense, si vital pour l'équilibre de sa nature qu'elle devenait physiquement malade, avec d'atroces migraines ou des maux de dents, quand elle en était privée ; et, comme Joel encore, il lui fallait sans cesse partir en quête de nouveaux mondes à conquérir pour se trouver, chaque fois, sévèrement handicapée par son sexe. Il était, bien entendu, hors de question qu'elle puisse elle-même se présenter aux élections quand la loi finirait par être votée, mais elle allait se lancer à corps perdu dans la campagne en faveur du candidat officiel, Morgan Aycliffe ou un autre ; et, si sa pudeur féminine lui interdisait de parler en public, elle participerait activement à tout le reste, de la rédaction des discours et des articles à la préparation des réunions électorales, et il était certain qu'elle userait de tout son tact et des ressources de son intelligence pour ne rien lui faire dire qui puisse se retourner plus tard contre lui. Si elle ne pouvait pas présider les réunions du comité de la salle des fêtes, elle en gouvernait le président, son frère, qui trouvait d'ailleurs fort amusant d'imposer ainsi la volonté de sa sœur aux Hobhouse, Oldroyd, Corey et autres Corey-Manning, sans parler de Morgan Aycliffe lui-même. S'il lui était encore interdit, comme l'avait dit ma mère, de porter elle-même des enfants, ses ordres n'en étaient pas moins les seuls à prévaloir dans la nursery d'Elinor ; et c'était Hannah, et elle seule, qui décidait quand la petite Cecilia allait être sevrée, quand il fallait appeler le docteur pour diagnostiquer les taches rouges apparues sur les joues de Prudence ou la toux caverneuse de Julia, combien de grand air et de soleil les trois fillettes avaient le droit d'absorber chaque jour à la promenade. Elle finit d'ailleurs, tout en conservant son domicile officiel chez moi, par avoir sa chambre permanente chez Morgan Aycliffe et sa place à table, juste en dessous du portrait de son infortunée première femme, avec la bénédiction de son infortunée seconde épouse pour qui cette intrusion était un bienfait puisqu'elle la déchargeait de l'obligation de nourrir la conversation.

— J'ai jeté sur le papier quelques idées au sujet du libre-échange, des griffonnages, sans plus, et je serais très heureux d'avoir votre opinion, chère mademoiselle, lui disait Morgan Aycliffe en s'éclaircissant discrètement la voix.

Quelque temps plus tard, Hannah lui rendait son brouillon en disant :

— C'est d'une concision remarquable, cher monsieur, un chef-d'œuvre d'économie d'expression. Si vous le vouliez, je serais très heureuse de vous en faire une copie au propre.

Ce à quoi Aycliffe s'empressait de répondre :

— Tout l'honneur serait pour moi, chère amie. Et si vous tombiez sur des irrégularités dans le style, n'hésitez surtout pas…

— Au fond, me dit ma mère un soir que nous revenions de dîner à Blenheim Lane, il a très bien fait de ne pas l'épouser car ils n'auraient jamais pu avoir d'aussi merveilleux rapports s'ils avaient été mari et femme. Il aurait été obsédé par son devoir de la désirer – ou son absence d'appétit… –, tandis que maintenant il est libre de ne s'intéresser qu'à son esprit, et c'est cette pauvre Elinor qui doit subir les autres côtés de sa personnalité. Mais que devient son fils, au fait ? C'était un fort intéressant jeune homme, si je me souviens bien. On le dit mêlé à des anarchistes, des athées et même entretenant des rapports avec cette femme, la propriétaire du Tonneau rouge. Serait-ce vrai ?

J'étais bien obligée de dire que ce l'était. Peut-être avais-je, consciemment ou non, cherché Charles dans le réseau de venelles sordides où, depuis un an, j'accompagnais Hannah avec les lourds paniers de la charité ; peut-être avais-je secrètement espéré le voir surgir dans la brume jaunâtre où ces ruelles misérables tentaient de cacher leur laideur. Mais il n'était jamais apparu, et j'avais fini par me dire que sa vie, comme la mienne, était trop bien remplie pour faire place aux étrangers ou aux indifférents.

Je ne pouvais, en effet, douter qu'il ne menât une vie extrêmement active, car – mises à part les rumeurs sur ses rapports avec sa propriétaire – sa collaboration au comité des Dix Heures et à *L'Étoile de Cullingford* lui valait la réputation d'un héros aux yeux de certains, d'un gêneur malfaisant pour d'autres ; ses faits et gestes étaient si connus qu'il me fallait souvent entendre parler de lui, même si je n'en discutais jamais moi-même.

— C'est un bien bon jeune homme que le fils Aycliffe, disait de lui Marthe-Ellen, qui avait de ses nouvelles par sa sœur de Simon Street. Il ferait n'importe quoi pour rendre service, il donnerait même sa chemise si on la lui demandait. C'est lui qui va chercher le docteur à toutes les heures du jour ou de la nuit, et il doit souvent le payer de sa poche, car le vieux Dr Turner ne met plus les pieds dans le quartier si on ne le règle pas d'avance. Et quand il a fallu enterrer Maria Flaherty – c'est la voisine de la petite-fille de ma sœur – et que personne ne voulait s'en tracasser car on disait qu'elle avait crevé de trop boire tout comme son homme l'hiver d'avant, c'est le jeune Aycliffe qui a mis la main à la poche, à ce qu'on dit, pour payer les croque-morts et qui a gardé les gamins jusqu'à ce que la sœur de Maria vienne les prendre. Dans tout Simon Street, on ne dit que du bien de Charles Aycliffe, vous pouvez m'en croire.

Hannah, pour sa part, avait un point de vue radicalement différent :

— Il se moque bien de ces misérables ou de la protection des enfants. Son seul but, c'est de nuire à son père.

Ce jugement était peut-être fondé au début, car Charles n'avait jamais prétendu être animé de sentiments particulièrement nobles et n'était certainement pas au-dessus d'une vengeance, qu'il estimait justifiée. Mais cela faisait maintenant plus d'un an qu'il vivait dans une venelle à la chaussée de boue et de mâchefer bordée de taudis identiques – dont il avait sans doute tracé les plans –, ornée d'un tas d'ordures à un bout et, à l'autre, d'une cuve pleine d'eaux grasses mise là par un éleveur de porcs voulant bien payer un penny pour récolter les immondices. Pendant plus d'un an, il avait vu la misère, non pas des hauteurs bien intentionnées de Hannah, mais à ras de terre, là où on s'en imprègne les narines et les pores de la peau. Il avait été réveillé au milieu de la nuit par les cris de la voisine, dont ne le séparait qu'une cloison fine comme une feuille de papier, accouchant d'un enfant dont elle ne voulait pas plus que des précédents ; il avait entendu ses gémissements d'angoisse parce que l'enfant, après tout, n'allait pas survivre et qu'il n'y avait pas d'argent pour faire venir le médecin. Il avait fini par s'habituer à la détresse et à la violence qu'elle suscite ; à la compagnie de ces hommes et de ces femmes revenant de l'estaminet avec le besoin viscéral de casser quelque chose, qui faisaient l'amour faute de pouvoir se battre et qui s'enivraient parce que ces désirs bestiaux, fondamentaux, étaient les seuls qu'ils puissent satisfaire et qu'il leur fallait au moins faire quelque chose, n'importe quoi, pour se sentir en vie.

Il voyait aussi les enfants rentrer tous les soirs comme des somnambules, crasseux et épuisés, petits vieillards difformes de neuf ou dix ans dont un mauvais sommeil, parcouru de cris et de tremblements, ne parvenait jamais à reposer les membres endoloris. Il entendait, le matin, les parents les secouer pour les pousser dans la nuit froide vers une nouvelle journée de ce labeur où ils allaient tourner dans la chaleur et le bruit comme des rats dans une cage, jusqu'à ce que certains tombent et soient balayés pour faire place à d'autres.

On racontait, cette année-là, l'histoire d'une petite fille de l'usine Hobhouse qui, en essayant de dégager sa sœur prise dans les rouages d'une machine, avait elle aussi eu le bras arraché ; les deux fillettes avaient saigné jusqu'à la mort avant d'avoir pu être emportées à l'infirmerie.

— Elle s'était endormie au travail, me répondit Emma-Jane sur la défensive. C'est tragique et j'en suis navrée, mais je ne vois pas pourquoi on le reprocherait à Bradley ! Le contremaître aurait dû la réveiller à temps, il est là pour cela. J'ai dit à Bradley de le renvoyer, pour l'exemple, car si les contremaîtres laissent les filles s'endormir sur leur ouvrage, on ne peut plus avoir confiance en eux.

Nous avons cependant appris, peu après – et grâce à un article de Charles Aycliffe publié par *L'Étoile* de Mark Corey –, que ces deux fillettes étaient les seuls soutiens d'une mère malade et de six frères et sœurs en bas âge ; depuis l'âge de huit ans, elles se levaient tous les matins à trois heures et demie pour se rendre à pied à l'usine de Nethercoats, distante de plusieurs kilomètres, où elles travaillaient quatorze heures d'affilée avant de rentrer chez elles dans la nuit, comme elles en étaient parties, le plus souvent les pieds en sang et, non moins fréquemment, les épaules couvertes de bleus sous les coups de ceinture du contremaître.

— Quel horrible individu ! déclara Emma-Jane Hobhouse presque en larmes, sans cependant préciser si cela s'adressait à l'ancien contremaître ou à Charles Aycliffe.

Comme toujours, on veut faire croire que c'est la faute de Bradley, mais ce n'est pourtant pas le cas, car ce n'est pas lui qui a forcé ces deux fillettes à se lever de si bonne heure et à faire tout ce chemin à pied ! C'est leur mère qui les avait amenées à l'usine pour nous supplier de les engager. Une mère malade ! Ah bien oui ! Elle l'est peut-être devenue depuis, c'est possible, mais ce que le journal ne dit pas, c'est qu'il y a aussi un père, un individu qui n'a pas travaillé depuis des années, qui ne lève pas le petit doigt. Il ne sait que passer ses journées au lit et rendre sa femme enceinte pour avoir des enfants à envoyer à l'usine rapporter de l'argent pour qu'il puisse s'acheter de quoi boire !

— Il faut faire cesser ces horreurs ! s'était écrié Morgan Aycliffe, un exemplaire de *L'Étoile* entre ses doigts tremblants, car il avait sans doute reconnu mieux que moi le style de son fils.

Joel, aussi imperméable à la gêne qu'aux remords, s'était contenté de hausser les épaules en souriant :

— Eh bien, mettons-y fin, cela n'a rien de difficile. Il faut de l'argent pour sortir un journal, même un torchon de ce genre, et les gamins qui s'amusent à le produire – quels qu'ils puissent être, n'est-ce pas ? – ne roulent sans doute pas sur l'or. Pour s'en procurer, ils doivent donc le mendier ou l'emprunter, et il suffit de savoir où et à qui pour leur couper les vivres. Je m'en occuperai moi-même quand j'aurai le temps mais, en attendant, je vais mettre Ira Agbrigg sur la piste. C'est un homme discret et plein de ressources, il saura bien ferrer le poisson jusqu'à ce que je m'en charge. Laissez-moi faire.

Ira Agbrigg n'avait cependant pas, à ce moment-là, beaucoup de temps à consacrer à une telle mission de confiance, car la question de la réforme électorale redevenait une nouvelle fois brûlante. Elle fut définitivement adoptée le 7 juin de l'année où j'eus mes vingt-quatre ans. Le duc de Wellington et cent de ses partisans, plutôt que de voter en faveur de ce texte sacrilège, permirent néanmoins au roi de sauver la face en s'abstenant de participer au vote, de sorte qu'il n'y eut pas besoin d'adultérer l'institution de la pairie en créant des fournées de lords à la noblesse douteuse. Bradford, Leeds, Halifax, Manchester, Sheffield et Cullingford, parmi d'autres, devinrent officiellement des circonscriptions électorales où les bourgeois grands et petits, riches industriels, commerçants aisés, maîtres artisans, propriétaires d'immeubles et tous ceux qui payaient des loyers égaux ou supérieurs à dix livres par an – tel un Ira Agbrigg, ancien ouvrier devenu directeur de Low Cross – étaient dorénavant citoyens à part entière.

Mais moi, je n'étais qu'une femme mariée qui, comme les enfants mineurs et les aliénés, ne jouissait d'aucun droit devant la loi. Aussi, comme les autres femmes de mon milieu, ne me suis-je plus occupée que de soieries et de colifichets, car la loi de réforme et la salle des fêtes avaient toutes deux vu le jour en même temps, et nous allions donner un grand bal pour célébrer dignement l'événement.

17

Les efforts conjugués de Hannah et de Morgan Aycliffe nous avaient offert un temple classique dédié à la culture et aux loisirs, élégante structure à la façade ornée de colonnes cannelées, surélevée de quelques marches larges et basses, qui se dressait au milieu d'un amas disgracieux de boutiques et d'entrepôts comme un cygne perdu parmi de vilains canards. On y entrait par un vaste hall carré au sol de marbre noir et blanc et de nobles proportions, d'où un grand escalier s'élevait majestueusement vers un palier où les invités étaient accueillis avant d'être introduits, par des doubles portes, dans l'enfilade formée par la salle de bal et la salle de conférence. Elle était illuminée par le lustre le plus magnifique qui ait jamais éclairé Cullingford, monumentale cascade de cristal offerte en mon nom par mon mari pour le plus grand dépit d'Emma-Jane Hobhouse qui, ayant déjà fourni les rideaux de velours bleu à grand renfort de propagande sur sa générosité, ne pouvait décemment plus augmenter sa contribution sans se ridiculiser. À nouveau enceinte et tournée à faire peur, elle ne pouvait pas davantage protester quand il fut décidé que ce seraient Elinor et moi qui jouerions les hôtesses pour ce grand bal de la Réforme, tandis que Lucy Oldroyd, d'un naturel timide, avait décliné cet honneur et que Hannah, sans doute la seule à l'avoir pleinement mérité, se trouvait écartée de la course du seul fait de son célibat.

Je ne m'étais pas encore doutée à quel point cela la mortifiait. La salle des fêtes avait été bâtie, grâce autant à son zèle qu'au labeur des maçons de Morgan Aycliffe. De bout en bout, elle avait déployé les trésors de sa ténacité, de sa prévoyance, de sa résolution à balayer les obstacles – y compris celui d'Emma-Jane, qui voulait des rideaux de velours vert et n'avait reculé que lorsque Hannah lui eut déclaré qu'ils ne s'accorderaient pas avec les chaises.

— Quelles chaises ? avait demandé Emma-Jane avec un regard égaré à l'immense salle vide.

— Celles que M. Aycliffe m'a prié de commander en son nom, répondit Hannah avec un calme si péremptoire qu'Emma-Jane ne pensa même pas à demander que la commande soit modifiée. Elle se troubla, bafouilla un vague : « Ah bon, je vois » et attendit humblement l'arrivée des chaises de bois doré et de velours bleu pour y conformer les rideaux qu'elle faisait faire.

Et malgré tout, le soir de ce gala inaugural, Hannah allait devoir se tenir derrière moi, derrière sa jeune sœur et même derrière Emma-Jane – à moins que la Nature miséricordieuse ne procure à Mme Hobhouse jeune le moyen de passer sa soirée autrement, par exemple à agrandir sa famille –, tout en sachant que, s'il était du devoir des messieurs de me présenter leurs hommages et de m'inviter à danser, car j'étais la femme de l'important Joel Barforth, rien ne les forçait à jeter un seul regard sur la sœur, sans dot et sans mari, du même Joel.

— Elle devrait profiter de l'occasion pour épouser M. Ashley, avait languissamment dit Elinor. Ses cent livres par an lui assureront au moins une invitation, si elle y tient tant que cela. Je ne vois quand même pas ce qu'elle ferait ensuite de ce pauvre homme…

À ma grande surprise, Elinor paraissait depuis quelque temps perdre son goût pour les bals. Il lui arrivait encore, certes, de retrouver sa combativité et de s'amuser à contredire systématiquement Emma-Jane jusqu'à l'amener au bord des larmes ; mais nous la voyions de plus en plus fréquemment s'interrompre au beau milieu d'une phrase et nous jeter des regards vitreux. «Je ne me sens pas bien», disait-elle alors. Puis, sans autre excuse, elle s'éclipsait du déjeuner ou du thé où elle était conviée, quittait l'église comme cela lui était arrivé en plein baptême d'un jeune Hobhouse ou, si elle était chez elle, se retirait dans sa chambre en laissant seuls au salon ses hôtes stupéfaits.

— J'avais la migraine, me disait-elle ensuite en guise d'explication. Tant pis si j'ai vexé des gens, mais je ne peux pas prévoir à l'avance comment je me sentirai. Je ne suis peut-être pas très courageuse, mais je ne suis pas une imbécile non plus. Hannah serait restée à faire des sourires, même si sa tête lui faisait mal à hurler, et j'imagine que tu en aurais fait autant. À quoi bon ? Pourquoi m'infliger des souffrances pour une Emma-Jane Hobhouse ou n'importe qui ?

En tout cas, qu'elle ait ou non eu l'intention d'assister au bal – il me semblait quand même impensable qu'Elinor soit capable de rester à l'écart d'une telle mondanité –, elle passa commande à Rosamonde Boulton d'une robe de satin bleu pastel et lui acheta une quantité invraisemblable d'éventails, de gants, de peignes en ivoire et autres brimborions dont elle n'avait vraiment nul besoin.

Je l'avais enfin accompagnée à la boutique flambante neuve que Mlle Boulton avait ouverte dans Millergate, où son nom s'étalait en lettres roses sur la devanture ; et comme toutes celles que je connaissais faisaient faire leurs robes de bal chez elle, je me crus obligée d'en faire autant en lui octroyant même le plaisir de me dissuader de ma préférence pour le blanc afin qu'elle m'impose ses propres idées.

— Ce vert pâle vous ira bien mieux, chère madame. Regardez comme cette nuance est élégante et complète votre personnalité. Il est vrai que vous êtes assez bien faite pour mettre en valeur n'importe quoi, mais nous devrions, pour cette grande occasion, nous attacher à créer une impression de dignité et de sérénité, qu'en pensez-vous ? Essayez donc ce vert.

Et tandis qu'elle me drapait dans un coupon de soie, avec un sourire d'où émanaient la sûreté de la professionnelle accomplie et le sentiment de son goût infaillible, je me suis rendu compte du prix qu'elle attachait à Joel en m'habillant quand elle aurait cent fois préféré m'étrangler de la seule couleur que mon mari ne pouvait pas souffrir.

Ce triomphe mesquin, je lui ai presque laissé le remporter, à cette femme de trente ans encore désespérément amoureuse de l'homme qui l'avait délaissée quand elle en avait vingt-trois, mais je me suis reprise à la dernière minute. Elle avait déjà reposé le coupon sur le comptoir pour le mesurer quand je l'ai hélée :

— Un instant, mademoiselle Boulton, j'ai changé d'avis. Tout compte fait, je crois que je préfère le blanc.

Elle interrompit son geste, les ciseaux dressés, et me lança un regard haineux :

— Ah… bien sûr, chère madame, comme il vous plaira. Mais permettez-moi d'être surprise de votre décision.

— Je sais néanmoins pouvoir compter sur vous, n'est-ce pas ? Je suis sûre que vous réussirez à créer un chef-d'œuvre.

Il aurait cependant été imprudent de lui faire confiance à ce point et c'est pourquoi, tout en me rendant scrupuleusement aux essayages, je suis allée voir la meilleure couturière que je connaisse, ma mère, pour passer en sa compagnie de longs et paisibles après-midi dans sa petite maison de Patterswick où, tandis que je la regardais tirer l'aiguille comme je l'avais fait toute ma vie, je m'imprégnais de la tranquillité qui émanait d'elle et retrouvais la paix de l'esprit. Elle me confectionna une robe de tulle crème sur un fond de soie blanche brodée, symphonie de tons immaculés et de légèreté où des manches aériennes complétaient une jupe crémeuse comme un nuage d'été ; et quand je l'eus enfin emportée à la maison pour la pendre à côté de la toilette de brocart blanc que Rosamonde Boulton m'avait faite trop serrée au corsage, je me suis forcée de l'imaginer avec Joel et d'estimer précisément ce que cela représentait pour moi. Je ne pouvais pas encore me douter que j'étais bien loin du compte.

Elle avait voulu de Joel assez intensément pour l'attendre contre la volonté de son père. Il l'avait désirée, lui aussi, mais pas au point de lui sacrifier l'héritage Barforth. Depuis l'échec des tentatives matrimoniales où elle s'était lancée, ils avaient recommencé à se voir, et si Joel avait investi de l'argent dans son affaire, comme j'en étais sûre, elle était donc sa maîtresse, comme elle l'était peut-être avant qu'il lui prête de l'argent, comme elle le resterait sans doute aussi longtemps qu'elle lui donnerait satisfaction. Cela me faisait-il quelque chose ? Avais-je même lieu de m'en soucier ?

Il est avec elle en ce moment, me suis-je dit ce soir-là, car il n'était pas rentré dîner. Il était officiellement allé au Vieux Cygne manger des huîtres et boire du punch, mais avait dû s'arrêter au magasin sur le chemin du retour. Il ne me fallut pas un grand effort d'imagination pour le voir y entrer par la porte de derrière, son plaisir exacerbé par la dissimulation et par la certitude qu'elle désirait sa venue comme jamais sa femme – moi-même – ne lui en donnait l'impression. Je le vis, avec son sourire ironique, affecter de parler affaires pour mieux aiguiser son impatience, attiser le désir dont il sentait les ondes de chaleur. Par la pensée, je l'ai dévêtu, je l'ai vu enlever son habit coûteux, sa chemise de fine batiste que rien, pas même des transports de passion, ne l'empêchait de plier soigneusement et de poser sur le dossier d'une chaise au souvenir de ces jours encore proches où de tels vêtements étaient hors de sa portée. J'ai vu la longue cambrure de son dos, ses larges épaules, la toison noire qui lui soulignait la poitrine et les bras, sa peau couleur d'ambre sous la lumière des bougies, l'arrogance, la force et la beauté virile de toute sa personne. Puis je l'ai dénudée, elle, à son tour. Je l'ai rendue sans doute plus maigre que dans la réalité, je l'ai faite anguleuse mais d'une ardeur mal contenue, impatiente du plaisir et experte à le donner. Je l'ai mise dans les bras de Joel. Et c'est alors, à ma vive surprise, que je n'ai pas été capable d'aller plus loin, non parce que mon cœur blessé s'y refusait, mais parce que ma tête était comme bloquée, incapable de poursuivre cette évocation. Au moment précis où leurs corps se joignaient, un déclic de mon imagination avait oblitéré mes facultés et empêché la scène de se dérouler. Je ne les voyais plus qu'à peine, ombres dans une semi-obscurité où ils perdaient toute réalité, des mannequins, des poupées étendues sur le sofa de l'arrière-boutique. Quand j'ai moi-même voulu émerger de la brume d'irréalité où j'étais plongée, je n'y suis pas davantage parvenue et je suis longtemps restée dans la plus grande confusion du cœur et de l'esprit.

Et c'est ainsi que je m'étais retrouvée avec deux robes de bal… deux paires d'escarpins… deux éventails… Je faillis pourtant ne pas assister au bal : quinze jours auparavant, je fis une fausse couche alors même que je ne faisais que m'apercevoir de ma grossesse, agaçant profondément mon mari qui, sans être un père modèle, était fort dépité de voir Bradley Hobhouse, déjà doté de cinq fils, en attendre un sixième alors qu'il n'en avait lui-même que deux.

— Mon Dieu ! me dit Elinor qui était venue se percher sur le bord de mon lit. Si tu es malade, il va falloir que je le sois moi aussi, car je ne me vois vraiment pas du tout seule à recevoir tout le monde en haut de ces escaliers !

Joel estimait cependant la présence de sa femme obligatoire en une telle occasion, et comme il ne lui était pas même venu à l'esprit que je puisse ne pas être à la hauteur, je me suis levée au jour dit en répondant à sa question impatiente : « Comment vous sentez-vous ? » que je me portais à merveille.

— Tu es un peu pâle, ma chérie, et tu as les joues un peu creuses, me dit ma mère. Mais cela te va très bien et te donne un air mystérieux et un peu triste qui plaît toujours beaucoup aux hommes, leur curiosité et leurs instincts protecteurs en sont tout excités ! Si Mme Stevens pouvait te faire une coiffure assez haute, cela ne ferait qu'accentuer les lignes de ton visage et t'embellir. Y arrivera-t-elle, crois-tu ?

Elle y arriva le mieux du monde et me fit une longue tresse lovée en hauteur et parsemée de boutons de roses couleur crème, après avoir bien entendu soigneusement rincé mes cheveux avec une décoction d'herbes de sa composition et longuement brossé mes mèches pour les faire briller.

— Ravissante, un véritable enchantement ! avait-elle roucoulé en tapotant affectueusement les plis de ma robe, car j'étais devenue l'objet des soins et des cajoleries naguère réservés à mon grand-père.

Et j'avais beau savoir que ces gestes et ces prévenances n'étaient que des réflexes acquis au long de son expérience professionnelle, celle de se rendre aimable aux étrangers, je constatais qu'avec moi du moins elle pouvait enfin se permettre de laisser tomber ses bajoues, de ne pas cacher ses chevilles gonflées par la chaleur, de faire la sieste l'après-midi, bref d'être ce qu'elle était et qu'elle n'avait jamais pu montrer : une femme mûre, volontiers cancanière et à l'aise dans sa peau, et elle me vouait une profonde reconnaissance.

Quand elle quitta ma chambre, Joel y entra, toujours aussi impressionnant en habit de soirée, et me toisa longuement de la tête aux pieds :

— Je l'avais crue trop simple en la voyant dans votre penderie, mais vous allez faire paraître les autres ridiculement trop habillées. C'est bien, Virginie, c'est parfait. Essayez donc ceci, je crois que cela devrait vous plaire.

D'un geste négligent, il me tendit un collier qu'il avait tiré de sa poche. C'était un bijou somptueux, fait de trois rangs de perles couleur de velours crème et d'un quatrième, plus long, auquel était accroché un diamant en forme de poire. Un moment, je suis restée à le contempler dans le miroir, fascinée par sa beauté mais sans en éprouver vraiment de la gratitude. Joel n'allait certes pas me demander de lui rendre les perles après le bal, comme le ferait Morgan Aycliffe, ni les garder sous clés pour m'obliger à mendier sa permission de les porter, comme Elinor était forcée de le faire. Il serait trop heureux, au contraire, que je les mette autant de fois qu'il me plairait ; son achat n'avait pas pour but de me faire plaisir mais, plutôt, de bien faire voir au monde, en cet an de grâce 1832 où un Bradley Hobhouse perdait de l'argent par la faute de sa mauvaise gestion et où un Matthew Oldroyd s'évertuait pour en gagner moins que son père, que lui, Joel Barforth, pouvait se permettre d'offrir à sa femme des babioles comme celle-ci. Aussi, en me tournant de droite et de gauche pour faire luire à la lumière l'eau veloutée des perles et faire étinceler le diamant, j'ai murmuré : « Merci, Joel » sans vraiment le regarder.

— Vous êtes unique ! s'écria-t-il en riant. Je vous offre une fortune en bijoux, et tout ce que vous trouvez à me dire, c'est : « Merci, Joel » !

— Qu'auriez-vous voulu que je dise ?

— Oh ! rien de plus, c'est amplement suffisant. Après tout, c'est vous qui auriez l'usine, si vous aviez été un garçon, et je serais encore en train de me débattre pour gagner trois sous à Low Cross. Il n'y a donc pas lieu de s'extasier.

Certes, me suis-je dit, et il serait marié avec Rosamonde Boulton, si bien que j'ai frissonné malgré moi, que j'ai jeté mon châle sur mes épaules et que j'ai dit, un peu sèchement, qu'il ne fallait pas nous mettre en retard.

C'est sans trop d'appréhension que j'ai pris ma place en haut de l'escalier, car ces invités que je m'apprêtais à recevoir m'étaient connus depuis toujours, et les quelques étrangers à se présenter ne seraient jamais que les homologues des Hobhouse et des Oldroyd à Leeds ou à Bradford, sans parler du groupe que sir Giles Flood, notre haut et puissant seigneur féodal, comptait amener à sa suite.

Nous ne nous étions, à vrai dire, pas attendus à ce que sir Giles Flood nous honore de sa visite, car il ne se montrait que rarement à Cullingford et préférait traiter avec nous depuis son pavillon de chasse du Leicestershire ou son hôtel de Belgravia. Mais la récente réforme dont bénéficiait son fief créait une situation qui ne pouvait lui échapper et, sans véritablement espérer se rallier l'électorat de Cullingford – car il était notoirement aussi attaché aux intérêts de la propriété terrienne que le duc de Wellington soi-même –, sa présence ce soir indiquait vraisemblablement son intention de présenter, lui aussi, un candidat.

— Il ne fait cela que pour nous ennuyer, tu ne le vois donc pas ? me souffla Elinor pendant que nous montions toutes deux l'escalier. M. Aycliffe va représenter les intérêts des industriels, et les nobles sont si furieux de la réforme qu'ils ont décidé de soutenir cette fameuse loi des Dix Heures. Richard Oastler et Michael Sadler s'intéressent peut-être aux enfants des usines, mais je suis bien sûre que sir Giles Flood s'en moque comme d'une guigne. Il ne cherche qu'à se venger des industriels pour avoir osé faire passer la réforme électorale, et il va donc présenter son propre candidat, pas pour gagner mais pour empoisonner mon mari et le forcer à dépenser plus qu'il ne comptait pour sa campagne. C'est du moins ce qu'il dit, et tout cela est bien compliqué pour moi. Mais ce qui m'intéresse vraiment, c'est de savoir où tu as trouvé cette robe et pourquoi tu ne portes pas celle que Rosamonde Boulton t'a faite ? Elle va être mortellement vexée. Et moi, je ne te savais pas capable d'être si sournoise !

Mais Elinor était de trop bonne humeur pour être affectée vraiment, même par la vue de mes perles – plus belles, je dois dire, que celles qu'elle avait de temps en temps la permission d'emprunter au mausolée de la première

Mme Aycliffe – et, tout en gagnant sa place à côté de moi sur le palier, elle me semblait être enfin redevenue l'irrésistible Elinor que j'avais toujours connue.

Au-dessous de nous, illuminé par un autre lustre Barforth, le grand hall avait l'allure d'une roseraie, avec des fleurs roses et blanches disposées en parterres et contre les murs pour se lancer à l'assaut des colonnes et de l'escalier, dont chaque marche était ornée d'un vase ou d'un panier de fleurs. Derrière nous, dans les pièces de réception, toute ma domesticité, ainsi que celle d'Elinor et d'Emma-Jane, était à son poste aux buffets, du moins l'espérions-nous ; un souper assis devait plus tard être servi au rez-de-chaussée, dans ce qui devait être la bibliothèque et salle de lecture, où une armée d'extras s'affairait. L'orchestre – choisi par Hannah – était à sa place sur l'estrade, les chaises bleues et or – aussi choisies par elle – étaient sagement alignées le long des murs, prêtes à accueillir les heureux, les déçus, les fatigués et les ennuyés. Et c'est en entendant les roues des premières voitures que je me suis aperçue que j'avais à peine touché à mon dîner et qu'il me faudrait sans doute rester debout à cet endroit pendant de longues heures.

— Je ne suis pas duchesse, Dieu merci ! me souffla Elinor pendant que les premiers arrivés, gauches et mal à l'aise, commençaient à gravir l'escalier. Te vois-tu devoir faire cela trois fois par semaine pendant la saison ? On doit attraper une affreuse migraine au bout d'une heure. Je sens d'ailleurs la mienne qui commence.

Mais pour elle, comme pour tout le monde, l'attrait de la nouveauté balayait tout le reste. Et, après avoir passé des semaines à ne parler presque de rien d'autre, nos journées à préparer fiévreusement nos toilettes, nos gants et nos éventails, à avoir frisé et défait nos boucles, la tentation de venir le plus tôt possible pour voir enfin ce rêve transformé en réalité fut la plus forte. Il n'était pas dix heures du soir que, déjà, Millergate, Market Street et Kirkgate étaient bloquées par les files de voitures et que la roseraie du hall et de l'escalier disparaissait sous une sorte de tapis multicolore et mouvant surmonté d'un gigantesque sourire collectif et prolongé par une main encore plus gigantesque et innombrable qui saisissait la mienne, la secouait et la pressait, tandis que ma voix, sans le moindre secours de mon cerveau, répétait inlassablement : « Ravie de vous voir. Comme c'est aimable à vous d'être venu. Enchantée. »

Les Hobhouse et les Oldroyd firent une arrivée massive, pleine de couleurs criardes et de rires chaleureux. Emma-Jane se sentait assez liée avec moi pour se montrer ouvertement jalouse de mes perles. Bradley grommela : « Hmm, elles ont dû coûter cher » et s'esquiva en toute hâte en direction du buffet, comme s'il redoutait qu'Emma-Jane exigeât les mêmes sur-le-champ. Après le bloc des notables vint la longue théorie des nouveaux électeurs – les « Dix Livres », comme on les surnommait – qui avaient d'encore meilleures raisons que les nôtres de fêter l'événement, et je reconnus parmi eux nos directeurs et chefs d'ateliers, dont certains me serrèrent la main avec une rudesse embarrassée, d'autres avec un charme trop affecté qui me rappelait Joel dans sa jeunesse impécunieuse. La maigre et taciturne épouse d'Ira Agbrigg, à qui j'adressais aimablement la parole, pâlit et eut un regard si terrifié que je n'aurais pas été surprise de la voir détaler pour chercher refuge sous un meuble, comme une renarde forcée par la meute.

Ma mère et le chevalier Dalby s'étaient chargés de chaperonner Hannah, que le révérend Ashley suivait à deux pas, plus pâle et distingué que jamais et d'autant plus content que son rival, le révérend Brand, désapprouvait les bals et ne s'était donc pas montré. Devant les objections de ce saint homme, qui voulait l'empêcher de venir, Hannah avait répliqué : « On ne m'y fera pas de mal, voyons ! », ce dont je ne doutais nullement en la voyant s'approcher à grands pas, manifestement soucieuse de cent détails de dernière minute qu'elle me soupçonnait d'avoir oubliés. Comme toujours, elle exsudait la compétence et l'efficacité, et son regard d'aigle, son port royal lui donnaient l'allure d'un grand personnage méritant le respect et les égards, et sûrement quelque chose de meilleur dans la vie qu'un petit pasteur de campagne à cent livres par an accroché à ses jupes.

— Pourquoi donc as-tu mis des fleurs dans tes cheveux ? me demanda-t-elle pour me reprocher une coiffure indigne de l'épouse d'un industriel aussi puissant que son frère Joel. Tandis que je lui répondais, je ne me suis pas rendu compte de l'arrivée de Rosamonde Boulton, et c'est à la dernière seconde que je la vis soudain devant moi, la main tendue mais le sourire subitement figé à la vue de ma robe.

Elle était venue accompagnée de son père, de sa sœur et de son beau-frère, et ce petit groupe familial serait passé inaperçu sans la beauté provocante, exagérée comme un cri de détresse, de Rosamonde elle-même. Elle avait pris un satin d'une blancheur étincelante – soigneusement choisi pour éclipser le brocart qu'elle m'avait imposé – et en avait fait une robe littéralement moulée sur son corps pour en faire ressortir les moindres courbes ; c'était une toilette sûre de déplaire aux femmes, destinée seulement à attirer le regard de tous les hommes. Elle portait des roses rouges à la ceinture et dans les cheveux, et seuls les mouvements convulsifs de son long éventail de plumes trahissaient l'énervement ; son charme impérieux aux attitudes trop parfaites ne pouvait manquer de plaire aux hommes qui, comme Joel, ne savaient résister au plaisir de relever un défi.

— Chère madame, quel ravissement !

— Merci, chère mademoiselle. Vous êtes éblouissante.

— Mais, votre robe… Je n'ai jamais rien vu d'aussi exquis.

— Vous êtes vraiment trop aimable.

Je ne lui en ai pas dit plus, me demandant pourquoi j'étais aussi cruelle envers elle, que je ne haïssais même pas, alors qu'il m'aurait été facile d'ajouter que c'était un cadeau de ma mère pour la soulager de son inquiétude et lui expliquer pourquoi je n'avais pas mis la robe qu'elle m'avait faite.

Étais-je au courant de sa liaison avec Joel ? Allais-je tenter d'y mettre fin ? Allait-il encore l'abandonner pour me faire plaisir ? Ces questions allaient la hanter toute la soirée, je le savais, lui causer d'innombrables tourments jusqu'à ce qu'elle puisse échanger quelques mots avec lui, l'avertir du danger, le supplier, l'exaspérer, car il n'était pas disposé, ce soir, à supporter le récit de ses craintes et de sa jalousie. Je le savais, je comprenais les causes et les effets de ce qui se passait entre eux – et entre nous –, et j'ai pourtant gardé le silence en la laissant s'éloigner.

Nous n'attendions, bien entendu, sir Giles Flood et sa suite qu'en dernier, et quand un groom hors d'haleine grimpa enfin les escaliers pour nous prévenir que les voitures arrivaient devant le perron, j'ai eu un bref moment de panique, vite réprimé à la pensée que sir Giles Flood n'était, après tout, rien d'autre qu'un vieil homme riche, arrogant et insupportable comme j'en avais beaucoup connus. Je ne m'attendais cependant pas à le voir accompagné de tant de monde, ni de le trouver si grand, presque deux mètres, me sembla-t-il, d'ennui et de condescendance fort aristocratiques, un vrai seigneur auprès de qui le colonel Corey, son cousin que j'apercevais fréquemment dans Blenheim Lane, paraissait insignifiant. Estella, la fille du colonel, était venue elle aussi avec son mari, le fringant capitaine Chase, qui arborait sa grande tenue et ses décorations. Derrière eux se pressait une demi-douzaine de jeunes gens et de jeunes filles dont aucune, à première vue, ne pouvait être lady Flood.

Le colonel Corey fut le premier à venir vers moi, environné d'un halo où le cigare et le cognac le disputaient à une bonhomie un peu trop bienveillante :

— Ah ! chère madame, quelle joie de vous présenter mes hommages ! Votre soirée est tout à fait magnifique, et c'est vraiment trop aimable à vous de bien vouloir de nous ici, d'introduire l'ennemi dans votre camp, en quelque sorte ! Mais laissons tout cela pour ce soir, voulez-vous ? Connaissez-vous mon cousin, sir Giles Flood ? Non, certainement pas, vous deviez être encore à l'école la dernière fois qu'il est venu parmi nous. Giles, venez donc que je vous présente à Mme Barforth, vous ne le regretterez pas.

Le noble lord me tendit deux doigts flasques en guise de salut.

— Mes hommages, madame. Barforth, voyons, il me semble... Oui, c'est cela, il doit y avoir un Samson Barforth, quelque part dans la région, n'est-ce pas ? Un type qui sait ce qu'il veut, si je me souviens bien. Votre mari, sans doute ?

— Mon grand-père, ai-je répondu froidement et sans trahir mon énervement. Il est mort il y a quelques années.

— Ah bon ? Il est mort ? Tiens, tiens...

Le digne gentilhomme se redressa alors de toute sa taille et voulut bien me gratifier d'un regard soudain intéressé, tandis que les coins de sa bouche seigneuriale amorçaient quelque chose qui devait être un sourire.

— Très heureux de faire votre connaissance, chère madame, reprit-il.

Ses deux doigts mous se transformèrent en une main ferme avec laquelle il saisit la mienne et la conserva beaucoup plus longtemps que ne le voulaient les usages. Le colonel Corey, qui paraissait désirer lui aussi partager la grande joie de me serrer la main, intervint alors avec une bourrade dans les côtes de son cousin :

— Voyons, Giles, n'effraie donc pas la jeunesse !

Amusée par cette scène, j'ai ensuite salué Mme Chase et son capitaine. Puis, supposant ne connaître personne parmi les suivants et m'attendant à ce que le colonel Corey fasse les présentations, je me suis tout à coup trouvée face à face avec Charles Aycliffe. À cette vue, Elinor oublia toutes ses bonnes manières et l'impression flatteuse qu'elle était en train de faire à notre noble châtelain, pour pousser un cri où la stupeur se mêlait à l'indignation et à l'effroi. Mais l'arrivée de sir Giles Flood avait entraîné la présence du comité au grand complet qui faisait cercle sur le palier, y compris Joel et Morgan Aycliffe, et nul ne put rien faire que continuer à sourire en l'auguste présence de notre seigneur féodal.

— Madame, me dit Charles en s'inclinant cérémonieusement.

— Monsieur, lui ai-je répondu.

Elinor lui tendit quand même le bout d'un doigt qu'elle retira précipitamment, tandis que tous les autres – à l'exception de Lucy Oldroyd, qui avait trop bon cœur pour snober qui que ce soit – profitèrent de la confusion générale pour ne pas saluer Charles du tout, encore moins lui serrer la main.

— Je suis désolée, me siffla Emma-Jane à l'oreille, mais je ne veux pas faire de scène en public et je me refuse absolument à lui adresser la parole, après la boue dont il nous a tous couverts. Je ne comprends même pas qu'il ait le front de se montrer ici, et surtout devant moi. Dans l'état où je suis, cela pourrait me tuer…

Pendant ce temps, Bradley me chuchotait d'un ton menaçant dans l'autre oreille :

— Qu'il dise seulement un mot de travers, Virginie, et je l'emmène dehors pour le rosser, comptez-y !

— J'ai froid, Virginie, me dit Elinor en se serrant contre moi. Je vais discrètement aller chercher mon châle…

Elle s'abstint cependant de bouger, peut-être pour soustraire à sa vue son mari qui conversait avec Mme Chase, le visage gris, les lèvres pincées comme si chaque mot lui arrachait d'insupportables souffrances.

Mais le noble sir Giles Flood, qui avait copieusement dîné, voulait maintenant se distraire ; il tendit donc vers moi une main impérieuse et me saisit le coude pour m'emmener dans la salle de bal. La foule s'écartait devant nous avec un empressement et une docilité qui m'ahurissait, mais qui lui était si naturelle qu'il ne paraissait pas même y prêter attention.

— Ouvrons le bal, chère madame, mettons un peu de vie et d'animation dans tout cela, voulez-vous ?

Nous sommes ainsi arrivés au milieu de la pièce, dans une discrète salve d'applaudissements, il s'est incliné et, sur ce signal dont il ne doutait pas un instant qu'il ne fût obéi, l'orchestre attaqua une valse.

Cette danse avec sir Giles Flood, qui flirtait sans vergogne avec moi et avait fermement l'intention de me séduire – il jouissait d'une flatteuse réputation dans ce domaine – ne me dérangea pas du tout, tant j'avais l'esprit occupé de Charles. S'il était venu seul et sans la protection de sir Giles Flood, il aurait évidemment été jeté dehors à coups de pied. Qu'était-il venu faire ? Quels liens avait-il avec les Flood et les Corey, à part son amitié avec Mark, le fils illégitime du colonel ? Avait-il fait leur connaissance à Londres, en France ? Ses compagnons le défendraient-ils si Bradley Hobhouse buvait trop et s'avisait de mettre ses menaces à exécution ? Si Bradley voulait vraiment créer un incident, je ne voyais personne pour l'en empêcher car, dans la vallée de la Law, les hommes n'étaient peut-être pas des sauvages, mais ils étaient encore assez rudes pour prendre plaisir à une bonne bagarre ; si on en arrivait là, je savais que Joel lui-même serait trop heureux d'enlever sa jaquette – à condition qu'il y ait quelqu'un pour la lui tenir – et de se servir de ses poings. C'est pourquoi je ne voulais pas que Charles soit en danger ni que quelqu'un l'attaque – et surtout pas mon mari.

Sir Giles Flood devinait mes pensées, comme le font beaucoup d'hommes qui vivent dans l'intimité des femmes, et paraissait ravi du tour que prenaient les événements.

— Notre jeune ami Aycliffe fait sensation, n'est-ce pas ? me dit-il. Je sens bien que vous vous intéressez à lui et que vous vous demandez ce qu'il fait ici avec moi et mon cousin, et tous ces jeunes lascars qui nous accompagnent. C'est un jeune homme très brillant, Aycliffe, exactement le genre dont nous avons besoin. Il se prend pour le champion de la cause du peuple, rien moins, et c'est précisément le peuple que nous recherchons, voyez-vous, les petites gens qui n'ont pas encore le droit de vote mais qui vont sûrement finir par l'obtenir tôt ou tard – sans que nous y soyons pour rien, je tiens quand même à vous le préciser. Non, voyez-vous, le gouvernement a baissé le pont-levis, et dans ces cas-là on est toujours sûr que tout le monde réussit à s'introduire dans la forteresse. Alors, chère madame, quand on ne peut pas empêcher les gens d'entrer, le mieux est encore de les rejoindre pour en prendre la tête, vous ne trouvez pas ? C'est le bon sens le plus élémentaire, oserais-je dire. Vous autres industriels allez gagner l'élection en septembre, c'est certain, mais nous allons nous battre pour faire impression sur les électeurs, pas ceux d'aujourd'hui, non, mais ceux de demain, tous ces pauvres diables qui travaillent dans vos usines. Combien d'heures, déjà ? Quinze, dix-sept heures par jour ? Cela ne peut pas durer, avouez-le, c'est indécent, et on comprend que cette loi des Dix Heures les intéresse autant. Personnellement, je serais bien en peine de vous dire de quoi elle parle, mais notre jeune ami Aycliffe m'en a expliqué les grandes lignes et elle me paraît fort juste. Alors, avec un brillant jeune homme comme lui pour nous dire ce qu'il faut faire, nous ne pouvons pas nous tromper, n'est-ce pas ? Allons, la bourgeoisie va avoir son député cette fois-ci, mais je vous assure que je verrai un homme à moi représenter Cullingford avant longtemps, car vous ne pouvez quand même pas nier que ce sont mes terres et que j'ai encore mon mot à dire dans la région.

— Voulez-vous dire que Charles Aycliffe va se présenter à l'élection ? ai-je demandé.

— En un sens, oui. Le jeune capitaine Chase, le gendre de mon cousin, est mon candidat officiel, car il lui faut de quoi l'occuper, et j'ai tendance à avoir l'esprit de famille. Or, ce bon Godfrey Chase vient du sud, voyez-vous, et il ne comprend pas mieux les gens de la région que ceux-ci ne peuvent entendre un traître mot de ce qu'il leur dit.

Mais, avec Charles Aycliffe pour répondre aux questions et faire les discours, voyez-vous, le jeune Chase n'a même plus besoin d'ouvrir la bouche. Et quand il le fera, nous pouvons faire confiance à Aycliffe pour lui dire ce qu'il faut raconter et comment. C'est amusant, vous ne trouvez pas ? Un Aycliffe pour les industriels, un Aycliffe pour la noblesse terrienne ! Si les gens ne s'y perdent pas, je m'étonnerai, car je dois avouer que je m'y perds moi-même !

Ainsi, c'était donc cela, toute l'histoire. Simple, évidente, sordide et effrayante dans ses implications. D'un côté, Morgan Aycliffe se faisant le champion des intérêts de la bourgeoisie industrielle pour avoir le moyen de fuir sa femme ; de l'autre, dans le camp de la noblesse terrienne, Charles Aycliffe servant de porte-voix au capitaine Chase, le candidat officiel, dans le seul but de nuire à son père comme l'en accusait Hannah. Et malgré moi, ma première pensée a volé vers Elinor, la pauvre petite Elinor prise entre le père et le fils et en grand danger d'être écrasée aveuglément par ces deux forcenés.

18

Après avoir valsé avec sir Giles Flood, je suis passée dans les bras du colonel Corey, puis dans ceux de Me Corey-Manning, l'avocat, suivi de M. Lucius Attwood, le brasseur, de M. Roundwood, du *Courrier de Cullingford*, qui céda la place au Dr Overdale et à une ribambelle de messieurs pleins de mérite, soucieux de faire danser l'hôtesse – comme l'exigeaient les bonnes manières – avant de retourner le plus vite possible au buffet. Chaque fois, après les compliments d'usage sur ma bonne mine et la belle apparence du local, on me demandait si j'étais au courant des projets de Charles Aycliffe.

— Nous abordons des temps mouvementés, me dit le colonel Corey. C'est un garçon intéressant, ce jeune Aycliffe. Il m'a été présenté par quelqu'un de ma famille, un jeune parent que vous ne connaissez probablement pas, chère madame… Charles sera si précieux à mon gendre que je ne vois pas ce qu'il pourrait faire sans lui.

M. Attwood, le brasseur, lui-même affligé d'un fils fort turbulent, était enclin à dramatiser l'affaire et regrettait que Charles Aycliffe ne soit pas fouetté dans les rues, comme on le faisait volontiers au bon vieux temps.

— On les attachait par les poignets derrière une vieille carriole, me dit-il avec une gourmandise évidente, et on les traînait à travers la ville, du Vieux Cygne jusqu'en haut de Millergate, en leur donnant des coups de fouet, pendant que les gamins des rues leur jetaient des pierres, du crottin ou tout ce qui leur tombait sous la main. Et quand un jeune indiscipliné avait subi ce traitement, il n'était pas long à s'amender, je vous en réponds ! En ce temps-là, on savait encore ce que signifiaient le respect et la reconnaissance envers les aînés. Maintenant, voyez où nous en sommes ! Un freluquet comme Charles Aycliffe, bâti à ne pas pouvoir soulever un panier d'œufs, oser se tourner contre ceux de sa classe et ridiculiser son père qui l'a élevé !...

Tout bafouillant d'indignation, M. Attwood en oublia que la danse était finie et poursuivit sa diatribe sans me lâcher la main jusqu'à ce que Matthew Oldroyd vienne m'en délivrer.

Tant que je tournoyais sur le parquet ciré, éblouie par les scintillements du lustre de Joel et entraînée par des bras vigoureux qui se succédaient sans relâche, je n'avais qu'à sourire poliment et à répondre distraitement aux propos indifférents qu'on m'adressait, ce qui me laissait l'esprit libre pour observer autour de moi et jauger l'ambiance. Elle n'avait rien de frivole ni de léger. J'ai vu Elinor, qui pouffait de rire, porter vivement la main à sa bouche sous le regard de son mari et reculer vers la porte pour y chercher un abri. J'ai vu le bloc outragé des Hobhouse et des Oldroyd dresser un barrage de regards glacés et de jupons hâtivement ramassés face à Charles Aycliffe qui passait devant eux. J'ai vu Rosamonde Boulton se glisser vers Joel avec des regards inquiets – la seule, peut-être, de toute cette assemblée à trop se soucier de ses propres affaires pour avoir même entendu parler des dissensions entre les Aycliffe. Joel, d'ailleurs, parfaitement au courant de la situation embarrassante de Morgan Aycliffe et fermement décidé à ce que cela ne lui gâche pas sa propre soirée – car ce ne serait pas lui, Joel Barforth, qui irait se faire houspiller dans les réunions électorales – préféra ignorer les supplications muettes de Mlle Boulton, qu'il avait pourtant fort bien remarquées, et traversa la pièce d'un pas alerte pour se joindre au groupe seigneurial, où sa haute taille égalait celle de sir Giles Flood.

Il entreprit de dispenser ses amabilités à tous, en s'offrant même le luxe d'un sourire amusé à Charles Aycliffe, et se lança dans une longue et apparemment plaisante conversation avec le capitaine Chase, candidat officiel du parti tory, et gendre du colonel Corey ; si bien que Mlle Boulton et moi ne fûmes pas longues à comprendre que l'intérêt manifesté par Joel au vaillant capitaine était, en fait, destiné à sa femme.

Mme Chase, née Estella Corey (dont la robe de mariée et les toilettes venaient de chez Rosamonde Boulton) était une blonde anguleuse et distante d'une vingtaine d'années, fort consciente de sa propre valeur – sa mère était une Flood, ce qui n'était pas rien ; ses mines languissantes et ses grâces affectées dissimulaient mal son arrogance naturelle. Avec ses yeux trop pâles, comme noyés, et ses grandes dents, Estella n'était pas belle, ni même vraiment jolie. Mais elle avait la classe d'un pur-sang, et cet air de défi que Joel, au temps de ses vaches maigres à Low Cross, n'aurait pas osé relever ; c'était surtout le genre de femmes auxquelles il ne s'était encore jamais attaqué : ce qui était amplement suffisant pour l'émoustiller. Au moment où il s'inclinait sur la main fine et négligente d'Estella Chase pour la prier à danser, je surpris l'expression de Rosamonde Boulton : son visage soudain dépouillé des sourires, de l'ironie, de l'éclat et de la hardiesse provocante dont elle se faisait un masque, ne trahissait plus que l'angoisse.

Puis je vis Morgan Aycliffe reparaître à la porte, avec son allure habituelle : celle d'un homme long, maigre, grisâtre et lugubre. Hannah se dirigea vers lui d'un air décidé – suivie à distance respectueuse par le révérend Ashley – et se planta devant lui pour l'abriter des regards. Elle lui parla avec animation, lui disant, sans doute, que c'était à Charles d'avoir honte, pas à lui, et que, si l'on s'avisait de lui poser des questions indiscrètes, elle serait trop heureuse d'y répondre à sa place.

Charles ne s'approchait pas de moi. Depuis un certain temps déjà, ma mère et le chevalier Dalby avaient rejoint les Flood dans le cercle magique des chaises qu'ils avaient installées près du buffet et qu'ils ne devaient plus quitter de la soirée (ils se retireraient d'ailleurs immédiatement après le souper) pour bavarder, boire du bordeaux et du champagne et danser strictement entre eux. Estella Chase fut la seule à enfreindre cette règle tacite en acceptant de danser à plusieurs reprises avec Joel. Charles tenait sa place avec aisance, flanqué de deux des jeunes filles de la suite de sir Giles Flood ; et comme tout le monde était venu dans l'intention de s'amuser et qu'il ne s'agissait, après tout, que d'une affaire personnelle entre les Aycliffe père et fils, on s'en désintéressa peu à peu – à la seule exception, je crois, de Morgan Aycliffe, de Hannah, et d'Emma-Jane qui ne digérait toujours pas les affronts faits par écrit à son mari.

On servit le souper dans une grande salle du rez-de-chaussée, sur une longue table couverte de damas blanc où se succédèrent de nombreux mets fins et coûteux : huîtres pochées, plats divers de veau, de poulet, dindes rôties, jambons et une infinité de desserts. Un véritable festin dont Emma-Jane – qui trônait dans un fauteuil au haut bout de la table – avalait avec sérénité des portions doubles : une pour elle, l'autre sans doute pour le bébé qui, visiblement, grandissait sous sa robe.

— Je ne peux pas m'empêcher de penser que Mme Hobhouse aurait mieux fait, dans son état, de rester tranquillement chez elle, ai-je entendu Morgan Aycliffe dire à Hannah, et je ne vis dans son regard froid et mesquin, comme dans celui de Hannah animé d'une lueur de supériorité protectrice, rien qui puisse inciter à leur manifester de la sympathie.

Pour l'un et l'autre, ce qui s'était passé semblait irréparable ; mais, comme Morgan Aycliffe ne pouvait saisir son propre fils à la gorge, le traiter de Judas et lui plonger un couteau dans le cœur – et pourtant il aurait bien voulu le faire ! –, le mieux était de faire comme s'il n'existait pas et d'affecter le mépris.

— Elinor est montée se reposer, m'annonça Hannah.

Alors que M. Aycliffe s'éloignait pour lui chercher à boire, elle reprit avec une fureur contenue :

— Elle prétend être indisposée, mais je viens d'aller la voir et je l'ai trouvée étendue sur un canapé en train de bavarder avec la femme de chambre d'Emma-Jane et ta Mme Stevens qui lui frictionnait le front avec de l'eau de rose, tout en se faisant servir son souper sur un plateau ! Quand je lui ai dit de descendre, sais-tu ce qu'elle m'a répondu ? « Oh ! je suis très bien ici, j'ai vu tout ce qu'il y avait d'intéressant en bas, c'est-à-dire beaucoup moins que je ne l'aurais cru. » Comprends-tu, Virginie, qu'elle s'ennuie, oui, qu'elle s'ennuie, avec tout ce qui arrive à son pauvre mari ? Je ne peux pas te dire le chagrin que j'ai à voir ma propre sœur si dépourvue de sens du devoir et de ses responsabilités. Elle devrait être ici, voyons, au côté de son mari, plutôt que de l'abandonner ! Allons bon, ce pauvre M. Ashley, là-bas, a un air pitoyable et s'efforce de faire la conversation à Mlle Boulton – je ne comprends d'ailleurs pas pourquoi elle fait cette tête-là. Quelle mouche la pique ? Va le tirer de cette situation, Virginie, les femmes comme elles l'intimident terriblement, et je ne peux pas en conscience quitter M. Aycliffe en un pareil moment.

Mais le caractère volcanique de Mlle Boulton, qui se dominait bien mal, m'intimidait moi aussi ; pour ne pas l'affronter, je me suis glissée dans la foule. Échappant à la vigilance de Hannah, je me suis laissée porter dans l'escalier, jusqu'à la salle de bal où, si j'en croyais l'humeur détestable de Mlle Boulton, Joel devait être encore en train de danser avec Estella Chase. À peine arrivée à la porte, la vue d'un couple dans un coin du palier attira mon attention ; la jeune fille, que je ne connaissais pas, venait vraisemblablement d'entendre un compliment et regardait son compagnon avec l'amorce d'un sourire, son jeune et joli visage levé comme pour souligner la courbe attirante du cou et des épaules. Penché vers elle, Charles lui souriait, le regard visiblement charmé et prêt à succomber à la tentation offerte. Je me sentis aussitôt poignardée d'une telle souffrance que je me précipitai en avant, aveuglée par la peine et la douleur, oublieuse de tout sauf du besoin de me soustraire au plus vite à ce supplice : ne plus voir, ne pas savoir qu'il pouvait ressentir de l'attrait pour une autre.

Ainsi, me suis-je dit avec une sorte d'étonnement, c'est cela, la jalousie… Voilà donc le sentiment que tu aurais voulu ressentir pour Joel. Ce sentiment dont tu es incapable, Rosamonde Boulton l'éprouve ce soir. Et cette douleur me plongeait dans le même désarroi que celles provoquées par l'enfantement la première fois, au cours de ces heures interminables avant la naissance de Blaise, où j'aurais tant voulu mourir ; comme je le désirais presque en ce moment ! Mais on ne meurt pas si facilement, je le savais ; aussi me suis-je mordu les lèvres, ai-je pris une profonde inspiration avant de forcer mes yeux à se rouvrir pour distinguer, dans la brume dont je me trouvais soudain inexplicablement enveloppée, la silhouette d'azur de ma mère, la forme sombre et trapue du chevalier Dalby, le profil acéré d'Estella Chase, qui me dévisageait avec un intérêt mal dissimulé malgré ses impeccables manières tandis que Joel la raccompagnait à sa place.

— Qu'as-tu, ma chérie ? me dit ma mère, en accourant vers moi. Tu es devenue si pâle…

Pour ne pas lui laisser croire que mon malaise était dû à la vision de Joel avec Estella Chase, je retrouvai tout de suite mon sourire et mon calme ; à tel point qu'en voyant Charles passer seul la porte et me regarder fixement d'un air interrogateur je n'ai même pas tressailli.

— Vos amis seront peut-être choqués que je vous invite à danser, madame. Mais j'ose espérer que vous n'éprouverez pas la même répugnance…

— Je ne crois pas, cher monsieur, intervint ma mère avec son tact toujours plein d'à-propos, que ma fille ait beaucoup de dispositions pour mêler la politique aux mondanités. Laissons plutôt cela à la duchesse de Newcastle, que nous ne verrons jamais ici.

Ayant ainsi réduit l'événement à ses justes proportions en me montrant, du même coup, comment répondre aux critiques éventuelles, elle s'éclipsa avec sa discrétion coutumière.

La salle était presque vide ; les gens étaient encore pour la plupart en train de souper ; Hannah et M. Aycliffe brillaient heureusement par leur absence ; Joel avait repris sa conversation avec le capitaine Chase – en s'adressant indirectement à sa femme – et avait l'esprit bien trop occupé à trouver le moyen d'impressionner cette noble dame pour faire attention à ma personne. Seuls quelques couples dansaient : jeunes gens profitant d'un instant de liberté loin du regard de leurs chaperons respectifs. Rosamonde Boulton était là aussi, remontée en même temps que moi, maintenant assise à côté de son père ; elle exprimait par toute sa personne la douleur et la rage de la jalousie, ses yeux, véritables griffes, lacéraient le dos de Joel qui faisait la roue et déployait ses charmes au bénéfice d'Estella Chase. J'aperçus également Ira Agbrigg, assis dans un coin près de sa femme toujours apeurée, raide dans ses habits neufs, empreint de l'attitude soumise de celui qui semble n'être venu que dans le cas où Joel aurait besoin de lui. En hôtesse accomplie, je me demandais s'il n'avait pas été trop timide pour aller souper et si je ne devrais pas aller m'assurer qu'il ne manquât de rien.

Quand la musique recommença, la main de Charles m'effleura le bras ; et dès lors tout le reste cessa d'exister.

— Ai-je eu tort de venir, à votre avis ? me demanda-t-il.

— Oui, si vous ne cherchiez qu'à blesser votre père.

— Vous devez croire que j'ai également tort de me mêler à la campagne électorale du capitaine Chase.

— Cela dépend.
— De quoi ?
— Vous intéressez-vous vraiment au sort des enfants dans les usines, Charles ?

Son nom m'était très naturellement venu sur les lèvres, et la pression de sa main sur la mienne me parut, elle aussi, tout à fait normale.

— Quoi ? Ah oui… répondit-il en se troublant. Leur sort ? Pas tous les jours, pour être franc. Il y a bien des moments où je les enverrais volontiers au diable pour sauter dans une diligence et m'en débarrasser une bonne fois. Le sort d'autrui est bien encombrant, et celui qui est sage ne devrait pas se charger d'un tel fardeau. Heureusement, il y en a parmi nous qui ont la chance de ne savoir ni pouvoir s'occuper que d'eux-mêmes.
— Voulez-vous parler d'hommes comme mon mari ?
— Bien entendu.
— Alors, vous n'auriez pas dû me le dire.
— Évidemment non. Je ne devrais pas non plus être en train de danser avec vous, et je suis d'autant plus impardonnable de vous infliger cela qu'à la fin de cette valse je sortirai d'ici le plus librement du monde en vous laissant vous expliquer seule avec votre famille, sans doute très mécontente de mon inconvenance. Dites-moi, Virginie… Allez-vous toujours promener vos chiens sur la lande, le matin ?
— Non… Non. Enfin, presque jamais. Mais peu importe. Dites-moi plutôt ce que vous comptez faire, Charles. De vous-même, de votre vie.
— Ai-je l'intention de faire de la politique, voulez-vous dire ?

Avec un joyeux éclat de rire, il m'entraîna dans un tourbillon et nous restâmes quelques instants sans parler, dans un silence qui n'avait rien de pesant tant nos esprits et nos corps étaient accordés.

— Non, reprit-il, tout bien réfléchi, je ne crois pas. Comment vous l'expliquer, Virginie ? Vous connaissez assez mon père pour vous être rendu compte que j'ai grandi dans un silence quasi absolu. Ce qui explique peut-être que j'éprouve maintenant le besoin de faire du bruit, de me faire remarquer. Mais il vaut mieux que ce bruit et cette agitation servent à quelque chose, n'est-ce pas ? Si mes mobiles ne sont pas fameux, ils ne sont pas pires que bien d'autres, et au moins ils sont désintéressés puisque je n'ai rien à y gagner. Je ne me soucie guère du salut de mon âme, comme mon père en a l'obsession, j'en ignore même l'existence ; la société offre heureusement de meilleurs exutoires à mes frustrations qu'elle n'en accorde à votre cousine Hannah. Celle-là, je l'ai souvent vue se frayer un chemin dans les ruelles nauséabondes comme si elle avait une pince à linge sur le nez, et je vous ai aperçue à côté d'elle. Comment aurais-je pu vous aborder, vous parler ? Elle se serait immédiatement interposée pour éviter que je vous contamine, et elle aurait eu raison, Virginie. Dites-moi… Irez-vous promener vos chiens, demain matin ?

— Non.

— Non, c'est vrai… Mais si, par hasard, vous vous trouviez sur le chemin vers neuf heures et qu'il vous arrive, à l'embranchement après Lawcroft, de prendre le sentier de droite…

— Je ne vais jamais par là.

— Vous avez raison, c'est beaucoup trop écarté, et je doute d'ailleurs que vous puissiez marcher jusqu'aux pierres plates, vous savez, celles qui s'étalent comme une jupe et que les gens du pays surnomment la Vieille Sarah. C'est un rude sentier qui y mène, à peine tracé à vrai dire : ces hauteurs sont toujours dans la brume que le soleil n'est souvent pas assez chaud pour dissiper… Ah ! voilà la musique qui s'arrête. Où voulez-vous que je vous raccompagne ? À cette chaise là-bas, ou près de votre mari ?

La musique cessa lentement de m'emplir la tête, la réalité se précisa peu à peu autour de moi, transformant la grande salle de bal en une pièce médiocre, au faux luxe trop clinquant. Je me rendis soudain compte que le capitaine et Mme Chase s'apprêtaient déjà à prendre congé sur le palier, où Hannah, les Hobhouse et un groupe compact de bourgeois outragés barraient la retraite à Charles en nous regardant avec des yeux étincelants de colère. J'eus un frisson de peur.

— Non, Charles, laissez-moi maintenant et partez vite. Les Flood s'en vont, vous ne pouvez pas rester ici sans eux.

— Je ne peux quand même pas abandonner une femme au beau milieu de la pièce ! Que croyez-vous donc qu'ils me feront ?

— Je ne sais pas… Vous conspuer, sans doute, vous assener des regards furieux – ce qui est gênant, mais pas mortel.

— Exactement. Et si je veux faire carrière dans la politique, il faut bien que je m'habitue à être hué, n'est-ce pas ?

— Peut-être, mais pas maintenant, je vous en prie. Oh ! mon Dieu, voilà votre père ! Il se met à un endroit où vous ne pouvez absolument pas l'éviter…

— Si tant est que je cherche à l'éviter, ce qui n'est pas si sûr. Au revoir, Virginie.

Il garda un instant ma main dans les siennes, s'inclina respectueusement et se dirigea vers la foule hostile, qu'il traversa avec lenteur comme je le lui avais vu faire lors de la conférence de Ramsden Street, pour marcher droit sur son père. Ceux qui espéraient voir couler du sang ou des larmes allaient cependant être déçus : rien dans le bref signe de tête de Morgan Aycliffe ne trahit l'humiliation ou la colère, et rien dans le salut que lui rendit Charles ne dénota l'insolence.

— Bonsoir, monsieur, dit le fils.

— Bonsoir, répondit le père.

Le plus âgé fit l'un de ces sourires figés qui lui étaient coutumiers, avant de regagner calmement la grande salle illuminée, pendant que le plus jeune descendait l'escalier d'un pas léger ; tous deux avaient respecté, en cet instant du moins, le silence et la discrétion du code familial.

Je suis rentrée chez moi dans la lumière magique d'une aube d'été, où un ciel rose réchauffait la ville enfumée. À cette heure, pourtant, les rues étaient déjà animées, pleines de silhouettes noires et courbées enveloppées dans des châles, non pour se protéger du froid de la saison, mais pour tenter de dissiper les frissons de l'épuisement ; une volée d'enfants apparut soudain à un carrefour, telle une nuée de passereaux, juste assez éveillés pour regarder notre voiture et lui jeter une pierre. Cette nuit, toutefois, je n'éprouvais aucune pitié pour eux, ni même de curiosité pour ce qui n'était pas moi, tant j'étais pénétrée de l'étrange conviction que ma vie s'était concentrée, rétrécie de ses vingt-quatre années aux quelques heures passées en compagnie de Charles Aycliffe. Elles s'étaient pourtant écoulées souplement, ces années de raison et de bon sens, en une succession sans heurts de plaisirs paisibles et de peines discrètes aussi aisément venus que vite oubliés. J'avais beau me persuader qu'il faudrait continuer à m'en contenter à l'avenir – n'étant ni téméraire ni dévergondée –, je me sentis soudain accablée devant cette perspective.

J'avais encore vingt, trente ans devant moi, davantage peut-être ; et que pourrais-je dire, à la fin de ma vie, à ceux qui me demanderaient ce que j'en avais fait ? Me satisferais-je, au jour de ma mort, d'avoir toujours été sensée et raisonnable, de n'avoir jamais volontairement fait de mal à quiconque ? Était-ce suffisant de savoir que je n'avais jamais souffert parce que je ne m'étais pas octroyé le droit d'éprouver des émotions ?

Hannah me tira brutalement de ma rêverie en se penchant vers moi de l'autre coin de la voiture :

— Il faut que je te parle, Virginie, et je regrette infiniment d'avoir à le faire. Tu n'aurais pas dû danser avec Charles Aycliffe.

— Vraiment, Hannah ? Et pourquoi donc, je te prie ?

— Tu devrais savoir pourquoi ! répliqua-t-elle, toute prête à se fâcher contre sa petite cousine, d'autant plus que

Joel ne pouvait que prendre son parti. Ne me dis pas que tu ignores sa conduite scandaleuse depuis un an. Tu sais qu'il a écrit ces ignobles articles où il accuse de barbarie des hommes qui valent mieux que lui – parmi lesquels ton propre mari, permets-moi de te le rappeler –, tout en ne faisant lui-même rien d'autre que passer ses journées dans des estaminets avec la lie de la société. Et ce soir, le voilà qui ose se montrer devant ceux-là mêmes qu'il a tant calomniés, sans autre but que de provoquer son père – car tu ne prétends pas qu'il soit venu pour autre chose ? Ta manière de l'encourager a surpris, Virginie, elle n'est pas passée inaperçue et n'a pas suscité que des commentaires favorables, je te prie de le croire. Morgan Aycliffe lui-même n'a bien entendu rien dit contre toi, mais il y en a eu d'autres, beaucoup d'autres, qui ne se sont pas montrés aussi charitables.

— Je suis sûre que tu as fort bien su prendre ma défense, ma chère Hannah.

— Naturellement, comme je défendrai toujours les membres de ma famille. Mais comme je ne savais pas pourquoi tu as eu l'inconscience de te livrer à cet esclandre, ma tâche n'était pas commode.

— J'en suis désolée pour toi. Mais je ne faisais que remplir mes devoirs d'hôtesse, ou du moins le pensais-je. J'ai dû, je crois, me rappeler la parabole du fils prodigue dont le retour est accueilli avec joie, et j'ai cru bien faire. Refuser son invitation aurait pu choquer beaucoup d'autres gens, car j'avais déjà dansé avec sir Giles Flood, le colonel Corey et le capitaine Chase avec qui il était venu et dont il partage désormais les opinions, si je ne me trompe.

— Cela n'a rien à voir ! s'écria Hannah, furieuse de me sentir lui échapper à la manière évasive de ma mère – et surtout ulcérée de m'avoir vue danser toute la soirée alors qu'elle, qui avait tout organisé, n'avait pour ainsi dire pas eu un cavalier. Ce ne sont pas ses opinions politiques que je reproche à Charles Aycliffe : c'est un opportuniste qui en est dépourvu, mais son caractère ! Sir Giles Flood est fidèle à sa classe sociale, alors que Charles Aycliffe trahit la sienne. Ce n'est rien d'autre qu'un serpent, et si tu es incapable de voir le mal qu'il a fait, qu'il s'apprête encore à faire à son père, je vais être obligée de croire que tu te fermes volontairement les yeux !

Joel poussa un grognement et étira ses longues jambes posées sur la banquette en face de lui :

— Je voudrais bien pouvoir fermer les miens, sans tout ce tapage ! déclara-t-il.

Hannah avait beau dépendre financièrement de son frère, elle n'en avait pas peur et n'avait nullement l'intention de tenir sa langue pour lui faire plaisir.

— Ce que je crois ou ce que je ressens est sans doute sans importance, dit-elle aigrement. Mais j'ai le droit et le devoir de l'exprimer. Je persiste à affirmer que Morgan Aycliffe aurait dû, ce soir plus que jamais, bénéficier du soutien inconditionnel de ses amis, se trouver dans un cercle de solidarité auquel vous n'avez ni l'un ni l'autre jugé bon de vous joindre. N'oubliez pas qu'il est notre beau-frère et qu'il a dû cruellement ressentir cette indifférence. J'en suis personnellement navrée, comme il doit l'être lui-même.

Là-dessus, la voiture s'étant arrêtée à notre porte, Hannah sauta à terre et s'engouffra dans la maison.

— Pour une fois, je dois dire qu'elle n'a pas tort, dit Joel en m'aidant à descendre.

J'ai hoché la tête, reconnaissante envers Hannah pour sa colère qui, en m'obligeant à me défendre, m'avait fait oublier la véritable cause de mon sentiment de malaise.

— C'est vrai, Joel, je le sais. Mais elle a malheureusement tendance à mal présenter les choses justes ou à choisir le mauvais moment, si bien qu'au lieu de reconnaître mes erreurs je perds patience et je me fâche.

Il éclata de rire, m'entoura les épaules d'un geste désinvolte :

— Vous, Virginie, vous fâcher ? Impossible ! Je vous ai vue froide, ironique, mais jamais, au grand jamais, ne vous a-t-on encore vue exploser ! Remarquez que je ne me plains pas de la manière dont vous vous exprimez, je ne vous ai encore jamais entendue prononcer un mot inutile ou imprécis. En fait, je ne vous ai encore jamais vue commettre un impair.

Avec un soupir de contentement, il m'attira contre lui, me serra la tête sur son épaule et m'ébouriffa les cheveux, non comme un amant, mais comme un conquérant, en homme qui a le droit de prendre des libertés avec une femme sachant garder ses distances avec les autres.

— Vous avez été parfaite ce soir, chère madame Barforth, reprit-il. Si je ne vous avais pas vue grandir ici, presque dans la cour de l'usine, je vous aurais vraiment prise pour quelque princesse fourvoyée chez les croquants, ma curiosité aurait été piquée et j'aurais remué ciel et terre pour en apprendre davantage à votre sujet. C'est exactement ainsi que je veux ma femme, Virginie. Continuez d'exciter la curiosité des autres, ayez toujours l'air inabordable, restez belle et décorative…

Cependant, une fois dans la chambre, après avoir soigneusement enfermé mes perles dans la boîte à bijoux qu'il m'avait offerte – assez vaste, avais-je remarqué, pour contenir ses futures libéralités –, ma jolie robe délicatement pendue dans l'armoire, son humeur enjouée prit ce côté agité que je connaissais depuis longtemps ; inévitablement cela se terminait dans un grand déchaînement de sensualité. Appuyée contre mes oreillers dans cette attente, je me sentis submergée par une immense avidité de caresses. D'un seul coup, j'avais envie qu'il m'aime, envie que nous fassions l'amour, besoin de me sentir à nouveau possédée. Afin d'épuiser le trop-plein d'émotions éprouvées pour un autre homme, je désirais que ce soit mon mari qui noie les convulsions inattendues de mon cœur sous un flot de plaisir physique. Je ressentais la nécessité de me retrouver, au bout d'une heure, vidée de toute sensation, le corps inerte dans cet heureux épuisement, soumis, rassasié et reconnaissant, afin qu'il ne reste en moi plus la moindre pensée, plus la moindre possibilité d'évoquer Charles Aycliffe. Si je voulais que Joel m'enchaîne, ce n'était que pour mieux retrouver ma sérénité.

— Qu'attendez-vous pour venir vous coucher ? ai-je dit. Vous n'allez pas passer le reste de la nuit à faire les cent pas.

Si j'avais laissé percer une quelconque invite dans ma voix, il ne parut pas l'avoir remarquée, car il se laissa lourdement tomber sur le lit en dérangeant mes oreillers, et s'il tendit le bras, ce n'était pas pour m'attirer contre lui mais pour prendre un cigare, dont il se mit à avaler la fumée avec gourmandise.

— Votre sœur trouverait sûrement à redire si elle vous voyait fumer au lit.

— Je n'en doute pas, mais nous savons tous deux que ma sœur a l'esprit étroit. Qu'avez-vous pensé des Flood, Virginie ?

— Lesquels ?

— Ceux qui vous passeront par la tête.

Mais c'était dans sa tête qu'ils passaient, pas la mienne, je sentais son corps tout proche vibrer de l'excitation du chasseur au souvenir d'Estella Chase : de ses yeux froids, de ses mains languides et des mines hautaines qui avaient tant piqué sa curiosité pendant le bal. Aussi, en voyant le sourire ironique qui se dessinait sur ses lèvres et lui faisait plisser le coin des yeux, j'ai compris qu'un restant de pudeur l'empêchait de me dire tout crûment : « Avez-vous vu l'impression que j'ai produite sur cette petite snob ? Avez-vous remarqué comme elle faisait semblant de ne pas me voir pour me lancer des regards sous ses paupières baissées ? » Parce que je l'avais vu, et que j'avais remarqué les œillades désespérées de Rosamonde Boulton qui ne faisaient qu'épicer son plaisir, je répondis froidement :

— J'ai trouvé sir Giles Flood exactement tel que je m'y attendais et Mme Chase plutôt insipide.

Le sourire de Joel s'accentua :

— C'est exact, mais elle ne s'en rend pas compte. Quand une femme a une si haute opinion d'elle-même, il doit y avoir une raison. Pourquoi un laideron se prend-il pour une impératrice ? C'est amusant, vous ne trouvez pas ?

— Pas particulièrement.

Ma froideur lui échappait autant que mon désir, et la violence avec laquelle Charles Aycliffe revenait dans mes pensées m'envahit à la fois de peur et de colère. Il m'était impossible de rester plus longtemps couchée si près de Joel avec le spectre d'un autre homme et d'une autre femme entre nous, aussi me suis-je glissée dans le lit en le frôlant, comme si je m'installais commodément pour dormir. L'appel était, cette fois, si évident qu'il ne pouvait s'y méprendre.

— Je suis fatiguée, Joel...

— Fatiguée ? C'est ce que nous allons voir !

Il rejeta les couvertures, me caressa d'une main et d'une bouche vite impatientes ; tout son comportement exprimait combien il était content de moi, de lui, de l'affection complice qui nous liait : sentiment plaisant et facile qu'il ne songeait pas à remettre en cause et lui donnait d'autant moins de mal à cultiver que j'avais eu le bon esprit de l'encourager en devenant exactement la femme qu'il voulait. Mais quand tout fut fini, quand se fut calmé le frémissement de plaisir dont les ondes m'agitaient encore, je ne me sentais toujours pas possédée, protégée comme je l'aurais voulu, je n'éprouvais ni soumission ni apaisement.

Dans l'air chaud de ce matin d'été, je suis longtemps restée étendue sans dormir à contempler la fragile étoffe de ma vie, si soigneusement, si péniblement tissée, se déchirer en menus lambeaux qui, éparpillés autour de moi, me laissaient nue, exposée au danger. Et j'ai su alors que je ne retrouverais peut-être plus jamais la paix.

19

Je n'avais encore jamais eu aucun mal à sortir tôt le matin pour aller promener les chiens ; mais le lendemain du bal, ce fut comme si toute la maisonnée – à l'exception de son maître, parti comme d'habitude à l'usine – s'était donné le mot pour me barrer le passage.

— Vous ne devez pas vous lever d'aussi bonne heure ! avait protesté Mme Stevens, bien décidée à ne pas se laisser priver de l'heure de médisance sur laquelle elle comptait. Il faisait grand jour quand vous vous êtes couchée, et il faut absolument vous reposer au moins jusqu'au déjeuner. Telle que je la connais, Mme Aycliffe passera sa journée au lit. Quant à Mme Hobhouse, elle ne se lèvera sûrement pas, pour la bonne raison qu'elle a accouché d'un fils il n'y a pas trois heures, comme je l'ai entendu dire par la laveuse. Encore un garçon ! Cela lui en fait six.

Quand je fus enfin débarrassée de Mme Stevens, ce fut au tour de Blaise et Nicolas de venir exiger justice, suivis de près par Liza et ses propres revendications. Pendant la nuit, semblait-il, Caroline avait eu mal aux dents et s'était plainte si bruyamment qu'elle avait empêché tout le monde de dormir, si bien que Blaise, énervé par le manque de sommeil, venait de tirer la queue du chat gris et les cheveux de sa sœur ; Nicolas, préférant voler à la défense du chat plutôt que de Caroline, avait giflé Blaise qui, comme on pouvait s'y attendre avait rendu coup pour coup. Dans la mêlée qui s'ensuivit, il y avait eu un bol de renversé, du porridge et du chocolat répandus sur le parquet de la nursery, de la porcelaine cassée et des sentiments meurtriers étaient en train d'éclore dans le cœur de Liza.

— Avec eux, il y a toujours des histoires ! grommelait-elle, les joues rouges et les cheveux hérissés, avant d'être interrompue par l'arrivée de Mme Paget, la gouvernante, qui me parut si bien empesée à cette heure matinale que je me suis demandé si elle allait parfois se coucher.

— Ne vous souciez donc pas de cela, madame, me dit-elle avec son perpétuel sourire. Liza devrait savoir s'occuper elle-même de ces détails plutôt que de venir vous en assommer. Les enfants cherchent à se rendre intéressants auprès de leur mère, ce qui est bien compréhensible, mais il ne faut pas leur céder.

Elle avait manifestement l'intention de se défaire de moi jusqu'à l'heure du thé, moment où elle pourrait alors m'amener les enfants bien peignés et tirés à quatre épingles : pour une fois, j'ai eu envie de lui rappeler qu'ils étaient les miens avant d'être ses pupilles, et c'est elle que j'ai congédiée d'un mot.

Comme aux temps douillets avant l'arrivée de l'efficace Mme Paget, je me suis installée dans la chaise à bascule de la nursery, j'ai pris Caroline sur mes genoux, et lui ai murmuré à l'oreille des mots sans suite en lui caressant les cheveux, tout en sachant bien qu'elle me retardait, qu'elle chiffonnait ma robe et que tout cela me mettait tellement en retard que je pourrais peut-être échapper à la tentation. Nicolas vint à son tour se planter devant moi, toujours furieux pour son chat, et me dit d'un ton accusateur : « Pourquoi lui racontez-vous des secrets, à elle ? » Je l'ai attiré contre moi pour lui chuchoter les mêmes paroles sans suite, tout en décoiffant ses boucles brunes avec mes doigts.

Les deux garçons allaient maintenant à l'école, et si Blaise eût volontiers passé le reste de sa journée assis en tailleur près de la fenêtre, à ne rien faire d'autre que méditer quelques spectaculaires espiègleries, Nicolas avait toujours été conscient de la valeur du temps, en bon Barforth qu'il était, et eut tôt fait de s'agiter en cherchant à m'échapper de peur d'être en retard. « La voiture va nous attendre ! », dit-il enfin, comme s'il avait su dès l'enfance ce que coûte l'entretien des chevaux d'attelage qu'il ne faut pas laisser piaffer inutilement dans la chaleur.

— Eh bien, qu'elle attende ! rétorqua Blaise. C'est notre voiture, non ?

De même, à ses yeux, l'école était vite devenue « notre école » quand il s'était rendu compte qu'elle devait son existence – et M. Blamires, le maître, sa carrière – aux libéralités de Joel, de Bradley Hobhouse et de Matthew Oldroyd, si bien qu'il n'éprouvait pas pour le redoutable *magister* plus de crainte ni de respect que pour notre vieille Marthe-Ellen.

Trois mois plus tôt, je les avais tous deux présentés à M. Blamires : Blaise cramponné sans vergogne à ma main et Nicolas, comme d'habitude, marchant seul en avant-garde. En ma qualité d'épouse de Joel, j'avais été reçue le plus courtoisement du monde, et j'avais non moins poliment écouté celui qui avait inculqué à mon mari des rudiments de latin et de grec dont il ne s'était plus jamais servi, et promettait maintenant d'en faire autant pour ses fils, qui n'en auraient guère plus l'usage. Mais comme il est entendu que les jeunes gens de bonne famille doivent avoir, au moins une fois dans leur vie, traduit quelques vers de Virgile et une ligne de Platon, mes deux fils partaient désormais tous les matins acquérir ces connaissances et faisaient en voiture le trajet que leur père avait fait à pied. La seule différence qui apparut presque immédiatement entre eux (ils n'avaient pas plus de dispositions l'un que l'autre pour les études classiques) fut que Nicolas se donnait beaucoup plus de mal qu'il ne l'aurait dû, tandis que Blaise s'en moquait éperdument.

— À quoi cela peut bien servir ? disait-il en jetant négligemment ses livres dans un coin.

Mais, sachant que, pour Nicolas, l'échec était insupportable, je me suis forcée à ouvrir ses manuels et à me battre avec les déclinaisons en m'efforçant de rester un peu en avance sur lui pour m'apercevoir que Blaise, qui assistait distraitement à nos leçons en s'appuyant sur mon épaule, avait souvent un éclair de génie – qu'il ne faisait jamais l'effort de prolonger – pour donner vie à ces phrases momifiées, riait de plaisir à sa propre virtuosité et nous quittait bien vite pour aller jouer.

Le lendemain du bal, je les aurais volontiers gardés à la maison, trop heureuse de remarquer une rougeur ou d'entendre une quinte de toux, de trouver une excuse pour les remettre au lit et m'enfermer à la maison afin de les surveiller. Mais justement, ce matin-là, Nicolas mit plus de hâte que jamais à partir, Blaise prit pour une fois un plaisir, qui me sembla pervers, à se coiffer et à mettre son col correctement, et tous deux s'avisèrent de faire la course à qui monterait le premier en voiture pour occuper le meilleur coin. Aussi, une fois les garçons partis et Caroline rendormie sans plus avoir besoin de moi, j'ai trouvé les deux chiens qui m'attendaient au jardin, impatients d'aller courir et vaguement inquiets de mon peu d'empressement ; et je me rendis compte, malgré tous mes efforts pour traîner, qu'il n'était encore que huit heures et quart.

Comme Charles l'avait annoncé, le chemin était baigné d'une brume où les chiens s'engloutissaient en courant, me forçant à les rappeler constamment pour ne pas les perdre. Je sursautais à chacune de leurs réapparitions, à chaque souffle de brise, à chaque déroulement des écharpes de brouillard qui ne dévoilait pas Charles Aycliffe à ma vue. J'étais pourtant convaincue qu'il n'était pas venu et que j'avais entrepris cette longue et pénible expédition uniquement dans le but de me prouver sa légèreté et son inconstance. Pourtant, parvenue à la corniche, haletante de la rude montée que je venais de faire, je reconnus sa silhouette appuyée contre l'amoncellement de pierres connu sous le nom de la Vieille Sarah. La vue de son expression maussade, de ses lèvres pincées comme celles de son père, me surprit et me mit en colère.

— Bonjour, lui ai-je lancé froidement. Vous n'avez pas l'air enchanté de me voir.

Il se redressa, le visage toujours dur et fermé :

— Non, je l'avoue, car j'espérais – j'étais sûr que vous ne viendriez pas. Cela aurait beaucoup facilité les choses.

Il s'approcha, et les chiens, qui sentaient mon humeur, y virent un danger. Aussitôt, la vieille chienne se hérissa et gronda en montrant les crocs, tandis que le jeune chien, peu doué pour l'héroïsme, allait se cacher derrière ma jupe, d'où il tendit le cou en poussant des hurlements lugubres. Charles se mit enfin à sourire :

— Il vaudrait mieux les calmer, me dit-il.

Quand, rassurés, les deux animaux eurent repris leurs courses folles pour aller renifler les flaques d'eau, Charles poursuivit, d'un ton à peine adouci :

— J'espérais ne pas vous voir tout en désirant le contraire, comprenez-vous ce que je veux dire ? Je vous attends ici depuis longtemps, je suis même arrivé bien avant que vous soyez levée, car je n'avais rien à faire nulle part ailleurs. Et si vous n'étiez pas venue, je serais sans doute resté assis là toute la journée, à vous maudire et à vous remercier à la fois. Vous me comprenez, n'est-ce pas ? Je vous connais à peine, Virginie, et pourtant, je ne vois plus rien ni personne d'autre que vous. Vous paraissez barrer ma route vers d'autres choses, d'autres gens qui sont pourtant à ma portée. Il me faut donc résoudre cette énigme d'une manière ou d'une autre, puisque après tout vous êtes ici, et je ne pense pas que vous soyez venue sans réfléchir.

— Non, c'est vrai, mais je ne sais toujours pas au juste pourquoi je suis venue. Il vaudrait donc mieux que je m'en aille tout de suite.

— Partir ? Vous ne le ferez pas, Virginie, et je ne vous le permettrai pas. Ne croyez pas que ce soit si facile.

Il prononça encore mon nom, comme une invocation, me saisit le poignet et me prit dans ses bras.

— Non, pas ça !

Ce cri de protestation m'avait échappé avec une brutalité soudaine, mais je me sentais en même temps pleine d'amertume et de rancœur de le voir agir ainsi comme n'importe quel homme qui profiterait de la situation ; si ce sentiment – cet espoir – que j'avais encore en moi devait finir dans la laideur et la vulgarité, il ne me resterait plus rien pour nourrir ma mémoire. Aussi, quand il refusa de me lâcher, la brume semblait pénétrer mon esprit et obscurcir mon bon sens habituel, et je me suis entendue crier :

— Arrêtez ! Pas comme cela, pas comme Joel ! Pourquoi ne pas me laisser donner quelque chose de mon plein gré, pour une fois ?

— Virginie ! dit-il d'une voix tremblante. Virginie, mon amour… Quand ? Dites-moi quand…

L'énormité de ce que nous venions tous deux de proférer m'affecta d'une façon si étrange que j'en éclatai de rire et qu'il en fit bientôt autant, le premier moment de surprise passé.

Avec un sourire de bonne humeur contrite, un bras amicalement jeté sur mes épaules, il reprit alors :

— Avant de décider du moment, nous ferions mieux de nous demander où, car je ne vois pas ce que nous pourrions échanger l'un l'autre dans ce vent et ce brouillard. Vous ne seriez pas disposée à venir me rendre visite dans mon modeste logement, par hasard ?

— Non, Charles. Pas pour le moment, du moins, et peut-être jamais. Mais de quoi sommes-nous donc en train de parler ? Que me demandez-vous donc de faire, et pourquoi suis-je même en train de vous écouter ?

Nous avions fait quelques pas pour nous remettre insensiblement à l'abri des rochers, nous nous y sommes adossés côte à côte. Il prit alors ma main, l'embrassa, puis, m'attirant contre lui avec douceur, me serra dans ses bras comme j'avais toujours rêvé qu'on m'étreigne.

— Virginie… Ma Virginie… J'ai aussi peur que vous de ce qui nous arrive. Toute ma vie, j'ai vainement cherché un amour profond, intense, total… Et ce n'est pas auprès de vous que je devrais le trouver, je ne le sais que trop bien. Tout, pourtant, me ramène vers vous, et ce n'est pas plus facile pour moi que ce doit l'être pour vous. Aucun homme sain d'esprit n'irait aimer une femme qui n'est pas libre de lui rendre son amour.

— À condition que vous m'aimiez vraiment…

— Si je vous aime ? Vous avez peut-être le droit d'en douter et c'est précisément cela qu'il nous faut tous deux découvrir. Si je ne suis pour vous qu'une aventure, si je n'éprouve pour vous qu'un désir passager, nous ne serons pas longs à nous en rendre compte. Ne prenez pas cet air sévère quand je parle du désir, je n'en ai pas honte et vous ne devriez pas non plus en avoir. Le désir n'est pas tout ce que contient l'amour mais, sans lui, l'amour serait incomplet, Virginie. Pourquoi chercherais-je à dissimuler mon désir pour vous ?

— Peut-être devrions-nous tous deux souhaiter qu'il ne s'agisse que de cela, du désir.

— Sans doute… Mais ne le méprisez pas, ne le sous-estimez pas. Ne vous en faites pas non plus une montagne, car je n'exige pas que vous en éprouviez pour moi, du moins jusqu'à ce qu'il vous vienne, ou jusqu'à ce que vous le puissiez. Je vous ai déjà fait trop de mal en poussant nos rapports au point où ils en sont ce matin… Croyez-le ou non, Virginie, je sais que j'aurais mieux fait de partir il y a des mois, de m'éloigner sans plus vous parler. Même maintenant, il n'est sans doute pas trop tard pour que je vous laisse en paix… Le dois-je ?

De la main, je caressais distraitement ses fins cheveux retombés en mèche sur son front, et mon corps appuyé contre le sien se sentait totalement – et dangereusement – léger.

— Oui, Charles, vous le devriez. Vous devriez me laisser retrouver la paix, tout comme je devrais refuser de vous revoir. Nous savons fort bien tous deux ce que nous devrions faire et nous ne le faisons pas. C'est cela qui m'étonne, car je n'ai plus peur comme auparavant.

— Est-ce bien vrai ?

— Oui. Du moins, je recommencerais peut-être à être terrifiée si je croyais à la réalité de ce qui nous arrive. Mais tout est encore si irréel que je n'en ressens aucun trouble. Quelle heure est-il, Charles ? Il est sans doute grand temps que je rentre.

— Il est temps, en effet. M'accorderez-vous un baiser, avant de me quitter ?

— Non, Charles, non. Il ne vaut mieux pas…

Nous étions serrés l'un contre l'autre à l'abri de la muraille rocheuse, le ciel brumeux commençait à être déchiré par les rayons du soleil. Alors, comme malgré moi, j'ai posé la main sur sa joue et, très doucement, mes lèvres sur les siennes, comme on embrasse un enfant endormi, en m'attardant pour imprégner ma mémoire de son odeur, de la consistance de sa peau, et emmener avec moi, intactes, la légèreté et la délicatesse de son être tout entier, pour les chérir et m'en nourrir si je ne devais jamais plus le revoir.

— Merci, Virginie, me dit-il à voix basse.

J'ai rappelé mes chiens, je me suis éloignée sans me retourner dans l'herbe haute ; je me sentais heureuse, pleine d'une joie aveugle, du ravissement d'un enfant encore ignorant du péché et de la pénitence, quand il lui suffit d'avoir vécu une heure parfaite pour se représenter le bonheur. J'étais gaie, je vivais ; la flamme de ma joie, la fabuleuse richesse qu'elle répandait en moi me transformait, faisait de moi un être neuf et inconnu, me donnait la toute-puissance de mon grand-père, la force impérieuse de Joel – jusqu'à ce que l'ombre de leur maison, à tous deux, m'absorbe.

Mme Stevens m'attendait à la grille et poussa un cri en me voyant :

— Mon Dieu, comme vous êtes trempée ! Rentrez vite, il va de nouveau pleuvoir. Mme Hobhouse a envoyé prévenir de la naissance de son fils, que nous connaissions déjà, et sir Giles Flood a fait porter des roses, un monceau, je les ai mises dans le vestibule avec sa carte bien en évidence. C'est une très belle carte, toute simple, une carte de vrai gentilhomme, comme Mme Hobhouse rêverait d'en avoir sur sa cheminée, tout comme Mme Aycliffe d'ailleurs. Mais, rassurez-vous, il ne leur a pas envoyé de fleurs, je m'en suis assurée auprès de son cocher. Venez vite, ma chère petite, enlevez ces chaussures mouillées. Il y a eu des scènes terribles, là-haut, pendant votre absence. La gouvernante est venue me demander du cognac pour Caroline qui a encore mal aux dents, et Mlle Hannah était justement là – vous savez qu'elle est catégoriquement opposée à ce qu'on donne de l'alcool aux enfants – même pour leur en frotter la gencive –, et elle n'a jamais mâché ses mots. Mais Mme Paget n'est pas une femme à qui on puisse parler sur ce ton, et vous feriez bien d'aller tout de suite la voir, car j'ai bien peur qu'elle soit déjà en train de faire ses valises, et Mme Hobhouse serait trop contente de l'engager, maintenant qu'elle a six enfants sur les bras et que sa Mary-Jane devient trop vieille pour s'en occuper…

Cette avalanche de mots me traversait la tête sans rien signifier, comme s'ils s'adressaient à quelqu'un situé à un autre niveau d'entendement et non à moi, jusqu'à ce que je parvienne à en retenir quelques bribes.

Mme Paget, qui n'avait pas le moins du monde l'intention de partir, me permit de la convaincre de rester, surtout, me fit-elle comprendre, parce qu'elle me savait incapable d'élever sans elle mes odieux garnements. Hannah, ulcérée de me voir mener ma maison en dépit du bon sens – bien qu'elle m'eût elle-même chaudement recommandé Mme Paget –, s'en fut vaquer à des affaires autrement importantes, son panier d'aumônes au bras. Après avoir pris le temps d'admirer mes roses, de consoler ma fille, de séparer mes fils en train de se battre dès leur retour de l'école, et de déjeuner de bon appétit, je fis atteler pour aller chez Emma-Jane déposer mes félicitations et les cadeaux pour son dernier-né.

Je ne m'attendais nullement à ce qu'on me fasse monter, mais Emma-Jane, six fois mère et pourvue d'une constitution de paysanne dont elle n'était pas peu fière, avait envie d'un peu de compagnie, en dépit des avertissements de sa nurse, qui avait tendance à dramatiser : «Pas plus de quelques minutes, madame, je ne peux pas lui en accorder davantage.» Je fus donc introduite dans la chambre de l'accouchée, où Emma-Jane trônait dans son lit, environnée d'oreillers, de pâtisseries variées et de tous les ingrédients indispensables pour une solide collation. Elle salua ma venue avec un cri de triomphe, la bouche pleine et les lèvres poissées de sucre :

— Encore un garçon pour mon Bradley ! L'as-tu vu ? Un jour à peine, et déjà fort comme un bœuf ! Tout le portrait de mon frère Ben, ce que ma belle-mère ne veut naturellement pas admettre en affirmant qu'il ressemble à Bradley. C'est d'ailleurs la première chose qu'elle m'a dite ce matin, avant même de demander comment allait l'enfant ou si je me sentais bien ; elle l'a regardé en s'écriant : «Oh ! revoilà mon cher petit Bradley, encore une fois !» Elle n'a pas bien dû le regarder ces temps-ci, son cher petit Bradley, car il mesure plus d'un mètre quatre-vingts et pèse plus de quatre-vingt-dix kilos, et ce pauvre chéri que voilà en est encore loin… Prends donc un morceau de cake, Virginie, ou préfères-tu un macaron ? Oui, je sais, je n'ai plus besoin de manger pour deux, mais que puis-je faire d'autre en restant clouée dans ce lit encore quinze jours, trois semaines, car la nurse m'interdit de mettre le pied par terre avant cela ? Je serai grosse comme une bête quand je me relèverai, je sais, mais cela n'a plus d'importance une fois qu'on est mariée, n'est-ce pas ? Personne ne demande à une mère de six enfants d'avoir la taille fine. As-tu vu le bébé, Virginie, n'est-ce pas qu'il est beau ? Mais, tu sais, depuis ce matin que je réfléchis à tout cela, puisque je n'ai rien de mieux à faire, je me demande si je ne préférerais pas une fille, la prochaine fois.

La prochaine fois… Penchée sur le berceau, d'où montaient à mes narines les odeurs de poudre et de lait suri indissociables d'un nouveau-né, je me suis tout à coup sentie envahie de panique en me disant que, un mois à peine après ma fausse couche, je pourrais de nouveau être enceinte, et je refusais absolument d'accepter – comme Emma-Jane le faisait avec une joie débordante – la fatalité de passer ma vie à faire des enfants, sans avoir d'autre choix.

— Il est superbe, ai-je finalement réussi à dire.

C'était insuffisant, je le savais, et Emma-Jane attendait de moi le babil bêtifiant qu'elle avait elle-même répandu sans compter sur mes propres enfants, mais dont je me sentais totalement incapable ce jour-là. Aussi ai-je accueilli avec un profond soulagement le retour de la nurse qui, pénétrée de son importance, me mit à la porte avec autorité.

Mme Stevens m'avait accompagnée pour traiter quelque mystérieuse affaire avec son homologue de la maison Hobhouse. Tandis que je l'attendais dans ma calèche découverte en regardant les efforts infructueux du soleil d'août pour égayer la grosse bâtisse sombre, les feuillages presque noirs et les haies épaisses qui l'entouraient, je vis apparaître Bradley (il aurait pourtant dû être à son usine à cette heure-là), qui vint me tenir compagnie. Je lui ai présenté les félicitations d'usage :

— Oui, me répondit-il fièrement, six garçons, six bons travailleurs, et pas de soucis à se faire pour la dot ! Faites bien attention, vous autres, parce qu'il va bientôt y avoir plein de petits Hobhouse fourmillant en ville, s'ils font comme moi six garçons chacun ; ce n'est plus une famille que je suis en train de fonder, mais une véritable dynastie !

Son contentement suffisant n'allait cependant pas beaucoup plus loin que sa peau luisante et que les couches de graisse qui l'enveloppaient sans trop encore alourdir son imposante silhouette. En voyant Mme Stevens se hâter pour me rejoindre et ne pas me faire attendre – ce dont, à la vérité, elle ne se souciait pas le moins du monde –, Bradley se pencha vers moi, appuyé sur le marchepied, et me dit trop vite et d'un ton qui se voulait insouciant :

— Il paraît que Joel a fait une offre à Sam Carter pour lui reprendre son usine de Tarn Edge.

— Ah oui ? Je ne savais pas, Bradley. C'est bien possible.

— C'est sûr, à ce qu'on dit. Il a dû lui en proposer gros, car Carter est connu pour être près de ses sous.

— Cela ne m'étonnerait pas, en effet.

— Joel va sans doute se débarrasser des métiers à main pour tout équiper en matériel mécanique. Je serais le dernier à le lui reprocher, bien que cela mette encore des hommes au chômage, et ce n'est pas moi qui pourrai les embaucher, pas plus que Matthew Oldroyd d'ailleurs. D'après ce que j'ai entendu dire, Joel voudrait l'usine Carter pour y fabriquer des étoffes lustrées d'un nouveau modèle : des articles de luxe pour les dames qui ont trop d'argent à jeter par les fenêtres – cela ressemble bien à Joel, hein ? Il n'en a pas encore dit mot, mais on ne parle que de cela à la Halle au Drap et au Cygne. On dit aussi qu'il compte bâtir de nouveaux ateliers…

— Je ne suis vraiment pas au courant, Bradley.

— Sans doute, Virginie, et de toute façon vous ne m'en souffleriez pas mot si vous l'étiez… Vous saviez que Joel m'a mis l'œil au beurre noir, quand nous étions petits ? Nous chahutions un peu, comme le font tous les gamins, et j'avais fait tomber sa veste par terre avant de m'amuser à y envoyer des coups de pied, sans me douter que c'était la seule qu'il avait. Il m'aurait tué ! Votre frère Edwin avait essayé de nous séparer, et Joel s'en est pris à Edwin aussi : seul contre deux, il a réussi à nous flanquer une raclée ! Non à cause de sa taille ou de sa force considérable, mais plutôt parce qu'il était plus en colère, plus méchant que nous. D'avoir de la poussière sur sa veste, ce n'était pas une broutille pour lui, comme ce l'était pour nous ; quand il se battait, ce n'était pas pour rire non plus, croyez-moi. Cela lui était égal que nous lui fassions mal s'il pouvait nous faire encore plus mal – et il nous a fait mal, cette fois-là ! Le maître lui a donné le fouet, au point qu'il n'a pas pu s'asseoir de tout un mois, mais après cela personne n'a plus osé mettre la main sur sa veste ou ses autres affaires. Maintenant, il en a plus dans ses placards que quiconque dans la région, j'imagine, même s'il n'a pas beaucoup de fils. Hé ! Virginie, ce n'est quand même pas tout ce que vous êtes capable de faire, j'espère ? Un mari comme le vôtre, avec toutes ces usines à faire tourner, a besoin de fils pour l'épauler. Qu'attendez-vous pour vous y mettre ?

Là-dessus, il me planta un gros baiser sur la joue – en s'arrangeant, comme d'habitude, pour me décoiffer –, aida Mme Stevens à monter et resta dans l'allée à nous faire des grands gestes et des sourires épanouis, lui qui n'avait jamais éprouvé la faim ni eu de raison de se mettre en colère, jusqu'à ce que nous le perdions de vue dans un tournant.

N'ayant pas encore envie de rentrer, nous avons donc, inévitablement, pris le chemin de la ville par Blenheim Lane, en passant devant la belle maison aux pierres patinées du colonel Corey, en face de l'auberge de la Toison où, faute d'un local plus digne de cette noble fonction, il rendait toujours la justice en inspirant, à des lieues à la ronde, une saine terreur aux braconniers, aux débiteurs de mauvaise foi et aux pères volages. Un peu plus loin, je vis que les rideaux d'Elinor, au premier étage de la maison Aycliffe, étaient toujours tirés, comme je m'y attendais. Plus loin encore, les belles maisons firent place à de moins belles puis à de franchement laides qui, à leur tour, nous amenèrent en haut de Kirkgate et de Millergate où, dans l'élégante devanture de la boutique neuve de Rosamonde

Boulton, j'aperçus à travers la vitre son visage aux traits tirés par la fatigue. Un peu plus bas se dressait la Halle au Drap à côté du Vieux Cygne, qui vivait ses derniers jours de gloire en tant que relais de poste et d'arrêt pour les diligences, car le chemin de fer s'approchait chaque année un peu plus, et Morgan Aycliffe avait déjà choisi l'emplacement (d'où il expulsait les habitants) pour y ériger une gare et, peut-être, un hôtel.

C'était vendredi après-midi et, le jeudi étant le jour de la paie, les rues étaient pleines d'hommes avec de l'argent en poche qui ne retourneraient au travail qu'une fois tout dépensé. La veille au soir, ils avaient vécu une glorieuse ivresse dont il ne restait que d'amers souvenirs ; demain, ils déambuleraient en remâchant leurs plaisirs trop brefs avant de rentrer chez eux sous les imprécations et les coups de leurs épouses, à qui ils imposeraient leur désir après avoir chassé la portée d'enfants, témoignages de leurs débordements passés.

Comme toujours, les rues grouillaient d'enfants, attendant que leur mère rentre du travail, ou tout simplement abandonnés. Les plus jeunes, encore épargnés par l'usine, étaient un peu plus droits et joufflus que leurs aînés mais à peine moins chétifs, et tous, le teint plâtreux et le langage ordurier, traînaient des pieds dans les caniveaux et s'amusaient à bombarder les voitures d'immondices.

— Quand va-t-on se décider à faire quelque chose pour ces misérables créatures ? dit Mme Stevens aigrement.

Bien qu'elle n'envisageât probablement leur déportation en Australie que comme un moindre mal, elle fit l'effort de sourire à un petit groupe de têtes bouclées qui la regardait fixement, et ne reçut, pour toute récompense, que des ricanements et des gestes obscènes, car ces chenapans ne faisaient visiblement pas partie des « cas jugés intéressants » par ma cousine Hannah et n'avaient pas eu droit aux eaux évangéliques de Ramsden Street pour se laver les mains et se purifier l'âme. J'esquissai néanmoins un sourire, car ils me faisaient penser à Charles Aycliffe qui avait choisi de vivre parmi eux.

De Charles, j'en vins à penser à son ami Michaël Sadler, député tory de Newark, dont le projet de loi pour l'instauration de la journée de dix heures n'avait rencontré que peu de faveur chez ses collègues parlementaires : pour s'en débarrasser, ils s'étaient contentés de nommer une commission ad hoc chargée d'enquêter sur la question.

Le pasteur Bull et Charles Aycliffe étaient, eux aussi, partis pour la capitale, armés de chiffres et de détails circonstanciés pour faire entendre à la commission les plus affreuses des innombrables histoires de sévices imposés aux enfants dans les usines. Les députés entendirent relater par le menu les conditions de travail, les journées de quatorze et seize heures, les mutilations infligées par les machines, les conditions sanitaires défiant toute description, où hommes et femmes devaient satisfaire leurs besoins dans la plus répugnante promiscuité. Et ces horreurs avaient lieu dans un pays chrétien, l'un des plus riches et des plus civilisés de la terre ; cette inhumanité, elle triomphait sur un sol que je foulais, dans un air que je respirais. De même que Charles m'avait éveillée d'un mot et d'une pression de main, mon cœur et mes yeux s'ouvraient maintenant à la réalité où je baignais depuis mon enfance et dont je n'avais pas encore pris pleinement conscience.

Ce matin-là, pourtant, Charles ne m'avait rien dit de son voyage à Londres, de ses rencontres avec Michaël Sadler, le pasteur Bull et Richard Oastler, dont la parole sincère et chaleureuse remuait les foules. Il ne m'avait rien dit non plus des pitoyables déchets d'humanité qu'ils avaient convoyés à Londres pour témoigner devant la commission Sadler, ni comment ils étaient arrivés à les convaincre de parler, à apaiser leurs craintes des représailles exercées par leurs employeurs, ou plus simplement de la stupeur qu'avait dû leur causer ce voyage à Londres. Mais, s'il n'avait pas fait allusion à tout cela, je n'en comprenais pas moins pourquoi il espérait presque ne plus me voir : ce n'était pas tant à cause des dangers d'une aventure avec une femme mariée que parce qu'il n'y avait plus de place, dans sa vie, pour des sentiments personnels. Comme Hannah l'en accusait, il avait très probablement rejoint la campagne de Richard Oastler, au début pour contrer son père – et je le croyais volontiers quand il disait, comme il l'avait fait le soir du bal, qu'il souhaitait à certains moments pouvoir s'en retirer et se libérer complètement de ces soucis. Mais il n'en était plus capable, et je me demandais avec une tendresse attristée – peut-être un soupçon de jalousie – si ce n'était pas, finalement, dans ce combat pour une noble cause qu'il avait trouvé l'accomplissement de son rêve pour un amour profond et total, véritable don de soi.

Pour ma part, je n'avais encore rien fait ni rien dit dont je ne puisse me dégager. Je n'avais pas commis l'adultère et ne voyais même pas s'en dessiner l'éventualité, car l'explosion de passion débridée qu'il fallait pour sauter le pas était absolument contraire aux réflexes acquis par mon éducation, et il n'était pas plus question de le faire sur cette lande ouverte à tous les vents que dans le secret d'une mansarde du Tonneau rouge ou de quelque autre « garçonnière » : une telle dissimulation répugnait à ma nature. Ainsi, nous ne pouvions pas devenir amants, parce que l'occasion ne pouvait pas survenir, mais aussi parce qu'il y avait en moi un fond d'incrédulité ironique me faisant paraître l'idée presque risible. L'adultère, c'était bon pour les hommes, ou pour une femme comme Rosamonde Boulton, qui n'avait rien à perdre, pour une Estella Chase, peut-être, dont le sang aristocratique la poussait à mépriser les conventions. Notre feue reine Caroline avait abondamment pratiqué la luxure, et nombreuses étaient les jeunes ouvrières qui, plutôt que de subir le chômage et la misère, préféraient la prostitution. Mais rien de tout cela ne me concernait, et je ne le désirais même pas.

Par un effort d'imagination, j'ai essayé de me voir au lit – mais quel lit ? – avec Charles, de me rhabiller à la hâte dans quelque endroit inconnu, de rentrer furtivement chez moi, haletante et apeurée, après avoir tenté de brouiller ma piste sans que mes inquiétudes en soient apaisées, et je ne pouvais pas concevoir d'amour assez puissant pour résister à cette série d'accouplements furtifs et de détails sordides. Je savais, malgré tout, ne plus pouvoir envisager sans répugnance de sacrifier le seul amour, les seuls sentiments réels et profonds que la vie m'ait jamais offerts. Car j'avais droit, pensais-je, à une compensation, à un peu d'amour et de liberté que, plus tard, je pourrais revivre grâce à la mémoire. Je pouvais comprendre ainsi pourquoi je m'étais sentie suffoquée au chevet d'Emma-Jane, pourquoi j'avais frémi à la vue du berceau qui concrétisait la menace d'une douzaine d'enfants : ma propre fertilité me chargeait de chaînes, ce serait elle mon geôlier.

— Était-ce un joli bébé ? dit alors Mme Stevens, comme si elle avait deviné mes pensées.

Je me suis penchée vers elle, pour m'assurer de son attention, j'ai pris une mine de conspiratrice, comme si je m'apprêtais à lui faire confidence de détails croustillants sur les appétits sexuels de Bradley Hobhouse – dont on chuchotait qu'ils tenaient du prodige.

— C'est un très beau bébé, comme les autres d'ailleurs. Mais vous savez, ma chère Emmeline, plus j'y pense, moins je me sens prête à en avoir moi-même un autre.

Elle se troubla et manifesta un soudain intérêt pour les devantures et les passants :

— Euh, oui, bien sûr, ma chère petite... Mais il nous faut bien accepter ce que Dieu nous envoie.

— Le croyez-vous vraiment ?

— Bien sûr, bien sûr ! Nous savons que c'est une loterie, certaines d'entre nous mettent au monde un ravissant poupon tous les ans sans même y penser, alors que d'autres voient les années passer dans la stérilité...

— Voyons, Emmeline, comment pouvez-vous plaisanter sur un tel sujet ?

En usant ainsi de son prénom de manière inhabituelle, je lui faisais comprendre que je parlais sérieusement, malgré mon ton léger. Son regard me confirma qu'elle avait perçu l'avertissement et m'écoutait attentivement.

— S'agit-il vraiment d'une loterie ? ai-je poursuivi. Vous avez vécu dix ans avec mon grand-père, et avec d'autres hommes avant lui. Vous ne m'avez pourtant jamais donné l'impression d'une femme frappée de stérilité. Soyez franche, Emmeline, était-ce vraiment le seul effet du hasard ?

— Ma très chère enfant, répondit-elle en rosissant, ma situation n'a jamais été comparable à la vôtre. Je n'ai pas besoin de vous dire que la fertilité, vertu incomparable chez une épouse, est un grave défaut pour une maîtresse.

— Comme je le pensais, il y a donc un moyen de… faire quelque chose, n'est-ce pas ?

Elle me décocha un regard offusqué, où se mêlaient la crainte et l'incrédulité :

— Virginie ! Que… que me demandez-vous ?

— Rien de bien grave, ma chère Emmeline. Vous savez préparer des potions pour faire briller les cheveux, formuler des parfums, des élixirs fortifiants… J'ai déjà conçu quatre fois. N'y a-t-il donc aucun remède pour me donner un peu de répit ?

— Aucun de ces remèdes n'est infaillible. Et puis, ma chère petite, ne m'en veuillez pas, mais… un mari a droit à ses enfants. On peut même trouver criminel que son épouse l'en prive sciemment, d'ailleurs M. Hobhouse vous disait il y a un instant qu'il vous fallait encore des fils. M. Barforth n'y trouve sûrement rien à redire !

— Mais moi, si, Emmeline ! ai-je répondu en lui prenant le poignet pour la forcer à soutenir mon regard. C'est de mon corps qu'il s'agit, mon corps à moi. On parle avec légèreté des douleurs, du travail de l'enfantement, et il s'agit bien de souffrances et de dangers auxquels j'ai déjà été exposée quatre fois. N'ai-je pas le droit d'y échapper un peu ? Nous ne sommes pas toutes faites pareillement. Je suis incapable de passer tous les ans trois semaines au lit à me bourrer de pâtisseries, comme le fait Emma-Jane, de parler de mon prochain enfant alors que le précédent n'est pas même vieux d'un jour ! Il faut que vous m'aidiez, Emmeline, il le faut, comprenez-vous ?

— Oh ! mon Dieu ! mon Dieu ! Virginie... soupira-t-elle. Comment êtes-vous devenue si... dure ? Vous n'étiez pas ainsi.

— Je ne l'étais pas assez. Mais j'ai encore la tête sur les épaules, chère madame Stevens, et vous aussi. C'est pourquoi vous allez m'aider, car vous savez fort bien que vous ne pourrez pas faire autrement.

— Vous ressemblez à votre grand-père bien plus que je ne le croyais. Vous tenez à la fois de votre grand-père et de votre mère. Quel étrange mélange... Oui, bien sûr, je vous aiderai, Virginie. Je ferai comme il vous plaira. En avez-vous douté ?

Notre promenade s'acheva en silence, car nous avions toutes deux, je crois, ample matière à réflexion.

20

Tout, avais-je décidé, se terminerait avec la fin des beaux jours, quand les belles matinées ambrées d'octobre s'engloutiraient dans la pluie glacée et les brouillards de novembre, avant que le froid et la neige de décembre, le gel et la tristesse mouillée de janvier et de février ne nous chassent des solitudes de la lande. Au retour du printemps, Charles serait de nouveau absorbé par ses occupations au comité des Dix Heures, je serais peut-être enceinte de Joel – Mme Stevens m'avait promis son aide, sans certitude de réussite – et il m'aurait alors oubliée, ou aurait retrouvé la raison, et je serais moi-même hors d'état de lui rappeler ses serments. Mais avant la venue de la neige, je courais aussi souvent que je le pouvais vers les rochers de la Vieille Sarah, je lui permettais chaque fois de s'approcher un peu plus de moi, souhaitant être à lui tout entière ; quand il me disait : « Vous viendrez chez moi, Virginie, si, si, vous viendrez bientôt », je le croyais presque. Si j'avais souvent peur, je n'avais pas honte car, de nous trois, Joel était le seul à profitent pleinement de la vie.

Joel avait mal accueilli les résultats de l'enquête menée par la commission Sadler, mais ce n'était encore pour lui qu'un inconvénient, pas une menace.

— Laissons-les donc légiférer s'ils le veulent, ou plutôt s'ils le peuvent, car je doute que le Parlement, composé en majorité d'hommes d'affaires adoptant plus volontiers mon point de vue que celui de Richard Oastler, vote un jour leurs projets de loi. Même si leur texte est adopté, on trouvera toujours le moyen de passer au travers. Si j'ai chez moi un garçon ambitieux qui veuille travailler plus que la loi ne l'y autorise, qu'est-ce qui l'empêchera de passer dix heures à Lawcroft et d'aller faire quatre ou cinq heures de plus – autant qu'il lui plaira ou qu'il *me* plaira – à Low Cross ? Si Sadler y a sans doute songé, je ne vois pas comment il s'y prendra pour y mettre le holà. Et puis je ne fouette pas mes employés, moi, pas plus que mes chevaux ou ma femme, n'est-ce pas, Virginie ?

Là-dessus, il me pinça le menton et s'éloigna du même pas alerte, trop absorbé par son achat de l'usine Carter à Tarn Edge ou sa conquête d'Estella Chase pour s'étonner de mon intérêt soudain pour les lois sociales.

La loi des Dix heures – si elle devait jamais être votée – resterait donc lettre morte à Lawcroft et ne constituerait pour Joel qu'une entrave passagère, un obstacle que, comme tant d'autres, il saurait franchir ou contourner pour poursuivre son chemin. Pourtant, un soir d'octobre, il rentra à la maison, le visage assombri de fureur : j'avais beau avoir l'habitude de ses colères, je sentis instinctivement celle-ci différente des autres. Craignant cependant qu'elle n'ait pour objet mes rencontres avec Charles Aycliffe, je me suis forcée à aller ouvrir la porte de son cabinet de travail, qu'il venait de claquer avec une violence inouïe. Restée un moment hésitante sur le seuil, je me demandais si je n'avais pas présumé de mes forces et si je saurais résister à cet ouragan.

— Que se passe-t-il, Joel ? Quelque chose qui… qui ne va pas ?

— Bien sûr que non ! Qu'est-ce qui pourrait aller de travers dans des entreprises aussi parfaitement organisées que les miennes, hein ? Il y a eu le feu à Low Cross, tôt ce matin, dans un des vieux ateliers. C'est tout.

Je me suis immédiatement sentie infiniment soulagée.

— Ah ! bon. Était-ce un gros incendie ? S'est-il étendu ! Nous n'avons pourtant rien vu…

— Comment pouviez-vous y voir quelque chose, avec toute la brume qu'il y a par ici ? Les incendies sont monnaie courante. Le feu a été circonscrit. J'avais de toute façon prévu de raser cet atelier.

— Ce n'était donc pas grave ?

— Ai-je dit que ce l'était ? Non, ce n'était pas grave, ou du moins ce n'aurait pas dû l'être… s'il n'y avait pas eu une quinzaine d'enfants bloqués à l'intérieur.

— Quoi ? Oh non !

— Oh si ! Enfermés, devrais-je préciser. Et on n'a pas pu retrouver la clé.

Muette, la nausée au bord des lèvres, j'ai sursauté quand le poing de Joel s'abattit sur la table.

— C'est la faute d'Agbrigg, ce sinistre imbécile ! Il m'avait promis de rendre Low Cross rentable, et je reconnais qu'il y arrivait. Mais il y a des limites aux économies de main-d'œuvre ! Il a été ramasser Dieu sait où des fournées de gamines, des Irlandaises, de la marmaille des rues, que sais-je ? Je l'avais pourtant prévenu que je ne voulais pas de problèmes, rien dont cette ignoble feuille de chou de *L'Étoile* puisse s'emparer… Mais non, il s'est avisé de les enfermer pendant la nuit, pour leur bien disait-il, pour les empêcher d'aller traîner dans les rues ou de recevoir des hommes sur les balles de laine et autres imbécillités de ce genre ! Il voulait les garder pures et respectables, comme si c'était son métier de jouer les pasteurs ! Hier soir, il les a enfermées, avant de partir à je ne sais quel prêche ou autre mômerie à son temple, et il les laisse brûler ! Je me demande ce que les réformistes vont trouver à dire quand ils apprendront cela.

Je me suis laissée tomber sur un fauteuil devant le bureau, soudain glacée comme si le froid passait par la fenêtre fermée, et je n'ai pu réprimer un long frisson.

— Il s'agissait donc de filles ? Jeunes ?

— Oui. Douze ans, pour la plupart. Quatorze, pour d'autres. Je ne sais pas au juste.

— Y en avait-il de plus jeunes ?

— Agbrigg affirme que non, et je préfère le croire.

Il s'assit à son tour, en face de moi, prit dans la grosse boîte d'argent un cigare qu'il alluma lentement, en aspirant profondément la fumée. Je le voyais véritablement secoué, bouleversé malgré son refus de l'admettre ouvertement et son désir de ne laisser transparaître que de l'indifférence, comme Matthew Oldroyd, ou de la balourdise, comme Bradley Hobhouse. J'étais étonnée, troublée même, de constater qu'il était capable d'éprouver des sentiments profonds devant un tel drame ; malgré lui, cette tragédie prenait peu à peu une apparence humaine : chacune des quinze petites ouvrières anonymes étaient désormais dotée d'un jeune visage qui la rendait vulnérable et le touchait plus qu'il ne l'aurait voulu.

— Avaient-elles de la famille ? ai-je repris.

— On ne le sait pas encore, mais il va probablement en surgir de partout si je fais mine de porter la main à la poche, ce que je ferai de toute façon. J'ai déjà payé des indemnités, versé des pensions à des veuves et des orphelins, réglé des notes de médecins, ce qu'aucune loi ne m'obligeait à faire. Des gens comme les Hobhouse ne l'ont jamais fait de leur vie… Mais si je verse de l'argent, cette fois-ci, il se trouvera bien quelque canaille de *L'Étoile* pour s'emparer de l'affaire et parler de moi à Richard Oastler, affirmer que j'achète le silence des parents et la paix de ma conscience à bon compte… Si cette maudite loi passe un jour, on ne pourra pas inspecter toutes les usines du pays, non, on ne s'en prendra qu'aux noms déjà connus, on viendra nous harceler, fouiner dans nos affaires pour trouver de quoi nous traîner dans la boue. Et cela, je ne permettrai jamais qu'on me le fasse !

— Sont-elles toutes…

— … mortes ? Il y en a douze. Les trois autres ont été emmenées à l'infirmerie, mais il n'y a plus d'espoir.

— Grands dieux.

— Oui, grands dieux ! en effet… C'est un accident, Virginie, un accident comme nous en avons toujours connus, toujours vus, dans notre métier. Je suis pourtant mieux placé que tout le monde, dans ce domaine. J'ai deux fois plus d'employés que les Hobhouse et quatre fois moins d'accidents. Et voilà que maintenant j'ai quinze victimes d'un seul coup et au même endroit. Partout où il y a des machines, il y a des dangers, c'est fatal, c'est normal.

— Peut-être. Mais, mettre ensemble des machines et des enfants, c'est en effet…

— Qu'est-ce que cela veut dire ? explosa-t-il. Le moment est mal choisi pour me sermonner. Ce n'est pas moi qui ai inventé les machines. Je ne suis d'ailleurs pas capable d'inventer quoi que ce soit ; tout ce que je sais, c'est utiliser ce qui existe, faire naître un besoin nouveau, trouver comment le satisfaire en gagnant de l'argent et mettre en place un marché, c'est tout – et c'est déjà beaucoup. Si quelqu'un trouve à redire à mes méthodes et à mes raisons, il finira au cimetière. Quant à vous, si vous n'avez rien de mieux à faire qu'à rester assise là à me regarder comme une bête curieuse, allez-vous-en !

Cette brève flambée de colère avait sans doute suffi à vider le trop-plein car, me voyant rester assise, il reprit d'un ton radouci :

— Vous pourriez aller voir Agbrigg demain matin ; il réagit plutôt mal, d'autant plus affecté par cette histoire qu'il croit que je vais me servir de lui comme bouc émissaire.

— Le ferez-vous ?

— Probablement, mais je n'en vois pas encore l'utilité. Allez quand même lui parler, il en sera touché. Le pauvre diable a l'esprit porté sur la religion et autres sornettes, et j'ai bien été forcé de le croire quand il m'a affirmé qu'il avait enfermé ces malheureuses pour sauver leur âme du péché.

Pour me décharger le plus vite possible de cette mission peu réjouissante, je partis tôt le lendemain matin en compagnie de Hannah, plus que jamais débordante de bonnes intentions. Peut-être n'était-ce là qu'un tour de mon imagination – car les incendies et les accidents mortels étaient, en vérité, choses courantes : on n'y prêtait guère attention – mais il me semblait que les passants, toujours prompts à regarder avec envie les luxueux équipages, détournaient les yeux en me voyant. Bien avant d'atteindre Low Cross, j'étais décidée à ne pas remarquer l'atelier incendié ; pourtant dès le premier instant, il s'imposa à moi comme un gouffre de cauchemar qui vous happe inéluctablement.

Low Cross, où Hannah, Elinor et Joel étaient nés et avaient grandi, m'avait toujours déplu : c'était un endroit encaissé, à proximité d'eaux stagnantes, et beaucoup trop près du centre de la ville. Sa main-d'œuvre se recrutait principalement dans les taudis de Simon Street où les Irlandais s'entassaient à cinq ou six par lit. Dans ces parages, l'on s'assassinait dans l'ivresse du vendredi soir, les fièvres naissaient à la moindre vague de chaleur, et trop d'infortunés ne pouvaient survivre aux rigueurs de l'hiver. C'était là que les yeux vous piquaient sous la puanteur fétide des ordures et des égouts, des nappes nauséabondes qui montaient en lourdes volutes du canal : vapeurs assez corrosives, disait-on, pour noircir l'argent et même brûler les poumons. Simon Street et le réseau de venelles boueuses qui l'entourait, où pullulaient les chiens errants et les chats faméliques, où les enfants en haillons se battaient pour un croûton moisi, où vivaient les Agbrigg – et Charles Aycliffe – était un endroit où pas une femme respectable n'osait mettre le pied, pas même une Hannah bardée de sa vertu et armée de son panier d'aumônes. Aujourd'hui pourtant, le tintamarre habituel paraissait étouffé ; alors que nous franchissions les grilles de l'usine, je sentis l'hostilité de ce silence, de ces visages vidés de toute expression qui me conseillaient de faire tourner bride à mes chevaux repus et de disparaître.

Avec ses fenêtres toujours fermées, son salon bas de plafond et ses murs peints d'une vilaine couleur marron que Joel n'avait pas jugé bon de rafraîchir, la maison des Agbrigg était aussi lugubre que dans mes souvenirs. Pour eux, qui avaient élevé leurs onze enfants dans deux pièces au bas bout de Sheepgate, elle devait pourtant paraître comme le summum du confort et de l'espace. Les enfants, à vrai dire, n'étaient plus aussi nombreux, car la nature avait «charitablement» réduit leur nombre à cinq ou six, tous relativement bien constitués car la rapide promotion de leur père au service de Joel avait permis aux aînés de quitter l'usine avant d'être irrémédiablement déformés, et aux plus jeunes d'y échapper tout à fait. Ils n'en étaient pas moins pâles et chétifs, les os saillants, les yeux, très enfoncés, paraissant d'autant plus noirs qu'ils se détachaient sur une peau cireuse d'aspect maladif. Je les trouvais trop calmes et sages pour des enfants vraiment en bonne santé. En voyant la voiture franchir la grille, Agbrigg se précipita dans la cour pour nous accueillir ; son épouse, assise dans son salon marron obscurci par les rideaux tirés en signe de deuil, semblait en revanche incapable de faire un geste et de prononcer un mot.

Il se pencha pourtant vers elle et essaya, d'un ton suppliant, de la sortir de sa torpeur :

— Anne, nous avons de la visite. Mme Barforth est ici, et Mlle Barforth, la sœur du maître. Anne, Anne, ma chérie…

Elle ne put rien faire de mieux qu'un simulacre de sourire et un mouvement de ses yeux morts qui, semblables à deux taches sombres dans sa peau crayeuse, paraissaient incapables de voir. Son fils aîné, un garçonnet de douze ans, nous avança des chaises et nous proposa du thé.

Revoyant la maison de son enfance aux mains d'étrangers, et assistant au spectacle d'une détresse qui éveillait sa compassion, Hannah était agitée de sentiments contradictoires, et cela lui démangeait sans doute les doigts de remettre les choses comme il fallait, de démontrer à cette malheureuse l'erreur où elle semblait vivre.

— Non, non, ce n'est pas la peine ! répondit-elle péremptoirement à l'offre du jeune garçon. Mme Agbrigg n'est pas bien du tout, c'est évident, et cela n'a rien d'étonnant compte tenu des circonstances. Monsieur Agbrigg, votre femme n'est visiblement pas elle-même, aujourd'hui. Ne devrait-elle pas être au lit, plutôt qu'ici ?

— J'ai essayé, mademoiselle, répondit-il humblement. Le jeune Jonas a aussi tenté de faire entendre raison à sa mère, mais nous n'y sommes parvenus ni l'un ni l'autre.

— Depuis quand est-elle ainsi prostrée ?

— Tôt ce matin, mademoiselle. Elle a passé la nuit à l'infirmerie avec nos enfants, que nous y avions envoyés pour aider, et quand elle est rentrée, elle s'est assise comme vous la voyez et n'a plus dit un mot. Que faire, mesdames, que puis-je faire pour elle ?

Hannah se leva, visiblement partagée entre une sincère compassion et une impérieuse envie d'enquêter sur l'organisation domestique des Agbrigg, tout à fait déplorable à ses yeux.

— Laissez-la-moi, je m'en charge, si vous le voulez bien, car cela ne peut pas durer. Si elle est restée debout toute la nuit, il faut qu'elle se repose, et même si elle ne peut pas dormir, elle ne doit pas rester ici, exposée aux regards des curieux. Allons, venez, madame, nous allons vous aider à monter dans votre chambre. Votre fils – il s'appelle bien Jonas, n'est-ce pas ? – vous soutiendra avec moi, car je suis mieux placée que quiconque pour savoir que l'escalier est raide et sombre. Nous ne prendrons le thé que lorsque vous serez convenablement installée. M'entendez-vous, madame Agbrigg ?

— Anne, dit son mari d'un ton suppliant, Anne, lève-toi, va avec mademoiselle, je t'en prie...

Anne Agbrigg, qui, j'en étais sûre, n'avait dû entendre ces objurgations que de très loin et très confusément, se leva lentement, tant l'habitude d'obéir était forte même dans des circonstances aussi exceptionnelles ; la tête baissée, les mains croisées sur le ventre, dans l'attitude soumise d'une ouvrière attendant à la grille de l'usine, elle suivit Hannah du pas mécanique d'une somnambule.

J'étais fort mal à l'aise de me retrouver seule avec Ira Agbrigg car, en dépit du respect qu'il me témoignait, du strict costume sombre barré d'une chaîne de montre en or qui attestaient sa respectabilité, je sentais émaner de sa personne comme des ondes de bizarrerie désespérée, la même espèce de frénésie, d'avidité que j'avais ressentie chez les assassins de mon père et de mon frère, ce mélange inquiétant de fragilité et de férocité que j'avais trouvé à la fois si émouvant et si redoutable. Je ne savais presque rien de lui ; à mes yeux, il n'était resté qu'un visage et un nom : celui d'un petit ambitieux qui avait lié son sort à celui de Joel, aux appétits sans limites. On l'appelait «Monsieur» Agbrigg, désormais, on se découvrait sur son passage dans Simon Street. Il était devenu un membre de la communauté de Ramsden Street, un pilier de la chapelle et des bonnes œuvres de Hannah ; son fils Jonas, le jeune garçon au regard perçant que je venais de voir, allait à la même école que mon fils Blaise. Cet homme plein de ressources avait su se rendre indispensable à Joel, mais son parler rude lui fermait bien des portes et, selon Joel, il était affligé d'une femme qui l'empêchait de s'élever socialement.

— Voilà ce que c'est que de se marier trop jeune, avait commenté Joel. Il aurait dû attendre de trouver une femme capable de le suivre et de l'aider plutôt que de s'amouracher de la première petite ouvrière qui lui a fait de l'œil. Elle serait probablement plus heureuse dans l'un des clapiers de Simon Street d'où elle sort, et c'est vraiment dommage pour lui. À quoi bon se donner le mal qu'il se donne pour grimper les échelons et améliorer sa vie, quand elle, n'est même pas capable d'améliorer son allure ?

Je ne connaissais que trop bien la manière dont Joel aurait traité sa propre femme si elle s'était révélée incapable de suivre son mode de vie, et je m'attendais un peu à trouver la même impatience rancunière chez Ira Agbrigg ; aussi fus-je étonnée de le voir sincèrement préoccupé et rempli de compassion.

— Elle prend tout trop au tragique, me dit-il. Elle se fait du souci pour des choses qui n'en valent pas la peine et s'inquiète toujours, sans raison. C'est trop pour elle, voyez-vous. Nous avons perdu six de nos onze enfants, madame. Moi, je ne me plains pas, beaucoup de gens en ont perdu bien davantage, mais Anne en était profondément affectée chaque fois. Et maintenant, avec la tragédie de cette nuit, cela lui est revenu d'un seul coup, voyez-vous ? Elle prend le deuil des enfants qui sont morts ici cette nuit comme elle a pris le deuil des siens, sans pour cela m'en blâmer, car elle n'a jamais attribué ses malheurs à d'autres qu'elle-même. Pourtant, madame, j'ai bien des reproches à me faire, n'est-ce pas ?

— Voyons, monsieur, je ne crois pas… je ne vois pas ce qu'on pourrait vous reprocher, ai-je bafouillé sans vraiment savoir ce que j'en pensais.

Mais ce drame qui me liait la langue semblait le rendre loquace et il oublia, dans sa douleur et son désir de se justifier, l'humilité et la timidité qui le paralysaient d'habitude :

— Comprenez-vous pourquoi j'enfermais ces malheureuses ? me dit-il avec une exaltation croissante. Vous savez comment les choses se passent dans le quartier, Simon Street, Gower Street, Saint Street… Vous êtes une dame, mais vous êtes d'ici, vous savez sûrement ce qu'on raconte, qu'une maison sur deux, ou presque, est un lieu de débauche – et je n'ai malheureusement aucune raison de dire le contraire. Ces filles, elles n'étaient pas meilleures que les autres, vous savez. Pour elles, un shilling était une fortune ; si je n'y avais pas pris garde, elles auraient été le gagner de la seule manière qu'elles puissent et se seraient retrouvées malades, enceintes, des filles perdues… Vous auriez dû les voir quand elles sont arrivées ici, madame, une par une ou deux par deux, pas par pleines fournées comme dans le temps où les curés nous les expédiaient par cent à la fois. Maintenant, elles viennent d'elles-mêmes, au compte-gouttes. Il y en avait que leurs propres parents avaient jetées sur le trottoir, parfaitement, madame, parce qu'elles prenaient trop de place à la maison, ou parce que la mère avait un nouvel homme à nourrir et que la petite était assez jolie pour rapporter de l'argent. Il y avait aussi des orphelines qui fuyaient le dépôt de mendicité, d'autres qui étaient menacées de viol par leur propre père, quand il s'enivrait. Vous avez peut-être du mal à comprendre ces choses-là, madame, du mal à vous représenter ce que cela peut signifier que d'être sans famille, sans foyer, sans rien ; comment, à douze ans, on peut se retrouver seul au monde, avec pour tout compagnon l'agent de police, le contremaître ou un patron de maison close de Simon Street. Mais moi, voyez-vous, je comprends ces choses-là, oh oui ! je sais ce que c'est… Alors, je leur ai donné la permission de coucher dans le vieil atelier – sans le déduire de leur salaire, j'avoue, comme M. Barforth aurait sans doute voulu que je le fasse –, simplement pour qu'elles aient un toit au-dessus de leurs têtes. Quand je me suis aperçu qu'elles sortaient la nuit et faisaient du tapage dans la cour, je les ai enfermées à clé non pour les enchaîner à leur travail, comme on m'en accuse, mais pour les empêcher d'aller se débaucher dans les rues. Je voulais faire le bien, mais je sais qu'on ne me croira pas… Parce que, même si on ne va pas jusqu'à m'accuser d'assassinat, on va dire que j'avais moi-même de mauvaises intentions. C'est facile, vous savez, un homme comme moi, avec une femme toujours malade, et toutes ces jeunesses à portée de la main. On ne va pas se priver de clabauder sur son compte. Je ne suis pas aimé, par ici, et je le sais. Tous tant qu'ils sont, cela leur déplaît de voir un des leurs s'élever dans la vie. Ils ne sont pas jaloux des nobles parce que leur fortune leur est transmise par héritage, voyez-vous, sans travailler. Mais qu'un homme comme eux dépasse la moyenne, et ils le haïssent, ils ne comprennent pas comment il y arrive tandis qu'eux restent dans le ruisseau. Je ne suis pourtant pas vraiment un des leurs, si vous voulez la vérité…

Voyant mon regard étonné et comprenant que, d'après son accent, je l'avais pris pour un natif de la vallée de la Law, il secoua la tête avec un sourire timide :

— Eh non ! madame, je ne suis pas d'ici, sans toutefois pouvoir dire exactement d'où je viens. J'ai été amené avec une flopée d'orphelins, trop jeune pour même savoir mon âge, mon nom ou l'endroit où j'étais né. On m'a dit que j'étais un enfant trouvé, que ma mère m'avait abandonné sur le pas d'une porte – elle n'était peut-être pas plus âgée que les malheureuses gamines qui sont mortes hier soir. Comme tant d'autres, j'ai poussé dans les ateliers, madame. On y mangeait, on y couchait, on y travaillait, tout dans la même pièce et tous ensemble, garçons et filles, jusqu'à nos vingt et un ans. De la centaine d'enfants arrivés avec moi, à mon avis il n'en reste pas plus d'une douzaine en vie aujourd'hui, nous devons avoir dans les quarante ans, j'imagine. Je n'avais pas de nom : on m'a donc appelé Agbrigg, parce que c'était le village d'origine de mon contremaître ; je me suis dit plus tard que je ferais aussi bien d'avoir un prénom, comme tout le monde, et je me suis baptisé Ira, d'après un des Hobhouse, j'ai pensé que cela pourrait me porter chance. Et ç'a été le cas. Je n'ai jamais eu les jambes arquées ni les genoux déformés, comme presque tous mes compagnons ; si je porte encore les marques des coups de fouet sur mon dos, je ne suis pas bossu – je ne sais vraiment pas pourquoi. Et puis j'ai rencontré mon Anne, ce qui était bien la chance la plus merveilleuse qui puisse arriver à un homme, et j'ai pris à ce moment-là des résolutions solennelles. J'ai juré que nous ne mourrions pas de faim, que je la ferais sortir de l'atelier, que je lui donnerais un foyer décent qu'elle n'aurait plus jamais besoin de quitter pour travailler, j'y suis parvenu – et au-delà, même.

J'avais compris, voyez-vous, que pour réussir, il faut faire autre chose que de se plaindre et d'envier ceux qui ont plus d'argent que soi-même ; si je voulais acquérir quelque chose, il me fallait travailler. Alors, j'ai été m'instruire à l'École du dimanche, je me suis débarbouillé, et j'ai passé mes jours de repos à lire et à écrire au lieu d'aller au cabaret et aux combats de coqs comme mes camarades. Quand j'ai su lire, madame, j'ai été enfin libre. Ce que pouvaient faire les machines, les changements qu'elles pouvaient apporter dans la vie, je connaissais tout cela comme votre mari, madame, c'est pour cette raison que j'étais venu mettre votre mère au courant. Ce n'était pas de la trahison, une simple question de bon sens, parce que je savais qu'on ne peut pas barrer la route au progrès. Je le sais, je le savais déjà, vous le savez vous aussi, mais ils n'en savent toujours rien, les autres, là, dans la cour, et c'est impossible de le leur faire comprendre. Ils ne me voient que comme un traître, un hypocrite, un sournois, toujours à faire le sale travail pour plaire au patron. C'est dur à supporter pour mon Anne, vous savez. Moi, je m'en moque, mais elle n'a pas d'amies, voyez-vous. Les anciennes ne veulent plus la voir, elle ne s'en fait pas de nouvelles, et elle ne peut tout de même pas vivre dans l'isolement. Elle n'est pas très causante par nature, mais elle aime être entourée, être au courant de tout ; c'est dur, maintenant, de voir ses voisines détourner la tête dans la rue, c'est pénible pour elle et pour les enfants. Jonas, mon aîné, c'est un garçon qui promet, il travaille bien à l'école – M. Barforth m'a d'ailleurs promis une bonne place pour lui, ce dont je lui suis bien reconnaissant. Les filles, je peux me permettre de les garder à la maison pour aider leur mère, et elles n'auront jamais besoin d'aller gagner un sou en travaillant, je suis fier de le dire. Mais ils sont instruits, voyez-vous, et il leur arrive de parler devant leur mère de choses qui la dépassent, de choses qu'elle n'a jamais eu l'occasion de comprendre, et ils s'impatientent en la croyant lente d'esprit, surtout Jonas, qui est son préféré. C'est bien compréhensible qu'elle le prenne mal, vous comprenez, et que cela lui pèse…

— Y a-t-il quoi que ce soit que je puisse…

Il m'interrompit d'un geste, soudain conscient que j'étais la femme de Joel, son maître, et qu'il avait peut-être trop parlé :

— Non, non, madame, rien du tout, voyons, rien du tout… Votre visite nous a déjà beaucoup touchés, nous vous en sommes tous profondément reconnaissants. Mais vous n'allez pas partir sans prendre au moins une tasse de thé, madame… Si, si, c'est la moindre des choses.

Pour lui faire plaisir, sachant qu'il serait horriblement vexé de mon refus, je bus à petites gorgées le liquide pâle et insipide qu'il prépara laborieusement, tout en répétant d'un air convaincu des : « Délicieux ! » ou : « Très rafraîchissant ! ». Je finis par me sentir tout à fait ridicule.

— Cette femme a le devoir de réagir ! me déclara Hannah quand la voiture se fut éloignée. Avec cinq enfants à charge, elle ne peut pas se dorloter plus longtemps et s'écouter comme elle le fait. Tu ne le croiras pas, mais ils n'ont même pas une femme de ménage ! Te rends-tu compte ? Ils en ont pourtant les moyens, je sais ce que mon frère le paie, ils pourraient même engager une cuisinière, une femme de chambre et une fille de cuisine s'ils le voulaient. Mme Agbrigg n'a pas ouvert la bouche, mais le fils m'a beaucoup parlé, c'est un brave garçon, intelligent et sensé, ce jeune Jonas. D'après ce qu'il m'a dit, j'ai compris que sa mère veut faire tout le travail elle-même ; j'ai bien l'impression qu'elle a peur d'avoir des domestiques, car elle ne saurait pas comment s'y prendre. C'est vraiment inadmissible, si tu veux mon avis, d'abord parce que c'est indigne d'un homme dans la position de M. Agbrigg de ne pas avoir de serviteurs ; et puis elle serait plus heureuse elle-même d'être servie si elle voulait bien faire l'effort de s'adapter. Elle a l'impression de nuire à la carrière de son mari, ce qui est malheureusement exact, alors qu'il lui suffirait de s'affirmer un peu, de se persuader qu'une Mme Ira Agbrigg a de la valeur dans la société, de ne plus se laisser intimider comme elle le fait par l'opinion et les racontars de gens qui n'en valent pas la peine.

Hannah avait, comme à l'accoutumée, parfaitement raison, mais je ne pouvais pas m'empêcher de me demander si les remèdes qu'elle préconisait ne feraient pas plus de mal que de bien à la pauvre Anne Agbrigg.

Nous nous sommes ensuite rendues au dispensaire de Sheepgate, à l'indignation de Hannah, car les hôpitaux publics étaient généralement réservés aux prostituées et aux vagabonds, aux victimes de rixes d'estaminets et aux indigents ne pouvant pas se payer des soins à domicile. Ses protestations ne firent pas vaciller ma détermination. Trop impatiente pour attendre le retour du cocher que j'avais envoyé se renseigner à l'intérieur, j'ai sauté à terre et passé la porte de l'établissement, pour me trouver dans un vestibule sommairement meublé, semblable à celui d'une pension de famille.

Il y régnait une odeur douceâtre et déplaisante, la tristesse et la laideur d'un bâtiment public que nul ne songeait à décorer ou à embellir. Je m'attendais à y trouver une grande activité et à être immédiatement accueillie par quelque fonctionnaire venu s'enquérir de l'objet de ma visite, je fus surprise de me retrouver seule, à l'exception de deux jeunes gens accoudés à la rampe de l'escalier et peu visibles dans la pénombre : l'un, je l'ai reconnu au bout d'un instant, c'était Charles Aycliffe qui, d'un signe de tête plein de froideur, m'avertissait de garder mes distances.

J'aurais volontiers regagné la rue et ma voiture, tant cette rencontre me déplaisait en de telles circonstances, si son compagnon n'était accouru vers moi, l'allure fort excitée à ma vue :

— Votre conscience vous trouble donc, madame Barforth ? me lança-t-il avec insolence.

Il était plus petit que Charles mais plus râblé, musclé, hardi comme un coq de combat dont il avait la beauté tapageuse. Il me faisait l'effet d'un gitan affublé d'un élégant habit et d'un gilet trop richement orné : le genre d'homme à qui je n'aurais normalement jamais adressé la parole.

— Plaît-il ? ai-je dit froidement.

— Je parle de votre conscience, madame Barforth – ou peut-être de celle de votre mari. Vous voilà avec votre panier de friandises venue adoucir les derniers moments des agonisantes, n'est-ce pas ? But fort louable, mais vous arrivez trop tard, j'en ai peur. Elles sont déjà mortes, toutes les quinze, si bien qu'il ne vous reste qu'à leur acheter une pierre tombale, quelque chose de bien, avec une belle inscription ; ce serait la moindre des choses, vous ne croyez pas ?

— Assez, Mark, intervint Charles sans élever la voix. Nous ne faisons pas campagne contre les femmes.

Mais l'inconnu – sans doute le Mark Corey de *L'Étoile de Cullingford* – était encore bouleversé par l'horrible spectacle des cadavres, et avait trop besoin de s'en prendre à la première personne venue, pour écouter son ami.

— Vraiment ? s'écria-t-il avec violence. Celle-ci est bien la femme de Joel Barforth, si je ne me trompe. Veux-tu me dire si elle a jamais trouvé à redire au luxe qu'il lui offre avec son argent ensanglanté ? Peut-on être innocente, ou simplement honnête, quand on vit avec un homme qui ramasse des fillettes de douze ans dans la rue, les enferme dans un atelier et en jette la clé avant d'y mettre le feu ? Mais peut-être n'a-t-elle encore jamais eu l'occasion d'y réfléchir, Charles ; c'est pourquoi tu vas lui demander, dans ton article de demain, ce qu'elles en pensent, elle et ses semblables, et nous verrons bien si elles ont une réponse…

— Du calme, Mark, du calme, mon vieux, l'interrompit Charles en le voyant prêt à fondre en larmes.

Ils s'étreignirent la main, se rapprochèrent, formant une sorte de bloc de compréhension mutuelle, d'intimité d'où je me sentais exclue ; leur inébranlable certitude d'avoir raison défiait mon esprit féminin, pour qui le bien et le mal, la vérité et l'erreur n'existaient que par fragments éparpillés ici et là.

— Je vous raccompagne à votre voiture, me dit Charles.

Il donna une dernière pression de main rassurante à Mark Corey et traversa le vestibule à la hâte, comme s'il fuyait, si bien que je ne pus lui dire un mot et arrivais à me demander si je pourrais jamais lui adresser de nouveau la parole.

Quand les chevaux nous eurent emportées au grand trot, loin de la foule en châle qui se pressait silencieusement à la porte du dispensaire, Hannah eut un ricanement de triomphe :

— Je t'avais prévenue ! Tu es contente de t'être fait insulter par cet individu – non, je ne parle pas de Charles Aycliffe, que nous ne connaissons malheureusement que trop bien –, par ce Mark Corey, qui se prétend rédacteur en chef de *L'Étoile*, cette ignoble feuille de chou. Je me demande d'ailleurs où il a pris l'audace de s'appeler Corey, car même s'il était vraiment le fils naturel du colonel, ce qui n'est pas prouvé, cela ne lui donne pas le droit d'en porter le nom. Quoi qu'il en soit, il a trouvé quelqu'un pour lui payer des études, il a même été à l'école avec Charles Aycliffe avant qu'on essaie d'en faire un homme d'Église – ce qui était voué à l'échec, quand on connaît sa nature. Naturellement, il est allé chercher ses idées révolutionnaires en France, et depuis il n'a pas cessé de nous persécuter à travers cet abominable torchon qu'il ose appeler un journal. C'est Morgan Aycliffe qui m'a appris tous ces détails.

— Tu sais tant de choses, Hannah…

— Je ne suis pas une imbécile, déclara-t-elle avec vigueur. Je puis te dire pourquoi Mark Corey et Charles Aycliffe se trouvaient au dispensaire : ils comptent écrire des articles sur l'incendie. Ils ne vont pas s'en prendre à Ira Agbrigg, car un homme comme lui ne compte pas, mais ils sont trop contents d'avoir enfin trouvé de quoi s'attaquer à Joel : que ce soit vrai ou non, c'est le cadet de leurs soucis. Il faut absolument prévenir Joel de ce qui s'est passé ; et lui dire que Mark Corey t'a insultée, afin qu'il prenne les mesures qui s'imposent, pour que les gens comprennent bien qu'ils ont affaire à un menteur et à une brute, et non à l'archange vengeur et au champion du bon droit pour lequel il veut se faire passer. As-tu bien compris, Virginie ?

Mais quand nous sommes arrivées à la maison, où Joel nous attendait exceptionnellement à cette heure-là pour me demander comment s'était passée notre visite, j'ai pour la première fois cherché refuge dans ma faiblesse féminine en répondant d'une voix languissante :

— Je ne me sens pas bien, Joel. La chaleur et la poussière m'ont donné une affreuse migraine, je ferais mieux de m'étendre. Hannah vous racontera tout cela bien mieux que moi.

21

Le numéro de *L'Étoile de Cullingford* parut deux ou trois jours plus tard ; c'était une feuille de piètre apparence, imprimée sur un papier grossier, et radicalement différente du *Courrier* de M. Roundwood, qui nous apprenait les nouvelles auxquelles nous prenions plaisir, telles que les progrès de la campagne électorale de Morgan Aycliffe, ou le brillant succès remporté par notre bal de gala.

Le *Courrier* avait, bien entendu, présenté l'incendie de Low Cross comme un tragique accident, et ne s'était pas indûment étendu – dans une région où les incendies d'usines étaient fréquents – sur des détails inutiles comme la perte des clés, le nombre d'occupants dans l'atelier au moment du sinistre ou la raison pour laquelle les portes étaient bouclées. *L'Étoile*, en revanche, ne se contentait pas de soulever des hypothèses invérifiables – comme nous avons pu nous en assurer, car une main charitable en avait glissé un exemplaire sous notre porte –, mais assenait des accusations et traçait, d'une plume trempée dans l'acide, le portrait d'un homme si brutal envers ses semblables et si totalement dépourvu d'humanité que les cheveux du lecteur ne pouvaient que se dresser sur sa tête.

On n'avait encore trouvé aucun des parents ou des proches des malheureuses victimes, et il n'existait aucune trace écrite de leurs noms et de leurs âges. Qui étaient donc ces martyres inconnues ? En existait-il d'autres, enchaînées quelque part dans les liens d'un esclavage plus immonde que celui d'une plantation des Antilles ou des Amériques ? Combien de jeunes filles des quartiers pauvres avaient disparu sans laisser de traces, depuis ces derniers temps ? Des douzaines, des centaines peut-être, en captivité dans quelque lieu caché ? Était-ce ainsi que les hommes d'affaires faisaient leurs profits ? Était-ce ainsi qu'un industriel bien connu avait trouvé le moyen d'amasser ses millions ? Avait-il décidé un beau soir, après avoir vidé un magnum de champagne, de se dispenser une fois pour toutes de payer des salaires de famine en supprimant sa main-d'œuvre inutile ? Suivait un portrait, par petites touches à faire frémir, d'Ira Agbrigg rôdant la nuit, comme un vampire, dans les ruelles avoisinant Simon Street pour fondre sur les vagabondes, les enfants perdus, les agneaux séparés du troupeau qu'il enfermait dans les geôles de Low Cross pour les faire travailler jusqu'à ce que mort s'ensuive.

— Tu vas les poursuivre en justice, j'espère ! dit Hannah.

Elle tendit le journal à Joel en grimaçant de dégoût comme si elle tenait la queue d'un rat crevé. Il prit les feuillets, les replia soigneusement, les mit dans sa poche et sourit :

— Je ne le pense pas, et je ne les attaquerai sûrement pas directement. Car, si je les pousse à la faillite, je passerai pour un Néron martyrisant d'innocents chrétiens, et comme toute cause a besoin de martyrs pour croître et prospérer, je ne me vois pas leur rendre ce service. Pas de cette façon-là, du moins.

— Tu ne peux quand même pas les laisser continuer leurs honteuses calomnies !

— Je n'ai rien dit de tel, je crois... Comment se porte ma femme, ce matin ? poursuivit-il en se tournant vers moi. Toujours la migraine ? Vous feriez bien de ne pas tomber malade en ce moment, ma chère – à moins que vous ne soyez enceinte, ce qui serait une bonne raison –, car nous devons aller demain aux funérailles ; si vous ne vous y montrez pas, il se trouvera encore quelque imbécile pour clamer sur les toits que je vous enferme à la cave.

À travers son sourire satisfait, j'eus une vision fugitive de Rosamonde Boulton dans sa vitrine, comme un objet précieux, et d'Estella Chase, en tenue d'amazone et sa cravache sous le bras : je devinais les raisons de sa bonne humeur.

Ce matin-là, ma vieille chienne n'avait pas envie de marcher, elle semblait préférer la chaleur douillette du coin du feu aux premiers froids de l'hiver, mais le plus jeune, débordant d'impatience, partit en courant sur le chemin de la Vieille Sarah, qu'il connaissait désormais par cœur. L'air était chargé d'une petite bruine, le ciel était d'un gris clair assombri par endroits de nuages effilochés et plus sombres, la terre était si gorgée d'eau que l'ourlet de ma robe en fut bientôt trempé ; ma démarche devint lente, hésitante, et mon humeur aussi noire que le sol dénudé par les intempéries. À la vue de Charles, qui m'attendait à l'endroit habituel, les mots de Mark Corey me sonnèrent aux oreilles : « Peut-elle être innocente, ou simplement honnête… » Mais je savais cette question sans réponse : jamais dans la vie, rien n'était si simple, si tranché.

— Alors ? me dit-il. Vous me regardez bizarrement. Vous avez lu *L'Étoile*, n'est-ce pas ? Va-t-il intenter un procès ?

— Non.

— Je m'en doutais. M'en voulez-vous ?

— En ai-je l'air ?

Il rejeta sa cape en arrière et me tendit ses bras ouverts, son cœur offert en ce geste qui m'émouvait toujours et m'attirait irrésistiblement vers lui, comme si je me replongeais dans la source même de ma vie.

— Virginie, Virginie, murmura-t-il. Pardonnez-moi ce qui s'est passé au dispensaire. Je suis navré que Mark vous ait parlé comme il l'a fait, mais il ne vous connaît pas plus que vous ne le connaissez, et c'est fort dommage, car vous vous apprécieriez sans doute beaucoup.

— Croyez-vous ? Comment pourrait-il m'estimer, après que j'ai passé ma vie à me gorger d'un argent taché de sang ?

J'ignorais pourquoi je lui avais parlé si durement, quand la seule chose que je ne pouvais, que je ne voulais pas supporter était que nous nous disputions.

— Ne dites pas cela, répondit-il sèchement. Mark Corey peut déplaire, au premier abord, mais il a des émotions puissantes et sincères, et il ne se contrôlait plus après l'horreur que nous venions de voir. Je n'en suis pas remis moi-même, Virginie ; c'est pour être sûr qu'une telle abomination ne se reproduira plus jamais que j'ai éprouvé le besoin, moi aussi, d'exprimer ce que je sentais et de frapper ceux que je tiens pour responsables. Pouvez-vous m'en vouloir ? Je sais, et je l'admets volontiers, avoir délibérément exagéré mon article, avoir joué sans scrupules sur les sentiments des lecteurs et m'en être pris avec une violence excessive à un homme que je déteste pour des raisons personnelles qui n'ont rien à voir dans cette affaire. Mais je n'ai pas menti sur le fond ; si vous aviez vu ces malheureuses comme je les ai vues, vous me comprendriez. Nous devons maintenant vider cette querelle entre nous, Virginie, car ce ne peut pas être la fin de notre… amitié. Je sais trop bien dans quelle position fausse vous vous trouvez, mais je ne pourrais pas supporter – et je vous le dis avec force – que vous preniez la défense de cet homme.

Je me suis dégagée de son étreinte, m'éloignant de quelques pas, tout en sachant combien il me serait facile de lui offrir mon soutien total et inconditionnel, de lui dire : « Oui, Charles, dites tout ce que vous voulez, prenez toutes les atrocités qui se commettent, grossissez-les au besoin, car la fin justifie les moyens. » Je ne me serais pas même menti à moi-même. Pour protéger ces enfants, il fallait trouver un moyen, n'importe lequel, de leur assurer une enfance normale, de leur garantir un abri, le temps et l'espace pour grandir puis, une fois l'enfance terminée, une chance de vivre avec dignité. Mais n'était-ce pas trop facile pour lui de canaliser toute sa haine sur Joel et d'autres à son image, de se persuader qu'il suffisait de l'abattre ou de le museler pour résoudre tous les problèmes et toutes les injustices ? En fait, étions-nous capables de reconnaître les véritables oppresseurs, n'en faisions-nous pas nous-mêmes partie, chacun à notre manière, par notre entêtement à ne voir que notre point de vue et à croire détenir la vérité absolue ? Les hasards de la naissance avaient fait de Mark Corey un radical et de Joel Barforth un industriel, comme ils auraient pu inverser les rôles de Jabez Gott et de mon grand-père. Et combien y en avait-il en ce moment, là, dans les usines, à vouloir bien lever le petit doigt pour aider leurs semblables, une fois satisfaits leurs besoins immédiats ? Bien peu, sans doute… Cela ne justifiait ni ne résolvait rien, certes ; ces incessantes contradictions de la nature humaine formaient un véritable labyrinthe, où le bien et le mal s'enchevêtraient si complètement que je m'y perdais. Je savais quand même une chose avec certitude : notre salut ne peut venir que de nous-même, d'une lente maturation de nos âmes timorées et trop souvent attardées dans l'égoïsme de l'enfance. Mais, impuissante à découvrir le moyen universel de changer l'âme et la nature des hommes – existait-il ce moyen miraculeux ? –, je me suis demandé pourquoi je ne pouvais pas me contenter d'un petit mensonge facile et innocent qui réglerait entre nous et pour nous seuls ce problème insoluble, de sorte que nous puissions ne plus penser qu'à nous-mêmes.

— Je ne cherche pas d'excuses, ai-je dit. Mais je connais au moins une personne qui a vu ces malheureuses filles, qui a passé sa nuit à les veiller jusqu'à leur mort et qui, depuis, n'a plus été capable de prononcer trois mots.

— Voulez-vous parler de Mme Agbrigg ?

— Oui. Je ne crois pas qu'elle sache lire, mais son fils a appris et, s'il ne lui fait pas la lecture de votre article, vous pouvez être certain que quelqu'un d'autre s'en chargera.

— Je sais, je l'ai rencontrée là-bas. Mais je ne peux pas me permettre d'éprouver de la pitié pour elle,

Virginie. C'est une brave femme, j'en conviens, mais parce que son mari a fermé cette porte à clé, des enfants sont morts. C'est aussi simple que cela…

— Non, Charles ! Rien ne peut jamais être aussi simple, pas pour moi, du moins. À votre place j'essaierais au moins de savoir pourquoi il a fermé cette porte. À moi, il a dit que c'était pour les empêcher de traîner dans les rues ; je ne sais pas s'il a eu tort ou raison – car de toute façon elles n'auraient pas dû coucher là –, je suis cependant persuadée qu'il a cru bien faire.

— Agbrigg ? Grands dieux, Virginie, comment Agbrigg pourrait-il bien faire ? Cet homme est à lui tout seul une calamité ! Il est universellement détesté à Low Cross et dans tout le quartier !

— Uniquement parce qu'il est proche de Joel et qu'on déteste Joel.

— C'est exactement ce que je voulais dire.

Je compris alors qu'il n'était plus question de Low Cross ou des campagnes du journal mais du symbolique triangle que nous formions, dont les pointes acérées menaçaient de nous déchirer.

— Assez, Virginie, reprit Charles. Je ne veux pas vous entendre prendre son parti.

Il était devenu pâle de colère et de jalousie, de même que je me sentais pâlir de frayeur. Pourtant, au lieu de me jeter dans ses bras en jurant que je haïssais Joel aussi cordialement que ses employés de Low Cross – comme Charles voulait me l'entendre dire, et comme j'en avais moi-même envie –, j'ai répondu calmement :

— Je ne le défends pas. Je connais Joel depuis toujours, il est mon cousin, et je sais ce qu'il est. Ce serait d'ailleurs inutile de le défendre, car il se moque de ce qu'on pense de lui.

— Il se moque peut-être de ce que pensent les hommes, mais s'il s'agit des femmes… Vous savez qu'il vous trompe, n'est-ce pas ?

— Assez, Charles !

— Pourquoi me taire ? Vous êtes au courant de sa liaison avec Rosamonde Boulton, et Estella Chase est récemment devenue sa maîtresse, elle aussi, comme me l'a appris Mark Corey qui, après tout, doit le savoir, puisqu'il est son demi-frère !

— Je sais tout cela, et ça m'est égal.

— Pas à moi, Virginie. Parce que vous aussi, vous faites partie de son harem…

Il cacha brièvement son visage dans ses mains et eut un violent frisson, un geste d'une inexprimable détresse qui balaya toutes mes réticences et me jeta dans ses bras.

— Eh bien ! me voilà jaloux… dit-il avec un sourire. Je me croyais au-dessus de cela, mais je ne le suis pas, il est plutôt pénible de l'admettre. Qu'allez-vous faire pour moi, Virginie ?

Je me suis serrée plus fort contre lui et il a ri, comme pour ne pas dramatiser ce que nous savions tous deux être le plus important dans notre vie.

— Je vais vous dire quoi faire, reprit-il. Vous pouvez venir chez moi, dans ma mansarde du Tonneau rouge, et partager mes cinquante livres par an. Cela vous conviendrait-il ?

— D'une certaine manière, oui.

— Ou bien nous pourrions aller nous installer à Londres où je chercherais un emploi, car je suis encore un architecte d'un certain talent et capable de gagner sa vie. Il me serait facile d'avoir un train de maison, une voiture, des domestiques, retrouver tous les agréments auxquels nous avons tous deux été habitués. Vous passeriez vos journées à m'attendre et vous me répondriez : « Oui, mon ami », « Bien sûr, mon cher mari », comme ma mère et la vôtre l'ont fait toute leur vie. Nous serions bouleversés de joie quand Mme Unetelle aurait laissé sa carte, ou désespérés si elle ne le faisait pas. Cette vie-là vous irait-elle mieux ?

— Elle ne vous conviendrait pas du tout.

— Non, sans doute, et je ne crois même pas être doué pour la mener. Je me suis souvent demandé si je deviendrais invivable, comme mon père, dans une vie où je ne serais pas à l'aise. Je lui ressemble peut-être assez pour finir comme lui, qui sait ? Alors, Virginie, qu'allons-nous faire ?

Qu'allions-nous faire, en effet ? Les nuages s'amoncelaient dans le ciel, un vent glacé courbait les herbes rares, l'air du matin promettait encore une journée maussade, pluvieuse, prélude à un hiver froid et triste. Alors, sentant la détresse dont il débordait, devinant ce qu'il essayait d'exprimer sans en trouver la force, j'ai voulu lui prouver mon amour en le disant à sa place :

— Nous ne devrions peut-être plus nous revoir, au moins pour un temps.

— Ce n'est pas ce que je vous ai demandé, Virginie.

— Si, Charles, d'une certaine manière. Il y a encore trop de choses qui nous séparent, et je crois que vous avez peur de me trouver plus Barforth que vous ne l'imaginiez – ou que je le devienne par la force des circonstances. Je crois que vous avez peur que je vous écarte du chemin que vous vous êtes choisi –, et vous avez sans doute raison de le craindre.

Il se laissa lourdement aller contre le rocher, et je me sentais moi-même tout à coup vidée de mes forces, avec un grand poids sur le front et une sorte de vertige à la pensée que moi, si peu brave, j'avais trouvé le courage de parler comme je venais de le faire.

— Que votre regard est clairvoyant, Virginie, il me fait paraître bien petit... Je ne suis pas plus raisonnable qu'un autre, vous savez. Je me doutais que mon article vous déplairait, malgré cela j'avais envie de vous entendre dire que vous le trouviez remarquable. Même au prix d'un mensonge, j'avais besoin de vous sentir inconditionnellement derrière moi, de devenir l'objet d'une dévotion exclusive que je suis incapable de donner... J'ai enfin trouvé un sens à ma vie, et je ne peux plus m'en arracher. Je suis pitoyable, Virginie, car je n'ai même pas la force de vous dire adieu.

Pour faire diversion à ma prière muette, mon chien revint en courant à ce moment-là, me sauta joyeusement dessus, et faillit me renverser en posant ses pattes boueuses sur mes épaules.

— Bas les pattes, vilaine bête, tu es tout trempé ! Je ferais mieux de rentrer tout de suite, Charles. Il va pleuvoir d'une minute à l'autre, et Mme Stevens est capable d'envoyer la voiture me chercher.

— Bien sûr… Mais, Virginie…

— Non, Charles, non !

J'avais crié pour moi plus que pour lui, pour l'empêcher de me retenir, pour fermer mes oreilles à ses paroles, tant je voulais que nous nous séparions en nous aimant encore. Je lui ai aussitôt tourné le dos et je me suis enfuie sans regarder derrière moi, m'apercevant, alors que j'étais déjà loin, que le chien ne m'avait pas suivie, ce qui ne me fit pas ralentir ma course. Il saura retrouver son chemin, ai-je pensé machinalement. Je comprenais, ce jour-là, combien il est parfois utile, nécessaire même, de jouer les malades, de s'enfermer pour survivre derrière des rideaux clos, de s'enfouir sous ses draps comme dans un linceul et de rester immobile, coupé de tout, intouchable, jusqu'à ce qu'on puisse regarder de nouveau la lumière du jour en face.

Il fallut assister aux obsèques des victimes, quinze petits cercueils sans ornements, une foule de silhouettes silencieuses faisant la haie jusqu'à l'église et remplissant la nef ; à travers cette monstrueuse vague prête à m'engloutir, j'ai dû me frayer un chemin jusqu'à mon banc du premier rang. Leur seule arme fut le silence et, à la fin du bref service religieux, je vis chaque visage se détourner sur mon passage.

Hannah était venue ainsi que les Agbrigg – Anne Agbrigg invisible sous d'épais voiles de deuil. Mark Corey, debout près de la porte, décocha à Joel un regard chargé de haine et de mépris, auquel ce dernier répondit par un coup de chapeau. Personne, pas même le bouillant redresseur de torts, ne put cependant critiquer l'attitude des familles, apparues comme par enchantement, qui avaient assisté à la cérémonie calmement et dignement, sans élever la moindre plainte ; tout, finalement, se serait bien passé si Mme Agbrigg ne s'était soudain évanouie avant de remonter en voiture, se laissant glisser à terre comme une écharpe emportée par le vent.

— Je savais bien que c'en serait trop pour elle, déclara Hannah tandis que nous rentrions. M. Agbrigg m'a dit qu'elle ne voulait pas le laisser subir seul cette épreuve, ce qui est peut-être louable, mais il est infiniment regrettable qu'elle n'ait pas été capable de rester debout. Cela peut donner une fausse impression de ce qu'elle pense et faire plus de mal que de bien à son mari.

Là-dessus, elle agita impatiemment la sonnette pour qu'on serve le thé. Le même soir, nous apprîmes que ce n'étaient pas les remords qui avaient affecté Mme Agbrigg, mais une fièvre contractée, croyait-on, au dispensaire où elle avait veillé les moribondes.

Hannah sut immédiatement de quoi il s'agissait :

— Ce soir-là, en effet, ils avaient admis une vagabonde, une Irlandaise venue de Dieu sait où, crasseuse à faire peur ; elle se plaignait de vertiges, et ils l'ont laissée partir, à moins qu'elle ne se soit enfuie, laissant sa fièvre en souvenir de son passage. J'espère que cette pauvre Mme Agbrigg vaincra le mal. J'ai envoyé Marthe-Ellen voir s'ils n'ont pas besoin de linge ou de remèdes, car les filles Agbrigg sont encore trop jeunes pour comprendre les instructions du médecin, et il n'y a personne d'autre chez eux. Marthe-Ellen leur a aussi porté de la soupe, et je pense que tu ne verras pas d'inconvénient, ma chère Virginie, à ce qu'elle y aille tous les jours, car je me demande si ces pauvres gens sont capables de s'en sortir seuls.

Dès la fin de la semaine, ce fut au tour de Marthe-Ellen de s'aliter, tour à tour brûlante de fièvre et frissonnante de froid, la tête déchirée par des griffes de fer, me disait-elle, et une lame de couteau plantée dans la poitrine.

Cette fièvre mystérieuse n'eut jamais de nom. Nous avions eu des attaques du choléra et du typhus, sans parler des épidémies saisonnières de diphtérie et de varicelle ; nous savions tous reconnaître les symptômes de la phtisie, qui consumait tant de femmes de tous les milieux, et la toux déchirante qui étouffait nos bébés avant de les emporter. Mais il restait nombre de maladies qui venaient exercer leurs ravages, nous clouaient au lit plus ou moins longtemps, nous faisaient plus ou moins souffrir avant de disparaître aussi soudainement qu'elles étaient apparues et que, faute de leur donner un nom, nous appelions des fièvres : c'était le cas de celle-ci. Elle frappa d'abord les Agbrigg et les taudis surpeuplés de Simon Street, où la vie et la mort étaient une question de résistance physique car le médecin n'intervenait que rarement ; elle passa ensuite à Marthe-Ellen, qui apporta les germes de la maladie chez moi, puis à Lucy Oldroyd, à une fille d'Elinor et à trois enfants d'Emma-Jane ; elle terrassa le révérend Brand, deux jours couché seul chez lui jusqu'à ce que Hannah le soigne ; enfin, un matin, Mme Paget, la gouvernante des enfants, m'appela en toute hâte au chevet de Nicolas.

Il rejetait impatiemment ses couvertures, rouge de fièvre autant que de colère, et me dit simplement qu'il avait mal. L'après-midi, sa température baissa, il exigea de manger et de jouer et devenait tyrannique, alors que Blaise, à son tour, avait les joues en feu et frissonnait de froid, bien que sa peau fût brûlante au toucher.

— Il est inutile de trop vous alarmer, me dit le docteur. Cet enfant est si robuste qu'il aura vite fait de surmonter le mal. Ce n'est pas le cas, bien entendu, des mères qui allaitent, des nouveau-nés, des vieillards et des gens de faible constitution, mais un petit Hercule comme celui-ci s'en sortira le mieux du monde. Humectez-lui les lèvres si vous ne pouvez pas le faire boire, gardez-le bien au chaud et priez. Pour le moment, il n'y a rien de mieux à faire.

J'avais compris qu'il n'y avait pas de remède à cette maladie, à laquelle certains survivraient et d'autres non ; il ne me restait plus qu'à attendre. Assise au chevet du lit, les mains jointes pour ne pas trembler, je suis restée là, à attendre parfois seule, parfois avec Hannah, jusqu'à la fin de cette journée, toute la nuit suivante et toute la journée du lendemain, soucieuse de le faire boire jusqu'à l'obsession, en serrant par moments contre moi ce petit corps douloureux, affolée par la fièvre qui le dévorait, lui rendait les yeux vitreux et lui creusait les joues.

— Il faut qu'il transpire, qu'il boive et qu'il transpire, me répétait Hannah.

Elle le savait, car elle avait soigné Marthe-Ellen et le révérend Brand, mais j'ai fini par repousser ses mains expertes et bien intentionnées en lui déclarant que j'étais capable de m'occuper seule de mon fils. Elle en fut profondément blessée et, plus encore, inquiète, car, à ses yeux, j'étais incapable de prendre soin du fils de son frère. Mais, comme Joel était à Manchester et ignorait tout de la maladie de Blaise, elle ne pouvait aller à l'encontre de ma décision.

— Je viendrai toutes les heures voir si tu as besoin de moi, me dit-elle avec aigreur, car il faudra bien que tu finisses par dormir, Virginie. Ton dévouement est louable, mais tu ne fais preuve d'aucun bon sens. Cet enfant est dans un état grave, et tu n'as aucune expérience des soins à donner aux malades.

Elle avait sans doute raison, comme toujours ou presque, mais la peur me rendait obstinée et je ne voulais pas qu'on me contrarie.

Au cours de la nuit suivante, me réveillant en sursaut d'un bref assoupissement, je fus d'abord bouleversée de joie à la vue de fines gouttelettes de sueur sur le front de Blaise, puis aussitôt plongée dans une intense frayeur en constatant qu'il avait le corps ruisselant comme une chandelle qui fond. Je suivis les prescriptions du docteur : je l'ai épongé et changé, je lui ai frictionné le front à l'eau de Cologne, humecté les lèvres et, à bout de remèdes, je me suis agenouillée pour prier. Mais mes conversations avec Dieu avaient toujours revêtu un caractère de froideur conventionnelle, et ma douleur tarissait la source de mon inspiration.

Je savais que peu de mères pouvaient espérer élever tous leurs enfants. Ma propre mère en avait enterré six, Joel avait eu deux frères aînés et une ribambelle de sœurs, Emma-Jane Hobhouse était la seule survivante de cinq enfants et j'avais, moi-même, assisté pendant toute mon enfance aux obsèques de camarades de jeu emportées par la rougeole, la typhoïde ou d'autres maladies anonymes. Mon tour était venu, semblait-il, et je n'arrivais pas à m'y résigner.

Cet enfant, mon fils, je l'aimais depuis sept ans, d'abord comme une sorte de prolongement de moi-même, puis pour lui-même : en tant que Blaise Barforth, un être unique, impossible à reproduire. Maintenant, j'étais là à le regarder baigner dans les flots de cette épouvantable sueur froide, et je me sentis frappée par l'horreur de sa perte, coup mortel dont je savais ne jamais guérir. J'avais perdu mon père et mon frère, je les avais vus abattus sous mes yeux, perdant leur sang, mais la douleur alors ressentie était sans commune mesure avec celle que j'éprouvais en ce moment. Je savais que je devrais vivre avec le souvenir de sa mort, si terrible soit-il. Mais là, aveuglée, affolée par une irrépressible panique, j'étais prête à tout, à me tuer si ma vie avait pu ranimer mon fils. J'étais incapable de subir cette perte, de survivre dans un monde où je ne verrais plus son sourire malicieux, où je ne sentirais plus sa foi inébranlable – malgré mes démonstrations d'affection pour son frère – dans le fait que c'était lui que j'aimais le mieux, comme je l'aimais en ce moment.

Je me suis entendue dire (n'étaient-ce que mes pensées trop fortement exprimées ?) une phrase, une prière : « Mon Dieu, si vous le laissez vivre, je promets d'essayer de ne plus jamais penser à Charles Aycliffe. » Pour m'interdire de faiblir, j'allais même faire en sorte d'être enceinte, ce qui plairait à Joel tout en me punissant.

Ayant ainsi établi ce marché avec Dieu, je me suis appuyée à la tête du lit et j'ai longtemps pleuré.

J'ai dormi, aussi, comme Hannah me l'avait prédit, et je me suis réveillée en sursaut, aveugle dans l'obscurité complète de la chambre et torturée, en cet instant qui sépare mal l'inconscience de la lucidité, à la pensée qu'il était mort et que je l'avais laissé seul. En le trouvant vivant, paisiblement endormi, transpirant beaucoup moins et apparemment convalescent, j'ai éprouvé la joie la plus vive de toute ma vie.

Engourdie, ankylosée et les membres raides, je me suis relevée pesamment pour me rincer la figure et les mains à la table de toilette. La porte s'est alors ouverte ; j'ai cru que c'était Hannah, qui se réjouissait déjà de me trouver endormie, et sans me retourner j'ai murmuré d'un ton exaspéré :

— Il va beaucoup mieux et je peux très bien m'en occuper. Je n'ai besoin de personne.

— Tant mieux, dit la voix de Joel. Je suis enchanté de l'apprendre.

Je fus si stupéfaite d'entendre sa voix que j'ai laissé échapper avec violence :

— Que faites-vous donc ici ?

— Où voudriez-vous que je sois ?

— Vous deviez être à Manchester jusqu'à vendredi.

— C'est exact, sauf que j'ai reçu un message me disant de rentrer d'urgence à la maison.

— Il n'était pas de moi.

Il referma la porte avec douceur et pénétra lentement dans la chambre.

— Non, apparemment pas… Vous savez, Virginie, il est quand même mon fils, murmura-t-il au chevet du lit.

Je me suis laissée tomber sur une chaise, soudain sans forces mais apaisée par le bruit régulier de la respiration de cet enfant : mon fils, certes, mais aussi celui de Joel.

— Oui, répondis-je, il l'est en effet, et il vous ressemble. Je ne le croyais pas, au début, je pensais que c'était Nicolas qui vous ressemblait le plus, comme Caroline, avec vos traits et votre comportement. Mais Blaise est bien comme vous. Comme moi, aussi, et un peu comme ma mère…

— N'est-ce pas normal qu'il tienne un peu de nous deux ? Va-t-il vraiment mieux ?

Il avait parlé sèchement, mais je fus surprise de sentir sa main trembler quand il la posa sur la mienne.

— Oui, Joel. Je vois que vous avez autant confiance en moi que votre sœur.

— Écoutez-moi, Virginie, Mme Stevens m'a accueilli en me suppliant de vous envoyer au lit. J'espère que vous pouvez me faire confiance, à moi, pour rester avec lui jusqu'à l'arrivée du médecin.

— Bien sûr, Joel. Mais je crois que je préfère malgré tout attendre avec vous.

Avec un entêtement quasi inconscient, car je pouvais à peine tenir debout ou garder les yeux ouverts, je suis donc restée à veiller mon enfant jusqu'à l'arrivée du docteur. Ce n'est qu'à ce moment-là que j'ai permis à Mme Paget de me relayer et à Mme Stevens de me mettre au lit.

J'ai dormi toute une belle matinée d'automne et le plus clair d'un radieux après-midi, pour me réveiller dans ma chambre inondée de soleil et voir Joel, au pied de mon lit, me demander en souriant si je préférais un petit-déjeuner, un déjeuner ou un goûter.

— Les trois ! Mais d'abord, comment va Blaise ?

— Il se rétablit. Quant aux deux autres, ils n'offrent les symptômes que de la malice et de l'indiscipline, ce qui, selon Hannah, est leur état normal.

— Cela ne m'étonne pas d'elle.

— Moi non plus. Voulez-vous qu'on vous monte un plateau ? Dites-moi ce que vous voulez qu'on vous serve.

Quand j'eus dévoré un copieux goûter, avec Joel assis près de moi en bras de chemise et me servant mon thé, ce qui était extrêmement surprenant, il me dit :

— Dites-moi, Virginie, Hannah vous est-elle antipathique ?

— Il se trouve que non.

— Que voulez-vous dire ?

— Simplement qu'il y a des moments où je voudrais la trouver antipathique, mais qu'en fait je l'aime bien.

Il me prit la main en me faisant légèrement sursauter.

— J'en suis content, répondit-il. Car, si vous ne l'aimiez pas, il vous aurait quand même fallu la supporter. Non, rassurez-vous, je n'essaie pas de lui donner le pas sur vous ni de vous martyriser gratuitement ; je sais mieux que personne à quel point elle peut se montrer souvent difficile, pour ne pas dire impossible à vivre, entêtée et autoritaire, comme je le suis d'ailleurs moi-même. Mais quand mon père est mort, Virginie, en laissant ses affaires dans une embrouille dont vous n'avez pas idée, Hannah m'a soutenu comme un roc, et je ne suis pas près de l'oublier. Vous ne savez pas ce que c'est que d'avoir des dettes, Virginie, de voir vos anciens camarades de classe changer de trottoir quand ils vous voient, de peur que vous ne leur empruntiez de l'argent, ou d'arriver à la Halle au Drap et de trouver tout le monde trop occupé pour vous parler. Tous, ils attendaient le moment de me voir faire faillite, et je vous garantis qu'ils y auraient pris un plaisir extrême, car aucun d'entre eux n'aurait jamais été capable de se sortir de la situation où je m'étais retrouvé – sûrement pas Bradley Hobhouse, en tout cas, et pas davantage votre frère Edwin. Et pourtant je m'en suis tiré, Virginie. Même sans l'argent de votre grand-père, je commençais à redresser la situation. Low Cross devenait peu à peu rentable et j'aurais refait ma fortune, avec l'aide de Hannah. Le comprenez-vous ?

J'ai étouffé un bâillement, encore trop pleine de sommeil pour me soucier de ce que je disais.

— Oui, bien sûr, ai-je répondu. Vous vous en seriez tous deux très bien tirés. Hannah aurait épousé mon frère, vous Rosamonde Boulton, et nous aurions toutes été obligées de continuer à faire venir nos châles et nos éventails de Londres.

Il se leva, soudain vigilant, prudent, et me dit sans s'excuser, mais sans vantardise :

— C'est fort exact. Vous savez donc que j'ai financé la boutique de Mlle Boulton ?

— Oui.

— Et quelles conclusions en avez-vous tiré ?

— Oh ! aucune. Vos affaires ne me regardent pas, à moins que vous ne désiriez m'en instruire.

— Voilà une réponse raisonnable et qui vous ressemble fort, dit-il d'un air impassible. Considérons, si vous le voulez bien, que j'ai eu des remords de conscience à son sujet, pour des motifs que vous connaissez comme moi et dont nous n'avons encore eu aucune raison de discuter. Voudriez-vous que nous en parlions maintenant ?

— Je n'y tiens pas.

— Moi non plus.

Il se penchait vers moi, et je sentais son odeur chaude et virile, mêlée de fumets de vins vieux et de cigare, je voyais presque battre sous sa peau le sang rouge ; cette vie qui circulait me rappela le vœu que j'avais fait de concevoir un autre enfant si Blaise survivait. Bien que cela me parût désormais moins indispensable – car Blaise était convalescent et je me persuadais aisément qu'il aurait de toute façon survécu à la maladie –, j'éprouvais cependant le besoin impérieux de dresser une nouvelle barrière entre Charles Aycliffe et moi.

— Vous devez avoir appris que j'ai racheté l'usine de Sam Carter à Tarn Edge, reprit-il, et j'en ai profité pour acquérir un terrain de quatre hectares juste au-delà. Je crois que nous avons assez longtemps vécu chez Samson Barforth, Virginie ; je veux désormais posséder ma propre maison, avant d'avoir quarante ans. Une fois l'usine aménagée à ma convenance, rien ne nous empêcherait de créer un parc sur ce terrain et d'y bâtir un petit palais bien à nous, qu'en pensez-vous ?

— Excellente idée.

J'en avais surtout retenu que, de Tarn Edge, je ne pourrais plus aller promener mes chiens sur la lande de Lawcroft, j'échapperais ainsi à cette torture quotidienne d'éviter de retrouver Charles. Rapprochés l'un de l'autre par ce projet agréable à tous deux et, plus encore, par notre rencontre de la nuit passée au chevet de notre fils avec la crainte partagée de le perdre, nous éprouvâmes un regain d'affection.

— Parfait ! dit-il en souriant. L'usine d'abord, car le travail avant tout, n'est-ce pas, sinon le plaisir ne peut pas suivre – comme Bradley Hobhouse est en train de s'en apercevoir. Ensuite, je ferai construire une maison où mes fils seront fiers de vivre quand ils auront grandi.

— Et votre fille ?

— Elle aussi, bien entendu. Avec la dot que je lui ferai, elle pourra épouser qui lui plaira. Parce qu'on se battra pour l'épouser, ma fille, et pas simplement des industriels, vous verrez, des gentilshommes titrés, avec des terres ! Qu'est-ce qu'un des garçons Hobhouse pourrait lui apporter, à part de l'argent ? Elle n'en aura pas besoin, car je lui en donnerai bien davantage – et elle en prendra l'habitude. Un titre, voilà ce qu'il lui faut, voilà la seule chose que je puisse encore lui offrir.

Il me fit un sourire épanoui, comme s'il plaisantait, mais je pouvais voir qu'il était sérieux, au fond, et l'ambition dévorante qui le possédait paraissait le rajeunir, le rendre moins intimidant, moins effrayant – à moins que je n'eusse assez mûri pour ne plus être impressionnée par ce grand cousin, de douze ans mon aîné, beau, séduisant et dédaigneux de la petite fille qu'il avait toujours regardée de haut.

— Lady Caroline ! Grands dieux, et pourquoi pas ?

Avec un rire de gorge, je me suis laissée glisser contre mes oreillers ; je savais combien il était facile d'éveiller ses appétits sensuels, et je refusais de me laisser troubler par ses infidélités, car j'étais moi-même devenue infidèle en esprit.

— Ma parole, Virginie, si j'avais su que vous étiez femme à inviter un homme dans votre lit au beau milieu de la journée, j'en aurais profité plus tôt !

— En connaissez-vous beaucoup d'autres ? dis-je de mon air le plus innocent.

À la pensée de Rosamonde Boulton, son regard redevint prudent :

— Ma foi, s'il y en a, elles n'ont de toute façon rien à faire ici entre nous. Seriez-vous enfin en train de grandir, ma cousine ?

— Peut-être, ou simplement de vieillir. Et arrêtez de m'appeler cousine.

Il éclata de rire et me prit le menton de ses doigts durs :

— Voyez-vous cela, une vraie chipie ! Mais ce n'est pas plus mal que nous soyons cousins, Virginie, et que vous ayez toujours et avant tout été une Barforth. Si vous aviez été une Hobhouse, vous seriez en train de me harceler pour que je fasse quelque chose pour Bradley, vous penseriez à Nethercoats au lieu de Lawcroft, alors que nos intérêts à nous deux sont exactement les mêmes. C'est cela, en fin de compte, qui resserre les liens, qui rapproche les gens. Oh ! il y a beaucoup d'autres choses agréables, dans l'existence, l'amitié par exemple, mais si étroite soit-elle elle peut disparaître d'un jour à l'autre, il faut être bien léger pour croire le contraire. Avoir en commun des intérêts, une fortune, le sang, des enfants : voilà le véritable ciment de la vie. Et vous en faites partie intégrante, Virginie. Alors, ma chère petite cousine, y a-t-il autre chose qui vous tracasse ?

— Non, rien. Rien du tout.

Il me rassurait sur un point qui ne m'avait jamais inquiétée, car jamais je ne m'étais sentie menacée quant à la place que j'occupais dans sa vie ; je me sentais de nouveau prête à l'occuper et à en accepter toutes les conséquences.

— Je déplore que vous n'ayez pas éprouvé le besoin de me prévenir quand Blaise est tombé malade, me dit-il avec une gêne qui dénotait son peu d'habitude de s'excuser. Je regrette aussi que vous ayez été si surprise de me voir après que Hannah m'eut prévenu à votre place.

— Je le regrette aussi, Joel.

Nos yeux se rencontrèrent et nous fûmes, soudain, tous deux au bord d'un chemin inconnu, qui pouvait nous faire dépasser les barrières qui nous avaient séparés et nous séparaient encore, mais où nous avions peur de nous aventurer de crainte d'un échec.

— Ce sont mes enfants, je sais. Je ne parais pas beaucoup m'apercevoir de leur existence, car mon père ne remarquait la mienne que pour que je l'aide à charger une charrette ou à monter l'escalier quand il était ivre. Mais je sais que ce sont mes enfants. Jamais ils ne me verront ivre ou incapable de rien faire, et quand je les mettrai au travail ce sera pour eux, pas pour moi. Ce que j'essaie de dire, Virginie… Je ne sais pas comment, mais… Ce sont mes enfants, et les vôtres, je le sais. Et si nous avions perdu ce petit diable, j'en aurais eu de la peine. Beaucoup de peine.

Il ne pouvait pas en dire davantage, mais j'avais compris sa pensée et je la partageais. Si nous avions dû subir cette souffrance, ce n'est ni vers Estella Chase ni vers Charles Aycliffe que nous aurions pu nous tourner, mais l'un vers l'autre. Uniquement l'un vers l'autre.

22

Comme une fois déjà cette année, je fis une fausse couche presque aussitôt après avoir conçu ; mais Blaise se rétablissait à vue d'œil et, considérant avoir ainsi rempli mon contrat avec Dieu, je repris bien vite les pratiques contraceptives que Mme Stevens, en son for intérieur, réprouvait.

D'autres eurent moins de chance que Blaise, que la fille d'Elinor et que le révérend Brand, arraché aux griffes de la mort par la volonté inébranlable de la seule Hannah : ma pauvre vieille Marthe-Ellen, dans sa soixante-huitième année, ne résista pas, et mourut presque en s'excusant, comme si elle me laissait une pile de repassage à faire. En suivant son cercueil à Patterswick, son village natal, je ne pouvais pas oublier que c'était Hannah qui l'avait envoyée chez les Agbrigg, au foyer même de l'infection ; j'en fus acerbe et désagréable avec elle jusque longtemps après.

Le fils Hobhouse survécut, mais en garda des séquelles, ce qui provoqua une telle angoisse chez Emma-Jane qu'elle accoucha avant terme, elle aussi, de la fille mort-née qu'elle aurait eu grande joie à avoir ; elle eut ensuite tant de mal à retrouver sa légendaire fertilité qu'elle vint demander à notre universelle Mme Stevens les remèdes appropriés – que je tremblais de lui voir confondre avec les miens.

Lucy Oldroyd recouvra la santé, ainsi que la sœur mariée de Rosamonde Boulton et la gouvernante des Corey-Manning, c'est-à-dire ceux d'entre nous qui, en ce mois de novembre déjà glacial, possédaient les moyens de se nourrir et de se chauffer. Il en allait tout autrement à Simon Street, où le régime habituel de bouillie d'orge et d'eau chaude teintée de thé provoqua des morts par centaines.

Anne Agbrigg se rétablit elle aussi, lentement et sans bruit comme elle faisait toute chose ; mais la fièvre, à l'appétit peut-être aiguisé par ses macabres triomphes dans les bas quartiers, trouva un regain de virulence pour s'attaquer à ses enfants qui, parmi les derniers touchés, le furent tous les cinq ensemble ; ce qui représentait un tel volume de soins que Hannah, qui n'avait jamais péché par manque de courage mais savait que nul ne viendrait en aide au «vampire de Simon Street», s'installa à Low Cross pour s'occuper elle-même de tout. Je n'arrive pas encore à concevoir comment elle a pu trouver les mots adéquats pour apprendre à Anne Agbrigg, encore couchée sur son lit de souffrance, que si Jonas, l'aîné des garçons, et Maria, une des filles, guériraient sans doute, les trois autres s'étaient éteints dans leur sommeil en l'espace de deux jours.

L'enterrement des enfants Agbrigg fut le plus affreux de tous ceux auxquels j'eus encore jamais assisté ; je n'oublierai pas le spectacle d'Anne Agbrigg chancelante, soutenue par les deux seuls enfants qui lui restaient après avoir subi onze fois les douleurs de l'enfantement. Il y eut, dans tout Simon Street, des commentaires malveillants pour dire qu'il fallait voir là une manifestation de la justice divine, mais je ne crois pas qu'elle en ait même été consciente, car elle s'avançait en aveugle, le regard au-delà d'une réalité insoutenable, l'esprit frappé d'une sorte de paralysie. Elle ne pleurait pas, ne gémissait pas, elle était là, se levait et s'asseyait docilement, si bien que c'était son mari, écrasé par le poids de son deuil, qui me paraissait avoir plus qu'elle besoin d'être soutenu par le bras de son fils Jonas.

Au cours de cette atroce semaine, Ira Agbrigg sembla vieillir de dix ans et maigrir encore, lui qui paraissait déjà n'avoir que la peau sur les os. Il trouva malgré tout le moyen de me remercier de ma présence au cimetière et de mon amabilité pour avoir bien voulu lui faire l'honneur d'être venue chez lui boire le thé et manger le pain d'épice préparé par Hannah pour la circonstance.

— Mlle Barforth a été un ange de charité, m'a-t-il dit. Je suis bouleversé qu'une dame comme elle ait daigné s'occuper ainsi de nous. Elle passait ses nuits au chevet de Maria et me forçait d'aller dormir, car j'avais mon travail le lendemain. Jonas et Maria lui doivent la vie, car ma pauvre femme n'était pas en état de les soigner – elle n'est toujours pas guérie, à vrai dire. Vous l'avez vue, madame, elle ne veut ou ne peut pas me parler, elle ne paraît même pas m'entendre. Croit-elle ce que les gens racontent, que la mort de nos enfants est un châtiment de Dieu pour ces malheureuses brûlées vives dans l'atelier ? Le docteur dit que la douleur morale a provoqué un choc dont les effets disparaîtront peu à peu, mais si elle ne devait pas s'en remettre ? Tout ce que j'ai fait dans la vie, c'était pour elle, madame. Si elle ne s'en rend plus compte, si elle n'en veut plus, à quoi bon ?

Le mois de décembre vit survenir deux autres événements importants : les premières élections de Cullingford ; les fiançailles de ma cousine Hannah avec le révérend Ashley, pasteur anglican de la paroisse où régnait le chevalier Dalby, toujours aussi dévoué à la gloire de la Haute Église qu'aux petits soins pour ma mère.

Je ne m'attendais pas à ce qu'elle finisse par choisir M. Ashley, d'autant que les soins prodigués au révérend Brand pendant les fièvres l'avaient fait vivre avec lui dans une intimité telle que bien des dames de Ramsden Street jugeaient leur mariage imminent, voire indispensable. Joel, qui partageait ma stupéfaction, était sérieusement mécontent : un petit pasteur à cent livres par an était vraiment indigne de sa sœur préférée. Quant à ma mère, qui semblait rajeunir au passage de chacune de ses paisibles journées et se trouvait plus que jamais satisfaite de rester gracieusement assise dans les coulisses de la vie pour observer, avec son ironie bienveillante, l'agitation des acteurs que nous étions, elle n'y vit l'occasion ni de s'étonner, ni de se hâter de conclure, encore moins de s'alarmer.

— Ne compte pas pouvoir donner bientôt sa chambre à Caroline, me dit-elle, car je ne vois pas l'affaire réglée de sitôt. Un homme comme M. Brand aurait, je crois, exigé le mariage dans les six mois – et je suis d'ailleurs émerveillée qu'il ait pu rester si longtemps célibataire. Mais Julian Ashley, ma chérie, est plutôt enclin aux longues fiançailles et ne verra aucun inconvénient à ce qu'elles durent éternellement si c'est, comme je le crois, ce que souhaite Hannah. N'oublie pas, ma chère enfant, qu'être fiancée assure à peu de frais un statut dans la société. Ta cousine n'aura d'autre devoir que de venir ici deux ou trois fois par semaine, ce qu'elle fait déjà, pour mettre de l'ordre dans les affaires de M. Ashley avant de courir rendre le même service à M. Aycliffe et à M. Agbrigg, qui ne peuvent ni l'un ni l'autre compter sur leur épouse à ce sujet. Il se pourrait qu'on ait insinué, à Ramsden Street par exemple, que l'intérêt qu'elle porte à ces deux messieurs ait été motivé autant par les sentiments que par le dévouement. Dans ce cas, quel meilleur moyen de couper court aux racontars que de se fiancer à un troisième ? Elle va devoir, je pense, sacrifier M. Brand, à qui il sera désormais difficile de laisser la promise d'un autre pasteur se mêler des affaires de sa paroisse. Mais M. Brand s'est peut-être montré trop pressant, il a pu vouloir profiter de ce qu'il a pris pour des occasions favorables quand elle le soignait – les pasteurs sont des hommes comme les autres, ne l'oublions pas –, ce qui a pu la rebuter et la détacher de lui. Elle peut faire une entière confiance à ce cher M. Ashley dans ce domaine, en tout cas, car il n'est sûrement pas capable de distinguer une occasion, encore moins d'en profiter… C'est étrange, comme les choses et les gens évoluent. Quand elles étaient petites, je trouvais Hannah gauche, mal à l'aise, je m'attendais à la voir grandir comme un échalas timide et malgracieux, alors qu'Elinor avait une beauté qu'on croyait ne jamais voir se faner. Et maintenant que Hannah a trente ans passés – comme Edwin, s'il avait vécu –, elle s'affirme, se développe, se conduit comme une amazone en pays conquis pendant qu'Elinor, bien plus jeune, s'étiole et s'éteint. C'est attristant de la voir, cette petite, elle qui était si vive, si sûre d'elle et de son charme, si attirante, et le cœur me fend devant ce qu'elle est devenue. Espérons qu'elle recommencera à s'épanouir quand son mari ira à Westminster, car il a bien l'intention de l'y emmener, n'est-ce pas ?

Par cette simple question, ma mère avait exprimé ses doutes sur la réponse tant, en effet, on avait l'impression que les ambitions politiques de Morgan Aycliffe étaient assorties d'un célibat quasi monacal. Mais j'étais plus encore troublée de voir Elinor afficher la plus complète indifférence, quand la seule perspective d'aller à Londres aurait dû l'enflammer et lui faire remuer ciel et terre pour parvenir à ses fins.

— Il ne me tient au courant de rien, m'avait-elle dit. Si je dois l'accompagner, j'en serai informée en temps utile, selon lui ; et si je reste, il chargera lui-même Mme Naylor de s'occuper des problèmes domestiques, et confiera les autres à ce M. Adair qu'il vient d'engager pour gérer ses affaires. Dans un cas comme dans l'autre, je m'en désintéresse totalement.

C'était à peine croyable pour qui connaissait Elinor.

— Tu ne nous regarderas même plus quand tu auras ton hôtel particulier à Belgravia, lui avait dit Emma-Jane Hobhouse – de nouveau enceinte et si énorme qu'elle ne surprit personne en donnant plus tard le jour à des jumeaux, ce qui portait à huit le nombre de ses fils.

Elinor, apathique, s'était bornée à détourner la tête et, je ne sais pourquoi, je m'étais crue obligée de trouver des justifications à sa place, d'expliquer que les obligations parlementaires de M. Aycliffe ne le retiendraient sûrement pas à Londres plus de quelques mois par an et qu'il n'y avait donc aucune raison valable pour engager les dépenses considérables d'une deuxième résidence principale, alors qu'un homme seul pouvait fort bien vivre à moindres frais dans deux pièces avec un valet de chambre.

Quoi qu'il en soit, il fallait d'abord qu'il soit élu et, pendant les mois de novembre et décembre, une nouvelle fièvre s'empara de la ville, concentrée, cette fois, autour des quartiers généraux des candidats, situés respectivement à l'auberge de la Ruche et au Vieux Cygne.

Notre circonscription avait droit à deux députés, de sorte que le parti industriel présentait M. Morgan Aycliffe et un certain M. Thirlwell, personnage effacé apparenté à M. Lucius Attwood, le brasseur, pendant que la noblesse se faisait représenter, sans espoir de l'emporter mais fermement résolue à mener la vie dure aux adversaires, par le capitaine Chase, secondé de Charles Aycliffe – dont les dépenses, semblait-il, étaient couvertes par le colonel Corey, père du journaliste radical Mark Corey et cousin de sir Giles Flood. Le coup d'envoi de la campagne n'était pas donné que, déjà, la ville s'était séparée en deux camps, celui des industriels et de la bourgeoisie soucieuse de se les concilier, ardents défenseurs du parti qui leur avait accordé la réforme électorale ; et celui de la noblesse terrienne, soutenu par la masse des travailleurs – qui n'avaient pas le droit de vote – en faveur du duc de Wellington ou plutôt, en ce qui concernait les ouvriers, de Richard Oastler qui cherchait à promouvoir une autre réforme, celle des conditions de travail dans les usines.

La principale fonction de Charles fut, au début, de présenter le capitaine Chase aux masses laborieuses, tâche d'autant plus malaisée que l'élocution distinguée du candidat le rendait parfaitement inintelligible à ses auditoires et soulevait de telles tempêtes de rire que, bientôt, le capitaine dut cesser de prendre la parole pour la laisser à Charles, libre dorénavant d'exprimer ses propres idées révolutionnaires. Dans son programme, le capitaine Chase promettait quelques mesures assez floues de réforme des conditions de travail ; Charles, lui, déclarait hardiment que, le jour où chaque individu bénéficierait du droit de vote, on n'aurait plus besoin de promesses électorales. Muni de sa carte d'électeur, le travailleur n'aurait plus à mendier une liberté qu'il serait en mesure d'exiger ; et si le rabaissement du cens à dix livres n'était qu'une injure à la dignité humaine, il fallait adopter la seule réforme valable, celle qui ne requérait d'un électeur, pour seule qualification, que d'être citoyen.

Pourtant, cette élection où un millier de privilégiés, sur une population de plus de quarante-trois mille habitants, pouvaient seuls exprimer leurs suffrages, apparaissait surtout comme une affaire ne concernant que la bourgeoisie ; certains travailleurs étaient prêts à se battre pour obtenir le droit d'y participer, alors que d'autres ne comptaient même pas se donner la peine d'en profiter si on leur en faisait don ; tout le monde ou presque tombait d'accord pour dire que, en ce mois de décembre, personne en fin de compte ne pouvait grand-chose. Des radicaux tels que Charles Aycliffe et Mark Corey pouvaient bien raconter ce qui leur plaisait sur les droits de l'homme, aucun de ces élégants jeunes messieurs n'avait une douzaine d'enfants à faire manger pendant l'hiver ; et, si la population mâle de Cullingford était toujours prête à se servir de ses poings, et d'armes à feu à l'occasion, ils étaient fort peu nombreux à vouloir le faire sans mûre réflexion.

Entouré de son escouade de militants – tous hommes aguerris, dévoués à la cause, sachant exactement ce qu'ils voulaient et prêts à se battre, à sacrifier leur vie sur-le-champ et aussi longtemps qu'il le faudrait –, Charles occupait tous les jours les marches de la Halle au Drap, avec le capitaine Chase et son sourire courtois à bonne distance derrière lui, haranguant la foule en lui parlant de ses enfants. Le droit de vote ne passionnait plus, tant l'objectif était vague et lointain ; mais cela, au moins, touchait les esprits, car ces enfants, c'étaient les leurs.

Quand Charles entonnait ses slogans : « La journée de dix heures pour les femmes et les enfants, la voulez-vous ? », la multitude tonnait d'une seule voix : « Nous la voulons ! »

Et le dialogue se poursuivait :

— Qui veut nous voler ce droit ?

— Les patrons ! Barforth, le salaud, Barforth, le voleur !

— Et sur qui pouvons-nous compter ?

— Sadler ! Oastler !

— Et que nous faut-il pour aider Oastler ?

— Le droit de vote !

La foule rugissait la dernière réplique avec d'autant plus d'enthousiasme qu'elle comprenait enfin à quoi ce droit pouvait servir et, l'ayant compris, en avait envie immédiatement, pas dans un mois ni dans un an, car, d'ici là, tout le monde serait peut-être mort. Le colonel Corey, qui finançait la campagne et saisissait parfaitement, contrairement à son gendre, l'accent du pays, voyait dans ces cris subversifs un détournement de ses fonds et de ses intentions. Mais Charles n'en avait cure, il se faisait porter en triomphe dans Simon Street, pendant que le Tonneau rouge était le seul débit de boissons en ville à garder ses vitres intactes.

Les nôtres, cela va sans dire, n'avaient pas une telle chance. Une brique bien dirigée atterrit un soir sur ma table de salle à manger dans un violent jaillissement d'éclats de verre qui manquèrent l'exécrable Joel Barforth, à qui ils étaient destinés, pour blesser légèrement le charitable pasteur Ashley, fiancé transi de Hannah. Quelques jours plus tard, alors que Joel menait à vive allure son phaéton dans les rues de Cullingford, on jeta des pierres dans les jambes de son cheval qui s'emballa, l'écume à la bouche, et dévala Sheppgate au grand galop en renversant sur son passage les étals et les charrettes du marché, sans compter quelques bacs pleins d'ordures et d'eaux grasses ; quand Joel parvint enfin à maîtriser l'animal affolé, il oublia sa dignité pour retrouver la fougue de sa jeunesse batailleuse et, sautant de son véhicule endommagé, appliqua quelques solides coups de poing aux badauds qui avaient le malheur de sourire de sa mésaventure.

Comme au temps de mon grand-père, on revit fleurir sur les murs de l'usine les inscriptions : « Barforth salaud ! Barforth voleur ! », peintes en lettres d'un pied de haut par de mystérieux inconnus – qui ne devaient pas l'être pour nos chiens de garde et nos veilleurs, car ils n'avaient pas élevé la moindre protestation. Si Joel avait vite retrouvé son sang-froid et continuait, comme si de rien n'était, à aller en ville dans son phaéton, je ne sortais plus ma voiture que pour accompagner mes enfants à l'école et les y rechercher.

Le jour de l'élection, une belle journée d'hiver froide mais claire et sèche, fut salué par les cloches des églises et les braillements de la foule qui, faute de voter, envahissait les rues avec la ferme intention de s'amuser. Une fois le Cygne et la Ruche consciencieusement lapidés et couverts de boue par une bande de gamins dont le seul credo politique consistait à faire le maximum de dégâts, une fois les calicots et les affiches arrachés et lacérés, ce furent les candidats eux-mêmes qui servirent de cible.

La première apparition publique de Morgan Aycliffe ce jour-là fut saluée d'une pluie d'œufs frais, au grand dam de sa dignité ; il avait cependant tort de s'en formaliser car ses jeunes agresseurs, après avoir dévalisé tous les poulaillers alentour, s'empressèrent de se rendre à l'autre bout de la ville faire subir le même traitement à son fils Charles et au capitaine Chase ; quant au troisième candidat, l'insipide M. Thirlwell, il était bloqué chez lui par une troupe de durs de Simon Street qui avaient envahi sa pelouse.

Aucun doute ne subsistait sur le résultat final, qui tenait de l'arithmétique élémentaire.

MM. Aycliffe et Thirlwell étaient sûrs d'emporter les voix du « parti industriel » – les patrons, leurs directeurs et les commerçants qui dépendaient de leur clientèle pour vivre ; en face, on ne dénombrait que les Corey et autres

Corey-Manning, ainsi que quelques boutiquiers de Simon Street soucieux d'éviter des représailles. Le Dr Overdale, qui soignait indistinctement les bourgeois et les aristocrates, aurait sans doute un cas de conscience ; mais les aubergistes, qui avaient multiplié les promesses aux deux camps pour ne pas mécontenter leurs pratiques, constituaient un point d'interrogation. Dans l'ensemble, il n'y aurait donc pas de grosses surprises, à l'exception de M. Boulton, le père de Rosamonde, qui avait déclaré vouloir voter pour le capitaine Chase, à l'encontre de ses intérêts, sans doute pour protester contre les industriels dont le plus en vue avait séduit sa fille.

Pour ma part, je suis restée chez moi à attendre, en femme bien élevée que j'étais, infiniment plus troublée par la mort de ma vieille chienne jaune, celle d'Edwin, que par le sort de la Chambre des communes et de ceux destinés à y siéger ; aussi est-ce sans étonnement – et, je l'avoue, sans intérêt – que j'appris en fin de journée que Morgan Aycliffe arrivait largement en tête des suffrages exprimés, suivi de près par le discret M. Thirlwell, tandis que le capitaine Chase, en dépit des efforts déployés par Charles, devait se contenter d'un nombre de voix quasi ridicule.

Joel me fit passer un message pour que j'aille le rejoindre chez les Aycliffe avec Hannah en apportant une caisse de champagne, et nous avons tous dîné là-bas très tard, très luxueusement mais sans véritable plaisir, car j'étais encore sous le coup de la perte de ma chienne, et M. Aycliffe lui-même succombait à la lassitude, et à cette sorte d'abattement, de brusque chute de la tension nerveuse qui suit souvent l'accomplissement d'une grande œuvre ardemment poursuivie.

— Quel triomphe ! lui avait dit Hannah en arrivant. Et surtout, quel triomphe amplement mérité !

Pour Hannah, et elle seule, les lèvres minces de Morgan Aycliffe voulurent bien esquisser un sourire. Avec nous autres, il se contenta d'être poli, car il ne nous avait invités que parce que les circonstances l'y obligeaient, parce que les victoires – même électorales – exigent d'être célébrées avec une certaine pompe, et parce qu'il était, après tout, devenu un personnage public conscient de ses nouvelles responsabilités. Mais ses attentions et sa courtoisie étaient dispensées avec si peu d'entrain et sentaient tellement l'effort plutôt que le véritable plaisir qu'il aurait bien mieux valu pour tout le monde qu'il s'en dispensât.

Un peu plus tard, le maître de maison se laissa aller contre le dossier de sa chaise de chêne sculpté et caressa, de ses doigts minces et secs, le pied de son verre de cristal, en montrant pour la première fois une sorte de satisfaction qui me parut d'autant plus déplaisante que je savais que, depuis trop longtemps, il ne caressait plus ainsi sa femme.

— Nous avons remporté une victoire somme toute méritée, dit-il. C'est un triomphe, certes, mais celui du bon sens. Pour moi, cette victoire annonce un nouveau départ.

Elinor se leva brusquement, fort peu disposée à l'écouter paisiblement se réjouir d'un nouveau départ où elle ne devait apparemment jouer aucun rôle :

— Vous voudrez bien nous excuser, dit-elle sèchement. Vous pouvez rester prendre le porto aussi longtemps qu'il vous plaira.

Pendant que Hannah s'esquivait vers le dernier étage pour recenser les enfants et soumettre leur nurse à un interrogatoire serré, je suis allée avec Elinor dans le musée qui lui tient lieu de salon pour y prendre le café, accablée une fois de plus de la fragilité des tasses où il était servi.

— Julia est-elle guérie de sa fièvre ? ai-je demandé pour entamer la conversation.

Elle me répondit avec la même distraction dont elle faisait preuve tous les jours, la tête ailleurs :

— Oui, je crois.

— Et toi, comment vas-tu ? Tu as l'air lasse.

— Je le suis. Complètement épuisée à vrai dire.

— De quoi ?

— De rien. De ne rien faire. Ne sais-tu pas qu'il n'y a rien de plus dur au monde ? Ne rien faire, la nuit, le jour, tuer le temps... Moi, cela m'épuise.

Puis, après un silence bref mais chargé de malaise, elle poursuivit :

— Je ne l'accompagne pas à Londres, tu sais ? La décision est prise.

— Oh ! Elinor... Je suis désolée...

— Moi aussi, figure-toi. Mme Naylor va s'occuper de moi, comme de la porcelaine et des cristaux. La nurse s'occupera des enfants. M. Adair s'occupera des affaires et réglera les notes de la maison, en d'autres termes il me dira combien j'ai le droit de dépenser et pour acheter quoi.

Avant que j'aie eu le temps de trouver un mot de consolation, elle reprit d'une voix soudain sifflante et haineuse :

— Je ne vais pas avoir un sou, Virginie, rien ! Il me faudra mendier mon argent de poche à Mme Naylor qui le demandera à M. Adair, car il n'est paraît-il pas convenable que je m'adresse directement à lui. Je ne puis que rester assise ici toute la journée, à écouter la pendule égrener les minutes de ma vie qui s'en va... Je ne suis bonne à rien d'autre, vois-tu, pas même à faire des enfants. Il me quitte, Virginie, il m'abandonne, comprends-tu ? Le plus poliment, le plus correctement du monde, comme toujours, et de sorte que personne ne s'en rende vraiment compte ni puisse y trouver à redire. Et j'aurai bien entendu tout ce dont il estime que j'aurai besoin – y compris les enfants, dont il n'est pas question qu'il s'encombre lui-même. Mais le fait est là, Virginie, je suis délaissée, abandonnée, rejetée ! La grosse Emma-Jane garde son mari, comme cette maigrichonne de Lucy Oldroyd, comme toi, comme toutes les femmes normales, mais pas moi ! Et c'était pourtant moi la plus jolie, n'est-ce pas ? Tu ne peux pas me dire le contraire, Virginie ?

— Non, Elinor, c'est vrai. Tu étais la plus jolie, et tu l'es toujours.

— Je le hais, je le hais…

L'intensité de son émotion lui arracha un frémissement. Alors, se levant d'un bond, elle saisit une délicate statuette de porcelaine – une bergère qui lui ressemblait un peu – et la jeta de toutes ses forces contre la cheminée. Pendant que, sous mes yeux, volaient en éclats la petite figure peinte et le corps vêtu de dentelles, je croyais voir se désintégrer au même rythme la personne entière de ma ravissante, vive, insupportable et adorable petite cousine Elinor.

— Oh ! mon Dieu… Mon Dieu… dit-elle en gémissant.

Je la vis alors trembler de peur, courbant déjà le dos pour se protéger des conséquences de son acte, pour lequel elle savait qu'il n'y aurait pas de pardon, et je me suis rappelé l'autre Elinor, celle du premier soir, sept ans auparavant, lorsqu'elle était venue dîner et avait dansé en faisant voler sa jupe tout autour de cette même pièce, sans plus se soucier des faits et gestes de M. Aycliffe que de ses porcelaines, sous l'œil atterré de Hannah. Et ce souvenir me submergea sous une vague de tristesse.

Nous avons alors entendu les pas de nos maris qui traversaient le vestibule, je me suis prestement penchée pour ramasser les morceaux de la bergère brisée et, me suis dirigée vers eux :

— Je sais que vous allez m'en vouloir, cher monsieur, mais je viens de faire quelque chose d'inexcusable…

— Sûrement pas, chère madame.

— Hélas ! si, j'en ai peur, lui dis-je en montrant les preuves du crime d'Elinor. Je ne suis pourtant pas aussi maladroite, d'habitude, mais j'ai dû faire un geste trop vif et en passant j'ai accroché cette statuette avec ma jupe… Je la remplacerai, naturellement.

— Votre générosité serait inutile, madame, répondit-il d'une voix sans timbre. Cet objet est irremplaçable. N'y pensez plus, je vous prie.

Il ne me dit rien de plus, ne fit pas de scène, mais j'avais compris qu'il m'avait accusée d'un crime inexpiable, qu'il m'avait jugée et condamnée, et dussé-je vivre cent ans, qu'il ne trouverait jamais, au fond de son cœur, la plus faible étincelle de compréhension ou de charité pour m'en absoudre.

23

De notoriété publique, l'enrichissement de Joel n'était pas au goût de tout le monde ; quand son acquisition de Tarn Edge devint officielle, les hypothèses les plus folles sur ce qu'il allait faire du superbe terrain de Tarn Rise – quatre hectares à flanc de coteau – commencèrent à se répandre ; Emma-Jane Hobhouse vint aux informations :

— Alors, Virginie, il paraît que vous faites construire une nouvelle maison ?

— Il en est question, en effet.

— Et celle-ci, Maison Haute ? Va-t-elle être vendue ?

— Je n'en sais vraiment rien encore.

— J'ai entendu dire que Joel en ferait cadeau à Hannah pour son mariage, ce qui est sûrement absurde car on sait bien que M. Ashley n'a pas les moyens d'entretenir une si grande maison. Aussi ai-je répondu, quand on m'en a parlé, que si Hannah Barforth épouse un pasteur, c'est pour habiter un presbytère. C'est logique, n'est-ce pas ?

Comme ma mère l'avait prédit, Hannah n'était pas du tout pressée de se marier. Aux questions agacées de Joel sur la date et le lieu de l'événement, ou sur ce qu'elle comptait faire au juste avec les cent livres de revenu annuel de M. Ashley, elle se contentait de répondre : « Je te le dirai quand je serai prête à le dire, mon frère. »

Sa rupture avec M. Brand avait laissé entre eux bien de l'acrimonie ; mais M. Morgan Aycliffe, depuis son départ pour Londres, correspondait avec elle beaucoup plus fréquemment qu'avec sa propre femme et, pour compenser la perte qu'elle avait faite de Ramsden Street et de ses œuvres, Hannah se rattrapait dorénavant sur les Agbrigg, parents et enfants, dont les affaires, dans le plus grand désordre, requéraient tous ses soins.

Anne Agbrigg n'avait pas retrouvé la santé ; présence à peine visible, ombre posée sur une chaise près de la fenêtre, elle ne discutait pas, mangeait ce qu'on mettait devant elle, faisait ce qu'on lui ordonnait et parvenait, avec l'aide de sa fille, à se maintenir dans un état décent de propreté, mais rien de plus ; elle était devenue une sorte d'ectoplasme, aussi incapable d'apprécier l'ascension sociale de son mari que de percevoir les souffrances qu'elle lui infligeait inconsciemment.

— Pauvre homme ! disait souvent Hannah, étonnée de son comportement. C'est pitoyable de les voir ensemble. Les gens prennent M. Agbrigg pour un homme sans cœur, mais quand je le vois avec sa femme, il me fait penser à un chien qui espère un os. Quand il s'aperçoit qu'elle ne le voit même pas, je crois bien qu'il va se cacher dans un coin pour pleurer. Pauvre petite femme… Je ne vois aucun signe, aucun espoir d'amélioration, mais ils sont tous si heureux de mes visites que je ne peux pas les décevoir – abandonnés à eux-mêmes, ils seraient d'ailleurs parfaitement incapables de s'en sortir. Ils sont en train de repeindre le salon d'une couleur moins foncée – je ne te l'avais pas dit ? C'est moi qui le leur ai suggéré, bien entendu, car ils n'en auraient pas eu l'idée tout seuls ; j'avais toujours trouvé ce marron et ce vert tellement sinistres que je m'étais souvent demandé où ma mère pouvait avoir la tête le jour où elle les avait choisis. Au fait, Maria va entrer à l'école de Mme Turnbull. M. Agbrigg voulait d'abord l'envoyer chez une personne sans aucune qualification, se prétendant professeur de maintien, de couture et de français mais incapable de me montrer la moindre parcelle de ce qu'elle sait faire ; quand je suis allée la voir, elle n'a pas su proférer un mot dans une langue étrangère. Tu vois comme le pauvre homme est crédule ! Il avait pris cette intrigante pour une dame de qualité et n'avait pas osé lui poser de questions. Je l'ai fait à sa place, heureusement, et Maria est maintenant en bonnes mains avec Mme Turnbull, que je connais de longue date, elle dirige un établissement de premier ordre. Cette pauvre enfant n'est ni très vive ni très brillante, c'est une créature timide et effacée ; ce qui n'a rien de surprenant quand on connaît sa mère. Mais Jonas, le garçon, voilà un sujet prometteur qui travaille bien à l'école. Je suis allé voir M. Blamires, l'autre jour, et il est très satisfait de ses progrès – c'est, hélas ! loin d'être le cas pour Blaise, qui paraît ne plus savoir que bouder et se battre avec ses camarades.

J'ai essayé de protester, arguant que mon fils était encore jeune et n'allait pas à l'école depuis longtemps, mais Hannah m'a coupé la parole :

— Je sais, M. Blamires n'a pas voulu m'en dire davantage compte tenu de la position de Joel et de la générosité dont il fait preuve. Tu sais que j'aime beaucoup le petit Blaise, mais avoue qu'il est souvent insupportable, au point que je me demande si tu ne te montres pas trop faible, et mon frère trop affairé et négligent, pour le discipliner comme il convient. Nicolas paraît prendre le même chemin, ce qui est infiniment regrettable. Et puis, Virginie, maintenant que les garçons vont à l'école, je crois que tu devrais commencer à t'occuper plus sérieusement de Caroline. Mme Paget est parfaite tant qu'il s'agit de la débarbouiller et de lui faire ses boucles, mais en ce qui concerne l'éducation et la discipline je la trouve par trop permissive. Il serait grand temps que Caroline commence sérieusement à s'instruire, et mon amie Mme Turnbull pourrait t'être utile. Elle reçoit de nombreuses demandes de personnes très qualifiées, dont beaucoup accepteraient volontiers un emploi de préceptrice. Sur mes conseils, Elinor a engagé une Mlle Mayberry qui nous donne toute satisfaction. Réfléchis à ce que je te dis, Virginie, c'est un sujet qu'il ne faut pas prendre à la légère. Caroline est peut-être destinée à une grande position dans le monde, et tu ne te pardonnerais pas de l'y avoir mal préparée par négligence. La prochaine fois que tu iras chez Elinor, jette donc un coup d'œil à cette Mlle Mayberry et demande à Elinor ce qu'elle en pense.

Elinor, quand je lui ai posé la question, n'avait pas plus d'intérêt pour la gouvernante que pour le reste :

— Mlle Mayberry ? Bah ! elle fait l'affaire, je crois. Elle demeure là-haut, avec les petites, les fait descendre de temps en temps pour me les montrer à l'heure du thé et leur faire dire bonjour en français. Elle les accompagne quand je les emmène en voiture – sans doute parce que Mme Naylor ne me fait pas confiance pour les surveiller – et elle fait périodiquement venir Prudence ici pour me jouer quelque chose au piano. C'est, paraît-il, une sorte de récompense, mais je ne vois vraiment pas pour qui, car cette malheureuse enfant est blanche comme plâtre et en est malade, et moi, cela m'écorche les oreilles. Enfin... Elles savent probablement mieux que moi ce qu'il faut faire, Hannah, la nurse et cette préceptrice.

— Si Prudence en souffre à ce point, pourquoi ne pas interdire ces exhibitions ?

— Ah ! ma pauvre ! répondit Elinor avec un geste désabusé. Je m'y étais décidée un soir, si tu avais vu le drame que cela a provoqué ! Dès le lendemain matin, Hannah débarquait pour me dire que je manquais à tous mes devoirs, si bien qu'il a fallu présenter mes excuses à la demoiselle Mayberry qui, après cela, m'a couru après pendant toute la semaine, demandant ma permission pour tout et pour rien, tant elle avait peur de perdre sa place. Non, vois-tu, il est bien plus simple de laisser faire, d'applaudir quand c'est fini en disant « Bravo, Prudence, bravo, mademoiselle », cela évite les scènes et les complications. Je me console en me disant que Mme Naylor est au supplice de voir les enfants au salon, même s'il ne reste plus rien à casser. Son rêve, c'est de fermer la pièce et de mettre des housses sur les meubles, mais, comme mon mari les a laissés, je suppose que j'ai le droit de m'y asseoir. J'aime d'ailleurs bien mieux les choses comme elles sont, qu'en penses-tu ?

J'avais d'abord été choquée en voyant, pour la première fois, le salon vidé de ses trésors, dont Morgan Aycliffe avait emporté les meilleures pièces à Londres et mis le reste en sûreté au grenier ; ensuite, je l'avais trouvé enfin confortable, et l'on pouvait s'y attarder sans frémir à chaque instant. Il n'y avait désormais rien de plus précieux, sur les guéridons et les étagères, que des vases de fleurs et des bibelots en porcelaine rustique, vivement coloriée, que le maître de maison avait acquis dans sa jeunesse avec un goût encore peu sûr, et qu'Elinor avait dénichés dans un vieux coffre et disposés çà et là au hasard de son caprice. Ainsi, quand elle était dans ses bons jours et recevait Emma-Jane Hobhouse ou M. Adair, le nouveau régisseur de son mari – qui, pensant à l'âge de son patron, se mettait en quatre pour faire impression sur une future jeune veuve aussi riche que belle –, Elinor était enfin à l'aise dans son salon et se sentait maîtresse chez elle, dans un cadre qui lui convenait.

Mais ces moments agréables n'étaient plus guère fréquents, et il m'arrivait trop souvent de la trouver prostrée sur un divan, malade elle ne savait de quoi, se sentant épuisée, lasse à mourir – et paraissant même appeler la mort de ses vœux pour la délivrer de son ennui.

— Son seul problème, déclarait Hannah, c'est de ne pas vouloir se secouer. Elle aurait pourtant largement de quoi s'occuper en secondant son mari. Il faut garder le contact avec les électeurs, sonder l'opinion, recueillir les souhaits, les doléances, de sorte qu'il soit constamment informé de ce que les gens disent et pensent dans sa circonscription. Elinor s'y refuse, ou en est incapable, si bien que c'est encore sur moi que cela retombe. Oh ! je sais, ce n'est pas mon rôle et on en jase déjà, mais si M. Aycliffe devait perdre son siège à la Chambre faute des renseignements qu'aurait dû lui fournir sa femme, elle serait la première à en subir les conséquences !

Les sermons de Hannah ne faisaient que glisser sur Elinor, qui passait de périodes d'abattement – si léthargique qu'elle paraissait incapable de lever la main – à des flambées d'activité frénétique qui la faisait courir toute la ville, inviter ses connaissances et dépenser l'argent de son mari plus vite que M. Adair, le régisseur, ne pouvait le lui fournir.

— Je n'ai pas besoin d'une nouvelle robe du soir, déclarait-elle à Rosamonde Boulton, mais autant y penser d'avance… C'est cela, faites-moi donc ce satin bleu ciel, ainsi que cette robe noire, pendant que vous y serez. Elle fera admirablement ressortir les perles de la première Mme Aycliffe. Inutile de reprendre mes mesures, elles n'ont pas changé – ce qu'Emma-Jane trouve scandaleux comme si, à vingt-cinq ans, je devais déjà être une vieille toupie déformée… Enfin, je finirai bien par avoir trente ans, comme vous ma chère Rosamonde, mais, en attendant, auriez-vous quelque chose qui me vieillisse un peu ? Quand j'irai à Londres, il ne faudrait surtout pas qu'on me prenne pour la fille de mon mari – quoique je pourrais toujours envoyer ma sœur Hannah à ma place…

De tels sursauts étaient le plus souvent suivis d'accès d'une mélancolie inquiétante que, contrairement à Hannah, je ne pouvais pas mettre sur le compte d'un enfantillage.

— Laisse-la donc mariner dans son jus ! me disait Hannah avec hargne. C'est exactement ce que je compte faire, car si je restais plus longtemps avec elle, je la giflerais.

La solitude ne constituait cependant pas, à mon sens, le meilleur remède contre les idées noires d'Elinor ; aussi, par une belle soirée d'été, suis-je restée très tard avec elle à Blenheim Lane. Tout en me tenant la main, elle me parlait interminablement non de ses soucis présents, mais des souvenirs de notre enfance ; si bien qu'en rentrant chez moi dans la nuit chaude, j'étais comme alourdie d'une nostalgie sentimentale pour un passé dont, finalement, Joel n'avait jamais été absent.

Où était-il ce soir, Joel ? Quelques centaines de mètres nous séparaient, et pourtant, je ne le sentais pas plus proche de moi que Morgan Aycliffe ne l'était d'Elinor. Ma vie de femme était-elle, tout compte fait, moins vide que la sienne ? Joel, certes, ne m'avait pas physiquement abandonnée, il était bien présent dans ma vie comme dans mon lit, cela ne me vexait pas, quand il me prenait dans ses bras, de savoir qu'il pensait à l'aristocratique Estella Chase ou à quelque aventurière de rencontre, puisque de mon côté j'évoquais immanquablement l'image de Charles. Et pourtant, malgré tout mon bon sens, mon désir de paix et ses belles paroles sur nos intérêts mutuels, cela suffisait-il vraiment ? Je savais bien que non, et souhaitais ardemment ressembler à une Emma-Jane Hobhouse, totalement absorbée par sa fécondité et la routine de sa vie quotidienne ; cette femme avait trouvé sa place, à l'aise dans un monde masculin.

Si la société exigeait des femmes sur le modèle d'Emma-Jane, ne fallait-il pas m'efforcer de devenir comme elle, de m'envelopper l'âme et le corps dans des couches de graisse euphorisante de sorte que je puisse, moi aussi, faire paisiblement la sieste et me passionner, des semaines durant, pour la meilleure méthode de cuisson d'une tarte aux pommes ? Ou devrais-je plutôt reconnaître que, dans un monde où une Emma-Jane incarnait le succès, j'étais vouée à l'échec et que, l'ayant admis, il ne me restait plus qu'à me retirer, comme ma mère, de la vie active et à contempler avec détachement un univers en folie où je n'avais pas ma place ? J'étais si assourdie par le tumulte de mes pensées que je ne me suis pas tout de suite rendu compte de celui qui retentissait dans les rues.

Six mois s'étaient écoulés depuis l'élection, et Cullingford avait pris goût à l'agitation politique, d'autant plus que les élus de décembre étaient fermement résolus à ne rien faire en faveur des enfants et de leurs conditions de travail. Si la politique défendue par Charles Aycliffe avait subi ici une cuisante défaite, M. George Banks, bouillant défenseur des Dix Heures, n'avait pas connu un meilleur sort à Bradford, Richard Oastler lui-même avait été défait à Huddersfield et Michael Sadler avait perdu son siège à Leeds, si bien que le mouvement pour la réforme industrielle n'avait plus une voix à la Chambre – c'était du moins ce que proclamaient Bradley Hobhouse et nombre d'autres – et on n'en entendrait plus jamais parler. C'était compter sans le valeureux pasteur Bull, de Bierley, qui avait fait le voyage de Londres pour persuader le fort dévot lord Ashley de relever l'étendard de la cause. Lord Ashley n'avait jamais vu un enfant travailler dans une usine et, semblait-il, ignorait jusqu'à l'existence de tels abus, de sorte que l'éloquence du pasteur Bull le persuada sans peine de réintroduire le projet de loi Sadler au Parlement, ce qui amena la nomination d'une commission d'enquête.

— De quoi se mêle ce satané révérend ? avait grommelé Bradley Hobhouse. Et qu'est-ce que ce lord Ashley peut bien savoir de mes ateliers et de mes problèmes de production ? Est-ce que je vais lui dire, moi, comment faire pousser son blé ou cultiver ses terres ? Dix heures !... C'est ce qu'il me faut, dix heures, pour tout juste couvrir mon prix de revient, et il m'en faut au moins cinq de plus pour dégager un bénéfice. Si je perds de l'argent, tout le monde y perd, c'est quand même simple à comprendre !

Ce à quoi Joel s'était contenté de répondre, avec un haussement d'épaules :

— Nous n'y perdrons rien du tout. Nous avons nos députés, désormais, et c'est précisément pour cela que nous les avons élus. Alors, laissons Morgan Aycliffe et ses camarades faire leur travail et justifier ce qu'ils nous coûtent, sinon ils auront beau refaire la quête, ils n'auront pas un sou de moi.

Ces derniers mois, depuis qu'on avait annoncé le passage des enquêteurs de la commission royale, l'atmosphère s'était considérablement alourdie ; obsédée par ces regards furtifs, accusateurs, haineux que je surprenais sous un châle ou une casquette de drap partout où je me rendais, au point de partager presque les terreurs d'Emma-Jane de voir surgir dans la nuit des mains prêtes à étrangler, des ombres se ruer pour violer, je me remis à rêver ; dans mes cauchemars, de plus en plus fréquents, je voyais éclater la poitrine de mon père, et la mort blanchir le visage de mon frère.

L'usine Hobhouse était surveillée nuit et jour par des militants des Dix Heures, se relayant silencieusement pour empêcher Bradley de nettoyer ses ateliers ou d'installer des toilettes décentes avant l'arrivée des enquêteurs ; quant à Tarn Edge, où les travaux de construction étaient en cours, le site était soumis à la même vigilance, plus discrète car Joel était moins facile à berner ou à intimider que Bradley, mais tout aussi serrée ; je ne pouvais plus m'y rendre sans éprouver l'effrayante sensation d'être cernée par des yeux invisibles, d'avoir constamment derrière moi une présence : celle d'un être au teint cireux, au corps difforme, sans espoir dans la vie mais sans peur de la perdre, me surveillant sans relâche en retrait de mon propre champ de vision.

Partout où ils se présentaient, les enquêteurs étaient accueillis par une foule houleuse et vociférante ; des fidèles de Richard Oastler, militants des Dix Heures, les suivaient à cheval de ville en ville, inquiétante escorte dont ils ne parvenaient pas à se débarrasser. Sur leurs pas se formaient, comme spontanément, des rassemblements de masse et des cortèges de manifestants. À Bradford, les menaces proférées contre la vie des enquêteurs étaient si sérieuses que M. John Wood fut obligé lui-même de leur refuser l'accès de son usine, où il ne pouvait pas garantir leur sécurité. En cette chaude nuit d'été où je revenais de chez Elinor, j'avais oublié que l'« ennemi » – comme on surnommait les membres de la commission – était arrivé à Cullingford et que Joel était en ce moment même en train de conférer avec eux au Vieux Cygne, sans doute autour d'une bonne table.

Dans l'atmophère de méfiance et d'hostilité qui régnait, il avait été impossible de les recevoir à la maison, au désespoir de Mme Stevens qui, à l'instar de Joel, croyait aux effets bénéfiques des sauces épicées à point, des vins capiteux et des cigares de La Havane. Vêtu de son plus élégant habit, une lourde bague d'or à chaque main, une perle à la cravate, sans oublier sa canne d'ébène à pommeau d'or et son chapeau de soie, Joel était parti pour le Vieux Cygne accueillir les honorables enquêteurs et leur affirmer que, contrairement à un M. John Wood – qui ne tenait pas mieux ses ouvriers en main pour leur offrir des baignoires et des salaires princiers –, il était, lui, parfaitement en mesure d'assurer leur sécurité à Cullingford où qu'ils souhaitent se rendre. En le voyant, on ne pouvait mettre sa parole en doute.

Le grondement de la foule me tira brutalement de ma rêverie. Une fumée qui me piquait les yeux m'avait d'abord fait penser, tant j'avais la tête ailleurs, à des soirées au coin du feu, jusqu'à ce que je revienne à la réalité d'une suffocante nuit de juillet.

— Que se passe-t-il, Thomas ? ai-je crié en me penchant à la portière.

Les chevaux énervés accaparaient l'attention du cocher qui, ayant servi mon grand-père, n'avait toujours pour moi que la médiocre considération qu'on accorde à une gamine sans importance. Aussi prit-il son temps pour me répondre en grommelant, comme si j'avais dû comprendre par moi-même et ne pas l'assommer de questions :

— Encore une émeute, vous voyez bien. Si je n'arrive pas à faire demi-tour, on sera dans de beaux draps.

Mais Blenheim Lane, bordé d'arbres, était trop étroit et nous avions déjà dépassé la Toison, dont la cour nous aurait permis de manœuvrer, si bien qu'il ne nous restait plus qu'à avancer.

J'entendis Thomas jurer et pester contre les chevaux – qui avaient, à son avis, bien trop de finesse pour être attelés et qu'un Samson Barforth n'aurait jamais choisis – que l'odeur de fumée rendait de plus en plus rétifs ; quand je me suis penchée de nouveau à la portière, il m'a crié du ton qu'aurait employé mon grand-père :

— Allez-vous rentrer la tête, à la fin ? Vous voulez donc qu'on vous reconnaisse ?

Furieux de se retrouver responsable de la femme d'un patron qu'il n'aimait pas, et d'être mis dans cette situation par ma propre faute, car je n'avais nul besoin d'aller bavarder toute la nuit à l'autre bout de la ville au lieu d'être restée tranquillement chez moi comme une femme sensée, il fit claquer son fouet et se remit en marche du mieux qu'il put.

Sans chapeau, sans manteau, je n'avais qu'un nœud dans les cheveux et un léger châle de tulle, accessoires d'une robe qui me parut soudain trop voyante, d'un jaune clair impossible à dissimuler dans un recoin obscur et qui ne pouvait manquer de me désigner à la vindicte populaire : « C'est la femme de Joel Barforth ! Arrêtez-la, la garce ! » Je savais que cela risquait fort d'arriver, que je pouvais être arrachée à ma voiture, traînée sur le pavé, maltraitée, déshonorée, car j'avais vu mon père saigner à mort, j'avais vu mon frère transpercé par la lame d'un long couteau de cuisine. Alors, j'ai eu très peur.

En cahotant sur les pavés, la voiture s'est engagée dans la descente de Kirkgate et de Millergate, et je vis les devantures saccagées, la chaussée encombrée de voitures abandonnées, couverte de débris où se bousculaient, dans la confusion, des troupes de chiens, de chats et d'enfants perdus se gorgeant joyeusement de friandises chapardées à l'épicerie de M. Wilmot, à la boulangerie Timmins ou au salon de thé des sœurs Fearnley – lieux familiers que je reconnaissais à peine dans l'obscurité et la cohue. Nous avons avancé lentement pour, finalement, être forcés de nous arrêter en bas de Millergate, au coin de la place du Marché.

Un gigantesque bûcher avait été dressé dans la cour du Vieux Cygne, juste sous la fenêtre de la salle à manger où Joel dînait avec les enquêteurs. D'un seul coup, le nuage de fumée qui en émanait fit place à une haute langue de flammes, saluée par des vociférations ; je reconnus le nom de Joel, que je vis alors apparaître à la fenêtre ; il l'ouvrit toute grande, puis, avec l'imperturbable arrogance qui le faisait à la fois tant haïr et tant redouter, il s'appuya au montant avec la nonchalance du spectateur qui s'apprête à assister à une représentation.

Dans la lueur des flammes, je vis briller l'or de ses boutons de gilet, l'éclat de ses dents blanches contre sa peau basanée, tandis qu'il souriait de quelque plaisanterie faite à ses hôtes, assiégés avec lui ; j'ai distingué, éclairés çà et là dans la foule, des visages grimaçants, des regards haineux, des sourires à demi déments, toutes les nuances d'une exaltation collective où sombrait la raison, où disparaissaient les individus, désormais rendus sourds et aveugles à tout sentiment d'humanité et de pitié – qui leur reviendrait sans doute demain, quand il serait trop tard.

Avec la lucidité qu'apporte parfois une extrême terreur, je me rendais compte que j'étais littéralement prise au piège, car je ne pouvais ni compter sur Thomas ni rejoindre Joel ; et, au moment où je vis la foule s'écarter pour laisser passer un groupe résolu de militants des Dix Heures, j'ai joint instinctivement les mains et fermé les yeux, comme les enfants qui s'imaginent qu'il suffit de ne pas voir pour ne pas être vus.

Je les ai rouverts un instant plus tard et je n'ai d'abord pas distingué, dans la lumière vacillante des torches et du bûcher, ce qu'ils portaient sur leurs épaules ; mais la panique faillit me submerger en reconnaissant leur fardeau ; j'avais beau me dire que ce n'était pas vraiment Joel, car je le voyais en même temps à la fenêtre, le mannequin était si affreusement ressemblant, les détails de son costume et de sa chemise à plastron ruché, sa taille même et sa carrure si hallucinants de vérité que mon esprit refusait d'accepter la réalité de ce simulacre. Le groupe des justiciers parada lentement autour de la cour, une fois, deux fois, pour que Joel ait le temps de se reconnaître, avant de jeter sauvagement l'effigie dans les flammes. L'espace d'un instant, j'ai cru sentir dans mes narines l'odeur de la chair grillée, j'ai entendu le hurlement de la victime à l'agonie, et j'étais si bien noyée dans le torrent de haine que dégorgeait la foule que je ne voyais plus le visage bien vivant de mon mari.

Incapable de détourner les yeux ni de les refermer, j'ai donc, comme tout le monde, contemplé le mannequin qui brûlait ; j'ai vu les jambes se désintégrer, la poitrine crever pour vomir Dieu sait quelles immondices, j'ai vu l'un après l'autre l'élégant habit, le visage peint, le chapeau de soie dévorés par les flammes. La haine était si intense, si palpable, la foule si pénétrée de son désir de torturer sa victime que le supplice reprit toute sa réalité et me devint insoutenable. Quand tout fut terminé et que les restes calcinés du mannequin furent mêlés aux cendres du bûcher, quand le sacrifice rituel eut été accompli, tous les yeux se portèrent vers la fenêtre où Joel était toujours nonchalamment appuyé, son verre à la main.

Un rugissement enfla, déferla, jaillit vers lui :

— À mort, Barforth ! À mort !

Il regardait toujours la foule de haut, avec le même sourire éblouissant. Alors, en un geste d'une raillerie provocante, il leva son verre, le vida d'un trait, salua de la tête, tourna les talons et disparut à l'intérieur.

Plongée dans le tumulte des vociférations qui redoublaient, environnée de torches et de poings brandis, je me surpris à sourire à mon tour.

Mais le problème de ma sécurité restait entier ; aucun espoir de fuite ni de secours dans cette mer de visages hostiles qui débordait de la place et engorgeait les rues adjacentes. En temps ordinaire, ces hommes n'étaient pas de ceux à faire violence à la femme d'un autre – même s'ils ne dédaignaient pas, à l'occasion, donner une correction aux leurs ; mais une nuit comme celle-ci ne poussait pas aux bons sentiments, ni au souvenir des remords qu'on pourrait avoir le lendemain ; sans grand effort d'imagination, je sus qu'une fois le bûcher éteint, le vrai Joel étant toujours en vie, je constituerais une cible de choix pour ses exécuteurs frustrés. Personne, je crois, n'avait encore reconnu la voiture, car l'attention de la foule était entièrement tournée vers le Vieux Cygne et les « ennemis » en train de festoyer à l'intérieur ; la place était par ailleurs encombrée d'équipages coupés, comme le mien, de toute possibilité de retraite. Mais le moment viendrait sans doute assez vite où ceux qui ne se seraient pas dispersés pour rentrer chez eux ou aller noyer leur colère dans la bière, les enragés ou les désespérés, les violents par plaisir, se tourneraient tout naturellement vers ces voitures, symboles des injustices de la vie ; et je n'avais ni l'intention ni le courage de rester enfermée dans cette boîte fragile pour y subir un déluge de pierres et d'ordures, ou d'attendre que les chevaux emballés m'emportent vers une destruction quasi certaine.

La tête de Thomas apparut soudain à côté de moi :

— Vous feriez mieux de descendre.

Encore bouleversée par les périls imminents, je n'ai pas pu répondre.

— Allons, ma fille, descendez donc ! reprit-il avec plus d'impatience. Ils ne connaissent pas encore bien votre figure, mais moi ils savent qui je suis, comme les chevaux que je conduis ; si vous restez là, ils ne seront pas longs à faire le rapprochement. Je ne veux pas être responsable de ce qui vous arrivera, et ces fichues bêtes ne sont pas des mulets, croyez-moi. S'ils perdent la tête, il y aura du dégât et vous ne serez pas la seule à en souffrir.

Comme je restais muette et le regardais, bouche bée, il saisit le tapis de la voiture et me le jeta sur les genoux.

— Tenez, enveloppez-vous là-dedans et descendez, mais descendez donc ! Si vous pouvez, allez au Cygne, sinon remontez Millergate. Si je ne vous y attends pas, frappez à une porte, il y a des maisons convenables par là-haut, et demandez qu'on vous raccompagne ou qu'on fasse prévenir à la maison. Allons, secouez-vous un peu, que diable !

Personne ne m'avait encore dit de me secouer, et je n'attendais certes pas cela de la part d'un cocher qui aurait dû se soucier avant tout de ma sûreté. Mais il s'inquiétait sans doute davantage de celle des pur-sang de Joel, surtout qu'ils risquaient fort d'écraser sous leurs sabots une douzaine d'innocentes, infiniment plus proches de lui par leur milieu social et leur caractère que je ne le serais jamais. Aussi ai-je avalé péniblement ma salive, hoché la tête et, drapée comme j'ai pu dans la lourde couverture, je suis descendue de voiture.

Nous étions, croyais-je, arrêtés au coin de Millergate et de la place. Millergate… Mais où donc était Millergate ? J'avais passé ma vie dans cette ville, j'en connaissais les moindres détours et, à mon effarement, je n'avais plus la moindre idée : où était Millergate, où fallait-il que je tourne ? Je me suis éloignée aveuglément de la voiture en me disant qu'il valait mieux mettre de la distance entre elle et moi. Personne ne m'adressait la parole, personne ne faisait mine de m'arrêter, ni même de me dévisager car, après tout, qu'étais-je pour ces gens sans ma voiture, mon ombrelle à franges et mon chapeau de satin ? C'était la première fois que je me trouvais prise dans une telle foule, et je n'avais encore jamais été bousculée, pressée de toutes parts par des inconnus, je n'avais jamais respiré de tels relents de sueur, de crasse, et j'en étais terrifiée.

Avec une panique croissante, j'ai cherché Millergate où je savais trouver de coquettes maisons avec un jardinet, une servante en tablier empesé qui me servirait le thé pendant que le maître de maison, ou son valet, irait prévenir chez moi. Mais où était Millergate ? Chacun de mes efforts pour retrouver la rue paraissait m'en éloigner ; finalement je m'engouffrai dans une ruelle malodorante et obscure. Quand j'ai voulu revenir sur mes pas, je vis ma retraite bloquée par trop d'inconnus, trop de regards, trop de bruit ; pour ne pas être reconnue, j'ai dû baisser la tête et j'ai poursuivi mon chemin. J'étais perdue.

Se perdre dans sa ville natale ! Cette seule pensée me parut si ridicule que je me suis appuyée contre un mur et me suis forcée à réfléchir. Je ne pouvais être que dans une de ces venelles qui servent de traverses entre Kirkgate et Millergate, je les avais vues cent fois, mille fois en passant ; elles étaient sales, humides, le vice et la maladie y triomphaient peut-être, mais elles étaient courtes. Il me suffisait donc de marcher jusqu'au bout pour retrouver une rue pavée et éclairée, Kirkgate ou Millergate, peu m'importait. Pour y parvenir, je n'avais que quelques dizaines de mètres à parcourir, quelques pas… Je me suis aussitôt élancée dans le noir, mes escarpins de satin glissèrent dans l'eau bourbeuse du caniveau, je pataugeais dans des choses innommables, submergée d'une nouvelle vague de terreur, plus accablante que les précédentes. J'avais la sensation de n'être plus moi, de n'être qu'une simple femme anonyme perdue dans la nuit, proie offerte au premier venu, et la crainte d'être reconnue passait maintenant à l'arrière-plan. Le danger ne venait pas de ma position sociale mais de mon sexe : je n'étais plus qu'une femme, une créature sans défense qu'on pousse contre un mur, qu'on soumet à toutes les indignités dans les rires. Je voyais presque des mains sales sortir de la nuit pour m'empoigner, je sentais déjà l'haleine fétide de bouches encore pleines d'alcool, et j'ai hâté ma course aveugle en réprimant un cri d'effroi, tant la menace me paraissait réelle, pour buter partout contre des murs lépreux, comme une pitoyable souris dans un labyrinthe, jusqu'au moment où je sentis une main m'agripper le poignet pendant qu'une voix inconnue prononçait mon nom :

— Vous êtes Mme Barforth...

— Non, non, ce n'est pas moi, lâchez-moi !

— Pour aller où, pauvre chérubin ? Vous ne savez même pas où vous êtes ! Je vous ai vue descendre de voiture et, depuis, vous n'avez fait que tourner en rond.

L'inconnue était une femme, ce qui ne me rassurait en rien.

— Lâchez-moi, c'est tout ! Qui que vous soyez, allez-vous-en, je ne vous connais pas.

— Non, mais moi je vous connais, ma belle ! répondit l'inconnue en me serrant le poignet encore plus fort. Je sais bien que vous êtes la femme de ce diable de Barforth. Alors, comme cela, vous avez perdu votre belle voiture, hein ? Non, *Mademoiselle* Virginie, n'essayez pas de me boxer, vous n'en êtes vraiment pas capable. Je pourrais vous étendre par terre, dans la boue, avant que vous ayez compris d'où venait le coup.

La femme m'attira vers elle et, son visage proche à me toucher, reprit à voix plus basse :

— Cela ne m'amuse pas de vous tirer de là, croyez-moi. Je me moque bien de ce qui peut vous arriver, parce que le pire est encore trop bon pour vous – et c'est ce qui vous pend au nez si vous restez ici, ma petite. Ils sont tous encore auprès du bûcher, mais ils ne vont pas tarder à revenir et, en vous voyant, ils vont vous manger toute crue, ne vous faites pas d'illusions. Et c'est bien pour ça qu'il faut que je vous emmène chez Charles, parce que si je vous laissais ici et qu'il l'apprenne, il m'en voudrait, et cela, je n'en ai pas envie... Allons, mon petit, suivez-moi bien gentiment et venez retrouver votre Charles, vous le voulez autant que lui. Si vous êtes une Barforth, vous n'êtes pas du genre à laisser filer une occasion quand elle passe à portée de la main, n'est-ce pas ?

Abasourdie, hypnotisée par cette femme et la volonté qui émanait d'elle, je l'ai suivie avec une docilité aussi totale que celle d'Anne Agbrigg.

24

Je ne m'étais encore jamais approchée du Tonneau rouge, dont je ne connaissais que sa réputation de repaire de voyous et de contestataires de tout poil, d'hommes sans foi ni loi et de femmes de mauvaise vie. Or, c'était justement l'une d'elles qui m'y entraînait d'une main ferme – créature impudique, nu-tête, qui ondulait des hanches et faisait voler ses longs cheveux noirs –, le long d'une ruelle étroite et gluante, jusqu'à un escalier crasseux menant à une pièce où je n'aurais sûrement pas dû mettre le pied.

— Attendez ici, me dit-elle. Je vais le prévenir.

J'ai entendu le bruit de la serrure qu'elle refermait derrière elle. Je ne savais pas si elle était vraiment partie chercher Charles, mais je me suis docilement assise, comme une dame en visite, et j'ai attendu sans pensées d'évasion.

Posée sur une table au bois crevassé, une lampe éclairait chichement un plancher et des murs nus, une chaise de cuisine, un étroit lit de fer, des piles de livres, de quoi écrire – à peine l'essentiel, mais d'une propreté et d'un ordre scrupuleux. Cela faisait penser à une cellule monacale, le genre de retraite où Morgan – et non Charles – Aycliffe serait venu se mortifier et se purifier l'âme. Le vacarme de l'estaminet filtrait à travers le plancher, on était plongé dans le bourdonnement de la venelle et les bruits de la pièce contiguë, de sorte qu'on avait l'impression de vivre dans l'intimité constante d'étrangers, de participer aux fonctions les plus secrètes de leur vie. Pour moi qui n'étais plus protégée par l'épaisseur de murs de pierre, l'espace d'un jardin et le parfum des roses, cette proximité constituait une sensation à la fois désagréable et rassurante.

Charles mit longtemps à venir et, quand la porte s'ouvrit enfin, je vis qu'il avait couru. Décontenancée par son émoi visible, j'ai voulu réprimer le mien, qui me poussait vers lui, et j'ai dit maladroitement, trop sèchement, la première chose à me passer par la tête :

— Qui était cette femme ?

Cette sortie inattendue le stoppa net dans son élan et nous donna, à tous deux, le temps de nous ressaisir.

— Dinah McCluskey, la propriétaire. Elle m'a raconté ce qui vous est arrivé, Virginie. Votre cocher mérite le fouet pour vous avoir abandonnée ainsi.

— Il s'inquiétait davantage des chevaux, qui valent plus cher qu'une femme. S'il leur était arrivé malheur, il en aurait coûté à Joel plus de mille guinées pour en faire venir d'autres de chez Tattersal's, à Londres, alors que pour moi il en aurait été quitte avec une belle pierre tombale, sans même avoir besoin de sortir de Cullingford pour me remplacer. Vous voyez, Thomas savait très bien ce qu'il faisait en me jetant dehors.

— Virginie… Comment vous sentez-vous ?

— Je suis probablement au bord de l'hystérie, mais je me crois capable de me dominer. Serait-ce gênant pour vous que j'aie une crise ? Quelqu'un se donnerait-il la peine de venir voir ce qui se passe ?

— Certainement pas. Vous pourriez hurler tant et plus sans que personne ne songe à s'en mêler. On croirait que je suis en train de vous battre – dans le quartier, on sait bien que les femmes le méritent toutes de temps en temps et que certaines y prennent même plaisir –, et, si vous ouvriez la fenêtre pour crier « À l'assassin ! », on dirait sans doute que vous ne l'aviez pas volé.

— Ainsi, je suis à votre merci.

Sa bonne humeur forcée fit place à une expression sérieuse.

— Non, Virginie, et vous le savez très bien. Vous feriez mieux d'attendre ici que la foule se disperse et je vous ferai ensuite reconduire chez vous. Je n'ai rien d'autre à vous offrir que du cognac, et je doute que Dinah, malgré ses ressources, puisse vous trouver du thé à cette heure-ci.

— Eh bien ! va pour le cognac, cela ne me tuera pas. C'est d'ailleurs ce qui a prolongé la vie de mon grand-père dans ses dernières années – du moins le disait-il, et mon grand-père avait toujours raison…

Il me donna un verre de cristal taillé d'un luxe incongru dans un tel cadre ; le cognac était sans doute de grande qualité, mais je l'ai bu trop vite et il me brûlait encore l'estomac et m'engourdissait la langue tandis que je suis allée à la fenêtre regarder la sordide venelle. J'avais la conviction que ce qui se passerait entre nous dépendait entièrement de moi et que Charles resterait courtois et flegmatique, qu'il parviendrait peut-être même à me faire croire à son indifférence envers moi si je n'avais pas entendu cette femme, Dinah McCluskey, me dire : « Venez chez Charles, vous le voulez autant que lui… »

— Étiez-vous sur la place ? demanda-t-il calmement. Avez-vous vu le bûcher ?

— Oui, et j'ai même vu la manière dont Joel a salué la foule. J'ignore ce que j'aurais dû éprouver, mais je sais que j'ai été fière de lui.

— Je le regrette.

— Vous ne devriez pas. C'est mon cousin, comme je vous l'ai déjà dit, et je le comprends. À sa place, mon père aurait été bouleversé, mon frère aurait voulu corriger quelques manifestants et se serait encore fait tuer. Mais mon grand-père, lui, aurait réagi exactement comme Joel. Qu'on l'ait ou non aimé – et je ne l'aimais certes pas –, il faut avouer que mon grand-père était un homme extraordinaire. Je n'aime pas beaucoup Joel non plus, mais cela ne m'empêche pas d'en être fière, de reconnaître son courage – ou de souhaiter, parfois, qu'il soit dans votre camp. Car il ferait bien plus pour votre cause qu'un Mark Corey – s'il y croyait ou s'il y voyait un profit quelconque.

Charles me fit un sourire contraint ; dans la lumière incertaine de la lampe, son visage me paraissait plus pâle, amaigri, sa peau fine se plissait autour des yeux et ceux-ci étaient d'un bleu délavé, comme affadis par la fatigue. Je savais pourtant que je l'aimais : alors, pourquoi lui avoir parlé si durement, pourquoi avais-je cru indispensable de me justifier, de lui expliquer que j'éprouvais du respect, une sorte d'admiration importune, pour Joel ?

Il fit un effort visible pour retrouver son ton léger.

— Toujours ce maudit orgueil Barforth ! Jusqu'où vous poussera-t-il ? Je ne vous avais encore jamais vue si agressive, Virginie.

— Je le serai bien davantage dans un instant si vous ne me dites pas comment cette femme est au courant de ce qu'il y a entre nous.

— Elle le sait parce que je le lui ai dit.

— Mais pourquoi, Charles ? Comment avez-vous pu…

— Elle a bon cœur, elle n'est pas sotte, elle écoute volontiers les confidences quand on a trop bu, et elle sait se taire ensuite. Elle est peut-être vulgaire, je vous l'accorde, mais je frémis en pensant à ce qui aurait pu vous arriver si elle ne vous avait pas suivie ce soir. Vous devriez lui en être reconnaissante.

— Je le suis. Alors, que lui avez-vous raconté ?

— Pourquoi vous le répéter ?

— C'est à moi d'en juger.

Il ferma brièvement les yeux avec une grimace de douleur, comme sous une soudaine attaque de migraine, et sa voix n'était plus qu'un murmure quand il me répondit :

— Non, Virginie, je vous en supplie, ne recommencez pas. Ne revenez pas me hanter, vous approcher de moi pour vous évanouir comme un nuage de fumée. Vous en souffrez peut-être vous-même, mais c'est pour moi un véritable calvaire.

— Que voulez-vous donc que je fasse ?

— Rien, Virginie, rien, car il n'y a rien de changé entre nous. Je ne suis pas plus capable de vous faire vivre, je le suis en fait moins que jamais. La campagne électorale m'a coûté cher et je suis endetté jusqu'au cou. Maintenant que les gens connaissent ma figure aussi bien que mes opinions, tout le monde vient me demander des secours que je ne suis pas toujours capable de refuser. Si nous partions ensemble, Virginie, imaginez la procession que nous aurions aux trousses, entre votre mari et mes créanciers… Autant que vous le sachiez.

— Je le savais déjà, Charles. Et maintenant, allez-vous me dire ce que vous avez raconté à cette Mme McCluskey ?

Il s'éloigna de quelques pas, revint lentement, avec précaution, comme un chat qui tâte l'atmosphère et flaire de loin une personne inconnue. Je sentais la tension de ses nerfs, l'intensité de l'effort qu'il faisait pour ne pas m'effleurer, ne pas même faire mine de vouloir me séduire, se rappeler ce que j'avais à perdre dans ma chute et se promettre de ne rien faire qui puisse me nuire même si, en femme inconséquente et frivole que j'étais, je semblais curieusement y consentir. Tant de bonnes résolutions me firent sourire car, avec la lucidité que me donnait l'étrangeté de ma situation, je le savais incapable de s'y tenir.

Je lui avais demandé – il y avait longtemps déjà – de ne pas me prendre de force, de me laisser une chance de lui donner à ma guise ce que j'étais prête à offrir ; maintenant, tandis que j'observais son pénible débat intérieur entre le désir et la crainte de s'engager trop profondément, irrémédiablement peut-être, envers moi, je compris d'un coup que, pour la première fois de ma vie, j'étais libre. Personne au monde, à l'exception de Charles et de Dinah McCluskey, ne savait où j'étais en ce moment, et, si l'on me cherchait, nul n'aurait l'idée de venir voir ici. C'était la liberté, une liberté brève, certes, et précaire, mais la liberté quand même ; qu'importaient la brièveté et la précarité quand la vie était elle aussi fugitive et incertaine – car j'aurais aussi bien pu être tuée dans la rue que mourir de la fièvre six mois auparavant. Je me sentis alors baignée dans la chaleur délicieuse d'une puissance toute neuve comme un soleil levant ; je n'eus plus de honte à reconnaître l'existence de mon amour et, mieux, de mon désir pour cet homme fragile et beau, à souhaiter non plus seulement l'union de nos âmes mais la satisfaction du besoin que j'éprouvais de le posséder physiquement en me donnant à lui.

Il reprit la parole comme s'il voulait se convaincre, lui, plutôt que moi :

— Je ne peux pas vous demander d'être ma maîtresse, du moins je ne le peux plus. Quand je l'ai fait, vous ne m'avez pas répondu, car il ne peut y avoir de réponse à une telle demande. Je l'avais compris alors, et c'est pourquoi nous nous étions séparés.

Je me suis approchée et j'ai passé un bras autour de son cou :

— Non, Charles, il ne s'agissait pas vraiment de cela. Je crois plutôt que vous aviez peur, peur que je vous force à devenir un monsieur respectable dans quelque jolie maison bien bourgeoise. Mais maintenant que vos créanciers ne m'en laissent de toute façon plus le loisir…

— Ne vous moquez pas de moi, Virginie. Je vous aime. Je ne sais pas toujours pourquoi, et Dieu m'est témoin des efforts que j'ai faits pour vous oublier, mais je vous aime.

— Moi aussi, Charles, je vous aime.

En ces premiers instants, notre bonheur avait l'innocence éblouie d'une joie d'enfant à la découverte du monde, de ses parfums et de ses couleurs. Comme en un lent cheminement dans un pays enchanté, ses mains défirent une à une, avec douceur, les épingles de mon chignon, mes cheveux déliés frôlèrent sa bouche souriante pour qu'elle les goûte, ses narines pour qu'elles les hument. Nous nous étions longtemps attendus et pourtant, loin de nous jeter l'un sur l'autre avec un appétit décuplé par l'impatience, nous savourions sans hâte l'accomplissement de cette promesse. Dans le souffle de son haleine, je comprenais enfin que le don de soi procure la plénitude, je ne me sentais plus assujettie à l'avidité des yeux d'un homme : c'était moi qui lui offrais mon corps, qui levais les bras avec un soupir de contentement pour laisser s'envoler mon corsage ; moi qui ressentais de la joie à faire jouer la lumière de la lampe sur mes épaules et mes seins nus, de la fierté à les savoir toujours ronds et fermes, à être assurée que mes jambes, émergeant de mes jupons comme d'une corolle, étaient longues et galbées, mes chevilles fines. En cet instant magique, j'aimais mon propre corps, offert à la caresse de son regard, parce qu'il l'aimait, lui.

Et même alors, quand j'eus à mon tour l'émerveillement attendri que me donnait la vue de ses formes finement ciselées et de sa fragile peau blonde parsemée de touffes soyeuses, nous nous sommes encore contemplés longuement. Du bout des doigts, il effleura mon front, dessina le contour de mon visage, descendit paresseusement le long de mon cou, de mes épaules et de mes hanches ; et moi, les bras levés et ronronnant de contentement, je tournais lentement sur moi-même, prête à me fondre en lui, à m'engloutir en l'absorbant comme se mêlent les eaux lourdes et généreuses d'un fleuve.

Le lit était dur, l'oreiller bosselé, la couverture rugueuse ; on entendait toujours les bruits de la rue, et le tapage mené par les ivrognes et les catins montait par vagues de l'estaminet au-dessous de nous. Tout cela aurait pu former une atmosphère sordide et repoussante si j'avais cru à sa réalité, mais je n'y prenais pas garde, le monde extérieur s'était amenuisé, éloigné au point que je n'avais plus rien à y faire. Mon seul souci était de me consacrer exclusivement au plaisir de Charles, plaisir infiniment plus complexe, plus délicat et plus riche que les joyeuses, mais sommaires explosions de virilité auxquelles j'étais accoutumée. Pendant une heure, je devins son esclave soumise et consentante, aveuglée, béate d'adoration, ne désirant pour récompense que le contact de sa peau sur la mienne, de ses os fins sous mes doigts ; et le bonheur de donner m'avait si bien enivrée que mon propre plaisir me submergea par surprise et me laissa trop comblée pour me rappeler que j'étais désormais une femme adultère, qui devrait être en proie à la honte et à la crainte.

— Oh ! Charles ! me suis-je écriée. Est-ce donc cela qu'on appelle le bonheur parfait ?

Je riais, je haletais, je le désirais de nouveau, mais je savais qu'il avait besoin d'être rassuré. Il me répondit d'un ton à la légèreté à peine forcée :

— Bien sûr, puisque je suis un amant parfait. En auriez-vous douté ?

Puis, soudain sérieux, il se pencha sur moi et poursuivit très vite :

— Je n'ai pourtant jamais eu aussi peur de ma vie, Virginie. J'étais terrifié à la pensée de vous offenser, de vous blesser ou de ne pas vous contenter assez... M'aimez-vous ?

— Je vous aime.

— Plus que quiconque ?

— Cent fois. Qui d'autre aimerais-je, d'ailleurs ?

— Vos enfants, dit-il en se redressant. Vous aimez vos enfants.

— Oui, naturellement.

— Je l'ai souvent vu sur votre visage, quand vous les regardez. Votre tendresse m'a touché.

— Vous déplaît-elle ?

— Grands dieux, non, elle m'enchante, au contraire ! Sauf que...

— Oui ?

— Je suis assez honnête, je crois, pour craindre qu'ils ne souffrent de notre amour, mais assez ignoble pour ne pas vouloir le leur sacrifier.

Je le sentais tendu, anxieux, et je lui ai longuement caressé le dos en un geste de réconfort, presque maternel.

— Voyons, Charles ! ai-je dit en riant. Cela fait des années que vous essayez de m'attirer dans votre lit et, maintenant que j'y suis, j'en arrive à croire que vous êtes assez compliqué pour chercher des raisons de le regretter !

— Alors, Virginie, il faut me prendre dans vos bras et apaiser mes tourments, car j'ai tendance à sombrer dans la mélancolie, surtout quand je viens d'éprouver un grand bonheur. J'ai toujours besoin d'être gâté et dorloté, je vous préviens !

Je l'ai pris dans mes bras, sa tête nichée au creux de mon épaule, j'ai joué avec ses fins cheveux dont j'enroulais des mèches autour de mes doigts, j'ai couvert de petits baisers ses yeux, ses oreilles, son menton, tous les recoins de ce visage d'enfant inquiet et encore apeuré dans la nuit, jusqu'à ce que l'homme en lui reparaisse et que nous fassions l'amour avec une brièveté qui parut en accroître l'intensité.

Mais il était grand temps que je m'en aille, et je me suis dégagée de son étreinte avec les infinies précautions que l'on prend pour des objets d'une très grande valeur et d'une extrême fragilité ; une fois debout, j'ai regardé sa petite chambre nue – cette cellule monacale –, j'ai souri avec attendrissement aux meubles vieux et laids, aux taches d'humidité aux murs, au plancher disjoint, comme s'il s'agissait de trésors sans prix.

— C'était ce que je redoutais le plus, lui ai-je dit. Se lever, se rhabiller, sortir en se cachant… Je croyais que cela me paraîtrait sordide au point de ne pas pouvoir le supporter. Et pourtant, me voilà en train de le faire sans autre pensée que celle que je vous aime.

Il se leva à son tour avec un sourire triste :

— Merci, Virginie, je sais que vous le dites pour me faire plaisir, car vous saviez que je le craignais au moins autant que vous. Me reverrez-vous quand même ?

— Oui, Charles, mais pas ici, on nous découvrirait. Soyez sans crainte, je trouverai un endroit. On me croit paisible et soumise, mais je sais très bien obtenir ce que je veux quand j'y suis décidée. Venez, il faut que vous m'aidiez à me reboutonner, c'est infernal. Et je n'arriverai sans doute pas à me recoiffer toute seule non plus…

Nous nous sommes rhabillés sans gêne et sans fausse pudeur ; il m'aida à arranger mes cheveux avec un nœud simple mais d'allure assez convaincante après mes mésaventures ; il trouva drôle de me voir empêtrée dans mes jupons, leurs lacets et leurs agrafes ; au lieu de la honte que je m'attendais à ressentir, de la crainte paralysante d'être découverte, mon esprit fonctionnait librement et refusait de se laisser distraire du bonheur que je venais de vivre.

« Tu as commis l'adultère », me disait la voix de ma raison, à laquelle je répliquais : « La prochaine fois, je me munirai d'un grand chapeau où je puisse simplement fourrer mes cheveux en désordre sans perdre de temps. » Ma conscience rétorquait : « L'adultère est un crime, devant Dieu et devant la loi, une loi qui n'est pas la même pour les hommes que pour les femmes. La Société absout l'homme qui s'en rend coupable, alors que la femme est traitée comme une pestiférée. Et quoi qu'ait pu faire Joel, et qu'il fasse encore, il te punirait sévèrement s'il t'attrapait. » Mais mon esprit levait impatiemment un doigt à ses lèvres et répliquait : « Assez ! Ne m'interromps pas ainsi, ne m'irrite plus, ne me détourne pas de la joie que j'ai à le regarder, à me rappeler ces instants de bonheur, à préparer la manière de nous retrouver ensemble pour mieux recommencer ! »

Debout près de la porte, j'ai remarqué que Charles portait la même redingote bleue que je lui avais vue sur le dos pendant toute la campagne électorale, et que ce vêtement, malgré sa qualité, s'élimait aux revers et aux coudes – et je me rappelai ses dettes, qu'il était sûrement incapable de rembourser avec les cinquante livres de sa rente annuelle.

— Depuis combien de temps suis-je ici ? lui ai-je demandé.

— Je n'ai jamais été très ponctuel, surtout depuis que j'ai dû me défaire de ma montre, mais il me semble que cela fait bien deux heures.

— Oh ! grands dieux !…

— Non ! s'écria-t-il sèchement. Ne demandez pas à Dieu de venir à votre aide, comptez plutôt sur moi. Si vous n'avez pas l'habitude de la dissimulation, j'en ai une longue expérience. C'est ma mère qui m'a appris à mentir, car mon père nous avait emprisonnés sous un tel monceau de règlements et d'interdits que nous étions forcés de le tromper pour pouvoir respirer. Vous voyez, je sais de quoi je parle. Vous ne pouvez pas rentrer chez vous à pied avec ces ridicules petits escarpins, ce dont je suis navré car j'aurais aimé faire avec vous une longue promenade au clair de lune. Mais à moins que nous n'ayons la chance de tomber sur votre cocher, il ne vous reste qu'à aller au Cygne.

— Joel y sera-t-il encore ?

— Vraisemblablement. Tout le monde n'a pas l'honneur d'être brûlé en effigie, c'est là un triomphe qu'il ne manquera pas de célébrer dignement. Allons-y donc, je crois qu'il me manifestera de la reconnaissance, j'ai secouru sa femme et je la lui ramène saine et sauve.

Comme un éclair, une pensée désagréable me traversa l'esprit, et Charles me prit le menton et me força à le regarder dans les yeux :

— Doutez-vous déjà de moi ? Croyez-vous que je n'aie fait cela que pour humilier votre mari ? Croyez-vous que l'idée m'en soit même venue à l'instant ? Si c'est le cas, vous m'aurez mortellement blessé.

La main dans la main, nous avons descendu l'escalier branlant, nous avons parcouru la venelle gluante pour arriver dans un passage à peine plus large, à peine moins sale ; un bras autour de moi, serrés l'un contre l'autre, nous avons poursuivi notre chemin, et je me sentais encore éblouie de le sentir si proche, je palpitais d'un bonheur qui ne voulait pas aller au-delà du prochain pas, de la prochaine respiration que nous faisions ensemble. Cet enchantement nous mena trop tôt et trop vite dans une rue large et pavée, sous la lumière crue des becs de gaz ; je me suis arrêtée dans un coin d'ombre, car mes pieds refusaient de me porter plus loin, vers les fenêtres de l'auberge qui semblaient me faire signe, parce que aussi les contours de la place, du calvaire, de la Halle au Drap, de ces lieux familiers me paraissaient soudain hostiles et remplis de périls inconnus.

Avant de plonger dans ce rectangle de lumière, Charles me serra contre lui et je sentis revenir la tension douloureuse de son anxiété.

— Dites-moi, Virginie…

— Oui, Charles, je vous aime.

— Est-ce tout ?

— Je vous aime plus que tout au monde.

— Plus que personne ?

— Je n'aime et je n'aimerai personne plus que vous.

Il laissa échapper un soupir qui semblait contenir toutes ses inquiétudes.

— Merci, Virginie, merci… Et maintenant, mon amour, venez. Je vais vous accompagner au Cygne et vous montrer comment mentir.

La place était redevenue déserte, balayée par une légère brise à l'odeur de cendres qui faisait tournoyer les débris du bûcher ; il y régnait la solitude mélancolique d'une fin de bal, rendue plus sensible encore par l'aspect du Cygne brillamment illuminé, d'où s'échappait le bourdonnement étouffé d'une liesse de bon ton : il se dressait à sa place accoutumée pour satisfaire toute la nuit les appétits de ceux qui avaient les moyens de payer. Charles marchait désormais à une distance respectueuse, sans autre preuve de familiarité que de me tenir le coude pour traverser la cour de l'auberge jonchée de débris ; puis, m'ayant installée dans une arrière-salle et confiée à l'hôtesse, il monta l'escalier calmement pour informer Joel de ma triste situation.

— Pourrais-je vous dire deux mots, mon cher Barforth ? Oui, certes, je suis le dernier que vous vous attendiez à voir ici ce soir mais… Non, merci, trop aimable, je ne prendrai rien pour le moment… Il s'agit de votre femme. Non, Dieu merci, il ne lui est rien arrivé de grave, mais on aurait pu craindre le pire. En revenant de chez votre sœur – ma belle-mère –, elle s'est trouvée prise dans le léger incident de tout à l'heure ; votre imbécile de cocher, qui ne pouvait pas se frayer un chemin, a pris peur et l'a fait descendre de voiture, avec l'idée de la reprendre dans le haut de Millergate, si elle pouvait s'y rendre par ses propres moyens – ce dont la pauvre n'a bien entendu pas été capable… Absolument, mon cher Barforth, c'est l'expression que j'aurais employée moi-même. Figurez-vous que je l'ai découverte dans Cropper Alley, oui, Cropper Alley. Elle aurait aussi bien pu se retrouver sur la muraille de Chine, tant elle était perdue et désorientée. Oui, je dois dire, elle est épuisée et plutôt secouée par son aventure, il est heureux que ce soit moi qui l'ai trouvée avant que d'autres ne lui aient mis la main dessus… Pour le moment, elle est en bas avec Mme Parkin. Je ne veux pas me mêler de ce que vous direz à votre cocher, mais je pense que c'est vous qui allez raccompagner Mme Barforth ce soir, n'est-ce pas ?

Je l'entendis finir son récit, d'une voix légèrement traînante et pleine de distinction, pendant qu'il descendait l'escalier avec Joel, et je dus faire un effort pour ne pas éclater de rire.

Joel s'arrêta sur le seuil, effaré à la vue de ma robe boueuse, de mes escarpins en lambeaux et de mes pieds nus, noirs de crasse, posés sur le meilleur tabouret de Mme Parkin. Qu'il est grand, me suis-je dit en le comparant à Charles, quel contraste entre ses couleurs heurtées – noir, blanc et rouge, avec des bandes dorées – et les tons turquoise et lilas, fondus dans une sorte de brume de printemps, où Charles semblait baigner à deux pas de lui…

— Par tous les diables, Virginie… commença-t-il.

Je l'ai aussitôt interrompu avec beaucoup de dignité :

— Oui, je sais, je suis dans un état effroyable, ce qui n'a rien d'étonnant, et j'ai très envie de rentrer.

Il avait sans doute bu depuis des heures et était aussi ivre qu'il se le fût jamais permis, mais sa démarche était toujours aussi ferme et ses gestes décidés quand il se tourna vers Charles, sans doute pour se débarrasser de sa présence, car il n'avait pas envie de me gourmander, ou de faire autre chose peut-être, devant des étrangers.

— Je ne sais comment vous exprimer ma reconnaissance, mon cher Aycliffe.

— Oh ! tout le plaisir était pour moi, Barforth, tout le plaisir était pour moi, je vous le dis sincèrement.

Ils se serrèrent la main, Charles s'inclina cérémonieusement vers moi, et je dus de nouveau réprimer mon envie de rire, car, si Joel en avait découvert la cause, il m'aurait probablement tuée sur-le-champ et de ses propres mains. À ma grande surprise, je n'arrivais pas à m'en inquiéter et je me suis demandé pourquoi je refusais avec autant d'obstination la peur et la honte que j'aurais dû ressentir après ce que j'avais fait.

Joel revint vers moi :

— Personne ne vous a rien fait, en êtes-vous sûre ?

— Naturellement, j'en suis sûre ! On ne m'a pas dit un mot. J'ai été bousculée, poussée, tirée, mais ni plus ni moins que tout le monde. Vous n'allez quand même pas me le reprocher, j'espère ! J'étais restée tard chez Elinor, qui me racontait encore ses malheurs, et quand Thomas m'a dit de descendre pour aller à pied jusqu'en haut de Millergate, j'ai pensé qu'il avait peut-être raison…

— Raison ? C'était la pire des imbécillités ! Il aurait dû essayer de vous mener ici, ou rester là où il était jusqu'à ce que la foule se disperse, ou même forcer le passage – ils n'auraient pas tardé à lui faire place plutôt que de se faire écraser ! En tout cas, ma pauvre chérie, ce n'est sûrement pas à vous que je ferai des reproches. Allons, venez, je vous raccompagne à la maison.

— C'est inutile, Joel, faites simplement prévenir qu'on vienne me chercher. Ne laissez pas vos invités à cause de moi.

— Mes invités peuvent très bien se débrouiller sans moi pendant une heure ou deux. Flanquez-moi ces chaussures au feu, je n'en veux pas dans mon phaéton, et mettons-nous en route. S'il y avait moins de boue sur votre robe, je vous aurais prise dans mes bras, mais cet habit coûte trop cher et vous vous débrouillerez bien pour me suivre.

Il me souleva quand même pour franchir les débris calcinés du bûcher, où l'on reconnaissait encore les restes d'un chapeau haut-de-forme, tout en me recommandant de ne pas lui salir son pantalon ; quand il me déposa sur la banquette de sa voiture, j'étais toujours dans un tel état de bonheur euphorique que rien ne pouvait m'atteindre. Débordant de vie, de richesse, de beauté, d'intelligence, mes sens étaient aiguisés au point que les couleurs me paraissaient plus vives, les sons plus clairs, l'eau de source aussi délectable que le champagne, et je mourais d'envie de me rouler dans l'herbe, comme le font les jeunes animaux pour exprimer leur joie de vivre. Ma bienveillance universelle engloba bientôt Joel, dont je me suis demandé s'il éprouvait la même jubilation en quittant une femme qu'il désirait, pour sentir ensuite de la compassion envers lui, qui voulait posséder le monde entier, et n'avait sans doute jamais pu avoir cela – car je savais que Joel n'avait jamais encore été amoureux. Et comment comparer son ambition inassouvie, ses conquêtes féminines, ses triomphes financiers, avec la prodigieuse émotion qui m'emportait en ce moment ?

Pauvre Joel, superbe et tout-puissant… Et parce que j'avais pitié de lui – j'étais trop éblouie encore pour me rendre compte que j'avais de meilleures raisons d'avoir pitié de moi-même –, je sentis fondre et s'évanouir la réserve que j'avais toujours eue envers lui et je l'ai pour la première fois véritablement accepté tel qu'il était et estimé à sa juste valeur.

— Je flanque Thomas à la porte dès demain matin, dit-il en prenant un tournant beaucoup trop vite. Ou même ce soir si je le trouve.

— Il en sera ravi. Il se fait vieux et ne demande plus qu'à aller vivre avec sa sœur à Patterswick – sans compter qu'il ne peut plus me souffrir.

— Pas possible ?

— Si. Au fait, nous étions bloqués sur la place. J'ai vu le bûcher, Joel, et je vous ai vu les saluer en levant votre verre, à la fin.

Il fit, pour moi seule, le même sourire éblouissant :

— Par exemple ! Et qu'en avez-vous pensé, cousine ?

Je lui ai rendu son sourire et je me sentais portée vers lui par un élan qui me faisait peur, plus proche de lui qu'à aucun autre moment de ma vie.

— Si vous voulez le savoir, cousin, j'ai été fière de vous comme jamais je ne l'avais été.

25

Ma mère souhaitait voir le site de notre future propriété de Tarn Edge, où elle m'avait donné rendez-vous pour le lendemain, avant de m'emmener prendre le thé à Patterswick. Ç'aurait amplement suffi pour la conversation que je voulais avoir avec elle en privé, si Hannah, au petit-déjeuner, ne m'avait annoncé : « Je viens avec toi, Virginie, car M. Ashley s'étonnerait de ne pas me voir par une si belle journée. »

Le temps de finir mon thé et de mettre mon chapeau, et Elinor, arrivée au grand trot, s'écria joyeusement : « Mes douleurs se sont évanouies ! Tu vas à Patterswick ? Parfait, je t'accompagne. Il paraît que tu as eu des aventures la nuit dernière, tu me les raconteras en cours de route. » Survint alors le jeune Jonas Agbrigg, venu rendre un livre prêté par Hannah, qui accepta sans se faire prier l'offre d'aller se promener.

« Prends Jonas dans ta voiture, je monterai avec Elinor », décréta aussitôt Hannah. Mais l'adjonction de Jonas à l'expédition provoqua également la venue de Blaise, Nicolas et Caroline, et je me suis ainsi retrouvée dans ma calèche bondée d'enfants pendant que mes deux cousines suivaient en se prélassant dans la victoria Aycliffe.

Il faisait très chaud, sous un ciel bleu et or, la terre desséchée apparaissait nue entre les taches rouges et jaunes des fleurs d'été et la lande devait craquer sous le pied, bien que je ne sois pas allée m'y promener ce matin-là. J'étais heureuse, comblée de bonheur. Malgré mon « crime » de la veille, j'avais satisfait les désirs de Joel au réveil sans même y penser, j'avais souri et menti d'un cœur léger en répétant à Hannah, à Mme Stevens, à Elinor les détails supposés de mes épreuves ; j'allais les redire autant de fois qu'il le faudrait à ceux qui ne manqueraient pas de me les demander. J'étais heureuse ; si cette béatitude de fillette étourdie par son premier amour semblait ridicule chez une femme de vingt-six ans, mère de trois enfants, j'étais ravie d'être ridicule ; si elle présentait des dangers, ce qui était plus vraisemblable, j'étais prête à en payer le prix le moment venu. Amusée, étonnée de mon insouciance et de ma témérité, je me sentais remplie d'une bienveillance universelle, je souriais aux passants et même au jeune Jonas Agbrigg, assis à côté de moi, à qui j'ai demandé aimablement des nouvelles de sa mère – bien que ce garçonnet m'ait toujours déplu et que je sache qu'il éprouvait vis-à-vis de cette malheureuse femme des sentiments de honte et d'hostilité. Il me répondit, en se renfrognant, qu'elle se portait très bien, quand je savais qu'elle était depuis peu sujette à une sorte d'amnésie qui la faisait disparaître soudainement sans savoir où elle allait.

— C'est affolant pour tout le monde, m'avait raconté Hannah. Il y a deux jours, on l'a retrouvée à Cullingford Green et il a fallu la ramener chez elle dans la charrette d'un chiffonnier. La semaine dernière, M. Blamires, le maître d'école, l'a rencontrée sur le chemin de Lawcroft, sans la moindre idée d'où elle était ni où elle allait, prête à suivre le premier venu, comme un chien perdu. Heureusement, M. Blamires l'a reconnue et raccompagnée à Low Cross, mais je tremble à la pensée qu'un voyou aurait pu abuser d'elle. Pour sa propre sécurité, il faudrait l'enfermer – pas dans une cellule, voyons, bien que cela ne finisse par devenir nécessaire si son mari, comme je le crains, n'a plus les moyens de la faire soigner à la maison. Le mieux serait de la garder dans une pièce fermée à clé, ce que M. Agbrigg s'obstine à refuser et qui l'a aussi choqué que toi quand je le lui ai suggéré, je me demande bien pourquoi. Que faire d'autre, pourtant ? Sans surveillance, elle va un de ces jours se jeter sous les sabots d'un cheval ou dans le canal, puisqu'elle n'a pas plus de notion du danger qu'un enfant de quatre ans.

En regardant le fils de la pauvre Anne Agbrigg se battre sournoisement avec mes enfants pour occuper la meilleure place dans la voiture, je me suis demandé ce qu'il avait ressenti en voyant son maître d'école ramener sa mère chez elle, et s'il ne se porterait pas volontaire, lui, pour l'enfermer à clé – voire derrière des barreaux.

La dernière survivante des filles Agbrigg, Maria, n'intéressait pas du tout Hannah ; ce petit être effacé ne savait rien faire de plus spectaculaire que de coudre droit. Mais Jonas, pourvu d'aussi peu de charme que sa sœur et affligé du physique anguleux et du teint jaunâtre de son père, était doué d'une intelligence vive et brillante, digne d'un individu bien supérieur socialement. Il comblait sa protectrice. Malgracieux, renfermé, volontiers acerbe, Jonas s'était, au début de sa scolarité, attiré l'antipathie de ses maîtres jusqu'à ce que M. Blamires en confie les raisons à Hannah : bien loin d'avoir du mal à se maintenir au niveau de ses condisciples, son trop brillant élève les dépassait de si loin que les professeurs eux-mêmes avaient du mal à suivre ses progrès.

— Cela mettait M. Blamires dans une situation impossible, m'avait rapporté Hannah par la suite. Tout professeur rêve d'avoir un brillant disciple, certes, mais compte tenu des milliers de livres que les Hobhouse, les Oldroyd, sans parler des Barforth naturellement, versent généreusement à son établissement, le pauvre homme était au supplice de voir un Agbrigg s'annexer tous les prix. J'ai compati à son problème, cela va sans dire, mais j'ai catégoriquement déclaré à M. Blamires que j'étais tout à fait opposée à son idée de freiner Jonas. On ne sait jamais ce qu'un garçon aussi doué peut devenir, à quels sommets il peut prétendre.

Depuis ce jour-là, Hannah s'était donc attelée à la tâche d'encourager Jonas Agbrigg par tous les moyens et se réservait ainsi une place de choix dans ses Mémoires s'il devenait jamais illustre ; pendant ce temps, l'heureux bénéficiaire de cette protection s'insinuait si profondément dans les bonnes grâces de sa bienfaitrice que j'en étais arrivée à me demander s'il était aussi innocent et détaché des biens de ce monde qu'il voulait nous le faire accroire. Précocement ambitieux, froidement calculateur malgré son jeune âge, Jonas Agbrigg était à l'opposé de mes fils, qui papillonnaient dans la vie avec insouciance, ou de ma fille, aux yeux de qui le monde n'existait que pour satisfaire ses caprices ; il vivait dans un univers radicalement différent de celui où évoluaient mes enfants qui, en ce moment même, s'évertuaient si fort à bousculer l'indésirable Jonas pour le chasser de sa place que la voix courroucée de Hannah se fit entendre de l'autre voiture :

— Virginie ! Vas-tu calmer ces enfants, à la fin ? S'ils continuent, ils vont finir par jeter ce malheureux Jonas sur la route !

— C'est notre voiture, fit observer Blaise avec son sourire innocent – tout en sachant très bien que sa tante ne pouvait pas l'entendre.

— C'est aussi notre route ! renchérit Nicolas pour ne pas être en reste – et qui se moquait éperdument que Hannah l'entende ou non.

— D'ailleurs, je ne l'aime pas, déclara fort impertinemment Caroline. Il sent mauvais.

Jonas n'avait pas à être honteux de son odeur, celle d'un savon bon marché mais qui dénotait au moins la propreté ; il n'empêche que le regard que je surpris alors dans ses yeux pâles et froids m'aurait fait frissonner si Caroline, âgée de quelques années de plus, eût été exposée à ses représailles.

Ma mère nous attendait à Tarn Edge dans le landau découvert du chevalier Dalby en bavardant avec Daniel Adair, le régisseur irlandais des Aycliffe, qui avait peut-être à faire sur le chantier ou qui, plus vraisemblablement, s'était inventé une raison d'y être, car il aimait d'autant plus parader devant un auditoire que celui-ci était féminin. Il nous aida fort courtoisement à descendre de voiture et se mit à nous détailler avec complaisance les dimensions de mon grand salon et les magnificences prévues pour le vestibule. Je fus alors frappée par la pensée qu'on ne voyait pas souvent, dans nos parages, d'Irlandais aussi resplendissants de santé et de prospérité.

Cet homme d'environ trente-cinq ans, râblé et d'allure puissante, un perpétuel sourire aux lèvres et respirant la bonne humeur, était prompt à saisir les occasions favorables, quelles qu'elles fussent ; il était chargé par Morgan Aycliffe de gérer ses affaires et de réaliser des bénéfices, sans avoir à rendre compte des méthodes, et on pouvait lui faire confiance pour se garnir confortablement les poches avec une aimable rapacité qui devait assurer sa popularité auprès de tous, y compris de ceux qu'il volait. Il était, très probablement, persuadé que les femmes jeunes ne sont bonnes à rien d'autre qu'à faire l'amour et des enfants, alors que les vieilles ont leur place inamovible entre la lessiveuse et le fourneau de la cuisine ; rien, cependant, ne pouvait surpasser la galanterie dont il nous gratifia, l'attention déférente accordée au moindre propos de Hannah, la clarté de ses réponses à nos questions les plus saugrenues – non plus que la lueur d'amusement admiratif qu'il prit bien soin de nous laisser surprendre dans les regards qu'il décochait à Elinor, à moi et même à ma mère, avec l'air de dire quelque chose comme : « Je n'aurais naturellement pas l'audace de porter la main sur vous, car je ne suis qu'un homme du commun, mais cela me ferait pourtant grand plaisir. »

Je me tenais légèrement à l'écart, car j'étais venue ici assez souvent pour connaître par cœur les dimensions de la maison, sa distance de l'usine et la hauteur du mur de pierre et des plantations destinés à me protéger des déplaisantes réalités de l'industrie textile ; je savais aussi comment la firme Aycliffe Ltd., entreprise générale de bâtiment et de travaux publics, allait me permettre de tourner purement et simplement le dos à l'usine toute proche en orientant mes fenêtres vers la campagne et les vastes étendues du ciel. On m'avait même assuré qu'une épaisse haie de rhododendrons et de nombreux massifs de fleurs aromatiques m'épargneraient la vue du mur ; qu'un demi-hectare de roses contribuerait à assainir l'air que je respirerais ; mes enfants jouiraient d'une carrière gazonnée, ceinte de barrières, pour y faire courir leurs poneys, la propriété serait close par une lourde grille manœuvrée par un portier, et des arbres s'élèveraient un peu partout pour former des perspectives du plus bel effet. Ce n'était pas une vulgaire maison mais bien un palais digne d'un prince de l'industrie et de sa princesse que l'on bâtissait.

Ce rôle, je savais en être digne. Je donnerais à Joel tout ce qu'il me demanderait, comme je l'avais toujours fait, car je ne connaissais pas le moyen de faire autrement. Je serais toujours obéissante, diligente, raisonnable ; et, ce que je ne pouvais avoir de bon gré ou de plein droit, je l'obtiendrais – comme le font les esclaves – par la ruse.

— À quoi rêves-tu, ma chérie ?

Ma mère s'approchait en glissant silencieusement, comme à son habitude, et reconnut alors dans mon expression le signe de quelque chose dont elle n'avait nulle envie de se mêler. Elle se hâta aussitôt de poursuivre :

— J'ai bien l'impression que Hannah n'est pas du tout pressée de voir la fin des travaux, car votre déménagement de Maison Haute va la forcer à reconsidérer sa position. Si elle compte vraiment épouser M. Ashley, il lui faudra bien fixer la date, car cela n'aurait pas de sens qu'elle s'installe ici avec vous pour aller tout de suite après à Patterswick. Ce bon M. Ashley est à son entière discrétion – il n'oserait d'ailleurs pas faire mine de prendre une initiative sans l'avoir consultée. Crois-tu qu'elle va finalement l'épouser ?

J'ai entendu dire qu'elle a repris ses relations avec M. Brand. Finira-t-il par l'emporter, à ton avis ?

L'ardent M. Brand, complètement rétabli de sa maladie et cruellement conscient de ce que lui coûtait, en temps et en efforts, la défection de Hannah, était en effet venu me voir régulièrement ces derniers temps ; il se plantait dans mon salon à l'heure du thé, ou à tout autre moment pouvant justifier sa présence, en exhalant ses lamentations non pas sur les fiançailles de Hannah et de M. Ashley, mais sur sa conversion à l'Église anglicane.

Je ne pouvais pourtant expliquer à l'estimable révérend que ce qui se dressait réellement entre Hannah et lui, en ce moment, n'était pas la personne fluette de M. Ashley, pas plus que la carrière politique de Morgan Aycliffe, mais bien l'éducation du jeune Jonas Agbrigg.

— Jonas doit aller à Oxford ou à Cambridge, avait décrété Hannah. Son intelligence l'exige.

Et, comme seuls les fidèles de la très haute et très respectable Église anglicane étaient admis dans ces très augustes établissements d'enseignement supérieur, il s'ensuivait logiquement – dans l'esprit de Hannah – que Jonas se devait d'abjurer son méthodisme entaché d'hérésie pour être admis par l'orthodoxe M. Ashley dans les bras tutélaires de l'Église d'Angleterre.

— Il serait criminel de gâcher sa carrière pour quelques détails religieux, avait-elle ajouté avec son solide bon sens Barforth.

Ainsi, jusqu'à la confirmation de Jonas ou à l'irruption de quelque autre noble cause qui canalise les énergies de Hannah, M. Ashley n'avait rien à craindre pour son précieux célibat.

— Elle emménagera sans doute ici avec nous, ai-je répondu à ma mère.

Elle me fit un de ses sourires vagues et ironiques :

— C'est bien possible, ma chérie… Rien ne change, finalement. Regarde Elinor, elle fait croire à M Adair qu'elle rit de ses traits d'esprit, quand elle se trouve simplement ravie d'être en beauté et n'écoute rien de ce qu'il lui dit. Pauvre petite… Son mari n'est pas près de mourir, je crois, il fait justement partie de ces hommes d'allure mélancolique pour qui la vie semble un fardeau insupportable et qui enterrent tout le monde. Pourtant, quelle veuve délicieuse elle ferait, comme l'a déjà remarqué M. Adair, avec la fortune de son mari pour rehausser sa beauté ! C'est une bien grande tentation, à laquelle ce monsieur ne me paraît guère capable de résister. Enfin… Si cela devait se produire, je ne serais pas surprise qu'il s'intéresse davantage à l'entreprise et à la dot des filles qu'aux migraines d'Elinor. Mais, avec son caractère gai et dynamique, peut-être n'en aura-t-elle plus aussi souvent, et elle pourrait fort bien être heureuse de nouveau en devenant Mme Adair. Mais je papote, car elle est toujours Mme Aycliffe et le restera sans doute longtemps, jusqu'à ce qu'il soit trop tard pour qu'elle s'épanouisse, la pauvre enfant… Pour son bien, elle ferait mieux de s'efforcer d'être pleinement Mme Aycliffe, au lieu de partager ce rôle avec sa sœur.

En remontant en voiture, j'ai regardé M. Adair nous faire de grands signes d'adieu avec sa jovialité coutumière, et je me suis demandé ce que ma mère avait appris – ou deviné – sur le compte d'Elinor pour m'en donner cette interprétation qui, d'une manière détournée, s'appliquait assez bien à mon propre cas.

Rien, ou presque, ne distinguait Patterswick de douzaines de villages de la région ; c'était une agglomération de médiocres cottages de pierre grise, où vivaient les sujets du chevalier Dalby, avec une église d'un ton plus clair, quelques fermes égaillées dans les ondulations de la campagne avoisinante, et la maison de ma mère. Reconnaissable à ses murs couverts de lierre, à son jardin moussu et débordant d'une végétation exubérante, dans ses pièces aux boiseries de chêne, basses de plafond, régnaient en toute saison une pénombre fraîche et un parfum de hyacinthe dont elles semblaient imprégnées depuis des siècles, elle n'était séparée de l'antique manoir seigneurial que par une courte allée ombreuse.

Nous nous sommes installés dans le petit salon tapissé de chintz fleuri où une jeune paysanne aux joues rouges et rebondies nous servit le thé dans une théière d'argent et de la porcelaine décorée de roses, avec une profusion de gâteaux au chocolat, de meringues et de pain d'épice sur lesquels Blaise, Nicolas et Caroline se jetèrent sans la moindre retenue, vidant promptement les plats sous l'œil impassible de Jonas Agbrigg, jusqu'à ce que Hannah élève des protestations indignées et que ma mère, avec un sourire, en fasse servir d'autres.

Jonas, qui semblait ne pas avoir d'appétit, restait assis sur le rebord de sa chaise, gêné de l'assiette débordante de pâtisseries que Hannah lui avait mise de force dans les mains, quand Blaise, toujours à l'affût d'une bonne occasion, lui envoya discrètement un coup de coude tel que l'assiette tomba. Le gâteau au chocolat, couvert de crème fouettée, se répandit sur le tapis clair et précieux.

— Mon pauvre garçon ! dit ma mère. Prenez-en donc un autre morceau.

Mais Hannah, qui comme moi avait remarqué le manège de Blaise, ne l'entendit pas de cette oreille ; après avoir posé sa tasse à grand bruit sur un guéridon, elle me demanda sur un ton chargé de menaces :

— As-tu l'intention, Virginie, de laisser passer cela sans rien dire ?

— De quoi s'agit-il, ma chère Hannah ?

— Tu sais très bien de quoi je parle !

N'ayant aucune envie de dramatiser cette espièglerie de mauvais goût, je me suis contentée d'un vague sourire en continuant à boire mon thé. Exaspérée, Hannah se tourna alors directement vers le coupable et le foudroya du regard :

— Ce que tu viens de faire est impardonnable. Tu as abîmé le tapis de ta grand-mère et commis une impolitesse envers un invité.

— Ce n'est pas moi qui ai fait tomber le gâteau, c'est lui ! protesta Blaise avec l'indignation de l'innocence persécutée.

— Parce que tu l'as poussé.

— Non, je ne l'ai pas poussé !

— C'est vrai, il ne l'a pas poussé ! renchérit Nicolas, prêt à envoyer vingt coups de coude pour son propre compte.

— Personne ne l'a poussé, c'est un maladroit ! conclut Caroline d'un ton sans réplique.

Pour couper court à cette dispute aussi ridicule qu'inutile, et sentant la fureur de Hannah prête à exploser pendant qu'Elinor manifestait déjà sa réprobation par un bâillement, je me suis levée pour emmener mes deux fils dans le jardin.

— Avoue que tu lui as donné un coup de coude, ai-je dit à Blaise.

Nous avons cligné tous deux des yeux dans le soleil, ce qui m'a permis de dissimuler mon sourire.

— Bien sûr que je lui ai fait tomber son assiette. Je savais que vous m'aviez vu, mais que vous ne le diriez pas à tante Hannah.

— Peut-être. Mais ce n'est pas bien de l'avoir fait, Blaise. Tu n'aimes pas Jonas, mais songe qu'il n'a pas eu une vie agréable et, comme te le disait ta tante, c'est un invité.

— Je ne lui ai pas demandé de venir.

— Moi non plus, mais cela ne change rien.

— Ne me dites pas que vous l'aimez, maman ! Je sais bien que vous ne pouvez pas le souffrir. Et puis vous prendriez mon parti, de toute façon.

— Ne sois donc pas si sûr de toi, mon garçon.

Il avait pourtant raison et, comme toujours, son insolente assurance me donnait envie de rire. Mais je dus réprimer un frisson en me remémorant soudain les mots de Charles : « Je suis assez honnête pour craindre qu'ils ne souffrent de notre amour. » C'était douloureusement vrai et, tandis que je regardais pensivement Blaise, dont les yeux gris m'invitaient gaiement à partager ses espiègleries, et Nicolas, plus sombre d'aspect comme de tempérament, plus profond aussi et dont les sentiments à mon égard étaient peut-être plus intenses que ceux de son frère, je comprenais que mon amour pour eux et pour Caroline ne changerait jamais. Je les aimerais, mes enfants, jusqu'à mon dernier jour, je souhaitais ardemment qu'ils s'épanouissent pleinement, développent leur personnalité propre sans les entraves que j'avais connues et que je subissais encore. Mais qu'adviendrait-il de leur affection, de leur compréhension envers moi quand ils n'auraient plus besoin, ou envie, de mon attention quotidienne ? Seraient-ils capables d'accepter mon amour pour un homme autre que leur père, et de comprendre que cela n'enlevait rien à mon attachement pour eux ?

Blaise, en grandissant, serait peut-être assez tolérant pour l'admettre. Mais Nicolas, qu'un sentiment profond d'insécurité rendait excessivement jaloux et possessif, en souffrirait sans aucun doute et ravalerait ses larmes en serrant les poings et en grinçant des dents, comme à son habitude. Quant à Caroline, je ne pouvais pas encore prévoir la manière dont elle réagirait. « Notre amour, avait conclu Charles, je suis assez ignoble pour ne pas vouloir le leur sacrifier. » Je n'en étais pas davantage capable…

Blaise coupa court à ma rêverie :

— Eh ! maman, où étiez-vous partie ?

— Pas très loin, mes chéris, ai-je répondu en les prenant tous deux dans mes bras.

Nous étions attendus au château après le goûter et, comme une invitation à Dalby Hall était rarissime, Elinor sut retrouver toute son énergie pour s'y rendre. Après une nouvelle réprimande de Hannah – sans plus d'effet sur eux que la précédente –, les enfants partirent en courant avec elle jusqu'à la grille pendant que Hannah empoignait le jeune Jonas par la main pour l'entraîner chez son respectable fiancé.

Déjà debout, ma mère voulut me convaincre de la suivre, car elle n'avait visiblement pas envie d'être seule avec moi :

— Viens, ma chérie, il nous faut aller au château. Le chevalier a des invités, parmi lesquels son petit-fils et sa belle-fille, dont la compagnie le rend toujours de mauvaise humeur, et comme il a tendance à boire beaucoup ces temps-ci – puisqu'il ne peut pas aller à la chasse – il risque de ne pas reconnaître Elinor. Je ne peux pas me dérober…

Je l'ai interrompue en secouant la tête avec énergie :

— Non, mère, Elinor et M. Dalby s'arrangeront très bien sans nous quelques minutes. Il faut que je vous parle, et je ne suis même venue que pour cela.

Elle poussa un soupir de regret et regarda autour d'elle à la recherche de son ouvrage.

— En es-tu sûre, ma chérie ? Les choses deviennent parfois trop réelles lorsqu'on en discute. Si tu réfléchissais un peu à ce qui te préoccupe, cela t'apparaîtrait peut-être moins pressant.

— Sûrement pas.

— Tout à l'heure alors, quand M. Dalby sera à l'aise avec tout le monde, qu'Elinor sera occupée à flirter avec ses invités et les enfants à s'amuser avec les chiots – si le jeune Agbrigg consent à jouer, car je me demande parfois si c'est un enfant ou un petit vieillard. Mais je ne t'avais pas encore parlé des chiots ! Il y en a dix, plus adorables les uns que les autres, cinq noirs et cinq jaunes. Je me demandais d'ailleurs si tu n'en voudrais pas un pour remplacer la pauvre vieille chienne d'Edwin…

— Mère !

— Tu tiens donc vraiment à me parler, Virginie ?

— Oui. Charles Aycliffe et moi, nous nous aimons.

Elle exécuta rapidement quelques points de broderie, répéta à mi-voix quelques « Mon Dieu ! Mon Dieu ! », et reposa son ouvrage. Alors, les mains croisées, elle esquissa un haussement d'épaules fataliste et me sourit d'un air lointain :

— C'est infiniment regrettable, mon enfant. Il y a longtemps déjà, j'avais cru déceler quelque chose entre vous, et quand j'ai appris qu'il t'avait sauvée hier soir dans des conditions si romanesques, je me suis demandé… Pourquoi me racontes-tu ceci, Virginie ? Je suis la dernière personne à qui tu devrais en parler.

— J'ai besoin de vous, mère. Il me faut des alibis, un lieu de rencontre, un refuge peut-être si cela tourne mal. Vous me devez au moins cela.

— Te le devoir ?

— Oui, car c'est vous, alors que j'étais sans résistance, qui m'avez imposé un mariage à votre convenance. Si vous m'aviez seulement laissé le temps de me remettre de la mort de mon père et de celle d'Edwin, je me serais mieux rappelé l'homme qu'est Joel et je ne me serais pas laissé faire.

Elle reprit un instant son ouvrage en silence, puis releva la tête avec détermination :

— Oh ! non, Virginie ! Non, ne me dis pas cela. Rappelle-toi exactement les circonstances. Si je t'avais laissé le temps de te reprendre, tu m'aurais peut-être contredite, moi, ce dont je doute, mais jamais, au grand jamais tu n'aurais osé défier ton grand-père, et tu le sais très bien, mon enfant.

— C'est vrai.

— Es-tu donc si malheureuse avec Joel ?

— Non. Ni heureuse ni malheureuse, à vrai dire. Je me fais une raison, voilà tout.

— Une raison, précisément, quand Charles Aycliffe, de son côté, semble perdre la sienne. Je ne te redirai pas avec quelle inconscience il a dilapidé son héritage, mais tu ne sais peut-être pas qu'il est lourdement endetté vis-à-vis du colonel Corey et de quelques autres personnes.

— Je le sais déjà.

— Alors, quel avenir peut-il t'offrir ?

— Aucun. Il a choisi sa vie et je sais que je ne peux pas la partager.

— As-tu au moins des motifs d'espérer qu'il changera ? Te sens-tu capable de lui redonner une attitude sensée ?

— Non. Ou, du moins, je garde l'espoir de le voir changer tout en étant persuadée qu'il n'en fera rien.

— Alors, ma chérie, pourquoi encourir des risques aussi graves ?

— Parce que, mère, j'ai besoin de quelque chose dans ma vie, avant de devenir trop vieille, quelque chose que j'aurais choisi moi-même, et non que l'on m'impose de l'extérieur. Charles représente justement tout ce que je souhaite, tout ce dont j'ai besoin. Ne rien désirer était agréable, en un sens, et me procurait une impression de sécurité ou même de supériorité, mais je ne pourrais jamais y revenir. Jusqu'à présent, j'ai vécu – et bien vécu – avec des émotions incomplètes, des passions tièdes, mais c'était comme une virginité sentimentale, qui ne se refait pas mieux que l'autre une fois détruite.

— Je vois…

Elle prit un air exceptionnellement grave, soupira et s'absorba dans la contemplation de ses mains.

— Tu sais, je l'espère, reprit-elle, que Joel ne t'accordera jamais la liberté dont il jouit lui-même.

— Je le sais parfaitement.

— Tu sais donc aussi que ses propres faiblesses ne l'inclineront pas davantage à la tolérance. En fait, ma chérie, je le crois capable de te traiter avec une extrême brutalité, s'il en avait le prétexte. Et le plus triste est que personne ne le lui reprocherait. La loi lui donne tous pouvoirs sur toi, et quant à tes amis – surtout les femmes –, ils s'empresseraient de dire que tu l'as mérité. De nos jours, on ne lapide peut-être plus les femmes adultères, mais cela y ressemble fort. Ne t'attends pas non plus à ce que ses propres infidélités, aussi nombreuses que variées, t'attirent la sympathie des gens. On te répondrait simplement que ce n'est pas la même chose pour les hommes que pour les femmes. Or, ma chérie, je crois qu'il a de l'attachement pour toi, ce qui ne peut qu'aggraver les choses.

— À vrai dire, je l'aime assez, moi aussi.

— Ce qui ne t'empêche pas d'avoir la tête dure et le ridicule entêtement de tous les Barforth…

— C'est possible. Mais je ne suis plus une petite fille, mère, et vous ne pouvez plus éluder mes problèmes en vous réfugiant derrière votre broderie. Je vous harcèlerai jusqu'à ce que vous m'aidiez – parce que vous me le devez, comme je vous l'ai déjà dit.

Elle se leva lentement, alla à la fenêtre dont elle souleva les rideaux et regarda par les petits carreaux en losange, non pour se chauffer au soleil mais pour s'assurer que nous étions bien seules.

— On a raison de dire que tout est différent pour les hommes, dit-elle sans élever la voix. Nous pouvons, nous autres, imaginer ce que signifie être comme eux, libres, indépendants, alors que je n'en crois pas un seul capable d'imaginer ce que peut ressentir une femme. Les radicaux comme Mark Corey ou ton Charles Aycliffe me font rire quand ils parlent de liberté : qu'en savent-ils, alors qu'ils ignorent tout d'une servitude d'où l'on ne s'évade pas ? Un homme en prison sait que sa cellule a une porte, un homme dans l'adversité peut lutter et espérer des jours meilleurs. Mais nous, nous sommes esclaves de notre condition et de notre fécondité à laquelle il nous est d'autant plus impossible d'échapper que la nature nous a dotées de l'instinct maternel et que nous aimons nos enfants ! J'en ai eu huit, Virginie, qui ont consumé dix-sept ans de ma vie ; dix-sept ans de lassitude et parfois de souffrances durant lesquels je n'ai existé qu'au niveau animal de la reproduction et de l'allaitement, durant lesquels je n'avais ni le temps ni la force de m'interroger sur ma nature humaine ou l'enrichissement de mon intelligence, durant lesquels je n'ai rien su de ce que les hommes appellent les plaisirs de la vie. Des années gâchées, ajouterais-je, puisque tu es la seule qui me reste de ces huit enfants. Voilà toute l'histoire de ma vie, Virginie. J'ai eu huit enfants, une demi-douzaine de fausses couches, je suis habile aux travaux d'aiguille... Tu pourras le faire graver sur ma tombe, le moment venu, car il n'y a vraiment rien d'autre à dire de moi.

« Dans la société où nous vivons, les femmes intelligentes ne sont pas les plus heureuses, crois-moi, les hommes les désirent, mais ils en ont peur. Si l'on inventait un jour le moyen de nous empêcher d'être enceintes, les hommes pousseraient des cris d'horreur et diraient que c'est un péché mortel, car ils redouteraient de nous voir libres. Ce n'est pas tant notre infidélité qu'ils redoutent que notre indépendance. Ils sont terrifiés à l'idée de ne plus nous avoir comme domestiques et de nous voir rivaliser avec eux partout où ils sont sans concurrence. Tu as toujours été beaucoup plus intelligente que ton frère, et je crois Hannah tout aussi capable de diriger l'usine de Lawcroft que Joel. Mais, si on t'accordait la possibilité de travailler et d'avoir des responsabilités, consacrerais-tu autant de temps et de soins au dîner de ton mari ou au repassage de ses chemises ? Hannah resterait-elle aussi patiente pour arranger des fleurs sur l'autel de M. Ashley ou écrire les discours de M. Aycliffe, tout en admettant qu'il les fasse passer pour siens ? Bien sûr que non, n'est-ce pas ? Il faut de l'intelligence à un homme pour en accepter chez une femme, et du génie pour s'en réjouir. Les médiocres, au contraire, y voient une menace à laquelle ils ne savent échapper qu'en ravalant la femme au rang de vache laitière. Et comme la vaste majorité des hommes – des femmes aussi, je l'avoue – est faite d'imbéciles et de médiocres, ils s'emploient à faire triompher leur médiocrité et imposent leurs règles. Si tu les enfreins, ils te massacreront.

— Sans doute, mère. Mais si je ne suis pas, comme vous, douée pour les travaux d'aiguille, je n'ai pas complètement perdu la tête, vous savez. Leurs règles, je m'y plierai. Je deviendrai rusée, dissimulatrice, je mentirai à mon mari comme il me ment à moi, et il me croira parce qu'il lui conviendra de me croire. Il n'est question ni de fugue ni de scandale, je ne suis pas écervelée à ce point. Si je le voulais vraiment, j'arriverais à convaincre Charles d'abandonner sa politique pour vivre avec moi. Joel le prendrait certainement mal, au début, mais il ne me tuerait pas, surtout parce qu'il n'en aurait pas le cœur brisé ; et si je refusais assez longtemps de revenir à lui, il serait enchanté de se débarrasser de moi, tant sa vanité lui interdirait de vivre avec une femme qui lui résiste. Je ne serais pas riche, c'est vrai, mais Charles pourrait gagner convenablement sa vie et ne me laisserait sûrement pas dans le besoin. Si je faisais tout cela, mère, je le forcerais à rentrer dans le moule qu'il veut précisément briser pour se libérer, et je me refuse à lui infliger une telle épreuve. Je sais combien l'amour est fragile, et le nôtre ne survivrait pas longtemps, je le crains, au milieu de tant de difficultés.

Je voyais par la fenêtre la lumière chaude et profonde de l'après-midi finissant qui drapait les arbres et les fleurs d'un voile doré et enveloppait la maison d'une sérénité où le parfum des roses s'exhalait. Je compris alors, sans savoir pourquoi, que ma mère se ferait ma complice.

— Je ne peux donc pas te faire changer d'avis, dit-elle, et tu parais consciente des risques auxquels tu t'exposes. Qu'attends-tu de moi ?

— Rien encore, mère, sinon d'avoir l'assurance de trouver votre appui le moment venu – sans pour autant oublier qu'on ne peut pas compter sur vous, comme vous m'en aviez avertie.

— Oui, c'est vrai… Mais j'étais faible, à ce moment-là, et puis ton grand-père vivait encore. Depuis, personne n'a pu réussir à m'intimider. Je tremble de ce qui t'arrivera,

Virginie. Pour le moment, tu te juges avec lucidité, tu vois clairement le caractère de Charles et ce qu'il représente pour toi. Mais quand ce sera fini, comme tu me le disais, il reprendra sa vie – joyeusement ou tristement – et retrouvera sa liberté, tandis que toi… Est-ce l'horloge de l'église ? J'ai bien cru entendre sonner quatre heures. Il est grand temps d'aller sauver le chevalier des bavardages d'Elinor et sa demeure ancestrale des déprédations de Blaise et de Nicolas.

Alors, voyant qu'il n'y avait plus rien à dire sur ce chapitre, elle prit son chapeau et son châle, me tendit le mien et, avec un regard attendri sur son confortable petit salon fleuri, elle esquissa un sourire où s'exprimait, je crois, le contentement de n'avoir jamais – ou depuis très longtemps – rencontré parmi les épreuves de sa vie celle d'avoir été amoureuse.

26

Les membres de la commission d'enquête passèrent quelques jours parmi nous à consciencieusement compiler et collationner les faits et les chiffres, à interroger tous ceux qui voulaient bien témoigner, et à ignorer la présence obstinée des militants des Dix Heures qui, eux, s'y refusaient.

— Je ne sais ni ne veux savoir ce qui se passe dans mes ateliers, pas plus que je ne m'intéresse à ce que fait ma femme dans sa cuisine, leur avait déclaré Bradley Hobhouse. Je n'ignore rien, par contre, de la production de mes machines, mais le reste est l'affaire de mes directeurs et chefs d'ateliers. Quand on engage un homme pour diriger et qu'on le paie en conséquence, c'est logique de le laisser diriger, non ? Voilà tout ce que je sais et tout ce que j'ai à dire. Maintenant, s'il vous faut des détails personnels sur mes employés, adressez-vous à mes responsables. Au revoir, messieurs.

— Les parents des enfants que nous employons ne se plaignent pas, fit savoir à son tour Matthew Oldroyd, le filateur. Nous sommes en fait submergés par ceux qu'on nous force presque à engager, et qui dépassent largement nos besoins en main-d'œuvre. Mais nous ne pouvons pas nous passer d'eux, compte tenu de nos activités, car il faut des enfants suffisamment petits pour se glisser sous les machines et renouer les fils quand ils se cassent. Il ne s'agit pas là d'un travail bien dur ni bien pénible, et s'il est vrai que j'embauche des enfants plus jeunes que dans les ateliers de tissage, je ne vois pas où ils iraient travailler ailleurs que chez moi, car leurs parents ne les enverraient certainement pas à l'école. Ils seraient abandonnés à eux-mêmes dans les rues, sans rien à manger et soumis à la tentation de voler, ce qui n'est certes pas un progrès. Ici, au moins, ils sont au chaud et au sec et retrouvent leur mère, le soir, si elles travaillent chez moi ; ce qui est généralement le cas. Des déformations osseuses ? Oui, certes, beaucoup de ces enfants sont difformes, mais rien ne prouve qu'ils ne l'étaient pas déjà en venant travailler chez moi.

Les contremaîtres grommelaient de mauvaise grâce :

— Il faut bien qu'on gagne notre salaire. Si les gamins ne font rien, ce n'est pas à nous d'en subir les conséquences.

Quant aux parents, ils répondaient unanimement :

— Nous les faisons travailler parce que nous avons besoin de l'argent qu'ils rapportent.

Joel, pour sa part, guida personnellement les enquêteurs dans une visite détaillée de Lawcroft et de Low Cross et leur déclara :

— Mon seul objectif est de gagner de l'argent. Je n'ai pas construit ces ateliers par philanthropie, pour donner du travail à ceux qui sont incapables d'en trouver ailleurs. Ce que je veux, et je le dis sans honte, c'est gagner de l'argent pour moi et ma famille, et comme je suppose que mes employés obéissent au même mobile, je leur paie de meilleurs salaires et je leur offre de meilleures installations que tout ce qui existe dans la région. Il est exact, messieurs, que j'emploie des enfants, des filles surtout, qui à douze ou treize ans sont souvent le seul soutien de leur famille, y compris des parents, et comme une réduction de leur temps de travail entraînerait une diminution correspondante de leur salaire, je ne crois pas qu'elles accueilleraient cette mesure avec plaisir. Des orgies dans mes ateliers ? Pas tant que les machines tournent, je vous le garantis ! L'instauration de la journée de dix heures m'affecterait-elle ? On vous a sans doute dit qu'il nous fallait ces dix heures pour couvrir nos frais fixes, et les suivantes pour dégager des profits. C'est que vous n'avez parlé qu'à de mauvais gestionnaires, messieurs, car je fais déjà des bénéfices quand ils sont encore au lit ! Non, vraiment, la journée de dix heures ne me fait pas peur.

Quand tout fut dit, les enquêteurs conclurent néanmoins que tout n'allait pas pour le mieux dans le meilleur des mondes, et l'essentiel de leur rapport trouva mystérieusement le chemin de *L'Étoile de Cullingford.* Ils avaient, disaient-ils, acquis la preuve que les enfants travaillaient le même nombre d'heures que les adultes et se trouvaient, par voie de conséquence, hors d'état de recevoir de l'instruction, voire d'en profiter dans l'état d'épuisement où ils se trouvaient. Ces abus entraînaient aussi des ennuis permanents de santé, ainsi que des déformations du squelette. Les enquêteurs avaient également pris note du fait que les enfants soumis à de tels traitements ne travaillaient pas de leur plein gré, mais étaient envoyés de force à l'usine par leurs parents ou tuteurs qui s'appropriaient leurs salaires. Ils déclaraient, en conclusion, que les faits observés justifiaient pleinement l'intervention de la loi.

Cela ne suffit cependant pas, car le texte soumis la même année à la Chambre, au bout d'innombrables tractations, était fort éloigné du projet initial de la loi des Dix Heures. Il y était simplement stipulé que les enfants de neuf à treize ans ne pourraient pas travailler plus de quarante-huit heures par semaine et qu'il faudrait leur donner une instruction élémentaire pendant les heures de travail, tandis que les adolescents de treize à dix-huit ans ne pourraient pas dépasser soixante-neuf heures hebdomadaires et que l'emploi des enfants de moins de neuf ans était purement et simplement interdit. Quatre inspecteurs étaient chargés de faire appliquer la loi. On était donc bien loin de la réforme en profondeur tant attendue, et il ne fallut pas longtemps à des hommes aussi différents que Joel Barforth et Richard Oastler pour déceler les choquantes insuffisances de la nouvelle loi.

— Ils l'ont votée avec une habileté diabolique ! me dit Charles quelques jours plus tard, encore tremblant de rage et de déception. La situation devenait si tendue qu'ils ont lâché un peu de lest, pas assez pour nous autres qui sommes capables de prévoir l'avenir, mais suffisamment pour ceux qui n'ont jamais rien eu et n'attendaient pas grand-chose. Les militants ont beau savoir que nous avons été trompés, ils n'ont plus de troupes, et Oastler lui-même ne sera pas capable de ranimer les bonnes volontés.

Ç'aurait peut-être été pour moi l'occasion de lui dire : « Qu'allez-vous faire maintenant, Charles ? La lutte est finie. N'est-il pas temps de penser à vous-même – et à moi ? » Mais j'avais appris que, pour un homme comme lui, la lutte n'est jamais finie et qu'il se préparait déjà au prochain combat.

Cet été-là, et jusque tard dans un automne sublime et doré, nous nous sommes rencontrés sur la lande, avec un seul chien désormais pour gambader autour de nous dans les matins brumeux et les crépuscules vibrants. Mais nous restions toujours sur notre faim. L'immensité ondoyante et déserte, les rochers qui se dressaient çà et là nous donnaient une impression de sécurité, mais il n'était pas plus question de me donner à lui sur la terre dure que de retourner au Tonneau rouge. C'est pourquoi, au lieu de passer notre temps à pécher, à éprouver des remords ou à nous ronger d'inquiétude, nous avions, pour seule préoccupation, de trouver un endroit propice à nos amours.

Pendant une merveilleuse quinzaine de septembre, nous avons pu utiliser un cottage inoccupé du chevalier Dalby, à la sortie de Patterswick ; je laissais ma voiture devant chez ma mère pour aller, dans les senteurs des fleurs et de la campagne – innocente promenade avant l'heure du thé –, me jeter dans ses bras en riant de plaisir, et en revenir quand la bouilloire chantait encore. Nous avons pu également profiter d'un appartement que nous prêtait Mark Corey, et de l'arrière-boutique d'une maroquinerie de

Sheepgate – où j'entrais par la porte pendant que le marchand détournait complaisamment les yeux, comme il était payé pour le faire, et que mon cocher allait distribuer mes cartes de visite chez mes relations avant de me reprendre dans Millergate une heure plus tard. Nous avons trouvé, enfin, une cabane de berger non loin de la Vieille Sarah, abri sommaire au sol de terre battue, avec en tout et pour tout une table, une chaise et une paillasse – une fois de plus, grâce à Mark Corey – où je meurtrissais allègrement mon dos et ma dignité, dans une délicieuse angoisse.

— Attends, mon chéri, il y a quelqu'un !

— Mais non, ce n'est que le chien qui gratte à la porte.

— Mon Dieu ! Le chien, si on le voit, on saura…

— On saura quoi ? Que nous sommes en train de faire l'amour – ou plutôt d'essayer – à une heure aussi matinale ? On ne le croira jamais, voyons ! Par ici, les gens qui se respectent font l'amour le soir, dans l'obscurité, et ils croient que tout le monde est comme eux. Nous n'avons rien à craindre.

— Nous avons tout à craindre, au contraire. Et tu es de la région, toi aussi !…

— Je me le demande. J'en arrive à croire que je suis un enfant perdu laissé sur le pas de la porte de mon père, par une nuit sans lune… Assez dit de bêtises, mon amour. Ne veux-tu donc pas de moi ?

— Tu sais très bien que je ne veux que toi.

Et toujours, avec une gentillesse et une douceur pleines de bonne humeur et d'attentions, il finissait par m'attirer sur cette abominable paillasse où j'oubliais mes craintes et mes réticences, pour me mener à cet état de semi-conscience où je me retrouvais comme en apesanteur, flottant sans effort dans les voluptés de l'amour.

— Je sais que tu es mal à l'aise ici, me dit-il un jour. Mais j'en ai besoin pour me rassurer, Virginie. Je prends même un plaisir pervers à te voir frissonner et faire cette petite grimace de dégoût quand tu pénètres dans la cabane, car je me dis que tu m'aimes beaucoup pour y consentir. M'aimes-tu vraiment beaucoup, Virginie ?

— Plus que tu ne le mérites, Charles.

— Oh non ! cela ne me suffit pas ! Il faut que tu me dises vraiment combien tu m'aimes, sinon je vais être très malheureux, je ne vais pas fermer l'œil de la nuit, je ne pourrai pas manger et tu t'inquiéteras de mon sort…

— Eh bien, soit ! Je t'aime immensément. À la folie.

— Et… souffres-tu quand tu ne me vois pas ?

— Je souffre le martyre.

— Alors, tant mieux !

Il s'est étiré en riant, de lui et de ses caprices je crois, mais non sans réprimer un vague soupir de regret, car son plaisir – je n'osais plus dire sa joie – ne durait jamais très longtemps.

— Tu n'es qu'un enfant gâté, Charles !

— C'est vrai, j'ai été très gâté, et c'était merveilleux. Cela convenait parfaitement à mon tempérament, si parfaitement d'ailleurs que j'ai toujours essayé de recommencer depuis.

— Je ne te gâte donc pas assez ?

— Reviendras-tu chez moi ?

— Non, et je ne comprends pas pourquoi tu insistes. Ce n'est pas plus agréable qu'ici.

— Peut-être, mais cela représente un obstacle que je voudrais te voir franchir – peut-être parce que cela m'aiderait à en franchir moi-même quelques autres. Viendras-tu ?

— Non. Pas encore.

Sur ce point-là, du moins, je restais ferme. Car, pour tout le reste, je n'avais d'autre ambition que de lui plaire, pas simplement de le contenter, de lui donner du plaisir, mais de prévoir ses changements d'humeur et ses exigences, morales et physiques, afin de les combler. Je trouvais rarement le plaisir sur cette paillasse rugueuse, encore moins dans la sordide arrière-boutique du maroquinier ; mais ce que j'éprouvais en satisfaisant ses plus secrètes aspirations, en étanchant sa soif de réconfort et de quiétude, en apaisant sa constante nervosité au point de lui tirer des larmes de soulagement, me procurait une joie si intense qu'elle en devenait d'essence supérieure. Et la grande, l'incommensurable différence que je voyais entre mon mari et mon amant provenait de ce que, si Joel avait besoin des femmes, Charles n'avait besoin que de moi.

Son caractère compliqué exigeait cependant d'autres besoins, au-delà de ce que je lui apportais, et quand bien même son intérêt pour les déshérités avait été, au début, une forme de réaction contre son père, Charles avait fini par épouser leur cause, sans cependant y trouver un prétexte à la grandiloquence et au spectacle, comme Mark Corey le faisait volontiers. Contrairement à celui-ci, Charles n'atteindrait sans doute jamais la notoriété de l'homme politique qui, malgré ses professions de foi radicales, ne se distinguerait plus – toujours comme Mark Corey – des nantis censés être ses adversaires. De fait, Charles ne réussirait sans doute jamais dans la vie, de la manière du moins dont j'envisageais la réussite sociale. Et pourtant, bien que tout ce qu'on m'avait appris à considérer comme souhaitable demeurât toujours à sa portée, son choix de le mépriser était volontaire, et je ne pouvais faire autrement que de l'accepter.

— Si je veux me rendre utile à ces pauvres gens, m'avait-il expliqué, il faut que je les comprenne, il faut que je sache non pas ce que j'ai envie de leur donner mais ce dont ils ont eux-mêmes envie, il faut que je me rende compte par moi-même de ce qu'on éprouve quand on est l'un d'eux. Je ne puis y parvenir qu'en ayant froid quand ils ont froid, qu'en respirant leur puanteur, qu'en m'exposant à des dangers semblables ; et cela ne suffit encore pas, car je ne suis pas prisonnier de la misère comme ils le sont. Je suis instruit, j'ai des diplômes, des relations, je peux les quitter demain et retrouver ma place dans la société. Aussi, quand je ne puis éprouver le même désespoir qu'un pauvre hère de Simon Street qui se sait condamné à y vivre et à y mourir, je puis au moins m'efforcer d'observer sa vie de près et d'en parler dans le journal de Mark. C'est peu de chose, sans doute, mais j'ai commencé à recevoir quelques invitations d'un peu partout pour faire des conférences à des gens qui ne soupçonnaient même pas que ce genre d'abominations puisse exister dans notre beau pays. Je sais, c'est une goutte d'eau dans l'océan. Mais de quoi sont faits les océans, Virginie, sinon de gouttes d'eau ?

Il continuait ainsi à vivre presque misérablement dans son galetas au-dessus du Tonneau rouge, distribuant la plupart du temps ses cinquante livres par an autour de lui, si bien qu'il était forcé d'emprunter pour se nourrir.

— Oui, je sais, me disait-il en souriant, tu me trouves irresponsable. Mais j'ai été élevé en croyant que l'argent poussait tout seul dans les poches de mon père, et j'ai du mal à me défaire de mes habitudes de grand seigneur.

Pour moi, qui étais une Barforth, les dettes étaient infiniment plus répréhensibles que l'adultère, et je ne manquais pas une occasion de lui faire des remontrances.

— Voyons, Charles, tu as prêté de l'argent à la moitié de Simon Street ! Combien y en a-t-il, d'après toi, qui t'en sont reconnaissants ?

— Très peu, sinon aucun, car ils sont incapables de me rembourser et je leur deviens à ce point odieux qu'ils se croient obligés de traverser la rue pour m'éviter.

— Alors, pourquoi t'obstiner à le faire ?

— Et pourquoi pas ? Ce n'est pas leur reconnaissance qui m'intéresse.

— Peut-être, mais ne comprends-tu pas qu'ils t'exploitent ? Trop souvent, je le sais, il manque l'argent du loyer et le docteur ne vient qu'en se faisant payer d'avance. Mais est-ce toujours le cas ? Selon moi, ils te soutirent ton argent pour aller le boire.

— C'est en partie vrai. Mais te rends-tu bien compte, Virginie, que la différence entre la vie et la mort tient parfois à un shilling ? Ne t'affole donc pas ainsi, Virginie ! Le colonel

Corey est le seul à qui je doive vraiment de l'argent et il continue à m'en avancer à cause de Mark – qui lui a pris des milliers de livres.

— Cela ne m'étonne pas de lui. Mais Mark est son fils, c'est du moins ce qu'on raconte.

— C'est exact.

— De toute façon, cela ne m'intéresse pas. Le colonel Corey n'est pas ton père. Comment comptes-tu le rembourser ? Il t'a fait signer des reconnaissances de dette, n'est-ce pas ?

— Oui, mais il sait que je n'aurai rien jusqu'à la mort de mon oncle, et il l'a parfaitement compris. Il ne sait pas quoi faire de son argent, et il n'a aucun intérêt à me poursuivre, puisque je ne pourrais sûrement pas le rembourser derrière des barreaux, que mon oncle en profiterait pour me déshériter et que Mark serait furieux, ce qui compte beaucoup pour ce bon colonel. Il a toujours tout fait pour Mark, sauf d'épouser sa mère – pour ne pas vexer sa fille, Estella Chase, qui n'aurait sans doute pas aimé partager son héritage avec une belle-mère. Si tu te demandes ce qui se passerait si Mark et moi étions brouillés, je te rassure tout de suite : nous sommes de trop vieux amis pour cela. Une dernière chose, Virginie : tu aurais peut-être raison de te fâcher si je gaspillais cet argent, mais ce n'est vraiment pas le cas.

— Tu es même trop économe ! ai-je répondu sèchement. As-tu l'intention de t'acheter des vêtements un jour ? Cela fait plus d'un an que tu portes sans arrêt cette malheureuse jaquette, elle est usée aux coudes et aux poignets.

— Quelle importance ? Joel doit en avoir des douzaines dans sa garde-robe, bien brossées, bien repassées, sans un bouton manquant... La vie est drôle. Il ne possédait qu'une seule veste, lui aussi, quand nous allions à l'école, et j'étais là le jour où il a presque tué Bradley Hobhouse pour s'être amusé à marcher dessus. J'étais plus jeune qu'eux, encore un petit garçon à qui sa mère mettait le matin un costume propre que son père examinait le soir pour voir s'il n'avait rien sali. Quand je pense aux drames pour une tache de boue ou un lacet défait !

— Nous n'en sommes plus là, Charles, et je te parle du présent. Tu ne peux plus mettre ce vêtement, il va littéralement tomber en lambeaux. Ne voudrais-tu pas… ?

— Non ! dit-il avec une étonnante fermeté. Je sais, ma chérie, que tu ne sais que faire de ton argent de poche et que je te rendrais service en t'en débarrassant, mais je refuse absolument que tu me fasses des cadeaux de ce genre.

— C'est absurde ! Si tu étais riche, tu m'en ferais.

— Certainement. Je passe d'ailleurs des nuits sans sommeil à te couvrir de zibelines, de diamants et de brocarts d'or, ce qui ne m'est d'aucune utilité pour retrouver le sommeil, au contraire…

— Alors, pourquoi ne me permets-tu pas de t'offrir une simple jaquette ?

— Parce que je ne le veux pas.

— Ce n'est pas logique !

— Peut-être, mais pas plus que ton refus d'aller chez moi. Écoute, Virginie, si tu ne viens pas, je vais faire une scène, je vais trépigner, pleurer, supplier jusqu'à ce que tu acceptes. Alors, épargne-nous ce supplice !

Ce que je ne pouvais pas lui dire – peut-être parce que je n'en étais pas sûre moi-même – c'est que mes hésitations étaient en partie dues à la présence de Dinah McCluskey, sa propriétaire aux yeux de braise et aux manières aussi hardies que vulgaires, qui m'avait avoué sans se faire prier la valeur qu'elle donnait à la considération de son séduisant locataire.

À l'exception de ces quelques escarmouches sans gravité, ma vie s'écoula sereinement pendant l'été et l'automne. Je donnais tous mes soins à mon ménage ; j'ai engagé une gouvernante, une maîtresse de musique et une de dessin pour Caroline, après avoir placé Mme Paget chez Emma-Jane qui, avec neuf enfants et la perspective d'en avoir au moins neuf autres, aurait grand besoin de ses services pour de longues années. Je suis allée parler à M. Blamires, le maître d'école, des études de Blaise, qui paraissait ne progresser en rien, et des difficultés de Nicolas, toujours aussi têtu et boudeur. J'ai passé de longs après-midi à bavarder paresseusement avec Mme Stevens, dont la voix douce me berçait dans un plaisant demi-sommeil. J'ai discuté fécondité avec Emma-Jane et stérilité avec Lucy Oldroyd ; j'ai pris le thé avec le révérend Brand et transmis fidèlement ses messages à Hannah, en lui précisant bien que son absence était cruellement ressentie à Ramsden Street. J'ai accompli de longues promenades en voiture à travers la ville, et souri chaleureusement au colonel Corey quand il m'envoyait ses coups de chapeau. J'ai donné de grands dîners pour tous ceux, amis, ennemis, confrères, que Joel voulait exploiter, impressionner ou simplement rendre jaloux. Et quand le chevalier Dalby est venu m'informer de son désir d'épouser ma mère, je lui ai bien volontiers donné mon consentement et écouté les instructions de Joel pour la convaincre d'accepter, car il avait vite compris les avantages d'avoir un noble seigneur pour beau-père.

Cet automne vit aussi le retour de Morgan Aycliffe, plus maigre et grisâtre que jamais, mais auréolé d'une sombre aura de pouvoir qui lui allait bien et faisait, après six mois à peine de Parlement, subodorer toutes sortes de fardeaux écrasants, de secrets d'État, de négociations ardues et d'austères responsabilités.

— Dommage qu'il ne soit pas catholique, car il aurait fait un excellent cardinal, avait fait observer ma mère. On le verrait très bien, avec ses manières onctueuses et sa mine sinistre, se glisser dans des corridors dérobés en transportant des documents secrets dans ses manches, et en faisant scintiller le rubis d'une bague où se dissimulent des poisons. Heureusement que les cardinaux n'ont pas le droit de se marier, sinon…

De fait, je ne voyais aucune amélioration dans ses rapports avec Elinor. Il avait certainement acquis le vernis charmeur du politicien professionnel, en quantité suffisante du moins pour se départir de son abord renfrogné au bénéfice d'Emma-Jane, de Lucy et de moi-même, épouses de ses principaux supporters, et faire l'effort de nous conter les potins londoniens qui, croyait-il, étaient susceptibles de nous intéresser. Nous avons appris que le gouvernement – celui qui nous avait fait obtenir le droit de vote – allait affronter sans doute de redoutables tempêtes, dont la description détaillée ou la nature exacte devait cependant être impropre à l'information d'esprits féminins, par trop impressionnables, et réservée à l'usage exclusif de nos maris – à qui l'on pouvait faire confiance pour ne nous en rien dire – et de Hannah, dotée d'un système nerveux qui, pour être celui d'une dame, n'en était pas moins estimé par Morgan Aycliffe comme d'une qualité supérieure.

— Il ne pourra jamais l'épouser, tu sais ! me dit Elinor un soir que nous étions seules au salon. Elle souriait, son visage de nouveau plein de malicieuses fossettes, apparemment sortie de son long abattement et redevenue l'irrésistible cousine dont je déplorais la disparition.

— Comment peux-tu dire une chose pareille ? ai-je protesté. C'est avec toi qu'il est marié, voyons !

— C'est bien pourquoi il ne pourra pas épouser Hannah. Un homme n'a pas le droit de se remarier avec sa belle-sœur, ce qui est profondément injuste, car cela n'a plus aucune importance pour l'autre quand elle est morte et enterrée. Le seul avantage que j'y vois est qu'ils n'ont rien à gagner en m'assassinant. Qu'en penses-tu ? Je trouve cela très drôle !

Son rire léger retentit dans la pièce – où j'avais remarqué la réapparition des objets d'art de l'honorable parlementaire –, mais je ne pus retenir un frisson au souvenir de la boutade de ma mère sur les passages dérobés et autres bagues au chaton empoisonné. Je ne croyais certes pas

Morgan Aycliffe capable d'achever un chien moribond, encore moins de supprimer son épouse de sang-froid, mais cela ne changeait rien pour Elinor – la plus jolie de nous toutes et la plus avide des plaisirs de la vie – de savoir que son vieux mari lugubre, après avoir perdu la tête à cause d'elle, ne la considérait désormais que comme un fardeau insupportable.

Ce soir-là, pourtant, elle n'en paraissait pas autrement affectée et, ayant remarqué qu'elle portait les perles de la première Mme Aycliffe, un nouveau saphir au doigt, une robe neuve en satin bleu ciel de chez Mlle Boulton et affichait une sûreté de soi que mon atavisme Barforth me permit de déceler instantanément et d'approuver, je me suis demandé si elle n'avait pas enfin réussi à s'accommoder de sa situation et décidé d'en tirer le meilleur parti.

Quant à moi, mes rapports avec mon mari n'avaient pas subi le moindre changement. Il était extrêmement accaparé, cette année-là, par sa nouvelle usine, ses nouveaux tissus, le raccordement de la voie ferrée à Cullingford – qui devait être prochainement réalisé et le rendrait encore plus riche, grâce à l'imposant paquet d'actions qu'il possédait dans la compagnie du chemin de fer. Il partageait son temps entre les ingénieurs, les architectes, les dessinateurs et les spécialistes de toutes sortes, qui grouillaient à Tarn Edge comme des mouches au mois d'août. Quand il lui arrivait d'être à la maison, il n'était plus question que de métrages à l'heure, de coefficients de charge des ateliers, de pourcentages de bénéfices et de l'absolue nécessité d'accroître ces derniers, puisque profit était pour lui synonyme de bonheur et qu'il avait résolu d'être heureux.

Je rencontrais assez souvent Rosamonde Boulton à sa boutique et, si j'en jugeais d'après ses sourires contraints et sa politesse malgracieuse, j'en déduisais que Joel devait lui infliger, à elle aussi, le même genre de conversations, s'il lui parlait même d'autre chose. Car Mlle Boulton semblait, ces temps-ci, nager dans l'opulence : ses affaires étaient florissantes et elle avait déjà annexé la boutique contiguë, où elle avait créé de nouveaux rayons spécialisés dans la vente des chaussures, de châles et de vêtements d'un caractère plus intime en provenance directe, prétendait-elle, des meilleurs fournisseurs français. Mais cette opulence ne semblait pas lui réussir, car elle devenait souvent sujette à des indispositions, à des accès de mauvaise humeur, elle se plaignait d'inexplicables douleurs, de névralgies et de maux de tête ; si bien qu'elle se déchargeait de plus en plus sur ses jeunes et jolies vendeuses de la peine d'être aimable avec ses clientes. De son côté, Estella Chase, partie pour Londres au printemps, y était restée longtemps après que son mari fut revenu dans le nord pour la saison du coq de bruyère ; mais Joel avait fait plusieurs voyages dans la capitale cette année-là, et s'était rendu à Liverpool et Manchester plus souvent que ne l'auraient nécessité les affaires du chemin de fer. Aussi, en surprenant l'expression de Rosamonde Boulton dans les rares moments où elle ne se croyait pas observée, j'en ai conclu qu'elle en savait sans doute plus que moi sur ce chapitre.

— Ton mari est encore parti ? me dit Elinor un matin, vers la fin des grandes chaleurs. Le mien ne va pas tarder à en faire autant et je n'en serai pas fâchée, car je trouve M. Adair d'un commerce infiniment plus agréable.

Elle lissa sa robe, arrangea ses boucles, se pomponna comme elle le faisait déjà toute jeune, mais avec une vanité dénotant sa plénitude de femme, et se rapprocha de moi pour me souffler à l'oreille, avec un petit rire :

— Puisque nous parlons de M. Adair – et je n'en parlerais à personne d'autre que toi, Virginie –, j'ai l'impression que le pauvre homme s'est mis en tête de tomber amoureux de moi, ce qui est bien impertinent quand on sait qu'il n'était que simple maçon il n'y a pas dix ans. C'est trop drôle, avoue, de penser que mon mari, ne me faisant pas crédit pour dépenser son argent, me confie à M. Adair, avec qui je n'ai qu'à battre des cils – méthode qui ne réussit plus du tout avec Morgan – pour qu'il paie les factures sans discuter ! J'imagine qu'il a dû lui fournir de bonnes explications, car mon mari ne m'en a pas touché un mot depuis son retour, et c'est la meilleure preuve que cet Adair est aussi malin qu'il se montre complaisant à mon égard. Il faudra que je le remercie la prochaine fois que je le verrai.

— Pas trop chaleureusement, j'espère.

— Que vas-tu imaginer, Virginie ? Un maçon, voyons ! Non, rassure-toi, j'en ferai juste assez pour le mettre complètement de mon côté. Je sais, je ne devrais pas te raconter tout cela, mais comme j'allais le faire tôt ou tard, autant te le dire tout de suite et ne pas me sentir coupable envers toi.

— Enfin, Elinor, comment…

— Non, pas maintenant ! Je n'ai encore rien fait de répréhensible, et d'ailleurs M. Adair n'est pas le seul à m'avoir fait des avances, ces derniers temps. Bradley, oui, Bradley Hobhouse… Inutile de me regarder comme cela, tu sais très bien qu'il aurait préféré m'épouser plutôt qu'Emma-Jane Rawnsley si sa mère n'avait pas fait tant d'histoires au sujet de la dot. Je te disais donc qu'il me fait les yeux doux, exactement comme avant – ce qui n'a rien d'étonnant quand on regarde cette pauvre Emma-Jane qui ressemble de plus en plus à un sac de pommes de terre.

— Bradley n'est pas non plus un modèle de sveltesse.

— C'est vrai, répondit Elinor en pouffant. Mais lui, au moins, a une certaine majesté dans le port. Il ne sait que manger, boire, dormir ; il est gros, mais il est toujours de bonne humeur, toujours aux petits soins… Ne fais pas cette tête-là, voyons ! Je ne compte pas faire une fugue avec lui, rassure-toi. Il a déjà à peine les moyens de faire vivre sa famille, ce n'est pas pour s'en mettre une autre sur le dos, et la pauvreté ne conviendrait pas plus à lui qu'à moi. Je te disais simplement que, les jours où il me lance ses œillades, je me sens mieux. Et quand il ne me regarde pas, il y a M. Adair, dont les yeux – je peux bien le dire à toi – me chatouillent à l'intérieur et me font rêver à des choses… des choses très vilaines ! Cela me fait du bien, crois-moi, et cela me suffit amplement. Pour le moment, du moins.

J'ai fait une prière muette pour cette écervelée d'Elinor, mais j'étais la dernière à pouvoir lui parler de la sainteté du mariage et lui rappeler la fidélité due à un conjoint ; j'en voyais bien peu d'exemples autour de moi, et principalement chez ces mêmes maris qui l'exigeaient de nous. Étais-je moi-même, d'ailleurs, vraiment fidèle à quiconque ?

La vie, me semblait-il, n'était que mouvement, que transition ; il surviendrait inéluctablement un jour où je serais forcée de faire un pas en arrière, ou en avant, d'ouvrir ou de refermer une porte, de dire adieu à Charles ou de vivre avec lui pour toujours. Il m'était impossible, en ce moment, de formuler clairement, moins encore de résoudre le problème de notre vie à deux, si bien que je préférais ne plus y penser du tout. J'allais simplement m'offrir le plaisir de cette saison de beau temps, de cette tranche de jeunesse qui m'avait échappé quand j'avais seize ans pour me revenir dix ans plus tard – trop tard. Quand la température fraîchirait, quand les nuages encombreraient le ciel, quand la lande serait de nouveau balayée par le vent et ravinée par les pluies de novembre, quand l'hiver nous priverait de notre cachette, alors – mais alors seulement – il serait temps de réfléchir.

27

Anne Agbrigg est morte cet hiver-là, victime du froid et de ses divagations. Elle n'avait plus assez envie de vivre pour lutter, et sa mort silencieuse ne fut que celle d'un corps depuis longtemps vidé de son âme. Quand je le vis devant la tombe, son mari avait l'air au-delà du stade de prostration où les consolations veulent encore dire quelque chose.

— Bien entendu, m'avait raconté Hannah, j'y suis allée dès que je l'ai appris. M. Agbrigg a fini par s'occuper de tout, sur mon conseil, mais j'ai trouvé son comportement pour le moins bizarre. À mon arrivée, elle était déjà morte depuis plusieurs heures, mais il restait toujours assis dans le noir à son chevet, et il a presque été grossier avec moi quand je lui ai dit de partir. On ne doit pas se laisser aller ainsi, surtout quand on a des enfants ; et j'ai été profondément choquée, je l'avoue, d'entendre M. Agbrigg me dire qu'il donnerait volontiers la vie de ses enfants s'il pouvait faire revenir sa femme. Je sais qu'on dit souvent n'importe quoi dans de pareils moments, mais il me parlait calmement, comme si cela allait de soi et, tout bien considéré, je ne peux pas lui pardonner sa conduite envers Jonas. J'ai toujours su que c'était un homme dur, mais, de là à accuser cet enfant d'être content de la mort de sa mère – soulagé, lui a-t-il dit, parce qu'elle n'irait plus l'embarrasser devant M. Blamires et ses condisciples, ni le brider dans ses ambitions –, permets-moi de dire que c'est parfaitement inexcusable.

— Il y a quand même du vrai là-dedans, Hannah, avais-je objecté en me rappelant l'expression froide et calculatrice dans le regard de son protégé, à quoi Hannah avait répondu par un haussement d'épaules et un geste impatient :

— Je sais aussi bien que toi qu'elle aurait certainement été pour lui un fardeau et une gêne, mais Jonas a une trop bonne nature pour nourrir de tels sentiments envers sa propre mère, et son père a eu tort de les lui suggérer. Que cela lui plaise ou non, M. Agbrigg devrait d'ailleurs admettre qu'elle était, pour lui aussi, un boulet à traîner. Elle était incapable de mener son ménage et, si Joel, comme je crois qu'il en a l'intention, compte le nommer directeur de Lawcroft, cette pauvre femme n'aurait jamais pu s'adapter à cette position.

C'est ainsi qu'Anne Agbrigg fut mise en terre par un mari trop bouleversé pour avoir encore une larme à verser. Un mois plus tard, Ira Agbrigg – l'orphelin-apprenti qui ne savait ni son vrai nom ni son âge exact – fut nommé directeur de Lawcroft et invité à s'installer dans la maison où il était jadis venu prévenir ma mère des intentions malveillantes de ses camarades de travail.

— Nous pourrions peut-être réaménager la maison avant qu'ils ne s'y installent, avais-je suggéré à Hannah dans l'espoir qu'elle s'en chargerait elle-même.

Mais elle était apparemment débordée en ce moment et, levant les yeux d'une abondante correspondance – dont la plus grande partie, je crois, avait à voir avec les affaires parlementaires de Morgan Aycliffe –, elle me répondit d'un air absent :

— C'est une excellente idée, car M. Agbrigg n'osera jamais changer quoi que ce soit, si même l'idée lui en vient. Tu devrais insister pour qu'il fasse recouvrir son mobilier de salon, ce ne serait pas du luxe. Jonas prendra l'ancienne chambre d'Edwin, c'est la seule dont la cheminée ne fume pas, et ce garçon aura besoin d'un bon feu pour étudier. À ce propos, j'imagine que tu vas trier tes affaires avant d'emménager à Tarn Edge, il y a une bibliothèque qui ne sert à rien dans une des chambres d'amis. Tu pourrais en faire cadeau à Jonas, il t'en serait vivement reconnaissant. En fait, si cela te convient, je vais tout de suite la lui faire porter, car Tarn Edge est encore loin d'être terminée et Jonas n'a rien pour ranger ses livres.

Notre déménagement de Maison Haute n'était cependant pas aussi lointain que Hannah voulait bien le dire car, sous la supervision experte de M. Adair, les murs s'élevaient suffisamment vite pour prendre déjà la forme d'une maison, et chaque rangée de briques, chaque seau de mortier rapprochaient le moment où Hannah se verrait forcée d'annoncer la date de son mariage. M. Ashley l'attendait avec la résignation du martyr, M. Brand, dans la crainte de voir se refermer à jamais les portes du Paradis terrestre, et Joel lui-même – dont l'œil infaillible avait dès le début jaugé M. Ashley – s'était résigné à l'idée de ne jamais avoir un évêque pour beau-frère et, du bout des lèvres et de fort mauvaise grâce, avait néanmoins fait des promesses financières au jeune ménage. Mais, quand M. Ashley se vit offrir la cure de Redesdale, à quelque vingt kilomètres, au lieu de celle de Patterswick, revendiquée par un parent de M. Dalby, nous avons tous compris que Hannah ne pouvait plus tergiverser. Ou bien elle l'épousait maintenant et devait se contenter des affaires d'une seule paroisse, ou bien elle devait rompre et se retrouver en butte aux vigoureuses assiduités de M. Brand – ou encore elle pouvait définitivement éconduire ce dernier, mais retomber dans tous les inconvénients du célibat.

— Nous pourrions nous marier à Pâques, me dit-elle avec décision peu avant Noël, car elle avait déjà fait une visite exploratoire à Redesdale – chaperonnée par ma mère – pour y inspecter l'église et le presbytère, et s'assurer que l'épouse du châtelain local, faible créature débordée par la douzaine d'enfants dont son seigneur et maître l'avait affligée, ne lui donnerait pas de fil à retordre.

Bénéficiaire de ce sursis inespéré, M. Ashley vint donc partager notre repas de Noël en observant un silence placide, trop résigné à son sort pour protester contre quoi que ce soit, ni même formuler la moindre opinion sur quoi que ce soit, y compris l'épineuse réforme de l'Église irlandaise dont M. Aycliffe disait avec autorité qu'elle constituait la pierre d'achoppement sur laquelle le gouvernement risquait de trébucher dès le début de la nouvelle année.

En ce jour de Noël, Elinor était venue avec ses filles, trois poupées vêtues pareillement de robes de satin bleu d'où dépassait la dentelle de pantalons bouffants, parées de trois paires de grands yeux bleus tout ronds, trois petites têtes surmontées d'un échafaudage de bouclettes enrubannées dont la couleur allait du châtain clair – comme les cheveux de Charles – à l'or pâle d'Elinor. Trois petites bouches, aussi, dont ne sortait pas un mot car, si Morgan Aycliffe admettait, à l'extrême rigueur, qu'on puisse parfois voir les enfants, il refusait catégoriquement de les entendre – et ne cachait pas son déplaisir au tapage que menaient les miens, depuis les incessantes exigences de Caroline à vouloir se faire remarquer jusqu'à l'intolérable spectacle de Blaise et Nicolas qui, au moindre prétexte, en venaient aux mains sans autre raison que de satisfaire leur atavique besoin de se battre.

— Ne faites pas attention, ce ne sont que des garçons ! expliqua Caroline avec condescendance à ses cousines Aycliffe, qui n'avaient pas son expérience de cette curieuse espèce animale.

Comme il m'arrivait, à moi aussi, de trouver la compagnie des garçons éprouvante, j'ai installé les quatre petites filles autour de moi et j'ai passé une bonne demi-heure à leur raconter les contes de fées de mon enfance, seul héritage de ma chère vieille Marthe-Ellen.

Julia et Cecilia, les deux plus jeunes, s'étaient pelotonnées près de moi sur le grand canapé et m'écoutaient à peine, plutôt bercées par le son de ma voix et la magie d'un contact physique auquel leur éducation impersonnelle, entièrement assurée par des nurses et des gouvernantes, ne les avait pas habituées. Caroline, qui avait déjà maintes fois entendu ces histoires, s'intéressait uniquement à sa nouvelle robe, à son collier de corail et à ses oreilles fraîchement percées, d'où pendaient temporairement des rubans de soie, ainsi qu'à sa poupée, habillée et coiffée exactement comme elle. Quant à Prudence, l'aînée de mes nièces – la moins jolie aussi –, elle était visiblement imperméable au charme de ma prestation et ne paraissait pas accorder une grande valeur aux merveilles du royaume des fées. La nurse Aycliffe, toujours à portée de voix, en profita pour intervenir :

— Oh ! mademoiselle Cecilia, vous avez chiffonné votre robe en vous asseyant ainsi. Et vous, mademoiselle Julia !... Les jeunes filles comme il faut doivent rester droites et ne jamais s'appuyer au dossier.

Me signifiant par un regard réprobateur que mes propres épaules, confortablement appuyées contre les coussins, constituaient un déplorable exemple pour la jeunesse, elle prit ses pupilles par la main et se hâta de les éloigner d'un tel endroit de corruption.

En voyant ma solitude, Elinor vint se glisser près de moi et me prit le bras :

— Si nous en profitions pour avoir la migraine, toi et moi ? me souffla-t-elle. Les nurses s'occupent des enfants, Hannah de mon mari, Joel s'ennuie en notre compagnie et M. Ashley ne s'apercevra même pas que nous le laissons seul. Viens donc là-haut, que je te raconte comment Bradley Hobhouse a pris cinq minutes, hier soir, pour m'aider à mettre mon manteau à la salle des fêtes et comment M. Adair en a littéralement enflé de jalousie – oui, enflé comme un crapaud. Si tu savais comme je me suis amusée, Virginie ! Allons, viens que je te raconte tout cela, je me sens d'humeur à parler pendant des heures. Vivons dangereusement ! Nous allons demander à Mme Stevens de nous apporter une ou deux bouteilles de vin. Pourquoi pas ? Cette année, je le sens, m'apportera beaucoup de bonnes choses.

L'arrivée de la nouvelle année – celle d'Elinor, comme elle se plaisait à le répéter – fut dignement célébrée par un grand bal costumé à la salle des fêtes, événement plein d'éclat dont les bénéfices considérables – le droit d'entrée avait été fixé à deux guinées par personne – étaient destinés à secourir nos pauvres, dont le nombre ne cessait de croître. Aucun de ces messieurs, ou presque, ne consentit à se costumer, considérant sans doute qu'un habit de soirée suffisait à se déguiser, mais la concurrence fut féroce entre les dames.

— Tu verras, elles vont toutes se déguiser en reine, me dit ma mère, à qui j'étais allée demander conseil. Et pas n'importe lesquelles non plus : on va avoir une bonne douzaine d'Élizabeth, avec des fraises et des brocarts, autant de Marie Stuart, avec de longues robes de velours frappé et autres ornements – ce qui conviendra sûrement à beaucoup de celles pour qui les robes amples et les manches longues sont une véritable nécessité. Et toi, ma chérie, as-tu pensé à quelque chose ?

— J'espérais que vous me donneriez une idée. Elinor va certainement trouver quelque chose de spectaculaire, dans l'état d'esprit euphorique où elle est en ce moment.

Elle me regardait avec un sourire qui trahissait une certaine satisfaction d'elle-même, à bon droit d'ailleurs car, même si elle n'avait pas l'intention de l'accepter, une demande en mariage d'un seigneur terrien comme M. Dalby, pilier du parti tory, ne constituait pas un mince succès pour une femme de son âge et de ses origines.

— Je m'en doutais, répondit-elle. Voyons, j'ai peut-être une idée… Que dirais-tu de l'impératrice Joséphine, la femme du grand Napoléon ?

— Je ne sais pas. Comment était-elle, cette Joséphine ?

— Mince et souple comme une liane, volontiers vêtue de mousselines transparentes, les pieds nus dans des sandales dorées assorties à la laque de ses orteils. Une mode prétendue grecque tout à fait provocante qui faisait fureur à l'époque. Ce serait d'autant plus facile que j'ai exactement la robe qu'il faut dans une de mes malles. Je l'avais achetée au moment de mon mariage, mais elle déplaisait à ton père. Veux-tu que j'aille la chercher ? J'ai aussi les sandales.

— Et la laque pour les orteils ? dis-je avec incrédulité.

— Bien sûr, ma chérie ! me répondit-elle d'un air innocent. Du temps de ma jeunesse, les mœurs étaient bien plus libres, vois-tu, et nous avions toujours ce vieux libertin de prince régent qui appréciait beaucoup les pieds nus et les ongles laqués. Ta grand-mère, malheureusement, n'avait pas les mêmes goûts et les a imposés à son fils, et quand elle est morte, je n'avais plus l'âge de ce genre de fantaisies. Alors, autant que tu en profites. Ton mari ne l'approuvera peut-être pas, car tu vas être plus dévêtue qu'il n'a l'habitude de te voir en public, mais l'effet de surprise pourrait être une bonne chose. Si peu de maris s'avisent de regarder leurs femmes qu'il n'est pas mauvais, à mon avis, de leur en fournir l'occasion de temps à autre.

Tout cela sur un ton si candide que j'ai tout de suite compris ce qu'elle avait en tête…

La fameuse robe, une fois déballée, était une pure merveille, étroite, la taille haute, avec des manches à peine esquissées qui laissaient les bras et les épaules nus, faite d'une mousseline si légère que je fus d'abord choquée de me sentir quasiment dénudée, impression qui se transforma vite en une grisante sensation de liberté tandis que j'évoluais débarrassée du carcan de mes jupons et de mon bustier. En la portant, je ne savais pas si cela suffirait à déclencher chez Joel une passion durable qui, à son tour, effacerait de mon cœur celle que j'éprouvais pour Charles – comme ma mère l'espérait visiblement –, mais la seule pensée de provoquer l'horreur d'Emma-Jane, et plus encore celle de Hannah, était une tentation à laquelle je ne pouvais résister.

J'ai donc emporté la robe, avec les sandales et le flacon de laque dorée. J'y ai ajouté mes perles, je me suis coiffée «à la grecque» comme ma mère me l'avait montré, ce qui me donnait une tête d'adolescent sur un corps aux courbes extrêmement féminines presque trop visibles sous le frémissement du tissu transparent, et mes pieds nus aux ongles peints avaient une allure si scandaleuse que Mme Stevens elle-même – qui, en son temps, exhibait sa nudité de manière encore bien plus provocante – en fit une crise de nerfs.

— Grands dieux, que va dire M. Barforth ? s'est-elle écriée avec un geste d'effroi.

Sa question allait bientôt trouver une réponse. Joel arriva dans ma chambre en se battant avec ses boutons de col, infiniment plus préoccupé de son apparence que de la mienne. Il crut sans doute au premier coup d'œil que j'étais encore en jupon, car il commença par me dire en bougonnant de me dépêcher, jusqu'à ce qu'une bouffée de mon parfum exceptionnellement capiteux – emprunté, lui aussi, à ma mère – le fasse se retourner avec incrédulité :

— Vous n'avez quand même pas l'intention de sortir dans cette tenue ?

— L'impératrice Joséphine le faisait pourtant.

— Sans doute, mais pas à Cullingford.

— Cela ne vous plaît donc pas ? dis-je en faisant onduler la robe autour de moi.

— Si, beaucoup, et même à tel point que ce ne peut être qu'indécent.

— Voyons, Joel, cette robe faisait partie du trousseau de ma mère, et les femmes de son époque mouillaient leurs toilettes pour les rendre plus collantes. Vous êtes pourtant en âge de vous rappeler ce genre de robes !

Sa bonne humeur amusée et tolérante se mua en une expression de déplaisir agacé :

— Je suis assez vieux pour cela, en effet, dit-il sèchement. Vous allez me faire le plaisir de vous couvrir d'un châle, le plus grand que vous puissiez trouver.

Son froncement de sourcils – qui me rappelait bien plus la pudibonderie chagrine d'un Morgan Aycliffe que les colères tonitruantes de Joel Barforth – me procura un délicieux sentiment de plaisir défendu et me poussa, par bravade, à tournoyer devant la lampe pour m'offrir à ses regards par transparence.

— Bien sûr que j'ai un châle ! ai-je répondu en riant. Et je compte le porter comme ceci, en dénudant mes épaules à la manière de l'impératrice Joséphine. Il n'y a rien de mal là-dedans, n'est-ce pas ?

— Non, presque rien ! dit-il en s'échauffant. Sinon que vous allez vous faire littéralement déshabiller du regard par tous les hommes, si tant est qu'il y ait quelque chose à enlever. Je m'étonne que cela ne vous dérange pas.

— Et moi, je m'étonne que cela vous dérange.

Alors, plus que jamais possédée de ce démon provocateur, j'ai tendu une jambe d'un geste suggestif pour la mouler sous l'étoffe et dévoiler un pied scandaleusement nu et peint.

— Pour éviter qu'on me le fasse, ai-je repris, préféreriez-vous que je me déshabille complètement ?

Il étouffa un juron de colère, serra les poings et se retint visiblement de ne pas exploser.

— Mettez votre châle ! me dit-il du ton qu'il usait à Lawcroft pour congédier un employé indigne. Et avant que nous partions, laissez-moi vous dire que vous habiller en aventurière ne vous oblige pas à en adopter la conduite ! Allez, prenez votre châle et votre éventail et venez, nous sommes déjà en retard.

Drapée dans une cape de velours bleu, les mains dans un manchon de plumes, je me suis assise à côté de lui dans la voiture, et il n'a plus desserré les dents.

Les illuminations de la salle des fêtes ruisselaient jusque dans la rue, où une foule considérable d'indigents au profit de qui le bal était donné s'était massée pour nous admirer, ou nous conspuer, tandis que nous arrivions pour nous divertir en leur honneur ; des rires fusèrent quand les chevaux des Hobhouse, qui nous précédaient, glissèrent sur les pavés verglacés et qu'Emma-Jane, désormais aussi énorme dans son état normal qu'en puissance d'enfant, dut faire appel à trois hommes pour descendre de voiture.

— Débarrassez-vous-en ! fit-elle à Bradley avec rage, sans préciser s'il s'agissait de la populace ou des bêtes maladroites, responsables de sa disgrâce publique ; puis, un bras accroché au mien et l'autre à celui de Joel, elle se laissa hisser en haut des trois marches menant au grand hall dallé de marbre blanc et noir, pendant que son époux restait dehors pour évaluer les dégâts et tenter de les réparer.

Emma-Jane était affublée d'une ridicule robe élizabéthaine, avec une gigantesque jupe de velours rouge en forme de cloche et une fraise blanche qui lui meurtrissait le menton et lui bouffissait les joues, costume pesant et étouffant qui allait sans doute l'épuiser très tôt dans la soirée. Quant à moi, de nouveau débordante de la joie de me sentir libre de toute entrave et fermement décidée à m'amuser, que cela plaise ou non à Joel, j'ai fait glisser ma cape de mes épaules, je l'ai tendue à la dame du vestiaire et, plantée devant le miroir, j'ai levé un bras avec un geste mi-provocant, mi-languissant – digne, je crois, du style de l'impératrice des Français – en affectant de rajuster ma coiffure.

J'entendis, derrière moi, Emma-Jane pousser un cri étranglé et je vis dans la glace ses joues se couvrir du rouge annonciateur de l'apoplexie.

— Virginie ! Enfin, regarde-toi !... Tu... tu... Si je n'étais pas au courant, on te donnerait dix-huit ans !

Plus que de colère, sa voix tremblait de reproche : comment avais-je l'audace de m'afficher de la sorte, comment osais-je être belle, mince et riche quand elle était grosse et laide ? J'en ressentis un très méchant frémissement de plaisir.

Bradley, qui nous rejoignit au moment où nous nous dirigions vers l'escalier, réprima un cri d'admiration incrédule et m'enveloppa littéralement de regards de convoitise qui n'échappèrent pas à Emma-Jane, dont les bajoues tremblotaient de fureur :

— Bradley, donnez-moi le bras ! Vous savez pourtant que je dois prendre des précautions dans les escaliers, et vous savez ce que le docteur a dit. Je suis venue uniquement parce que vous avez insisté pour ne pas paraître seul devant le monde !

Je vis le sourire ironique de Joel qui la regardait gravir pesamment les marches, je vis que, dans ses yeux, la colère envers moi avait fait place à une attention intéressée, à une sorte de froideur calculatrice dont les causes m'échappaient. Mais il ne me disait toujours rien.

Il n'y avait ce soir aucun risque de voir surgir Charles Aycliffe, car je le savais quelque part dans les Midlands, occupé à faire une tournée de conférences, et il passait – du moins, je me l'imaginais – d'agréables journées de farniente dans l'atmosphère chaleureuse de petites auberges de campagne, ou faisait étalage de ses charmes dans les manoirs des hobereaux du pays, pour éblouir quelque péronnelle titrée, alors que je me torturais à la pensée que nous n'étions liés par rien que notre mutuel désir, que rien ne le forçait à me revenir et que, en toute logique, il vaudrait cent fois mieux pour moi – et plus encore pour lui – qu'il ne me revienne pas du tout. Devant de telles éventualités, ma robe arachnéenne et mes scandaleux orteils peints n'étaient peut-être que des soutiens dans ma fuite vacillante, ou des œillères pour m'aveugler sur la douleur de sa perte.

Hannah survint alors en Marie Stuart, figure imposante dans une robe de soie noire et une coiffe blanche lui donnant davantage l'allure d'une religieuse que d'une reine.

— Virginie, me déclara-t-elle, cette robe est beaucoup trop serrée. Remonte donc ton châle sur tes épaules, on remarquera moins qu'elle ne te va pas.

À côté d'elle, le pâle et discret M. Ashley, plus ecclésiastique et falot que jamais, rougit comme une jeune fille et détourna pudiquement la tête.

Je ne m'attendais certes pas à ce que M. Aycliffe approuve mon accoutrement, je ne fus donc pas déçue par sa réaction ; mais M. Adair, devenu un inséparable des Aycliffe ces derniers temps, promena sans vergogne des yeux flamboyants sur toute ma personne et s'attarda aux bons endroits avec une délectation qui faisait plaisir à voir. Ses prunelles étaient si expressives que je croyais l'entendre dire : « Diable, le beau brin de femme ! Y a-t-il plus beau spectacle au monde ? »

Elinor manifesta d'emblée un enthousiasme délirant et m'accabla de compliments pour conclure, en tapant du pied : « Va-t'en, rentre chez toi ! Personne ne va plus me regarder, maintenant ! » Cela ne risquait pourtant pas le moins du monde de se produire, comme elle le savait fort bien. Elle s'était fait un costume de Marie-Antoinette – inspiré d'une statuette de son mari – et portait une ravissante robe de satin bleu ciel, sa couleur préférée, d'où cascadaient des flots de dentelles ; sa haute perruque blanche accentuait si bien la délicatesse de son petit visage triangulaire en donnant à sa peau la fragilité translucide d'une porcelaine – dont son époux aurait pu être justement fier – qu'elle semblait incarner l'idéal féminin dont rêvent les hommes, au point que Joel, qui n'avait pas eu un mot pour me complimenter, tendit une main fraternelle pour lui prendre le menton en disant : « Ravissante ! Si tu pouvais t'arrêter de jacasser cinq minutes, tu serais même parfaite. »

Dans la salle de bal brillamment éclairée et pleine de monde régnait une température de serre – impression renforcée par la véritable jungle de plantes vertes alignées le long des murs ; les musiciens s'évertuaient dans le brouhaha, la foule se bousculait ; bref, c'était là un bal semblable à tous ceux auxquels j'avais assisté ici depuis l'inauguration. On y trouvait les hôtesses de service, s'efforçant chaque fois de surpasser les précédentes et d'éclipser à tout jamais celles dont le tour suivrait ; la cohorte des mères amenant leur fille comme au marché d'esclaves pour les offrir, fièrement, tristement ou avec désespoir, à des hommes qui ne s'intéressaient qu'à leur valeur marchande, et la connaissaient déjà au sou près ; des matrones comme Emma-Jane, dont toutes les aspirations se réduisaient à une tasse de thé et un fauteuil moelleux ; des femmes fières comme Hannah, qui se méprisait de se plier à l'obligation d'avoir un homme à ses côtés ; des femmes coquettes ou enthousiastes comme Elinor qui, ayant retrouvé sa joie de vivre, rêvait désormais de voir tous les hommes à ses pieds.

Joel se tourna alors vers moi et prononça ses premières paroles :

— L'impératrice Joséphine daignera-t-elle m'accorder cette danse ?

Pendant que nous nous frayions un chemin dans cette masse de toilettes préparées dans l'anxiété et maintenant comparées dans l'angoisse, conçues à partir d'idées qui paraissaient uniques et géniales jusqu'au moment où il s'en trouvait vingt semblables en rang d'oignons dans l'escalier, j'ai vu Elinor hésiter un instant entre Bradley Hobhouse et Daniel Adair, qui l'invitaient tous deux, puis, sa décision prise, Emma-Jane se laisser tomber sur une chaise avec indignation et M. Adair s'éloigner en grimaçant de fureur.

La danse finie, je suis allée tenir compagnie à Emma-Jane en me soumettant patiemment au détail des tétées de son dernier-né, au récit captivant des faits et gestes de James, bientôt presque aussi grand que Thomas, et du petit Freddy, qui parlait et marchait déjà et était très en avance sur son âge. Mais je la sentais à la fois inquiète et en colère, écrasée par la chaleur, jalouse à me haïr de ma robe vaporeuse et, pourtant, s'accrochant désespérément à ma compagnie, car rien, pas même les progrès du petit Freddy, son préféré, ne parvenait à la distraire du spectacle révoltant du père du même Freddy entamant une deuxième danse avec Elinor.

— Je ne me sens pas bien ! me dit-elle, stupéfaite par la jalousie qui l'étreignait pour la première fois de sa vie. Je n'aurais vraiment pas dû venir et mes chevilles sont horriblement gonflées, comme m'en avait prévenue le docteur. Virginie, sois gentille, va dire à mon mari que je suis malade.

Puis, se levant soudain en renversant une légère chaise dorée par une maladresse où les souffrances égalaient l'ampleur de sa robe de velours, elle partit en courant dans la direction du vestiaire pour trouver enfin quelqu'un muni d'un flacon de sels, un tabouret pour reposer ses pieds enflés et de la compassion pour une femme n'ayant jamais failli à ses devoirs d'épouse.

Quelques instants plus tard, je suis allée prévenir Bradley du triste état de sa femme, mais il se contenta de hausser négligemment ses larges épaules et m'empoigna pour m'entraîner au rythme d'une nouvelle valse.

— Je sais, elle est encore enceinte et elle n'aurait pas dû être ici dans ces conditions. Elle va sans doute vomir une ou deux fois, après cela elle sera comme neuve, il n'y a pas lieu de s'inquiéter. Vous êtes superbe, Virginie. Elinor et vous, quel spectacle ! Je ne peux pas souffrir ce directeur d'Aycliffe, comment s'appelle-t-il déjà, Adair ? Il peut bien se bombarder d'un titre ronflant, ce n'est qu'un manœuvre irlandais, comme les autres, et s'il ose encore me parler comme il l'a fait, je lui ferai voir de quel bois je me chauffe !

M. Adair, qui avait encore perdu Elinor au profit de Bradley Hobhouse, m'invita à danser peu après et eut le bon goût de ne pas manifester son dépit, car il savait au moins qu'une dame n'aime jamais entendre son cavalier lui parler d'une autre femme, même de sa plus chère amie. Il déploya donc toutes ses grâces et garda le regard fermement fixé sur moi, alors qu'il mourait visiblement d'envie de chercher Elinor ; quand il nous arriva de nous cogner contre Bradley et elle au milieu d'un tour de valse – et qu'il remarqua fort clairement qu'Elinor prenait prétexte du choc pour se laisser aller dans les bras de son danseur –, il n'en continua pas moins, avec une constance digne des plus grands éloges, de poursuivre sa tâche de galant homme, qui était de me persuader que j'étais la seule jolie femme présente – ce dont j'étais déjà intimement convaincue. Quel habile homme, que ce M. Adair ! Il ne se serait sûrement pas hasardé à courtiser la femme de son patron, même vieux et frêle, sans avoir reçu quelque encouragement, et ne devait s'engager en rien à la légère, si bien qu'il me vint à l'esprit – quoique cela échappe toujours à celui d'Emma-Jane – que l'intérêt subit d'Elinor pour Bradley avait peut-être des mobiles moins évidents qu'il n'y paraissait.

Ce fut pourtant Bradley qui accompagna Elinor au souper servi à minuit, il resta assis à ses pieds pendant que sa propre épouse et le mari d'Elinor étaient apparemment bien oubliés, Emma-Jane toujours dans les mains de la dame du vestiaire, et M. Aycliffe en grande conversation avec un groupe de ses électeurs.

Si Rosamonde Boulton brillait par son absence, elle était représentée par un échantillonnage impressionnant de ses productions ; quant à Estella Chase, revenue récemment d'un séjour de près d'un an à Londres, elle arriva peu avant minuit dans une robe d'allure indéterminée taillée dans un crêpe de Chine vert fade qui lui allait cependant à merveille. Comme toujours, elle était désinvolte, hautaine, tel un pur-sang trop sûr de lui pour se soucier de ce que sa crinière est mal peignée, et elle tendit une main molle et mal soignée à tous ceux qui se pressèrent fort nombreux pour présenter leurs hommages à la cousine germaine de notre haut et puissant seigneur, saluts qu'elle accepta en faisant clairement comprendre qu'elle ne se souvenait d'aucun nom et n'entendait pas faire le moindre effort pour se les rappeler.

Mais ma mère, qui venait de dîner chez les Corey et pouvait devenir lady Dalby quand il lui plairait, ne se laissa pas impressionner par ce manège et me prit le bras :

— Ma chérie, te souviens-tu de Mme Chase ? Mais si, fais un effort, il me semble bien que vous vous êtes déjà rencontrées. C'est la fille du colonel Corey, voyons. Mon cher colonel, je crois que vous connaissez ma fille, Mme Barforth ?

— Mais comment donc ! répondit le colonel avec un sourire réjoui. Comment pourrait-on l'oublier ?

Je fus alors troublée en pensant à l'argent qu'il avait prêté à Charles, à la possibilité qu'il fût même au courant de notre liaison, si Mark s'était montré indiscret, et je n'ai remarqué le regard échangé à ce moment-là par Joel et Estella Chase que quand il fut trop tard.

Joel la fit ensuite danser, une seule fois, pas davantage, et garda poliment ses distances, n'échangea avec elle que de vagues banalités et la raccompagna près de son père en s'inclinant avec une apparente froideur. Ensuite, il ne dansa plus avec personne d'autre et prit position près du buffet, d'où il se servait régulièrement de punch glacé, dans l'attitude du spectateur indifférent et ennuyé ; les yeux mi-clos, il la regardait danser avec d'autres hommes, m'observait d'une manière inhabituelle qui me mettait mal à l'aise, et affichait une expression maussade, la bouche durcie par un rictus hostile.

— On dirait que ton mari digère mal son souper, me glissa ma mère.

Mais, avant que j'aie pu lui faire observer que sa stratégie n'avait pas plus de succès que sa robe, j'ai senti qu'on me touchait le bras, et une servante m'informa que Mme Hobhouse, au plus mal, m'avait fait demander.

Emma-Jane était pourtant debout quand je suis arrivée, gonflée de fureur, le visage empourpré par l'injustice d'un monde où elle, épouse et mère irréprochable, était rejetée par un mari indigne quand une petite écervelée comme Elinor Barforth, qui n'avait épousé ce répugnant vieillard que pour son argent après avoir échoué dans ses tentatives pour s'approprier Bradley, nageait dans le bonheur et s'affichait – comme le lui avaient appris plus de vingt âmes charitables – avec le même Bradley qui se couvrait de honte en ronronnant à ses pieds.

— Tu ne l'as donc pas prévenu que je suis malade à mourir ? me dit-elle en hurlant. Cela fait des heures, des heures que je suis enfermée ici, et lui, que fait-il pendant ce temps ? A-t-on même pensé à me monter mon souper ? Je pourrais mourir de faim sans que personne ne s'en inquiète ! Que je suis malheureuse…

Pendant que la dame du vestiaire et moi nous efforcions de la calmer, Elinor – qui m'avait sûrement suivie et n'avait pas perdu une miette de cette scène – entra d'un pas dansant en s'éventant avec une désinvolture pleine de cruauté.

— Ma pauvre Emma-Jane, c'est vrai que tu as une tête à faire peur ! Tu es toute verte.

Emma-Jane plongea vers sa rivale pour lui assener un coup qui manqua son objectif. Elle écumait :

— Ignoble petite garce ! Tu as toujours été jalouse de moi, toujours voulu me voler tout ce que j'avais ! Si je perds cet enfant, c'est toi qui en seras responsable !

Les éclats du rire d'Elinor emplirent la pièce et je me suis rappelé les jours, désormais lointains, où elle devait supplier Emma-Jane de l'emmener dans sa voiture, mendier bien poliment ses vieilles robes ou les chutes d'un coupon de tissu. Étais-je la seule à m'en souvenir ?

— Tu dramatises toujours autant, ma pauvre Emma-Jane ! dit Elinor d'un ton protecteur. Un enfant de plus ou de moins, tu ne t'en apercevras même pas, avec tous ceux que tu as.

— Quelle méchanceté ! s'écria Emma-Jane en sanglotant. Tu es affreuse ! Comment oses-tu…

Je me suis immédiatement interposée – Emma-Jane était secouée de gros sanglots, Elinor d'un rire de joie mauvaise – j'ai empoigné ma trop jolie cousine par les épaules pour la pousser dehors sans ménagements.

— Assez, Elinor ! La malheureuse est en pleine crise de nerfs. Tu ne vas quand même pas lui prendre son mari ?

— Le gros Bradley ? Bien sûr que non ! Sa grosse dondon peut bien le garder. Mais n'est-ce pas merveilleux, Virginie, de savoir qu'il me suffit d'un geste pour l'avoir ? Savoir que je pourrais le ruiner, quand il sait ne pas avoir les moyens de me faire vivre comme il me plaît, savoir qu'il est incapable de me résister ? J'adore ! Allons, il ne faut pas m'en vouloir, Virginie, tu as tous les hommes à tes pieds, ce soir, tu devrais me comprendre. Ces messieurs s'imaginent qu'ils nous possèdent, comme leurs chevaux, et c'est le seul moyen de nous venger – les exciter pour qu'ils nous désirent au point d'en souffrir et leur filer entre les doigts ! C'est bien la règle du jeu, n'est-ce pas ? Mais rassure-toi, je ne suis pas une imbécile. Je continuerai à les faire marcher, que dis-je ? courir ! Je leur ferai des sourires, des promesses qui ne coûtent rien, et puis je dirai non. Que faire d'autre, je te le demande ? Comment pourrais-je, sinon, savoir si je suis morte ou si je vis ?

Je me suis sentie soudain engloutie sous une vague de désespoir, pour elle et pour moi.

— Elinor, Elinor… Dans quel monde vivons-nous ?

Et là, sur cet étroit palier derrière le vestiaire, nous sommes tombées dans les bras l'une de l'autre, sans nous soucier de sa perruque, des dentelles et des regards indiscrets, et nous nous sommes serrées l'une contre l'autre, au bord des larmes.

— Quel touchant spectacle !

Le son d'une voix dure et sarcastique nous fit sursauter, car nous n'avions entendu personne approcher, et j'ai sursauté de nouveau en reconnaissant Joel, le visage mauvais et sillonné de plis entre lesquels je ne pouvais rien déchiffrer.

— Cela fait longtemps que je vous cherche, et j'en étais arrivé à me demander si… Enfin, maintenant que je vous ai retrouvée, je tiens à vous dire que cette soirée est fort ennuyeuse et qu'il est grand temps que nous partions.

— Mais, Joel, il n'est encore qu'une heure…

— Peu importe. J'ai commandé la voiture, et si je dis qu'il est temps de partir, nous partons.

— Peu importe, en effet. Bonne nuit, Elinor, j'irai te voir demain.

— Bonne nuit, Virginie.

De nouveau inquiète, malheureuse, apeurée, les yeux brillants de larmes contenues, elle me fit un geste d'adieu presque enfantin pendant que je me hâtais de reprendre mes affaires et d'aller rejoindre Joel, qui m'attendait dans le hall.

Était-il jaloux ? N'était-ce pas plutôt quelque réaction instinctive de mâle en chasse, qui ne se gêne pas avec la femme des autres mais ne supporte pas qu'on regarde la sienne de trop près ? Joel jaloux… Si la jalousie était la crainte de perdre quelqu'un à qui l'on tient, le fait de me perdre était-il plus grave qu'une simple blessure infligée à son amour-propre ? Et s'il éprouvait pour moi des sentiments différents ou plus profonds que ceux que j'imaginais, si le fait de m'être étourdiment affichée à demi nue dans la robe de ma mère avait éveillé quelque chose en lui, m'avait enfin dépouillée de mon image de « petite cousine », avait brisé les liens trop serrés de la parenté qui nous unissait, j'avais alors le devoir d'aller aussi loin que possible dans cette voie pour me mettre à son diapason.

« Je ne veux pas sacrifier notre amour », me chuchotait la voix de Charles. Mais, s'il y avait un sacrifice, c'était à moi de le faire, et très vite, pour le bien de mes enfants et aussi pour celui de Charles. Car il ne pouvait pas continuer à végéter au Tonneau rouge en gaspillant ses talents et sa personnalité. Si je l'aimais, je lui devais sa liberté.

Et si mon mari me tendait la main, je n'avais pas le droit de lui refuser la mienne, de même qu'il serait dangereux de me demander ce qui l'y poussait. Peut-être avait-il enfin vu en moi une femme désirable, excitante, digne de ses passions ? Peut-être en avait-il tout simplement assez de courir les jupons, maintenant qu'il approchait de l'âge mûr, et souhaitait nouer des rapports solides et profonds que ne lui offraient pas ses aventures ? Quels que fussent ses mobiles réels, je devais en tout état de cause les accepter et m'accommoder de ces nouveaux sentiments pour les apprivoiser et les renforcer ; il fallait apprendre à ne plus reculer devant son impérieuse virilité, oublier ma crainte de ne pas pouvoir la satisfaire. Il fallait enfin avoir l'honnêteté de reconnaître vis-à-vis de moi-même que je ne m'étais pas, moi non plus, donnée sans réserve, que je lui avais refusé son dû, que je ne m'étais pas résignée à risquer mes sentiments profonds avec un homme que je voyais soulever tant de tempêtes chez d'autres femmes, qui brisait si froidement tant de cœurs et de réputations. Le moment était venu de prendre ces risques, et il fallait que je donne afin de recevoir.

Enveloppée dans ma cape qui dissimulait ma nudité, je suis arrivée au bas des marches :

— Joel ! Je suis là.

Mais quand nous sommes sortis côte à côte dans la nuit froide, il y avait deux voitures à la porte, la nôtre et celle du colonel Corey, avec Estella Chase, d'une humeur massacrante, qui attendait devant le marchepied qu'on l'aide à y monter.

— Bonsoir, madame, bonsoir, monsieur, nous dit-elle.

Elle avait jeté les mots à la figure de Joel comme des pierres, avec une expression de rage froide qui lui figeait les traits. Joel grommela un « Bonsoir ! » à peine audible et me poussa presque dans la voiture, en affectant si ouvertement d'ignorer sa présence que les cochers eux-mêmes ont dû comprendre qu'ils assistaient à la fin d'une grave dispute et, sans doute, plaindre la pauvre petite femme innocente, assez sotte pour ne pas remarquer la tension qui régnait entre les deux amants.

Joel, jaloux ? Mais de quoi, et de qui ? Son humeur était-elle due, comme je me l'étais bêtement imaginé, à ma robe, à mes orteils peints, à mes attitudes provocantes ? Ou, comme c'était déjà trop souvent arrivé, n'avais-je absolument rien à y voir ? Avait-il vraiment décidé de partir tôt à cause de moi, suscitant par voie de conséquence le mécontentement de cette snob hautaine qui croyait se l'approprier toute la soirée ? Ou bien me forçait-il à rentrer tout simplement parce qu'il s'était querellé avec Estella Chase, qui partait aussi ? Je n'avais pas de réponse à ces questions et, à vrai dire, je ne m'en souciais même pas. Car je n'avais plus la moindre envie de faire le plus petit sacrifice.

28

Je ne crois pas que Daniel Adair ait songé, dès le début, à devenir l'amant d'Elinor. Quand ils avaient fait connaissance, elle n'était encore qu'une petite femme capricieuse et fragile, sans caractère ni volonté ; et s'il avait sans doute vite compris que ses fréquents malaises étaient davantage le fait des frustrations sentimentales et sexuelles que de la maladie, il n'avait probablement pas l'intention d'y porter remède du vivant de son mari. Ambitieux, travailleur, Daniel Adair était avant tout d'un naturel joyeux et insouciant, plus porté au rire qu'aux larmes, et il se serait fort bien contenté d'attendre la disparition de Morgan Aycliffe car celui-ci, à en croire son apparence, ne pouvait plus en avoir pour bien longtemps et Elinor, riche veuve encore jeune et sans progéniture pour exiger sa part d'héritage, constituait un trésor digne d'un peu de patience.

Mais la surprise ressentie par Elinor à se découvrir femme, le sentiment du pouvoir que lui conférait sa beauté sur les hommes, son habileté innée à susciter et accroître leur désir lui firent voir le monde sous un jour tout différent.

Tête de linotte maladive et tremblante, aisément éblouie par l'argent et les futilités, Elinor pouvait être facilement dominée par un homme un peu résolu et domestiquée par la peur ou la flatterie ; mais la croqueuse de maris, la téméraire inconsciente – qui, comme Charles, pouvait très bien se mettre dans le cas d'être déshéritée – était une tout autre

Elinor et représentait à la fois une menace pour les calculs soigneusement échafaudés par M. Adair, et une puissante tentation pour son exigeante sensualité.

Elinor n'avait peut-être pas eu, elle non plus, l'intention de se faire courtiser de si près. Habituée aux exigences hâtives et malhabiles d'un vieil homme peu porté sur les folies du corps, elle était restée profondément ignorante du plaisir physique. La consommation de l'acte sexuel lui avait d'abord paru risible, pour devenir une corvée dont il fallait se débarrasser au plus vite quand on ne pouvait pas y échapper. Ce qu'il lui fallait, ce à quoi elle aspirait vraiment, c'était un homme à ses pieds, pas dans son lit.

Pourtant, quand Morgan Aycliffe retourna à Londres en février pour la nouvelle session parlementaire, elle laissa Daniel Adair lui donner un baiser – sans penser à mal, car c'était l'après-midi et il était impossible, croyait-elle, de s'adonner à la fornication autrement qu'au milieu de la nuit ; puis, étonnée de cette expérience inhabituelle et ne comprenant absolument pas comment le contact d'une bouche d'homme sur la sienne pouvait avoir de si curieux effets sur son estomac, elle n'eut de cesse qu'elle vérifiât ces sensations bizarres et se fit de nouveau embrasser, sans y voir davantage encore qu'un jeu un peu corsé. Ils dînèrent ensemble ce soir-là, sous le prétexte commode d'examiner les livres de comptes, et attendirent impatiemment que les serviteurs se soient retirés. Une fois dans la bibliothèque, Elinor poussa le verrou et offrit aux baisers de Daniel Adair ses lèvres, ses bras nus, ses épaules, pour s'apercevoir à sa surprise croissante qu'elle avait beau se serrer contre lui, elle n'était toujours pas assez près. Sa robe fut bientôt une barrière plus infranchissable qu'un mur de brique. Elle l'arracha aussitôt et se laissa alors tomber sur lui, subitement affamée et assoiffée par ses dix ans de pénurie ; puis, quand elle eut senti son corps submergé sous un plaisir dont elle n'avait jamais soupçonné l'existence, elle resta pelotonnée contre son épaule, ronronnante de bien-être, soumise et totalement captivée par ce phénomène, persuadée que nul autre que Daniel Adair n'était capable de le lui faire éprouver, et sans le moindre souci de ce qui pourrait s'ensuivre.

Cette année-là, nous eûmes un merveilleux printemps, avec des matinées d'un bleu délicat, des soirs jaunes et vibrants, des nuits embaumées de fleurs nouvelles ; la lande était redevenue praticable et, me retrouvant enfin libérée des contraintes que m'imposait l'hiver, j'ai repris le chemin de la Vieille Sarah et de la cabane de berger. Je savais que notre amour avait survécu parce que Charles, parti dès le début de l'hiver pour les Midlands puis pour Londres, avait mis entre nous une distance considérable, infiniment moins pénible à supporter que les quelques kilomètres séparant Maison Haute du Tonneau rouge.

Cette séparation nous avait aussi offert la possibilité de rompre, occasion que nous aurions dû saisir, et nous avions peut-être l'intention de le faire ; mais, dès le moment où j'ai poussé la porte grinçante, en cette fraîche matinée de mars, et où je l'ai vu qui m'attendait, toujours vêtu de sa vieille jaquette bleue, les mois d'hiver furent effacés comme par magie et nous nous sommes retrouvés comme si nous nous étions quittés la veille.

— Ce dont je rêve, me dit-il peu après, c'est de m'éveiller un matin et de te trouver là, en sachant que tu as passé toute la nuit à côté de moi. Est-ce vraiment trop te demander, la réalisation d'un seul pauvre petit rêve ?

Il en avait pourtant bien d'autres en tête, car il avait passé tout l'hiver en compagnie d'hommes de son espèce, dans un vaste échange d'idées et d'idéaux dont le point culminant fut sa rencontre avec un homme politique connu pour ses idées radicales, Francis Place, qui mettait la dernière main aux grandes lignes d'une Charte du peuple. Charles m'en expliqua longuement les principes, et l'exaltation qu'il avait ressentie en rencontrant enfin un homme qu'il pouvait admirer.

— Tant mieux, ai-je dit quand j'ai pu placer un mot. J'en suis ravie pour toi.

— Ma chérie ! Serais-tu jalouse d'un vieux politicien comme lui ? Cela me fait croire plus profondément encore à ses idées !

— Quelles idées ? Que croit-il, lui ? Que t'a-t-il fourré dans la tête ? Quel scandale comptes-tu encore faire éclater dans *L'Étoile* de la semaine prochaine ? Tu ferais mieux de me prévenir tout de suite pour que je cache le journal à Hannah, car elle en fait une maladie et cela me gâche mon petit-déjeuner. Est-ce aussi révolutionnaire que cela ?

— Je suis plus persuasif que je ne l'espérais, si je rends malade la haute et puissante Hannah Barforth ! Ce sera en effet assez choquant, et ne pourra être apprécié que par les habitants de Simon Street. Francis relance la campagne pour le suffrage universel.

— Cela plaira aux gens de Simon Street, comme tu dis.

— Et nous exigerons, bien entendu, le scrutin secret.

— De sorte qu'ils puissent voter pour Mark Corey au lieu de ton père.

— Et pourquoi pas pour moi ?

— Tu ne peux pas te présenter aux élections, voyons ! Tu n'as aucune fortune.

— Exactement. C'est pourquoi la campagne de Francis Place demande aussi que les parlementaires touchent un salaire et soient défrayés de leurs frais.

— Je commence à comprendre pourquoi tu as tant confiance en lui…

— Et pourquoi pas ? Si j'ai quelque chose à dire ou à faire, pourquoi en être privé ? Ce serait merveilleux !

— Personnellement, je n'ai rien à gagner à toutes ces belles idées.

Il allait me répondre sèchement quand il comprit que je n'avais effectivement aucune raison de me réjouir de ces projets qui ne pouvaient pas me concerner ; alors, il me prit dans ses bras et me serra contre lui avec tant de tendresse que j'ai eu le cœur serré à la pensée qu'il s'apprêtait peut-être à me quitter.

Quand je suis rentrée chez moi, j'avais cependant décidé de me réjouir de ce qu'il entreprenait et de souhaiter le succès de cette campagne, car, si la carrière parlementaire pouvait s'ouvrir à des hommes comme Charles, son avenir en serait profondément bouleversé et pourrait redevenir prometteur. Et qu'importait que je reste enfermée ici, sans d'autre avenir que celui de Joel, puisque, de toute façon, telle était ma destinée ? Cet après-midi-là, pourtant, alors que je faisais ma promenade habituelle avec Elinor, je me suis surprise à l'envier sourdement, car l'amour qu'elle vivait était encore un miracle tout neuf, tandis que je sentais le mien près de sa fin.

Le lendemain matin, Charles avait dû atteindre la même conclusion, car il était pâle et visiblement inquiet quand je l'ai retrouvé à la Vieille Sarah. Il se mit tout de suite à parler d'abondance pour dire des mots sans suite, inutiles, jusqu'à ce que je comprenne qu'il les choisissait soigneusement, au contraire, pour ébranler mes bonnes intentions et me faire admettre que notre séparation, comme tous les événements douloureux, viendrait en son temps et que je n'avais donc pas besoin de m'en préoccuper aujourd'hui.

Il était, bien entendu, plus endetté que jamais, car personne, semblait-il, ne lui avait payé ses conférences ni les voyages qu'elles nécessitaient, tandis que les caisses de *L'Étoile de Cullingford* et ses voisins de Simon Street se gênaient toujours aussi peu pour dévorer ses maigres ressources avant la fin du mois. Mais, bien qu'il refusât avec la même énergie d'accepter un sou de moi, en déclarant qu'un homme d'honneur ne pouvait pas accepter l'argent d'une dame, sa résolution n'englobait pas toutes les personnes de mon sexe.

J'avais appris qu'il avait emprunté des sommes importantes à une vieille tante de Wensleydale, et il pouvait toujours compter sur sa propriétaire, Dinah McCluskey, veuve du redoutable et gigantesque propriétaire du Tonneau rouge, mort depuis quelque deux ou trois ans dans une rixe provoquée par des doutes émis sur l'honneur de son épouse.

— C'est une bonne âme, me dit Charles, et son mari ne l'a pas laissée dans le besoin. Alors, qu'importe que je sois un peu en retard pour lui payer mon loyer… Cela lui fait plaisir d'avoir un gentleman, comme elle dit, dans son grenier, et je crois aussi que cela l'amuse.

— Ne serait-elle pas amoureuse de toi, par hasard ?

— À vrai dire, je ne vois pas pourquoi elle ne le serait pas, sauf que je suis un peu maigre et léger pour son goût. Son mari était un véritable colosse, et elle en a toujours un ou deux du même calibre qui lui tournent autour. Je ne peux pas non plus l'éblouir de mon savoir, puisqu'elle voit mieux que personne que cela ne me rapporte rien. Si elle était un homme et qu'elle t'aime autant que moi, il y a beau temps qu'elle t'aurait enlevée de gré ou de force. Et si ton mari osait venir te reprendre, elle n'en ferait qu'une bouchée.

Je ne crus pas utile de préciser que je n'étais pas un meuble dont on pouvait venir reprendre possession, car mes protestations n'auraient rien changé à l'évidence : c'est exactement ce que j'étais.

À mon abattement et à mon sentiment de défaite correspondait l'épanouissement d'Elinor ; l'amour lui donnait un teint de pêche et de rose, mettait de l'éclat dans sa voix, de la profondeur dans son regard, et la catapultait d'une adolescence prolongée et débilitante à une maturité triomphante. Je l'observais avec sympathie – et avec envie – passer des premières transes d'une sensualité avide à l'état de plénitude, combien plus périlleux, de l'amour proprement dit.

— Et que comptes-tu faire ? lui ai-je demandé, du même ton que ma mère, l'été précédent, m'avait dit : « Sur quel avenir peux-tu compter ? »

— J'aurai de la patience. Que puis-je faire d'autre ? Pour la première fois de ma vie, je serai patiente et raisonnable.

— Veux-tu dire que tu comptes attendre la mort de ton mari ?

Elle se carra contre le dossier de velours de sa victoria, le regard assuré, l'expression aussi sereine que si la mort de Morgan Aycliffe lui paraissait naturelle et inéluctable comme le déroulement des saisons.

— Bien entendu. Mérite-t-il que je lui accorde autre chose ?

— Et M. Adair, va-t-il attendre, lui aussi ?

— Certainement, voyons ! dit-elle avec un éclair malicieux dans le regard. Daniel m'attendra, Virginie. Je ne suis pas complètement idiote, comme je te l'ai souvent dit, et je sais ce que représente pour lui la fortune de Morgan Aycliffe. Je sais très bien que c'est la seule raison pour laquelle il me faisait gentiment la cour et travaillait si dur à mes affaires pour se rendre indispensable. Mais tout est changé, vois-tu, ma chérie. Car maintenant, il m'aime, moi.

Je n'avais aucune raison de mettre sa parole en doute, car Elinor m'avait toujours paru digne d'être aimée, surtout maintenant que sa féminité épanouie l'enveloppait d'un halo de bonheur la rendant encore plus désirable. Daniel Adair y était certainement sensible, car il était loin d'être froid. Ambitieux, sans doute, obstiné, mais encore doté d'un certain romanesque intrépide et d'un cœur probablement facile à émouvoir et à s'attacher.

Je me surpris à citer encore les paroles de ma mère :

— Il essaiera probablement de mettre la main sur la dot de tes filles, et il se pourrait fort bien qu'il te batte si tu te conduis mal. Mais je crois quand même que tu seras heureuse… C'est du moins ce que je te souhaite du fond du cœur.

— Me recevras-tu quand je ne serai plus que Mme Adair, et qu'Emma-Jane me snobera parce que ma belle-mère est une vulgaire laveuse ?

— Évidemment, Elinor !

— Et même si Joel me voue aux gémonies pour confier la direction de l'entreprise à Daniel plutôt qu'à lui ? reprit-elle en s'animant. Il ne pourra pas m'en empêcher, Virginie. Personne ne pourra m'en empêcher !...

Elle me saisit la main, la serra avec une sorte de désespoir et ferma les yeux en poursuivant :

— Fais une prière, Virginie, fais une prière pour que cela arrive, car, si je priais moi-même, ce serait un sacrilège qui pourrait nous porter malheur. Ce n'est pas tellement que je veuille la mort de Morgan, Virginie, je veux vivre moi-même, comprends-tu ce que je dis ? Je ne te choque pas, au moins ? Ce n'est pas ma faute, tu sais, c'est peut-être celle de la loi, ou de ceux qui l'ont faite en interdisant qu'on échappe à un mariage malheureux, ou qu'on ne puisse s'en délier que par la mort. L'année dernière, je serais volontiers morte plusieurs fois, sans même verser une larme sur mon sort – et il n'aurait pas davantage pleuré. Mais plus maintenant. C'est bien fini, Virginie. Je me sens forte, maintenant, pleine de vie, d'énergie. Le matin, quand je me réveille – tu te rappelles comme j'étais dolente, le matin ? Eh bien, je pourrais courir, voler, rire ! Comment pourrais-je me résigner à perdre tout cela ? Tu comprends, j'espère, pourquoi je ne peux permettre à rien ni à personne de me barrer la route ?

Ne pouvoir échapper à un mariage malheureux que par la mort ! Jamais, pourtant, je n'avais pensé à Joel que débordant de vie, d'une vitalité, d'une puissance qui dominait et éclipsait tout ce qui l'entourait, comme l'était mon grand-père. Quand je me suis efforcée, par la pensée, de me vêtir de voiles de deuil, de m'imaginer avec la fortune de Joel – *ma* fortune – entre les mains, libre d'en disposer à ma guise, de disposer de moi-même comme bon me semblerait, j'ai ressenti une sorte de vertige. Il m'était impossible d'envisager la mort de Joel, moins encore de m'en réjouir ;

j'ai essayé de le faire en me forçant, mais je me suis retrouvée tremblante de frayeur et littéralement accablée.

Un large fossé s'était pourtant creusé entre nous, ces derniers temps, avec une froideur qui le rendait d'un abord difficile, sinon impossible. Durant tout cet été-là, il n'était plus qu'une présence à table, irritable, impatient, une silhouette derrière un journal déployé, une odeur de cigare filtrant de sous la porte fermée de son cabinet de travail.

À l'exception de ses infidélités, que j'étais censée ignorer, il ne m'avait jamais traitée méchamment. Il avait toujours fait preuve d'une grande générosité, me couvrait de cadeaux, ne critiquait pas mes dépenses, chantait volontiers mes louanges et m'offrait sa protection. Mais, depuis le bal, son affection bourrue et tolérante avait complètement disparu.

— Encore du veau ? On ne mange que cela, dans cette maison.

— Mais, Joel…

— Bon sang, j'en ai plus qu'assez !

— Que voulez-vous, alors ? Il suffit de me le dire.

— Les détails domestiques ne me regardent pas, c'est votre affaire, et depuis le temps on pourrait au moins croire que vous étiez capable de le faire convenablement.

Le lendemain soir, je lui servais du bœuf ou de l'agneau, du saumon ou même un faisan de Dalby Hall, toujours succulent, cuit, assaisonné et garni à point, et il dévorait dans un silence que je trouvais cent fois plus désagréable que sa mauvaise humeur.

Celle-ci, d'ailleurs, ne se limitait pas à la salle à manger mais venait envahir notre lit et jetait son ombre sur toute une partie de notre vie à laquelle je préférais ne pas accorder de trop sombres réflexions. Après avoir fait l'amour avec Charles, j'avais craint de ne plus pouvoir réagir aux emportements de Joel et je m'étais aperçue, à ma profonde surprise, qu'il n'en était rien. Certains soirs, pourtant, Joel me prenait avec une brusquerie presque brutale et me privait volontairement du plaisir qu'il avait cependant tout fait pour me révéler. En d'autres occasions, le plaisir nous échappait à tous deux et je sentais son humeur aller d'un extrême à l'autre, d'une exaspération dirigée contre rien et tout à une sorte de tendresse, d'un besoin mauvais de me reprocher mes insuffisances à un autre besoin, presque plus inquiétant, de s'excuser des siennes. En de tels moments, aussi tendue et mal à l'aise que je l'avais été pendant notre nuit de noces, j'étais désorientée, parfois apeurée.

— Te soupçonne-t-il ? me demandait Charles en regardant distraitement la lande desséchée, et comme s'il ne portait aucun intérêt à la réponse.

— Non, sûrement pas. S'il était au courant, Joel ne se contenterait pas d'être désagréable… Quelle heure est-il, Charles ? Il est grand temps que je m'en aille.

— Non, pas tout de suite. Reste encore un peu, Virginie. J'ai l'impression qu'il va nous arriver quelque chose d'heureux, je ne sais pas pourquoi.

En rentrant seule à Maison Haute, un matin, j'avais au contraire l'impression qu'il ne pouvait survenir que des catastrophes et que j'étais bien plus menacée que Charles car, si je sentais l'orage près d'éclater, je le préviendrais à temps pour qu'il y échappe. Ce matin-là, j'étais si bien pénétrée de la certitude d'un désastre imminent que je ne fus pas surprise mais submergée d'une affreuse panique en voyant le phaéton de Joel passer la grille, à une heure où il aurait dû être à Low Cross ou à Tarn Edge, et foncer vers moi à une allure que je trouvai terrifiante.

Son retour inopiné n'était probablement causé par rien de plus grave qu'une tache de graisse sur une manchette, ce qui justifiait le fait de revenir changer de chemise ; mais mon sentiment de culpabilité était tel que je fus aveuglée par une vague de terreur qui, par une tragique ironie du sort, allait provoquer ma punition.

Je poussai un cri d'effroi. Mon chien, ce compagnon fidèle de mes dix dernières années, dut alors saisir l'éclair de peur qui émanait de moi car, avant que je ne puisse l'arrêter, il se rua en grondant vers l'homme, les sabots et les roues qui me menaçaient.

Joel fit, je crois, un effort pour l'éviter, car son cheval lui avait coûté plusieurs centaines de guinées et il n'était nullement disposé à le voir se casser une jambe, ou même la sienne, en lui laissant faire une chute ou un écart. Mais mon chien qui, toute sa vie, s'était effrayé d'une ombre, avait trouvé je ne sais où un courage absurde qui le fit aboyer en claquant des mâchoires et en montrant les dents à ces longues jambes terminées par des sabots ferrés ; je ne vis qu'un tourbillon de poussière, j'entendis un vacarme confus d'aboiements, de hennissements de frayeur, de jurons et de cris, le cheval se cabra, le phaéton manqua verser, se redressa à la dernière seconde et reprit sa course folle en laissant derrière lui un tas de poils jaunes aux pattes encore agitées de soubresauts.

Il était mort quand je me suis penchée sur lui et j'en ai éprouvé une sorte de soulagement, car je n'aurais pas supporté l'agonie douloureuse de mon ami fidèle. J'étais si accablée que, sans force pour réagir, je me suis écroulée à genoux sur le gravier de l'allée en me laissant aller à un torrent de larmes. Mon chien était mort. Penchée sur son corps pour l'embrasser une dernière fois, je lui ai rendu un dernier hommage en me le remémorant tel qu'il était, jeune chiot pataud et attendrissant, le jour où mon frère Edwin me l'avait donné pour mes seize ans – dix ans, ou cent ans, auparavant. À la pensée de mon frère mort, mes larmes redoublèrent, mes sanglots se firent si bruyants, si douloureux qu'ils me faisaient mal à la poitrine et retentissaient dans mes oreilles avec un fracas assourdissant comme celui de la mer.

J'ignorais ce qu'il était advenu de Joel et je ne m'en souciais en rien ; je ne voulais même pas savoir s'il était pris sous sa voiture renversée ou s'il avait tranquillement poursuivi son chemin jusqu'à l'écurie. Mais je distinguai soudain ses bottes près de moi, je vis sa main qui serrait le manche de son fouet, et il était là, debout, me dominant de toute sa taille comme il l'avait fait, précisément, le soir où mon frère Edwin avait été assassiné et où je le tenais, à demi-mort, dans mes bras. Mais Joel, ce soir-là, vibrait d'une joyeuse impatience, la violence l'avait exalté, la mort de son cousin servait ses ambitions, tandis que ce matin il n'était qu'exaspéré par un incident ridicule et prêt à se montrer plus désagréable que jamais envers moi, qui en étais responsable.

— Levez-vous ! Levez-vous donc, bon sang ! Ce n'est qu'un chien. Si encore c'était un de vos enfants… Arrêtez donc cette comédie pour un vulgaire bâtard !

J'étais incapable de me relever, de lui expliquer que je pleurais en réalité la mémoire de mon père et de mon frère, que je pleurais sur Elinor et sur moi – sur lui aussi, peut-être, dans quelque obscur recoin de ma conscience –, si bien qu'au bout d'un moment il m'empoigna par le bras et me remit debout sans ménagements.

— Espèce d'idiote ! C'est entièrement votre faute. Si vous n'êtes pas capable de maîtriser un animal, vous ne devriez pas en avoir !

— Il m'obéissait, d'habitude…

— La preuve ! Ne perdons plus de temps avec ces bêtises et ne comptez pas sur moi pour le regretter. Vous resterez chez vous le matin, dorénavant, comme les femmes normales. Car vous n'aurez plus de chiens, vous m'entendez ? Plus de chiens, c'est fini !

— Je vous entends.

— Si vous vous avisiez d'en faire entrer un autre dans cette maison, je l'abattrais à coups de fusil, est-ce clair ?

— Parfaitement clair.

— Et maintenant disparaissez ! Rentrez !

Il était dans un tel état de fureur qu'il m'aurait frappée, je crois, si les palefreniers, le jardinier et Mme Stevens n'étaient accourus à ce moment-là.

— Rentrez, vous dis-je, avant qu'ils ne voient dans quel état grotesque vous vous mettez ! reprit-il en grondant. Allez vous mettre à votre ouvrage, comme votre mère, ou rangez vos armoires à linge, faites n'importe quoi, mais faites les choses que les femmes sont censées faire chez elles…

Trop consciente du danger auquel m'exposait sa colère, je suis partie en courant.

Mais j'avais le cœur brisé, j'étais plongée dans une douleur inconsolable et dont je ne voulais pas être consolée, car je ne pouvais expliquer à personne ce que ce pauvre animal trop nerveux, inintelligent mais affectueux représentait réellement pour moi. Sa mort me faisait une peine profonde, mais elle signifiait aussi la fin de mes rencontres avec Charles, et c'était Joel qui, symboliquement, avait brutalement opéré cette amputation d'une partie de ma vie, la meilleure. Sans chien, je n'avais désormais plus de raison d'aller tous les jours aux rochers de la Vieille Sarah, et je n'en aurais plus jamais car, même si Joel me redonnait la permission d'avoir un chien, aucun n'occuperait dans mon cœur la place qu'y tenait ce pauvre animal disgracieux, maladroit et débordant d'affection donné négligemment par mon frère Edwin la veille du dernier jour de sa jeune vie.

Cette nuit-là, j'ai rêvé de mon frère en lui donnant, au moment où je sentais le poids de son corps inanimé sur mes genoux, le visage de Charles, si bien que c'était lui, en réalité, que je pleurais, lui dont je recueillais le dernier soupir, jusqu'à ce qu'il se métamorphose pour prendre l'aspect de mon chien avant de redevenir mon frère, et je me suis réveillée en sursaut dans la nuit noire, suffocante, les oreilles tintantes d'un signal d'alarme pour m'annoncer un péril encore inconnu. Tous les sens en alerte, j'ai alors entendu un bruit à ma porte, des efforts malhabiles qui ne pouvaient pas être le fait de Joel car il rentrait toujours silencieusement, ivre ou sobre, et s'il désirait m'éveiller le faisait avec décision en entrant dans ma chambre un candélabre à la main. Les images violentes de mon rêve revinrent alors me hanter, j'ai revu le couteau de cuisine qui crevait la poitrine de mon frère – la poitrine de Charles – et je me suis assise sans bruit, tremblante de peur, incapable de faire un geste pour échapper au sacrifice.

C'est alors que la porte s'ouvrit sous un coup d'épaule et que je reconnus la silhouette familière, la carrure large, la haute taille, et je me suis soudain demandé avec inquiétude s'il n'était pas malade.

— Joel ? ai-je dit d'une voix mal assurée.

— Bien sûr ! Qui d'autre viendrait à cette heure-ci ? Bon sang, débarrassez-moi de ces horreurs, je suis devenu fou, ma parole !...

Dans l'obscurité, je sentis soudain un poids me tomber sur la poitrine et j'ai senti un grouillement de pattes duveteuses, de nez froids, de griffes tendres, j'ai aperçu une queue frétillante à un bout, un œil brillant de malice à un autre, une petite langue frénétique qui me léchait le bras, jusqu'à ce que cet amas de chair et de poils se transforme en un, non, deux chiots, l'un doré et l'autre chocolat. Non, me suis-je dit, je ne voulais pas d'autre chien, je ne veux pas de vous deux... Mais leur contact, leur odeur, leur joyeuse palpitation me ravit et je me suis retrouvée une seconde plus tard en train de rire et de pleurer de joie pendant que je repoussais leurs assauts en les serrant en même temps contre moi, et à pousser des petits cris semblables aux leurs sous leurs petites dents acérées qui me mordillaient avec entrain.

— Vous m'aviez interdit d'avoir d'autre chien, ai-je enfin dit à la silhouette de Joel.

— Parfaitement, répondit-il en allumant les bougies. Et puis je me suis rappelé que c'était votre frère qui vous avait offert cet affreux bâtard, si bien que votre mari ne pouvait pas faire moins que de vous en donner deux. Ceux-ci ont un pedigree, ce sont les meilleurs chiens de chasse qu'on puisse trouver d'ici à Londres, ce qui est un gaspillage scandaleux car vous n'en ferez jamais rien… En tout cas, j'espère que vous ne m'imposerez plus leur présence et que vous les dresserez convenablement d'ici notre installation à Tarn Edge. Et maintenant, Virginie, laissez-moi me coucher, je n'en peux plus. J'ai été chercher ces sales bêtes à Keighley, vingt kilomètres dans chaque sens, et je n'aurais pas fait cette folie si je n'avais pas avalé la moitié d'une bouteille de cognac.

— Merci, Joel ! C'est trop… trop…

— Oui, beaucoup trop. Bonsoir.

Le temps que je coure les installer dans le panier de mon vieux chien, près de la cheminée de la cuisine, que j'aie une nouvelle crise de larmes et de fou rire et que je remonte, Joel était presque endormi. Je me suis glissée à côté de lui et j'ai posé la main sur son épaule :

— Merci encore, Joel. Ils sont adorables…

Dans l'inconscience du demi-sommeil, il tourna la tête vers moi et l'appuya sur ma main en murmurant :

— Bien sûr que tu es adorable, je n'ai jamais prétendu le contraire.

Et j'ai toujours été convaincue, depuis, que nous nous serions réconciliés s'il n'y avait pas eu Elinor.

29

Lord Grey, le Premier ministre, démissionna en juillet, ce qui amena quelques semaines plus tard le retour de Morgan Aycliffe, venu dans sa circonscription, comme la plupart de ses collègues, tâter le pouls de son électorat pour le cas où le gouvernement whig perdrait le pouvoir. Le jour même de son retour, je reçus un mot hâtivement griffonné par Elinor qui me suppliait de venir dîner ce soir-là : « Amène Joel ou, s'il est pris par ailleurs, viens seule ou avec Hannah, mais viens, je t'en conjure, ne me laisse pas seule ! »

Quand je suis arrivée à Blenheim Lane, accompagnée de Joel, de Hannah, et même du révérend Ashley pour faire bonne mesure, la panique qui avait saisi Elinor à l'idée de se retrouver face à son mari avait dû se dissiper, car elle nous accueillit chaleureusement, avec un calme et une maîtrise de soi si parfaits que M. Aycliffe lui-même en paraissait favorablement impressionné.

— Quelle joie de nous retrouver tous ensemble ! nous dit-elle en nous faisant entrer dans la salle à manger, et j'ai remarqué le regard de son mari qui l'évaluait avec soin et se demandait sans doute si cette nouvelle Elinor, apparemment mûrie et pleine de dignité, n'était pas en fin de compte une compagne digne de lui.

— Ce rôti est remarquable, dit-il un peu plus tard, en manifestant une surprise excessive peut-être, mais admirative, à quoi Elinor réagit avec un grand sang-froid et en nous englobant tous dans un regard affectueux, comme si son cœur débordant d'amour cherchait un trop-plein où se déverser.

Au compliment que son mari répéta presque aussitôt, Elinor hocha imperceptiblement la tête avec un sourire plein d'assurance, l'expression d'une femme comblée, sereine, ayant su trouver son équilibre, en un mot la partenaire idéale d'un homme promis aux plus hautes destinées.

Ce soir-là, elle continua de faire preuve d'une exquise urbanité envers nous tous, affectant d'écouter avec une attention ravie les propos qu'échangeaient son mari et le mien sur des sujets sans aucun intérêt pour elle, et qui allaient des affaires à la politique ; elle parvint à faire parler M. Ashley de l'état déplorable du presbytère de Redesdale, prétexte à un nouvel ajournement de son mariage avec Hannah, et déploya envers cette dernière une affection que je ne lui avais encore jamais vu manifester.

— Mes filles seront demoiselles d'honneur, lui dit-elle. Prudence et Julia en rose, Cecilia en blanc, car c'est la plus petite, et l'ensemble sera ravissant. Tu verras, Hannah, l'été sera merveilleux, je viendrai te voir avec les petites, et Jonas Agbrigg pourra nous accompagner quand il voudra. Je sais combien tu t'intéresses à ses études, et je le surveillerai, si tu veux, pour te tenir au courant de ses progrès. Tout s'arrangera très bien, ma chérie, j'en suis convaincue.

Dans le brouhaha du départ, qui nous donnait l'occasion d'échanger quelques mots, je me suis approchée d'elle pour lui souffler :

— Que t'arrive-t-il ? Tu n'es pas malade, au moins ?

Elle me fit un sourire radieux, comme si son bonheur intérieur était assez puissant pour la soutenir dans ses épreuves, et pressa affectueusement sa joue contre la mienne.

— Je n'ai jamais été mieux. Il est revenu, mais il va bientôt repartir.

— Et tu peux le supporter ?

— Il le faut bien. Je l'ai subi dix ans, je peux bien le supporter encore un peu. S'il vient dans ma chambre ce soir, ce qui n'est pas du tout certain, je penserai à Daniel, j'oublierai tout le reste et cela passera comme un mauvais rêve.

Dans la voiture qui nous remmenait à la maison, Joel nous dit :

— J'ai l'impression que ma petite sœur se décide enfin à grandir. Ce soir, elle avait vraiment l'allure d'une Mme Morgan Aycliffe, et je crois que son mari ne s'y est pas trompé. Je ne serais d'ailleurs pas surpris qu'il l'emmène à Londres, cette fois, ce qui ne fera peut-être pas plaisir à tout le monde – n'est-ce pas, Hannah ? –, mais c'est quand même sa place.

Hannah feignit de mépriser l'allusion par laquelle son frère lui annonçait la fin de son influence sur notre député. Mais elle devait quand même en être tourmentée et avoir du mal à trouver le sommeil, comme je le faisais de mon côté pour des raisons toutes différentes, car nous nous sommes toutes deux réveillées en un clin d'œil au bruit effroyable de coups violents sur la porte et de hurlements poussés par quelque créature désespérée, terrassée par la folie ou poursuivie jusqu'à notre seuil par la violence ou la justice.

Joel se leva d'un bond et enfila sa robe de chambre à la hâte :

— Ne bougez pas, on ne peut pas savoir qui c'est.

Je craignais, au contraire, de le savoir, et je l'ai suivi jusque dans le vestibule, où s'agitaient déjà les domestiques effarés qui allumaient les bougies et mes chiots qui jappaient allègrement, quand il ouvrit la porte devant une Elinor hagarde, tout juste vêtue d'un léger manteau sur sa chemise de nuit, qui fit irruption en titubant, affolée comme une bête à l'hallali, le bras levé en un geste de terreur devant tout ce qui bougeait, jusqu'à ce qu'elle me reconnaisse et s'effondre dans mes bras, trempée de pluie et secouée de sanglots hystériques.

Joel étouffa un juron. Hannah, livide et les lèvres serrées par l'angoisse – car elle ne pouvait concevoir qu'une catastrophe irrémédiable pour pousser une femme, même Elinor, à courir à demi nue dans la nuit –, demanda :

— Les enfants ? M. Aycliffe ? Sont-ils tous morts ?

Je soutenais toujours le corps inerte d'Elinor, sans même écouter le torrent de mots inintelligibles qu'elle me déversait dans l'oreille, et je suis intervenue :

— Non, personne n'est mort. Hannah, Joel, faites sortir les domestiques. Immédiatement !

Quand ce fut fait et qu'ils m'eurent tous deux rejointe, debout chacun d'un côté, le regard dur, la mine soupçonneuse, je leur ai dit :

— Elle est hors d'état de parler. Je vais la coucher.

— Qu'est-ce donc que cette histoire de fou ? gronda Joel.

— Quel scandale a-t-elle fait ? dit Hannah.

J'ai serré Elinor contre moi, d'un geste protecteur :

— Elle a quitté son mari, ou c'est lui qui l'a jetée dehors, je n'en sais rien. Mais il faut avant tout la mettre au lit. Elle est à peine consciente et vous n'en tirerez rien. Allez tous les deux m'attendre dans la bibliothèque, je vous y rejoindrai dans un instant. Allez !

Ils avaient l'un et l'autre si peu l'habitude de recevoir des ordres, surtout venant de moi, qu'ils obéirent sans discuter.

Mme Stevens, qui se savait indispensable en temps de crise, était restée prudemment sur le palier du premier étage, et nous avons séché Elinor, démêlé ses cheveux, nous l'avons glissée dans une chemise de nuit propre et couchée dans un lit fleurant la lavande après l'avoir embrassée et rassurée de notre mieux en lui promettant que tout irait bien, alors que nous étions persuadées du contraire. Peu à peu, en mettant bout à bout ses paroles incohérentes, nous avons réussi à reconstituer l'histoire dont je me doutais déjà : elle avait tenu bon, sûre d'elle-même et de sauver son avenir, jusqu'au moment où il avait posé la main sur elle. Alors, littéralement malade de devoir se plier aux exigences conjugales que son nouveau comportement avait incité son mari à faire valoir, elle avait commencé par refuser puis, devant son insistance, elle avait perdu la tête et tout avoué.

— Je n'ai pas pu, me dit-elle dans un bref moment de lucidité. Je croyais que je pourrais, mais quand il est entré dans mon lit, malgré mon habitude, j'en ai été incapable. Après Daniel, ce n'était plus possible. Un moment, j'ai complètement perdu la raison, j'ai été vraiment folle, j'ai cru que Daniel était mon mari et lui un inconnu, un criminel venu me violer. Alors, j'ai crié n'importe quoi et il a compris. Mais il est vieux, il sent le vieux… Je ne pouvais pas.

Mme Stevens la serra dans ses bras, émue aux larmes :

— Oui, je sais, ma chérie, je sais…

Ils m'attendaient dans la bibliothèque, Joel accoudé à la cheminée et fumant un cigare, Hannah assise sur une chaise, droite, rigide, blanche de colère et de honte et franchement inquiète, je crois, à la pensée que ses propres relations avec Morgan Aycliffe risquaient de souffrir de l'incartade de sa sœur. Ils avaient tous deux, à ce moment-là, une ressemblance que je ne leur avais jamais vue, et ils tournèrent vers moi le même regard dur et accusateur, car ils m'avaient sans doute déjà jugée devant leur propre tribunal et trouvée coupable de quelque crime.

— Alors, me dit sèchement Joel, êtes-vous maintenant en mesure de nous fournir des explications ?

— Si cela vous plaît.

— Non ! Cela ne me plaît pas du tout ! Je n'ai encore jamais entendu parler d'une femme qui quitte ainsi son mari, et Aycliffe n'est pas du genre à la jeter dehors sans une excellente raison. Il y a un autre homme, n'est-ce pas ?

— Évidemment ! intervint Hannah en serrant les poings. De quoi d'autre pourrait-il s'agir ? Tu ferais bien, Joel, d'exiger de ta femme qu'elle soit franche avec nous et nous apprenne qui est ce misérable, car elle est sûrement au courant de tout.

Joel lui lança un bref regard et se tourna vers moi :

— Virginie ?

La menace voilée que je sentais dans sa voix me faisait mieux mesurer la fragilité de ma propre position, mais je restais d'un calme qui m'étonnait.

— C'est Daniel Adair, ai-je répondu.

Je n'ai même pas eu peur quand, me tournant brusquement le dos, il laissa échapper un ricanement rageur ; Hannah, pendant ce temps, virait à plusieurs reprises du blanc au rouge et je sentais les ondes de sa colère traverser la pièce jusqu'à moi.

— Un maçon ! s'écria-t-elle. Il fallait s'attendre à quelque indignité de ce genre. Une fille de cuisine aurait eu plus de jugeote ! Et puisque nous sommes sur le chapitre du jugement, Virginie…

— Est-ce vraiment le sujet, Hannah ?

— Hélas, oui ! c'est pourquoi il m'est extrêmement pénible de mettre le tien en cause. Peut-on savoir à quel moment tu as été informée de… de cette aventure criminelle ? Ce qui se produit ce soir n'a pas l'air de te surprendre.

— Non, en effet. Je le savais depuis le début.

— Je m'en doutais ! Et pourquoi, je te le demande, n'as-tu pas jugé bon – pour des raisons que mon frère, je le crois, aura du mal à comprendre – d'intervenir à bon escient ? Pourquoi t'es-tu dispensée de nous en informer, lui ou moi, comme il était de ton devoir de le faire ?

Avec la même brusquerie qu'il avait eue pour nous tourner le dos, Joel nous fit face et, au lieu de m'accabler à son tour comme je m'y attendais et le redoutais, il déclara sèchement :

— Assez de discussions inutiles, pour le moment du moins. Il faut avant tout s'occuper d'Elinor et d'Aycliffe. Et je veux bien être pendu si je sais comment m'y prendre.

Hannah, la sœur inébranlable qui avait toujours été à ses côtés dans les moments graves, avait sa réponse prête :

— Il n'y a qu'une seule chose à faire, Joel et, avec ta permission, Virginie n'aura même pas besoin de s'en mêler. Il faut la remmener chez lui, tout de suite si possible ou à la première heure demain matin, avant que le scandale éclate dans toute la ville. Si quelqu'un l'a reconnue en train de courir les rues comme une folle, il est douteux qu'on ait cru qu'il s'agissait bien d'elle tant c'est invraisemblable. Nous devons pouvoir fermer la bouche à nos domestiques, et je pense que M. Aycliffe saura faire de même avec les siens. Mais plus nous attendrons pour agir, plus le risque augmente. Viens, Joel, allons-y.

— Que ferons-nous s'il ne veut plus d'elle ?

— Il a tout intérêt à la reprendre. Il y aura sans doute des élections d'ici la fin de l'année, et nous ne pouvons pas le laisser compromettre sa carrière par un scandale, bien qu'il en soit la victime, car *L'Étoile* ne laisserait pas passer une telle occasion de lui nuire. Il s'en rendra compte de lui-même quand nous l'aurons mis en garde, et quand nous aurons forcé Elinor à implorer son pardon.

— Il ne le lui accordera jamais, ai-je dit calmement.

Joel me décocha un regard étincelant de colère :

— Non, sûrement pas, et c'est normal ! Il suffit qu'il prétende l'avoir fait.

— Elle n'ira pas se jeter à ses pieds cette nuit, en tout cas.

— Que voulez-vous dire, je vous prie ?

— Simplement qu'elle restera ici.

— Tu n'as ni le droit ni l'autorité de l'abriter sous le toit de mon frère ! s'écria Hannah avec un feulement de chatte enragée.

— Je crois au contraire avoir plus d'autorité que toi dans cette maison, Hannah.

Elle referma la bouche avec un claquement sec, comme pour retenir les injures dont elle débordait, et Joel me dit avec une froideur menaçante :

— Vous présenterez à ma sœur des excuses pour ce que vous venez de dire, Virginie.

— Quand il me plaira, Joel, ai-je répondu. Elinor est elle aussi votre sœur, ce me semble, et je me demande ce qui vous pousse à la renvoyer chez ce méchant vieillard qui n'en veut plus et l'a rejetée depuis longtemps sans se soucier de ce qu'elle éprouvait.

— Elinor n'a pas le choix. Si je refuse de lui donner asile, décision qui n'appartient qu'à moi, où ira-t-elle ?

Je n'avais plus peur, je me sentais pleine du même courage qui avait lancé mon vieux chien à ma défense contre un cheval et une voiture.

— Il y a toujours moyen de lui trouver un refuge, Joel, si nous voulons nous en donner la peine. Elle pourrait, par exemple, aller chez ma mère, à Patterswick.

— Et si je vous interdisais de l'y emmener ?

— Alors, elle ira seule si elle en a envie et saura y trouver la sécurité, car ma mère est libre de recevoir qui bon lui semble, et personne que son mari ne peut légalement contraindre Elinor à retourner chez lui – s'il veut même l'y accueillir.

À ma grande surprise, Joel ne se livra pas à une explosion de colère et me regarda fixement quelques instants, avant de nous tourner le dos une nouvelle fois et de s'absorber dans ses réflexions en pianotant nerveusement sur la cheminée.

— Joel ! dit Hannah. Sommes-nous donc obligés d'écouter tranquillement ce tissu de sottises ?

Se rendant alors compte que Joel n'écoutait plus et nous avait toutes deux éliminées de ses pensées, elle se tourna vers moi :

— Comment t'étonner que mon frère reste sans voix ? Toute question de moralité mise à part, tu peux compter que, si Elinor persiste dans sa folie, son mari saura se défendre. Il sera en droit de ne pas lui donner un sou et elle ne reverra jamais ses enfants.

— Peut-être. Mais les voit-elle si souvent, avec toutes les nurses et les gouvernantes que tu as engagées à sa place, et avec toutes ces précieuses porcelaines qui empêchent ces petites de mettre les pieds dans la maison ? Elle ne s'apercevra même pas qu'on les lui aura retirées !

— Elle en souffrira quand même, c'est son devoir de mère ! s'écria Hannah d'une voix tonnante. Un jour ou l'autre, il faudra bien qu'elle apprenne ce qu'est le sens du devoir ! Mais assez perdu de temps. Joel, partons ! Nous devrions déjà être à Blenheim Lane.

Les yeux fixés sur l'écran de l'âtre vide, Joel nous tournait toujours le dos. Alors, trouvant plus facile de m'adresser à ses épaules qu'à son visage hostile, et espérant éveiller en lui assez de bon sens, de compréhension et de sympathie pour lui faire prendre mon parti plutôt que celui de Hannah, j'ai parlé très vite pour en dire le plus possible avant qu'elle ne m'interrompe :

— Elinor est votre sœur, Joel, et elle a droit à votre soutien, elle aussi. Elle est exaspérante, capricieuse, impossible à vivre, c'est vrai, mais ce n'était qu'une enfant quand cet homme l'a épousée. Pour elle, le mariage, c'étaient des robes neuves et faire la grasse matinée, et maintenant qu'elle découvre autre chose et qu'elle est consciente de tout ce qu'elle a perdu, elle sombre dans le désespoir. Tout ce que je vous demande, Joel, c'est de lui parler quand elle aura retrouvé son calme, c'est de la traiter enfin comme une femme et de lui donner une chance de se défendre. Elle a des torts, soit. Mais on lui en a aussi infligé, et autrement sévères.

Joel ne réagissait toujours pas et se contenta, en cessant de pianoter, de s'enfermer dans un silence total encore plus impénétrable. Hannah lui lança un regard chargé de surprise et de reproche et entreprit de me donner alors la réponse qu'elle aurait espéré entendre :

— Les torts qu'elle a subis, parlons-en ! Ils sont graves, en effet. Une belle maison, pleine de serviteurs dévoués. Trois beaux enfants. Un mari honnête, intelligent, au sommet d'une superbe carrière dans le monde des affaires, avec la promesse d'une autre, encore plus brillante, dans celui de la politique. Rien à faire que donner des ordres et dépenser l'argent de son mari, ce mari qu'elle a trahi !

— Cela ne devrait pas étonner non plus M. Aycliffe, s'il était honnête avec lui-même. Il ne devrait pas en souffrir, en tout cas, car il ne l'a jamais aimée.

— C'est faux ! Je le connais mieux que toi, et s'il n'avait pas éprouvé pour elle de sentiments profonds, il ne l'aurait jamais épousée.

— Ce n'est pas vrai, Hannah, et tu le sais. Il a épousé Elinor sur un coup de tête, un coup de folie sensuelle qui ne correspondait pas à sa nature et qu'il regrette amèrement depuis car, une fois son désir assouvi, il ne sait plus que faire d'elle. Et cela, Hannah, est sa faute à lui, pas à Elinor, car il était en âge de savoir ce qu'il faisait. Joel aussi, d'ailleurs, quand il y a consenti. Mais Elinor ne savait rien. Rien ! Oh ! certes, il n'est pas le premier à s'éprendre d'une jeune fille en âge d'être sa fille, et on peut à la rigueur le comprendre et l'excuser. Mais rien ne le forçait à la torturer et à la délaisser du moment qu'elle ne l'excitait plus dans son lit. Te rends-tu compte, Hannah, que depuis deux ou trois ans il la traite par le mépris, et que c'est toi, quelles que soient tes bonnes intentions, qui l'y encourages ?

— Comment oses-tu me parler sur ce ton ?

— J'ose, un point, c'est tout. À quoi s'attendait-il donc quand il est parti pour Londres en la laissant seule ? Il l'a délaissée, répudiée – c'est le mot – parce qu'il s'ennuie avec elle, parce qu'elle lui rappelle qu'il est vieux et laid, parce qu'elle est un témoin gênant de sa folie passée, parce qu'il ne sait que faire de ses enfants et craint d'en avoir d'autres. Et personne n'y trouve rien à redire ! C'est un égoïste au cœur sec et, que tu veuilles l'avouer ou non, tu sais qu'il serait infiniment soulagé de se débarrasser d'elle. Il serait aussi grand temps, Hannah, que tu t'interroges sur ton rôle dans tout ceci. Pourquoi tiens-tu tellement à renvoyer ta sœur chez lui ? Est-ce le mariage d'Elinor que tu veux sauvegarder, ou tes propres relations avec M. Aycliffe ?

Elle leva le poing, comme pour me frapper, fit un effort pour retrouver sa dignité et dit d'une voix sifflante :

— Fais attention, fais très attention à ce que tu dis, ma fille, si tu ne veux pas que nous nous interrogions sur ta moralité, comme je l'ai toujours fait sur celle de ta mère.

Ce fut le « ma fille », je crois, qui fit déborder le vase.

— Si tu veux jeter la pierre, Hannah, dis-je en articulant mes mots pour qu'elle n'en perde aucun, tu n'as pas à regarder très loin. Ton père était un débauché et un coureur de jupons, tout comme ton frère, qui n'a pas plus de considération pour moi que son père n'en avait pour ta mère. Edwin était exactement comme eux. Il t'aurait bien fait valser, ma fille, et tu n'aurais pas alors eu le temps ou l'envie de juger la moralité d'autrui, ni de trancher sur des sujets dont tu ignores tout. Tu accuses Elinor de lubricité, quand elle n'a fait que fuir un mari dont elle ne supportait pas qu'il porte la main sur elle. Je ne vois pas, dans ces conditions, comment on pourrait la traiter de dépravée !

— Joel !...

Elle ne put en dire davantage, et c'était moins un appel à l'aide qu'un cri de douleur, trahissant une blessure si profonde qu'il se retourna immédiatement vers cette sœur si vaillante dans l'adversité et pour qui la vie ne se montrait toujours pas clémente. Devant son masque dur et inexpressif, je ne pouvais pas dire si je l'avais blessé en le traitant de débauché, s'il m'avait entendue, s'il s'en souciait, s'il ne ferait qu'en rire ou s'il allait m'en punir ; peut-être allait-il me surprendre en me demandant si sa conduite me faisait souffrir, ou en manifestant de la honte et des remords. Ce que je savais pourtant, en me laissant envahir par un flot de sentiments inattendus qui balayaient ma propre dureté, c'est que j'avais conscience de cette souffrance et que, si Joel me demandait pardon, je ne le lui refuserais pas.

Mais il ne m'accorda pas un regard et garda les yeux fixés sur ceux de Hannah en la faisant plier à sa propre volonté comme seul, je crois, il était capable de le faire.

— Je vais à Blenheim Lane, déclara-t-il. Seul. Nous nous arrangerons mieux d'homme à homme. Jusqu'à ce que je connaisse les intentions d'Aycliffe, Elinor restera sous mon toit, dans son lit, et personne que vous deux et Mme Stevens ne devra s'en approcher. Quant à vos disputes, réglez-les entre vous comme vous pourrez, je ne veux pas m'en mêler.

Il sortit en claquant la porte, et nous sommes restées un moment face à face, Hannah et moi, toutes deux prisonnières, elle de sa colère et de sa rancune, moi de ma liberté toute neuve qui m'avait donné le courage d'être cruelle.

— Je ne t'aime pas, Virginie, me dit-elle enfin.

— Cela te regarde.

— En effet. Ne va pas t'imaginer que mon frère prendra ton parti contre moi, il ne le fera jamais. À la mort de notre père, c'est moi qui l'ai soutenu à bout de bras, et il sait parfaitement que, si Edwin avait vécu, c'est moi qui aurais hérité la fortune Barforth. Joel n'a récolté que ce que j'ai perdu, et cela il ne l'oubliera pas.

— C'est possible, Hannah. Mais tu semblés oublier que la fortune des Barforth n'appartenait à aucun de vous deux. Samson Barforth était mon grand-père, pas le tien, et c'était moi son héritière.

— C'est bien pour cela que mon frère t'a épousée.

— C'est exact. Quant à toi, Hannah, tu ferais mieux de ne plus tant t'occuper de mon mariage ou de celui d'Elinor, mais de penser au tien.

— N'aie pas la présomption de me donner des conseils, Virginie ! Je suis plus âgée que toi, et infiniment plus sensée…

— Mais toujours vieille fille, Hannah, ce qui n'a rien à voir avec l'âge ou l'intelligence. Et c'est un état qui, apparemment, ne te convient guère.

Elle leva la main, mais cette fois pour frapper, et je lui ai attrapé le poignet en m'étonnant moi-même d'avoir la force de serrer si fort et de lui faire si mal.

— Vois-tu, Hannah, je ne te déteste pas, moi, il m'arrive même parfois de t'aimer bien. Ce que tu penses de moi m'indiffère. Mais laisse-moi te dire pour ton bien – arrête de te débattre, je ne te lâcherai que quand j'aurai fini – pour ton bien, disais-je, occupe-toi un peu plus de tes propres affaires et laisse donc les autres mener leur vie à leur guise. Épouse M. Ashley, si tu ne peux pas faire autrement – bien que M. Brand me semble te convenir mieux – mais marie-toi, car tu ne me parais pas plus qu'Elinor capable de vivre seule.

Cela fut le prélude à un déballage de griefs et de rancœurs où elle énuméra les occasions où, selon elle, je l'avais humiliée ou raillée, où elle me reprocha mon caractère fantasque qui rendait la vie commune impossible, mon mépris pour sa situation difficile, mon orgueil, ma méchanceté, bref un tel torrent de fiel que Mme Stevens finit par intervenir et, se glissant souplement par la porte, réussit à éloigner Hannah en l'entourant des murmures et des gestes de sympathie dont elle avait éprouvé l'effet sur mon grand-père, avant de revenir m'apprendre qu'Elinor était enfin endormie.

— Pauvre enfant, elle s'imagine que M. Adair va venir demain la chercher.

— Vous ne croyez donc pas qu'il le fera ?

— Ma chère petite, qu'allez-vous imaginer ?

— Vous avez raison, je n'y crois pas non plus.

Elle me caressa la joue, soupira profondément et s'en fut tristement.

Je suis longtemps restée assise seule dans la bibliothèque à regarder le jour se lever. J'avais laissé la porte entrouverte, pour voir Joel rentrer et lui parler avant Hannah, mais je m'étais assoupie quand il arriva enfin, et c'est le contact de sa main sur mon épaule qui me réveilla en sursaut.

Il se laissa lourdement tomber dans un fauteuil :

— Il est cinq heures, je devrais déjà être à l'usine.

— Pas ce matin, quand même !

— Bien sûr que si ! Si je m'arrête de travailler, ce ne sera que le jour de ma mort. Bien… Je ne me flatterai pas de croire que vous m'avez attendue pour être sûre que je rentrais sain et sauf, j'imagine donc que c'est pour avoir des nouvelles de notre cher beau-frère Aycliffe.

J'étais stupéfaite, après ce que j'avais dit de lui, qu'il puisse me parler, et qu'il le fasse d'un ton si naturel.

— Oui, répondis-je. Va-t-il la reprendre ?

— Cela pourra s'arranger, je crois. Il était extrêmement mortifié de l'aventure et s'est cru obligé de m'exposer en grand détail le tort que cela lui causait, et de faire une dissertation sur les péchés de la chair en général. Il faut avouer qu'il se retrouve dans une position diablement embarrassante, car il perd d'un coup sa femme et son régisseur – et je ne crois pas me tromper en disant que c'est la perte de Daniel Adair qu'il va ressentir le plus cruellement.

Il me parlait avec sa désinvolture habituelle, mais je sentais son regard posé sur moi, son cerveau tourner pour deviner mes sentiments, me sonder, me jauger.

— Il est bien à plaindre, en effet. Son sens des convenances le prive d'un précieux collaborateur, quoi qu'il fasse avec Elinor.

— Pour le moment, il compte résoudre le problème en repartant immédiatement pour Londres, mais il faudra bien qu'il se résigne à la revoir s'il doit venir pour les élections.

— Et Elinor ?

— Elle peut rester chez nous jusqu'à ce qu'il en décide autrement, mais il ne lui donnera pas un sou tant qu'elle ne reviendra pas sous son toit, de même qu'elle ne pourra rien emporter de la maison à l'exception du strict nécessaire et d'objets personnels que sa gouvernante lui préparera. Elle ne pourra non plus, en aucun cas, voir ses enfants.

— Comment allons-nous expliquer sa présence ici ?

— Une maladie qui nécessite des soins à lui donner en l'absence de son mari.

— Quel genre de maladie ?

— Est-ce que je sais, moi ? Les femmes souffrent toujours de quelque chose, et entre Hannah et vous vous aurez bientôt fait d'imaginer quelque chose de plausible.

Il le savait pourtant, et j'avais reconnu sa gêne, qu'il cherchait à dissimuler sous sa mauvaise humeur. Cela me fit répondre avec froideur :

— Il n'y en a qu'une seule de plausible, Joel, c'est une «maladie nerveuse», comme celle de sa première femme, de sorte que, si elle persiste à refuser de vivre avec lui, il pourra la faire passer pour folle. Comment avez-vous pu consentir à une chose pareille ?

— Je n'ai rien consenti du tout !

Il ouvrit nerveusement le couvercle de sa boîte à cigares, changea d'avis, la referma brutalement et alla crier dans le hall désert qu'on lui apporte du thé, sûr d'être entendu et obéi.

— Écoutez-moi, Virginie – bien que je n'aie aucune raison de me fatiguer à vous donner des explications, ni surtout de subir vos insolences. J'ai obtenu le meilleur compromis possible, compte tenu des circonstances. Il aurait parfaitement eu le droit d'exiger son retour immédiat, et si elle s'était de nouveau enfuie comme elle l'a fait, personne ne reprocherait jamais à un mari d'enfermer une telle femme. Cette nuit, j'ai gagné du temps pour permettre à Elinor de se ressaisir et de réussir son retour, comme vous me l'aviez vous-même demandé. Voyez les choses en face, que diable ! C'est une fortune qui est en jeu. Aycliffe a plus de soixante ans et une santé délicate. Quand il disparaîtra, je veux au moins qu'Elinor profite de cet argent, au lieu de le voir lui filer sous le nez pour être légué à ses filles et passer dans les mains d'étrangers ! Elle l'a supporté dix ans, elle a largement gagné le droit d'hériter, et elle ne vous en aurait aucune reconnaissance, croyez-moi, si vous l'encouragiez dans sa folie ! Elinor est ma sœur, comme vous me l'avez si souvent fait remarquer ce soir, et je la connais…

L'arrivée d'une servante avec le thé demandé l'interrompit. Après son départ, il en avala une tasse d'un trait, s'en versa une autre et me dit avec une nonchalance affectée :

— Au fait, il demande que Hannah dirige la maison pendant son absence.

— Et alors, en êtes-vous plus surpris que moi ?

— Vous avez la mémoire courte, Virginie. Ce n'est pas moi qui ai forcé Elinor à l'épouser. Elle a accepté avec joie, rappelez-vous.

— Je m'en souviens parfaitement. Elle ne parlait que de champagne et, de délices inconnus… Oh oui ! je m'en souviens !

— Bon. Je sais aussi bien que vous qu'il aurait dû épouser Hannah, et il en est lui-même conscient actuellement. Mais comment vouliez-vous que je le lui fasse comprendre, à cette époque ?

— Vous ne le pouviez pas, c'est exact, et si vous aviez refusé votre consentement, il n'aurait de toute façon pas épousé Hannah. Tout cela, je le sais… Si ce que j'ai dit à Hannah ce soir vous a blessé, j'en suis désolée, mais elle était particulièrement grossière à mon égard et je n'avais aucune raison de l'accepter sans réagir. Je ne sais pas ce que j'ai fait pour qu'elle me déteste ainsi. En fait, je ne me doutais même pas qu'elle me haïssait à ce point.

Voûté par la fatigue, il alla s'appuyer à la cheminée :

— Tout simplement parce que vous êtes maîtresse à Lawcroft. C'est la place qu'elle espérait, qu'elle aurait dû occuper elle-même et pour laquelle elle s'est toujours cru plus qualifiée que vous, de même qu'elle s'est toujours considérée mieux qualifiée qu'Elinor pour être Mme Aycliffe.

— Elle a probablement raison dans les deux cas.

— Peut-être… Virginie ?

— Oui ?

— Je ne sais vraiment pas pourquoi je vous parle, ce matin… Vous avez dit quelque chose de méchant sur mon compte, la nuit dernière. Non, non, je ne le discute pas. Il est exact que je suis un coureur de jupons, comme mon père. Ma mère le prenait mal, et j'avais oublié qu'elle allait parfois raconter ses malheurs à votre mère et que vous avez dû surprendre leurs conversations.

— Oui, c'est comme cela que les petites filles apprennent la vie, en écoutant aux portes, puisque personne ne veut jamais rien nous dire. Elinor était elle aussi parfaitement au courant, tandis que Hannah le niait systématiquement. Elle avait décidé que son père était incapable de mal se tenir, et que les soucis de sa mère n'étaient causés que par la guerre ou les difficultés de la profession.

Il eut un bref sourire, et son expression devint presque affectueuse.

— C'est Hannah tout craché... Mais nous savions au moins, nous autres, ce que ressentait ma mère. Ses drames nous troublaient, ou nous empoisonnaient la vie, mais nous savions au moins à quoi nous en tenir, tandis qu'avec vous je n'ai jamais été sûr de rien – ou du moins je l'étais jusqu'à ce soir, quand vous avez ouvertement admis que vous étiez au courant de mes écarts de conduite. Je n'ai cependant toujours pas la moindre idée de ce qu'ils représentent vraiment pour vous, ni même s'ils représentent quoi que ce soit. Et cela, Virginie, je veux le savoir – ne me demandez pas pourquoi, puisque je continuerai de toute façon à faire ce qui me plaît –, mais j'ai absolument besoin de savoir ce que vous pensez, et que vous me le disiez.

— Par exemple !

Je me suis levée avec un merveilleux sentiment de légèreté et de liberté, comme si, par un simple effort de volonté – cette étonnante volonté dont j'avais fait la découverte quand je m'en croyais dépourvue –, je pouvais désormais me fondre dans l'air et échapper à Joel, échapper à tous ceux qui essaieraient de me retenir prisonnière.

— Que veut dire tout cela, Joel ? Vous avez tout ce que vous désiriez au monde. Êtes-vous à court d'envies, tout à coup ?

— Et vous, que diable voulez-vous dire ? gronda-t-il avec une grimace de colère et en serrant le poing.

— Ce que je veux dire ? Simplement qu'il ne vous suffit plus d'émouvoir tant de femmes à votre guise. Vous faut-il aussi mes émotions ? Voulez-vous que je sois jalouse ? Pensez-y à deux fois, Joel, car ce pourrait être bien incommode pour vous, si je vous faisais des scènes. Comme vous venez de le dire, vous ferez toujours ce qui vous plaît, quoi qu'il arrive. Alors, à quoi bon vous infliger des larmes et des cris ? Vous vous en lasseriez très vite, je crois.

Il me tourna le dos, comme il l'avait si souvent fait au cours de cette longue nuit, sans doute pour mieux dissimuler ses sentiments, et il y eut un long silence. Quand il reprit la parole, il s'adressait au marbre, à l'âtre vide, à l'écran, mais pas à moi.

— Quand nous nous sommes mariés, Virginie, vous étiez très jeune, une enfant, et j'étais un homme, avec des habitudes et des goûts déjà formés. Il vous a fallu longtemps pour mûrir, et pendant ce temps j'étais…

— Impatient ? Ennuyé ?

— Non, prudent. Soigneux, plutôt.

— Je sais, Joel, et je vous en suis encore vivement reconnaissante. Voulez-vous vous changer avant de partir pour l'usine ?

Il étouffa un juron, toujours adressé à la cheminée froide.

— On aurait dû vous appeler Isabella, comme votre mère… Quand donc daignerez-vous me dire si je vous ai blessée, dégoûtée, ou même amusée ? Quand donc vous abaisserez-vous à me dire si vous me haïssez, ou si vous vous moquez éperdument de mon existence ?

— Voyons, Joel ! Le dégoût, la haine ? Quel langage imagé !

— Prenez garde ! gronda-t-il. Je vous préviens, faites attention de ne pas me pousser à bout. Je n'ai jamais eu peur de battre une femme, et cela pourrait vous arriver…

La porte s'ouvrit à ce moment-là, et Hannah regarda dans la pièce, habillée, coiffée, impeccable. En me voyant, elle battit immédiatement en retraite, mais non sans avoir enregistré la colère de son frère et ce qu'elle impliquait.

— Il est tard, Joel, ai-je dit calmement. Les domestiques sont tous levés.

— Oui… Je mangerais bien quelque chose, des œufs au bacon. Y aurait-il du pain frais, par hasard ?

— Je vais m'en assurer.

— C'est bien.

Il se retourna lentement et me montra son visage de tous les jours, avec des cernes à peine plus marqués que ceux des nuits passées en ville.

— Au fait, reprit-il, j'ai voulu dire deux mots à Daniel Adair, pendant que j'y étais.

— Ah oui ? Et alors ?

— Alors, rien. Il était introuvable. Je suis allé chez lui et à deux autres endroits sans retrouver sa trace. Sa propriétaire n'a rien voulu dire, car il lui avait sans doute donné de l'argent pour se taire et parce qu'elle est irlandaise, mais j'ai bien l'impression que quelqu'un de chez les Aycliffe s'est arrangé pour le prévenir. Autant que je sache, il est peut-être déjà en plein milieu de la mer d'Irlande.

Pendant que je m'efforçais désespérément de trouver les mots pour apprendre la nouvelle à Elinor, Joel choisit soigneusement un cigare dans son coffret, l'alluma, plissa ses yeux las pour les protéger de la fumée et conclut :

— Si vous ne vous rendez pas compte à quel point toute cette histoire est empoisonnante, je vais vous le dire, moi. Sans Adair pour s'en occuper, il n'y a plus aucune garantie que le chantier de Tarn Edge soit terminé en temps voulu. Et cela ne me plaît pas, mais alors pas du tout, que les gens se permettent de me laisser tomber !

30

Hannah se fit déposer par Joel à Blenheim Lane, ce matin-là, car elle voulait se rendre compte par elle-même de l'état d'esprit de Morgan Aycliffe. Elle revint quelques heures plus tard et manifesta de l'irritation en trouvant la porte d'Elinor verrouillée.

— Tu n'as quand même pas l'audace de m'interdire de voir ma propre sœur ! me dit-elle avec un regard glacial.

Quand je lui ai répondu que ce n'était pas moi mais Elinor elle-même qui refusait de la recevoir, elle affecta de ne pas me croire. Raide de corps et d'esprit, serrée dans le corset de son intransigeance, elle me déclara :

— Si tu crois que je me mêle de ce qui ne me regarde pas, mon beau-frère ne partage pas cette opinion, car M. Aycliffe ne s'est pas simplement confié à moi, il m'a expressément priée de servir d'intermédiaire. Je dois impérativement communiquer certaines questions à ma sœur, et tu ne verras pas d'inconvénient, j'espère, à ce que je glisse un mot écrit sous sa porte.

Ni Hannah ni Morgan Aycliffe n'existaient cependant pour Elinor, docilement assise comme une invalide près de la fenêtre de ma plus belle chambre d'amis, les mains croisées, l'âme comme repliée, assoupie jusqu'à ce que Daniel Adair vienne la chercher. Elle attendait d'un homme volage qu'il lui prouve sa fidélité, d'un égoïste qu'il se dévoue pour elle – en un mot, elle attendait un miracle.

Les miracles surviennent parfois, et il n'est pas plus interdit d'espérer que, par exemple, d'écrire à l'amoureux tant désiré – d'autant que personne, en effet, n'avait encore pensé à le lui défendre –, si bien que j'ai donné à Elinor une plume et du papier et ordonné ouvertement qu'on porte sa courte et probablement bouleversante missive à l'adresse de M. Adair. Pendant que nous attendions une réponse à laquelle elle ne croyait sans doute pas plus que moi, je ne pouvais m'empêcher d'admirer son calme.

— Il sera très en colère contre moi, me dit-elle, mais au fond il aura sûrement très peur. Enfant, il était si pauvre, tu sais, d'une pauvreté dont nous n'avons pas idée, qu'une maison à Blenheim Lane et tout ce que cela comporte lui fait l'effet d'un paradis, et non d'une prison. Et voilà que, par ma faute, je le prive de son paradis… Oui, il va sans doute être furieux et, plus encore, inquiet de la manière dont il va maintenant gagner sa vie, sans parler des représailles de mon mari, car il a toujours su que Morgan est rancunier et vindicatif. C'est pour cela qu'il faut que je lui parle, que je lui explique tout pour le rassurer. Il ne se rend pas compte que j'ai été pauvre, moi aussi, et que pendant des années j'étais obligée de me coiffer et de m'habiller toute seule, de faire mes robes… Te souviens-tu comme je cousais bien ?

Quand elle m'eut répété la même chose trois ou quatre fois de suite, j'ai compris qu'elle n'en croyait pas le premier mot.

Emma-Jane Hobhouse vint aux nouvelles dès avant midi, car elle avait eu vent de quelque chose par sa femme de chambre, dont la sœur était placée chez les Aycliffe ; mais Hannah se précipita au salon avant moi, si bien que, à mon entrée, Emma-Jane était déjà en possession de tous les faits tels que Hannah les lui avait présentés – sinon des mensonges, car Hannah ne mentait jamais, du moins des vérités légèrement « arrangées », pour le bien de tous, cela va sans dire.

— Ceci doit rester strictement entre nous, disait Hannah à une Emma-Jane tout affriolée, mais nous sommes amies d'enfance et cela mérite la plus entière franchise. Je sais que tu as toujours trouvé Elinor hypersensible, exaltée un moment et déprimée tout de suite après, et elle le tient sans doute de notre mère, d'un naturel délicat et impressionnable, qui passait elle aussi sans transition du rire aux larmes. Des tempéraments comme les leurs sont exposés à réagir avec excès aux moindres incidents. Tu sais également qu'Elinor s'est rétablie très lentement de la naissance de sa dernière fille, car les femmes ne sont pas toutes dotées de ton admirable résistance, ma chère Emma-Jane, ni de ta merveilleuse santé physique et morale. Tous ces ravissants poupons, les uns après les autres, quelle bénédiction du Ciel ! Comme je disais, Elinor est restée très marquée après la naissance de Cecilia, tu t'en souviens, n'est-ce pas ? Mais si, tu en as fait souvent la remarque et je t'ai même entendu dire qu'il s'agissait peut-être du regret de n'avoir pas donné de fils à son mari. Moralement accablée, elle était devenue quasiment invalide plusieurs mois après l'événement, et ta réflexion, que je n'avais pas vraiment remarquée à l'époque, me paraît depuis d'une extraordinaire pénétration, la preuve d'une sorte de prescience – mais si, ne t'en défends pas –, car ces sentiments peuvent avoir de graves conséquences. Cela tourne à l'obsession maladive et provoque de brusques sautes d'humeur, un déséquilibre des nerfs. En deux mots, voilà toute la vérité : ma malheureuse sœur souffre d'une dépression nerveuse, mais je ne puis en dire plus pour le moment. Si cela te paraît soudain, nous autres qui étions au courant la sentions venir, hélas ! depuis longtemps déjà et toi-même, ma chère Emma-Jane, tu as dû te rendre compte que son comportement n'était plus tout à fait normal, n'est-ce pas ? C'est bien ce que je pensais. Non, vois-tu, nous ne croyons pas nos médecins qualifiés pour un cas de ce genre, c'est pourquoi M. Aycliffe est parti en hâte consulter un spécialiste à Londres. Eh oui, c'est une tragédie, en effet ! Le pauvre homme a déjà perdu une femme, a dû déshériter son propre fils et se retrouve maintenant avec trois filles à élever et une épouse qui n'est plus que l'ombre d'elle-même... Et comme si ce n'était pas assez, il a des problèmes dans ses affaires ! Je n'ai pas exactement compris ce dont il s'agissait, mais je crois qu'à son retour de Londres, M. Aycliffe a trouvé ses comptes dans le plus grand désordre, et il m'a semblé entendre prononcer le mot « escroquerie », bien que je ne puisse rien affirmer car je ne suis naturellement pas au courant de ces sortes de choses. Quoi qu'il en soit, je crois qu'il a congédié son régisseur, à moins que cet individu ne se soit enfui au beau milieu de la nuit, ce qui est improbable, mais dans un cas comme dans l'autre, cela prouverait qu'il y a anguille sous roche. En tout cas, voilà ce que j'ai cru comprendre.

Une fois Emma-Jane partie répandre joyeusement ces bonnes nouvelles, et au comble du bonheur de savoir Elinor en pleine déconfiture mentale, Hannah me déclara avec froideur :

— Ce n'est pas faussement que j'accuse M. Adair d'être un voleur, car il est bien coupable d'avoir volé à M. Aycliffe son honneur et la paix de son âme, ni ma sœur d'être folle, car c'est la seule interprétation charitable de sa conduite.

Joel revint vers midi, m'appela dans son cabinet de travail et me tendit la lettre d'Elinor à Daniel Adair :

— Étiez-vous au courant de ceci ?

— Oui.

— Bravo ! Dites-moi, Virginie, vous paie-t-on pour hâter la ruine de ma sœur, ou avez-vous perdu la raison, vous aussi ?

— Quel mal y avait-il ? Vous m'avez dit vous-même qu'il avait disparu.

— Bien sûr ! Et vous n'avez rien trouvé de mieux que d'encourager Elinor à envoyer ses divagations pour qu'elles tombent dans les mains de la logeuse, une espèce de sorcière mâtinée de rapace qui m'a extorqué cent livres pour restituer ce bout de papier !

— Oh non !...

Puis, saisie d'un doute, j'ai observé Joel avec plus d'attention.

— Non, ai-je repris. Non, Joel, je ne vous crois pas.

— Et pourquoi donc ?

— Je vous connais, vous n'auriez jamais cédé, vous auriez plutôt trouvé le moyen de lui faire peur ou de la forcer à vous rendre la lettre. Avec une tenancière de pension, ce n'est pas si difficile, j'y serais arrivée moi-même !

— Je le croirais volontiers... Mais Aycliffe aurait payé, lui, et Elinor aussi, dans un an d'ici, quand elle se serait cru bien en sûreté chez elle – car c'est là qu'elle finira par retourner – et elle aurait continué à acheter le silence de cette femme pour protéger sa réputation. Car ne vous y trompez pas, Virginie : d'ici un an, Elinor attachera de nouveau du prix à sa place dans le monde, et elle redoutera tout ce qui pourra rappeler le passé à son mari. Sa place à Blenheim Lane, il faudra qu'elle la mérite – ne pouvez-vous donc pas vous enfoncer cela dans la tête ? – et elle n'aura pas les moyens de s'offrir le luxe de laisser traîner des lettres d'amour, comprenez-vous, cousine ? Y en a-t-il d'autres dans la nature, à votre avis ? Adair m'a juré que non, mais il pouvait difficilement dire le contraire.

— Vous l'avez donc vu ? Il n'est pas parti ?

— Eh non !

Il fit un sourire mi-exaspéré, mi-amusé, ouvrit négligemment sa boîte de cigares, en alluma un dont il aspira de longues bouffées avec gourmandise, son plaisir sans doute décuplé par ma curiosité insatisfaite.

— Il avait bien filé cette nuit, comme je le pensais, poursuivit-il en exhalant un nuage de fumée. Mais il n'avait pas dépassé Leeds qu'il se disait que ma sœur, en fin de compte, était un bien plaisant petit bout de femme, et que si elle avait la bonne idée de se munir de ses bijoux, cela valait peut-être la peine de revenir sécher ses larmes.

— Il l'aime donc ?

— L'aimer, comme vous y allez, ma chère ! Disons qu'il éprouvait pour elle un certain attachement dont cinq cents livres et quelques promesses l'ont, je crois, définitivement guéri.

Je me suis assise, oppressée non par la fatigue mais par une sorte de brume étouffante, grise et triste, qui m'enveloppait comme la fumée de tabac de Joel.

— C'était généreux de votre part, dis-je enfin. Et s'il empochait votre argent et enlevait quand même Elinor ?

Il eut un sourire épanoui, sans doute parce qu'il aurait lui-même fait exactement la même chose.

— Rassurez-vous, j'ai pris mes précautions. Avec cinq cents livres, il a de quoi voir venir, et c'est de toute façon plus qu'il n'espérait, car il sait comme moi que j'aurais pu m'en tirer à bien meilleur compte, mais c'est insuffisant pour lui assurer son avenir. Il n'a pas de quoi retourner en Irlande et y mener la grande vie, pas pour longtemps du moins, et, si je l'ai bien jugé, c'est un homme qui a un peu trop d'ambitions pour ses capacités. Il a besoin de quelqu'un pour le guider, comme l'était Ira Agbrigg, et j'aime bien ce genre d'hommes. J'aime me servir des arrivistes. S'il veut bien se tenir tranquille jusqu'à ce qu'Elinor soit sagement réinstallée chez elle, j'envisagerais volontiers de le prendre sous mon aile.

— Et… il a confiance en vous ?

— Bien sûr que non ! Mais il est tenté par ce que je lui offre, et il sait qu'il n'aura rien à attendre de moi s'il fait des bêtises avec ma sœur. C'est pourquoi, après avoir fait preuve de générosité en lui donnant ces cinq cents livres sur lesquelles il ne comptait pas, je lui ai fait clairement comprendre comment me manifester sa reconnaissance. Mettons que ce soit une avance sur commissions, sans rien à voir avec la restitution d'hypothétiques lettres d'amour, et que c'est le genre de proposition que j'aurais volontiers acceptée à sa place. Ce garçon n'est pas obligé de finir ses jours dans le bâtiment et les travaux publics, et il a le charme et la persuasion qui en feront un excellent vendeur, pour mes étoffes légères dans les pays chauds par exemple. Plus tard, quand Aycliffe aura débarrassé le plancher et qu'Elinor aura touché sa récompense, et si Adair pense encore à elle – ce dont je doute fort –, eh bien… disons que je serai peut-être disposé à fermer discrètement les yeux.

— Où est-il, en ce moment ?

— Au Cygne, où il attend mon retour et la diligence de cet après-midi. Il a une sœur à Liverpool, à moins que ce ne soit une bonne amie, qui peut paraît-il le loger et le nourrir, et comme j'ai moi-même une affaire à y traiter, autant voyager en sa compagnie. Plus on nous verra ensemble, mieux cela vaudra, car s'il avait réellement séduit ma sœur – comme les bonnes langues doivent déjà être en train de le colporter –, il serait plus vraisemblable que je lui flanque une raclée plutôt que de partir avec lui bras dessus, bras dessous à Liverpool, n'est-ce pas ? Et maintenant, essayez de faire entendre raison à Elinor et, quand je reviendrai, demain ou après-demain, tout ira bien, si Hannah a fait convenablement son travail avec notre cher beau-frère, et nous retrouverons peut-être enfin la paix.

Elinor paraissait l'avoir déjà retrouvée, mais je me rendis vite compte que ce n'était pas la sérénité d'un retour à l'équilibre, mais une sorte d'hébétude, un refus complet d'accepter la réalité d'une situation qui échappait totalement à son entendement.

— Pauvre Daniel ! me dit-elle quand je lui eus rendu sa lettre en lui expliquant comment elle m'était revenue. Il ne pouvait sans doute rien faire d'autre, tant Joel peut se montrer autoritaire, et s'il l'a forcé à prendre de l'argent, je sais que mon Daniel n'a pas pu le lui refuser. Nous allons donc nous installer à Liverpool… Je n'y avais pas du tout pensé, je l'avoue, mais autant là qu'ailleurs, après tout, et tu seras contente de me voir enfin partir. Ma chère madame Stevens, courez voir en bas, je vous en prie, il m'a semblé entendre la porte d'entrée, et s'il y a une lettre pour moi et qu'elle reste trop longtemps sur la console du vestibule, Hannah va la faire disparaître ! Allez vite, et revenez plus vite encore ! Tu sais, Virginie, Hannah va me poser de graves problèmes et tout faire pour m'empoisonner l'existence. Elle est venue me voir pendant que tu étais avec Joel, et figure-toi qu'elle s'est mis en tête de me faire retourner à Blenheim Lane, chez mon mari ! Je n'ai pas pu m'empêcher de rire, car c'est vraiment comique de croire que nous pouvons de nouveau être ensemble. D'ailleurs, il ne veut plus de moi depuis des années et il ne me pardonnera certainement pas, ce que Hannah elle-même a bien été forcée de reconnaître. Que je sois partie ou non ne lui fera de toute façon aucun effet, sauf de lui économiser de l'argent, car j'ai toujours été dépensière, c'est vrai. Avec ou sans moi, cela ne changera rien. Il peut toujours être député, garder son appartement à Londres, il peut même remettre ses porcelaines dans le salon, maintenant que je ne suis plus là pour les casser. Mais moi, Virginie, tu sais qu'il se moque bien de m'avoir près de lui ou pas. Je vais donc rester ici, bien sagement, jusqu'à ce que mon Daniel vienne me chercher. C'est la sonnette que je viens encore d'entendre ? Mais que fabrique donc Mme Stevens, cela fait une heure qu'elle est descendue ! Crois-tu qu'elle se dispute avec Hannah au sujet de la lettre ? Descends, Virginie, va voir ce qui se passe, Mme Stevens a peur de Hannah et elle n'a pas l'autorité pour lui tenir tête ! Va voir, Virginie, va vite voir, Hannah va la déchirer ou la brûler ! Mon Dieu, la sonnette ! Je te jure que j'ai entendu la sonnette !

Mais il n'y avait pas de coup de sonnette, pas de lettre, pas de message ; et quand Elinor finit par succomber aux effets d'une potion calmante de Mme Stevens et tomba dans un profond sommeil, je suis allée chercher refuge dans le jardin où je pouvais enfin trouver une bienfaisante solitude et respirer à pleins poumons.

Une brume légère estompait les contours de la pelouse et des massifs, où les roses épanouies déployaient leur fragile splendeur, prête à crouler sous le doigt en une cascade de pétales, ou en un envol de papillons ; et cette beauté flétrie, moribonde aussitôt qu'arrivée à sa perfection, me fit irrésistiblement penser à Elinor, guère mieux préparée à survivre que ne l'étaient ces fleurs. Je l'imaginai épinglée, comme un papillon, dans le salon de Morgan Aycliffe ; je l'ai vue pressée, aplatie comme une fleur séchée entre les pages de son testament ; manipulée, ballottée çà et là au gré de Joel, de Hannah, d'autres encore pour qui ses désirs n'existaient même pas ; je l'ai vue écrasée par une défaite qu'elle refusait d'admettre, et je me suis soudain sentie suffocante d'une tristesse telle qu'il me fallut la présence de Charles pour être capable de retrouver mon souffle.

Qu'est-ce qui m'empêchait, d'ailleurs, d'aller chez lui ? Cela m'aurait semblé impossible hier, mais c'était hier que j'avais prononcé des mots qui, eux aussi, paraissaient impossibles, et j'étais toujours en vie. Je me sentis alors soulevée par l'impression de légèreté qui, hier justement, me protégeait, me libérait de toutes les contraintes, mon corps parut se fondre et flotter dans l'air tiède, saupoudré d'or par le soleil, de suie par les fumées ; alors, je suis calmement rentrée à la maison, j'ai fait atteler et je me suis changée.

Comme en presque toute chose il avait suffi de vouloir. Joel était en route pour Liverpool où il allait vraisemblablement faire les quatre cents coups avec l'amant d'Elinor. Hannah était à Blenheim Lane, où ses nièces l'occuperaient un long moment. Et il n'y eut rien de plus simple que de faire arrêter la voiture devant la boutique de Rosamonde Boulton, encore agrandie et embellie, pendant que la voiture poursuivait sa route jusqu'à Nethercoats pour y porter un présent et des fleurs à Emma-Jane et son dixième enfant, avec mes instructions au cocher de revenir me chercher dans une heure. Je suis même entrée dans le magasin, où j'ai fait quelques menus achats en laissant les paquets que je devais reprendre quand ma voiture serait revenue ; puis, après avoir traversé la rue déserte et poussiéreuse sans y rencontrer âme qui vive, j'ai trouvé sans mal l'étroite boutique obscure du marchand d'ivoire dont Charles m'avait parlé et dont la porte de derrière donnait accès à Cropper Alley et au Tonneau rouge.

Venant de la rue ensoleillée, la boutique me parut fraîche, vide et fort noire, jusqu'à ce que je distingue le marchand, aussi tassé et ridé que ses statuettes chinoises, qui ne manifesta ni surprise ni intérêt quand je lui mis de l'argent dans la main en lui demandant de voir Mme McCluskey. Il envoya un grouillot faire la commission et se désintéressa complètement de moi, ne releva même pas les yeux quand l'aubergiste, qui entra peu après en faisant ondoyer ses hanches et flotter ses longs cheveux noirs, poussa un sifflement de surprise à ma vue et murmura :

— Eh bien, ça, par exemple…

Dans le grand jour et la chaleur, la ruelle me parut plus horrible que dans mes souvenirs, plus puante et gluante, l'escalier plus branlant et plus étroit, celle qui me guidait plus effrontée, ses yeux noirs plus inquisiteurs, son sourire plus méprisant.

— Êtes-vous sûre qu'il est chez lui ? ai-je demandé pour dire quelque chose.

Ma gêne accentua son sourire :

— Mais oui, il y est. Je sais ce qui se passe chez moi. Ce n'est pas comme certains, hein, ma belle ?

En haut des marches, elle frappa à la porte et me laissa après m'avoir familièrement tapé sur l'épaule avec un plaisir si gros, si vulgaire que j'en eus brièvement peur.

Charles était assis à sa table de travail, en train de lire et d'écrire comme je me l'étais si souvent représenté, son visage d'étudiant studieux pâli par le manque d'air et de sommeil, la chemise ouverte au col et aux poignets et ses maigres épaules pointant sous la fine étoffe. Nous sommes un moment restés muets, lui de stupeur en me voyant, moi de bonheur en le retrouvant.

— Virginie, que se passe-t-il ? dit-il enfin avec inquiétude.

— Rien, j'avais besoin de te voir.

— Il est donc arrivé quelque chose ?

— Oui, mais pas à moi. Je voulais juste être avec toi.

— Eh bien, je suis là. Entre et ferme la porte, je ne t'en ai jamais demandé davantage.

Il me prit dans ses bras, étreinte légère, aérienne, et je me suis laissée aller contre lui ; il n'avait pas la solidité d'un roc, certes, ni ne pouvait m'offrir de protection, mais il avait une honnêteté candide, droite, qui ne cherchait pas à me modeler, à m'écraser pour me donner une forme qui ne soit pas la mienne.

— Que voudrais-tu changer en moi, Charles ?

— Rien. Et toi ?

— Rien non plus.

— Allons, tu essaierais de me rendre économe, sensé, ambitieux peut-être ?

— Non. Je t'aime tel que tu es, rêveur, sans notion de la réalité, prêt à emprunter de l'argent à tous ceux qui en ont, ou que tu crois capables de le faire. Naïf par moments, et beaucoup trop rusé à d'autres. Je t'aime, avec ta fierté de toi, de ton caractère torturé et impossible car tu ne voudras jamais être simple. Tu es à la fois innocent et cynique. Tu es la seule personne au monde à qui je fasse confiance, bien que tu sois beaucoup trop instable pour qu'on puisse compter sur toi. Je t'aime.

— Moi aussi… Est-ce un discours d'adieu ?

— Je ne sais pas. Je ne crois pas. Cela me semble si naturel d'être ici avec toi. Est-ce que cela aurait pu se produire dans une vie antérieure ? Se pourrait-il que nous ayons tourné en rond pendant des siècles, pendant l'éternité, parce que nous avons toujours pris la mauvaise décision, parce que nous avons cru que c'était impossible quand tout ce qu'il suffisait de faire, comme tu me l'as dit, c'était d'entrer et de fermer la porte derrière nous ? Non, n'aie pas peur, je n'ai pas pris un coup de soleil. Je me sens merveilleusement bien, au contraire. Tu m'avais bien dit que je viendrais chez toi tôt ou tard, n'est-ce pas ? Tu vois, tu as toujours raison.

— Me diras-tu pourquoi tu es venue ?

— Bah ! j'avais une ou deux raisons précises qui me semblaient urgentes… Mais maintenant que je suis ici, je crois que la seule est mon envie d'être avec toi et de faire l'amour.

— Oh oui ! Virginie ! Force-moi, prends-moi, tu sais combien j'en ai parfois besoin.

Je l'ai poussé doucement vers son petit lit dur et étroit, aux draps strictement bordés.

— Oui, tu as souvent besoin d'être à nouveau un petit garçon, car tu ne l'as pas vraiment été la première fois…

Une fois de plus, je me sentais voler, flotter, me fondre dans l'air et, par conséquent, toute-puissante, car personne ne pourra jamais enchaîner le vent qui souffle où il lui plaît.

Plus tard, cependant, quand j'ai reposé ma tête sur son épaule anguleuse et nue, je lui ai dit :

— Ma cousine Elinor a quitté ton père.

J'ai attendu sa réponse en espérant qu'il ferait preuve d'un peu de compassion.

— Ah bon ! C'est enfin arrivé. Faut-il le regretter ? Oui, peut-être.

— Pour qui le regrettes-tu ? Pour elle ?

— Oui, bien sûr, elle m'a toujours fait un peu pitié. J'en ai de la peine pour lui aussi, après tout. Je crois avoir suffisamment mûri pour ne plus le haïr. Elle avait un amant, je suppose ?

— Oui, Daniel Adair.

Il ne put réprimer une grimace de dégoût :

— Le contremaître ? Elle aurait quand même pu choisir mieux !

Je me suis assise, les genoux relevés, le menton posé dessus, je les ai serrés dans mes bras et j'ai imperceptiblement écarté mon dos de sa poitrine :

— Choisir quoi ? Elle n'a pas même eu le choix. Il était là, disponible, c'est tout. Elle en était au point où il lui fallait absolument aimer quelqu'un, et elle est tombée amoureuse du premier venu. Où est le choix, là-dedans ? Comment Elinor aurait même pu ou su choisir ? Tu n'as pas de sœurs, Charles, et tu ne peux donc pas savoir comment on nous élève. Les garçons peuvent choisir, pas les filles. Vous autres, vous avez peut-être l'ennui de devoir décider ce que vous ferez dans la vie, mais pas nous, notre destinée est toute tracée, dès le premier jour. Trouvez-vous un mari, nous dit-on, riche si possible, sinon n'importe lequel qui voudra bien vous passer la bague au doigt, et, s'il faut le tromper, eh bien, trompez-le ! C'est ma vieille Marthe-Ellen qui m'a appris cela, et je n'ai jamais entendu ma mère la contredire. Je me rappelle encore la mère d'Elinor, ma tante Hattie, nous dire en faisant son raccommodage : « Parmi les hommes, il y en a de bons et de mauvais. Si vous en trouvez un mauvais, rendez-le aveugle des deux yeux, s'il est bon, d'un seul œil. Si vous dépensez cinq shillings, dites-lui que cela en a coûté dix et empochez la différence. Voilà comment il faut vivre avec un homme, car même un bancroche et un bossu valent mieux que pas d'homme du tout. » Comment reprocher à Elinor, dans ces conditions, d'avoir couru à l'autel épouser ton père ? Elle ne faisait que suivre les principes de son éducation. Elle n'avait même pas compris pourquoi il voulait d'elle, cela lui paraissait une sorte de miracle. Est-ce sa faute, après tout, si elle n'est pas assez bête pour se contenter de vivre comme une poupée peinte ? Tu me parles de choisir ! Dès sa naissance, elle a été une indésirable, comme moi d'ailleurs, car son père voulait des garçons pour l'aider à l'atelier. Son frère l'a poussée dans ce mariage parce qu'il voulait se faire une parenté utile. Elle a été exploitée par ton père, qui aurait bien mieux fait d'aller assouvir ses passions dans une maison close. Et maintenant, elle est brisée, sans ressort, sans défense. Joel et ton père vont s'entendre pour l'emballer proprement, comme un paquet, et la caser où cela leur conviendra. Ils en parleront et en disposeront avec moins d'égards que d'un cheval de trait, et elle ne pourra rien faire, rien dire. Tu t'indignes du sort de ces malheureux enfants forcés à travailler par leurs parents, et tu te plains que ce soient les mêmes parents qui empochent leur salaire ! Mais nous, les femmes ? On nous marie quand nous sommes trop jeunes pour protester, et pour s'assurer de notre docilité on ne nous apprend rien, rien, Charles, qui nous soit utile dans la vie, qui puisse nous libérer et nous rendre indépendantes ! Il y a la mode, bien sûr, et les toilettes pour nous abrutir. Et celles d'entre nous qui ne meurent pas en couches ou ne tombent pas d'épuisement finissent tout doucement par mourir d'ennui. Pourtant, je dis comme ma tante Hattie que cela vaut mieux que de rester vieille fille, car tout le monde sait que les vieilles filles meurent de honte et de frustration.

Il posa la main sur mon épaule, la fit descendre et remonter avec beaucoup de douceur tout le long de mon dos et me prit enfin le poignet.

— Je suis un homme, Virginie. Est-ce que je t'opprime ?

Je me suis tournée vers lui, j'ai pris entre mes mains son fin visage, je lui ai donné un baiser sur les lèvres et, d'un coup, j'ai éclaté de rire.

— Non, Charles ! Tu es sans doute aussi détestable que les autres, mais ton cas est différent. Toi, je t'ai choisi. Et j'ai besoin de toi.

— Et je suis tout à toi, dit-il en s'étirant. Tout à toi.

Et quand je me suis penchée sur lui pour en prendre possession, comme il me l'offrait, je n'ai même pas accordé une pensée à ma voiture qui devait déjà m'attendre, aux chevaux qui piaffaient dans la chaleur, au cocher qui devait probablement s'étonner et s'inquiéter. J'étais ici parce que je le voulais, parce que je l'avais librement choisi, et je n'en partirais de même que quand je le voudrais. Quelles que soient les conséquences de ce choix, demain ou l'année prochaine, je ne compterai sur personne pour m'aider ou me sauver. Je me défendrai seule, par tous les moyens, je ne serai jamais passive et pitoyable comme Elinor, mais une femme libre et forte sachant qu'il y a toujours un choix, que la fatalité n'existe pas et que, s'il ne reste rien d'autre, on a toujours l'ultime recours que représente le refus.

31

Je ne croyais pas que mes rapports avec Hannah puissent empirer et pourtant, dans les derniers jours d'août, notre antagonisme était devenu tel qu'il dénaturait tout, anéantissait nos meilleures intentions et faisait régner sur toute la maison une atmosphère d'hostilité qui rendait les servantes maladroites, les enfants insupportables et poussait Joel, plus que jamais, à se réfugier au Cygne pour dîner.

— Il va bien falloir maintenant qu'elle se décide à se marier, me dit ma mère avec sa désinvolture coutumière, car il est évident qu'elle ne peut plus vivre chez toi de cette manière. Elle a fait exécuter au presbytère de Redesdale tous les travaux que le châtelain a bien voulu payer et il ne lui reste plus qu'à dire la date de la cérémonie. Je me demande encore, malgré tout, sur qui va se porter son choix définitif, Julian Ashley ou George Brand.

M. Brand, en effet, venait de faire un retour en force dans notre vie, car Hannah, consciente de ce que n'importe qui pouvait faire avaler n'importe quoi au doux M. Ashley, avait demandé à son énergique rival d'aller voir Elinor pour la ramener, de gré ou de force, à des sentiments chrétiens. Mais la ferveur évangélique du révérend, les efforts de persuasion qui le congestionnaient en faisant vibrer sa voix puissante, ses évocations saisissantes des délices célestes et des flammes de l'enfer n'eurent aucun effet sensible sur la prodigieuse force d'inertie que lui opposait Elinor.

— Pauvre homme ! me dit-elle un jour en le regardant par la fenêtre s'éloigner, le dos courbé par le sentiment de sa défaite. Sais-tu qu'il s'inquiète vraiment à la pensée que je pourrais rôtir pour l'éternité dans les chaudrons du diable ? Cours-lui donc après, Virginie, et explique-lui, toi qui t'exprimes si bien, que je préfère infiniment l'enfer, si je dois y retrouver mon Daniel, plutôt que de me laisser dévorer par les vers à côté de mon mari, sans être du tout sûre d'aller au paradis. Rattrape-le vite, il a l'air si malheureux que cela le consolera peut-être, puisqu'il dit vouloir mon bonheur.

C'est alors que Hannah, qui avait attendu les résultats de sa campagne missionnaire, apparut sur le pas de la porte et remplit aussitôt la pièce, moins de son imposante présence que de la colère outragée qui émanait de toute sa personne. Elle ignora délibérément tout le reste pour écraser sa sœur d'un regard terrible :

— Je ne sais pas qui tu es ! Je ne te connais plus ! Ne sais-tu donc plus ce que c'est que la honte ?

Elinor, qui n'avait encore jamais osé défier ouvertement Hannah, rassembla ce qui lui restait de courage pour se lancer à l'attaque, comme un canari qui voudrait se mesurer à un aigle.

— Si tu me parles de honte, c'est toi qui devrais rougir, car je sais très bien que tu m'as volé mes lettres !

— Quelles lettres ? dit Hannah, étonnée.

Puis, ayant compris, elle sourit comme le faisait Joel quand il s'apprêtait à porter un coup :

— Tes lettres ! Il n'y en a jamais eu, petite idiote, et tu n'en recevras jamais. Il est à Liverpool, avec l'argent de Joel dans ses poches, en train de prier pour que tu te décides enfin à rentrer chez toi et qu'il puisse réparer tout le mal que tu lui as fait. Même s'il voulait de toi, ce qui n'a rien d'évident, il n'en aurait pas les moyens, un point c'est tout. Tu lui as gâché sa carrière et tu vas ruiner sa vie entière si tu ne reviens pas très vite à la raison. Joel lui a fait une proposition dont la réalisation dépend de ton retour avec ton mari, il faut que tu le saches. Aussi, ma petite, si tu tiens à cet homme autant que tu as l'impudence de le répéter, si tu te soucies véritablement de son bonheur, hâte-toi de reprendre ta place auprès de ton mari et de tes enfants pour que Daniel Adair soit de nouveau heureux et retrouve la prospérité dont tu l'as dépouillé, il n'a pas de plus cher désir, sois-en assurée.

Elinor avait reculé pas à pas, livide, tremblante, et courut soudain vers la fenêtre où elle se pencha pour aspirer l'air brûlant, comme une noyée, étreignant les montants de ses mains crispées.

— Non, Hannah, non, non, dit-elle en balbutiant. Tu ne comprends pas, tu ne peux pas comprendre… Je ne peux pas retourner là-bas, Hannah, tu ne sais pas ce que c'est, tu ne sais pas ce que je ressens. J'en suis malade, malade rien que d'y penser ! Je l'ai subi, je l'ai supporté, mais je n'en suis plus capable, comprends-tu ? Si tu m'y forces, Hannah, tu me condamnes à mort. À mort, je te préviens…

— Arrête donc tes comédies ! riposta Hannah avec un ricanement de mépris.

Mais elle se rapprocha, comme moi, de cette fenêtre grande ouverte sur le vide, où Elinor aurait peut-être envie, dans son désespoir, de mettre fin à ses tourments. Quand elle nous vit approcher, elle se raidit avec le regard affolé d'une bête prise au piège, vacilla et s'écroula à terre ; elle se tenait le ventre à deux mains et fut si atrocement malade que Hannah elle-même finit par s'en émouvoir et, pendant un jour ou deux, se montra moins impitoyable.

On fit venir le médecin – ce dont Emma-Jane fut aussitôt discrètement informée – et, au bout de plusieurs nuits sans sommeil, Elinor put enfin avaler un bol du bouillon roboratif de Mme Stevens ; mais les problèmes restaient entiers, si bien que Hannah – consciente de ce que Morgan Aycliffe pouvait encore refuser de reprendre sa femme même si cette dernière faisait l'effort de lui revenir – se remit à l'ouvrage.

— Quelle activité ! commenta ma mère dans un murmure. Elle est inlassable, cette fille. La maison d'Elinor n'a sûrement jamais été mieux tenue ni les enfants si bien supervisés. Je les ai vues l'autre jour, ces petites, pendant leur promenade en voiture avec leur chère tante, toutes trois si rigoureusement identiques dans leurs tenues, si propres et si bien astiquées que, si elles n'avaient pas eu l'allure opulente, on aurait dit des pupilles d'orphelinat, tu vois ce que je veux dire, les yeux baissés, les mains croisées sur les genoux, pas un sourire, pas un geste. Je ne dis pas cela méchamment, bien au contraire, mais Hannah fait preuve, ces derniers temps, de qualités d'intrigante que je ne lui soupçonnais pas. Partout où je vais, les gens me présentent leurs condoléances pour la maladie d'Elinor : « Pauvre petite, me dit-on, si jeune et déjà si atteinte. Il est vrai que sa mère avait les nerfs fragiles et que ces choses-là sont souvent héréditaires. » Bien entendu, je prends une mine de circonstance et je hoche gravement la tête – je n'oserais pas les détromper ! –, mais c'est quand même curieux, car je ne me souviens pas du tout de ta tante Hattie avec des nerfs aussi délicats. Enfin… Dis-moi, ma chérie, tu ne vas pas cacher Elinor éternellement, j'espère ? Je ne demanderais pas mieux que de la recevoir à Patterswick, tu sais. Elle pourrait prendre le soleil au jardin sans aucun risque, car on entend les voitures arriver de très loin, et j'aurais largement le temps de la fourrer au lit, si Emma-Jane, par exemple, venait fouiner dans les parages.

Mais Morgan Aycliffe, retranché dans son appartement de célibataire à Westminster, faisait clairement entendre qu'il ne tolérerait pas le moindre risque de scandale. Son épouse pouvait perdre la santé et la raison si elle y tenait, mais il n'était pas question qu'elle perde sa réputation. C'est pourquoi Elinor passa toute la belle saison sur une chaise longue près de sa fenêtre, sombrant chaque jour un peu plus dans une léthargie si profonde qu'elle ne pouvait pas même faire l'effort de se brosser les cheveux, ne prenait plus la peine de s'habiller – comme cela lui était arrivé après la naissance de Cecilia – puisqu'elle irait se recoucher peu après et que, de toute façon, elle n'avait rien à se mettre :

son mari ne lui avait fait envoyer que le strict minimum et avait fermé sa garde-robe, dont il avait caché la clé.

— Je suis si lasse, me disait-elle parfois.

Puis elle fermait les yeux et laissait passer un après-midi, un jour, une semaine entière sans reprendre pleinement conscience.

— Déjà mardi ? C'est merveilleux, je croyais qu'on n'était que lundi.

Mais, à mesure que le temps s'écoulait, il n'était plus question de lettres ni même de Daniel Adair.

Elle somnolait, elle maigrissait, pâlissait de manière assez convaincante pour que l'observateur le plus malveillant croie en sa maladie ; elle devenait de plus en plus insaisissable et vague, si bien que les rares personnes admises près d'elle – nos servantes, qui s'empressaient de tout rapporter à leurs consœurs – ne pouvaient qu'accréditer la thèse répandue par Hannah ; la dépression nerveuse dont elle était censée souffrir créait un courant de sympathie et de compassion, plutôt que de ridicule, autour de Morgan Aycliffe.

— Le pauvre homme ! répétait-on à l'envi, en se rappelant que sa première femme l'avait, elle aussi, fait souffrir par ses dérangements.

Mais avant même qu'on s'avise que le « pauvre homme » pouvait bien être lui-même responsable des troubles mentaux de ses épouses, Emma-Jane Hobhouse – encore meurtrie du flirt d'Elinor avec son Bradley – se fit la championne bénévole de l'honorable parlementaire :

— Il était beaucoup trop bon avec elle, déclarait-elle à qui voulait l'entendre. Il la faisait servir comme une princesse, la laissait dépenser sans compter. Et maintenant, voyez à quoi le malheureux en est réduit, à vivre dans deux petites pièces à Londres tout en se démenant pour défendre nos intérêts. Et quel sang d'encre il doit se faire en pensant à elle et à ces pauvres petites ! Savez-vous qu'elle n'a même pas cherché à les voir une fois, depuis qu'elle est tombée malade ? Elle s'en occupait d'ailleurs si peu auparavant que mon Bradley se demande si elle saurait même les reconnaître l'une de l'autre… Oui, pauvre M. Aycliffe ! Dieu merci ! il lui reste Hannah. Je me demande, en fait, ce que les Barforth feraient sans elle, car nous savons tous que Joel compte cent fois plus sur elle que sur Virginie, qui a toujours eu la tête dans les nuages.

Quand ces propos me furent joyeusement rapportés par Lucy Oldroyd, qui voulait rester en bons termes avec tout le monde, je ne sais si j'ai eu envie de rire plus que de pleurer, car Hannah allait bientôt me quitter et, tout en étant profondément soulagée, je savais qu'elle me manquerait d'une certaine façon.

J'étais alors extrêmement affairée : la maison de Tarn Edge, avec ou sans le précieux concours de Daniel Adair, serait prête pour Noël, et j'étais submergée par les échantillons de rideaux et de tapis, les dessins de moulures ou de marqueterie, les papiers peints chinois, sans parler d'un amoncellement de boîtes et de paquets qui, une fois ouverts au grand dam de mes ongles, répandaient des flots de paille et de sciure avant de révéler de délicats trésors en provenance de Sèvres, de Meissen ou de Wedgwood, commandés par Joel sans qu'il m'ait demandé – sans même qu'il se soit soucié de savoir – s'ils me plaisaient ou non.

J'étais à genoux, un matin, en train de déballer un vase, où des danseuses voilées de rose évoluaient gracieusement dans un décor de fleurs et de nuages, quand je vis le bas de la robe marron de Hannah s'avancer vers moi en froufroutant sur le parquet ; levant les yeux, je compris à sa raideur solennelle qu'elle devait avoir à me communiquer une nouvelle d'importance.

— Pour la nouvelle maison ? laissa-t-elle tomber en désignant le vase d'un pied négligent.

J'ai hoché la tête en me relevant, j'ai brossé d'une main ma manche où s'accrochaient des brins de paille et je me suis préparée à subir le choc, car ce qui était ou non destiné à la nouvelle maison ne pouvait, je l'espérais, présenter d'intérêt pour Hannah, qui ne devait pas y emménager avec nous.

— Oui, répondis-je aimablement. Il fait sans doute partie d'une paire, et nous devrions recevoir l'autre bientôt.

— Il y en aura bien plus d'un autre, dit-elle avec un ricanement. Quand mon frère se met à dépenser de l'argent, il n'y a plus moyen de l'arrêter. Tu désires sans doute connaître mes intentions...

— C'est Joel que cela concerne, ai-je interrompu. Parle-lui-en d'abord, si tu as pris ta décision naturellement.

Dans la dignité froide, Hannah était beaucoup plus inquiétante que dans la colère. Elle sentit ma réserve et sourit à sa propre puissance :

— C'est à moi d'en juger. Je ne crois pas me tromper, en tout cas, en pensant que ce n'est pas toi qui me supplierais de rester.

— Tu as donc décidé de partir ?

— Oui. Mais sache bien, auparavant, que ce changement dans ma vie ne m'empêchera pas de faire mon devoir pour remettre de l'ordre dans le ménage de ma sœur. Je suis plus que jamais résolue à la voir reprendre la place qui lui revient de droit, avant mon mariage si possible, sinon le plus tôt possible après. Je tiens également à te faire clairement comprendre que si tu persistes à l'encourager dans sa folie, je ne te le pardonnerai pas. M. Aycliffe m'a fait savoir, dans une lettre récente, qu'il était arrivé à surmonter ses scrupules – répugnance bien naturelle, je m'empresse de le dire – grâce aux efforts que j'ai déployés pour éviter les racontars et les médisances. Je ne veux à aucun prix voir ces efforts compromis, est-ce clair ? J'ai tout préparé pour qu'Elinor redevienne respectable, ce qui m'a beaucoup coûté, je te le signale, car je n'éprouvais aucun plaisir à répandre tous ces bruits sur son instabilité mentale, quoi que tu en aies dit et pensé. Et pendant tout ce temps-là, comme je le prévoyais malheureusement trop bien, tu as adopté une attitude que j'ai du mal à m'expliquer. Je ne suis d'ailleurs pas la seule, car Joel ne te comprend pas mieux que moi, il est extrêmement mécontent, au point d'être visiblement mal à l'aise quand je lui parle de toi. J'aurais préféré que nous ne nous quittions pas en ces termes, Virginie, mais ton présent état d'esprit ne me laisse pas le choix.

Je me suis dirigée vers la fenêtre, non pour m'enfuir mais pour m'assurer qu'il n'y avait pas d'oreilles indiscrètes. Alors, ayant constaté qu'il n'y avait pas de jardinier à tailler les rosiers ni de femme de chambre à ramasser les pétales séchés pour quelque mystérieuse composition de Mme Stevens, je suis revenue lentement vers Hannah, tout en sachant que je n'avais aucune chance de la convaincre.

— Je voudrais te dire deux choses, Hannah. Tout d'abord, tu n'as aucune raison de nous quitter si tu ne le désires pas. Tarn Edge sera bien assez grand pour abriter deux femmes – en fréquent désaccord, je l'admets, sur bien des sujets – sans qu'elles soient continuellement dans les jambes l'une de l'autre. Par ailleurs, le mariage – si tu y es décidée – te fera peut-être mieux comprendre les problèmes d'Elinor, problèmes qu'elle ne surmontera peut-être jamais, essaie de t'en convaincre. Morgan Aycliffe a le droit de la contraindre à retourner chez lui, mais tu sais comme moi qu'il n'en usera pas, il ne veut pas s'infliger l'humiliation de garder sa femme littéralement en captivité. Aussi je ne te permettrai pas plus qu'à quiconque de persécuter Elinor pour lui faire croire qu'elle ne peut rien espérer d'autre. Je sais, Hannah, que tu crois agir pour son bien, et je sais que tu as toujours eu les meilleures intentions même si les résultats ont parfois été malheureux. Dans le cas d'Elinor, cependant, tu ne tiens pas compte de son insurmontable répulsion physique pour son mari, car c'est un sujet dont il est normal que tu ignores presque tout. Tu m'accuses aussi de ne pas te seconder auprès d'elle. Mais que pourrais-je faire d'autre que la jeter dehors et lui condamner ma porte, pour la forcer à retourner à Blenheim Lane ? J'ai trop souvent recueilli des chiens et des chats perdus pour refuser un abri à ta propre sœur. D'ailleurs, quand tu seras mariée et installée à Redesdale, M. Ashley ne s'opposera sûrement pas à ce que tu la reçoives à ton tour, car il est bon chrétien et pratique la charité.

Au lieu de l'explosion d'indignation et du flot de reproches et de propos moralisateurs auxquels je m'attendais, j'eus alors la surprise de la voir devenir d'un rouge si cramoisi qu'elle faisait peine à voir.

— Ai-je parlé de Redesdale ou de M. Ashley ? dit-elle sèchement.

— Euh… non. Non.

— Il me semblait, car cela aurait été de la dernière inconvenance. Mes relations avec M. Ashley sont terminées depuis dix jours.

— Ah… Je suis navrée. Enfin… J'avais en effet souvent pensé que M. Brand…

— M. Brand, maintenant ! s'écria-t-elle en joignant les mains. Il a toujours été ton candidat, n'est-ce pas, comme celui de ta mère si j'en crois les allusions qu'elle s'est permises encore l'autre jour devant moi ? Vous serez donc toutes deux bien fâchées d'apprendre que M. Brand est fiancé à une demoiselle Mayfield, de Halifax, une assez bonne personne, je crois. Mais cela ne me concerne en rien, car il faut maintenant te dire que, à la fin de son deuil cet hiver, j'ai promis le mariage à M. Agbrigg, promesse que j'ai fermement l'intention de respecter.

J'en fus à la fois si choquée et si stupéfaite que, malgré moi, je me suis mise à rire jusqu'à ce que son expression me ramène à la réalité.

— Non, Hannah, non, c'est impossible ! ai-je dit faiblement. Tu ne peux pas faire cela, c'est… Non !

Elle m'agrippa le poignet et me tira durement vers elle, en me dominant de toute sa taille, de toute sa rage indignée que ne recouvraient plus que quelques lambeaux du vernis de sa dignité.

— Et pourquoi pas ? Ma sœur est bien tombée amoureuse d'un maçon ! Pourquoi n'en ferais-je pas autant avec un ouvrier ? Il n'a d'ailleurs plus rien d'un ouvrier !

— Mais enfin, Hannah… Tu ne peux quand même pas…

— Et pourquoi pas ? répéta-t-elle d'une voix tonnante. Pourquoi ne le pourrais-je pas ? Vas-tu encore me servir tes sornettes sur la « répulsion physique », Virginie ? M. Agbrigg te semble peut-être repoussant, mais il ne s'ensuit pas nécessairement que je partage ton opinion là-dessus ! Je n'ai peut-être pas autant de délicatesse qu'Elinor et toi, mais c'est parce que je ne peux pas me le permettre ! À moins que je n'aie en tête autre chose de plus consistant que vos notions fumeuses de sentiments, d'attrait ou de répulsion. Oh ! je sais, il n'est pas beau et il parle mal, mais sa manière de s'exprimer peut se corriger ! Je sais, ce n'est qu'un enfant trouvé qui ne connaît même pas son vrai nom. Mais c'est un homme qui s'est élevé à la force du poignet, qui a toujours été freiné plutôt qu'encouragé par son entourage, et qui est capable de monter plus haut encore !

— Mais monter où, Hannah ? Grands dieux, il n'est quand même que directeur de Lawcroft…

Au comble de la rage, elle me repoussa de toutes ses forces.

— Ha ! Il n'est *que* directeur de Lawcroft, dis-tu ? Mais que seront jamais un Julian Ashley, un George Brand ? L'amour ! Il n'en est pas question. C'est évident que je ne l'aime pas. Je n'aime personne. Je suis au-delà de ce genre de sottises. J'ai simplement atteint un stade dans la vie où il faut me marier, où il faut absolument, impérativement m'établir chez moi. Pourquoi me borner à la vie d'une femme de pasteur ? À quoi penses-tu vraiment, Virginie ? As-tu tellement envie de m'enterrer dans un trou comme Redesdale, de me voir marcher bien poliment derrière la châtelaine, à passer mes journées à ravauder mon linge et joindre les deux bouts en te remerciant avec reconnaissance de me donner tes fripes, ou celles d'Elinor ? Ou préfères-tu te débarrasser de moi en me donnant à George Brand, qui n'aura rien de plus pressé que de m'entraîner dans quelque mission pestilentielle au fin fond de l'Afrique dès qu'il m'aura mis la main dessus ? Ou voudrais-tu plutôt me voir rester ici, à vieillir en dépendant de toi pour tout, la pauvre cousine vieille fille qui fait le raccommodage et à qui on monte son dîner dans sa chambre avec les enfants quand il y a des invités ? Oh non ! Virginie ! Tu m'as déjà volé la vie que j'aurais dû vivre, celle qu'on t'a donnée à ma place, mais maintenant c'est à moi de tirer le meilleur parti de ce qui me reste. C'est vrai, j'aurais épousé Julian Ashley ou George Brand si j'avais été sûre de ne pas pouvoir faire mieux. Mais j'ai choisi M. Agbrigg. Il est peut-être laid et vulgaire, soit. Et alors ? M. Adair était beau, mais il était tout aussi vulgaire, ce me semble, et t'ai-je jamais entendu le lui reprocher ?

J'étais atterrée, sans plus pouvoir lui dissimuler mon accablement.

— Oh ! Hannah… Comment vivras-tu ? Hannah… C'est… Fais attention à ce que tu fais, je t'en conjure !

Elle rougissait toujours mais retrouvait sa dureté et sa dignité.

— Je ferai très attention, n'aie aucune crainte là-dessus. J'irai habiter la maison bâtie par ton grand-père, près de l'usine, qui est d'ailleurs celle où j'aurais vécu si j'avais épousé Edwin. Les gens vont jaser, naturellement, et une Emma-Jane Hobhouse me fermera sans doute sa porte, mais je crois pouvoir compter sur toi pour me défendre, puisque tu as si bien pris le parti d'Elinor. Tu sais que j'ai toujours eu des idées au sujet de cette maison et je suis sûre qu'entre mes mains elle deviendra très confortable. La ville grandit si vite que nous aurons bientôt un conseil municipal, un maire – et je ne vois pas pourquoi le premier lord-maire de Cullingford ne serait pas M. Ira Agbrigg. Les nouveaux venus dans la région ignorent ses origines, les autres l'oublieront. On ne verra en lui qu'un homme d'affaires des plus respectables, à l'aise financièrement et bien apparenté, et personne n'ira, j'espère, mettre en doute mes qualifications pour remplir la position de mairesse. Je ne serai peut-être jamais aussi riche qu'Elinor ou toi, mais je serai respectée, j'aurai de l'importance dans cette ville, comprends-tu ? Tout le monde me connaîtra, on briguera mes faveurs, on s'inclinera sur mon passage. Et j'aurai surtout une immense satisfaction : un fils supérieurement intelligent, car je ne vois pas de limites aux ambitions auxquelles Jonas peut aspirer. Ah ! il me semble entendre la voiture de Joel ! J'ai donc bien calculé, car je savais qu'il reviendrait vers le milieu de la matinée. Je te serais reconnaissante de lui apprendre la nouvelle, Virginie. Je ne m'attends naturellement pas à ce qu'il en soit ravi de prime abord, et j'attendrai donc dans ma chambre qu'il se soit calmé. Tu seras assez aimable pour venir aussitôt me faire part de sa réaction.

En apprenant que sa sœur préférée avait l'intention d'épouser Ira Agbrigg sans autres raisons sérieuses, semblait-il, que de devenir mairesse et mère adoptive de l'antipathique Jonas, Joel piqua une telle colère que, sans se soucier d'être entendu, il se rua dans le vestibule et hurla au pied de l'escalier pour intimer à Hannah l'ordre de descendre.

— Qu'y a-t-il ? dit-elle en s'avançant aussi lentement qu'elle l'osait.

Il l'empoigna par le bras en étouffant une bordée de jurons et la poussa rudement dans son cabinet de travail.

— Je le chasserai ! ai-je eu le temps d'entendre. Je le ferai déguerpir de Lawcroft et de la vallée ayant le coucher du soleil !

Hannah étant parfaitement capable de lui tenir tête sans mon concours, j'ai donc préféré aller au jardin mettre de la distance entre moi et cette coulée de lave brûlante qu'était l'affrontement de deux colères aussi Barforth l'une que l'autre. Mais j'avais dû marcher moins vite que je ne le croyais, car je vis bientôt Joel apparaître dans l'allée sablée et me chercher des yeux sous sa main en visière :

— Virginie ! Virginie ! Où diable êtes-vous encore passée ?

Il bouillait toujours de rage, il était toujours visiblement prêt à tuer ou à blesser, mais il avait réussi à se dominer quelque peu, comme s'il craignait une menace cachée ; son cheval, qui l'attendait non loin de là dans les brancards du phaéton, dut sentir le danger, car il se mit à encenser en hennissant de frayeur.

— Comment est Hannah ? ai-je dit en m'approchant.

— Aussi folle que l'autre ! Mes deux sœurs sont de parfaites imbéciles ! Quant à Ira Agbrigg, je l'aurai à l'œil, celui-là ! Agbrigg... Enfin, bon Dieu, comment peut-elle me faire ça, à moi ?

— Pouvez-vous l'en empêcher ?

Il serra les dents, frémit de colère et affecta de mettre soigneusement ses gants, trop furieux pour admettre qu'un homme dans sa position ne pouvait décemment plus se permettre de lever son fouet sur une femme désobéissante, trop mortifié aussi, je crois, de savoir que l'habile Ira Agbrigg ne se laisserait pas si facilement déposséder de sa promise pour quelques centaines de livres, comme un Daniel Adair.

— L'en empêcher ? dit-il en ricanant. Je pourrais tout au plus lui compliquer la vie. Je pourrais renvoyer Agbrigg, lui reprendre la maison et faire en sorte qu'il ne retrouve plus le moindre emploi dans la région. Mais ils se sont dit que je n'irai probablement pas jusque-là, et Hannah n'est pas Elinor. Le monde ne s'arrête pas au bout de la vallée de la Law, et elle est capable de filer avec lui rien que pour me forcer à les supplier de revenir. Car j'ai besoin de lui, ce porc ! Il en sait trop sur mes affaires. C'est à Low Cross, rappelez-vous, que j'ai fait mes expériences sur mes nouveaux tissus, que j'ai mis au point les métiers, et je n'ai pas la moindre envie de voir mes secrets de fabrication vendus au plus offrant ! Ils ont tout prévu, tout calculé, les misérables.

— Ainsi, vous leur donnez votre bénédiction ?

— Il ne manquerait plus que cela ! Écoutez, Virginie, allez voir Agbrigg cet après-midi et sondez-le pour voir ce qu'il a dans le crâne, car j'ai bien l'impression que c'est Hannah qui le pousse à cette folie. Lui, il parle toujours de sa femme comme si elle l'attendait au coin du fourneau au lieu d'être six pieds sous terre, et je n'arrive pas à croire qu'il lui soit venu tout seul l'idée de faire la cour à ma sœur. Par conséquent, s'il est réticent, s'il s'est laissé forcer la main par elle, il faut que je le sache, car moi aussi j'ai des moyens pour lui faire changer d'avis, tout en le gardant à Lawcroft. Compris ? Je serai à Tarn Edge aux environs de quatre heures, venez m'y rejoindre.

La maison de Lawcroft Fold, ma maison natale, était aussi calme et fraîche que d'habitude quand j'y suis arrivée, mais j'avais la désagréable sensation de la savoir envahie par des intrus ; le plus intrus de tous, le jeune Jonas, vint m'en ouvrir la porte et je compris tout de suite, à l'expression de son visage étroit et osseux, à la flamme ironique qui faisait fugitivement briller ses yeux froids et bridés, qu'il était au courant de la situation et y prenait un plaisir extrême. Je le suivis du regard tandis qu'il traversait la cour, voûté comme ceux qui passent leur temps penchés sur des livres, pour aller chercher son père à l'usine, et j'ai eu l'impression nette que, si M. Agbrigg père pouvait encore nourrir quelques répugnances à prendre femme chez les Barforth, le jeune Jonas y voyait au contraire une chance à ne laisser passer sous aucun prétexte.

La dernière survivante des filles, Maria, me fit timidement entrer au salon, que je trouvai plus petit que dans mes souvenirs et surtout encombré de meubles disgracieux apportés par les Agbrigg ; c'était quand même la pièce où mon frère Edwin avait annoncé son intention d'épouser Hannah, où Joel m'avait félicité de mon bon sens le jour de nos fiançailles, celle enfin où j'avais pour la dernière fois parlé à mon père.

J'ai refusé le thé que m'offrait la petite Maria, une créature effacée à qui Hannah n'accorderait sûrement jamais qu'une bienveillance distraite, et je me suis laissée aller à l'évocation de mes souvenirs, jeu nostalgique, douloureux et qui me menait au bord des larmes, jusqu'à ce que la porte s'ouvre devant celui qui, peut-être, allait devenir mon beau-frère.

Il était venu pour la première fois dans cette maison comme un jeune ouvrier famélique, la casquette à la main, pour vendre des renseignements sur ses compagnons de travail tant il essayait, par n'importe quel moyen, d'échapper au piège de la misère. Maintenant, je le voyais vêtu d'une redingote noire, de pantalons bien coupés, au pli net, et je comprenais que sous la fine chemise de batiste, derrière la cravate sobre mais coûteuse vivait un homme toujours insatisfait. Il avait perdu sa triste épouse Anne et neuf de ses enfants, et cette perte avait sans doute brisé le dernier fil de tendresse qui vibrait encore en lui, le dernier murmure d'espoir en un vrai bonheur personnel. Le fils préféré d'Anne lui restait, cependant, ainsi qu'une de ses filles, qui en avait hérité les cheveux fins, un peu filasse, et la silhouette frêle. Il ne me fallut pas plus de dix minutes pour me rendre compte qu'il savait très exactement comment et pourquoi Hannah voulait se rendre utile à Jonas, ce qu'elle pourrait indirectement faire pour Maria, et qu'il n'avait absolument pas l'intention de les priver de ces chances uniques. L'idée d'en faire sa femme ne lui était pas venue jusqu'à ce qu'elle lui impose sa propre décision, mais maintenant que le marché lui avait été mis en main, maintenant qu'il en voyait toutes les implications, il n'en démordrait pas.

Il avait toujours éprouvé la plus profonde admiration pour Mlle Barforth, me dit-il en gardant les yeux fixés sur le tapis. Il la considérait comme une femme exceptionnelle et n'hésitait pas à placer entre ses mains capables son avenir et celui de ses enfants. Il avait, naturellement, pleinement conscience du fossé qui les séparait socialement : elle lui était très supérieure et le resterait sans conteste, de même qu'il admettait volontiers qu'on puisse être surpris, même choqué, de la voir s'abaisser par un mariage si mal assorti. Mais – et pour dire cela, il releva brièvement vers moi ses yeux tristes – nul ne pouvait lui reprocher de ne pas être un travailleur acharné, qualité comptant beaucoup dans la vallée de la Law, ni douter de la pureté de ses mœurs, facteur de moindre importance aux yeux d'autrui mais qui n'était pas sans valeur dans une affaire matrimoniale. On ne pouvait pas non plus lui faire grief de son avidité, puisqu'il n'avait financièrement rien à gagner en épousant Mlle Barforth, notoirement sans fortune, sans espérances, et plus vraisemblablement portée à lui vider les poches qu'à les remplir. Leur décision de se marier avait donc, pensait-il, été prise raisonnablement, logiquement et après mûre réflexion, d'autant que Mlle Barforth était une dame dans la maturité de son âge, douée d'une volonté et d'une force de caractère unanimement connues et appréciées et que, par conséquent, on pouvait en déduire sans risque d'erreur qu'elle savait ce qu'elle faisait.

Ce discours portait la signature de Hannah aussi clairement que ceux prononcés du haut de la tribune par Morgan Aycliffe, et j'avais entendu sa voix, par le truchement de son peu enthousiaste fiancé, me signifier sans détours : « J'ai trente-quatre ans, je n'ai de comptes à rendre à personne et je ferai exactement ce qui me plaît. »

En me raccompagnant à ma voiture, Ira Agbrigg me dit quelques mots de son cru, comme si les circonstances exigeaient un peu d'émotion de sa part ou un déploiement d'abnégation paternelle : « Elle aime beaucoup Jonas, vous savez, et elle croit pouvoir en faire quelque chose. » Je fus encore plus attristée et je ne savais vraiment pas, tandis que je m'éloignais, comment faire pour rendre compte de tout cela à Joel.

C'était un après-midi superbe, les arbres commençaient à prendre les teintes dorées de l'automne, le ciel bleu était voilé d'une brume imperceptible qui virait au safran vers l'horizon, et la route de Tarn Edge me parut plus courte, parce que je n'étais pas pressée d'y arriver et qu'aucune rencontre ne vint retarder mon arrivée à l'endroit où la maison de Joel se dressait déjà comme une cathédrale.

L'extérieur était terminé, avec ses pignons gothiques qui allégeaient l'aspect massif des murs de pierre où foisonnaient, dans les moindres recoins, chapiteaux et mascarons sculptés de fleurs, de fruits ou de têtes mythologiques aux chevelures emmêlées. L'entrée principale était plus large, plus haute, ornée de plus de colonnes et de fer forgé que celle de la salle des fêtes de Cullingford ; le grand hall, encore nu, était plus long, plus large et avec un plus grand nombre de portes et de dégagements ; l'escalier était plus imposant, et sa courbe plus gracieuse donnait accès à un palier intermédiaire plus vaste que le salon de ma vieille maison de Lawcroft, éclairé par un immense vitrail où étincelaient les rubis, les émeraudes et les saphirs. C'était bien là la maison de Joel, la vitrine où déployer les symboles de sa réussite et devant le perron, d'ailleurs, il y avait déjà son phaéton, à côté d'un élégant équipage que je ne reconnaissais pas, dont le cocher maussade se tenait à la tête des chevaux.

La maison sentait encore le plâtre et la peinture fraîche, mais c'était une sorte d'énorme caverne dont la pénombre me fit grand bien après la chaleur poisseuse du dehors ; son silence était en quelque sorte souligné par des bruits de marteau, de scie maniés par des ouvriers invisibles, et cela me faisait l'effet des premières respirations d'une maison en train de prendre vie. Sous mes pieds, le plancher nu, l'escalier sonore cliquetèrent joyeusement lorsque je suis montée explorer et me perdre dans ces pièces inconnues où, par l'esprit, j'arrangeais des meubles, j'imaginais surtout Blaise, Nicolas et Caroline, j'entendais les jappements joyeux de mes chiots, je sentais presque les odeurs des marmites où Mme Stevens concoctait ses bouillons, ses potions et ses parfums ; je voyais Hannah arriver en visite accompagnée du sournois Jonas et de son mari rougissant d'embarras ; Elinor, sa chaise longue tirée près de la fenêtre, continuerait à languir en ayant déjà oublié des lettres qui n'étaient jamais arrivées, en oubliant tout, sauf, peut-être, qu'elle était si lasse. Et puis, comme un coup de poing, une vision me fit douter de ma propre réalité, de celle de cette maison où je ne savais plus ce que je faisais, de mes intentions, de mon nom même, obnubilée par l'image précise de la ruelle où donnait l'arrière du Tonneau rouge, tandis qu'une voix obsédante – était-ce celle de Charles ou la mienne ? – me répétait qu'il suffisait d'ouvrir la porte.

Ce fut une fenêtre qui se présenta la première et dont j'ouvris d'une main mal assurée le châssis rétif et trop neuf pour aspirer l'air dont j'avais soudain besoin ; penchée au-dehors, remise de ma suffocation, je vis alors Joel traverser ce qui serait le jardin en compagnie d'une grande femme maigre, nu-tête, en qui je reconnus Estella Chase.

Je l'avais vue, pour la dernière fois, à un bal de la salle des fêtes où elle était arrivée tard, comme d'habitude, avec le groupe des Corey, des Corey-Manning, de M. Dalby et de ma mère, et où elle avait jeté à Joel un regard sur lequel il était impossible de se méprendre, avant de lui poser une longue main nonchalante sur le bras et d'offrir à sa vue les lignes sèches de son grand corps racé de manière qu'il ne les oublie pas. Revenue de Londres depuis peu, elle était en train de faire exactement la même chose, s'approchait, s'écartait, s'offrait et se dérobait avec une habileté censée éveiller – ou réveiller – ses appétits masculins. Il n'y avait certes aucune raison pour que je ne les hèle pas de ma fenêtre en leur faisant un amical signe de la main, pour que je ne redescende pas jouer mon rôle de maîtresse de maison ; pourtant, un incompréhensible instinct me poussa à garder le silence et à me poster légèrement en retrait quand ils s'arrêtèrent juste au-dessous de moi.

— Nous dînons chez les Flood ce soir, lui dit-elle, et je ne peux pas m'attarder. Mais maintenant que je suis de retour, j'espère que nous nous reverrons plus souvent.

— Avec plaisir.

Il avait répondu distraitement, impatient de la voir partir, car les maçons et les menuisiers attendaient ses ordres et, en ce moment précis, sa maison comptait infiniment plus pour lui que la plus désirable des femmes.

— Permettez-moi de vous raccompagner à votre voiture, reprit-il en lui tendant la main pour l'aider à marcher sur le sol accidenté.

C'est alors qu'il leva les yeux par hasard et me vit à la fenêtre, et c'est en me fixant du regard qu'il attira dans ses bras une Estella Chase décontenancée, pour l'embrasser avec une lenteur calculée, de sorte que je puisse bien voir leurs lèvres se rapprocher, leurs langues s'affronter joyeusement, le frémissement du corps de pouliche maigre qui se pressait soudain contre celui de Joel avec une impatiente excitation qu'il ne ressentait sans doute pas lui-même.

— Joel, mon chou, je croyais que vous aviez oublié...

— Comment l'aurais-je pu ?

— Oh ! le plus facilement du monde, volage comme vous l'êtes ! Savez-vous que j'étais décidée à vous oublier, moi ?

Elle leva de nouveau son visage vers lui pour l'offrir à un autre baiser et, sans savoir comment, je me suis retrouvée adossée au mur nu, pressée contre le plâtre comme pour m'y incruster, les poings serrés, les nerfs tendus et le corps vibrant sous les coups de boutoir d'une gigantesque fureur Barforth qui ne demandait qu'à s'extérioriser.

« Il me le paiera, me suis-je dit, les dents serrées. Je lui ferai mal, très mal, et il me le paiera... »

Alors, se frayant un chemin à travers les grondements et les convulsions de ma rage, j'entendis la voix douce et calme de ma mère me dire précisément comment y parvenir. Joel avait embrassé cette femme sans en avoir envie, dans le seul but de me blesser ; il ne fallait donc pas lui montrer qu'il avait réussi. Je n'allais pas lui accorder le plaisir d'une scène, je ne le flatterais pas par une explosion de jalousie. Je ne devrais lui donner que ce que sa vanité, précisément, redoutait le plus : de l'indifférence. Aussi est-ce en courant presque que j'ai quitté la pièce, que j'ai dévalé l'escalier, traversé le vestibule et franchi la grande porte de chêne pour me retrouver face à face avec eux au moment où ils tournaient le coin de la maison.

— Tiens, vous voilà, dit Joel.

Il affectait le sang-froid le plus imperturbable, mais je pouvais le sentir frémissant de plaisir anticipé à l'attente de ma réaction. Je ne sais comment j'ai réussi à parler d'un ton calme, presque léger, quand tout en moi tremblait encore de rage et de douleur.

— Oui, mon ami. Je vois que vous êtes arrivée, vous aussi. Madame Chance, quelle bonne surprise ! Contente de vous revoir.

— Chase, me répondit-elle. Je m'appelle Chase. Je passais par ici en voiture et je n'ai pu résister à la curiosité de voir le palais que vous vous faites construire.

— Il est tout naturel que vous ne puissiez résister, chère madame. Maintenant que vous êtes de retour, j'espère que nous nous reverrons plus souvent.

En m'entendant citer textuellement ce qu'elle avait dit quelques instants plus tôt à Joel, elle eut un très léger haut-le-corps, vite réprimé, et me dévisagea de ses yeux froids :

— Oh… Oui, bien sûr. Mais le temps passe, il faut vraiment que je me sauve. Au revoir, madame… Monsieur.

Nous avons regardé dans un silence pesant s'éloigner sa voiture.

— Elle est sûrement vexée que vous ayez fait semblant d'oublier son nom, dit enfin Joel.

— Franchement, mon ami, c'est le cadet de mes soucis.

— Je vois… Votre conduite m'étonne, Virginie. Je ne vous avais encore jamais vue vous donner le mal de détester quelqu'un. Que vous a donc fait Mme Chase pour mériter un tel honneur ?

— Ce genre de femmes m'assomme, c'est tout. Elle se croit Dieu sait quoi, mais sans ses robes de Londres et ses manières de snob les hommes ne lui donneraient même pas un shilling en la trouvant dans un pub.

— Vous la jugez donc comme une femme légère ?

— Quand je pense à elle, ce qui m'arrive rarement.

Nous remontions à pas lents vers la maison, et Joel s'arrêta subitement.

— Admettons qu'elle soit légère, en quoi cela vous dérange-t-il ? Ma sœur Elinor peut, elle aussi, se faire taxer de légèreté, vous le savez aussi bien que moi, et vous avez pourtant sorti vos griffes pour prendre sa défense. Je m'étonne vraiment de plus en plus de vos inconséquences.

— Elinor n'a rien à voir dans tout cela.

— Est-ce si sûr ? N'a-t-elle réellement rien à voir dans la manière dont vous avez changé, depuis quelque temps ?

— Je n'ai pas du tout changé.

— Est-ce bien sûr ?

— Parfaitement. Je suis comme j'ai toujours été, et, si vous pensez autrement, c'est que vous avez peut-être tout simplement mal regardé.

— Ah ! c'est donc que je vous néglige ! Avez-vous d'autres sujets de mécontentement ?

Sous son ton d'une légèreté exagérée, je pouvais entendre une autre voix me dire, me crier presque : « Allons, Virginie, mords à l'appât, bats-toi, mords-moi, griffe-moi ! » Mais je connaissais désormais une autre manière, plus subtile et sans doute plus efficace, de le mordre, aussi ai-je répondu avec la désinvolture aérienne de ma mère :

— Mais aucun, mon ami, aucun ! Quelle idée, voyons !

Nous avons repris notre chemin vers la maison, côte à côte, comme deux êtres policés et courtois, pour parler de tentures, de tapis, d'Ira Agbrigg et autres sujets indifférents. Mais je ne savais pas qui avait gagné cette escarmouche, ni même pourquoi elle avait eu lieu. Je savais simplement que j'avais le cœur en peine, l'âme lourde, le corps soudain très las, et que je ne voulais pas continuer de vivre ainsi.

32

Dans le courant de septembre, après une journée en selle à débarrasser ses terres de renards importuns, le chevalier Dalby ressentit à la poitrine une vive douleur qui, en refusant de disparaître obligeamment d'elle-même, eut pour effet de le clouer six semaines au lit, quand le temps était idéal pour chasser, et de renforcer son désir d'épouser ma mère.

— C'est uniquement à cause de sa succession, me dit-elle un jour où j'étais allée leur rendre visite à tous deux. Son fils est mort, c'est son petit-fils qui doit tout hériter, et il n'a jamais pu s'entendre avec sa belle-fille, remariée depuis, si bien qu'il est persuadé que celle-ci et son mari n'auront rien de plus pressé que de m'expulser de mon cottage dès qu'il aura rendu le dernier soupir. J'ai beau lui dire, à ce cher homme, qu'il y a des cottages partout et que j'ai largement de quoi subvenir à mes besoins, il ne veut pas me croire. Il voit déjà le jeune chevalier me chasser indignement de Patterswick et menacer de lâcher ses chiens si je faisais mine d'y retourner, et il refuse absolument de m'écouter quand je lui dis que j'irais tout bonnement m'installer à Redesdale, à Floxley ou même, pourquoi pas, chez toi.

— Vous feriez peut-être mieux de l'épouser, en effet.

— Il va falloir que j'y pense, c'est bien la moindre des choses après toutes ses bontés. Ce cher vieux Dalby, vois-tu, a réussi à se convaincre qu'il n'en a plus pour longtemps en ce bas monde, et c'est par galanterie, je crois – autant sans doute que pour ennuyer sa bru – qu'il a si fort envie de me prendre pour femme. Mais entre nous, ma chérie, je crois que, bien soigné, il peut vivre encore de longues années, et si jusqu'à présent j'étais décidée à ne pas me remarier, j'avoue qu'il ne me déplairait peut-être pas, en fin de compte, de me retrouver châtelaine.

Leur mariage eut lieu à Patterswick à la mi-novembre, dans l'église décorée, non sans à-propos, de fleurs automnales ; quand elle fit son entrée au bras de Joel, ma mère avait cependant l'air assez jeune pour causer une vive consternation dans la famille du marié, et les plus âgés d'entre les Dalby, à qui l'on avait dit que la mariée était veuve et grand-mère, n'en croyaient pas leurs yeux. Son cortège était uniquement composé de jeunes enfants, Caroline et ses trois cousines Aycliffe, en robes blanches et ceintures roses.

— Il n'est pas question qu'elles soient demoiselles d'honneur en ce moment ! s'était indignée leur tante. Ce serait même grotesque et franchement de mauvais goût quand on connaît l'état de leur famille.

Hannah était pourtant elle-même dans une position délicate, car l'annonce de ses fiançailles avait soulevé dans Cullingford des réactions plus qu'humiliantes pour elle. Le chœur des mauvaises langues était mené par Emma-Jane qui, feignant commodément d'oublier que Hannah avait repoussé M. Ashley et M. Brand, se disait atterrée par les mesures désespérées que se croyaient obligées de prendre les vieilles filles ne voulant pas être laissées pour compte.

— Je n'ai jamais été aussi choquée de ma vie, me dit-elle avec un plaisir évident et une mine exceptionnellement resplendissante. Je me demande vraiment ce qu'attend Joel pour mettre fin à ce scandale ! Il est vrai que M. Agbrigg et lui ont toujours entretenu des rapports étroits et partagent sans doute bien des secrets – comme Lucy Oldroyd et moi, dans un sens. Nous ne pouvons évidemment pas nous permettre de nous brouiller, car nous en savons trop l'une sur l'autre…

Ce sera quand même bien pénible pour toi, ma pauvre amie, d'être obligée de recevoir cet homme chez toi, de l'entendre t'appeler par ton petit nom et de forcer tes enfants à lui dire «oncle». Nous autres, bien entendu, nous ne l'inviterons pas, mais toi, Virginie, tu ne vas pas pouvoir y échapper. Ma pauvre chérie, que je te plains ! Dieu merci, nous n'aurons pas non plus à assister au mariage, car je ne pourrais pas m'empêcher de sangloter. Quelle honte pour ta famille !

Confrontée journellement à des avanies de ce genre, Hannah était trop troublée pour accorder sa vigilance habituelle au problème des demoiselles d'honneur de ma mère, et fut donc prise de court quand celle-ci, passant résolument par-dessus sa tête, écrivit à M. Aycliffe à Londres pour lui faire part de son mariage avec un gentilhomme jouissant d'une importance considérable dans la région, et le prier d'autoriser ses filles à faire partie du cortège.

Elle arriva chez moi un beau matin en brandissant une lettre :

— Permission accordée ! M. Aycliffe me présente fort civilement ses félicitations et, sans l'exprimer aussi nettement, admet qu'il paraîtrait impoli, ou à tout le moins bizarre, d'interdire aux petites de figurer à la cérémonie. Et nous savons combien M. Aycliffe redoute l'impolitesse et la bizarrerie ! Pour éviter tout commentaire déplacé, il faudra naturellement que j'invite aussi Elinor, ne serait-ce que pour donner l'impression d'une famille heureuse et unie. Mais non, ma chère Hannah, mais non, il n'y a absolument pas lieu de s'affoler ainsi, voyons ! Nous n'allons quand même pas voir surgir M. Adair, monté sur un blanc destrier, qui enlèvera à notre barbe la dame de ses pensées, c'est enfantin ! De toute façon, ni les Hobhouse ni les Oldroyd ne viendront et nous n'aurons aucun problème avec cette pauvre enfant, rassurez-vous. Au fait, Virginie, occupe-toi dès à présent de lui faire faire une robe, car, à moins que son mari n'accepte de lui rendre les siennes, elle arriverait à l'église dans un bien triste état.

Mais Morgan Aycliffe n'avait nullement l'intention de laisser son épouse remettre ses mains volages sur les coûteuses toilettes qu'il s'était laissé extorquer, dans la crainte sans doute qu'elle ne les vende pour financer son évasion ou, pire encore, qu'elle ne les porte pour séduire de nouveaux amants.

M. Aycliffe m'a donné des instructions très précises sur ce point, m'avait déclaré Mme Naylor, son intendante, en me recevant debout dans le vestibule avec une politesse si peu marquée que j'ai compris que je devais être, moi aussi, considérée comme suspecte. Il m'a dit de lui faire parvenir des sous-vêtements, des effets de nuit, des brosses sauf celles en argent, des objets de toilette et deux robes de jour, ce que j'ai fait. Je tiens à votre disposition la liste approuvée par M. Aycliffe et vous constaterez qu'elle a reçu tout ce à quoi mon maître estimait qu'elle avait droit. En l'absence de nouvelles instructions, vous comprendrez qu'il m'est impossible de prendre des initiatives…

En quittant cette maison de plus en plus sépulcrale – qui me donnait l'envie de me poster dans le jardin cerné de hauts murs et coupé de haies pour y hurler à pleine gorge quelque chanson obscène –, j'étais allée tout droit à Millergate y faire l'emplette d'un coupon de satin bleu ciel, d'une capeline à la coiffe ornée de roses blanches et d'une plume du plus bel effet, et je suis rentrée dire à Mme Stevens de sortir ses aiguilles et de se mettre à l'ouvrage.

M. Aycliffe avait, naturellement, été fort mécontent de la manière dont ma mère était intervenue dans ses affaires en détournant ses ordres les plus formels ; sans oser revenir sur son autorisation en ce qui concernait ses filles, il avait spécifiquement et résolument interdit qu'elles aient la moindre conversation avec leur mère.

— Bah ! commenta la mienne. Elles n'auront pas grand mal à obéir, elles n'ont jamais su dire autre chose que merci et s'il vous plaît, ce qui peut difficilement passer pour du bavardage.

Le talent de Rosamonde Boulton ne s'était pas évanoui en même temps que ses espérances et sa beauté, et les quatre petites filles qui firent cortège à ma mère dans l'église de Patterswick étaient habillées à ravir. Elles s'avançaient sagement deux par deux, Caroline au premier rang avec Prudence, l'aînée, dont les fins cheveux châtain clair et les traits anguleux me rappelaient douloureusement ceux de Charles, puis Cecilia, la blonde cendrée, et Julia, d'un blond pâle argenté ; Caroline les dépassait toutes trois de presque une tête, beaucoup plus vigoureuse d'allure, plus vive. Ses boucles brunes ressortaient de manière frappante sur le satin blanc de sa robe.

À deux pas devant, Joel lui-même resplendissait au bras de la mariée, et jouait à la perfection son rôle de gendre plein de galanterie, allant jusqu'à lever respectueusement la main de ma mère à ses lèvres avant de la laisser à son promis, si ragaillardi qu'il avait retrouvé son allure de jeune homme.

Joel me rejoignit ensuite près d'une stalle et j'ai jeté un coup d'œil autour de moi. L'église était bondée, ce qui était assez facile compte tenu de sa taille. Il y avait la cohorte des fermiers et des serviteurs, massés sur les derniers bancs ; le jeune Félix, héritier putatif, à côté de sa mère ; le colonel Corey, cousin du chevalier Dalby comme de sir Giles Flood, assis derrière eux en compagnie d'Estella Chase, sa fille ; et une foule assez dense de nobles châtelains et compagnons de chasse venus avec leurs épouses dans leurs plus beaux atours. De l'autre côté de la nef, côté de la mariée, Joel et moi étions au premier rang et formions un couple fort élégant, je crois, avec nos deux fils, Blaise en velours bleu et Nicolas en velours chocolat ; Elinor et Mme Stevens étaient derrière nous et, derrière encore, Hannah – l'allure toujours majestueuse dans une robe de soie marron égayée d'un col de dentelle crème – accompagnée d'Ira Agbrigg, visiblement sur des charbons ardents, et de Jonas qui avait l'air au septième ciel, tandis que la petite Maria avait été reléguée au bout du banc et disparaissait presque derrière un pilier.

L'inclusion des Agbrigg dans cette cérémonie familiale avait, comme bien l'on pense, donné lieu à de véhémentes discussions car Joel, s'il ne s'opposait pas formellement au mariage de sa sœur, le voyait toujours d'un mauvais œil.

— Si M. Agbrigg n'est pas invité, ne comptez pas sur moi ! avait dit Hannah de manière à être entendue par son frère.

Mais Joel refusait toujours de prendre une décision sur cette question épineuse – il refusait même, ces derniers temps, toute conversation avec moi sur tout autre sujet que sur les problèmes de la vie quotidienne –, si bien que ma mère, après avoir servi la cause d'Elinor, crut ne pas pouvoir faire moins pour Hannah et prit sur elle d'aller en personne porter l'invitation aux Agbrigg.

— Tu peux me remercier, ma chère Hannah, lui dit-elle ensuite. J'ai vraiment une bonne nature, contrairement à ce que pense ton frère, qui était enragé en apprenant ce que j'ai fait. Mais, comme il n'avait pas clairement exprimé ses intentions, je ne vois pas pourquoi il me ferait des reproches. Ce jour-là, de toute façon, il sera tellement enchanté d'avoir mené sa belle-mère à l'autel pour qu'elle devienne lady Dalby de Patterswick qu'il ne pensera plus au reste, crois-moi.

Malgré ses protestations, Joel avait en effet salué civilement Ira Agbrigg en descendant la nef, tout comme il avait salué le colonel Corey et la brochette de gentilshommes campagnards, pour qui l'argent n'était respectable que s'il venait de la terre, et il éprouvait, comme sa mère l'avait prévu, une intense jubilation à cette intrusion de la bourgeoisie dans leurs rangs. Ils jouissaient, certes, de privilèges, ils pouvaient s'enorgueillir de l'ancienneté de leur lignage, et aucun ne s'était, comme lui, souillé les mains au contact de machines graisseuses et de billets de banque ; mais un jour viendrait où la noblesse d'un homme se mesurerait à son compte en banque, et ce jour-là Joel Barforth les dominerait tous comme un ogre des nabots.

Je vis Estella Chase lui lancer un regard en coin et esquisser un sourire, sans doute au souvenir de leurs plaisirs, et je n'ai pas pu voir en elle une ennemie, car elle ne m'accordait probablement jamais une pensée ; la simple évocation de la rage ressentie cet après-midi-là à Tarn Edge me poussa cependant à en détourner au plus vite mon attention pour la reporter sur ma mère qui, dans des flots de dentelle ivoire, était en train de prononcer ses vœux.

Je ne fus pas soulagée pour autant. Onze ans plus tôt, dans une église toute pareille, j'étais à sa place et je prononçais les mêmes paroles qui me liaient à un grand cousin que je connaissais à peine. Je n'en avais respecté aucune, lui non plus – sauf une. Nous ne nous étions jamais aimés, ni n'en avions même considéré l'éventualité. Il ne m'avait pas plus respectée que je ne lui avais obéi ; en revanche, il m'avait toujours donné ses biens terrestres – qui avaient été les miens – et continuait à le faire à mesure que son habileté les faisait croître et se multiplier. Dès le début, notre mariage n'avait été qu'un arrangement financier, une entreprise commerciale qui, après notre déménagement à Tarn Edge, ne nous obligerait même plus à partager le même lit. Je devais, en effet, avoir mon propre appartement séparé du sien par un cabinet de toilette plus vaste que notre chambre conjugale de Maison Haute, de sorte que, s'il lui plaisait de rentrer à l'aube ou de ne pas rentrer du tout, il n'aurait même plus à se justifier ou à inventer des excuses – que je ne lui demandais d'ailleurs pas plus qu'il n'en fournissait lui-même. À l'instar de ménages aux habitudes raffinées et du meilleur ton, comme les Chase et bien d'autres, je n'aurais à connaître ses allées et venues que si je souhaitais en être informée, et cette preuve de mon indifférence quant à sa conduite était un symptôme du malaise qui régnait entre nous.

Je pouvais cependant me poser des questions, et j'avais même tendance à le faire de plus en plus souvent.

Qu'étais-je pour Joel, que représenterais-je jamais pour lui ? Au début, je n'étais que la petite sœur d'Edwin Barforth, cousine bien élevée, fortunée, sûrement pas destinée aux coureurs de dot de son espèce. La mort d'Edwin avait fait de moi une sorte de trésor, pour la possession duquel il se serait joyeusement fait couper le bras droit. Et maintenant, en écoutant la litanie des paroles sacramentelles, je me rappelais sa gêne de notre nuit de noces, je comprenais – comme je ne l'avais pas compris alors – l'extrême difficulté qu'il avait dû ressentir, lui le séducteur impénitent, à franchir l'obstacle, à transgresser le tabou qui sépare un homme d'une femme de son sang, presque sa sœur. Cette nuit-là, il avait pourtant fait son devoir. Se pourrait-il, dans ces conditions, que maintenant que je lui avais donné trois enfants et que je paraissais incapable – ou réfractaire – à lui en donner d'autres, il ait décidé de mettre fin à la corvée de nos rapports sexuels ? En reprenant, en réaffirmant ostensiblement sa liberté, m'accordait-il implicitement la mienne ? Me signifiait-il, de manière détournée : « J'ai besoin de vos talents de maîtresse de maison, parce qu'ils me flattent, j'ai besoin de vous pour organiser mes mondanités, le confort de mon foyer et l'éducation de nos enfants. J'ai besoin de vous pour exhiber mes perles, mes diamants et mes fourrures, afin que le monde sache que je suis riche et généreux. Mais je n'ai plus besoin de vous pour l'amour, qui est un devoir pesant entre nous. Faites comme bon vous semble et je ferai de même, mais soyez discrète pour que je n'en aie pas officiellement connaissance. »

C'était une hypothèse excitante, tentante, mais il était périlleux peut-être de s'y attarder ; sous son vernis londonien, ses manières qui se raffinaient de jour en jour, sa jaquette gris perle suprêmement bien coupée et ses coûteuses lotions parfumées, Joel restait un natif de la vallée de la Law, un de ces hommes élevés dans un monde exclusivement masculin, nourris de principes d'une moralité à sens unique où le plaisir était strictement réservé aux hommes, et le péché aux femmes. Chez nous, seuls les hommes pouvaient faire l'amour par plaisir, les femmes respectables, c'était par devoir, les courtisanes par profession ; et il était parfaitement vraisemblable que Joel aurait beau jouer avec toute l'habileté du monde aux jeux de la noblesse – au point de faire illusion, un jour peut-être, sur ses origines –, et se sentir réellement flatté d'avoir réussi la conquête d'une aristocratique pouliche comme Estella Chase, j'étais sûre qu'il ne la considérerait jamais, au fond, que comme une catin de grand luxe. De même, s'il appréciait volontiers les femmes légères – et respectait sans doute celles capables de lui soutirer de fortes sommes – j'avais malheureusement la certitude que, en digne héritier des traditions de notre race, il voulait que sa propre épouse soit au-dessus de tout soupçon.

Joel n'avait donc plus envie de moi – en étais-je si sûre ? Naturellement, quelle question ! –, mais il ne tolérerait jamais que j'appartienne à un autre, car il ne fallait pas qu'on puisse un jour se moquer de lui, comme il était, lui-même, toujours prompt à se gausser des infortunes du capitaine Chase. Pourquoi, alors, quand je lui avais jeté ses infidélités à la figure, ne s'en était-il pas défendu, n'avait-il pas proféré de menaces, bafouillé des excuses ou des mensonges, comme je m'y attendais ? Pourquoi, aussi, m'avoir délibérément forcée à le regarder embrasser Estella Chase ? Avait-il voulu me provoquer, me mettre à l'épreuve – mais laquelle ? –, ou était-ce une façon de me dire : « Me voilà tel que je suis, et maintenant que nous le savons tous deux, soyons honnêtes l'un avec l'autre. Redevenons cousins dans la vie privée et allons chacun tranquillement de notre côté. » Mais alors, pourquoi, depuis ce jour-là, ne m'adressait-il pratiquement plus la parole, ou ne le faisait-il que de fort mauvaise grâce ? Pourquoi, de mon côté, avais-je cédé à une telle explosion de rage quand il n'y avait déjà presque plus de place, dans mon cœur et dans mon esprit, pour quiconque que Charles ? Plus grave encore, si c'était là le compromis que m'offrait vraiment Joel, et si je l'acceptais, en resterais-je moralement intacte ? En combien de temps mon amour pour Charles allait-il dégénérer et moi, à l'exemple de Joel, devenir une sorte d'aventurière blasée, à la poursuite d'un plaisir toujours fuyant ?

J'en prenais presque le chemin... À tout moment, désormais, je courais à la boutique du marchand d'ivoires où Dinah McCluskey me prenait en charge pour me convoyer jusqu'au Tonneau rouge. Une douzaine de fois, déjà, j'avais ouvert et refermé la porte de Charles ; une douzaine de fois, déjà, j'avais vécu un phénomène étrange de dédoublement de ma personnalité. En franchissant le seuil, je me retrouvais jeune fille à son premier amour, je ne pensais qu'à lui, je ne voyais que lui. Mais dès l'instant où je reposais le pied sur les marches grinçantes de l'escalier, je redevenais la maîtresse de maison avec un dîner de vingt couverts à prévoir, un paquet à chercher à la diligence de l'après-midi, des courses à faire, des enfants à aller chercher à l'école. J'étais d'autant plus consciente des risques encourus, et je les prenais d'autant plus volontiers que Charles était plus que jamais mêlé à des activités politiques qui lui feraient bientôt quitter la région, si bien que, faute d'avoir le courage – ou la folie – de le suivre, il me faudrait lui donner une ultime preuve d'amour en lui rendant sa liberté et sa parole.

Au son d'un carillon de liesse, ma mère quitta l'église, devenue lady Dalby de Patterswick, et s'arrêta sous le porche pour recevoir les félicitations des invités. Nous sommes restés au soleil à échanger des réflexions unanimes sur l'incroyable jeunesse d'allure de ma mère, et – là les propos variaient selon ceux qui les prononçaient – sur l'invraisemblable bonne fortune du chevalier pour avoir, à son âge, trouvé une si ravissante épouse, ou sur l'exceptionnelle réussite de ma mère, que ses origines fort communes et son statut de veuve d'un marchand drapier n'avaient pas empêchée, on se demandait comment, de décrocher un gentilhomme à vingt quartiers de noblesse.

Estella Chase me tendit deux doigts mous et indifférents en guise de salutations :

— Votre ressemblance avec votre mère est remarquable, me dit-elle en étouffant un bâillement. Mon père et moi en avons été frappés.

Mais le colonel Corey, naguère encore d'allure martiale et de tempérament cordial, souffrait trop douloureusement de récentes et persistantes attaques de goutte pour avoir la tête à autre chose qu'à soulager ses membres endoloris, et ce fut en grande partie par égard pour lui que nous avons coupé court à nos observations et pris le chemin du château.

C'était une demeure fort antique et que je trouvais assez petite, maintenant que mon regard était accoutumé aux splendeurs ostentatoires de Tarn Edge ; mais elle était imprégnée d'une telle richesse de vies successives, de souvenirs, de joies et de peines qui patinaient les murs et les boiseries, que le palais de Joel, par comparaison, redevenait ce qu'il était, un coûteux tas de pierres inanimées. On avait d'abord érigé deux tours, pour se défendre contre les incursions des Écossais, les raids des Lancastre ou des «collets ronds» de Cromwell, ou tout simplement contre les entreprises belliqueuses des voisins de campagne des Dalby de l'époque qui, en des temps moins troublés, avaient ajouté des pièces au gré de leur fantaisie ou de leurs besoins, un immense vestibule avec une galerie en surplomb, un labyrinthe de corridors et d'escaliers plus ou moins dérobés, aux planchers craquants ou affaissés, aux murs ventrus dont le seul aspect évoquait la présence de chambres secrètes et d'oubliettes contenant encore les ossements d'un ennemi capturé, d'un parent dément ou d'une femme infidèle.

Aujourd'hui, cependant, tout était lumière et gaieté dans le grand hall aux dalles inégales, décoré de branchages et de fleurs, avec des troncs d'arbres pétillant dans l'immense cheminée de pierre au manteau nu dont la tablette ne portait, pour seule décoration, qu'une série de pots et d'assiettes en étain, souvenirs peut-être des festins d'Henry VIII. Le long des murs, un énorme coffre en chêne bardé de ferrures, un gigantesque buffet, en chêne lui aussi, aux planches couturées et disjointes, plusieurs chaises de bois sans aucun confort, et une table presque aussi longue que la pièce où attendait un lunch visiblement prévu pour rassasier une troupe de gaillards après une longue journée à cheval dans la campagne. Tout cela formait un cadre rude, orgueilleux dans son dépouillement, et à peine adouci par la lumière qui pénétrait à flots par une vaste fenêtre occupant un mur presque entier ; les petits carreaux cernés de plomb portaient les armoiries des familles nobles de la région alliées aux Dalby – les Ramsden de Huddersfield, les Tempest de Bradford, les Winterton de Floxley, les Flood de Cullingford ou les Grey de Redesdale – et entouraient le propre blason des Dalby, auquel ma mère ne pouvait rien ajouter que son charme et son esprit.

Parfaitement à son aise au milieu de ce déploiement de symboles héraldiques, elle allait sereinement des uns aux autres, avait un mot, un sourire pour chacun, une attention pour celui-ci, un geste plein de sollicitude pour celui-là ; et tandis que je la regardais, je vis tout à coup se dessiner le visage de mon père et j'ai senti des larmes me brouiller la vue.

— Occupe-toi un peu des Agbrigg, me murmura-t-elle en posant la main sur mon bras. Personne ne leur parle et Hannah a déjà l'air folle de rage. Pendant que tu y es, ma chérie, va donc dire à Elinor que, si elle veut passer une demi-heure tranquille avec ses enfants, je pourrai très facilement m'arranger, la maison est assez grande pour cela.

Elinor, cependant, secoua la tête et garda son regard morne.

— À quoi bon ? Remercie ta mère de sa gentillesse, mais cela ne ferait qu'embarrasser ces pauvres petites. Elles sont déjà timides et peureuses, et Dieu sait ce que Mme Naylor et leur gouvernante leur ont raconté sur mon compte. Laissons-les donc jouer et courir dehors, elles n'en ont pas si souvent l'occasion.

Inquiète de la voir si apathique, je voulus insister, et elle eut un geste d'impatience :

— Que veux-tu donc que je leur dise ? À quoi cela servirait-il ? Ce sont des filles, comme toi, comme moi, comme Hannah l'avons été, et je ne veux décidément rien avoir à faire avec des filles ! Elles se marieront un jour, leur père s'en chargera, et je ne veux vraiment pas être au courant de ce genre de choses. Elles n'ont sûrement pas besoin de mon exemple, car on peut difficilement dire que ma vie soit une réussite ! Non, je préfère aller parler à ma sœur. Pauvre Hannah, je n'aurais jamais cru qu'elle puisse un jour avoir besoin de moi, mais c'est pourtant l'occasion ou jamais. Je vais dire des choses aimables à M. Agbrigg – je ne crois pas qu'il nous aime beaucoup, tu sais – et flatter son fils, ce qui ne me demandera pas grand effort. Regarde, ajouta-t-elle en me montrant la fenêtre, les enfants jouent comme des fous. Je n'avais encore jamais vu Julia sauter à cloche-pied ! Laissons-les donc s'amuser tranquillement.

Julia sautait en effet à cloche-pied, en faisant voler ses bouclettes aussi blondes que celles de sa mère, en oubliant tout ce qui n'était pas l'air pur et stimulant, le soleil et le plaisir rarissime de se sentir libre. Derrière elle, Prudence, Cecilia et Maria Agbrigg sautillaient sur place en formant un cercle autour de Caroline qui leur expliquait quelque chose, organisait, décidait, en affectant soigneusement de ne pas s'occuper de ses frères, absorbés non loin de là dans un conciliabule secret avec Félix Dalby et un autre jeune garçon, un Winterton de Floxley, je crois.

— Quelle délicieuse enfant que votre fille, et quelle étonnante personnalité, pour son âge, me dit une voix.

Je me suis retournée pour reconnaître le sourire éclatant et parfaitement factice de lady Winterton. On disait Floxley

Park lourdement hypothéqué, par suite de dépenses excessives et d'une gestion aberrante, et je me suis demandé si Joel, en se vantant d'acheter un jour un titre à sa fille, n'avait pas en fin de compte raison.

— Sont-ce là vos fils ? poursuivit-elle. Quels solides petits hommes, et quel gage pour l'avenir, surtout quand on a un patrimoine à faire fructifier. Je viens si rarement à Cullingford – quel changement, quand je pense au charmant petit bourg de mon enfance... Nous l'avions toujours considéré comme la ville de mon cousin Flood, mais j'ai plutôt l'impression que c'est celle de votre mari, désormais. J'aurais grand plaisir à vous laisser ma carte, à mon prochain passage.

L'effort qu'avait dû faire cette femme – une Winterton née Flood – pour mendier une invitation à la fille d'un ouvrier tisserand épouse d'un marchand drapier –, ou était-ce l'inverse ? – causerait sûrement à Joel un plaisir intense. Nous nous sommes fait des sourires, elle a repris son babillage et je l'imaginais déjà en train de dire à son époux, aussi remarquable par son crâne dégarni que par son absence de menton : « Voyons, mon ami, si Estella Chase peut coucher avec le mari, je peux me forcer à prendre le thé avec la femme. Ces gens-là ne savent pas quoi faire de leur argent, et c'est un service à leur rendre que de les conseiller. D'ailleurs, elle est très présentable, cette petite, elle sait parler et se tenir dans le monde, elle ne nous ferait pas honte. La fille aura une dot considérable... Je sais, mon ami, il est impensable de désirer se marier dans un tel milieu, mais ces gens meurent d'envie de nous épouser, et c'est un privilège qu'il ne faut pas hésiter à leur faire payer. »

Quelques instants plus tôt, Elinor m'avait dit : « Ce sont des filles, elles se marieront un jour, et je préfère ne pas être au courant. » Alors, après avoir donné en souriant la réponse qu'espérait cette femme hautaine, j'ai regardé Caroline – qui faisait danser ses boucles brunes sous les regards inintéressés du jeune Dalby et du jeune Winterton –, et j'ai essayé de prévoir son avenir, de m'interposer entre sa jeune vie et les erreurs que j'avais moi-même commises – et qu'elle commettrait à son tour…

33

Notre déménagement pour Tarn Edge eut lieu, dans des montagnes de caisses et de malles, à la fin du mois, et nous laissions Maison Haute inoccupée, comme une récompense que Joel comptait faire miroiter à qui et quand il lui plairait – à Hannah, si elle parvenait à réintégrer ses bonnes grâces, ou à quelque inconnu qu'il s'aviserait de promouvoir par-dessus la tête d'Ira Agbrigg.

Hannah et Elinor firent partie de notre exode, Hannah à titre strictement temporaire puisque la date de son mariage était fixée et que, sans encore y résider, elle exerçait déjà son autorité sur la petite maison de l'usine ; Elinor plutôt comme un bagage laissé en consigne, car la chute du gouvernement whig en novembre allait entraîner des élections, donc le retour de son mari à Cullingford et, par voie de conséquence, des changements probables dans sa vie.

Je m'étais attendue à ce que M. Aycliffe soit choqué, voire franchement mécontent des fiançailles de Hannah, mais il lui avait écrit, ainsi qu'à M. Agbrigg, de chaleureuses félicitations où je voyais la preuve qu'il attachait un grand prix à l'amitié de Hannah, et qu'il appréciait la venue d'un mari dont l'existence couperait court aux commentaires malveillants que leur intimité avait maintes fois provoqués – d'autant que ledit mari n'était évidemment pas du genre à oser protester quand l'honorable parlementaire accaparerait sa femme. Ces fiançailles contestées avaient aussi rapproché Hannah et Elinor, ce qui permettait à M. Aycliffe d'espérer que Hannah réglerait désormais le problème à sa manière, c'est-à-dire pour le mieux.

Durant toute cette période, je n'eus pas une minute à moi tant j'étais prise par les innombrables problèmes que posait notre emménagement, depuis l'engagement de nouveaux domestiques jusqu'à l'installation des meubles et aux lourdes tâches administratives d'une maison de cette importance. Mme Stevens – plus une amie et une dame de compagnie, désormais, qu'une employée – avait rendu avec soulagement le trousseau de clé, symbole de sa charge, pour se consacrer à mon secrétariat et à de menus travaux dont le secret restait entre nous ; à sa place, je voyais maintenant tous les matins la très digne Mme Richmond venant me soumettre les menus du jour et m'offrir ses conseils – elle avait eu l'honneur de servir un baron – pour mener le train de maison digne de mon mari. Nous avions aussi un maître d'hôtel, dont l'une des premières joies fut de m'apporter la carte de lady Winterton sur un plateau d'argent, et deux valets de pied de fort bonne allure –, ils exerceraient, je le craignais, des ravages dans les rangs des femmes de chambre qui, contrairement à ma vieille Marthe-Ellen et à son franc-parler, étaient formées aux manières aristocratiques introduites par Mme Richmond et observaient, en toute circonstance, silence et discrétion.

Car une dame de mon rang n'avait, paraît-il, pas à se soucier de connaître le nom et le visage de ses serviteurs. Elle ne voulait être servie efficacement que par des mains toujours prêtes mais invisibles autant qu'anonymes, et si elle exigeait d'avoir une maison impeccablement entretenue, elle ne désirait pas voir le travail se faire. C'est ainsi que je me suis habituée à ce que des uniformes lavande et des tabliers blancs empesés s'esquivent d'une pièce où il m'arrivait d'entrer, ou disparaissent dans une chambre vide pour éviter de me croiser dans un couloir ; je n'adressais plus la parole à quiconque en dehors de la femme de chambre en chef, qui me servait le thé en robe de soie noire et bonnet de dentelle, et de ma camériste, la jolie et gentille Sally, qui me coiffait et s'occupait de ma garde-robe.

Ce n'est, je crois, qu'une fois la maison entièrement aménagée, meublée et pourvue de son personnel que j'ai pleinement mesuré l'étendue de la réussite de Joel.

— Je veux une maison convenable avant d'avoir quarante ans, m'avait-il annoncé peu après notre mariage.

Il ne les avait pas encore quand nous avons emménagé à Tarn Edge, que je voyais maintenant sous son vrai jour, celui d'un monument érigé à la gloire des machines et, plus encore, au courage et à l'habileté de celui qui avait si bien su s'en servir.

— J'aurais l'impression d'habiter la salle des fêtes ! me dit Emma-Jane Hobhouse en pâlissant d'envie. Tu ne te sens pas mal à l'aise, là-dedans ?

— Quant à lady Winterton, venue en compagnie de ma mère par une belle matinée froide, elle exprima sa jalousie en affectant de ne pas remarquer la maison.

— Quel temps splendide, et comme l'air est pur ! On ne se croirait pas si près de la ville !

Mais je savais Nethercoats et Floxley Park en pleine décrépitude, et le dépit de leurs propriétaires était pour nous une forme de flatterie.

La maison se dressait sur une légère éminence, et le terrain semblait retomber tout autour comme une ample jupe de gazon dont les volants seraient faits de massifs de fleurs et de haies taillées en formes élaborées, rehaussée çà et là par la blancheur d'une statue. Il y avait un pavillon d'été, d'où partait une allée couverte aux murs de treillage festonnés de fougères et de plantes en pots, menant à une calme pièce d'eau parsemée de nénuphars. Au printemps, nous verrions fleurir un tapis de jonquilles, des forsythias, des lilas, des massifs de rhododendrons aux nuances étagées du rose pâle au pourpre, suivis naturellement de toute la palette des roses et des œillets. J'allais voir grandir un chêne majestueux, un gracieux saule pleureur ; de nombreux conifères nous tiendraient compagnie l'hiver, et les serres permettraient de faire pousser, en toute saison, les plantes rares grâce auxquelles la maison resterait toujours abondamment fleurie.

Le hall d'entrée était maintenant doté de ses boiseries de chêne sombre, et le vitrail du palier jetait des reflets chatoyants sur le cerf de bronze dressé, grandeur nature, au pied de l'escalier, la haute horloge au coffre d'acajou sculpté, la nymphe de marbre dans sa niche.

Le grand salon, dont les immenses verrières ignoraient l'existence de l'usine à moins de trois kilomètres de là, faisait près de treize mètres sur sept, et son très haut plafond – une merveille de moulures et de sculptures or et bleu – portait deux lustres dont les pendeloques de cristal reflétaient le scintillement de quatre-vingts bougies. Un miroir au cadre doré, qui s'élevait presque jusqu'au plafond, surmontait la cheminée de marbre blanc, ornée d'un cartel Louis XV flanqué de vases de Sèvres. Les pieds des larges canapés de velours s'enfonçaient dans d'épais tapis, sur lesquels paraissaient s'ébattre de délicats fauteuils cabriolets ; le long des murs, des vitrines de style Boulle abritaient les fines porcelaines de Coalport, de Meissen et de Sèvres que nous avions collectionnées avec plus d'enthousiasme que d'expertise véritable. Les lambris sculptés, à hauteur d'appui, dégageaient les murs d'un ton ivoire, décor neutre pour les tableaux italiens, paysages, scènes antiques et mythologiques où des nymphes peu vêtues et des bergers musiciens allaient, sans nul doute, plonger Cullingford dans l'étonnement et la perplexité.

Aussi haute de plafond, la salle à manger avait des boiseries sculptées presque noires, sur lesquelles se détachaient des portraits ovales : Caroline en robe blanche et châle frangé de rose, Blaise et Nicolas en costumes de velours, moi-même aussi, dont les épaules nues apparaissaient dans un nuage de tulle, avec mes perles représentées dans le plus parfait détail –, portrait où ma ressemblance avec ma mère était indiscutable. Au milieu trônait une longue table, polie comme un miroir, et les buffets adossés aux murs étaient ornés de sculptures de fruits, de feuilles, d'amours joufflus. Aux fenêtres, de lourds rideaux de velours sombre, comme celui de la portière derrière laquelle se trouvait la double porte menant au fumoir, pièce de dimensions plus intimes et au décor chaleureux d'étagères de livres et de meubles de cuir qui serait le domaine de Joel, et qui s'ouvrait sur une vaste terrasse donnant, par quelques marches, directement accès au jardin où, les soirs d'été, lui, ses hôtes et leurs cigares pourraient aller prendre le frais.

J'avais mon petit salon donnant sur la même terrasse, pièce toute féminine, claire et gaie, encombrée de tables à ouvrage et à écrire, de guéridons, de fauteuils et de poufs, ainsi que d'un piano – dont je n'avais jamais appris à jouer – couvert d'un châle brodé. À l'exception de ces quelques pièces, de ma propre chambre de soie crème et de dentelles, et de celle de Caroline, qui en était une version à peine moins grande et moins richement décorée, j'ignorais presque entièrement le reste de la maison.

Les cuisines étaient sûrement parfaites et contenaient probablement ce qui se faisait de plus moderne en matière d'appareils et d'ustensiles, mais la cuisine était le domaine des cuisinières, comme la salle d'études celui des gouvernantes, ou l'office celui de l'intendante ; je ne pouvais y pénétrer que sur invitation, tout comme dans la chambre de Joel, dont j'avais eu le temps de voir le large lit à baldaquin, les tapis d'Orient aux couleurs vives et – ce dont tout le monde parlait sans oser y croire – le cabinet de toilette équipé d'une baignoire.

Il va sans dire que cette maison ne fit rien pour la popularité de Joel auprès de ses congénères : quand un homme a de l'argent, dans la vallée de la Law, il ne va pas le dépenser pour des cerfs de bronze ou des tableaux de femmes nues, pas plus qu'il ne s'adonne à des pratiques douteuses, et quasi efféminées, comme de prendre des bains chauds chez soi. Dans une région laborieuse et économe comme la nôtre, on ne va pas investir son argent dans de la porcelaine ou de la toile peinte mais dans de la pierre ou des machines, ou bien on le met soigneusement de côté. On se lave à l'eau froide, on a une seule chambre à coucher, qu'on partage avec sa femme, et si Joel Barforth se mettait maintenant à jouer les pachas et à vouloir se frotter à la noblesse, on ne pouvait qu'en concevoir les plus vives alarmes. Car les bonnes gens de la vallée de la Law n'étaient pas seulement outrés des gaspillages de Joel, dont on avait admiré la fortune durement acquise, ils étaient affolés à la pensée que leurs femmes pouvaient s'aviser de leur demander la même chose. Qu'arriverait-il, alors ? Un désastre sans précédent !

Habile à saisir les mouvements de l'opinion publique – et mal remis, peut-être, de la trahison de Hannah –, le révérend Brand fit un sermon très remarqué sur les effets dangereux de la prodigalité. Emma-Jane Hobhouse, dont les dix garçons remplissaient de fond en comble Nethercoats, me répéta inlassablement qu'elle ne pourrait jamais se résoudre à habiter un pareil mausolée. La maigre et petite Lucy Oldroyd, qui avait beaucoup d'argent et ne pouvait décemment pas me reprocher l'aversion que manifestait son mari à le dépenser, me sermonna gentiment, vantant les bienfaits de la simplicité et de l'humilité d'une vie véritablement chrétienne, et me fit comprendre le malaise qu'elle éprouvait à me voir entourée d'une telle opulence quand il y avait encore tant de misère et de privations dans le monde. Aucune, pourtant, n'alla jusqu'à refuser mes invitations, si bien que, entre mes vieilles amies et mes nouvelles relations, je n'avais plus guère de temps à moi.

Les Winterton et les Dalby n'étaient, en effet, pas les seuls à m'avoir « adoptée » cette année-là. Cullingford traversait une nouvelle phase de croissance accélérée qui voyait, presque journellement, industriels et hommes d'affaires arriver de tous les coins de la province, et de plus loin encore, avec des capitaux pour racheter les vieilles usines ou en bâtir de nouvelles, hommes énergiques, ambitieux, prompts à juger favorablement une réussite comme celle de Joel, et trop civilisés pour s'offusquer de ses bains chauds et de ses nymphes dévêtues ; leurs épouses me considéraient tout naturellement comme une relation de choix, voire obligatoire.

Aussi n'était-ce plus seulement à Floxley Park que j'allais régulièrement prendre le thé, mais dans les élégantes villas neuves qui proliféraient au bout de Blenheim Lane. Je recevais à dîner des messieurs pleins de charme, à l'accent rocailleux et vaguement germanique, accompagnés de femmes ne sachant souvent pas s'exprimer en anglais mais qui, loin de mépriser nos tableaux, étaient presque toutes douées pour les arts et consacraient de longues heures à la peinture, au piano ou au violon. Elles avaient d'autres sujets d'intérêt que les langes ou les recettes de cuisine. Emma-Jane Hobhouse avait beau trouver leurs goûts décadents et leurs pratiques religieuses décidément suspectes, j'étais ravie de les connaître, encouragée dans mes efforts pour améliorer mon esprit, et j'étais même heureuse les jours où j'arrivais à me convaincre que Charles m'aimerait toujours et que Joel ne s'y opposerait pas.

Le colonel Corey, déjà mal en point au mariage de ma mère, mourut au début de l'année en laissant une fortune encore considérable à sa fille, Estella Chase, et c'est à son enterrement que je revis Morgan Aycliffe pour la première fois, de plus en plus gris, long et maigre dans une jaquette noire boutonnée jusqu'au menton. Dans le petit cimetière balayé par un vent glacial, c'est lui qui me salua le premier, et je ne pus faire autrement que de m'en approcher, en remerciant le ciel que Charles – qui connaissait bien le colonel Corey auprès de qui il devait toujours, je suppose, être fortement endetté – ne soit pas venu lui aussi.

M. Aycliffe était rentré à Cullingford à l'occasion des élections générales, pour s'aventurer de nouveau sur les tribunes des réunions publiques. Il m'exposa gravement les circonstances de la crise ministérielle et ses craintes que, en dépit de la nomination de Robert Peel à la tête du nouveau cabinet, les élections n'aient pas de résultat décisif. « Notre pays est tragiquement divisé », me déclara-t-il lugubrement en guise de conclusion, et s'il ne me dit presque rien d'autre, je compris que son intérêt envers sa circonscription était motivé, en plus de la politique, par le regain d'expansion de la ville, qui entraînait une recrudescence de la construction d'usines, de taudis pour les ouvriers, de pavillons pour les contremaîtres, de villas pour les directeurs, voire de palais ostentatoires pour ceux qui voudraient rivaliser avec Joel. Peut-être aussi souhaitait-il trouver une solution à ses problèmes conjugaux.

Le soir où il vint voir Joel, Elinor s'enferma dans sa chambre – bien que son époux n'eût nullement manifesté l'intention de se livrer sur elle à des voies de fait –, et ce fut Hannah, temporairement de retour dans sa place de favorite, qui fut convoquée au fumoir après son départ pour recueillir les confidences de son frère. Je les connaissais trop bien pour ne pas imaginer la trame qu'ils ourdissaient.

Six mois s'étaient écoulés depuis la fugue avortée d'Elinor, et nous étions à bout d'excuses pour sa réclusion. Ou bien elle mourait de sa pseudo-maladie, ou elle en guérissait et il lui fallait, dans ce cas, soit accepter de rentrer chez elle, soit se condamner à un exil permanent. Or, si M. Aycliffe n'avait plus aucun désir pour sa trop séduisante épouse – il en avait peut-être aussi passé l'âge – et n'éprouvait qu'horreur devant sa dépravation et son immoralité, il reconnaissait la difficulté de mener sa campagne électorale en restant séparé d'elle. L'accroissement de la population de Cullingford avait amené de nouveaux électeurs, de nouveaux adversaires, de nouveaux courants d'idées, et sa victoire n'était donc plus assurée comme elle l'était la première fois. Pour l'emporter, il lui faudrait rallier à ses vues bon nombre d'inconnus, et il était fort inquiet à la pensée que l'abominable Mark Corey et son propre menteur de fils dénaturé pourraient tracer de lui, dans les pages de *L'Étoile*, un portrait peu flatteur en l'accusant d'avoir maltraité sa jeune et innocente petite femme. S'il y avait eu mauvais traitements, il en avait été la seule victime, mais dans un monde perverti où l'on croit plus volontiers les mensonges à sensation que l'austère vérité, il serait peut-être judicieux d'appliquer les principes de la charité chrétienne en pardonnant à l'épouse coupable et en lui rouvrant les portes de son foyer. Dans ces conditions, Joel ne pourrait plus hésiter à recommander chaleureusement son beau-frère à ses nouveaux amis, tant comme parlementaire que comme entrepreneur.

M. Aycliffe était donc décidé à reprendre Elinor, et Joel – qui connaissait trop bien la valeur d'un allié à la Chambre en ces temps de concurrence commerciale –, décidé à la lui rendre, sans tolérer cette fois que sa femme vienne encore fourrer son nez importun dans ses affaires. J'en eus la preuve le surlendemain, quand Elinor fut embarquée à Patterswick pour une visite prétendument promise de longue date à ma mère, pendant que j'étais clouée à la maison par des engagements bien réels, ceux-là.

— Quelques jours à la campagne lui feront le plus grand bien, dit Hannah à Emma-Jane d'un air guilleret. Elle va beaucoup mieux, et nous avons l'espoir qu'elle sera en mesure de tenir sa place pendant les élections. Vous en jugerez d'ailleurs par vous-même à la réception que mon frère donne le 20 de ce mois, car elle doit y assister.

J'étais donc forcée d'en conclure que Hannah, qui allait beaucoup plus souvent que moi à Patterswick, était au courant de bien des choses que j'ignorais.

— Es-tu sûre de ce que tu as dit ? lui ai-je demandé après le départ d'Emma-Jane.

Elle haussa les épaules et me répondit froidement :

— A-t-il jamais été question d'autre chose ? Ma sœur viendra à ta grande soirée au bras de son mari, et elle y viendra de son plein gré, je te prie de le croire.

Je me suis abstenue de lui rappeler que ladite soirée avait pour objet de présenter Morgan Aycliffe à ses nouveaux électeurs, de rafraîchir la mémoire des anciens et que, par conséquent, elle avait intérêt à ne pas s'être trompée.

Pour sa préparation, cette réception m'avait fait passer une interminable journée dans mon petit salon à écrire des cartes d'invitation avec Mme Stevens, une ou deux matinées inquiètes avec mon intendante, Mme Richmond, que son expérience acquise dans un château où l'on menait grand train préparait sans souci à la mission de nourrir et d'abreuver une bonne centaine de notables de la vallée de la Law ; aussi, quand elle me soumit d'elle-même la liste de tout ce dont j'avais l'intention de lui parler, complétée par quelques détails auxquels je n'avais même pas pensé, j'ai compris qu'elle ne me demandait – que Joel, peut-être, ne me demandait – rien de plus qu'un sourire d'approbation, des paroles aimables pour recevoir les invités ce soir-là et une robe qui, à défaut de ma conversation, laisserait une trace dans leur mémoire.

Je me suis décidée à la faire faire par Rosamonde Boulton – refusant l'offre d'une de mes nouvelles amies, Mme Mandelbaum, de m'emmener à Leeds, et la suggestion de lady Winterton de me présenter sa couturière d'York – car Mlle Boulton avait, depuis quelque temps, l'air profondément malheureux et l'humeur acariâtre, et ce ne serait pas la confection de la robe de mariée de Hannah qui adoucirait son chagrin.

J'avais eu raison de faire confiance à ses talents, car elle créa à mon intention une toilette de toute beauté dans une soie couleur de vieil ivoire, avec une jupe très ample couverte de broderie de perles – exécutées par les nombreuses brodeuses désormais à son service – qui se retrouvaient sur les manches, mousseuses de légèreté, remontaient en une large bande sur les épaules, soulignaient le décolleté et formaient, en un bouquet de roses ivoire, un rappel dans la parure de ma coiffure. Et tandis que j'admirais ce chef-d'œuvre dans la boutique bruissante comme une ruche, où s'affairaient les vendeuses et les couturières et où se succédaient les clientes, je me suis demandé pour quelles véritables raisons Mlle Boulton, talentueuse et prospère comme elle l'était, succombait à une telle morosité.

À la maison, j'ai mis la robe pour la faire contempler à Mme Stevens et à Sally, ma nouvelle femme de chambre, mais Joel, quand je lui en ai parlé, fit comme s'il n'avait pas entendu ou comme si cela ne méritait pas de réponse.

— Mlle Boulton n'avait pas du tout l'air dans son assiette, ai-je tenté de poursuivre, pour battre précipitamment en retraite vers des sujets moins épineux, tels que les leçons de musique de Caroline, car Rosamonde Boulton pouvait nous mener à parler d'Estella Chase, de l'infidélité conjugale en général, de ce cabinet de toilette qui se dressait entre son lit et le mien comme un mur épais et hérissé de piquants, bref de vrais problèmes, de décisions importantes, de questions auxquelles je ne pouvais pas répondre, que je ne souhaitais pas aborder tant que je n'étais pas sûre de l'étendue de mon courage, ni même de son existence réelle.

— Tout ceci m'étonne, je te l'avoue, me dit ma mère qui, venue me parler d'Elinor, s'était rendu compte, après un coup d'œil au fameux cabinet et quelques questions habilement posées, que l'état de mon propre ménage était plus précaire qu'elle ne l'aurait cru. Faire chambre à part ne m'a jamais choquée, au contraire, je trouve cela infiniment plus civilisé. Mais, pour qu'un homme fasse ainsi l'abandon de ses droits conjugaux, il faut qu'il ait de bonnes raisons, et la prudence la plus élémentaire commande de s'assurer de ce qu'elles sont. Dans des situations comme celle-ci, une femme doit savoir sur quel terrain elle s'avance, car toute autre considération mise à part, ma chérie, avoue qu'il serait extrêmement embarrassant de te retrouver enceinte… Oui, je sais, tu connais l'existence des éponges vinaigrées et des potions miraculeuses de Mme Stevens, mais tu sais bien qu'on ne peut jamais se fier totalement à ces méthodes. Je ne te dis tout cela qu'en passant, bien entendu, car j'ignore tout de tes projets et de tes intentions réelles. Malgré tout, ma chérie, et puisque nous avons abordé le sujet, ne serait-il pas grand temps que tu rendes sa liberté à Charles Aycliffe ? Je sais très bien que votre amour est d'une essence supérieure, mais penses-y, ma chère enfant, penses-y sérieusement, car le moment est peut-être venu de te retirer de sa vie et de lui laisser la chance d'en aimer une autre, il en a l'âge. C'est très douloureux à envisager, je le sais, et il te jurera sans doute avec la plus grande sincérité ne jamais aimer que toi, mais les choses ne se passent pas ainsi dans la vie, tu sais. Le temps modifie bien des situations, ma chérie, il altère les sentiments, et, si l'on ne perd pas la mémoire d'une souffrance, on finit par ne plus la ressentir – ce qui est malheureusement tout aussi vrai du bonheur. Tout homme a besoin d'une femme, même un jeune idéaliste aspirant à une carrière politique, et tu n'as pas le droit de te mettre en travers de sa route. Au fond de ton cœur, Virginie, peux-tu dire que j'ai tort ?

Je ne le pouvais évidemment pas. Mais la campagne électorale, où Charles s'était activement engagé, me donnait une fois de plus le prétexte de retarder ma décision : il me parlait plus souvent de politique que d'amour, ces temps-ci, et nous passions de moins en moins de temps ensemble. Il ne prenait plus la parole au nom du parti tory, ne s'affichait plus en partisan inconditionnel de Richard Oastler et de son programme, purement local, de réforme des conditions de travail. Il était devenu un véritable révolutionnaire, il affichait ses opinions radicales et revendiquait avec passion le droit de vote pour chaque citoyen, quel que soit son statut. Et, quand on le sifflait, quand on le conspuait, quand on lui demandait comment justifier une politique assez démente pour donner un pouvoir aussi lourd à une populace ignorante et imbibée de gin, notoirement incapable de mener ses propres affaires, à plus forte raison celles de l'État, il se contentait de répondre : « Instruisons-les, éduquons-les. »

Billevesées et rêves fumeux, rétorquait dédaigneusement Morgan Aycliffe, pour la simple raison que la moitié du peuple se soucie d'éducation comme d'une guigne et que l'autre moitié serait bien en peine d'apprendre l'alphabet. Charles n'en continuait pas moins à pérorer à la moindre occasion, pour le plus grand embarras du candidat officiel du parti tory, homme replet et de naturel fort aimable qui, désireux de gagner le soutien des travailleurs à sa cause, n'avait cependant aucune envie de les pousser à la révolution. Quant à Joel, s'il avait daigné se mêler à ces disputes, il aurait vraisemblablement haussé les épaules en commentant avec indifférence : « Ces imbéciles finiront peut-être par tout démolir, comme en France, mais ils auront quand même besoin de moi, ou d'un autre qui me ressemble, pour tout reconstruire. » Et moi, comme d'habitude, j'étais bien forcée de constater qu'ils avaient tous à la fois tort et raison.

Le 15 décembre, cinq jours avant ma grande soirée et au plus fort de sa campagne électorale, Morgan Aycliffe voulut aller à Patterswick voir sa femme ; aussi, sans rencontrer d'opposition du côté de Joel, qui avait la veille passé une heure avec Elinor, ni de Hannah, qui l'avait accompagnée à Dalby Hall et y était restée, j'ai fait atteler et je suis partie prévenir Elinor de ce qui l'attendait.

Ma mère m'accueillit dans le grand hall dallé :

— Ah bon ! C'est donc pour aujourd'hui ? Je crois qu'elle y est parfaitement préparée.

Elle m'a alors accompagnée à l'étage vers la chambre sombre et basse – que le chevalier Dalby n'avait pas jugé utile de repeindre ni de doter d'un tapis, puisque son arrière-grand-père ne l'avait pas fait –, où j'ai trouvé Elinor assise sur un lit dur, entourée des maigres vestiges de ses possessions. Ce n'était plus la pitoyable épave, surgie de la nuit six mois auparavant dans les sanglots et les tremblements hystériques ; ce n'était pas davantage la créature léthargique, au regard mort, qui à peine quinze jours plus tôt pouvait à peine lever la main pour se coiffer ; j'avais devant moi une femme inconnue, à l'expression dure, résolue, presque hostile, qui me faisait comprendre par l'impertinence de son inclinaison de tête qu'elle n'avait rien à faire de ma compassion et de mes bonnes intentions.

— Aujourd'hui ? Eh bien, autant ce jour-ci qu'un autre puisque, comme tu peux le constater, il ne me faut pas cinq minutes pour me préparer. J'ai trois jupons, et le reste je le porte sur mon dos.

— Elinor… Le veux-tu vraiment ?

— Ai-je le choix ?

— Joel…

— Joel ne me donnera pas un sou. Il me l'a dit hier fort nettement : je pourrai faire ce qui me plaît, coucher avec Daniel Adair ou la terre entière, mais pas avant d'avoir mis la main sur la fortune de mon mari. Jusque-là, je dois rentrer chez moi et me conduire comme une petite fille bien sage. On ne peut pas dire qu'il ait tort, n'est-ce pas ?

— Mais si tu refusais, Joel ne te laisserait quand même pas mourir de faim, quoi qu'il en dise…

— Non, bien sûr. Mais ce n'est pas de subsister que je parle, Virginie. Je parle de vivre, tu comprends ? De vivre ! Et j'ai sur la question des idées très précises. Je me rends compte, après tout, que j'aimerais bien retrouver les clés de *ma* garde-robe, remonter dans *ma* voiture. Joel a tout négocié pour moi, y compris la manière dont je serais traitée et le montant de mon argent de poche. Tu n'avais vraiment pas besoin de te donner le mal de venir jusqu'ici pour me voir, puisque je serai demain à Blenheim Lane. Hannah m'y accompagnera et restera un ou deux jours, le temps que je me réhabitue. Ainsi, Virginie, tu vois que je n'ai absolument pas besoin de toi.

Elle traversa la pièce pour aller regarder par les petits carreaux en losange :

— Quand mon mari va-t-il arriver ? Crois-tu qu'il en ait encore pour longtemps ?

— Non, je le précède d'une demi-heure, je crois. Mais dis-moi, Elinor… Cela fait-il partie du marché entre ton mari et le mien que… que nous ne soyons plus amies ?

— Absolument pas, répondit-elle en demeurant le dos tourné. Personne ne m'a rien demandé de pareil. Personne n'a d'ailleurs parlé de toi, à aucun moment. C'est simplement que… Je ne veux pas de ton amitié, Virginie, ni surtout de ta compassion. Je les trouve encombrantes.

— Comment cela ?

— Plus que quiconque, tu me rappelles combien j'ai été idiote, et je ne veux surtout pas qu'on me mette le nez dans mes erreurs. Je t'ai bêtement confié les sordides petits secrets de ma sordide petite aventure, et il me convient de croire que tu en as ri derrière mon dos, même si ce n'est pas vrai. Je te déteste en ce moment parce que je déteste le souvenir de ce que j'étais il y a six mois. Je te déteste surtout parce que tu voudrais me voir faire un geste héroïque et qui sorte de l'ordinaire, comme par exemple d'aller courageusement gagner ma vie pour garder ma précieuse indépendance au lieu de retomber sous la coupe du seul homme apparemment disposé à me nourrir. Tu voudrais me voir tenir toutes les menaces, toutes les promesses que j'ai faites, et c'est pour cela que je dois te détester – comme je me hais, comme je me méprise moi-même d'en être incapable. Tu es ma meilleure amie, Virginie, ma seule amie, et c'est pour cela qu'il faut te haïr, car je sais que je te déçois.

Nous nous sommes assises en silence et sommes restées ainsi, chacune à un bout du lit, séparées par la maigre pile de ses trois jupons, dans la triste lumière grise d'un après-midi de décembre chargé de pluie, jusqu'à ce que la route déserte retentisse soudain de bruits de sabots et de roues.

— Ce doit être lui.

— Sans doute. Mais il va probablement passer quelques instants à faire une visite de politesse à ma mère. Elinor… Dis-moi. À quoi penses-tu vraiment ?

Les nuages se déchirèrent alors, et la pluie assombrit la pièce de sorte que je ne la voyais presque plus quand elle me répondit :

— Tu sais bien à quoi je pense, cela n'a jamais beaucoup changé. Pour le moment, je vais apprendre à ne plus me mépriser. Mais il est vrai que j'ai été d'une bêtise invraisemblable. Comme le disait Daniel Adair, il me suffisait d'attendre : « Un peu de patience, prenez votre temps, et vous récolterez tout. » Il voulait sans doute me dire par là que c'est lui qui me prendrait tout à la première occasion, mais peu importe. Pour le moment, vois-tu, c'est exactement ce que je compte faire, attendre pour tout récolter. Mais quand je posséderai, je ne partagerai avec personne. Le monde regorge de gens comme Daniel Adair, et je n'aurai que l'embarras du choix quand je serai libre. Mon mari s'arrangera peut-être pour ne pas me laisser toute sa fortune, ou ne m'en léguer qu'en partie l'usufruit, mais cela suffira amplement, et je fais confiance à mon frère pour faire le nécessaire. J'aurai quand même mes équipages et mes toilettes, on me courtisera pour ce que j'aurai, sinon pour ce que je suis, et pour la dot de mes filles, mais j'aurai largement de quoi m'occuper. Je vais donc attendre la mort de mon mari et y consacrer joyeusement tout mon temps et tous mes soins. Voilà à quoi je pense.

Le claquement des sabots et le roulement de la voiture sur le gravier s'arrêtèrent juste au-dessous de la fenêtre, et je vis la longue silhouette efflanquée de M. Aycliffe ; il posa le pied à terre et s'avança frileusement vers la porte pour accepter, j'imagine, l'offre que lui faisait ma mère d'un bol de vin chaud ou d'une tasse de thé ; il était voûté, il avait la mine importante d'un homme sur qui pèsent trop lourdement les exigences des affaires et de la politique pour s'abaisser jusqu'à persécuter sa femme-enfant – qui n'était plus ni l'une ni l'autre.

Elinor se leva, arrangea sa coiffure, lissa les plis de sa robe.

— Allons, autant jouer mon rôle de pénitente et en être débarrassée le plus vite possible. La mise en scène exigera sans doute quelques larmes, voire un début d'évanouissement. Oui, l'évanouissement est même indispensable, car je tiens à porter les perles de la première Mme Aycliffe à ta soirée, et cela nécessitera une forte dose d'humilité et de repentir. Ne fais donc pas cette tête-là, Virginie, et ne te demande pas non plus comment je le supporterai. Je regarderai le plafond en pensant à mes robes, comme je l'ai fait pendant dix ans, et comme j'aurais surtout dû le faire cette maudite nuit où j'ai été assez folle pour m'enfuir. Quant à lui, rassure-toi ; il pensera aux voix qu'il va récolter grâce à Joel, aux contrats que Joel va lui faire obtenir, et il se dira que finalement je lui coûte moins cher qu'une prostituée. Ne te fais donc pas de souci pour moi. Après tout, ma mère haïssait mon père, et ni Hannah ni toi n'êtes amoureuses – pas de vos maris, du moins.

Alors, la vue brouillée par les larmes, elle serra la main que je lui tendais, ouvrit la porte, se composa l'attitude suppliante de son personnage et descendit lentement l'escalier, comme une carmélite allant comparaître devant le tribunal révolutionnaire.

34

Le soir de la réception, Tarn Edge combla tous les espoirs que nous y avions mis ; la maison étincelait sous le cristal des lustres, elle embaumait le parfum des fleurs exotiques, les fumets appétissants des mets et des vins fins préparés autant pour le plaisir des yeux que pour l'enchantement du palais. On ne devait pas danser, car il ne s'agissait pas d'une mondanité frivole mais d'une occasion pour discuter sérieusement d'austères problèmes économiques et sociaux avec l'honorable Morgan Aycliffe, député de Cullingford, et pour admirer le déploiement de richesse et de bon goût – ou le répugnant étalage d'une prodigalité criminelle, selon les points de vue – de Joel Barforth, son plus notable partisan. Mais la gravité des propos n'avait jamais coupé l'appétit de nos concitoyens qui, si nous ne les avions pas assez généreusement abreuvés et nourris, n'auraient eu aucun scrupule à en demander la raison.

Nous avions prévu des rafraîchissements – bordeaux, sherry, punch glacé, thé et café pour ceux à qui le régime ou les principes interdisaient les boissons fortes –, servis sans discontinuer de l'arrivée de la première voiture jusqu'au départ de la dernière. Aux environs de minuit, il devait y avoir un souper au champagne, festin gargantuesque avec saumon, gibier, pâtés à la française et autres délices gastronomiques que beaucoup trouvaient irrésistibles et quelques-uns scandaleux. Pour les dames, qui étaient censées en être particulièrement friandes, il y avait toutes sortes de crèmes glacées et de sorbets, des desserts, des entremets, et les tables étaient ornées de surtouts en forme de cornes d'abondance d'où débordaient des montagnes de fruits. Enfin, pour que les messieurs n'aient pas mauvaise conscience de nous laisser seules pendant qu'ils se retiraient au fumoir avec leur cognac et leurs cigares, un pianiste venu tout exprès de Manchester, sur la recommandation de Mme Mandelbaum, ma nouvelle amie, devait nous distraire au grand salon.

Dans le coin de mes cartes d'invitation, j'avais écrit : « Pour rencontrer M. Morgan Aycliffe », sans oser mentionner aussi « Mme » ; ils furent pourtant parmi les premiers arrivants, M. Aycliffe la mine sévère et importante, Elinor avec enfin l'allure d'une épouse d'homme politique. Comme elle n'avait pas eu le temps d'acheter une nouvelle robe de satin bleu ciel, elle en avait retouché une vieille en comblant le décolleté avec de la dentelle et en dépouillant la jupe de la plupart de ses ornements, ce qui suffisait à transformer une toilette élégante en un vêtement terne mais plein de dignité. Elle avait dompté la cascade soyeuse de ses longs cheveux en un échafaudage de boucles et de bandeaux qui lui recouvraient les oreilles et la vieillissaient en un chignon sur la nuque. Et, si elle portait au cou les fameuses perles de la première Mme Aycliffe, elle ne semblait pas avoir l'intention de les étaler sous le nez jaloux d'Emma-Jane. Elle était pâle, elle avait les traits tirés comme si elle relevait effectivement d'une pénible maladie et risquait la rechute ; mais, alors qu'il n'y avait pas si longtemps la simple perspective d'une migraine lui aurait immédiatement fait rechercher refuge au fond de son lit, elle passa toute cette longue nuit au côté de son mari, à prêter une oreille apparemment attentive à tout ce qu'il disait, à sourire quand il souriait, à prendre l'air grave quand il s'indignait, et ne le laissa seul qu'au moment où ses devoirs de parlementaire en campagne l'appelèrent au fumoir, et que les siens lui firent prendre place entre Hannah et Emma-Jane pour écouter poliment la musique.

Emma-Jane – si plantureuse, désormais, qu'on ne savait plus si elle était ou non enceinte – n'avait bien entendu pas cru un mot de la prétendue maladie d'Elinor et restait intimement persuadée, comme la maigre Lucy Oldroyd au regard pénétrant, qu'il avait dû se passer des choses effroyables. Mais elle ne pouvait rien prouver. Et si, en temps normal, elles auraient volontiers toutes deux poussé plus loin leur investigation, Bradley Hobhouse – dont les soucis d'argent ne faisaient que croître – avait sans doute dit à son Emma-Jane que, s'il avait jamais besoin d'emprunter, Joel Barforth était probablement le seul homme avec les moyens de prêter. Et Matthew Oldroyd, qui venait de se voir infliger deux fois de suite de lourdes amendes parce qu'il employait des enfants au-dessous de l'âge légal, avait sans doute fait comprendre à Lucy qu'ils avaient tout intérêt à ne pas se mettre mal avec leur député. Il se peut aussi qu'aucun d'eux n'ait finalement eu l'audace de critiquer ouvertement une situation que ma mère, lady Dalby, avait paru approuver ou, du moins, trouver normale. Elles avaient sûrement compris qu'Elinor avait eu un amant ; mais Emma-Jane n'avait jamais entendu parler de Daniel Adair, et Lucy était incapable d'imaginer pire perversion que de se tenir les mains dans une berline close avec, pour faire bonne mesure, un baiser dérobé et des soupirs langoureux. Aussi l'atmosphère se détendait-elle à mesure que la soirée avançait, et Hannah elle-même finit par relâcher sa vigilance.

— Tout se passe très bien, en fin de compte, me dit-elle sans quitter des yeux Ira Agbrigg, terriblement emprunté dans son habit flambant neuf mais qui n'avait heureusement aucun mal à se trouver des interlocuteurs parmi tous ces étrangers.

Bradley Hobhouse, qui avait déjà beaucoup bu, l'avait certes bousculé dans l'escalier, et Matthew Oldroyd avait été subitement frappé de surdité quand M. Agbrigg lui avait civilement demandé comment il allait. Mais George Mandelbaum, récemment arrivé chez nous de Hambourg en passant par Manchester, manifestait un plaisir non feint à faire la connaissance du fiancé de Hannah Barforth, et comme M. Mandelbaum allait sans nul doute occuper une place prépondérante dans les milieux économiques de notre bonne ville, je me suis dit que les ambitions sociales et politiques de ma cousine pouvaient effectivement se réaliser un jour.

— M. Agbrigg est très présentable, dans son nouvel habit, me murmura ma mère. Est-ce possible que ce soit le même homme venu me trouver un jour en sabots, la casquette à la main, pour vendre des renseignements sur ses camarades ? Le voilà presque trop élégant, maintenant ! Tu as sûrement remarqué que la jaquette de sir Charles Winterton a les manches trop courtes. Elle lui vient sans doute de son grand-père, tant elle est râpée…

Le contraste frappant entre Ira Agbrigg, propre comme un sou neuf, et le négligé de sir Charles Winterton illustrait le fossé séparant visiblement les nouveaux riches, tirés à quatre épingles, et les gentilshommes dont les épouses n'avaient pas besoin de toilettes tapageuses et de parfums français pour prouver leur supériorité. Lucy Oldroyd elle-même, que nul ne pouvait pourtant taxer de prodigalité, avait au doigt un diamant de belle taille, et Emma-Jane s'était enveloppée dans un satin pourpre broché d'or qui n'aurait pas déparé une reine. Mais lady Winterton – fagotée dans une robe verte triste et informe, dont la vue me procura le soulagement rétrospectif de n'avoir pas fait appel aux services de sa couturière – n'avait pour tout bijou qu'une bague ancienne qui n'aurait pas souffert d'un bon nettoyage, et ses mains, tout en proclamant hautement ses qualités de cavalière justement réputée, auraient eu grand besoin des soins d'une manucure.

Estella Chase, en deuil de son père, n'était pas venue. Mais Mme Elizabeth Flood, belle-fille de notre seigneur féodal – qui avait jeté un méprisant coup d'œil dans les salons avant d'accorder toute son attention au souper – ne portait qu'un seul rang de perles – les deux autres ayant sans doute servi à financer le goût immodéré de son mari pour les cartes et les chevaux arabes – et arborait une robe que nous avions déjà vue plusieurs fois.

Tout, cependant, se déroulait à merveille. Ceux qui voulaient voir Morgan Aycliffe le voyaient ; d'autres, comme les hobereaux pour qui un parlementaire ne valait pas un cheval de sang, se distrayaient en évaluant ce qu'avait coûté la maison, ce qu'avait amassé Joel et ce qu'il donnerait en dot à Caroline, ou si, à l'extrême rigueur, l'entretien d'une terre ancestrale ne justifierait pas le sacrifice d'une nièce, voire d'une fille cadette, à un Blaise ou Nicolas Barforth ; d'autres, enfin, qui n'étaient venus que pour boire et manger, bavarder ou médire, voir et être vus, trouvaient amplement de quoi satisfaire leurs désirs.

Pour moi, j'allais de pièce en pièce, de l'un à l'autre, je murmurais des phrases polies, je souriais jusqu'à ce que mes joues me fassent mal, je prenais un verre de champagne que je reposais, intact, sur un plateau. Les odeurs de nourriture, humées pendant des heures, m'avaient coupé l'appétit, et les conversations factices m'avaient si bien délié la langue que je n'avais plus à penser à ce que je disais et que je jouais mon rôle d'hôtesse avec une perfection parfaitement irréelle.

— Vous êtes en beauté ! m'avait déclaré Bradley Hobhouse avec une sincérité due, en partie, aux vapeurs du cognac – qui lui troublaient de plus en plus souvent la tête – et en partie au spectacle quotidien d'Emma-Jane.

— J'admire votre élégance, m'avait dit Morgan Aycliffe avec beaucoup de répugnance, car il avait sans doute son soûl de femmes belles et élégantes depuis quelques années.

— Superbe ! s'était exclamé sir Charles Winterton, avec la même admiration que pour une jument poulinière.

Mon nouveau beau-père, le chevalier Dalby, avait pour sa part versé quelques larmes et tenu des propos extrêmement émus pour me dire combien il regrettait ne pas avoir connu ma mère quand elle avait mon âge.

Avant leur arrivée à tous, Joel s'était contenté d'un regard rapide à ma robe et m'avait lancé, avec la même désinvolture que pour m'offrir mes perles, une épaisse corde d'or tressé rehaussée de diamants dont, depuis le début de la soirée, je sentais le poids inhabituel à mon poignet.

Je l'avais remercié assez humblement, car je n'avais rien d'autre à lui dire, il avait hoché la tête avec un bref sourire et avait poursuivi son chemin, sans m'accorder plus d'attention. Ce bracelet avait dû lui coûter fort cher, sinon il ne l'aurait pas acheté, et il ne me demanderait sûrement pas demain ce que j'en avais fait s'il ne le revoyait plus. Je pouvais le porter au jardin, pour aller promener mes chiens, il était à moi, bien que je ne le lui aie pas demandé. De fait, je n'en avais pas grande envie, car il m'emprisonnait le poignet et me pesait, comme la maison, comme l'indifférence affectée de mon mari – qui aurait pourtant dû me paraître légère. Aussi je ne voyais plus pourquoi m'obstiner : j'étais Virginie Barforth, Mme Joel Barforth, et je ne serai jamais rien ni personne d'autre. J'avais le devoir d'aller le dire à Charles le plus tôt possible, je devais aussi – et surtout – me pénétrer de l'idée qu'il pourrait être heureux sans moi et que moi, sans lui, je pourrais retrouver la raison, l'équilibre et la sécurité. Quand je serai vieille, une fois mes émois oubliés, quelle importance tout cela aurait-il ? D'ici là, j'avais la ressource de me consacrer à mes enfants, comme les autres femmes, et d'évoquer – à petites doses inoffensives – les joies de nos amours passées. Pourquoi ne pas enfin reconnaître son besoin de liberté, à lui, et lui donner cette dernière preuve d'amour, amour auquel je croyais tant ?

Vers trois, quatre heures du matin, après que les Aycliffe, les Winterton et autres personnalités respectables furent depuis longtemps partis, la maison était encore pleine de buveurs impénitents disséminés çà et là par petits groupes bruyants ou, pour la plupart, écroulés au fumoir à divers stades d'ébriété. Bradley Hobhouse avait raccompagné Emma-Jane à Nethercoats après le souper pour revenir aussitôt, et il ronflait maintenant dans un grand fauteuil de cuir, ses jambes étirées menaçant l'équilibre des gens debout. Un jeune cousin Winterton, affalé sur un canapé, dormait du sommeil du juste. Une jeune fille avait dû être précipitamment emportée dans une chambre et y était encore, veillée par sa mère morte de honte. C'est pourquoi ma présence parmi tous ces hommes seuls, rendus hébétés, grivois ou hargneux par l'alcool, ne me parut plus nécessaire et je me suis approchée de Joel, que je trouvais nettement moins rébarbatif qu'au début de la soirée, pour lui annoncer mon intention de me retirer.

Plein de bienveillance universelle et de bons vins, il me posa sur l'épaule une main protectrice et chaude, et me gratifia d'un sourire.

— Mais oui, allez vous coucher, vous l'avez mérité. Venez, je vais vous éclairer, en mari attentionné que je suis.

Nous avons quitté le fumoir et gravi l'escalier, où je n'avais nul besoin de son candélabre pour m'éclairer ; Joel avait laissé sa main sur mon épaule et s'appuyait sur moi, comme si son équilibre n'était plus très assuré, et il était si visiblement ivre, lui à qui cela n'arrivait pour ainsi dire jamais, que je lui ai souri, amusée et presque attendrie qu'il ait si bien bu à son propre triomphe.

— Tout s'est très bien passé. Êtes-vous content ?

Le couloir désert, obscur et frais, me fit l'effet d'une nappe d'eau calme après le tumulte qui régnait au rez-de-chaussée. Joel amorça une caresse, s'attarda sur mon visage, comme s'il m'offrait la paix, un espoir de rapprochement entre nous, et je m'y suis si bien méprise que, lorsqu'il se redressa soudain et s'écarta de moi, sans plus d'ivresse apparente, je tressaillis d'étonnement.

— Je vous ai accompagnée pour vous présenter mes remerciements, me dit-il en articulant avec trop de netteté.

Un mari se doit de remercier sa femme quand elle l'a bien servi, n'est-ce pas, Virginie ?

— Oh ! vous savez...

Je commençais à me sentir mal à l'aise.

— Qu'y a-t-il, Joel ? ai-je repris.

— Pourquoi cette question ? Devrait-il y avoir quelque chose ?

— Je vous trouve bizarre, tout à coup. Auriez-vous des reproches à me faire ?

— Je me le demande... Mais nous y reviendrons plus tard. Pour le moment, je ne veux que vous remercier, comme je l'ai déjà dit, pour un travail remarquablement bien accompli. Tout le monde le pense, d'ailleurs. Je suis également heureux de constater que vous paraissez fidèle à mes intérêts, si vous m'êtes infidèle par ailleurs.

Un instant, dans l'espace étroit où nous nous trouvions, ses paroles me firent l'effet d'une pluie d'aiguilles acérées qui me perçaient la peau pour se frayer un chemin jusqu'à mon cerveau.

— Entendez-vous ce que je vous dis, Virginie ?

Mon esprit se remettait du coup, retrouvait son courage, lui répondait déjà : « Oui, je vous entends, c'est vrai, mais vous ne pouvez vous en prendre qu'à vous-même », pendant que ma langue restait paralysée, incapable de venir à ma rescousse, et que mon corps se trouvait emporté dans un tourbillon glacial. Je savais pourtant, dès le début, que ce moment viendrait, qu'il puiserait sa cruauté dans ma propre impuissance, et je me suis sentie, malgré moi, adossée au mur dans la posture d'un animal pris au piège, terrifié, haletant devant la mort.

Joel recula de deux pas puis revint vers moi, avec une lenteur menaçante, pour ne s'arrêter que proche à me toucher. Il était d'un calme encore plus effrayant que sa colère.

— Sale garce, dit-il sans changer d'expression. Ainsi, c'est donc vrai.

Alors, il me prit le visage d'une main et, de l'autre, m'assena deux gifles avec tant de force et de précision que je sentis mon cou se tordre douloureusement et que ma tête, par deux fois, alla rebondir contre le mur.

— C'est vrai, n'est-ce pas ? Dis-le, nom de Dieu, dis-le, Virginie. C'est assez clairement écrit sur ton visage, mais je veux l'entendre d'une manière ou d'une autre. Me trompes-tu ? Dis-le.

Il avait à peine élevé la voix, et la froideur inexpressive de son regard était impressionnante. Mais, si je le laissais m'arracher une confession, je sentais que cela souillerait tout ce que j'avais vécu, avilirait tout ce à quoi j'avais attaché tant de prix. Aussi me suis-je forcée à me redresser pour répondre :

— Oui, c'est vrai.

— Je le sais, en effet. Je le savais sans vraiment le croire depuis six semaines. Maintenant, je suis sûr. Et de qui s'agit-il ?

— Vous devez le savoir aussi.

— Bien entendu, comme je sais où vous vous rencontrez et depuis combien de temps. Je suis parfaitement au courant. Et maintenant, qui est-ce ?

— Ce n'est pas sa faute. Il ne m'a pas forcée…

— Non, c'est moi qui vais te forcer. Qui est-ce ?

— Charles Aycliffe.

— Et voilà, Charles Aycliffe. Ce n'est pas la peine de me le dire sur le ton d'une prière, cela ne vous servira à rien, ni à l'un ni à l'autre. Et maintenant, madame, allez dans votre chambre attendre que nos invités soient partis et que j'aie le temps de m'occuper de vous. Disparaissez, avant que je ne me laisse aller à vous frapper.

Ma femme de chambre attendait, tombant de sommeil mais prête à faire son service, et je me suis laissé déshabiller et coiffer ; j'ai même trouvé le moyen de répondre par des sourires, des signes de tête et quelques mots aimables à ses bavardages, tandis qu'elle enfermait dans la boîte à bijoux mes perles et mon nouveau bracelet. Mais à peine fut-elle partie que j'ai quitté ma chemise de nuit pour enfiler une robe de laine sombre et sans ornements, que j'ai arrangé mes cheveux de mon mieux en une torsade terminée par un chignon tout simple, comme celui d'Elinor ce soir, car je redoutais d'être si peu que ce soit dévêtue devant lui, et j'avais surtout très peur de perdre la tête et de m'enfuir en vêtements de nuit, comme l'avait fait Elinor. Puis je me suis assise, les mains jointes, pour l'attendre comme il me l'avait ordonné, à demi folle d'angoisse sous mon fragile vernis de calme, et je me suis vue de l'extérieur, comme si j'avais été mise sous un globe de verre où mon corps était emprisonné. J'avais éprouvé des sentiments similaires le soir de la mort de mon père, et le lendemain, quand à son tour mon frère avait été assassiné. J'étais si calme, si muette que personne ne s'était rendu compte de l'agonie que je subissais. Telle étais-je redevenue ce soir, insensible en apparence, mais plutôt droguée par l'intense effort de volonté que je faisais pour dissimuler mes blessures, pour préserver l'intégrité de ces fragments de moi-même que ni Joel, ni mon grand-père, ni même Charles, en un sens, n'avaient jamais été capables de déceler et de dominer. Cette ultime parcelle de liberté, j'allais pourtant devoir peut-être la sacrifier pour Charles, obligée de plaider, de supplier, comme Elinor, et ce sacrifice me laissait dans la bouche un goût de cendres. Comme mon grand-père, Joel voudrait sa vengeance, et c'était à moi de le convaincre que, seule responsable, je devais être seule punie. Je l'y inciterais même de sorte que, délivré de son besoin de faire mal, il reprenne conscience des réalités et retrouve une certaine lucidité.

J'entendais les voitures partir les unes après les autres, jusqu'à ce que Bradley Hobhouse soit enfin chargé dans la sienne comme un ballot fermant la marche. J'ai vu le ciel blanchir, une aube froide se lever, j'ai cru entendre Joel dans sa chambre et j'ai un moment retenu ma respiration en croyant voir s'ouvrir, d'un instant à l'autre, la porte de communication du cabinet de toilette ; mais il ne se montra pas et ce n'est qu'au bout d'une demi-heure qu'une des servantes anonymes de Mme Richmond vint me prévenir qu'il m'attendait en bas.

Il était assis à sa table de travail dans un fauteuil à haut dossier, avec devant lui un plateau portant une cafetière, une seule tasse, un pot de miel et des miettes de pain frais. Il s'était changé, rasé, il avait pris le temps de déjeuner et offrait l'allure d'un homme alerte, reposé comme après une bonne nuit de sommeil.

— Asseyez-vous, me dit-il du ton qu'il aurait pris pour s'adresser à une domestique. Nous n'en aurons pas pour longtemps. Qu'avez-vous à me dire ?

Glacée par sa parfaite maîtrise de soi, alors que je m'étais préparée au déferlement de sa colère, je me suis soudain sentie la bouche sèche et l'estomac noué.

— Simplement que je vous croyais au courant depuis assez longtemps.

— Et que j'approuvais ? C'est bien mal me connaître. J'étais très loin de vous soupçonner, Virginie. Je m'étais bien demandé pourquoi vous aviez pris si chaleureusement la défense d'Elinor, mais je me suis dit que c'était peut-être parce que vous m'en vouliez de vous négliger, ou parce que Hannah s'en était trop lourdement mêlée. En fait, j'ai un moment été content de croire que vous vous intéressiez assez à nos rapports pour vous en plaindre. Hein, qu'en dites-vous ? Vous avez réussi à me faire passer pour un imbécile à mes propres yeux, Virginie, car un homme ne croit généralement que ce qu'il veut bien croire, et je me refusais à admettre que vous me trompiez. Voilà pourquoi il fallait que je l'entende de votre bouche. Maintenant, j'y crois.

— Et pourquoi ce soir, avec la maison pleine de monde ?

— Pourquoi pas ? L'occasion s'est présentée, comme cela arrive toujours avec un peu de patience – leçon que ma sœur a fini par apprendre un peu trop tard et qui lui coûte fort cher.

— Je ne suis pas Elinor, Joel. Elle n'a rien à voir dans tout ceci.

— Mais comment donc ! Elle ne sait faire que de petits péchés véniels, des fautes mesquines, tandis que les vôtres ont du panache et de la grandeur, comme tout ce que vous faites ! Assez d'inepties. Vous êtes exactement pareilles, sauf que vous êtes peut-être moins intéressée, moins simplette, plus rétive, mais vous êtes bien à mettre dans le même sac.

N'ayant plus rien à perdre, je n'avais plus de raison de rester humble et douce :

— C'est exact, dans le même sac. Comme nous tous, Joel, le sac des traditions de la famille !

Il frappa sur le bureau du plat de la main, d'un coup qui faillit renverser la cafetière, et qui me fit comprendre que, s'il était capable de me battre, il l'était aussi d'y prendre plaisir. Mais sa violence pouvait se tourner contre Charles, aussi me suis-je hâtée de changer de sujet :

— Puis-je savoir par qui vous l'avez appris ?

— Cela vous intéresse ?

Il se leva, se dirigea nerveusement vers la cheminée où il jeta son cigare, se retint visiblement d'en allumer tout de suite un autre puis, comme si cette conversation l'accablait soudain de lassitude, il se rassit lourdement et garda les yeux fixés sur sa boîte à cigares en pianotant sur le couvercle.

— Je l'ai appris par Estella Chase, répondit-il sans lever les yeux. Elle le tenait elle-même de Mark Corey, son demi-frère, un ami d'Aycliffe.

Il y eut un instant de silence pesant.

— Ainsi, dis-je d'un ton glacial, vous en avez été informé par votre maîtresse.

— En effet. Mais cela n'a rien à voir avec vous.

— Ah oui ? Je dirais qu'elle a autant à voir avec moi que Charles Aycliffe avec vous.

Il se leva de nouveau en repoussant brutalement son fauteuil et s'éloigna de quelques pas, comme pour mettre de la distance entre moi et l'explosion incontrôlée de sa rage. Parvenu à la cheminée, il alluma lentement le cigare dont il s'était muni et aspira de longues bouffées avant de retourner à sa table de travail, de nouveau maître de lui ; il resta debout pour me regarder de haut, ses paupières mi-closes voilant l'éclat de ses yeux :

— Je me suis contenu depuis plus d'un mois. J'ai attendu volontairement pour dominer ma première réaction, qui était de vous fouetter – non pas par crainte de vous faire mal, rassurez-vous, mais parce qu'une femme avec des joues zébrées, les lèvres fendues et un œil poché est un spectacle généralement considéré comme pitoyable et que je n'avais aucune envie que vous excitiez la pitié d'autrui. Je vous connais, Virginie : si vous souffrez, vous savez le faire discrètement. Eh bien, vous souffrirez. Ne le montrez pas, et personne ne pourra dire « la pauvre petite », parce que personne n'en saura rien.

— Très bien, Joel, je souffrirai, comme je m'y suis toujours attendue. Mais voudriez-vous me dire auparavant ce que je vous ai fait, moi, que vous ne m'ayez pas déjà fait ? Que vous a fait subir Charles Aycliffe que vous n'ayez pas infligé à Godfrey Chase et Dieu sait à combien d'autres ?

Ses yeux lancèrent des éclairs, mais un sourire ironique apparut sur ses lèvres :

— Rien, c'est exact. Mais je ne vois pas le rapport. Me demandez-vous justice ? Je m'en moque. Ce qui m'intéresse, c'est le réalisme. Je ne suis pas un hypocrite, Virginie, vous devriez le savoir. Vous ai-je parlé de péché, de honte, de repentir ? Non, n'est-ce pas ? Je vous ai parlé de ma surprise, car je ne vous croyais pas capable de ce que vous avez fait, et je vous ai parlé de ma colère. Que vous soyez coupable, repentante, ou victime innocente, la belle affaire ! Je ne vous demande pas de vous mettre à genoux pour implorer mon pardon, comme Elinor l'a fait avec Morgan Aycliffe, parce que le seul regret que vous ayez sans doute jamais est de vous être fait prendre. Alors, je vous le répète, oublions donc ces notions fumeuses de justice ou de péché et regardons les choses telles qu'elles sont. S'il m'arrive de rouler mes concurrents, cela ne veut pas dire que je leur reconnaisse le droit d'en faire autant. Et si je me permets de ridiculiser un Godfrey Chase en le faisant ouvertement cocu, je ne permets à personne, m'entendez-vous, à aucun homme au monde de m'imposer le même sort. Et cela, Virginie, vous auriez dû le comprendre. Vous auriez dû le savoir.

Ma peur devait transparaître sur mon visage, car il sourit.

— Qu'allez-vous faire ? ai-je demandé.

— À vous ? Ou à votre amant ? Si je voulais, je pourrais le fouetter, personne ne me le reprocherait, et il ne saurait même pas se défendre. Dinah McCluskey me tiendrait mieux tête que ce freluquet.

— Vous la connaissez donc ?

— Bien sûr, que je la connais. Tout le monde la connaît. C'était la plus grande putain de la vallée de la Law avant que McCluskey ne lui mette la main dessus... Mais rassurez-vous, je ne lui flanquerai pas la raclée qu'il mérite, car Bradley Hobhouse lui-même serait capable d'en deviner les raisons et cela ne me plairait pas. Je ne veux donner à personne le plaisir de me voir en état d'infériorité. Avouez pourtant, Virginie, quel spectacle de choix, n'est-ce pas ? Barforth, avec toutes ses usines, ses gros sous, sa maison et sa poudre aux yeux, le grand, l'irrésistible Barforth dont la petite femme si gentille va se jeter à la tête du premier venu, d'un bon à rien comme le fils Aycliffe ! Non, Virginie, non, cela, vous ne me le ferez pas. Nous allons garder toute cette histoire entre nous deux, ou quatre, ou six, je ne sais plus combien... Je peux m'occuper de Dinah McCluskey et de Mark Corey, comme je peux m'occuper de vous, ma petite fille.

Si j'avais un plaidoyer à présenter pour ma liberté, pour mon droit de décider du cours de ma propre vie, pour le droit encore plus élémentaire de présenter mon point de vue, il fallait le faire maintenant :

— Joel ! Il faut que je vous dise…

— Rien. Vous n'avez rien à me dire.

— Il faut pourtant que vous m'écoutiez, Joel, que vous fassiez l'effort de comprendre ce que je pense, ce que je sens ! Il faut que vous sachiez que vous ne pouvez pas m'interdire d'éprouver ce que…

— En a-t-il seulement été question ? Vous m'avez bien mal écouté, Virginie. Ce que vous pensez, ce que vous sentez, je m'en moque, c'est vrai ; et je ne vous empêche pas d'éprouver ce que bon vous semblera. Moi, ce qui m'intéresse, c'est votre conduite, et c'est elle que je peux et que j'entends régler à ma guise. À quoi bon perdre notre temps à discuter ? Vous allez faire ce que vous avez toujours fait, Virginie. Vous allez vous occuper de ma maison, élever mes enfants, recevoir mes invités, toutes choses que vous faites à la perfection. Rien ne changera, sauf que, jusqu'à nouvel ordre, vous serez débarrassée de mes assiduités – et que, cela va sans dire, vous ne reverrez plus Charles Aycliffe, vous ne recevrez aucune lettre de lui ni ne lui en écrirez. Avez-vous d'autres questions à me poser ?

Je me suis levée d'un bond, tremblante de rage, cette fois, en criant :

— Oui, j'ai des questions ! Vous ne vous en tirerez pas comme cela avec moi, Joel ! Vous allez m'écouter, essayer de me comprendre ! Vous allez une fois pour toutes cesser de me traiter comme une enfant ou comme une de vos employées ! Je suis une femme adulte, dotée d'un esprit au moins aussi valable que le vôtre, et vous ne pouvez pas vous débarrasser de moi comme vous le faites !

Une fois encore, j'aurais dû le connaître assez pour savoir qu'il ne faisait pas de menaces sans pouvoir les mettre à exécution. Aussi est-ce sans véritable surprise que je l'ai vu ouvrir un tiroir et jeter une liasse de papiers sur la table.

— Si, je peux, dit-il calmement.

— Comment ? Allez-vous m'emprisonner ici ? Vous n'y êtes pas toujours pour me surveiller. Comptez-vous prendre un gardien ?

— Non, car personne ne serait à la hauteur. Je connais vos ressources, Virginie, et nul mieux que moi ne sait qu'une femme décidée à se mal conduire ne recule devant rien. La peur de la loi n'a jamais empêché un homme de voler un pain s'il a faim, ni une femme de courir dans le lit d'un autre si l'envie l'en démange. J'ai quand même les moyens de vous en empêcher. Vous vous rappelez le colonel Corey, je pense ?

— Bien sûr. Mais…

— Vous savez donc qu'il était le père de Mark Corey, comme celui d'Estella Chase. Un jeune homme bien difficile, ce Mark Corey, fils illégitime et furieux de l'être. Mme Chase était extrêmement mécontente qu'il s'arroge le droit de s'appeler Corey, au lieu de Smith ou je ne sais quoi, comme sa mère. Mais le colonel était trop bon pour le lui reprocher, ce qui vexait encore plus Estella. C'est aussi un dépensier, et il se fourre toujours dans de mauvais cas, si bien que le colonel devait, en plus de sa pension, lui prêter des sommes assez considérables pour s'en dépêtrer. Le plus gros a été englouti dans ce journal, ce qui a définitivement aigri les rapports entre Mme Chase et lui.

— Et alors ? Qu'est-ce que…

— Vous avez l'air inquiète, Virginie. Comprendriez-vous déjà où je veux en venir ? Les documents que voici, retrouvés dans les papiers du colonel Corey, sont des reconnaissances de dettes signées par Mark et un de ses amis, portant d'ailleurs sur des sommes assez mesquines, cent livres par-ci, deux cents par-là, un millier en tout, je crois. Mais ce pourrait aussi bien être un million quand on n'a que cinquante livres par an et qu'on ne peut pas rembourser ses dettes. Vous me suivez ? Oui, j'en étais sûr. Ces sommes sont dues, désormais, à la succession du colonel Corey – ou du moins elles l'étaient jusqu'à ce que

Mme Chase m'en parle et que je lui rachète les créances pour lui éviter la tâche désagréable d'en exiger le recouvrement. Si Mark Corey ne peut pas me payer, il ira en prison et c'en sera fini, quoi qu'il arrive, de *L'Étoile de Cullingford*, ce qui ne me chagrinera pas, vous pouvez me croire. Quant à Charles Aycliffe, son sort dépend de vous. Il ne m'a pas l'air excessivement robuste et le régime de la prison pour dettes n'est pas particulièrement plaisant. Au bout d'un an ou deux, il pourrait fort bien contracter une maladie nerveuse comme celle de sa mère, à moins que la fièvre et les rats ne s'en soient déjà chargés.

On ne pouvait rien ajouter à cela.

Je suis restée assise en silence à fixer mes mains croisées, et je sentais dans mon esprit des compartiments se fermer les uns après les autres parce que je n'en aurais plus besoin, dans le monde rétréci où j'allais vivre désormais, des compartiments où j'emmagasinais des sentiments, des émotions, des énergies, des besoins qui ne pouvaient plus être pour moi que fardeaux inutiles. Quand tout fut clos, j'ai relevé les yeux, j'ai eu un bref hochement de tête :

— Que dois-je faire ?

— Rien du tout. Occupez-vous de la maison et du ménage, comme d'habitude. Je lui transmettrai vos regrets de devoir mettre fin à votre liaison et tout sera dit. Je vous rappelle simplement qu'il vaudrait mieux ne pas encourir mon mécontentement en recevant des lettres de lui ou en lui écrivant, mais ce rappel est sans doute inutile, car vous n'avez probablement pas envie de voir ce pauvre diable finir en prison. Ou alors, vous n'avez qu'un mot à dire. Non ? Eh bien, voilà qui est réglé. Nous n'avons plus qu'à reprendre paisiblement le cours de nos vies heureuses, comblées – c'est personnellement ce que je compte faire. Voulez-vous aller dormir quelques heures ? Vous avez l'air vraiment très fatiguée.

Je me suis levée, je me suis dirigée vers la porte. Alors, il écrasa son cigare dans un cendrier avec une fureur contenue et me lança :

— Merci, Virginie, merci beaucoup. Pas de scènes, pas de cris, pas de mauvaises excuses. Vous êtes vraiment pleine de bon sens, raisonnable comme toujours. Raisonnable… Au fait, si vous vous apprêtez, comme Elinor, à attendre ma mort, je tiens à vous prévenir que je compte prendre mon temps. Tout mon temps. Compris ?

— Oui, Joel.

Et j'ai refermé la porte derrière moi.

35

Une huitaine de jours plus tard, Morgan Aycliffe fut réélu avec une confortable majorité et, affectant la modestie dans le triomphe, regagna Londres en laissant Elinor réinstallée à Blenheim Lane. Il n'y avait plus un Daniel Adair pour la surveiller mais une certaine Mme Hardisty, personnage au long nez et aux traits anguleux, cousine éloignée des Aycliffe qui, officiellement dame de compagnie d'Elinor, était en fait sa gardienne, sinon sa geôlière.

Elinor l'appelait « ma chère Maud », et on s'habitua à la voir derrière elle comme une ombre, toujours et partout présente, égrenant de la voix le passage des heures, enregistrant de l'œil et de l'oreille l'identité des visiteurs et la teneur des conversations. Ce n'était pas, au fond, une mauvaise personne, mais elle tranchait trop volontiers sur tout, avait des opinions trop arrêtées et entendait toujours que tout soit fait à son idée, non par goût effréné du pouvoir, mais parce qu'elle ne pouvait concevoir qu'il en fût autrement. Dotée de sa sagesse toute neuve et chèrement acquise, Elinor évitait de la heurter de front, comme de se soumettre à sa tyrannie, et détournait habilement les énergies de la dame pour la soumettre, à son insu, à ses propres caprices.

— Cette chère Maud va s'en occuper, elle le fait si bien ! disait Elinor à tout bout de champ, la mine bien sage et l'œil imperceptiblement allumé d'un éclair de malice.

Alors, la « chère Maud » se précipitait dans l'escalier pour réprimander un des enfants – qu'elle jugeait plus doués que leur mère – ou gourmander une servante ; elle tenait les comptes, supervisait les tâches ménagères, régentait Mme Naylor, qui en était ulcérée, et envoyait scrupuleusement son rapport hebdomadaire à son employeur et cousin. Mme Hardisty avait aussi accompli le tour de force de faire écrire chaque vendredi par sa pupille une lettre, au demeurant fort malhabile et inintéressante, à son glorieux époux, et de l'engager dans la confection de bretelles brodées, ce qui faisait excellente impression lors des visites d'Emma-Jane et de Lucy Oldroyd.

Mais nos préoccupations les plus immédiates, cet hiver-là, venaient de ce que Hannah, ayant enfin obtenu le consentement, sinon l'approbation, de son frère, était absolument décidée à ce que son mariage se déroulât en grande pompe.

— Ce sera dans la plus stricte intimité, naturellement ? m'avait dit Emma-Jane, débordante de compassion. Bradley et moi en parlions justement l'autre soir, et nous avons pensé que Hannah préfère sûrement une cérémonie toute simple dans une petite église des environs, avec Joel, Elinor et toi, pour éviter de se faire remarquer. J'irai la voir après pour lui porter mon cadeau, bien entendu, mais penser que nous pourrions être obligés d'assister à un tel spectacle… Non, Hannah n'ira quand même pas jusqu'à nous infliger cela !

Pour Hannah, il n'était pourtant pas question de se marier à la sauvette, et elle avait toujours eu la ferme intention d'avoir une cérémonie dans l'église paroissiale dominant la ville, avec les fleurs, le cortège, les chants et tout le cérémonial auquel elle aurait eu droit avec mon frère Edwin. Puis, quand on se rendit compte que George et Rebecca Mandelbaum avaient déjà accepté avec empressement l'invitation de Hannah, que le chevalier Dalby irait les yeux fermés partout où l'emmènerait ma mère, et que lady Winterton elle-même – pour qui il n'existait aucune différence sensible entre les roturiers, quels qu'ils soient – était disposée à honorer la cérémonie de sa présence, le mur d'opposition dressé par Emma-Jane commença à se désagréger.

Et c'est ainsi que, une fois de plus, je me suis retrouvée dans le salon d'essayage de Rosamonde Boulton avec Elinor et son inséparable « chère Maud », pendant que cinq fillettes – Maria Agbrigg s'ajoutait au groupe de Caroline et de ses cousines Aycliffe – étaient hérissées d'épingles et zébrées de traits de craie.

Dès le début, des disputes avaient éclaté sur le choix des modèles. Hannah protestait, en effet, plus fort que tout le monde car, à trente-quatre ans et toujours vierge, elle s'estimait en droit de faire mieux et plus spectaculaire que ma mère, veuve et trois fois grand-mère. Elle obtint finalement une robe où se combinaient l'opulence et la discrétion, avec de la dentelle café-au-lait sur fond de brocart crème, un col fermé, des manches longues et une jupe extrêmement ample, toilette d'allure plus royale que virginale qui satisfaisait le goût de Hannah pour l'apparat ; mais la grâce légère qu'on lui avait refusée, elle la voulait sur ses demoiselles d'honneur et Rosamonde Boulton, harassée, plus énervée que jamais et l'air décidément mal en point, n'arrivait pas à satisfaire ses exigences.

— Mais non, mademoiselle, ces volants sont beaucoup trop étriqués, ce n'est pas du tout ce que je veux. Ce sont des demoiselles d'honneur qu'il faut habiller, pas des orphelines pour une vente de charité ! Utilisez tout le tissu qu'il faudra, je veux que ce soit fait convenablement. Les bonnets, je les veux couverts de petites fleurs jaunes et blanches, comme des crocus. Mais non, voyons, pas comme cela, on ne voit que la coiffe ! Je vous ai dit des fleurs. Êtes-vous capable, oui ou non, de le faire comme il faut ?

« Oui, mademoiselle Barforth », « Certainement, mademoiselle Barforth, » « N'ayez crainte, mademoiselle Barforth », répétait Rosamonde Boulton avec une aigreur croissante.

Finalement, par pitié pour sa migraine et ses joues rouges de fièvre, j'ai entraîné Caroline qui piquait une colère car, après avoir justement fait observer que cinq petites filles ne pouvaient pas marcher deux par deux, on lui avait répondu que Maria Agbrigg – et non Caroline Barforth – serait seule en tête du cortège et porterait le missel de la mariée sur un coussin de soie.

Maria, ses yeux pâles remplis de crainte, aurait volontiers cédé ; son père, s'il avait été consulté, aurait sans doute lui aussi préféré que sa fille ne soit pas ainsi exposée à la curiosité et se serait contenté de la tranquille petite cérémonie intime évoquée par Emma-Jane. Mais Hannah, forte du soutien inconditionnel de son protégé Jonas, ne voulait reculer sur rien et fit même ajouter des volants à la robe de Maria pour bien marquer sa dignité de première demoiselle d'honneur.

La veille de son mariage, Hannah avait passé une heure dans mon petit salon à me rendre des comptes, comme une intendante quittant sa place plutôt que comme une invitée prenant congé d'une hôtesse qui était aussi sa cousine :

— Voilà. J'ai vidé mes tiroirs et mes caisses et j'ai fait avec Mme Stevens l'inventaire de ce que je laisse pour le donner aux domestiques ou à des œuvres. Tu pourras vérifier avec elle, tout est en ordre.

Dehors, le vent froid de février battait les fenêtres et nous rendait plus sensibles à l'atmosphère douillette de la pièce, au cercle de chaleur formé par la cheminée et les candélabres où nous avions cherché refuge.

— Du fond de mon cœur, Hannah, je te souhaite d'être heureuse, si tu crois que cette décision est la bonne…

— Elle l'est, ne crains rien.

Elle tendit vers les flammes ses grandes mains carrées et puissantes, les frotta énergiquement. Et moi, sentant soudain une poussée d'émotion comme il m'en arrivait fréquemment ces derniers temps, je lui ai légèrement touché le bras en lui posant une question qui, je le savais, serait mal reçue :

— Dis-moi, si tu pouvais recommencer ta vie, l'organiser à ton gré, épouser qui tu voudrais… qui aurais-tu choisi ?

Elle saisit le tisonnier et fourgonna dans le feu pour le raviver.

— Tu penses à ton frère, n'est-ce pas ? J'ai beaucoup pensé à lui, moi aussi, surtout ces derniers temps, et j'y penserai sûrement encore, d'autant que je vais habiter la maison où il est né. J'ai malheureusement de plus en plus de mal à me rappeler les traits de son visage.

Elle reposa le tisonnier et joignit ses mains, avec une expression adoucie, presque mélancolique, mais où ne transparaissait cependant aucune faiblesse.

— Tu sais, Hannah, nous devrions nous réconcilier. Redevenir amies.

— Bien sûr, nous le devrions. Laisse-moi répondre à ta question. Si j'étais vraiment libre de mener ma vie à mon gré, je ne me serais jamais mariée. En fait, je serais un homme, comme mon frère Joel. C'est moi qui dirigerais ses usines, conduirais son phaéton, irais à Londres quand cela me plairait. J'aurais un vrai travail, de vraies responsabilités au lieu de faire les courses d'un pasteur et de me sentir vieillir mesquine et l'esprit étroit, comme les autres. Je m'attaquerais à de vrais problèmes. Je serais maire, si je le pouvais, je me serais fait élire à la place de Morgan Aycliffe et c'est moi qui siégerais à Westminster. Mais comme il est évident que rien de tout cela n'est à la portée des femmes, il faut bien que je me contente d'autre chose et que j'épouse un homme qui le fasse à ma place.

— Et… l'affection, Hannah ?

— L'amour, tu veux dire ? Je l'ai connu avec Edwin, et il m'aurait transformée en une autre Emma-Jane. Oui, je sais, c'est ce que je voulais à l'époque – dix enfants et des armoires à linge bien rangées. Maintenant, je peux faire mieux. Ne te fais pas de souci pour moi, Virginie, je n'ai pas la vue aussi courte que tu le crois. Je sais parfaitement que M. Agbrigg est profondément malheureux de la mort de sa femme et qu'il considère son mariage avec moi plus comme un honneur que comme un plaisir. Seulement, vois-tu, je n'ai rien à craindre de lui. Selon la loi, une femme est soumise à l'autorité de son mari, mais notre cas est différent, car mon mari ne fera jamais rien pour déplaire à mon frère et c'est donc moi qui détiendrai l'autorité. Ne t'y trompe pas non plus, Virginie : M. Agbrigg a beau être affecté par la perte de sa chère Anne et se dire qu'il ne m'épouse si vite après que pour le bien de ses enfants, il est ambitieux, il veut progresser, il veut devenir conseiller municipal, maire, atteindre n'importe laquelle des dignités auxquelles je pourrai l'élever. Et cela, ce n'est pas pour ses enfants qu'il le fera, mais pour lui-même.

Hannah se frotta pensivement les mains au-dessus du feu et se leva :

— Allons, nous avons beaucoup à faire, demain.

Et elle s'en fut passer sa dernière nuit solitaire dans son lit.

Quand nous nous sommes levés, le lendemain matin, le ciel était gris et un vent violent soulevait des tourbillons de feuilles mortes ; après le petit-déjeuner, il ne restait plus qu'un fin rideau de bruine puis, au moment où la voiture de la mariée s'arrêtait devant le perron, l'on vit apparaître un peu de blanc au milieu des nuages, comme un signe, ou une promesse, que le soleil était là, juste au-dessus, et finirait par se montrer.

— Qui donc va s'asseoir du côté du marié ? s'était inquiétée Emma-Jane. Il n'a pas de famille et cela va paraître à tout le moins curieux, sinon gênant.

Elle avait compté sans les directeurs et chefs d'atelier qui foisonnaient désormais à Lawcroft, Tarn Edge et Low Cross, tous bourgeois de fraîche date formant une classe nouvelle entre nous et les ouvriers, assez prospères pour se donner bonne apparence, assez avisés pour se faire bien voir d'Ira Agbrigg et de son épouse, née Barforth. Aussi les bancs étaient-ils fort bien remplis quand nous avons fait notre entrée : le jeune Jonas – au grand dépit des adolescents de son âge mais d'une condition supérieure – était fort élégant en jaquette grise et pantalon noir, et la petite Maria, resplendissante dans sa robe à volants, tenait son rôle à la perfection.

Le lunch eut lieu à Tarn Edge, avec un buffet classique de viandes froides et de pâtisseries qui, selon les coutumes les mieux établies dans notre région, aurait aussi pu servir pour des funérailles, champagne en moins. Rien ne vint troubler l'ordonnance des festivités.

Hannah, flanquée de sa fille et de son fils adoptifs, recevait les félicitations avec la mine qu'elle aurait eue si elle avait été marquise, et puisait sa confiance en soi dans la certitude que Joel, en homme d'affaires conscient de ses propres intérêts, saurait faire contre mauvaise fortune bon cœur en tirant parti de la situation et, par voie de conséquence, finirait par la seconder activement dans ses grands projets. On n'en était cependant pas aux familiarités de mauvais aloi, et si Jonas et Maria avaient acquis l'habitude d'appeler Hannah « mère », il n'était pas encore question d'un « Oncle Joel ». Ira Agbrigg, malgré ma permission, ne pouvait pas maîtriser sa langue au point de se servir de mon petit nom et persistait, comme il le ferait peut-être indéfiniment, à ne donner à Joel que du « Monsieur », voire du « Patron » quand l'occasion le justifiait.

Quant à Morgan Aycliffe, qui était venu tout exprès de Londres apporter à Hannah ses meilleurs vœux de bonheur, ainsi qu'un service de table en Wedgwood qui fit encore pâlir de jalousie Emma-Jane, il avait assez d'expérience de la vie publique pour reconnaître au premier coup d'œil un lord-maire en puissance et manifestait au marié tout l'empressement dont il était capable. Ce n'était aussi un mystère pour personne que Joel, en dépit de ses manières distantes et de son déplaisir visible, continuerait à verser sa rente à Hannah, et qu'il n'avait pas encore disposé de Maison Haute.

Ainsi assurée de l'avenir, Hannah saurait parfaitement, comme elle me l'avait dit, exploiter au mieux ce dont elle disposait désormais ; et quand la réception fut terminée et que Hannah eut pris le chemin de Lawcroft – les intérêts supérieurs des entreprises Barforth interdisaient qu'on perde son temps à faire des voyages de noces –, je fus la première surprise de constater combien elle me manquait. Elle avait servi de tampon entre Joel et moi, sa présence à table était prétexte à un semblant de conversation, et maintenant son absence creusait un tel vide, entraînait des silences si insoutenables que, pour y échapper, je me suis lancée dans une frénésie de réceptions ; j'invitais n'importe qui, amis, inconnus, des gens intelligents ou bornés, des relations utiles ou des parasites, mais des êtres humains qui s'interposaient entre Joel et moi.

Au printemps, j'ai vu fleurir le tapis de jonquilles promises par les jardiniers, j'ai senti le parfum des lilas, j'ai entendu les oiseaux gazouiller dans un ciel parfois bleu et ensoleillé, et mes chiens couraient et se roulaient dans l'herbe tendre des pelouses. En juin, nous avons organisé des pique-niques au bord de l'étang aux nénuphars, à l'ombre du saule pleureur, sur des tables servies par des femmes de chambre en tablier empesé qui apportaient de la cuisine des paniers pleins de victuailles, pendant que la «chère Maud» d'Elinor mettait ses nerfs – et les nôtres – à rude épreuve avec ses craintes maladives des piqûres de guêpe, des taches d'herbe, de la rosée qui mouille les pieds ou d'horribles histoires d'enfants noyés dans des pièces d'eau. Nous avons fait des excursions en voiture, visité des ruines de château et d'abbaye, sans même parler d'un éprouvant séjour à Floxley Park où lady Winterton, ayant invité plus de monde qu'elle n'en pouvait loger, nous mit dans une chambre pourvue d'un lit double où, trois nuits durant, nous nous sommes tournés le dos, tandis que Joel dormait du sommeil du juste et que je comptais les heures, les yeux grands ouverts dans le noir.

Pendant tout ce temps, nous n'avons pas eu une dispute, pas une parole acerbe, rien qu'une politesse froide, indifférente, souvent glacée. Nous vivions sous le même toit, nous n'échangions que les phrases strictement indispensables, comme deux associés liés l'un à l'autre par des intérêts trop puissants pour être rompus, et c'était pour moi une prison dont le caractère étouffant, insupportable, ne pouvait soulever aucune pitié chez les autres puisque nul, à part nous et peut-être quelques proches, n'en soupçonnait l'existence.

— Je lui transmettrai vos regrets de devoir mettre fin à votre liaison, m'avait dit Joel.

Or, je ne savais ni quand ni comment le message avait été transmis, encore moins la manière dont il avait été reçu, ce qu'avait répondu Charles, si bien que le jour où, dans la rue, un gamin me poussa une lettre dans la main avant de s'enfuir à toutes jambes, je l'ai emportée à la maison et, selon ma promesse, je l'ai donnée à Joel sans l'avoir ouverte – non par crainte ou par soumission à ses ordres, mais par méfiance. Avec l'avenir et, peut-être, la vie de Charles entre les mains, je ne pouvais pas risquer de tomber dans un piège.

Plusieurs autres missives suivirent, qui me parvenaient par divers moyens et que je remettais aussitôt à Joel ; sans un commentaire, il les glissait dans un tiroir au lieu de les brûler, de sorte que je ne fus pas surprise, un matin, de le voir en faire un paquet auquel il me demanda de joindre un mot de ma main pour en expliquer le renvoi et prier M. Aycliffe de ne plus m'importuner. Le même jour, Mark Corey fut arrêté pour dettes et les lettres cessèrent de me parvenir.

Quelques kilomètres me séparaient du Tonneau rouge, mais j'aurais aussi bien pu me trouver à l'autre bout de la terre, environnée comme je l'étais de serviteurs, d'enfants, d'amis formant la plus infranchissable des murailles. Je n'étais plus la jeune femme insouciante qui, naguère, allait promener ses chiens sur la lande jusqu'aux rochers de la Vieille Sarah, ou pouvait errer à sa guise sur les chemins de Maison Haute. Je m'efforçais de m'accommoder de mon isolement, de me convaincre que, consciente du prix à payer pour mes actes, je n'avais pas le droit de m'y dérober. L'effort était dur, pénible, mais je réussissais le plus souvent à retrouver mon calme jusqu'à ce que la pensée des longues années stériles devant moi détruise la façade de sérénité que je m'étais donné tant de mal à édifier.

Que devenait Charles, pendant ce temps ? Parfois, je me plaisais à lui donner, par l'imagination, une vie riche et active, une carrière politique ou littéraire, une femme, des enfants pour partager son bonheur. À d'autres moments, le souvenir de l'être vulnérable qu'il était resté revenait me hanter, ravivait mon instinct protecteur – sentiment infiniment plus puissant, plus viscéral que celui éprouvé pour mes propres fils. Blaise saurait toujours obtenir ce qu'il voulait de la vie et des gens, par la ruse s'il le fallait ; et Nicolas ferait de même, par la force. À l'image de Joel, ils étaient forts, indépendants, vivaces comme des arbres aux racines profondes et insensibles, comme eux, aux chaleurs de l'été ou aux rigueurs de l'hiver. Par besoin de satisfaire leurs aspirations, ils croîtraient, prospéreraient et se multiplieraient alors que Charles, dépourvu de cette dureté inattaquable, ne tenait pas vraiment à la vie et ne se donnerait vraisemblablement pas la peine de lutter et de réussir sans quelqu'un pour l'y inciter. Il lui fallait, m'avait-il souvent dit, une passion où s'absorber ; en fait, il avait besoin de se sentir aimé – contrairement à Joel et, peut-être, à Blaise et Nicolas. Aussi ne supportais-je pas sans peine le souvenir du mal que je lui avais fait.

Je savais que je ne tenterais plus jamais de le revoir ; et pourtant, un beau jour ensoleillé où j'avais emmené mes enfants et Elinor à Patterswick, j'ai soudain reconnu Dinah McCluskey qui s'avançait à ma rencontre dans un étroit sentier, et mon besoin d'avoir des nouvelles de Charles – savoir comment il allait, rien de plus – fut si fort qu'il balaya toute prudence. Je ne me suis même pas demandé par quel mystère cette femme se trouvait là, seule, tête nue et les hanches provocantes comme si le chemin lui appartenait, mais j'eus assez de présence d'esprit pour me dire que Joel était à Liverpool et qu'il n'y avait personne d'autre pour m'observer que la « chère Maud », trop débordée par la surveillance de mes enfants, et Elinor, trop terrifiée par les périls de cette paisible campagne, pour s'intéresser à ce que je faisais.

Arrivée à ma hauteur, elle garda les yeux baissés et feignit de m'ignorer, pour me laisser l'initiative. Après une brève hésitation, je l'ai hélée par son nom.

— Ah bon ! Vous daignez quand même me reconnaître. Et cette femme, là-bas ? Bah ! peu importe. Vous n'aurez qu'à lui dire que je suis une bohémienne et que je vous dis la bonne aventure.

— Elle n'a pas d'importance…

— Peut-être pas. Mais avant qu'elle ne vienne fourrer son nez dans nos affaires… Tant pis. Alors, vous voudriez bien savoir comment va votre Charles, hein ?

Elle avait rejeté la tête en arrière et riait d'une manière agressive, avec effectivement l'allure d'une bohémienne.

— Oui, je le voudrais bien… Êtes-vous venue ici exprès pour me voir ?

— Bien raisonné, ma belle.

Elle s'interrompit, repoussa d'une main une mèche de cheveux qui lui tombait sur le front et me contempla avec un sourire de triomphe, sûre de son pouvoir sur moi, et sachant que je me mettrais à genoux s'il le fallait.

— Je vais vous le dire, reprit-elle. Il a mal pris la chose, vous savez. Il savait bien que cela finirait par arriver un jour ou l'autre, mais il ne s'attendait pas à ça. Vous auriez au moins pu venir le lui dire vous-même, au lieu d'envoyer votre mari faire la commission. Ce n'est pas bien, ce que vous avez fait là, pas bien du tout.

— Il… Mon mari est venu lui-même ? Je n'en savais rien.

— Bien sûr qu'il est venu lui-même ! dit-elle avec un ricanement de mépris. Vous croyez donc qu'il aurait envoyé un de ses contremaîtres, ou son valet de chambre ?

— Je suis désolée…

— Je l'espère bien ! Votre mari, on le voyait souvent chez nous, avant votre mariage, quand il n'avait pas les moyens d'aller au Cygne. Je l'ai bien connu, allez, et c'est pour ça que je ne l'ai pas laissé approcher de Charles. « Il est parti, je lui ai dit, il a pris le train de Manchester. » On s'est disputés un moment, comme dans le temps, et il a fini par me dire : « C'est bon, Dinah, dis-lui que ma femme a décidé de rompre. Elle a compris son erreur, et si lui ne comprend pas les siennes, dis-lui que je serais ravi de revenir les lui expliquer. » Au début, bien sûr, Charles se faisait des cheveux blancs en croyant qu'il vous avait battue, et j'ai envoyé quelqu'un voir comment vous étiez. Alors, comme vous aviez l'air normal, je lui ai dit : « Laisse donc, laisse-la aller. Et surtout, ne lui écris rien, ne mets rien noir sur blanc, compris ? » Il a quand même fallu qu'il vous écrive ces lettres, auxquelles vous ne répondiez pas, et nous avons compris pourquoi quand Mark Corey s'est fait arrêter. C'est lui, j'imagine, qui a vendu la mèche à sa sœur qui, à son tour, a tout raconté à Joel, hein ? Mark aurait mieux fait de se taire, et je ne me priverai pas de le lui dire si jamais je le revois, mais ce que lui a fait cette sale garce est inexcusable. C'est quand même son frère, même s'il l'est de la main gauche, et elle a bien de quoi lui laisser ses malheureuses deux ou trois mille livres, avec la fortune du vieux ! Enfin… Quand ils ont emmené Mark, Charles est monté s'enfermer dans sa chambre. Moi, je croyais que ses réflexions l'amèneraient à quitter la ville, puisqu'il n'y a plus rien à faire ici pour lui, plus d'argent pour faire tourner le journal, et puis, à vrai dire, je n'aurais pas été fâchée de changer d'air, moi aussi. Mais non ! Il est redescendu en me débitant je ne sais quels boniments, en disant qu'il fallait trouver de l'argent pour sortir Mark de prison. Avec Charles, dès qu'il s'agit d'argent, on peut être sûr de l'échec, il n'y connaît rien… Et puis ce n'est pas tout : après cela, il m'a demandé d'aller vous voir.

Elle s'interrompit en affectant de regarder les champs ensoleillés, les branches entrecroisées au-dessus de nos têtes. Mais je sentais sa répugnance à aller au bout de la mission que Charles lui avait confiée, en partie par manque de confiance dans la valeur du message à transmettre, surtout peut-être par antipathie pour moi.

— Je vous en prie, qu'est-ce que Charles vous a chargée de me dire ?

Elle résista à son envie de me quitter à ce moment-là sans rien me révéler, et de donner comme excuse à Charles que j'avais refusé de l'entendre. Au prix d'un effort sur elle-même, elle poursuivit enfin :

— Eh bien, voilà. Il veut que vous l'attendiez pour partir avec lui. Cela prendra du temps, mais il croit y arriver. Il fera d'abord la paix avec son père, il est prêt à ramper à ses pieds s'il le faut, mais il est sûr que le vieux sera ravi de le voir revenir, surtout maintenant qu'il n'a plus Daniel Adair. Après, bien sûr, Charles devra travailler un peu pour lui et mettre ses affaires en ordre avant de chercher un emploi à Londres ou ailleurs. Voilà ce qu'il est prêt à faire si vous voulez l'attendre. Une fois que vous serez partie, croit-il, votre mari ne cherchera pas à vous faire revenir. Chez Barforth, ce n'est pas le cœur qui compte, mais la vanité – et moi qui l'ai bien connu, je ne peux pas dire le contraire –, si bien qu'au lieu de passer pour un imbécile en vous courant après, il préférera installer une écurie de catins de luxe à votre place et vous oublier. Voilà, Charles est prêt à abandonner pour vous tout ce qui compte pour lui, et il le trouve normal puisque vous en feriez autant. C'est cela qu'il m'a demandé de vous dire.

Je me suis écartée de quelques pas. J'avais besoin d'un peu de silence et de solitude pour me pénétrer, seule, du bonheur immense et de la tristesse indicible qui se mêlaient en moi après ce que je venais d'entendre, car c'était à la fois un acte d'amour et de sacrifice, un murmure d'espoir dans un désert de désespoir. Au bout d'un instant, Dinah McCluskey me rejoignit et posa sa main rude, mais belle, sur mon bras :

— Vous voyez, je vous l'ai donné, ce message, comme je le lui avais promis. Il y a passé deux jours et deux nuits, à imaginer ce plan-là, c'était bien la moindre des choses que je fasse la commission… Eh bien, maintenant je vais rentrer lui dire que vous seriez folle de joie d'accepter mais que c'est impossible. C'est bien cela, n'est-ce pas ?

— Le croyez-vous ?

— Oui, je le crois ! Vous y perdriez trop, ma belle. Réfléchissez un peu, tenez, rien que ces beaux enfants, là-bas, qui courent dans le champ. Vous ne les reverriez plus jamais. Et lui, ma jolie, y avez-vous pensé, à lui ? Il y croit, je le sais, et il tiendra toutes les promesses que je viens de vous répéter, pour peu que vous disiez oui. Mais moi qui le connais bien, je sais qu'il préférerait cent fois aller en prison plutôt que retourner se mettre sous la coupe de son vieux grigou de père. Vous croyez-vous capable de compenser un pareil sacrifice de sa part ?

— Et vous, le seriez-vous ?

— Moi, oui.

— Permettez-moi d'en douter, madame McCluskey.

— Et pourquoi donc ? Parce que je ne suis qu'une vulgaire tenancière d'estaminet ? Cela ne le gêne pas. Pour lui, il y a autant de qualités et de dignité chez les gens du peuple que chez les bourgeois, et il a raison – sauf qu'il oublie qu'il y a, chez nous comme chez les autres, des bons et des méchants. Mais s'il me mettait un beau bonnet, des gants et une robe de soie, je pourrais moi aussi avoir l'allure d'une dame ! Et même mieux que d'autres.

D'abord stupéfaite, je sentis monter en moi une vague de haine envers cette femme qui, maintenant, me faisait peur.

— Vous n'espérez quand même pas qu'il va vous épouser ?

D'un geste presque menaçant, elle rapprocha son visage du mien, si près que je sentais le souffle de son haleine, que montait dans mes narines le mélange de la fraîcheur de sa peau et des relents d'alcool et de tabac ranci dont ses vêtement étaient imprégnés.

— Cela, je n'en sais rien. Mais, s'il le faisait, il ne le regretterait pas, je vous le dis. Vous avez peut-être des sentiments pour cet homme-là, Virginie Barforth, mais c'est moi qui ai des doutes sur vos capacités à lui donner ce dont il a réellement besoin. Vous n'avez donc pas encore été capable de le comprendre, de savoir ce qu'il est ? Ce qu'il lui faut, c'est une femme qui puisse en même temps être une mère, et vous êtes incapable de jouer ces deux rôles-là. Contentez-vous donc de ce que vous avez, et laissez-le moi ! Je n'aurais pas d'autre homme que lui, pas d'autre enfant que lui, et si j'ai du mal à le lui faire comprendre, c'est quand même moi, en fin de compte, qui suis ce qui peut lui arriver de mieux. J'ai mené une vie dure, ma jolie. On m'a envoyé travailler chez votre grand-père quand j'avais à peine cinq ans, et je faisais le trottoir à douze ans pour gagner quelques sous, puis quelques shillings quand j'ai commencé à mieux comprendre la vie, jusqu'au jour où Jack McCluskey m'a mise derrière son comptoir et m'a épousée. Une grande brute que c'était, cet homme-là, qui buvait tout ce qu'il gagnait pour finir fou à lier en voyant des araignées dans sa soupe et des rats au plafond. Il s'imaginait que je voulais le supprimer et jurait qu'il me tuerait d'abord, ce qu'il a bien failli faire plus d'une fois. Eh bien, croyez-moi, si j'ai survécu à un Jack McCluskey, il en faut beaucoup pour m'abattre, et personne au monde ne fera du tort à Charles tant que je serai là pour veiller sur lui. Je n'ai jamais eu d'enfant, voyez-vous. À treize ans, une vieille m'a fait avorter avec une aiguille à tricoter, c'était il y a vingt ans de cela, et depuis je n'ai plus jamais pu en avoir. Et cela me manque, si bien que je ne vais pas m'en priver ni l'en priver, puisque nous en avons tous les deux besoin. Alors, vous, ma belle madame Barforth, vous devriez ne pas vous mêler de tout ça, croyez-moi. Laissez-le tranquille, laissez-moi tranquille, que je puisse au moins lui prouver que c'est une femme comme moi dont il a besoin.

Dans le silence qui suivit, j'entendis des bruissements dans la haie, quelque mulot ou autre petit animal vivant sa vie à côté de nous ; sur une branche, un oiseau chantait obstinément ; des voix d'enfants, les miens, criaient au loin, prélude à une nouvelle querelle ; Maud Hardisty poussait, elle aussi, des cris d'effroi à l'idée de vêtements déchirés, de genoux écorchés infectés par Dieu sait quels microbes ; un coup de vent frais soudain se leva en faisant frissonner les boutons d'or et les pâquerettes avant de venir me caresser le dos. J'ai levé les yeux, et j'ai vu que les enfants et Maud Hardisty se dirigeaient vers moi d'un pas rapide.

— Alors ? dit Dinah McCluskey. Je lui dis que vous refusez, n'est-ce pas ?

— Non.

— Quoi, non ? Qu'est-ce que ça veut dire, non ? Vous devenez folle, ma petite ? Que pouvez-vous dire d'autre ?

Ma haine envers cette rivale m'aveugla un instant et je dus faire effort pour lui répondre sans trembler :

— Dites-lui que je veux réfléchir un peu, pas longtemps, quelques jours. S'il a pris le temps d'y penser, je lui dois d'en faire autant pour prendre la décision la meilleure pour lui, pas pour moi. Car si j'étais seule en cause, je le rejoindrais demain, ce soir même, en jupon et les mains vides. Mais il faut d'abord que je sois sûre de moi et d'agir pour son bien à lui. Est-ce assez clair ?

Elle me saisit le poignet d'une main dure et sèche qui me fit l'effet d'une serre :

— Allez au diable, sale garce ! Sale égoïste ! Vous savez que ça va lui faire du mal, mais rien ne vous empêche de jouer avec lui comme votre mari s'amuse avec ses putains. Vous êtes bien tous les mêmes, les Barforth ! Tous des salauds !

Elle me poussa violemment contre la haie, tourna le dos et s'en fut à grandes enjambées.

36

De retour à la maison, ce soir-là, j'ai fait courir mes chiens, passé une heure avec mes enfants avant leur coucher ; puis, assise à table avec le lourd bracelet de Joel au poignet, j'ai essayé objectivement de m'imaginer ailleurs et en d'autres circonstances. Je me suis efforcée de séparer de mon amour tout ce qu'il pouvait contenir d'égoïsme et de procéder à un examen de ces éléments, sous une lumière assez forte pour être impartiale. J'ai pensé à ce que sont le courage, le châtiment, je me suis curieusement remémoré la consistance des cheveux de Caroline, ses cris de douleur indignée quand la brosse se prenait dans un nœud. J'ai évoqué des images de solitude, un paysage désertique, un ciel vide et blanc, sans pour autant cesser de bavarder avec mes invités. Plus tard, cette même nuit, j'ai eu un sommeil peuplé de rêves où m'apparaissait le visage amaigri, émacié de Charles qui me regardait par-dessus l'épaule de son père : «Je n'ai pas pu m'échapper», me disait-il. Alors, Morgan Aycliffe s'écartait avec un sourire plein d'une joie mauvaise pour révéler, derrière lui, le corps de Charles couvert de chaînes, les mains emprisonnées dans des menottes, squelettique, rendu hideux par la souffrance, pendant qu'Elinor, avec un rire hystérique, le montrait du doigt : «Nous lui donnons à manger deux fois par jour et il couche sous le bureau du comptable. Il n'a besoin de rien d'autre !»

Quand je me suis enfin réveillée, le temps avait changé durant la nuit. Il pleuvait à verse, la pluie tambourinait sur mes fenêtres, annonçant une matinée maussade, que je passai dans un malaise continuel, une migraine larvée, une tension des nerfs qui me rendait incapable de décider s'il fallait ou non allumer du feu au salon, moins encore de ce qu'il faudrait faire de ma vie, de celle de Charles, et même de Joel. L'après-midi s'étira de manière aussi pénible, avec la surprise désagréable de voir Joel rentrer sans prévenir pour se changer et ressortir immédiatement. Le soir, enfin, le beau temps revint, l'air était calme et doux ; et c'est alors que me parvinrent des nouvelles qui ramenèrent beaucoup de choses à leurs justes proportions et donnèrent du relief à d'autres, auxquelles je ne m'attendais pas.

Je traversais le palier du premier étage et regardais distraitement en bas quand j'ai vu, dans le vestibule, Mme Stevens et Mme Richmond chuchoter avec animation. Comprenant qu'il avait dû se passer quelque chose, je suis descendue et, en me voyant, Mme Stevens me saisit immédiatement la main :

— Ah ! ma pauvre amie, c'est horrible, horrible ! Cette pauvre Mlle Boulton… Il paraît qu'elle est morte.

— Quoi ? Rosamonde Boulton ?

— Oui, la malheureuse… Quelle tragédie !

— Mais, comment, de quoi ? Elle n'avait pas l'air bien, depuis quelque temps, mais que ce soit si soudain…

— C'est vrai, vous l'aviez remarqué, n'est-ce pas ? Elle n'allait pas bien, pas bien du tout…

Mme Stevens hésitait, cherchait à m'apprendre la terrible nouvelle avec ménagement. Mais Mme Richmond, qui ne se souciait guère de la mort d'une couturière et ne voyait pas en quoi cela dût m'affecter, l'interrompit avec impatience :

— Il n'est pas question de maladie, voyons. Elle se serait ouvert les poignets avec un couteau de cuisine, d'après ce que nous avons entendu dire. C'est extrêmement choquant, et je ne sais pas si elle aura même droit à des obsèques religieuses dans ces conditions.

— Oh ! mon Dieu, mon Dieu… exhala Mme Stevens. Venez, ma chère enfant, venez vous asseoir.

Paralysée par l'horreur, je fus incapable de m'asseoir et je suis restée agrippée au dossier d'une chaise pendant que Mme Stevens se précipitait pour rapporter un flacon de sels. Quand elle me vit calmée et assise, elle partit en toute hâte interroger ses informateurs et revint une heure plus tard me raconter en détail la pitoyable et tragique histoire.

Rosamonde Boulton s'était tailladé les poignets ce matin-là de très bonne heure, dans la chambre qu'elle occupait au-dessus de sa boutique, et elle était restée couchée par terre, derrière la porte, à perdre son sang jusqu'à ce que son père vienne, tout à fait par hasard, lui faire une commission de la part de sa mère.

— Le pauvre homme, imaginez un peu ! dit Mme Stevens avec des larmes dans les yeux. Elle vivait encore il y a une heure, paraît-il, mais les médecins auraient dit à la famille qu'il n'y a pas d'espoir de la sauver. Et puis, Virginie… Il paraît aussi qu'elle était enceinte et que ce qui risque de la tuer, ce n'est pas l'hémorragie mais l'accouchement de l'enfant mort-né.

J'ignorais où était Joel, et, l'aurais-je su, je n'aurais pas osé l'envoyer prévenir. Aussi suis-je restée assise dans mon petit salon, la porte entrebâillée pour guetter le bruit de son phaéton ; quand je l'entendis enfin, je me suis précipitée à sa rencontre dans le vestibule, et j'ai compris au premier coup d'œil qu'il savait déjà. Il est passé devant moi sans un mot, j'ai hésité un moment et je suis allée le rejoindre dans sa chambre, où j'entrais pour la première fois.

Il était déjà assis à côté de la cheminée et contemplait fixement l'âtre vide, les yeux mi-clos, un cigare éteint entre les doigts ; les traits de son visage qui, ce matin encore, affichaient l'arrogante sûreté d'un homme dans la force de l'âge, étaient tirés, affaissés, trahissaient soudain le poids des ans, l'épuisement de la lutte quotidienne jointe aux fatigues d'une vie dissolue et à l'accumulation de nuits blanches. Il avait l'air épuisé, vidé au moral comme au physique ; et moi, qui ne l'avais encore jamais vu souffrir, je suis restée clouée sur le seuil, car je ne savais pas comment le réconforter, et j'étais en même temps surprise de sentir monter en moi une irrésistible envie de le faire.

Avant que j'aie pu dire un mot, il rouvrit brusquement les yeux, se tourna vers moi et cria presque :

— Alors, vous voulez savoir si l'enfant était de moi ?

— Mais non. Quelle importance ?

— C'est important pour moi. Et ce l'était aussi pour elle, car, si j'en avais été le père, elle n'aurait pas eu besoin de faire ce qu'elle a fait. J'aurais payé, et largement. Pourquoi pas, voulez-vous me le dire ? Je n'ai pas arrêté d'envoyer de l'argent à la bâtarde de votre frère, depuis sa mort, j'ai les moyens d'en faire autant pour mon propre compte. Elle savait, pourtant, que je l'aurais installée ailleurs, à l'abri des médisances, que j'aurais tout fait pour lui rendre la vie facile. Elle le savait ! Mais l'enfant n'était pas de moi, ç'aurait d'ailleurs été impossible – et cela n'avait aucune importance, en fin de compte, car je me serais de toute façon occupé d'elle. Il lui suffisait de me tenir au courant.

Et comment, me suis-je dit, aurait-elle pu lui faire un tel aveu quand il l'avait déjà abandonnée par deux fois, et quand elle s'était elle-même laissé exploiter et délaisser par un autre amant ? Je me suis approchée, je me suis agenouillée sur le tapis, près de lui mais sans le toucher, et je lui ai demandé :

— L'avez-vous jamais aimée, Joel ?

C'était là, je crois, plus qu'il ne pouvait supporter venant de moi.

— Allez au diable, Virginie. Fichez le camp.

Il me l'avait dit d'un ton si calme, si peu en rapport avec le sens de ses paroles que je ne m'étais pas attendue à ce qu'il m'agrippe soudain par les épaules pour me relever de force et me repousser brutalement contre le mur.

— Il vaut mieux que vous partiez, Virginie, répéta-t-il. Pour l'amour du Ciel, laissez-moi seul.

Sur un coup d'œil à son expression ravagée, je me suis enfuie en courant.

Je suis retournée m'asseoir dans mon petit salon à regarder tomber le crépuscule, à écouter la pendule égrener les secondes comme des gouttelettes de temps s'écoulant, une à une, pour former un ruisseau, un fleuve coulant toujours dans le même sens, sans jamais remonter à sa source, sans jamais revenir à cet instant crucial de la décision où l'on aurait pu choisir une autre voie, retrouver l'espoir, repousser un amant, se donner à un autre. Mais jusqu'où remonter ? À qui la faute – si faute il y avait ? Si mon frère Edwin avait vécu, Rosamonde Boulton ne serait pas en train de mourir. Elle serait Mme Joel Barforth, de Low Cross, une femme harassée de travail et de soucis, toujours à court d'argent, de temps pour repasser les chemises de Joel et faire l'économie d'une servante, de ressources pour joindre les deux bouts et faire bon effet quand sa riche belle-sœur Hannah viendrait de Lawcroft prendre le thé et jeter sur tout un œil impitoyable. Moi, je serais peut-être en ce moment à Blenheim Lane à m'interposer entre Charles et son père pour préserver un semblant de paix, tandis qu'Elinor serait probablement la vieille fille aigrie et volage que Rosamonde Boulton était devenue. Nous étions les fragments colorés d'un même kaléidoscope, mais nous étions disposés autrement, c'est tout. Cela aurait-il suffi à nous rendre plus heureux, meilleurs ? Ou serions-nous quand même, par l'insatisfaction inhérente à la nature humaine, en train d'attribuer simplement des noms différents à nos misères et à nos doléances ?

Je ne sais si j'ai vraiment entendu la sonnette de la porte d'entrée, ou si je m'attendais à ce que surgisse quelqu'un ou quelque événement pour ajouter une nouvelle dimension au drame, mais quand Mme Stevens entra, visiblement accablée, pour m'annoncer M. Boulton, j'en fus secouée mais pas vraiment surprise.

C'était le père de Rosamonde Boulton, celui qui, depuis toujours, avait mis sa fille en garde contre Joel Barforth, de qui elle ne pouvait attendre que des ennuis ; celui qui, depuis l'ouverture de la boutique – dont il savait quel argent avait financé la création – avait toujours ouvertement évité de se trouver à la Halle au Drap en même temps que Joel, dont il refusait tout aussi publiquement les poignées de main ou les simples regards. Je me suis aussi rappelé que, au moment des élections, il avait voté tory à la surprise générale, par refus de partager jusqu'aux opinions politiques du séducteur de sa fille.

Il était pourtant venu, le jour ou la veille de la mort de celle-ci ; et j'eus beau remarquer son expression intimidée et ses regards furtifs décochés à un luxe qu'il n'avait pas imaginé aussi écrasant, mon premier instinct fut de prétendre Joel absent, quand il me demanda à le voir, et de chercher à le protéger d'un danger.

— Il est en voyage, ai-je répondu trop vite. Il est parti pour Manchester et ne sera pas de retour avant lundi matin. Que puis-je faire pour vous, monsieur ?

— Rien, madame, rien. J'attendrai.

— Pas jusqu'à lundi, voyons…

Je restais là, plantée devant cet homme pour qui j'éprouvais une pitié sans doute trop visible, mais animée en même temps d'un besoin irraisonné de défendre cet autre, que je connaissais trop bien et qui n'avait besoin de l'aide de personne – surtout pas de la mienne –, quand Joel apparut en haut des marches, en chemise, le col et les poignets défaits. Il marqua une pause, prit une profonde inspiration et descendit avec la lenteur résignée du condamné marchant à la potence.

— Je suis là, monsieur Boulton. Je viens de rentrer de voyage. Voulez-vous me suivre, par ici je vous prie.

Ils sont allés au fumoir et la porte s'est refermée derrière eux.

Je sentais qu'il ne fallait pas les laisser seuls, mais je n'osais pas les suivre. Je n'aurais pas non plus pu expliquer mes craintes, car Joel ne s'attaquerait sûrement pas à lui, et M. Boulton, quoique vert et vigoureux, était un homme âgé, incapable de représenter une menace pour Joel. Celui-ci avait certes causé un tort considérable à Rosamonde Boulton, mais son père savait certainement – comme moi-même et tout le monde en ville – que leur liaison était finie depuis longtemps. Combien de rancœurs, alors, le père avait-il ressassées et nourries, combien de honte, de rage avait-il éprouvée en voyant le nom de sa fille peint sur la devanture, en entendant répéter, des années durant, les mêmes médisances ? Combien de prétendants Rosamonde, aveuglée par sa passion pour Joel, avait-elle éconduits ? Son père ne pouvait donc que rendre Joel responsable de la honte qui s'était abattue sur sa fille et du drame qui marquait sa fin. Que Joel fût ou non le père de l'enfant, M. Boulton ne s'en inquiétait plus : c'était quand même lui le coupable.

Pourquoi était-il venu, pourquoi avais-je si peur ? Était-ce l'aura de mort que j'avais perçue autour de lui qui me faisait trembler de la sorte, ou était-ce la détresse de Joel, son aveu implicite de culpabilité qui me poussa soudain dans le couloir, me posa malgré moi la main sur la poignée de la porte et me la fit ouvrir, alors que je savais que je devais attendre ? Une force inconnue, que je n'avais ni demandée ni soupçonnée, me faisait agir dans un état second, et je me suis retrouvée dans le fumoir, le dos appuyé à la porte refermée contre laquelle je pesais de toutes mes forces pour que personne n'entre après moi.

Un spectacle incroyable, irréel, s'offrit à mes yeux. Joel était debout près de sa table de travail, la tête courbée, dans une attitude de contrition. M. Boulton était à côté de lui.

Soudain, je l'ai vu se pencher, saisir le manche d'un fouet glissé dans sa botte et le lever en faisant siffler la lanière.

— Non, monsieur Boulton ! me suis-je entendue crier. Joel, ne lui faites pas de mal !

Joel aurait aisément pu lui arracher le fouet des mains et avait d'ailleurs fait le geste instinctif qui avait provoqué mon cri. Mais il se contenta de reculer d'un pas.

La longue lanière s'abattit alors et lui cingla la poitrine avec une force qui le repoussa contre la table. Les mâchoires crispées, les yeux fermés, il ne disait rien, et j'ai compris qu'il allait accorder à ce malheureux vieillard, fou de douleur et de désespoir, la triste satisfaction d'accomplir sa vengeance.

Adossée à la porte, incapable d'un geste ou d'un cri, je vis apparaître des zébrures rouges sous la chemise lacérée, j'entendis la succession des sifflements du fouet, des coups plus sourds sur la chair, le halètement rauque du pitoyable justicier. Un réseau cramoisi couvrait toute la poitrine de Joel, le sang commençait à ruisseler, à former une masse sanguinolente dont je ne pouvais détacher le regard car je revoyais, avec horreur, éclater la poitrine de mon père sous la balle, et je retrouvais, sur le visage de Joel, la même stupeur incrédule qu'avait eue Edwin en voyant son méprisable ennemi lui plonger un couteau dans le ventre.

Les mains crispées sur le dossier d'une chaise, Joel se soumettait au châtiment traditionnel des adultères et voleurs de femmes. Sur son visage, je ne voyais que la détermination à subir la flagellation jusqu'au bout, sans crier, sans plier. Malgré moi, j'étais fière de lui, je souffrais pour lui, avec lui, jusqu'au moment où un claquement plus fort de la lanière me tira de ma semi-conscience. J'ai sursauté et j'ai crié, inutilement, naïvement :

— Assez ! Arrêtez-vous, tout de suite !

Cela avait pourtant suffi et, comme par miracle, le sifflement et les coups cessèrent. La forme grise de M. Boulton parut se recroqueviller et perdre sa substance, tandis qu'il se laissait tomber sur une chaise, les mains pendantes, les yeux fixes, comme aveugles, dans un visage mort, couleur de cendres. Je me suis approchée, pour me pencher vers lui, et la voix de Joel me parvint alors de très loin, rauque, brisée, pour me dire des mots auxquels je ne m'attendais nullement :

— Occupez-vous de lui, ne le laissez pas partir. Il ne sait pas ce qu'il fait, il pourrait se tuer ou se blesser.

Épuisé, il s'écroula à son tour dans le grand fauteuil de cuir d'où il avait si souvent décidé souverainement des affaires de Tarn Edge et de Lawcroft, et se laissa doucement tomber en avant, sa poitrine sanglante appuyée sur la table.

— Occupez-vous de lui, Virginie, me répéta-t-il.

Mais M. Boulton avait déjà sombré dans une sorte de coma ; inerte, le corps mou comme une algue, il semblait incapable de bouger, encore moins de songer à fuir, et le mieux était pour le moment de le laisser en paix.

— Laissons-le se reposer. Quant à vous Joel, ne bougez pas non plus. Je vais faire immédiatement venir le docteur.

— Non… Pas de médecin.

Il fit un effort pour se remettre debout mais retomba dans son fauteuil avec un choc qui fit jaillir le sang et lui trempa la main.

— Mais, Joel…

— Non, Virginie. Pas de docteur.

— Vous saignez, il faut qu'on vous soigne !

— Pour l'amour du Ciel, Virginie, comprenez-vous qu'il n'est pas question de faire venir un docteur ? Il comprendra, cela finira par se savoir, et les Boulton en ont assez subi sans leur infliger cela en plus ! Ce pauvre diable va devoir reprendre sa vie ici, dans cette ville, avec sa femme… Non, il ne faut surtout pas que cela se sache. Comment, je n'en sais rien, je suis hors d'état de penser. Plus tard… Aidez-moi, Virginie. Aidez-moi.

Il l'avait dit – pour la première fois et, peut-être, la dernière. « Aidez-moi ». Pour la première fois, il s'adressait à moi comme à une femme capable de décider, d'entreprendre, une femme dont il reconnaissait la force, dont il demandait le réconfort, admettant qu'il en avait besoin. Bouleversée, encore incertaine de sa sincérité mais sûre d'être capable de répondre à cet appel, j'ai légèrement hoché la tête :

— Nous nous arrangerons, ne vous inquiétez pas. Et puis, Joel… Je crois qu'il va falloir vous résigner, pour quelques instants du moins, à faire ce qu'on vous dit.

Malgré la souffrance qui le faisait grimacer, il m'a fait un sourire si éclatant que je n'ai pas pu m'empêcher de le lui rendre.

De la discrétion, il en fallait, bien sûr, même et surtout ici, car je ne connaissais pas encore assez les serviteurs pour savoir si je pouvais leur faire pleinement confiance, et si Mme Richmond était trop imbue d'elle-même pour bavarder à tort et à travers avec n'importe qui, je ne voulais pas encourir sa réprobation et sa mauvaise volonté. J'étais sûre, en revanche, de pouvoir compter sur Mme Stevens, que j'ai trouvée dans le couloir et à qui j'ai chuchoté le minimum indispensable avant de la laisser réconforter M. Boulton avec du cognac et d'autres soins, pendant que j'allais en hâte chercher la jaquette de Joel. Je l'ai aidé à la mettre, je l'ai soutenu pour traverser le hall, monter l'escalier jusqu'à sa chambre et là, armée d'eau chaude et froide et de serviettes propres, j'ai entrepris lentement et délicatement de décoller sa chemise de ses blessures et de la lui ôter.

— Attention au tapis, il coûte cher, me dit-il faiblement en voyant le sang recommencer à ruisseler.

L'opération consistant à séparer l'étoffe lacérée de la peau déchirée et de la toison poisseuse qui lui couvrait la poitrine lui fut si douloureuse que ce ne fut qu'une fois torse nu, affalé dans son fauteuil, saignant de plus belle et la nausée au bord des lèvres, qu'il fut capable de grommeler quelques mots en jetant un regard au siège :

— On ne pourra jamais enlever ces taches sur le cuir…

Je voyais clairement ses blessures. Il avait de longues lacérations au travers de la poitrine et des épaules, quelques autres, plus profondes, sur le dos, une main entaillée de la paume au poignet et le saignement persistant traversait la serviette avec laquelle je tentais de l'étancher, se répandait déjà sur mes manches et le devant de ma robe.

— Il faudrait vous suturer, et je ne peux pas le faire moi-même.

— Alors, faites-moi des bandages serrés.

Je lui fis d'épaisses compresses que je serrais de toutes mes forces avec des bandes de tissu, au point qu'il avait du mal à respirer et alla, avec soulagement, s'étendre sur son lit pendant que je rassemblais et dissimulais les serviettes souillées de sang, jetais par la fenêtre l'eau rosie et dissimulais de mon mieux les taches du fauteuil et du tapis ; puis, traversant pour la première fois la porte de communication du cabinet de toilette, je suis allée chez moi me changer, me laver, enfiler une toilette convenant à l'heure qu'il était, si quelque visiteur devait arriver à l'improviste. Enfin, encore tremblante et moite d'émotion, je suis redescendue en hâte – malgré ma répugnance à laisser Joel seul – pour voir comment allait M. Boulton, évaluer les dégâts du fumoir et l'habileté de Mme Stevens à les réparer et, surtout, pour récupérer le fouet.

J'étais en train de remonter, l'arme du châtiment mal dissimulée sous une serviette jetée maladroitement sur mon bras, quand j'ai croisé Mme Richmond. Son regard se fixa immédiatement sur le linge :

— Puis-je vous débarrasser de ceci, Madame ?

— Non, merci, c'est inutile.

Elle ne pouvait, bien sûr, pas me forcer à m'expliquer, mais elle n'avait pas non plus l'intention d'en rester là. Non qu'elle fût particulièrement curieuse, ni qu'elle ne s'intéressât à mes faits et gestes ; mais elle était mon intendante et la dignité de sa charge exigeait qu'elle soit au courant de tout ce qui survenait dans la maison dont elle était responsable, qu'elle soit en mesure de river son clou à quelque impudente petite femme de chambre qui viendrait lui dire, par exemple, avoir vu tout à l'heure le maître monter l'escalier en titubant, soutenu par Madame.

— Tout va bien, Madame ? me demanda-t-elle, l'air vaguement inquiet.

— Parfaitement bien, madame Richmond, sauf que... À dire vrai – et j'en suis extrêmement mortifiée –, monsieur a bu, ce qui est particulièrement choquant pour un homme dans sa position, et vous comprendrez que je ne souhaite pas que cela se sache. Veuillez dire au personnel de ne le déranger sous aucun prétexte. Il ne descendra pas dîner, et je lui monterai moi-même un plateau plus tard. Heureusement que nous n'avons pas d'invités ce soir...

— Et le monsieur au fumoir avec Mme Stevens ?

— Oh non ! il ne restera sûrement pas dîner. C'est un vieil ami de Mme Stevens, ils ont des choses à se dire en privé et mieux vaut ne pas les déranger.

Il m'était complètement indifférent qu'elle m'ait crue ou non, ce que je voulais c'était qu'elle se conduise comme si mon histoire l'avait convaincue.

Joel était toujours couché quand je suis revenue chez lui, les bandages trop serrés le gênaient, mais il respirait plus régulièrement et allait même assez bien pour me demander du cognac et se soulever pour le boire. Ses premières paroles me prirent cependant par surprise.

— Pouvez-vous m'aider à m'habiller, Virginie ?

— Bien sûr. Mais il n'en est pas question.

— C'est indispensable, au contraire. Donnez-moi une chemise du soir et un, non, deux gilets. L'un sur l'autre, le sang ne se verra pas, s'il se remettait à couler.

— Joel, vous perdez la tête !

— C'est bien possible, mais on m'attend au Cygne.

— Je n'ai qu'à envoyer un valet avec un mot d'excuse...

— Pour qu'on dise que je n'ose plus me montrer après ce qui est arrivé aux Boulton ? Et que va-t-on raconter si, par hasard, on sait que le vieux est venu ici ? Non, Virginie, il en pâtirait plus que moi, et avec sa femme déjà mal en point… Donnez-moi de quoi m'habiller, avec un autre cognac, pendant que vous y êtes.

— Je vous répète, Joel, qu'il n'en est pas question !

Il ferma les yeux, en un effort pour se dominer, essayer de comprendre ce que c'est d'être affaibli et à la merci d'un autre quand on a passé sa vie à dominer. En me répondant, il avait trouvé la meilleure arme des faibles, le sourire, et le ton du défi amusé, enjôleur, auquel Blaise recourait si souvent pour obtenir ce qu'il voulait :

— Je m'habillerai quand même, Virginie, avec ou sans vous. Faites ce que vous voudrez pour m'en empêcher, mais je vais me lever, faire atteler et y aller, vous le savez aussi bien que moi. Alors, tout ce que je vous demande, c'est de m'aider. Et si j'y laisse ma peau, eh bien, vous serez une riche veuve plus tôt que vous ne l'espériez, voilà tout !

J'ai cru qu'il bluffait et je l'ai pris au mot en ne bougeant d'abord pas. Mais quand je l'ai vu se redresser avec une grimace de douleur, tituber jusqu'à son armoire, essayer maladroitement d'enfiler sa chemise, j'ai si vivement ressenti ses souffrances que j'ai couru vers lui, prête à faire tout ce qu'il voulait.

— Vous êtes complètement fou, Joel, ai-je quand même tenté une dernière fois. M. Boulton sera bien avancé si vous vous écroulez au beau milieu de la grande salle du Cygne…

— Je ne m'écroulerai pas, dit-il en vacillant de plus belle. C'est un risque que je prends, mais un risque calculé. Ces coupures ont l'air bien plus terribles qu'elles ne le sont en réalité, et j'ai encore du sang en réserve, croyez-moi. Tout ce que je veux, c'est aller me montrer, payer à boire et rentrer à la maison. Est-ce si difficile ? Quoi qu'il arrive, Virginie, j'irai.

— Alors, je vous accompagne.

Son regard de surprise, où se dessinait une gratitude que je n'étais pas prête à accepter, fit que j'ai affecté l'impatience, et j'ai poursuivi :

— J'y vais avec vous, c'est dit, car je suis capable d'être aussi têtue que vous, mon cousin ! Avez-vous seulement pensé à ce pauvre M. Boulton ? Nous n'allons quand même pas le cacher éternellement au fumoir, ni le laisser repartir seul, dans l'état où il est. Il faut le raccompagner, et comme vous n'en êtes pas capable, c'est donc à moi de le faire. Je vais faire atteler – à moins que vous ne préfériez votre phaéton, ce que je déconseille fortement – et nous partirons tous les trois ensemble. Je vous déposerai au Cygne, je laisserai M. Boulton chez lui et je reviendrai ensuite vous chercher. Et ne froncez pas les sourcils ainsi, c'est la meilleure manière de nous y prendre.

— Non, Virginie, je ne veux pas vous imposer cela. Je ne peux pas vous demander d'aller chez les Boulton…

— Vous ne m'avez rien demandé du tout. J'irai.

Je craignais que, au dernier moment, M. Boulton ne fasse des difficultés, mais je l'ai retrouvé aussi anéanti, soumis, prêt à obéir aveuglément à ce que lui disait Mme Stevens ; et c'est Joel qui, au moment de monter en voiture, eut besoin de mon bras pour gravir le marchepied. Quand le cocher, connaissant la manière dont son maître menait l'attelage, fut parti au grand trot en croyant se faire bien voir, Joel fit une grimace de douleur que j'imitais malgré moi en sentant le moindre cahot plus qu'il ne devait l'éprouver lui-même.

— Je serai de retour dans une heure ou un peu avant, lui ai-je dit en arrivant devant le Cygne. Avez-vous mal ?

— Oui, mais moins qu'avant. J'ai l'impression que cela commence à cicatriser.

— Sûrement pas si vite. Ne buvez pas trop, vous n'avez rien mangé et perdu beaucoup de sang. La bravoure est une chose, mais la crânerie ne sert à rien.

— Je ne joue pas les héros, Virginie.

— Je sais.

— Je suis plus honteux que je ne saurais le dire de vous avoir infligé tout ceci, Virginie. Je n'ai jamais rien tant regretté de ma vie, ni été plus conscient de ce que je vous dois, et je vous dois beaucoup.

Il mit pied à terre de son mieux, en arborant sa main bandée comme prétexte à sa maladresse et à sa démarche encore hésitante. « Un fichu verre qui s'est cassé dans ma main, est-ce assez vexant ? », l'ai-je entendu dire à Bradley Hobhouse au moment où je repartais en hâte, avant que l'on reconnaisse le regard absent et l'expression tragique de mon passager, ou avant que je ne cède à l'instinct qui me poussait à le rejoindre pour veiller sur lui.

— Où voulez-vous que je vous emmène ? ai-je demandé à M. Boulton. Chez vous, ou au magasin ?

Il fit un geste d'indifférence et, me fondant sur les renseignements rapportés par Mme Stevens, j'ai dit au cocher d'aller à Millergate ; il y avait de la lumière à la fenêtre au-dessus de la devanture, le cabriolet du docteur était arrêté à la porte et, au moment où nous sommes arrivés, une femme qui paraissait nous attendre s'est précipitée à notre rencontre, échevelée, hors d'elle et intensément soulagée :

— Où étiez-vous, père ? Nous vous avons cherché partout ! Comment avez-vous pu disparaître ainsi, quand Rosamonde est encore dans cet état ? Non, elle vit toujours, mais pour combien de temps… Entrez, entrez vite, allez près d'elle et rassurez-la, si elle peut encore vous entendre. Allez-y vite, n'avez-vous pas honte de l'avoir abandonnée ainsi ?

Les remontrances de sa fille cadette parurent enfin dissiper le brouillard qui enveloppait son esprit ; il se redressa, cligna des yeux à plusieurs reprises comme s'il s'éveillait d'un cauchemar, s'ébroua en posant le pied à terre et disparut à l'intérieur.

Je n'avais pas l'intention de m'attarder, et je voulais au contraire m'éloigner au plus vite de cet endroit familier rendu méconnaissable par l'ombre de la mort ; de cette femme qui mourait en partie par ma faute ; de cette rivale dont je m'étais, jadis, vengée de manière si mesquine en n'arborant pas la robe qu'elle m'avait faite, le soir même où elle souffrait le martyre en surprenant les premiers regards de Joel pour Estella Chase. Mais, avant que je puisse remonter en voiture, sa jeune sœur – Mme Bramley, je crois – me rejoignit dans la rue et me retint de la main.

— Je vous suis profondément reconnaissante d'avoir ramené mon père, me dit-elle. Il avait disparu depuis des heures, au moment où nous étions le plus angoissés et craignions de voir mourir ma sœur d'un instant à l'autre. Ma mère était affolée et redoutait qu'il n'ait eu un geste de désespoir. N'a-t-il pas, au moins, fait quelque chose de… regrettable ?

— Non, rassurez-vous. Nous l'avons retrouvé qui errait au hasard et l'avons recueilli. Mais il est gravement éprouvé, et je crois qu'il a besoin de soins.

Elle s'était ressaisie, avait refait sa coiffure, et je lui ai trouvé une ressemblance avec Rosamonde, en plus mince, plus nerveux, avec plus de charme aussi.

— Notre famille entière a besoin de soins, j'en ai peur, et c'est sur moi que tout retombe, car je suis apparemment la seule encore capable de garder ma raison et de prendre des décisions sensées… À ce propos, voudriez-vous entrer un instant ? Il faut que je vous dise quelque chose.

37

J'étais de retour au Cygne une heure plus tard, ainsi que je l'avais promis, et en voyant Joel sortir je me suis penchée à la portière, les bras tendus – en un geste d'amoureuse impatience – pour l'aider à monter. J'ai senti la pression reconnaissante de ses mains brûlantes sur les miennes, j'ai vu les gouttelettes de sueur froide qui perlaient à son front, j'ai entendu le soupir caverneux qui lui échappa en se laissant tomber sur les coussins et la voiture est partie, à allure modérée cette fois, vers Tarn Edge.

— Alors ? ai-je demandé. Tout s'est-il bien passé ?

— Pas trop mal. Vous m'accorderez, je pense, que j'ai toujours été doué pour mentir… Et vous, Virginie ?

— Pas trop mal non plus… Elle vit encore, et l'on pense maintenant qu'il y a un espoir, sinon une certitude, de la sauver.

— Dieu soit loué !…

Dans la lumière froide de la lune, j'ai alors vu, à ma stupeur, qu'il pleurait.

Mme Stevens nous attendait en se tordant les mains d'inquiétude ; elle s'approcha pour me glisser à l'oreille que le fumoir était nettoyé, peut-être pas à la perfection mais de manière qu'on ne remarque rien. Nous sommes ensuite montés, enlacés comme des amoureux ; je l'ai déshabillé, lavé, j'ai changé ses pansements, je l'ai mis au lit, et j'allais me retirer quand il m'a dit de rester, de sorte que je me suis assise à son chevet. Contre le blanc des oreillers, son visage paraissait gris ; il avait les traits tirés, les yeux cernés, les joues creuses, et ressemblait à Blaise en cette nuit de fièvre où je l'avais veillé dans l'angoisse.

— Voulez-vous me donner un cigare ?

Il me parlait avec gêne, comme s'il n'osait pas s'exprimer et comme si j'étais une inconnue. Quand je le lui ai donné, il laissa échapper une sorte de gémissement :

— Il faut que je fasse quelque chose pour elle, Virginie. Qu'elle meure ou qu'elle survive, il le faut… Que puis-je faire, Virginie, avez-vous une idée ?

— Vous pourriez acquitter les dettes de Mark Corey et le faire sortir de prison.

— Mark Corey ? Que vient-il faire ici ? Oh ! nom de Dieu !

— Oui, Joel. C'était Mark Corey.

Il se laissa aller contre ses oreillers et fut secoué par un rire silencieux.

Un peu plus tard, quand je le croyais assoupi et que je luttais moi-même difficilement contre le sommeil, j'ai sursauté en l'entendant m'appeler d'un chuchotement :

— Croyez-vous qu'elle veuille de lui ?

— Oui, d'après ce que m'a dit sa sœur.

— Alors, pourquoi ne lui a-t-elle pas donné elle-même l'argent dont il avait besoin ? Elle en a les moyens.

— Vous l'auriez su, puisqu'il lui aurait fallu le sortir de la caisse, et elle avait peur de vous, car elle savait que vous vouliez prendre ce prétexte pour supprimer le journal. En outre, Corey ne savait pas qu'elle attendait un enfant de lui, ils étaient sur le point de rompre. Elle le soupçonnait de regarder ailleurs, et elle n'avait donc aucune envie de lui rendre service pour qu'une autre en profite, n'est-ce pas ? Voilà du moins ce que m'a dit sa sœur. Il se peut aussi que Rosamonde n'ait pas voulu s'abaisser à le supplier de lui rester, à lui dire qu'elle lui payait ses dettes pour se faire épouser. Je comprends cela.

— C'est vrai… Il va quand même l'épouser.

— Voyons, Joel ! S'il ne veut pas…

— Je ferai en sorte qu'il le veuille, et qu'il saute même sur l'occasion. Je le sortirai de prison pour l'expédier à l'autel… sinon moi, du moins mon argent. Et son journal. Il ne suffira pas d'acquitter ses dettes, il lui faudra de l'argent pour continuer à imprimer son torchon, et maintenant que son père est mort, il n'aura guère le choix que de se trouver une femme avec une belle dot. Comme c'est moi qui la fournirai, cette dot, j'ai bien le droit de choisir celle à qui je la donne, oui ou non ? Il a assez de bon sens pour comprendre. En tout cas, il va sauter sur ce que je lui offre et s'empresser de me traîner dans la boue dès que reparaîtra son premier numéro. J'en ferais d'ailleurs autant à sa place…

— Mais enfin, Joel… Comment pourront-ils être heureux s'il ne veut pas d'elle et ne la prend que pour des considérations aussi sordides ?

Il retrouva soudain sa combativité pour répondre :

— Je me moque de ce qu'il veut. Si *elle* veut de lui, elle l'aura. Après, c'est à elle de s'en débrouiller.

Le lendemain était un dimanche, si bien que je n'eus heureusement pas à le dissuader d'aller à l'usine. Il avait passé une nuit paisible, ses pansements étaient restés propres, sa chair commençait à se ressouder douloureusement en longues cicatrices rugueuses et assez effrayantes à voir, mais d'où le sang ne coulait plus. Après avoir nettoyé et refait ses bandages, j'ai posé la main sur son front pour voir s'il avait encore de la fièvre.

Il me lança un regard ironique :

— Je m'en tirerai !

Mais il y avait, dans sa voix, une telle question informulée : « En êtes-vous contente ? Le regrettez-vous ? » que je m'affairai avec les linges et les serviettes et quittai sa chambre au plus vite.

Il passa la matinée et l'après-midi au lit, à regarder le plafond d'un air maussade en fumant des cigares à la chaîne ;

j'avais décommandé une invitation à dîner chez les Mandelbaum en prenant prétexte d'une de mes propres attaques de migraine et, au début de la soirée, je l'ai vu soudain apparaître à la porte de mon petit salon, au grand émoi de Mme Stevens qui, sur un coup d'œil à son expression et à la mienne, ramassa son ouvrage et prit la fuite.

Joel s'assit avec précaution dans un fauteuil capitonné :

— Qu'a donc notre chère Emmeline à nous apprendre, en cette belle journée ? Elle a dû faire faire des heures supplémentaires à ses espions, depuis hier.

— Elle m'a dit que Mlle Boulton se remet lentement, mais qu'on n'est pas encore certain de son rétablissement. C'est le Dr Overdale, de Blenheim Lane, qui était d'abord venu la soigner, mais il désapprouve le suicide, paraît-il, et a dit qu'il ne pouvait rien faire. Ils ont alors fait appel à un jeune médecin récemment installé dans Simon Street, où il y a une douzaine de suicides par jour, et son expérience de la question a donc été utile. Voilà ce que m'a raconté Emmeline Stevens.

— Vous fait-elle pitié, Virginie ?

— Mme Stevens ?

— Non, bon sang, ce n'est pas d'elle que je parle !

— Rosamonde Boulton, alors ? Oui, elle me fait et m'a toujours, je crois, fait profondément pitié. Voulez-vous que je fasse allumer un feu, mon ami ? Je vous vois frissonner.

— Virginie !...

Il avait crié si fort qu'il dut s'interrompre et porter une main à sa poitrine.

— Virginie, allez-vous enfin vous décider à me parler ? Pas de feux de cheminée ou du temps qu'il fait, mais me parler, comprenez-vous ce que je veux dire ?

Je ne sais pas d'où venait vraiment le sentiment de jubilation qui me remplit à ce moment-là.

— Je ne crois pas comprendre, Joel, car vous ne m'avez jamais *parlé*, vous. Vous m'avez distribué des instructions, des réprimandes aussi. Vous m'avez souvent taquinée, en me pinçant le menton et en m'ébouriffant – ce dont j'ai horreur – et vous m'avez dit que j'étais « raisonnable », assez ou trop souvent. Mais ce n'est pas cela que j'appelle une conversation.

— Cela se peut. Mais si je vous parle, maintenant, m'écouterez-vous ?

J'ai hoché la tête, et c'est lui qui a hésité à poursuivre, tant il était désorienté par la nouveauté de la situation : nous nous trouvions tous deux face à quelqu'un qu'on croit connaître depuis toujours et dont, en fait, on ignore tout.

— Il faut que j'explique… commença-t-il.

— C'est inutile, Joel.

— C'est indispensable, au contraire ! N'allez pas encore vous cacher derrière un nuage, comme votre mère, et écoutez-moi, Virginie. Hier soir, le père de celle qui, pendant des années, a été ma maîtresse est venu me donner le fouet, parce qu'il me croit responsable du malheur de sa fille – et il a raison. Nous ne pouvons quand même pas laisser passer cela sans même y faire allusion, ou en le noyant encore sous des absurdités ou des conversations sur la nécessité de faire allumer du feu ! Vous l'avez vu, vous devez bien vous poser quelques questions, avoir un peu de curiosité ? Non ?

— Je vous ai demandé quelque chose à ce sujet hier soir, Joel, juste avant l'arrivée de M. Boulton. Vous n'avez pas voulu me répondre.

— Non, je ne pouvais pas répondre. Vous me demandiez si je l'aimais, ou si je l'avais aimée, et je ne comprends toujours pas ce que cela veut dire. Je l'ai désirée, oui, assez pour vouloir l'épouser, puisque c'était la seule manière de l'avoir à moi, mais cela ne m'a pas empêché de l'abandonner quand je me suis marié avec vous. Je m'attendais à ce que, de son côté, elle trouve rapidement à me remplacer, comme elle le croyait d'ailleurs elle-même. Je n'y pensais plus quand, un jour que j'étais allé à Blenheim Lane voir Morgan Aycliffe, je l'ai trouvée à genoux, en train de faire un essayage à Elinor. J'aimerais pouvoir dire que cela m'a donné des remords – quelques-uns, peut-être, mais si peu –, mais c'était bien dans le but d'en tirer des avantages très précis que je lui ai offert de financer sa boutique. Franchement, je ne crois pas que je lui aurais donné de l'argent si elle m'avait alors repoussé, mais elle ne l'a pas fait, bien au contraire, et je ne peux pas nier que, pendant un certain temps, j'y aie pris du plaisir – sa jalousie même m'excitait. J'aimais qu'elle m'aime, je mettais son amour à l'épreuve, même quand cela ne m'excitait plus de coucher avec elle – jusqu'au moment où j'ai trouvé cette adoration pesante, puis importune. En la quittant, je me suis d'ailleurs dit qu'elle gagnait largement sa vie grâce à sa boutique et que je n'avais donc rien à me reprocher. La voilà, votre réponse : je ne l'aimais pas, j'aimais qu'elle m'aime.

— Et Estella Chase ?

— Estella Chase n'aime qu'elle-même. Elle est désagréable, changeante, curieuse, et il est impossible de compter sur elle. Mes rapports avec elle n'ont été fondés que sur une curiosité réciproque, je crois, et elle est assouvie depuis longtemps.

Le soir tombait, l'obscurité s'épaississait, et nous avions l'impression d'être absolument seuls dans la maison silencieuse.

— Pourquoi me dites-vous tout cela, Joel ?

Il se pencha légèrement en avant, la mine de nouveau hésitante, gênée :

— Je vous ai parlé de moi parce que je voudrais maintenant que nous parlions de vous. Je veux écarter les autres de votre route et vous dire…

— Non, Joel, pas maintenant. Vous m'êtes encore reconnaissant, affaibli par vos blessures…

— Si, Virginie. J'ai passé toute la journée et une partie de la nuit dernière à y réfléchir, et il y a un certain nombre de choses que vous devez savoir.

— Le moment est si mal choisi, Joel. Vous êtes fatigué, je suis lasse moi aussi…

Il ignora mon interruption et poursuivit :

— Au début, Virginie, je ne pouvais pas vous toucher – vous en doutiez-vous ? – sans être submergé sous les remords, sans avoir l'affreuse impression que j'avais tort…

— Je sais, Joel, je sais. Je comprends. Maintenant que vous l'avez dit, arrêtez, vous parlez trop et vos plaies risquent de saigner…

— J'avais l'impression de vous faire du tort, Virginie, de vous blesser, et ce qui me troublait le plus était d'en avoir conscience et de le regretter. J'avais pourtant connu bien d'autres femmes, mais vous étiez si… neuve, si pure…

— C'était il y a bien longtemps. C'est fini, maintenant.

— Je n'ai jamais eu l'impression de vous posséder vraiment, Virginie. Vous étiez comme une fumée entre mes doigts. Je ne pouvais pas vous saisir, vous retenir, vous étiez si fuyante que, par moments, j'en devenais fou.

— Vous exagérez !

— Cette incertitude, cette dérobade continuelle, je n'ai jamais pu m'en défaire, et c'est pour cela que j'ai embrassé Estella Chase sous vos yeux, ce jour-là. Vous aviez parlé de mes infidélités avec tant de calme, de « raison », une fois de plus, que je voulais vous mettre au pied du mur et vous en donner une preuve concrète, dans l'espoir que cela changerait quelque chose. Vous ne vouliez jamais me dire ce que vous ressentiez, il fallait donc que je le découvre d'une manière ou d'une autre. Je l'ai bien regretté, car aucune femme ne m'avait blessé comme vous l'avez fait ce jour-là. Quand je vous ai vue arriver sur le perron avec votre sourire, j'aurais voulu… Dieu seul sait ce que j'aurais voulu.

— Vous auriez sans doute voulu me voir telle que j'étais deux minutes auparavant, malade, tremblante de douleur et de rage. Vous auriez voulu que je vous aime et que je vous le montre, comme Rosamonde Boulton. Mais vous, Joel, qu'étiez-vous prêt à ressentir pour moi ?

— Je ne sais pas, Virginie. Mais… est-ce vrai ? En avez-vous vraiment été si affectée ?

— Oui, Joel. J'ai grandi et je ne suis plus une petite fille, le savez-vous, au moins ?

— Je le sais. Je ne m'en serais jamais sorti sans vous, hier soir, et, en y pensant bien, il n'y a personne d'autre à qui j'aurais pu, ou voulu, demander de l'aide.

— Pas même Hannah ?

— Non, Virginie. Surtout pas Hannah.

— Qu'essayez-vous de me dire, Joel ?

— J'essaie d'abord de vous dire merci. Je m'efforce aussi, avec beaucoup de maladresse, de vous dire que nous ne pouvons continuer à vivre comme nous le faisons.

Devant son émotion, le tremblement de sa voix pour prononcer ces dernières paroles, j'ai éprouvé la peur qu'on a devant l'inconnu. J'aurais voulu fuir, prétexter un malaise ; mais quand je me suis levée, je n'ai pas pu aller plus loin que la fenêtre, où il vint me rejoindre et resta derrière moi, si proche que je sentais la chaleur de son corps.

— Virginie… Aimez-vous encore Charles Aycliffe ?

— Oui.

Son soupir m'enveloppa, comme pour prendre possession de moi, me vider de mes pensées.

— Écoutez. Si – et je dis bien si – je vous permettais de le revoir, comme avant, en continuant de vivre avec moi, accepteriez-vous cette solution ? Ne répondez pas tout de suite, réfléchissez. J'attache une très grande importance à votre réponse.

Pour cacher mon désarroi, je me suis retournée brusquement en lui disant, avec une feinte irritation :

— Retournez donc vous asseoir ! C'est imprudent de vous promener autant. D'ici, je sens que vous avez mal.

Il m'obéit sans protester et alla lentement vers son fauteuil près de la cheminée, sans me quitter des yeux quand je le rejoignis pour m'asseoir en face de lui, les mains jointes, calme en apparence mais le souffle court. Je suis restée ainsi dans un silence où le temps n'existait plus, où les minutes s'écoulèrent jusqu'à faire une demi-heure. Repliée, recroquevillée sur moi-même à la manière d'un bourgeon, j'attendais comme lui d'éclore pour découvrir ma vraie nature.

— Pourquoi m'avoir proposé cela, Joel ? Soyez franc.

— Je le suis, Virginie. Ce n'est pas un piège que je vous tends. Il se trouve seulement que, après mes années de dissipation, malgré mes conquêtes, je ne suis en fin de compte qu'un pauvre diable qui tremble de perdre sa femme.

— Ne serait-ce pas plutôt un nouvel étalage de votre toute-puissante générosité à distribuer des récompenses : un mari pour Rosamonde Boulton, un lord pour Caroline, un amant pour votre femme…

— Vous êtes inutilement méchante, Virginie.

J'ai dû lever précipitamment les mains pour cacher les larmes que je sentais sourdre au bord de mes paupières.

— Je tiendrai parole, reprit-il, Dieu m'en est témoin. Mais ce que je n'ai pas promis, c'est de ne pas tout mettre en œuvre pour vous séduire et vous arracher à lui – et je m'en crois encore capable, si vous m'en donnez la chance. Pour le reste, je ne renierai pas ma promesse.

— Pourquoi ?

— Est-ce que je sais ?… Je le ferai, voilà tout, et j'en suis aussi étonné que vous l'êtes. Je ne vous dis pas que je vous aime – mais je crois que je le pourrais, que je voudrais même vous aimer ou, plutôt, que je ne veux aimer personne que vous –, et vous êtes bien la seule au monde devant qui j'admettrais jamais une chose pareille ! J'aime prendre des risques, vous le savez, et si je prends celui-ci, c'est parce que nous ne pouvons pas continuer à vivre avec l'ombre de Charles Aycliffe entre nous. Je vous ai dit que je ne m'intéressais pas à vos sentiments et à vos pensées, seulement à votre conduite : c'était faux. Cela faisait partie du jeu de cache-cache auquel nous jouons depuis six mois. Vos sentiments et vos pensées ont toujours, au contraire, énormément compté pour moi – égoïstement, c'est vrai, car je croyais pouvoir vous garder en réserve pour plus tard, pour le moment où je vous aurais retrouvée prête, mûrie, après avoir goûté à tout le reste dont je me serais lassé. C'était là une grossière erreur de calcul de ma part, je vous ai laissée trop longtemps de côté, c'est vrai. Et je sais que ni la puissance de la loi ni le pouvoir de ma fortune ne peuvent vous ramener vers moi de la seule manière qui compte à mes yeux. Voilà pourquoi je vous ai proposé de le revoir tout en continuant à vivre avec moi – et c'est là vous accorder le droit de me faire tout le mal que vous voudrez. Je vous ai assez souvent fait souffrir, je crois…

— C'est exact, Joel.

— Ce n'est pas une réponse !

Le silence retomba, coula comme un fleuve qui nous enveloppait, nous roulait dans ses eaux.

— Me donnez-vous vraiment le droit de vous faire souffrir, Joel, ou n'est-ce une fois de plus qu'un de vos risques calculés – votre calcul, dans ce cas, étant que je n'oserais pas me servir du droit que vous dites m'accorder ?

La fatigue de cette journée creusait ses traits et faisait apparaître autour de sa bouche des rides profondes que je n'avais encore jamais vues.

— Croyez ce qu'il vous plaira, Virginie. Vous n'avez en effet aucune raison de me faire confiance. Si vous ne voyez dans ce que je viens de vous dire qu'un geste grandiloquent et dénué de sens, si vous croyez que je ne parais reculer que pour mieux reprendre l'offensive, si vous ne voyez en moi que ruses et calculs, je ne peux pas vous le reprocher. Mais la proposition est faite et je ne me dédis pas. Alors, qu'en pensez-vous ?

Le silence était, cette fois, lourd de menaces.

— Non, ai-je dit enfin. Non, je refuse.

— Pourquoi ? Pouvez-vous me l'expliquer ?

— Parce que je ne peux pas vivre dans le mensonge, vous avec vos maîtresses, moi avec mon amant. Il y a six mois, je m'en croyais capable et j'ai même cru que vous me l'offriez déjà quand nous avons fait chambre à part, bien que j'en aie même alors éprouvé un malaise. L'adultère, Joel, ne convient pas à ma nature comme il convient à la vôtre. Je ne pourrais jamais prendre un amant par plaisir, comme vous prenez une maîtresse pour une nuit ou un mois. Je sais que je ne pourrais m'en satisfaire, et j'ignore la satisfaction que vous y trouvez.

— Alors, que voulez-vous ?

Un long moment, je me suis absorbée dans la contemplation de mes mains jointes, avant de relever la tête pour répondre :

— Ce que je veux, Joel, c'est savoir si je suis mariée ou non. C'est tout l'un ou tout l'autre. Si je suis mariée, je serai fidèle à mon mari comme j'attends de lui qu'il me soit fidèle. Je veux aussi qu'il soit mon amant et mon ami le plus cher. Je veux qu'il compte sur moi pour le soutenir et le guider là où j'en suis capable, comme je veux me reposer sur lui en tout ce qu'il peut et sait mieux faire que moi. Je veux avoir confiance en lui comme il a confiance en moi. Quoi qu'il m'arrive, que mes jours soient marqués d'incidents insignifiants ou comiques, d'événements tragiques ou exaltants, je veux pouvoir tout lui dire, tout partager, comme je veux qu'il obéisse au même besoin vis-à-vis de moi. Je veux que nous ne considérions tous deux les joies et les peines que pleinement ressenties avec la participation de l'autre, pour le meilleur et pour le pire. Je veux accepter ses défauts avec ses qualités, sa force avec ses faiblesses. Je veux pour mari un homme tel qu'il est, comme il me voudra pour femme telle que je suis. Si je suis vraiment et pleinement mariée, alors je refuserai la fiction qui impose à la femme un rôle de femme et à l'homme un rôle d'homme. Nous devrons être deux, mais de la même race, de la même espèce, différents de nature mais égaux ou comparables dans nos capacités, chacun de nous donnant à l'autre le meilleur de ce qu'il est. Voilà ce que je veux – si je suis mariée.

Il s'était laissé aller contre son dossier et avait fermé les yeux sous le poids de la lassitude qui le terrassait.

— Oui… Et ce n'est pas de moi que vous parliez, je l'ai bien compris. Que feriez-vous, alors, si vous n'étiez pas mariée ?

— Me le permettriez-vous ?

— Vous le permettre, non. Mais je ne sais plus si je peux vous en empêcher. Faut-il que je fasse un autre geste théâtral, que je prenne un autre risque « calculé » ? Voulez-vous que je vous dise de me quitter, que je vous donne de quoi vivre confortablement ? Le calcul, dans ce cas, étant bien entendu que vous seriez touchée par tant de générosité et que vous vous diriez : « Pauvre Joel, il doit vraiment m'aimer à la folie pour faire une chose pareille. Je ferais mieux de rester. » Voilà ce que je devrais faire, si j'étais noble et généreux… Mais là, Virginie, le risque est trop important pour que je le prenne. Il me fait peur. Il dépasse mes calculs.

Il avait rouvert les yeux et me regardait avec un sourire triste, que je lui ai rendu malgré moi. Sans raison apparente, je me suis rappelé celui que j'avais vu nonchalamment accoudé à la fenêtre du Vieux Cygne, et qui avait levé son verre aux émeutiers qui le brûlaient en effigie ; celui qui, un soir, avait fait quarante kilomètres pour me rapporter des chiots dans la nuit ; celui qui, la veille, saignait sur son bureau au plateau de cuir et sur son précieux tapis, qui souffrait le martyre et me disait quand même : « Virginie, occupez-vous de M. Boulton » ; celui qui, quelques instants plus tard, avait fait abstraction de son orgueil pour me dire : « Aidez-moi. »

— Me haïssez-vous, Virginie ? dit-il à voix basse.

J'ai secoué lentement la tête :

— Non, Joel, je ne vous ai jamais haï. Si vous m'aviez seulement accordé un regard, quand j'étais jeune – vous étiez beau, intelligent, irrésistible –, je serais tombée éperdument amoureuse de vous. Mais j'en aurais eu le cœur brisé, car j'étais trop jeune et inexpérimentée pour savoir m'y prendre, et vous n'auriez même pas eu l'idée de m'aimer.

— J'en ai l'idée, maintenant.

— Mais vous n'en êtes pas sûr et ce n'est encore qu'une idée, n'est-ce pas ? Écoutez-moi, Joel. Laissez-moi aller passer quelques jours chez ma mère. Vous aurez le temps de réfléchir pendant que j'y penserai moi-même.

— Je n'en ai aucune envie.

— Naturellement. Mais me le permettrez-vous ?

Pour la dernière fois de cette soirée, le silence envahit la pièce et nous isola l'un de l'autre, pendant que mon cœur battait au rythme de la pendule.

— Oui, dit-il enfin à regret. Oui, allez à Patterswick.

— Merci, Joel. Et je crois aussi qu'avec votre permission j'aimerais emmener Caroline avec moi. Puis-je le faire ?

Il ouvrit la bouche pour répondre et, à la vue de son expression, j'ai cru qu'il allait refuser.

— Oui. Emmenez-la.

Il se tut brusquement, comme pour mordre les mots qui allaient s'échapper ensuite.

Plus tard, au milieu de mes pleurs, de la confusion de mon esprit, des pensées qui se bousculaient en moi en mêlant l'amour, la liberté, le sacrifice et les risques, calculés ou non, je n'arrivais pas à oublier que, à aucun moment, Joel n'avait proposé d'acquitter les dettes de Charles.

38

C'est avec un plaisir apaisé que je me suis adaptée à la routine de Patterswick, au rythme immuable des visites que ma mère faisait quotidiennement à ses fleurs, aux lents après-midi où je la regardais tirer l'aiguille en me laissant aller à une délicieuse indolence. Caroline était occupée avec son poney, et le chevalier Dalby, qui ne comprenait rien à notre présence mais était trop heureux de faire plaisir à ma mère, répandait autour de lui la joie et l'harmonie où s'écoulaient ses dernières années. Une semaine passa ainsi, puis deux, puis trois, au cours desquelles je ne voulais ni n'avais besoin de voir personne ; mais je n'avais plus peur des décisions à prendre, je les laissais croître et se fortifier naturellement en moi, à mesure que mon corps reposé retrouvait ses forces dans le grand air et le soleil, que mes nerfs détendus redevenaient les rouages bien huilés de ma volonté. C'est ainsi que, peu à peu, tout ce qui me semblait difficile ou insurmontable m'apparaissait facile, à ma portée, évident. Je trouvais la clé me donnant accès à moi-même, je savais enfin qui j'étais vraiment. Je faisais la découverte de la Virginie si longtemps cachée en moi, et j'apprenais à l'apprécier à sa juste valeur.

Vers la fin de la troisième semaine, ma mère alla passer la journée à Cullingford, et elle m'avait si clairement fait comprendre son désir d'y aller seule que je n'avais rien fait pour l'y accompagner. Le lendemain matin, pendant le petit déjeuner, elle me fit part de toutes les nouvelles ramenées de son expédition. Mark Corey était sorti de prison et s'affairait à remettre ses presses en état de marche. Rosamonde Boulton était partie pour Scarborough en convalescence, avec sa mère et sa sœur. À Lawcroft, Hannah débordait plus que jamais d'activité et donnait l'impression d'avoir été mariée depuis dix ans, et l'on disait qu'Elinor s'apprêtait à passer une partie de l'hiver prochain à Londres, en louant une maison assez grande pour recevoir les invités de son mari avec l'éclat convenant à sa situation. Mes chiens étaient bruyants et insupportables, Mme Stevens mélancolique, Nicolas avait un œil poché, Blaise s'était montré plein de charme et de prévenance pour sa grand-mère et tous deux, depuis mon départ, dînaient tous les soirs avec Joel – qui avait profondément scandalisé leur gouvernante en leur permettant de tremper leurs lèvres dans du cognac. Emma-Jane Hobhouse était de nouveau enceinte. Lucy Oldroyd, qui ne l'était pas, envisageait d'adopter un enfant.

— Ah ! autre chose ! me dit-elle avec désinvolture. Je crois que tu vas recevoir une visite dans la matinée, Charles Aycliffe si je ne me trompe.

— Quoi ? Qu'avez-vous encore fait, mère ? ai-je dit avec un haut-le-corps.

Elle se tourna vers moi avec la même expression d'innocence angélique que mon fils Blaise au moment de commettre ses plus noires sottises :

— J'avoue, ma chérie, m'être un peu mêlée de ce qui ne me regarde pas, mais tu sais que ce n'est pas dans mes habitudes et je pense que tu ne m'en voudras pas. J'ai simplement été lui donner de quoi payer ses dettes, car je ne crois pas que Joel ait l'intention de l'en libérer de sitôt, et je m'étais dit l'autre jour qu'il vous serait infiniment plus facile, à tous les deux, de prendre votre décision sans cette menace au-dessus de sa tête. Maintenant, ma chérie, il n'y a plus de prétexte, plus d'excuse, et tu ne pourras pas te dire plus tard : « J'étais forcée, je n'avais pas le choix. » Ce choix, ma chère enfant, je n'ai nullement l'intention de l'influencer. Je n'ai fait cela que pour te rendre absolument libre de décider selon ton cœur. Quant à l'argent, n'en parlons plus, je t'en prie, car mon très cher Dalby refuse énergiquement de me laisser sortir un sou de mon sac et je ne saurais bientôt plus que faire de mes revenus. Voilà donc où en sont les choses, ma chérie. Ton M. Aycliffe a probablement été voir Joel hier soir pour lui racheter ses créances, et il n'avait plus qu'à louer un cheval ce matin pour venir, si bien qu'il devrait être ici dans une heure au plus tard. Si tu veux courir dans ta chambre te coiffer, je ne te retiens pas.

Charles arriva peu après, vêtu de la même jaquette bleue élimée, et je me sentis envahie de la sensation de bonheur et d'harmonie que j'avais toujours eue en sa présence. Un long moment, nous sommes restés l'un devant l'autre, sans parler, heureux de nous trouver simplement ensemble sous le même toit.

— Je suis libre, désormais, dit-il. Mes dettes sont payées.

Plus rien ni personne n'existait pour moi. Nous étions seuls ensemble, nos corps et nos âmes mêlés comme les eaux de deux fleuves en une union d'amour parfait.

— Ainsi, Charles, le moment est enfin venu, comme nous l'avons toujours su. Peut-être sommes-nous tous deux capables de le supporter, maintenant.

Nous avons marché dans le jardin, l'un près de l'autre, sans que mes yeux voient les fleurs, l'herbe ou les haies, sans rien reconnaître de ce qui m'entourait que son visage, ses mains qui tenaient les miennes, sans rien éprouver que l'émerveillement de notre première nuit d'amour qui nous avait amenés, doucement, merveilleusement mais inexorablement, à cet adieu. Ce mot que je ne voulais pas prononcer, je savais qu'il était inutile et que ma voix n'avait pas besoin d'intervenir dans le dialogue de nos esprits.

J'avais pris conscience de son destin, de la voie qu'il devait suivre, et je ne voulais ni barrer l'une ni entraver l'autre. J'allais avoir confiance en lui et en moi. Nous étions venus l'un vers l'autre couverts de blessures, débordant de doutes et de besoins inassouvis ; en cet instant de notre séparation, nous étions libres, épanouis, conscients de la force et de la plénitude qui s'étaient développées en nous. Nous nous étions apportés l'un à l'autre la guérison, et chacun avait trouvé en l'autre ce qu'il cherchait en lui-même.

— Vas-tu partir, Charles ?

— Oui, Virginie. Mais auparavant, il faut que je sache. Que sera ta vie, désormais ?

— Elle sera belle, et libre, Charles. C'est le don que tu m'as fait.

Il est parti sans que je m'en aperçoive, sans que mes mains perdent contact avec les siennes. Tout au plus ai-je brièvement ressenti un frisson, comme s'il y avait eu un coup de vent froid. Ma mère vint me rejoindre et, pour la première fois dans mes souvenirs, me prit dans ses bras en me caressant les cheveux, comme je le faisais avec Caroline.

— Ne crois pas que tu lui aies fait mal, ma chérie. La souffrance, d'ailleurs, nous apprend bien des choses, même à utiliser le savoir qu'elle nous donne. Il rencontrera d'autres femmes qui l'aimeront, mais lui, grâce à toi, sait ce que c'est que l'amour et n'a plus besoin de prendre de risques pour l'apprendre. Ton souvenir sera pour lui un gage de cette liberté à laquelle il aspire si ardemment, et il fera peut-être de grandes choses, désormais – ou peut-être pas… Mais toi, où en es-tu ?

J'ai profondément dormi, cette nuit-là, et me suis réveillée sous un soleil éclatant dans un ciel pur. Ma mère m'appelait du dehors :

— Bonjour, ma chérie ! Je vais cueillir des roses, lady Winterton vient prendre le thé. Je te le dis pour le cas où tu préférerais l'éviter. Viens déjeuner, Caroline bout d'impatience.

Caroline, en effet, s'était très vite adaptée aux horaires de la campagne et, levée avec les alouettes, était déjà partie faire une grande randonnée à travers champs sur son poney. Nous nous sommes toutes trois retrouvées autour de la théière, des pots de miel, de confiture de rose et de marmelade qui, chez maman, avaient toujours eu un autre goût. Une fois Caroline repartie vers ses chevauchées, je me suis tournée vers ma mère et lui ai demandé, comme une fois déjà, il y avait bien longtemps :

— Que dois-je faire, selon vous ?

Sa main hésita brièvement au-dessus du beurrier :

— Ma chérie, je crois que tu feras pour le mieux, selon tes idées et tes désirs.

— M'aiderez-vous ?

— Comment le pourrais-je ?

— Vous avez déjà libéré Charles…

— Certes. Mais je n'ai fait que régler quelques dettes, ce qui lui permettra peut-être d'en contracter d'autres. Sache cependant que ce n'est pas dans ce but que je l'ai fait, mais pour te permettre, à toi, d'élargir tes choix, pas les siens, afin que tu envisages librement les solutions dont je t'ai parlé.

— Y en a-t-il tant que cela ?

— Au moins deux, ma chérie : faire quelque chose ou ne rien faire. Tu sais ce que je veux dire…

Elle me décocha un de ses inimitables sourires et disparut, comme elle seule savait le faire.

Lady Winterton fit son apparition d'aussi bonne heure qu'on puisse décemment arriver pour prendre le thé. Elle se laissa tomber sur un fauteuil et ses mains, qui avaient visiblement connu une vive activité aux écuries ce matin-là, se précipitèrent aussitôt sur le sucrier, le pot à lait et le gâteau au chocolat, sans cesser de me fixer des yeux.

— Vous êtes encore ici ? dit-elle d'un air soupçonneux.

— Comme vous voyez.

— Cela vous regarde, bien sûr, mais je me demande comment fait votre mari pour se passer de vous si longtemps.

Elle n'avait pas encore perdu l'habitude de s'adresser à une femme d'industriel comme à une fille de cuisine, et seule l'intervention de ma mère avec des biscuits aux amandes mit temporairement fin à l'interrogatoire.

Mais sa curiosité était trop aiguisée pour se laisser longtemps détourner par les pâtisseries et les confitures, et il devint vite évident que, ayant décidé de marier son fils à la dot de ma fille, elle s'estimait en droit de mettre le nez à sa guise dans ma vie privée. Elle revint donc à la charge :

— Vous rentrez bientôt chez vous ?

— Sans aucun doute.

— Mais dites-moi, chère madame, poursuivit-elle en se tournant vers ma mère, que faites-vous donc de votre vieux cottage ? La petite Chase m'a dit que vous le faisiez retaper de fond en comble, ce que je viens d'ailleurs de constater en arrivant. Nous nous demandons si vous préparez un petit ermitage campagnard pour votre fille, ou si M. Barforth veut s'en faire un rendez-vous de chasse. Ce serait quand même étonnant, avec toute la place qu'il y a au château…

J'étais franchement incapable d'assouvir sa curiosité, et ma mère avait soudain de graves problèmes avec le passe-thé, qui l'empêchaient de prendre part à la conversation, si bien que lady Winterton avala le dernier biscuit aux amandes et prit congé avec beaucoup d'humeur.

Après son départ, nous sommes allées faire une promenade au village, Caroline courant en avant avec deux jeunes chiens de la meute du château, ma mère appuyée sur mon bras – non par quelque faiblesse physique, mais parce qu'elle avait pris l'habitude, depuis son second et paisible mariage, de se sentir soutenue et protégée.

L'air embaumait les foins, le crépuscule tombait en nous enveloppant d'un manteau d'intimité qui m'enhardit :

— On bavarde donc déjà sur mon compte ?

— Je le crains, ma chérie.

— Est-ce vrai que vous restaurez le cottage, mère ?

— Bien sûr. D'ailleurs, je t'ai amenée par ici précisément pour y jeter un coup d'œil.

Nous avons poussé la barrière, traversé le jardin où les roses plantées par mère après son veuvage fleurissaient toujours, où le chèvrefeuille envahissait tout, où les cerisiers et les pommiers étendaient des branches vigoureuses.

— Viens voir, l'intérieur a été retapissé à neuf et j'ai fait recouvrir les sièges du salon. On peut s'y installer très confortablement.

Caroline se rua pour explorer la maison, en laissant les chiens renifler dans le jardin, et je suis restée avec ma mère sur le seuil.

— Pourquoi ces travaux, mère ?

— Tout simplement pour te laisser le choix, mon enfant. Tu as décidé, comme je l'espérais, de rendre à Charles sa liberté. Maintenant, il faut que tu aies toi aussi la possibilité d'opter pour la tienne, ou pour quelque chose d'entièrement différent. Tel qu'il est, ce petit cottage peut servir à des cousins Dalby qui l'habiteraient avec plaisir, ou tu peux le garder, comme tu veux. Que tu en veuilles ou non maintenant, je tiens à te dire qu'il sera toujours à ta disposition si tu en as besoin un jour. J'ai été très heureuse ici, tu sais.

— Vous vous êtes pourtant remariée.

— Bien sûr, c'est la décision que j'ai prise.

— Et Joel ?…

— Quoi, Joel ? Ce n'est pas de lui que je me soucie, mais de toi. Te sens-tu capable de le revoir, maintenant ?

— Il le faudra bien, tôt ou tard.

— Il faudra surtout que tu sois prête à lui donner ta réponse, car ton mari n'est pas homme à se contenter de demi-mesure. Veux-tu que je le prévienne ?

L'arrivée de Caroline, qui dévalait l'escalier en reprenant à grands cris de joie possession du petit paradis de son enfance – *son* cottage, *son* poney, *sa* prairie – m'épargna la peine de répondre.

Le lendemain matin, ma mère fit une nouvelle expédition à Cullingford, manifestement pour aller voir Joel, sans toutefois que je lui en aie demandé confirmation à son retour ni qu'elle m'en parle. Je m'attendais donc à voir Joel le lendemain ou le surlendemain, tard le soir, ou un dimanche – car il était impensable que Joel Barforth perde une journée de travail à cause de moi –, et je fus extrêmement surprise, l'après-midi même, de voir son phaéton traverser l'allée au grand galop en soulevant un nuage de poussière, et Joel en personne faire irruption dans le hall du château et me tendre une main impérieuse en déclarant :

— Sortons ! Ce vieux tas de pierres me donne le cafard.

Un instant plus tard, il arpentait avec irritation le gazon entre les rosiers de ma mère.

— Je ne sais vraiment pas pourquoi je suis venu, et Dieu seul sait si j'ai tort ou raison. J'en arrive d'ailleurs à ne plus me comprendre moi-même et, de toute façon, je ne vous ai jamais comprise. Il fallait simplement que je vienne – d'autant plus que cela me démange depuis qu'Aycliffe m'a jeté son argent à la figure l'autre soir.

— Vous l'avez pris ?

— Évidemment ! Au nom de quoi l'aurais-je refusé ? Voilà bien une générosité que je n'avais aucune raison de faire, même si je n'ai pas besoin de ses mille livres alors que c'est tout ce qu'il possède au monde. Je veux bien, à la rigueur, qu'il couche avec ma femme, mais je ne vois pas pourquoi je le paierais pour le faire !

— Suis-je vraiment votre femme, Joel ?

Il s'arrêta brusquement et me saisit à deux mains :

— Il est venu ici, n'est-ce pas ?

— Oui.

— Que lui avez-vous dit ?

— Lâchez-moi, Joel.

— Allez-vous parler, bon sang ?

— Lâchez-moi d'abord, si vous voulez que je vous parle.

L'éclair de colère qui lui alluma le regard disparut sous l'effort de sa raison et de sa volonté qui, un instant plus tard, lui firent dénouer les mains qui me serraient.

— Voilà, je vous ai lâchée. Alors, que lui avez-vous dit ?

— C'était une conversation privée…

— Qu'ai-je donc fait au Ciel pour mériter cela ? Il faudra quand même que vous m'en disiez un peu plus long !

— Rien ne presse. Je suis ici, je n'ai pas l'intention de partir tout de suite, et il ne reviendra pas.

— Vous l'avez renvoyé ? s'écria-t-il avec jubilation.

Mais il redevint soupçonneux aussitôt :

— Que voulez-vous dire par « je n'ai pas l'intention de partir tout de suite » ? Vous n'avez quand même pas l'idée de rester ici éternellement, j'espère ? Virginie… Je voudrais que vous rentriez à la maison.

— Soit. Mais vous n'avez toujours pas répondu à ma question de tout à l'heure.

— Laquelle ?

— Suis-je vraiment votre femme ? Je vous avais dit que je serais mariée ou pas du tout. Vous comprenez très bien de quoi je parle.

Nous avons repris notre marche, en silence cette fois. Joel regardait les roses d'un air sombre, sans même les voir, alors que leurs couleurs éclatantes me redonnaient conscience d'une vie nouvelle qui palpitait en moi, que leur parfum me tournait la tête, refaisait de moi une jeune fille soudain en émoi de marcher dans un jardin à côté d'un homme grand, fort et beau – qui n'avait pas voulu de moi, quand j'étais jeune, et ne m'avait jamais encore donné vraiment l'occasion de vouloir de lui.

— Pour vous ramener près de moi, Virginie, je pourrais vous dire n'importe quoi, vous savez que je n'ai jamais été avare de mots. Je pourrais vous dire ce que vous avez envie d'entendre, mais sauriez-vous si je suis sincère ?

— Qui sait ? Essayons.

Il stoppa brusquement et ses yeux, une fois de plus, étincelèrent de colère :

— Ne me provoquez pas, Virginie ! Je n'ai jamais été aussi sérieux.

— Eh bien, allez-y. Je vous écoute.

— Par quoi commencer ? Je veux vous dire comment je vis depuis trois semaines. J'ai dîné à la maison tous les soirs avec mes fils, ce qui n'a pas toujours été agréable, et ma fille m'a manqué. J'ai fait le bilan de mes succès et de mes échecs, et ma réussite financière est considérable. J'ai plusieurs millions devant moi et pourtant, chaque soir de ces trois semaines, je me suis senti pauvre. Vous me manquez plus que je ne l'aurais cru, Virginie, et j'ai été si rarement avec vous ces temps-ci que la raison n'en est pas si simple ni si évidente. Ce que je crois, ce que je voudrais que nous ayons tous deux ensemble me manque aussi. Et c'est pour l'avoir, avec vous, que j'ai fait pour vous plaire un certain nombre de choses. J'ai donné Maison Haute à Hannah. J'ai convaincu Morgan Aycliffe d'emmener Elinor à Londres et de la bien traiter s'il veut que nous restions en bons termes. J'ai fait la paix avec les Boulton et remis Mark Corey en selle. J'ai fait adopter la journée de dix heures à Low Cross pour les enfants, et Lawcroft et Tarn Edge suivront si l'expérience réussit – ce qui fait de moi, déjà, l'homme le plus haï de la Halle au Drap. Car cela ne pourra qu'empirer quand ils se rendront compte que j'y arrive sans perdre d'argent. Vous voyez, Virginie, vous avez fait de moi un philanthrope… J'ai même reçu une lettre de Richard Oastler qui me félicite d'avoir enfin vu briller la vérité et me déclare, l'insolent, que je ne tourne finalement pas aussi mal qu'il l'aurait cru ! La prochaine fois qu'il m'écrira, vous verrez qu'il aura l'audace de me demander une contribution à son fonds électoral… Cela aussi va être plutôt mal vu à la Halle au Drap, sans compter les insultes et la boue que va me jeter *L'Étoile*.

— J'ai hâte de lire le premier numéro, en effet !

— Virginie… Je suis malheureux sans vous. Que faut-il vous dire de plus ?

— Vous saurez bien trouver quelque chose.

Il me prit par le poignet, avec beaucoup de délicatesse cette fois, m'attira dans ses bras et me donna, au milieu des roses, le baiser qu'il aurait dû me donner des années auparavant. Puis il m'embrassa encore, avec plus d'impatience et de passion, plus du tout comme le cousin trop entreprenant qu'il n'avait jamais vraiment cessé d'être jusqu'en cet instant.

— Voulez-vous m'épouser, Virginie ?

Nous nous sommes regardés, sous la lumière du soleil, et nous avons tous deux éclaté de rire.

— Vous épouser, Joel ? En êtes-vous sûr ?

— Oui. Je sais maintenant ce que vous attendez de moi.

— Pourrez-vous satisfaire mes exigences ?

— Je crois. Si j'échoue, en tout cas, ce ne sera pas faute d'avoir fait des efforts.

— Eh bien… Je vous ferai connaître ma réponse, Joel.

— Quoi ? Que voulez-vous dire, maintenant ? Vous ne pouvez pas me répondre une chose pareille !

— Du calme, Joel. Je vous répondrai en temps utile.

— En temps utile ! Allez au diable !

Les dents serrées, il était prêt à exploser, jusqu'à ce que sa colère fasse place au calme et qu'un sourire amusé apparaisse sur ses lèvres.

— Bien… Je ne l'ai sans doute pas volé. Mais ne soyez pas trop longue, c'est tout ce que je vous demande. Dois-je revenir vous chercher demain ?

— Joel…

— J'ai compris, je n'ai rien dit. En temps utile ! Soit. Il vaut mieux m'en aller quand je suis encore capable de me maîtriser. Présentez mes excuses à votre mère et dites-lui que je lui rendrai visite d'ici la fin de la semaine.

Je l'ai suivi du regard pendant qu'il s'éloignait à grands pas, je lui ai fait des gestes de la main pendant que le phaéton disparaissait dans un nuage de poussière, dorée par le soleil déclinant. Puis je suis rentrée lentement vers le château, en m'attardant auprès des roses ; je les humais avec délice, je me sentais légère, joyeuse, je souriais, j'avais envie de m'étirer dans l'air parfumé, de ronronner comme une chatte. Je vivais.

Ma mère m'attendait sur le seuil, souriante elle aussi :

— Il part sans prendre le thé ? Tu ne lui as pas laissé beaucoup d'appétit, le pauvre… Alors, tu rentres demain ?

Mon sourire s'élargissait, me remplissait, me soulevait de terre, et j'avais l'impression de sourire de tout mon corps.

— Demain, oui. Ou bien… Si vous me prêtiez votre voiture, pourquoi pas ce soir ?

CHEZ LE MÊME ÉDITEUR

COLLECTION « LES INOUBLIABLES »

BRISKIN Jacqueline, *Paloverde*, 2015.

BRISKIN Jacqueline, *Les Sentiers de l'aube*, 2015.

MCCULLOUGH Colleen, *La Passion du Dr Christian* (à paraître).

MCCULLOUGH Colleen, *Un autre nom pour l'amour*, 2015.

MCCULLOUGH Colleen, *Tim*, 2015.

RIPLEY Alexandra, *Charleston*, 2015.

RIPLEY Alexandra, *Retour à Charleston* (à paraître).

DANS LA MÊME COLLECTION

Jacqueline Briskin

PALOVERDE

1884. Sous l'implacable soleil de Californie, Amélie Deane, une jeune fille sensible, assiste aux funérailles de son père. Ce décès la rapproche du fils aîné de ses voisins, Bud Van Vliet… Mais ce dernier a un frère, Vincent, et l'amour qu'ils éprouvent pour la même femme risque de briser à jamais le lien qui les unit…

La fièvre de la passion culmine encore des années plus tard, lorsque la belle mais timide héritière du domaine de Paloverde, Tessa, rencontre le seul homme qu'elle aurait dû éviter…

Cette saga, dominée par deux figures de femmes, restitue la vie d'une famille sur deux générations, dans une Californie en proie à la fièvre du pétrole et qui assiste aux débuts du cinéma à Hollywood.

Traduits dans 26 pays, les onze romans de ***Jacqueline Briskin*** *(1927-2014), romancière américaine née en Angleterre, se sont vendus à plus de 20 millions d'exemplaires à travers le monde.* Paloverde *est son plus grand succès, un roman inoubliable.*

« Un roman rare qui est la vie même, qui vous habite et dont on voudrait, à la dernière page, qu'il se poursuive encore et encore. »
babelio.com

ISBN 978-2-35287-739-4 / H 53-6679-6 / 792 pages / 9,65 €

Jacqueline Briskin

LES SENTIERS DE L'AUBE

1946. Marylin et Caroline, les héritières Van Vliet, et leur amie Beverly vivent à Glendale, banlieue huppée de Los Angeles. Jeunes et insouciantes, elles ont l'avenir devant elles.

Marylin est la première à se marier. Elle épouse un ancien soldat qui lui donnera des jumeaux. Caroline, sa fougueuse cadette, s'éprend d'un écrivain en devenir. Quant à Beverly, l'artiste, la rêveuse, elle tombe sous le charme de Dan.

Quel héritage laisseront ces trois femmes, dont les destins ne cesseront de se croiser ? Leurs enfants Alix, Crickette, Roger et Vliet Reed parviendront-ils à tracer leur chemin à travers l'effervescence des *sixties*, propice à tous les excès ?

Des années 1940 aux années 1970, la saga de la dynastie Van Vliet se poursuit, avec en arrière-plan les soubresauts d'une Amérique en pleine mutation.

« L'une des rares romancières qui sache insuffler une telle force à ses sagas. »
Los Angeles Times

ISBN 978-2-35287-795-0 / H 15-3484-4 / 600 pages / 8,65 €

Colleen McCullough
UN AUTRE NOM POUR L'AMOUR

1945. Honora a la charge d'un service de soins dans un hôpital situé sur une île du Pacifique. Là, au pavillon X, sont regroupés des soldats que la guerre a si violemment traumatisés qu'ils sont inaptes à la vie civile.

Pour ces hommes hantés par des images atroces, Honora, infirmière exceptionnelle, est une sœur, celle avec laquelle, peut-être, ils pourraient de nouveau croire à la vie. Tous aiment cette femme si belle, qui sait si bien les écouter. Grâce à elle, ils progressent, retrouvent peu à peu leur équilibre…

Jusqu'à l'arrivée de Mike Wilson, ce beau garçon qui excite la jalousie des autres et menace de faire du pavillon X un enfer…

Née à Wellington, en Australie, **Colleen McCullough** *(1937-2015) a suivi des études d'infirmière avant de se consacrer à l'écriture. À 37 ans, elle publie son premier roman,* Tim *(Archipoche, 2015), trois ans avant son best-seller international* Les oiseaux se cachent pour mourir. *Son ultime roman,* Les Quatre Filles du révérend Latimer, *a paru en 2015 aux éditions de l'Archipel.*

« Quel roman ! McCullough dépeint avec maestria les émotions humaines ; quant aux rebondissements de l'intrigue, ils surprennent et nous poussent à réfléchir. »
Goodreads.com

ISBN 978-2-35287-772-1 / H 87-7394-0 / 456 pages / 8,65 €

Alexandra Ripley
CHARLESTON

Avant la guerre de Sécession, Charleston était la ville la plus élégante du sud des États-Unis. La meilleure société s'y retrouvait, on y donnait des bals somptueux.

Cette vie étourdissante convenait parfaitement à Elizabeth Tradd, une jeune beauté aussi adorable qu'impertinente. Elle qui séduisait sans jamais s'attacher rencontre Lucas, dont le charme arrogant la subjugue. Ils se marient. Mais un drame vient interrompre leur idylle.

Obligée de reprendre la direction de l'entreprise familiale, Elizabeth voit la faillite s'approcher. Dans l'adversité, elle se révèle une femme d'affaires autant que de cœur, entière et exaltée…

Déchirée, seule, Elizabeth sait qu'elle doit se battre. Pour survivre… et trouver enfin le véritable amour auquel elle n'a jamais cessé de croire.

Née à Charleston (Caroline du Sud), ***Alexandra Ripley*** *(1934-2004) connaît un vif succès avec ce livre, son premier roman historique. On lui doit également* Scarlett *(1991), la suite d'*Autant en emporte le vent, *parue simultanément dans vingt-trois pays.*

« De tous les romans d'amour se déroulant
lors de la guerre de Sécession,
Charleston est de loin le meilleur ! »
The Daily Herald

ISBN 978-2-35287-777-6 / H 87-7467-8/ 704 pages / 9,65 €

Cet ouvrage a été composé
par Atlant'Communication
au Bernard (Vendée)

Impression réalisée par

CPI
BRODARD & TAUPIN

La Flèche
en août 2015
pour le compte des Éditions Archipoche

Imprimé en France
N° d'édition : 370
N° d'impression : 3012597
Dépôt légal : septembre 2015